KB098829

나카지마 아츠시
아츠시
소설 전집

나카지마 아츠시 지음 | 김유동 옮김

서커스

차례

나카지마 아츠시 소설 전집

일러두기

1. 이 책은 나카지마 아츠시의 소설 중 미완이나 수필풍의 습작 세 편을 제외한 모든 소설을 수록했다.

2. 사이시옷은 발음과 표기법이 관용적으로 굳어져 있는 경우를 제외하고는 가급적 사용하지 않았다.

3. 일본어 'ち'와 'つ'는 철자의 위치에 상관없이 '치'와 '츠'로 표기했다.

4. 고유명사 표기는 음독의 경우 관용적으로 굳어진 경우를 제외하고는 일본어 한자음을 사용하지 않고 가급적 우리 한자음대로 적었다.

5. 거리, 무게, 시간 등의 옛날식 단위는 현대식 단위로 환산해 표기하기도 했다.

6. 각주는 작품의 이해를 돕기 위해 옮긴이가 달았다. 간단한 내용은 본문의 해당 단어 뒤 [ ] 안에 설명을 붙였다.

7. 저자의 작품이 살아생전에 발표된 게 몇 편 되지 않기 때문에 각 작품 끝의 연월 표기는 원고를 탈고한 시기를 표시했다. 미발표 작품의 특성상 이것도 명확하지 않은 것들이 있지만 치쿠마쇼보筑摩書房에서 펴낸 〈나카지마 아츠시 전집〉의 추정 날짜나 시기를 기준으로 했다.

고담 古譚

호빙狐憑

네우리 마을 샤크가 헛것이 들렸다는 평판이 났다. 별의별 것들이 이 사내에게 씌웠다는 것이다. 매, 늑대, 수달의 영이 이 불쌍한 샤크에게 들려서, 이상스러운 말을 토해낸다는 것이다.

훗날 그리스인들이 스키타이인이라고 부르던 미개 인종 중에서도, 이 종족은 특히 더 달랐다. 그들은 호수 위에 집을 짓고 살았다. 야수의 습격을 피하기 위해서다. 수천 개의 통나무를 호수의 얕은 부분에 박아 놓고, 그 위에 판자를 깔고, 거기에 그들의 집을 세우는 것이다. 바닥 여기저기에 밑으로 열리는 문을 만들어, 소쿠리를 늘어뜨려 놓고 호수의 물고기를 잡는다. 통나무배를 타고 수달 따위를 잡는다. 마포麻布 제조법을 알고 있어, 짐승 가죽과 함께 몸에 걸친다. 말고기, 양고기, 딸기, 마름의 씨 등을 먹으며, 말젖과 마유주馬乳酒를 즐긴다. 암말의 뱃속에 짐승 뼈의 관管을 넣어서, 노예들에게 이를 불게 해서 젖을 내게 하는 고래古來의 기이한 방법이 전해져 내려오고 있다.

네우리 부락의 샤크는 이러한 호수 위 백성의 가장 평범한 한 사람이었다.

샤크가 달라지기 시작한 것은, 지난해 봄, 아우인 데크가 죽고 나서의 일이다. 그때에는 북방으로부터 사나운 유목민 우구리족의 한 떼가 말을 타고 언월도偃月刀를 휘두르며 질풍과 같이 부락을 엄습해 왔다. 호상湖上의 백성들은 필사적으로 이를 방어했다. 처음에는 호반湖畔으로 나가 침략자를 맞아 싸우던 그들도, 이름 높은 북방 초원의 기마병을 감당할 수 없어, 호상의 삶의 터전으로 퇴각했다. 호숫가와의 사이에 걸쳐진 다리를 철거하고, 집집마다 창문을 통해 투석기와 화살로 응전했다. 통나무배를 잘 다룰 줄 모르는 유목민은, 호수 위 마을의 섬멸을 단념하고, 호반에 남겨져 있던 가축을 빼앗았을 뿐, 다시 질풍처럼 북방으로 돌아갔다. 그 뒤에는, 피가 배어든 호반의 땅위에 머리와 오른손이 없는 시체만이 몇 남아 있었다. 머리와 오른손만큼은 침략자가 잘라서 가지고 가 버렸다. 두개골은, 그 바깥쪽을 도금해서 해골잔을 만들기 위해, 오른손은 손톱을 붙인 채 가죽을 벗겨 장갑을 만들기 위해서다. 샤크의 동생 데크의 시체도 그런 욕을 당한 채 내버려져 있었다. 얼굴이 없어서, 복장과 소지품으로 분간하는 수밖에 없었는데, 가죽띠와 큰 도끼 장식에 의해 틀림없는 동생의 시체를 찾아냈을 때, 샤크는 한동안 멍한 채로 그 비참한 모습을 바라보았는데, 동생의 죽음을 애도하고 있는 것과는 어딘지 다른 분위기를 볼 수 있었다고, 나중에 그렇게 말한 사람이 있었다.

그 뒤로 얼마 되지 않아, 샤크는 묘한 헛소리를 하게 되었다. 무엇이 이 사내에게 씌워 기괴한 말을 하게 하는 것인지, 처음에는 가까이 있는 사람들로서도 알 수가 없었다. 말투로 미루어 보건대, 그것은 산 채로 가죽이 벗겨진 야수의 영인 것으로 여겨졌다. 일동이 생각한 끝에, 그것은 야만인에게 잘린 그의 동생 데크의 오른손이 말하고 있는 것이 틀림없으리라는 결론에 도달했다. 사오일 지나자, 샤크는 또 다른 영의 말을 하기 시작했다. 이번에는 그것이 무슨 영인지를 금방 알 수 있었다. 무운이 다해, 전장에서 쓰러진 이야기를 비롯해, 사후, 허공의 큰 영에게 목덜미를 붙잡힌 채 무한한 암흑 저쪽으로 내던져지는 이야기를 슬프게 이야기하는 것은 분명 동생 데크 그 사람이라고, 모두가 알아들었다. 샤크가 동생의 시체 곁에 망연히 서 있었을 때, 남몰래 데크의 영혼이 형 속으로 들어간 것이라고 사람들은 생각했다.

자, 여기까지는, 그의 가장 가까운 육친, 그리고 그 오른손인 만큼, 그에게 들린다 해도 이상할 것은 없었지만, 그 후 한동안 평소의 모습으로 돌아갔던 샤크가 다시 헛소리를 하기 시작했을 때, 사람들은 놀랄 수밖에 없었다. 이번에는 샤크하고는 관계가 없는 동물과 인간들의 말이었기 때문이다.

지금까지 이처럼 무엇인가에 들린 남자와 여자가 있기는 했지만, 이처럼 여러 가지 잡다한 것들이 한 인간에게 들린 예는 없었다. 어떤 때는 이 부락 밑의 호수를 돌아다니는 잉어가 샤크의 입을 빌려, 물고기들의 생활의 애환을 이야기하기도 했다. 어떤 때는 토라스 산의 매가 호수와 초원과 산맥과, 그리고 그 너머의 거울과 같은 호수의 웅대한 전망에 대해 이야기했다. 초원의 승냥이가, 허연 겨울 달 아래서 굶주림에 허덕이면서 밤새도록 동토凍土 위를 돌아다니는 괴로움을 말하는 일도 있다.

사람들은 신기해하며 샤크의 이 헛소리를 듣기 위해 왔다. 이상한 일은, 샤크 쪽에서도(어쩌면 샤크에게 들린 영들 쪽에서도) 많은 청중을 기대하게 되었다는 점이다. 샤크의 청중은 점차로 늘어 갔는데, 한번은 그들 중의 하나가 이런 말을 했다. 샤크가 하는 말은, 들린 것이 하는 소리가 아니다. 저건 샤크가 제 생각을 지껄이고 있는 것이 아니겠나 하고.

과연, 그러고 보니, 보통의 경우 무엇엔가 들린 인간은, 좀 더 황홀한 무아의 상태에서 말하는 법이다. 샤크의 태도에는 도무지 미친 것 같은 구석이 없는 데다가, 그 이야기의 조리가 너무 반듯하다. 조금 이상한데, 하는 자들이 늘어 갔다.

샤크 자신으로서도, 요즈음 들어 자신이 하고 있는 일의 의미를 알지는 못하고 있다. 물론, 여느 들린 자들과 다른 것 같다는 것은, 샤크도 깨닫고 있었다. 하지만, 어째서 자신이 이러한 기이한 짓거리를 몇 달씩이나 계속하면서, 여전히, 질리지 않는지, 그 까닭을 알 수 없으므로, 이는 역시 일종의 들림 때문이라고 생각해도 좋은 것이 아닐까 생각하고 있다. 처음에는 동생의 죽음을 슬퍼하고, 그 목과 손의 행방을 분노와 함께 그려보다가, 그만, 묘한 소리를 하게 되고 말았다. 이것은 그의 작위作爲가 아니라고 할 수 있다. 그러나, 이것이 원래 공상적인 경향을 가진 샤크에게, 자신의 상상을 가지고 자기 자신 이외의 것으로 옮아가는 재미를 가르쳐 주었다. 점차로 청중이 늘고, 그들의 표정이, 자기 말의 한마디 한마디에 따라, 어떤 때는 안도의, 어떤 때는 공포의, 거짓 없는 기색을 떠올리는 것을 보고 있자니, 그 재미는 억제할 수 없는 것이 되어 나갔다. 공상 이야기의 구성은 날이 갈수록 능숙해진다. 상상에 의한 정경 묘사는 더욱더 생기를 띠어 간다. 자신이 생각해도 의외일 정도로, 다양한 장면이 선명하게 또한 상세하게, 상상 가운데 떠올라오는 것이다. 그는 놀라면서, 역시 이것은 어떤 영 같은 것이 자신에게 씐 것이라고밖에는 생각할 수가 없다. 다만, 이처럼 차례차례 까닭도 모르게 움터 나오는 이야기들을 먼 훗날까지 전달해 주는 글자라는 도구가 있어도 좋을 텐데, 하는 데까지는 생각이 미치지 못한다. 지금, 자신이 하고 있는 역할이, 후세에 어떤 이름으로 불릴까 하는 것 또한 알 까닭이 없다.

샤크의 이야기가 아무래도 그의 작위作爲인 것 같다는 생각들을 하게 되고 나서도, 청중은 결코 줄어들지 않았다. 오히려, 그에게 자꾸만 새로운 이야기를 만들어 달라고 요구했다. 그것이 샤크가 지어낸 이야기라 하더라도, 원래 평범한 인물인 샤크에게 저런 훌륭한 이야기를 지어내게 하는 것은 틀림없이 그에게 씐 영일 것이라고, 그들 역시 작자 자신과 같은 생각을 했다. 무엇인가에 들리지 않은 그들로서는, 실제로 보지 못한 일들에 대해 그처럼 상세하게 말한다는 일 따위는 생각지도 못하기 때문이다. 호반의 바위 그늘과, 가까이 있는 숲의 전나무 밑이나, 혹은 염소 가죽을 매달아 놓은 샤크의 집 문간 같은 곳에서, 그들은 샤크를 반원 모양으로 에워싸고 앉아, 그의 이야기를 즐겼다. 북방 산지에 사는 30명의 도둑 이야기, 숲속의 밤 요괴 이야기, 초원의 젊은 수소牡牛 이야기 등을.

젊은이들이 샤크의 이야기에 흠뻑 빠져 일을 게을리하는 것을 보고서, 부락의 장로들이 쓴 얼굴을 지었다. 그들 중 하나가 말했다. 샤크 같은 사내가 나온 것은 불길한 징조다. 만약에 무엇엔가 들린 것이라면, 이런 기묘한 들림은 전대미문이고, 무엇에 들린 것이 아니라면, 이런 당치도 않은 엉터리 같은 소리를 마구 생각해 내는 미치광이는 여태까지 본 적이 없다. 어쨌든 저따위 작자가 튀어나왔다는 것은 뭔가 자연에 어긋나는 불길한 일이라고. 이 장로가 우연히도 표범의 가죽을 가진 가장 유력한 집안의 인물이었으므로, 이 노인의 주장은 모든 장로가 지지하는 바가 되었다. 그들은 은근히 샤크 배척을 기도했다.

샤크의 이야기는, 주변 인간 사회에서 재료를 취하는 일이 점차 많아졌다. 언제까지나, 매와 수소 이야기 가지고는 청중이 만족하지 않게 되었기 때문이다. 샤크는 아름답고 젊은 남녀 이야기, 자린고비이며 질투심 깊은 노파 이야기, 남에게는 무척 뻐기면서도 늙은 아내에게는 고개를 들지 못하는 추장 이야기를 하게 되었다. 탈모기의 독수리와 같은 머리통을 가지고 있으면서 청년과 아름다운 처녀를 놓고 겨루다가 비참하게 패한 노인의 이야기를 했을 때, 청중이 와자하니 웃은 일이 있었다. 너무나도 웃어서 그 까닭을 물었더니, 샤크의 배척 이야기를 꺼낸 그 장로가 최근 그와 똑같은 비참한 꼴을 맛보았다는 평판 때문이라고 했다.

장로는 점점 더 화가 났다. 백사白蛇와도 같은 간교한 계교를 쥐어짜내, 그는 계획을 세웠다. 최근에 아내를 겁탈당한 한 사내가 이에 가세했다. 샤크가 자신을 빗대어 이야기한 것으로 믿었기 때문이다. 두 사람은 백방으로 손을 써서, 샤크가 늘 부락민으로서의 의무를 태만히 하고 있다는 데에 모두의 주의를 끌어모을 생각이었다. 샤크는 낚시질을 하지 않는다. 샤크는 말을 돌보지 않는다. 샤크는 숲에서 벌목을 하지 않는다, 수달의 가죽을 벗기지 않는다. 오래전, 북쪽 산들로부터 날카로운 바람이 거위털 같은 눈을 날라와서 뿌린 이래로, 누구든, 샤크가 마을의 일을 하는 것을 본 자가 있는가?

사람들은, 과연 그렇군 하고 생각했다. 실제로 샤크는 아무 일도 하지 않았으니 말이다. 겨울나기에 필요한 물품을 서로 나눠 가지게 되었을 때, 사람들은 확실하게 그런 점을 느꼈다. 가장 열성적인 청중까지도 그랬다. 그래도 사람들은 샤크의 재미있는 이야기에 끌리고 있었던지라, 일하지 않는 샤크에게 머뭇거리면서도 겨울 식량을 노나주었다.

두꺼운 털가죽으로 북풍을 피하고, 짐승 똥과 나뭇가지를 피우는 돌화로 곁에서 마유주를 마시면서 그들은 겨울을 난다. 호숫가의 갈대가 눈을 틔우게 되자, 그들은 다시 밖으로 나와 일하기 시작했다.

샤크도 들에 나갔는데, 어쩐지 눈빛도 둔하고, 바보처럼 보인다. 사람들은, 그가 이미 이야기를 하지 않게 되었음을 깨달았다. 애써 이야기를 해 달라고 해도, 이전에 한 이야기들을 되풀이할 줄밖에 모른다. 아니, 그것조차 만족스럽게 하지 못하는 것이다. 말투도 생기를 잃어버렸다. 사람들은 말했다. 샤크에게 들린 것이 빠져나갔다고. 많은 이야기를 샤크에게 하게 만든 것이, 이미, 분명히 빠져나간 것이다.

들렸던 것은 빠져나갔지만, 이전의 근면한 습관은 되돌아오지 않았다. 일도 하지 않았고, 그렇다고 해서, 이야기를 하는 것도 아니고, 샤크는 매일 그저 멍하니 호수를 바라보며 지냈다. 그 모습을 볼 때마다, 지난날의 청중들은, 이 멍청한 얼굴을 한 게으름뱅이에게, 귀중한 자신들의 식량을 나누어 주었던 것에 화가 났다. 샤크가 못마땅했던 장로들은 득의의 미소를 지었다. 부락으로서는 유해무용有害無用하다고 모두에게서 인정된 자는, 협의를 해서 이를 처분할 수가 있는 것이다.

경옥硬玉의 목 장식을 하고 수염이 무성한 유력자들이 모여서 의논을 했다. 집안 식구라고는 없는 샤크를 위해 변호를 해 주는 자는 하나도 없었다.

마침 우레의 계절이 다가왔다. 그들은 천둥소리를 가장 싫어하고 두려워한다. 그것은, 하늘의 외눈박이 거인이 노하고 저주하는 소리이다. 한번 이 소리가 울려 퍼지면, 그들은 모든 일을 그만두고 근신하고, 악한 기운을 쫓아내야 한다. 간교한 노인은, 점쟁이를 쇠뿔잔 두 개로 매수해서, 불길한 샤크의 존재와, 최근의 빈번한 천둥소리를 결합시키는 데 성공했다. 사람들은 다음과 같이 정했다. 모일某日, 태양이 호수 중심 바로 위를 지난 후 서쪽 기슭에 있는 너도밤나무 거목 가지에 가 닿을 때까지, 세 번 이상 우레가 울리면, 샤크는 이튿날, 조상 때부터 전해 내려온 관습에 따라 처분될 것이다.

그날 오후, 어떤 자는 네 번 우레 소리를 들었다고 했다. 어떤 자는 다섯 번 들었다고 했다.

이튿날 저녁, 호반의 화톳불을 둘러싸고 큰 잔치가 벌어졌다. 큰 솥 속에서는, 양과 말 고기와 더불어 가엾은 샤크의 고기도 함께 끓고 있었다. 먹을 것이 풍성하지 못한 이 지방 주민에게, 병으로 쓰러진 자 말고는, 모든 새로운 시체는 당연히 식용으로 제공되었다. 샤크의 가장 열성적인 청중이었던 고수머리 청년이, 화톳불에 볼을 달구면서, 샤크의 어깻죽지 살을 씹었다. 예의 장로가, 밉살스러운 원수의 넓적다리뼈를 오른손에 잡고 맛있다는 듯이 먹었다. 다 먹고 나서 뼈를 멀리 던지자, 물소리가 나면서, 뼈는 호수에 가라앉았다.

호메로스라고 불렸던 맹인 마이오니데스*가, 저 아름다운 노래를 부르기도 까마득히 전에, 이렇게 해서 한 시인이 잡아 먹히고 말았음을 아무도 알지 못한다.   (1941. 4)

---

* 호메로스의 별칭으로 일부 전승에서 호머가 리디아 출신으로 여겨졌기 때문에 마이오니데스 또는 마이오니아 음유시인이라고 불리기도 한다.

미라 木乃伊

대大퀴로스와 카산다네의 아들, 페르시아 왕 캄뷔세스가 이집트에 침공했을 때의 일이다. 그의 휘하 부장部將으로 파리스카스라는 자가 있었다. 조상이 저 멀리 동방의 박트리아 근처에서 온 듯, 언제까지나 도시 풍습에 익숙해지지 못하는 음울한 시골 사람이다. 어딘지 몽상적인 데가 있어서, 그 때문에 상당한 지위에 있었음에도 불구하고, 언제나 사람들의 조소를 사고 있었다.

페르시아군이 아라비아를 지나, 마침내 이집트 땅으로 들어섰을 무렵부터, 이 파리스카스의 이상한 모습이 동료와 부하들의 주의를 끌기 시작했다. 파리스카스는 낯선 주위의 풍물을 유독 신기한 눈초리로 바라보고는, 무엇인지 차분하지 못한 불안한 표정으로 생각에 잠기곤 했던 것이다. 무엇인가를 떠올리려 하면서도, 도저히 떠오르지 않는 듯, 속을 끓이고 있는 모습을 확실히 볼 수가 있었다. 이집트군의 포로들이 진중으로 끌려 들어왔을 때, 그중 하나가 이야기하고 있는 말이 그의 귀에 들어갔다. 잠시 묘한 얼굴을 하고 이를 들은 후, 그는 어쩐지 그들이 하는 말의 뜻을 알 것 같은 기분이 든다고 곁의 사람에게 말했다. 자기가 그 말을 할 수는 없지만, 그들이 하는 말만큼은 웬만큼 이해되는 것 같다는 것이다. 파리스카스는 부하를 시켜, 그 포로가 이집트인인지 아닌지(왜냐하면, 이집트군의 대부분은 그리스인과 기타 용병들이었으니까)를 물었다. 분명 그는 이집트인이라는 대답이었다. 그는 다시 불안한 표정을 하고 생각에 빠져들었다. 그는 지금까지 한 번도 이집트에 발을 들여놓은 일이 없고, 이집트인과 사귄 일도 없었기 때문이었다. 격렬한 전투 중에도 그는 여전히 골똘히 생각했다.

패배한 이집트군을 쫓아, 오래된 흰 벽의 도시 멤피스로 입성했을 때, 파리스카스의 침울한 흥분이 더욱 심해졌다. 간질병자의 발작 직전의 모습을 생각나게 하는 일도 종종 있다. 이전에는 웃곤 했던 친구들도 조금씩 기분 나빠 하기 시작했다. 멤피스의 교외에 서 있는 오벨리스크 앞에서, 그는 그 표면에 새겨진 그림처럼 보이는 글자를 낮은 목소리로 읽었다. 그리고 동료들에게, 그 비석을 세운 왕의 이름과 그 공적을, 역시 낮은 목소리로 설명했다. 동료 장군들은 모두, 이상한 기분이 들어 얼굴을 서로 마주 보았다. 파리스카스 자신도 매우 이상한 표정을 하고 있었다. 어느 누구도(파리스카스 자신도), 지금까지 파리스카스가 이집트의 역사에 통해 있었다거나 이집트 글자를 읽을 수 있다는 말은, 들은 적도 없었던 것이다.

그 무렵부터, 파리스카스의 주인, 캄뷔세스 왕도 점차로 광포한 정신착란 기운이 나타나기 시작했던 모양이다. 그는 이집트 왕 프사메니토스에게 소의 피를 마시게 해서, 이를 죽였다. 그것으로도 모자라, 이번에는, 반년 전에 죽은 선왕 아메시스의 시체를 능욕하고자 생각했다. 캄뷔세스가 뜻하고 있던 것은, 오히려 아메시스 왕 쪽이었기 때문이다. 그는 한 떼의 군사를 직접 이끌고 아메시스 왕의 묘소가 있는 사이스의 거리로 향했다. 사이스에 도착하자, 그는 죽은 아메시스의 묘소를 찾아내 그 시체를 파낸 다음, 자신에게로 가져오라고, 일동에게 명했다.

이전에, 이런 일이 있을 것을 짐작했던지, 아메시스 왕의 묘소의 소재所在는 교묘하게 숨겨져 있었다. 페르시아군 장수들은 사이스 시내의 수많은 묘지를 하나하나 파서 확인하며 돌아다니지 않을 수 없었다.

파리스카스도 이 묘소 수색대에 참가하고 있었다. 다른 동료들은, 이집트 귀족의 미라와 함께 묘소에 들어 있던 무수한 보석, 장신구, 가구들을 약탈하느라 정신이 팔려 있었지만, 파리스카스만큼은 그런 것에는 눈길도 주지 않고, 여전히 침울한 얼굴로 묘소에서 묘소로 돌아다니고 있었다. 때때로 그 어두운 표정 어딘가에, 흐린 날의 희미한 밝은 빛 같은 것이 비치는 일도 있었지만, 그것은 금방 꺼지고, 다시 원래의 차분하지 못한 어둠으로 되돌아가 버린다. 마음 가운데, 무엇인지 있는, 뭔가 풀릴 듯이 풀리지 않는 것이 있는 얼굴이다.

수색을 시작한 지 며칠째인가의 오후, 파리스카스는 오직 혼자서, 어떤 매우 오래된 듯한 묘실 속으로 들어갔다. 언제, 동료나 부하들과 헤어지게 된 것인지, 이 묘는 시의 어느 방향에 있는 것인지, 그런 것들은 전혀 알 수가 없다. 좌우간 평소의 몽상에서 깨고 나서, 깨닫고 보니, 오직 홀로 오랜 묘실의 어둠 속에 있었다고밖에는 말할 수가 없었다.

어둠에 눈이 익숙해짐에 따라, 안에 흩어져 있던 조각상, 기구류, 주위의 부조浮彫, 벽화 등이, 부옇게 눈앞에 떠올라온다. 관은 뚜껑이 벗겨진 채 내동댕이쳐져 있고, 토용土俑 우샤브티*의 목이 두셋, 곁에 구르고 있다. 이미 다른 페르시아 병사들의 약탈을 당한 뒤임은, 한눈에도 알 수 있다. 오래된 먼지 냄새가 싸늘하게 코를 덮친다. 어둠 저 안쪽으로부터, 커다란 독수리 머리 신의 입상立像이, 딱딱한 표정으로 이쪽을 바라보고 있다. 근처의 벽화를 보니, 늑대와 악어와 왜가리 등 기괴한 동물의 머리를 한 신들의 우울한 행렬이다. 얼굴도 몸통도 없는 거대한 눈 하나, 가늘고 기다란 발과 손을 한 채, 그 행렬에 가세하고 있다.

파리스카스는 거의 무의식중에 안으로 걸어 들어갔다. 대여

---

* 고대 이집트에서 무덤의 부장품으로 사용된 소형 인형. 처음에는 샤와브티shawabti라고 불렸으나, 나중에 고대 이집트어로 '대답하는 것'이라는 뜻의 우샤브티ushabti(또는 우셰브티)라는 이름이 일반화되었다. 그 역할은 죽은 자가 저승에서 오시리스 신이 명령하는 노동을 본인을 대신해서 하는 것으로, 나무, 돌 또는 도자기로 만들어졌으며, 드물게는 청동으로 만든 것도 있었다. 대부분 미라 형태이며, 종종 하반신에 『사자의 서』 6장의 문구 등이 새겨져 있다. 초기에는 1구를 안치했지만, 이후 그 수가 늘어나 한 미라에 700구의 우샤브티가 부장된 예가 알려져 있다.

섯 발짝 가다가, 무엇인가 발에 걸렸다. 보니, 발밑에 미라가 넘어져 있다. 그는, 다시 거의 아무 생각도 없이 그 미라를 안아 일으켜, 신상神像 받침에 세웠다. 지난 며칠 동안 너무나 많이 보아 온 평범한 미라다. 그는, 그대로, 지나가려다가 무심히 그 미라의 얼굴을 보았다. 순간, 차가운지 뜨거운지 알 수 없는 것이, 그의 등줄기를 달렸다. 미라의 얼굴에 돌린 시선을, 이제는 되돌릴 수가 없게 되었다. 그는, 자석에 끌려가듯, 꼼짝도 않고, 그 얼굴을 응시했다.

얼마나 오랜 시간, 그는 그곳에, 그렇게 서 있었을까.

그러는 동안, 그의 안에서 엄청난 변화가 일어난 기분이 들었다. 그의 몸을 이루고 있는 온갖 원소들이, 그의 피부 밑에서 엄청나게(마치, 후세의 화학자가, 시험관 속에서 하고 있는 실험처럼) 거품을 일으키고, 지글거리며, 그 비등沸騰이 잠시 뒤 진정된 후로는, 완전히 이전의 성질하고는 달라진 듯한 기분이 들었다.

그는 매우 편안한 기분이 되었다. 정신을 차려 보니, 이집트에 입국한 이래, 신경이 쓰여 견딜 수 없었던 것 —아침이 되어서 떠올려 보고자 하는 지난밤의 꿈처럼, 알 듯하면서도 도저히 떠올릴 수 없었던 것들을, 이제는 실로, 확실하게 알게 되었던 것이다. 뭐야. 이런 일이었던 건가. 그는 엉겁결에 소리를 내어 말했다. "나는, 원래, 이 미라였던 거야. 분명히."

파리스카스가 이 말을 입 밖에 냈을 때, 미라가, 그렇게 생각해서 그런지, 입가를 오므린 것 같다는 생각이 들었다. 어디로부터 빛이 들어오는 것인지, 미라의 머리 부분만큼은 부옇게 떠올라, 확실하게 보인다.

이제는, 어둠을 꿰뚫는 한 줄기 섬광 속에, 먼 과거 세상의 기억이, 한꺼번에 되살아났다. 그의 영혼이 지난날, 이 미라에게 깃들어 있던 당시의 온갖 기억이, 모래벌의 타는 듯한 태양의 직사광선이나, 나무 그늘의 미풍의 흔들림이나, 범람한 뒤의 뻘의 냄새나, 번화한 큰길을 오가는 흰옷 입은 사람들의 모습이나, 목욕 후의 향유 냄새나, 어두컴컴한 신전 깊은 곳에서 무릎 꿇고 있었던 때의 싸늘한 돌의 감촉이나, 그러한 생생한 감각의 기억이 무리를 이루어 망각의 심연으로부터 일시에 되살아나, 쇄도해왔다.

그 무렵, 그는 프타의 신전의 사제였을까? 였을까, 라는 말은, 그가 지난날 보고, 만지고, 경험한 사물이 지금 그의 눈앞에 되살아나 왔을 뿐, 그 무렵의 그 자신의 모습은 전혀 떠오르지 않기 때문이다.

문득, 자신이 신 앞에 바쳐진 희생犧牲 수소의, 슬픈 듯한 눈이, 떠올랐다. 누군가, 자신이 잘 알고 있는 인간의 눈을 닮았구나 하고 생각한다. 그렇다. 분명, 그 여자다. 금방, 한 여인의 눈이, 공작석 분粉을 얇게 바른 얼굴이, 날씬한 몸매가, 그에게 친근한 몸짓과 더불어 그리운 체취까지 곁들이고 눈앞에 나타났다. 아아 그립다고 생각한다. 그렇다 해도 저녁나절의 호수의 홍학과도 같이, 어쩌면 그다지도 쓸쓸해 보이는 여인이란 말인가. 그것은 의심의 여지 없이, 그의 아내였던 여자다.

이상하게도, 이름은, 무엇 하나, 사람의 이름도 장소의 이름도, 전혀 떠오르지 않는다. 이름이 없이 형태와 색과 냄새와 동작들이, 거리와 시간의 관념이 기묘하게 도착된 이상한 고요 가운데, 그의 앞에 순식간에 나타나고, 순식간에 사라진다.

그는 더 이상 미라를 보지 않는다. 영혼이 그의 몸을 빠져나가서, 미라 속으로 들어간 것일까.

다시, 또 하나의 정경이 나타난다. 자신이 지독한 열 때문에 침상 위에서 자고 있는 모양이다. 곁에는 아내의 걱정스러운 얼굴이 들여다보고 있다. 그 뒤에는, 또 누군지 노인인 듯한 사람과 아이 같은 것이 있는 모양이다. 매우 목이 탄다. 손을 움직이자, 금방 아내가 와서 물을 마시게 해 준다. 그러고서 잠시, 꾸벅거리며 잔다. 눈이 떠졌을 때에는, 이제 온전히 열이 가라앉아 있다. 가늘게 눈을 떠서 보니, 곁에서 아내가 울고 있다. 뒤에서는 노인들도 울고 있는 모양이다. 갑자기, 비구름 그림자가 호수 위를 삽시간에 어둡게 하듯, 푸르고 큰 그림자가 자신 위로 덮친다. 눈이 멀 것 같은 하강下降의 느낌에 엉겁결에 눈을 감는다. ───

거기서 그의 과거 세계의 기억은 뚝 끊어지고 만다. 그로부터 몇백 년간의 의식의 어둠이 이어진 것일까. 다시 정신이 들었을 때는(즉, 그것은 지금인데) 하나의 페르시아의 군인으로서, (페르시아인으로서의 생활을 수십 년 보낸 다음) 자신의 지난날의 몸인 미라 앞에 서 있는 것이다.

기괴한 신비의 현현顯現에 오싹하면서도, 지금 그의 영혼은 북국 겨울 호수의 얼음처럼 극도로 명징하게, 극도로 긴장되어 있다. 그것은 계속해서, 매몰된 전생의 기억의 밑바닥을 계속해서 응시한다. 그곳에서는 심해의 어둠에서 스스로 빛을 발하는 눈먼 물고기들처럼, 그의 과거 세상의 수없는 경험들이 소리도 없이 잠자고 있는 것이다.

그때, 어둠의 바닥에서, 그의 눈은 하나의 기괴한 전세前世의 자신의 모습을 보았다.

전세의 자신이, 한 어둠침침한 작은 방에서, 하나의 미라와 마주하고 서 있다. 전율에 휩싸인 채로, 전세의 자신은, 그 미라가 전전세前前世의 자신의 몸이라는 점을 확인해야 했다. 지금과 똑같은 어스름, 싸늘한 기운, 먼지 냄새 속에서, 전세의 자기는, 홀연히, 전전세의 자기 생활을 떠올린다……

그는 소름이 끼쳤다. 대체 어찌된 일인가. 이 두렵기 짝이 없는 일치는. 겁내지 않고 좀 더 자세히 관찰한다면, 전세에 환기시켜 놓은, 그 전전세의 기억 속에서, 아마도, 전전전세의 자신의 똑같은 모습을 보는 것은 아닐까. 마주 겹쳐 놓은 거울처럼, 무한하게 그 속에 겹쳐진 기억의 연속이, 무한히 ―현기증이 날 만큼 무한히 계속되고 있는 것은 아닐까?

파리스카스는, 온몸의 피부에 좁쌀알이 돋은 채, 도망치려 했다. 그러나, 그의 발은, 오그라들기만 한다. 그는, 여전히 미라의 얼굴에서 눈을 뗄 수가 없다. 얼어붙은 듯한 자세로, 호박색의 말라빠진 몸과 마주 서 있는 것이다.

이튿날, 페르시아의 다른 부대 병사가 파리스카스를 발견했을 때, 그는 미라를 꼭 껴안은 채로, 고분의 지하실에 쓰러져 있었다. 간호를 한 끝에 겨우 회복하기는 했지만, 이미, 명확한 광기의 징후를 보이면서, 무엇인지 헛소리를 떠들어 댔다. 그 말도, 페르시아말이 아니고, 모두 이집트말이었다는 것이다.

(1941. 4)

산월기山月記

농서隴西의 이징李徵은 박학하고 재주가 많아, 천보天寶* 말년, 젊은 나이에 무과에 급제하고, 이어서 강남위江南尉에 올랐는데, 성품이 올곧고 자긍심이 대단히 커서, 천박한 관리들의 비위를 맞추는 일이 떳떳하게 여겨지지 않았다. 오래지 않아 관직을 물러난 뒤로는 고향땅 괵략虢略에 돌아가 살며, 사람들과의 사귐을 끊고 오로지 시 짓기에만 몰두했다. 하급 관리가 되어 속되고 못된 대관들 앞에 무릎을 오래도록 굽히기보다는 시인으로서의 이름을 사후 백 년에 남겨놓고자 했던 것이다. 그러나, 문명文名은 쉽사리 오르지 않고, 살림은 날이 갈수록 어려워졌다. 이징은 마침내 초조해지게 되었다. 이 무렵부

---

* 당唐의 현종玄宗 치세 후반에 사용된 원호元號로 742~756년.

터 그의 용모는 초췌해져 살이 빠져 뼈가 두드러졌고, 안광만이 오직 형형해지면서 일찍이 진사進士로 급제했을 무렵의 통통한 미소년의 모습은 어디에서도 찾아볼 수 없게 되었다. 몇 해 뒤 가난을 견디지 못하고 처자식을 먹여 살리기 위해, 마침내 뜻을 굽혀 다시금 동쪽으로 가서 한 지방 관리로 일하게 되었다. 한편으로 이것은 자신의 시에 반쯤 절망했기 때문이기도 하다. 지난날의 친구들은 이미 훨씬 높은 자리에 올랐고, 그가 예전에 아둔한 작자들이라며 상대도 하지 않았던 그 무리들의 하명下命을 받들지 않으면 안 되었던 일이 왕년의 준재 이징의 자존심을 얼마나 상하게 했는지는 상상하기 어렵지 않다. 그는 속이 부글부글 끓고 즐거움이 없어져, 미칠 것만 같은 마음을 점차로 억제하기 어려워졌다. 1년 뒤, 공무로 여행을 떠나, 여수汝水 가의 땅에 머무르게 되었을 때, 결국 미쳤다. 어느 날 한 밤중에, 갑자기 안색을 바꾸고 침상에서 일어나더니, 무엇인지 뜻을 알 수 없는 소리를 지르며 그대로 밑으로 내려오더니, 어둠 속으로 뛰기 시작했다. 그는 두 번 다시 되돌아오지 않았다. 부근의 야산을 수색해 보았지만, 아무런 실마리도 없었다. 그 뒤로 이징이 어찌되었는지를 아는 사람은 아무도 없었다.

이듬해 감찰어사監察御史, 진군陳郡의 원참袁傪이라는 자가 칙명을 받들어 영남嶺南으로 가는 도중에 상어商於 땅에서 묵게 되었다. 다음 날 아침 아직 어둑어둑할 무렵에 떠나려 했는데 역의 관리가 말하기를, 이 앞길에 사람을 잡아먹는 호랑이가 나오기 때문에, 그리로 가는 사람들은 대낮이 아니고서는 지날 수가 없다. 지금은 아직 이른 아침이므로, 조금 더 기다리는 편이 좋겠다고 말했다. 원참은 그러나 일행의 숫자가 많음을 믿고서, 역리의 말을 물리치고 출발했다. 잔월殘月 빛을 의지해서 숲 가운데 풀밭을 지나려 했을 때, 과연 한 마리의 맹호가 수풀 속에서 튀어나왔다. 호랑이는 마치 원참에게 달려들 것처럼 보였지만, 휙 몸을 되돌려 원래의 수풀 속으로 숨었다. 수풀 속에서 인간의 목소리로 "큰일 날 뻔했군" 하고 되풀이해 중얼거리는 소리가 들렸다. 그 목소리는 원참의 귀에 익은 소리였다. 경악하는 가운데서도, 그는 바로 알아차리고 외쳤다. "그 목소리는, 내 친구 이징이 아닌가?" 원참은 같은 해에 진사에 올랐고, 친구가 적었던 이징으로서는 가장 가까운 벗이었다. 온화한 원참의 성격이 대쪽 같았던 이징의 성질과 충돌하지 않았기 때문이었을 것이다.

수풀 속에서는, 잠시 동안 답이 없었다. 소리 죽여 우는 듯한 희미한 소리가 때때로 흘러나올 뿐이었다. 이윽고 낮은 목소리가 답했다. "바로 나는 농서의 이징이다"라고.

원참은 공포를 잊고 말에서 내려와 풀숲으로 다가가, 감회가 어리는 듯 오랜만의 인사를 건넸다. 그러고서, 어째서 풀숲에서 나오지 않느냐고 물었다. 이징의 목소리가 답하여 말했다. 자신은 이제 인간과 다른 종류의 몸이 되어 있다. 어찌, 떳떳이 옛 친구 앞에 꼴사나운 모습을 드러낼 수 있단 말인가. 그리고 또, 내가 모습을 보이면 반드시 자네에게 두려움과 혐오의 마음을 일으킬 것이 틀림없기 때문이다. 하지만 지금, 뜻하지 않게 옛 친구를 만날 수 있어, 부끄러움도 잊을 정도로 그립다. 부디 아주 잠시라도 좋으니, 나의 추악한 지금의 겉모습을 개의치 말고, 지난날 자네의 친구 이징이었던 이 자신과 이야기를 나눌 수는 없겠는가.

나중에 돌이켜 생각하면 신기한 일이었지만, 그때 원참은 이 초자연의 괴이를 실로 순순히 받아들여 조금도 괴상하다고 여기지 않았다. 그는 부하에게 명해 행렬의 진행을 멈추게 하고, 그 자신은 풀숲 곁에 서서 보이지 않는 목소리와 대담했다. 도읍의 소문들, 옛 친구들의 소식, 원참의 현재 지위, 그에 대한 이징의 축하의 말. 청년 시절에 친하게 지낸 친구끼리의, 그 격의 없는 말투로 그런 이야기들이 오간 다음, 원참은 이징이 어찌해서 지금과 같은 몸이 되기에 이르렀는지를 물었다. 풀숲의 목소리는 다음과 같이 말했다.

지금으로부터 약 1년 전 자신이 여행을 떠나 여수汝水 가에서 묵었던 밤의 일인데, 한잠 자고서 문득 눈을 떠 보니 문밖에서 누군가가 자신의 이름을 부르고 있었다. 소리를 따라 밖으로 나가 보니, 소리는 어둠 속에서 계속해서 자기를 부른다. 자신도 모르는 사이 목소리를 따라 달리기 시작했다. 정신없이 달리다 보니 어느새 길은 산림으로 접어들었고, 게다가 언제부터인지 자신은 좌우의 손으로 땅을 짚으며 달리고 있었다. 온몸에 왠지 기력이 충만한 듯한 느낌이 들고, 가볍게 바위들을 뛰어넘었다. 정신을 차리고 보니 손과 다리 부근에 털이 나 있는 듯했다. 조금 밝아진 다음 개천으로 내려가 모습을 비추어 보니, 이미 호랑이가 되어 있었다. 처음에는 자신의 눈을 믿을 수가 없었다. 다음으로, 이것은 꿈이 분명하다고 생각했다. 꿈 속에서, 이것은 꿈이야 하고 알았던 꿈을, 자신은 그때까지 꾼

적이 있었기 때문이다. 이것은 결코 꿈이 아니라고 깨닫게 되었을 때, 자신은 망연자실했다. 그리고 두려웠다. 정말이지, 어떠한 일도 일어날 수가 있는 것이구나 생각하니 몹시 두려웠다. 하지만, 어째서 이런 일이 벌어진 것일까. 알 수가 없다. 도무지 어떤 일도 우리로서는 알 수가 없는 것이다. 이유도 알지 못한 채 주어진 것을 조용하게 받아들이고, 까닭도 알 수 없이 살아가는 것이 우리 생물의 정해진 이치다. 자신은 바로 죽으려고 생각했다. 그러나, 그때, 눈앞을 한 마리의 토끼가 달려가는 것을 보는 순간, 자신 속에 있던 인간은 갑자기 모습을 감추었다. 다시금 자신 안의 인간이 눈을 떴을 때, 자신의 입은 토끼의 피로 물들어 있었다. 이것이 호랑이로서의 첫 경험이었다. 그 이래로 지금까지 어떤 짓을 계속해 왔는지, 그것은 도저히 말로 할 수가 없다. 하지만 하루 중 반드시 몇 시간은 인간의 마음이 되돌아온다. 그럴 때는 지난날과 마찬가지로 사람의 말도 할 수 있고, 복잡한 사고도 견뎌낼 수 있고, 경서經書의 구절을 욀 수도 있다. 그 인간의 마음으로, 호랑이로서의 자신의 잔학한 행위의 자취를 보며, 자신의 운명을 되돌아볼 때가 가장 가련하고 무섭고 분노가 치민다. 그러나 그 인간으로 되돌아가는 몇 시간도, 시간이 지남에 따라 자꾸만 짧아진다. 지금은 어쩌다가 호랑이 따위가 되었는지를 생각하고 있지만, 얼마 전 문득 생각을 하다 보니, 나는 어쩌다가 이전에 인간이었을까 생각하고 있었다. 이는 두려운 일이다. 앞으로 조금만 지나면, 내 속의 인간의 마음은 짐승으로서의 습관 속에 완전히 파묻혀 버릴 것이다. 마치 오랜 궁전의 주춧돌이 점차 토사土砂

에 매몰되는 것처럼. 그렇게 되는 날이면, 결국에 가서 나는 자신의 과거를 잊어버리고 한 마리의 호랑이로서 날뛰며, 오늘처럼 길에서 자네를 만나더라도 옛 친구임을 알아보지도 못하고 자네를 찢어 먹으면서도 아무런 후회도 없겠지. 애초에, 짐승이든 인간이든, 원래는 뭔가 다른 것이었겠지. 처음에는 그것을 기억하고 있다가도 점차로 망각해 버리고, 애초부터 지금의 모습이라고 생각하고 있는 것은 아닐까? 아니, 그런 일이야 아무래도 상관없다. 내 몸 안의 인간의 마음이 깨끗이 사라져 버린다면, 아마도 그러는 편이 나로서는 행복해질 터이지, 그런데도, 내 안의 인간은 그런 일을 더할 나위 없이 두렵게 느끼고 있는 거다. 아아, 참으로 얼마나 두렵고 슬프고 안타까운 생각이 드는지! 내가 인간이었다는 기억이 없어지는 일을. 이런 기분은 누구도 알 수 없지. 아무도 알 수가 없어. 나하고 똑같은 처지가 된 자가 아니라면. 그런데, 맞다. 내가 완전히 인간이 아닌 게 되어 버리기 전에, 한 가지 부탁할 것이 있다.

원참을 비롯한 일행은 숨을 삼키고 풀숲 속의 목소리가 하는 말을 신기한 마음으로 듣고 있었다. 말은 계속해서 이렇게 이어진다.

다름 아니라, 나는 원래 시인으로서 이름을 드날릴 생각이었다. 그렇건만 그 일을 이루지도 못하고 이런 운명을 맞았다. 지난날 지어 놓은 시 수백 편, 애초부터 세상에 나가지 못한 채로 있다. 유고遺稿가 어디에 있는지도 이미 알 수 없게 되었다. 그런데 그중에서 지금까지도 기억해서 욀 수 있는 것이 수십 편 있다. 이를 나를 위해 기록해 주었으면 한다. 그렇다고 그것을 가지고 하나의 시인입네 하고 싶은 것은 아니다. 작품이 훌륭한지 아닌지는 알 수 없지만, 어쨌든 태어나서 마음이 미쳐 가면서까지 평생 내가 집착했던 것을 일부라도 후대에 전하지 않고서는 죽어서도 눈을 감을 수 없을 것이다.

원참은 부하에게 명해, 붓을 잡고 풀숲에서 나오는 목소리를 따라 받아 적게 했다. 이징의 목소리는 풀숲에서 낭랑하게 울려 나왔다. 길고 짧은 것 약 30편, 격조가 고아하고 뜻하는 바가 탁월해서, 한 번 읽으면 작자가 얼마나 비범한 재능을 가지고 있는지 깨닫게 하는 것들뿐이었다. 그러나 원참은 감탄하면서도 막연하게 다음과 같이 느꼈다. 과연, 작자의 소질은 일류에 속하는 것임은 의심할 바가 없다. 그러나, 이대로라면, 제일급의 작품이 되기에는, 어딘지 (매우 미묘한 점에서) 모자라는 점이 있는 것이 아닐까, 하고.

옛 시들을 모두 토해 놓은 이징의 목소리는, 갑자기 톤을 바꾸어 스스로를 조소하듯이 말했다.

부끄러운 일이지만 지금도, 이런 비참한 꼴이 되어 버린 지금까지도, 자신은, 자신의 시집이 장안長安 풍류 인사들의 책상 위에 놓여 있는 모습을 꿈에서 볼 때가 있다. 바위굴 속에 누워서 꾸는 꿈에 말이지. 웃어 주게. 시인이 되지 못하고 호랑이가 되어 버린 가련한 사나이를. (원참은 예전 청년 시절 이징의 자조벽自嘲癖을 떠올리면서 서글픈 마음으로 듣고 있었다.) 그렇다. 웃음거리를 겸해, 지금의 감상을 즉석 시로 말해 볼까. 이 호랑이 속에 아직도 이징이 살아 있다는 증거로.

원참은 다시 부하에게 명해 이것을 적게 했다. 그 시는 이렇다.

　偶因狂疾成殊類　災患相仍不可逃
　今日爪牙誰敢敵　當時聲跡共相高
　我爲異物蓬茅下　君已乘軺氣勢豪
　此夕溪山對明月　不成長嘯但成嘷

　우연한 미친 병으로 이상한 것이 되었다네
　이런 재난은 어찌 피할 도리가 없었지
　오늘날 내 발톱과 엄니를 누가 대적하리오
　당시의 성가聲價 자취가 더불어 높았건만
　나 이제 수풀 속의 기이한 존재가 되었고
　그대는 이제 가마를 타고 기세가 호방하군
　이 저녁 산골짝에서 밝은 달을 대하면서
　긴 읊조림이 되지 않고 울부짖음이 되고 마네

　마침, 잔월殘月의 빛은 싸늘했고, 흰 이슬은 땅을 적시고, 나무 사이를 불어치는 차가운 바람은 이미 새벽녘이 가까웠다는 것을 고하고 있었다. 사람들은 이제 기이한 이 사건을 망각하고, 숙연하게 이 시인의 불행을 한탄했다. 이징의 목소리는 다시 이어진다.

　어쩌다 이런 운명이 되었는지를 알 수 없다고 아까 말했지만, 생각하기에 따라서는 짐작할 만한 일이 전혀 없는 것은 아니다. 인간이었을 때, 자신은 애써 사람들과의 사귐을 피했다.

사람들은 자신을 거만하다, 건방지다고 했다. 사실은, 그것이 거의 수치심에 가까운 것이었음을 사람들은 알지 못했다. 물론 지난날 향당鄕黨의 귀재 소리를 들었던 자신에게 자존심이 없었노라고 할 수는 없다. 하지만 그것은 겁쟁이의 자존심이라고나 할 것이었다. 자신은 시로 이름을 이루고자 했으면서도, 애써 스승 밑에 들어간다거나 시를 하는 벗과 사귀며 절차탁마하고자 하지 않았다. 그렇다고 또, 자신은 속물 가운데 섞이는 일도 떳떳하게 여기지 않았다. 이 모두가 자신의 겁 많은 자존심과 거만한 수치심 때문이었다. 자신의 재능에 잘못된 게 있지 않을까 두려워한 까닭에, 애써 각고刻苦해서 연마하고자 하지 않았고, 또, 자신의 재능을 반쯤 믿었던 까닭에, 변변히 사람들과 어울릴 수도 없었다. 자신은 점차로 세상에서 떨어지고, 사람에게서 멀어지고, 분민憤悶과 부끄러움으로 인한 원망으로 날이 갈수록 자신 안에 있는 겁쟁이의 자존심을 키워 놓는 결과가 되었다. 인간은 누구나 맹수를 부리는 자이며, 그 맹수에 해당하는 것이 각자의 성정이라고 한다. 자신의 경우 이 거만한 수치심이 맹수였다. 호랑이였던 것이다. 이것이 자신을 상하게 하고, 처자를 괴롭히고, 친구에게 상처를 주었으며, 결국에는 자신의 겉모습을 이처럼 속마음에 어울리는 것으로 바꾸어 버린 것이다. 이제 와서 생각해 보면, 그야말로 자신은 자신이 가지고 있던 약간의 재능을 허비해 버린 셈이다. 인생이란 아무것도 하지 않기에는 너무 길지만, 무엇인가를 하기에는 짧다는 등 입으로는 경구를 농하면서, 사실은 재능의 부족이 드러날지도 모른다는 비겁한 걱정과, 각고刻苦를 싫어하는 게으름이 자신의 모든 것이었던 셈이다. 자신보다도 훨씬 재능이 모자라면서도, 이를 전심전력으로 닦은 까닭에 당당한 시인이 된 자가 얼마든지 있는 것이다. 호랑이가 되어 버린 지금, 이제 야 겨우 이를 깨달았다. 그것을 생각하면, 자신은 지금도 가슴 이 타오르는 듯한 후회를 느낀다. 자신은 이제 인간으로서의 생활은 할 수 없다. 설혹 지금 자신이 머릿속으로 아무리 훌륭 한 시를 지었다 한들, 어떤 수단으로 발표할 수가 있을 것인가. 더구나 자신의 머리는 날마다 호랑이에 가까워지고 있다. 어찌 하면 좋단 말인가. 내 허비되고 만 과거는? 나는 참을 수가 없 다. 그럴 때면, 나는 저쪽 산꼭대기의 바위에 앉아 허공을 향해 울부짖는다. 이 가슴을 불태우고 있는 슬픔을 누군가에게 호소 하고 싶은 것이다. 자신은 엊저녁에도 저곳에서 달을 향해 포 효했다. 누군가 이 고통을 알아주지 않을까 하고. 하지만 짐승 들은 내 목소리를 듣고서, 오직 두려워하고 납작 엎드릴 뿐이 다. 산도 나무도 달도 이슬도 한 마리의 호랑이가 노해서 울부 짖는구나 생각할 뿐이다. 하늘로 뛰어오르고, 땅에 엎드려 한 탄을 해 보았자, 누구 하나 자신의 기분을 이해해 주는 자는 없 다. 인간이었을 때, 자신의 상처받기 쉬운 속마음을 아무도 이 해해 주지 않았던 것과 딱 마찬가지로. 내 털가죽이 젖은 것은, 밤이슬 때문만은 아니다.

점차로 사방의 어둠이 옅어졌다. 나무 사이를 통해 어딘가 에서 새벽을 알리는 뿔피리가 처량하게 울리기 시작했다.

서둘러 헤어지지 않을 수 없다. 취(醉)해야 할 때가(호랑이로 돌아가야 할 때가), 가까워졌노라고 이징의 목소리가 말했다.

하지만 헤어지기 전에, 하나 더 부탁이 있다. 그것은 자신의 처자식에 대한 것이다. 그들은 아직 괵략에 산다. 애당초 자신의 운명에 대해서 알 턱이 없다. 자네가 남쪽으로부터 돌아가거든, 자신은 이미 죽었다고 그들에게 전해 주지 않겠나. 절대로 오늘의 일만큼은 밝혀 주지 않았으면 좋겠다. 뻔뻔스러운 부탁이지만, 그들의 처지를 불쌍히 여겨서 앞으로 굶거나 얼어 죽지 않도록 배려해 준다면 자신으로서는, 은혜, 그보다 더 큰 것은 없다.

말을 마치자, 수풀에서 통곡의 소리가 들려왔다. 원참 역시 눈물을 글썽이며, 기꺼이 이징의 뜻을 따르겠노라고 답했다. 이징의 목소리는 그러나 다시 본래의 자조적인 말투로 돌아가서 말했다.

제대로 하자면, 우선, 이 일을 맨 먼저 부탁했어야 했다, 자신이 인간이었더라면. 굶고 얼어 죽는 처자보다도 자신의 별 볼 일 없는 시 쪽에 신경을 쓰는 사내라서, 이처럼 짐승이 된 것이다.

그러고는, 덧붙여 말하기를, 원참이 영남에서 돌아올 때에는 결코 이 길을 지나지 않았으면 한다, 그때에는 자신이 취해 있어서 옛 친구를 알아보지 못하고 덤벼들지도 모르니까. 또한 이제 헤어진 뒤에, 백 발짝 앞에 있는 저 언덕에 오르거든 이쪽을 한 번 되돌아보아 주었으면 한다. 자신은 지금의 모습을 다시 한 번 보여줄 것이다. 용맹을 뽐내고 싶어서가 아니다. 나의 추악한 꼴을 보여주고, 그럼으로써, 다시 이곳을 지나면서 자신을 만나고자 하는 마음이 자네에게 우러나지 않게 하기 위해서라고.

원참은 수풀 속을 향해 정감 넘치는 작별의 인사를 하고서, 말 위에 올랐다. 수풀에서는 다시금 참을 수 없는 슬픔의 목소리가 들려왔다. 원참도 몇 번인가 수풀을 되돌아보며 눈물 가운데 출발했다.

일행이 언덕 위에 도달했을 때, 그들은 좀 전에 부탁받은 대로 뒤돌아서서 아까 있던 숲 사이의 풀밭을 바라보았다. 홀연히, 한 마리의 호랑이가 풀숲으로부터 길 위로 뛰어나오는 것을 그들은 보았다. 호랑이는, 이미 하얗게 빛이 바랜 달을 쳐다보면서, 두 번인가 세 번 포효하는가 싶더니, 다시, 원래 있던 풀숲으로 뛰어들었고, 다시는 그 모습을 보이지 않았다.

(1941. 4)

문자화 文子禍

문자의 영혼이라는 것이, 대체, 있는 것일까.

아시리아인들은 무수한 정령을 알고 있다. 밤이면, 어둠 속을 날뛰는 릴루, 그 암컷 릴리투, 역병을 흩뿌리고 다니는 남타르, 죽은 자의 영혼 에딤무, 유괴자誘拐者 라바수 등, 수많은 악령들이 아시리아의 하늘에 가득 차 있다. 그러나, 문자의 정령에 관해서는, 아직 아무도 들은 일이 없다.

그 무렵 —이라는 것은, 아슈르바니팔 대왕의 치세 제20년째 무렵인데— 니네베의 궁정에 묘한 소문이 돌았다. 매일 밤, 도서관의 어둠 속에서 소곤소곤 수상쩍은 말소리가 들린다는 것이다. 왕의 형 샤마슈슘우킨의 모반이 바빌론의 낙성落城으로 간신히 가라앉았던 무렵이니만큼, 무엇인가 또 못된 무리들의 음모가 아닐까 싶어 수색해 보았지만, 그런 것 같지도 않다. 아무래도 무슨 정령들의 말소리일 것이 틀림없다. 최근 왕 앞에서 처형된 바빌론 포로들의 죽은 영혼의 목소리라고 말하는 자도 있었지만, 그것이 참말이 아니라는 것은 누구나 다 안다. 천이 넘는 바빌론 포로들은 모두 혀를 뽑은 다음 죽었고, 그 혀를 모았더니, 작은 동산이 되었다는 것은 누구 하나 모르는 자가 없는 사실이다. 혀가 없는 영이, 말할 수 있을 턱이 없다. 점성술과 양간복羊肝卜*등으로 헛된 탐색을 거듭한 끝에, 이것은 아무래도 책들 혹은 문자들이 하는 소리라고 생각하는 수밖에 도리가 없게 되었다. 하지만, 문자의 영(이라는 것이 있다고 치고)이란 어떠한 성질을 가지고 있는 것인지, 그것을 도무지 알 수 없다. 아슈르바니팔 대왕은 눈이 크고 고수머리인 늙은 박사 나부 아혜 엘리바를 불러, 이 미지의 정령에 대한 연구를 명했다.

그날 이후로, 나부 아혜 엘리바 박사는, 날마다 문제의 도서관(그것은, 200년 뒤 땅 밑에 파묻혔다가, 다시 2300년 만에 우연히 발굴될 운명을 가진 것이었는데)에 다니면서 만 권의 책을 뒤지며 연찬研鑽에 골몰했다. 메소포타미아에서는 이집트와는 달리 파피루스를 만들지 않는다. 사람들은, 점토판에 경필硬筆로 복잡한 쐐기 모양의 부호를 파 대고 있었다. 책은 기왓장이고, 도서관은 도자기가게의 창고와 비슷했다. 늙은 박사의 책상(그 다리에는 진짜 사자의 발이, 발톱이 달린 그대로 사용

---

* 희생제물의 간 등의 내장을 이용한 점괘는 고대 바빌로니아, 에트루리아 등에서 행해졌던 것으로 알려져 있다. 색깔, 모양, 윤기, 질병 등에 의한 상태 이상 등을 보고 거기에서 길흉을 점쳤다.

되고 있다) 위에는, 매일, 엄청난 기와의 산이 높이 쌓였다. 그들 중량 있는 옛 지식 중에서, 그는 문자의 영에 대한 설을 발견해 내려 했지만 소용이 없었다. 문자란 보르시파*에 관계된 나부 신이 관장하는 것이라는 것 말고는 아무 기록도 없는 것이다. 문자에 영이 있는지의 여부를 그는 자력으로 해결하지 않으면 안 되었다. 박사는 책을 떠나, 오직 하나의 문자를 앞에 놓고, 종일토록 그것을 노려보며 지냈다. 점쟁이는 양의 간을 응시함으로써 모든 사상事象을 직관한다. 그도 이를 본받아 응시와 정관靜觀으로 사실을 알아내고자 했던 것이다. 그러는 사이, 이상한 일이 벌어졌다. 하나의 문자를 오래도록 바라보고 있는 동안에, 어느새 그 문자가 해체되고, 의미가 없는 하나하나의 선의 교차로밖에는 볼 수 없게 되어 간다. 단순한 선의 모임이, 어째서, 그런 소리와 그런 의미를 갖게 된 것일까. 도저히 알 수 없게 되어 간다. 늙은 학자 나부 아헤 엘리바는 태어나서 처음으로 이 불가사의한 사실을 발견하고 놀랐다. 지금까지 70년간 당연한 것으로 간과하고 있었던 것이, 결코 당연도 필연도 아니다. 그는 그야말로 눈에서 비늘이 떨어지는 느낌이었다. 단순한 제각각의 선에, 일정한 음과 일정한 의미를 갖게 하는 것은, 무엇인가? 여기까지 생각이 미쳤을 때, 노박사는 주

---

* Borsippa. 현재 이라크의 고대 유적지 비르스 님로드에 해당되는데, 고대 수메르의 중요한 도시였다. 거기에 있는 '혀의 탑'이라 불리는 지구라트는 현존하는 고대 메소포타미아 지구라트 중에서 가장 원형을 잘 보존하고 있다. 탈무드와 아랍 문화에서 이곳은 바벨탑의 유적지로 여겨진다. 아울러 나부는 이 지역의 신이다.

저 없이, 문자의 영의 존재를 인정했다. 영혼에 의해 통제되지 않은 손, 발, 머리, 손발톱, 배 등이 인간이 아니듯, 하나의 영이 이를 통제하지 않고서 어찌 단순한 선의 집합이, 음과 의미를 가질 수가 있겠는가.

이 발견을 실마리로, 지금까지 알지 못했던 문자의 영의 성질을 차츰 알게 되었다. 문자의 정령의 수는, 지상의 사물의 숫자만큼이나 많다. 문자의 정은 들쥐처럼 새끼를 치며 불어난다.

나부 아헤 엘리바는 니네베의 거리를 돌아다니며, 최근에 문자를 익힌 사람들을 붙잡고는, 끈기 있게 하나하나 물어보았다. 문자를 알기 이전과 비해 볼 때, 무엇인가 변한 것이 없느냐고. 이렇게 해서 문자의 영이 인간에 대해 어떤 작용을 하는지 밝히고자 했던 것이다. 그런데, 이렇게 해서, 묘한 통계가 만들어졌다. 그에 의하면, 문자를 익히면서 급작스럽게 이 잡기가 서툴러진 자, 눈에 먼지가 더 많이 들어가게 된 자, 지금까지만 해도 잘 보이던 하늘의 독수리 모습이 보이지 않게 된 자, 하늘의 색이 이전보다 덜 파랗게 보인다는 자 등이, 압도적으로 많다. "문자의 정精이 인간의 눈을 망가뜨리되, 구더기가 호두의 딱딱한 껍데기를 뚫고, 그 안의 열매를 거뜬히 먹어 치우는 것처럼" 이렇게 나부 아헤 엘리바는, 새로운 점토의 비망록에 기록했다. 문자를 익힌 뒤로, 기침이 나기 시작했다는 자, 재채기가 자꾸 나와 곤란하다는 자, 딸꾹질이 자주 나오게 된 자, 설사를 하게 되었다는 자도 상당한 수에 이른다. "문자의 정은 인간의 코, 목구멍, 배 등을 범하는 모양"이라고, 노박사는 또한 기록했다. 문자를 익히고 나서, 갑자기 머리숱이 옅어졌다는 자도 있다. 다리가 약해진 자, 손발을 떨게 된 자, 턱이 곧잘 빠지게 된 자도 있다. 그러나, 나부 아헤 엘리바는 마지막으로 이렇게 쓰지 않을 수가 없었다. "문자의 해악이란, 인간의 뇌를 범하고, 정신을 마비시킴에 이르러, 극에 달한다." 문자를 익히기 이전과 비해 장인匠人들은 솜씨가 둔해지고, 전사戰士는 겁이 많아지며, 사냥꾼은 사자를 쏘아 맞히지 못하는 일이 잦아졌다. 이는 통계가 밝히 보여주는 바다. 문자를 익히게 되고서, 여자를 안아도 도무지 즐겁지 않게 되었다는 호소도 있었다. 하긴, 이런 소리를 한 것은 일흔이 넘은 노인이었으므로, 이는 문자의 탓이 아닐지도 모른다. 나부 아헤 엘리바는 이렇게 생각했다. 이집트인은, 한 물체의 그림자를, 그 물체의 영혼의 일부로 간주하고 있는 모양인데, 문자는 그 그림자 같은 것이 아닐까.

사자라는 글자는, 진짜 사자의 그림자가 아닐까. 그래서, 사자라는 글자를 익힌 사냥꾼은 진짜 사자 대신에 사자의 그림자를 겨누게 되고, 여자라는 글자를 익힌 남자는, 진짜 여자 대신에 여자의 그림자를 안게 되는 것이 아닐까. 문자가 없었던 옛날, 필 나피슈팀의 홍수 이전에는, 기쁨도 지혜도 모두 직접 인간 속에 들어왔다. 이제는, 문자의 베일을 뒤집어쓴 환희의 그림자와 지혜의 그림자로밖에, 우리는 알지 못한다. 근래 들어 사람들은 기억력이 나빠졌다. 이것도 문자의 정精이 장난을 치기 때문이다. 사람들은, 이미, 기록을 해 놓지 않고서는, 아무것도 기억할 수 없다. 옷을 입게 되면서, 인간의 피부가 약하고 추하게 되었다. 탈것들이 발명되자, 인간의 다리가 약하고 추하게 되었다. 문자가 보급되어서, 사람들의 머리는, 더는, 작동할 수 없게 된 것이다.

나부 아헤 엘리바는, 한 독서광 노인을 알고 있다. 그 노인은, 박학한 나부 아헤 엘리바보다도 더 박식하다. 그는 수메르어와 아람어뿐 아니라, 파피루스나 양피지에 기록된 이집트 문자도 술술 읽는다. 문자로 기록된 고대의 일로서, 그가 알지 못하는 것은 없다. 그는 투쿨티 니니브 1세의 치세 몇 년째 몇월 며칠의 날씨까지 알고 있다. 그러나, 오늘의 날씨가 맑은지 흐린지는 모른다. 그는 소녀 사비투가 길가메시를 위로한 말을 암기하고 있다. 그러나, 아들을 여읜 이웃을 어떤 말로 위로해야 좋은지, 모른다. 그는 아다드-니라리 왕의 후后, 삼무라마트가 어떤 의상을 좋아했는지도 알고 있다. 그러나, 그 자신이 지금 어떤 의복을 입고 있는지, 전혀 알지 못한다. 얼마나 그는 문자와 책을 사랑했던가! 읽고, 암기하고, 애무하는 것으로도 모자라서, 그것을 사랑한 나머지, 그는, 길가메시 전설의 최고판最古版인 점토판을 씹어서, 물에 녹여 마신 일이 있다. 문자의 정은 그의 눈을 사정없이 망가뜨려서, 그는, 엄청 근시다. 너무나 눈을 가까이 두고 책만 읽어서, 그의 매부리코 끝은, 점토판에 비벼져서 굳은살이 생겼다. 문자의 정은, 또한, 그의 척추뼈를 파먹어서, 그는, 배꼽에 턱이 맞붙을 정도로 곱사등이다. 그러나, 그는, 아마도 자신이 꼽추라는 것을 모를 것이다. 꼽추라는 글자라면, 그는, 다섯 개의 다른 나라 글자로 쓸 수 있을 테지만. 나부 아헤 엘리바 박사는, 이 사내를, 문자의 정령의 회생자의 으뜸으로 쳤다. 다만, 이러한 외관상의 비참함에도 불구하고, 이 노인은 실로 — 참으로 부러울 정도로 — 언제나 행복해 보인다. 이것이 이상하다면, 이상한 일이었지만, 나부 아헤 엘리바는, 그것 역시 문자의 영의 미약媚藥과도 같은 간교한 마력 때문이라고 보았다.

어쩌다 아슈르바니팔 대왕이 병에 걸렸다. 시의侍醫인 아라드 나나는 이 병이 가볍지 않음을 알고, 대왕의 의상을 빌려, 스스로 이를 입고, 아시리아 왕으로 분했다. 이렇게 해서, 사신死神 에레슈키갈의 눈을 속여, 병을 대왕에게서 내 몸으로 옮겨 놓자는 것이다. 이 오래전부터 전해져 내려온 의가醫家의 상법常法에 대해, 청년의 일부 중에는, 불신의 눈으로 바라보는 자가 있다. 이것은 분명히 불합리하다, 에레슈키갈 신쯤 된 자가, 그따위 어린애 속임수 같은 계략에 넘어갈 턱이 있겠는가, 이렇게 그들은 말한다. 석학 나부 아헤 엘리바는 이 소리를 듣고 언짢은 얼굴을 했다. 청년들처럼, 매사에 사리를 맞추고 싶어 하는 성향 안에는, 무엇인가 이상한 구석이 있다. 온몸이 때투성이인 사내가, 오직 한 곳만, 예컨대 발톱만을 엄청나게 아름답게 꾸미고 있는 듯한, 그런 이상한 구석이. 그들은, 신비의 구름 속 같은 곳에 있는 인간의 지위를 헤아리지 못하고 있는 거야. 노박사는 천박한 합리주의를 일종의 병이라고 생각했다. 그리고, 그 병을 퍼뜨리는 것은, 의심할 것도 없이, 문자의 정령이다.

어느 날 젊은 역사가(혹은 궁정의 기록 담당)인 이슈디 나부가 찾아와서 노박사에게 말했다. 역사란 무엇인가? 라고. 노박사가 기가 막힌다는 얼굴을 하는 것을 보고서, 젊은 역사가는 설명을 덧붙였다. 지난번 바빌론 왕 샤마슈슘우킨의 최후에 대해 별의별 설이 다 나왔다. 스스로 불 속으로 투신했다는 것만큼은 분명한데, 마지막 한 달 동안, 절망한 나머지, 말로 다할 수 없는 음탕한 생활을 보냈다는 자가 있는가 하면, 매일 오로지 목욕재계하고 샤마슈 신에게 줄곧 기도했다는 자도 있다. 첫째 비妃 오직 한 사람과 함께 불 속으로 뛰어들었다는 설도 있는가 하면, 수백의 비첩을 장작불 속에 던져 넣은 다음 자신도 불 속으로 들어갔다는 설도 있다. 좌우간 글자 그대로 연기가 되고 말았으니, 어느 것이 올바른지 도무지 짐작이 가지 않는다. 조만간, 대왕은 그런 것들 가운데서 하나를 골라, 자신에게 그것을 기록하라고 명할 것이다. 이것은 하나의 예에 불과하지만, 역사란 이래도 되는 것일까.

현명한 노박사가 현명한 침묵을 지키고 있는 것을 보자, 젊은 역사가는, 다음과 같은 형태로 질문을 바꾸었다. 역사란, 예전에, 있었던 일들을 말하는 것인가? 아니면, 점토판의 문자를 가리키는 것인가?

사자 사냥과, 사자 사냥의 부조浮彫를 혼동하고 있는 듯한 구석이 이 물음 속에 있다. 박사는 그것을 느꼈지만, 확실하게 입으로 말할 수가 없어서, 다음과 같이 답했다. 역사란, 예전에 있었던 일로, 또한 점토판에 기록된 것이다, 이 둘은 같은 것이 아닌가.

기록 누락은? 하고 역사가가 묻는다.

기록 누락? 말도 안 돼, 기록되지 않은 일은, 없었던 일이야.

싹이 나지 않은 씨앗은, 결국 애초부터 없었던 것이라고. 역사란 말이지, 이 점토판을 말하는 거야.

젊은 역사가는 한심하다는 얼굴로, 가리킨 기왓장을 보았다. 그것은 이 나라 최대의 역사가 나부 샬림 슈느가 기록해 놓은 사르곤 왕 하르디아 정복기라는 한 장이었다. 이야기를 하면서 박사가 내뱉은 석류의 씨가 그 표면에 지저분하게 달라붙어 있다.

보르시파에 있는 명지明智의 신 나부의 종인 문자의 정령들의 무시무시한 힘을 이슈디 나부여, 그대는 아직 모르는 모양이군. 문자의 정精들이, 일단 어떤 사건을 포착해서, 이를 그들의 모습으로 표현하게 되면, 그 사건은 이미, 불멸의 생명을 얻는 거야. 반대로, 문자의 정의 힘 있는 손이 닿지 않은 것들은, 어떤 것도, 그 존재를 상실하지 않으면 안 되지. 태고 이래로 아누 엔릴의 책에 적히지 않은 별은, 어떤 연유로 존재할 수 없는가? 그것은, 그것들이 아누 엔릴의 책에 문자로서 실리지 않았기 때문이야. 대大마르두크 별(목성)이 천계의 목양자리(오리온)의 경계를 범하면 신들의 분노가 쏟아지는 것도, 달의 상부에 식蝕이 나타나게 되면 아무르인이 화를 입게 되는 것도, 모두, 고서에 문자로서 기록되어 있기 때문이야. 고대 수메리아인이 말이라는 짐승을 알지 못했던 것도, 그들 사이에 말馬이라는 글자가 없었기 때문이야. 이 문자의 정령의 힘처럼 무서운 것은 없네. 자네와 우리가, 문자를 사용해 글을 쓰고 있다고 생각한다면 대단한 착각, 우리야말로 그들 문자의 정령의 부림을 받는 하인이지. 하지만, 또한, 그들 정령이 끼치는 해악도 매우 고약하네. 나는 지금 그것에 대해 연구 중인데, 자네가 지금, 역사를 기록한 문자에 의심을 가지게 된 것도, 결국은, 자네가 문자에 너무 친근해져서, 그 영의 독기를 쐬었기 때문일 거야.

젊은 역사가는 묘한 얼굴을 하고 돌아갔다. 노박사는 그 뒤에도 한동안, 문자의 영의 해악이 저 쓸만한 청년도 해치고자 하는 것을 슬퍼했다. 문자에 너무나 친해져 오히려 문자에 의문을 품는다는 것은, 결코 모순이 아니다. 얼마 전 박사는 타고난 먹새로 구운 양고기를 거의 한 마리분이나 먹었는데, 그 뒤 한동안, 살아 있는 양의 얼굴을 보기도 싫었던 적이 있다.

청년 역사가가 돌아가고 나서 얼마 뒤, 문득, 나부 아헤 엘리바는 엷어진 고수머리를 움켜쥔 채 생각에 잠겼다. 오늘은, 아무래도, 나는, 저 청년에게, 문자의 영의 위력을 찬미했던 게 아닐까? 분한 일이군, 하고 그는 혀를 찼다. 나까지도 문자의 영한테 속아 넘어가고 있어.

실제로, 이미 진작부터, 문자의 영이 어떤 무서운 병을 노박사에게 끼쳐 주고 있었던 것이다. 그것은 그가 문자의 영의 존재를 확인하기 위해, 하나의 글자를 여러 날씩이나 노려보고 지내던 때 이래의 일이다. 그때, 지금까지 일정한 의미와 음을 가지고 있었을 터인 문자가, 홀연히 분해되어 단순한 직선들의 모임이 되고 말았다는 이야기는 앞에서 말한 대로인데, 그 이래로, 그와 똑같은 현상이, 문자 이외의 모든 것들에 대해서도 일어나게 되었다. 그가 한 채의 집을 응시하고 있으면, 그 집은, 그의 눈과 머릿속에서, 목재와 돌과 벽돌과 회반죽 등의 의미도 없는 집합이 되고 만다. 이것이 어떻게 인간이 사는 곳이 되어야 하는지, 영문을 알 수 없게 된다. 인간의 몸을 보고 있어도, 그와 같다. 모두가 의미가 없는 기괴한 형태를 한 부분부분으로 분석되어 버린다. 어찌해서, 이런 꼬락서니를 하고 있는 것이, 인간으로 통하고 있는 것인가. 인간들이 하는 일상의 영위, 모든 습관들이, 똑같은 괴상한 분석병 때문에, 모두가 지금까지의 의미를 상실하고 말았다. 이제는 인간 생활의 모든 근저가 의심스럽게 보인다. 나부 아헤 엘리바 박사는 정신이 이상해지는 것 같았다. 문자의 영의 연구를 이 이상 계속하다가는, 결국 그 영 때문에 생명을 잃겠구나 생각했다. 그는 무서워져서, 서둘러 연구 보고를 정리한 다음, 이를 아슈르바니팔 대왕에게 바쳤다. 단, 그 안에, 약간의 정치적 의견을 더해 놓았음은 물론이다. 무武의 나라 아시리아는 바야흐로 보이지 않는 문자의 정령 때문에, 전적으로 좀먹고 있다. 게다가, 이를 알아차리는 자는 거의 없다. 지금 문자에 대한 맹목적 숭배를 고쳐 놓지 않으면, 결국 뒤늦게 후회를 하게 될 것이다 운운.

문자의 영이, 이 참소讒訴자를 가만히 놓아둘 리 없다. 나부 아헤 엘리바의 보고는, 매우 대왕의 기분을 상하게 했다. 나부신의 열렬한 찬미자로, 당시 일류 문화인이었던 대왕으로서는, 이는 당연한 일이다. 노박사에게는 그날로 근신의 명이 떨어졌다. 대왕의 어린 시절부터의 스승인 아부 아헤 엘리바가 아니었더라면, 아마도, 산 채로 가죽을 벗기는 형에 처해졌을 것이다. 생각지도 않은 결과에 깜짝 놀란 박사는, 곧바로, 이것이 간교한 문자의 영의 복수라는 것을 깨달았다.

그러나, 이것이 끝이 아니었다. 며칠 뒤, 니네베 알베라 지방을 덮친 대지진 때, 박사는 마침 자기 집의 서고에 있었다. 그의 집은 오래된 집이어서, 벽이 무너지고 서가書架가 쓰러졌다. 엄청난 양의 책들 — 수백 장의 무거운 점토판이, 문자와 함께 무시무시한 저주의 소리와 더불어, 이 참소자 위에 떨어졌고, 그는 무참하게 깔려 죽었다. (1941. 4)

세트나 황자 セトナ皇子(가제)*

멤피스의 프타의 신전을 섬기는 서기이자 도안가, 우시마레스 대왕에게 변함없는 충성을 바치는 신하, 메리텐사. 삼가 이를 기록하노라. 이 이야기의 진실을 증언하는 신들의 이름은 매鷹 신 하토르, 두루미 신 토토, 늑대 신 아누비스, 가슴이 풍요로운 하마 신 아피토에리스.

백합의 나라 상上이집트의 왕, 꿀벌의 나라 하下이집트 왕, 아몬 라의 화신, 빛나는 테베의 주인, 우시마레스 대왕의 아들 세트나 황자는 어려서부터 총명하고 지혜롭기로 유명했다. 여덟 살 때 그는 신들의 계보를 논하여 궁정 박사들을 놀라게 했

---

* 저자는 이 작품에 제목을 붙이지 않았다. 이 제목은 나카지마 아츠시 전집 편집자가 붙인 제목이다. 따라서 '가제'라고 한 것이다.

다. 열다섯 살 이후로는 모든 주술과 주문에 통달한 박학다식의 대현자大賢者로서 천하에 겨룰 자가 없었다.

하루는 고서를 뒤적거리던 중 문득 한 가지 의문에 사로잡혔다. 지금까지 전혀 생각해 본 적이 없는 의문이었기에 처음에는 사신邪神 세트의 유혹이 아닐까 싶어 뿌리치려 했다. 그러나 그 의문은 집요하게 그의 마음에서 떠나지 않았다. 나일 강의 근원에서부터 그 물이 흘러 들어가는 대해에 이르기까지 세트나 황자가 모르는 것은 하나도 없을 것이다. 지상의 일뿐만 아니라 사후세계에 대해서도 그처럼 통달한 사람은 없을 터였다. 명부冥府의 구조를 비롯해, 오시리스 신의 심판의 순서라든지, 뭇 신들의 성행위라든지, 오시리스 궁전의 일곱 개의 홀, 스물한 개의 탑들 사이와 이를 지키는 사람들의 이름에 이르기까지 낱낱이 알고 있다. 그러므로 그의 의심이란 것은 그런 것에 대해서가 아니다. 옛 책을 펼치고 있는 사이, 문득 어떤 불안감이 그의 마음을 스쳐갔다. 처음에는 그 정체를 알 수가 없었다. 어쨌든 그가 지금까지 축적해 놓은 모든 지식을 그 근저부터 흔들어 놓을 것 같은 불안감이다. 무엇을 생각하고 있을 때, 그런 기괴한 그늘이 스쳐 지나간 것일까? 그는 분명, 최초의 신 라가 아직 태어나기 이전의 일을 읽고, 그것에 대해 생각하고 있었다. 라는 어디서 태어났는가? 라는 태초의 혼돈 누에서 태어났다. 누란 빛도 그늘도 없는, 온통 탁한 상태였다. 그렇다면 누는 무엇에서 태어났을까? 무엇으로부터도 태어나지 않았다. 애초부터 있었던 것이다. 여기까지는 어렸을 적부터 잘 알고 있다. 그러나, 지금, 옛 책을 펼치고 있는 중에 묘한 생각이 떠올랐다. 처음에 누는 왜 있었을까. 없어도 전혀 지장이 없었을 텐데 말이다. 불안의 씨앗이 된 것은, 이것이었다. 이 생각이 떠올랐을 때, 기괴한 불안의 그림자가 마음을 스쳐 간 것이었다.

이런 어처구니없는, 처음에는 웃어 버리려 한 세트나 황자도, 잠시 생각하고 있는 사이 이 의문이 결코 어리석지 않다는 것을 알아차렸다. 어처구니없기는커녕, 이 의문은 봄날 늦가의 수초 뿌리처럼 자꾸만 그의 마음속에 뿌리를 펼치고 가지를 뻗어 나간다. 세계 개벽설에 대해서만이 아니다. 일상적으로 보는 모든 것에, 이 의문이, 엉켜든다. 에티오피아 금실뱀의 긴 꼬리처럼, 어째서 있었을까. 없어도 됐을 텐데. 어째서 있는가, 없어도 될 텐데. 세트나 황자는 지금까지의 공부에 더 박차를 가해, 고문서와 묘비명 연구에 더 열을 올렸다. 그런 것들 속에서 이 의문을 풀 수 있는 열쇠를 찾으려 했던 것이다. 그의 노력은 허사였다. 바닷가 암벽 동굴에서 도를 닦는 고명한 마술사도, 나이를 먹고 아몬 라의 마음을 터득했다는 고승도 황자의 물음에 답할 수가 없었다. 황자는 점차 웃지 않게 되었다. 언제나 저녁 무렵 호수의 홍학처럼, 멍하니 생각에 잠겨 있다. 히타족의 나라에서 데려온 여자 곡예사의 연기도 어느새 그의 마음을 끌지 않게 되었고, 목욕 후에 푼토족의 나라에서 가져온 향유 바르는 일도 그만두었다. 이후, 꽃처럼 활짝 피어나던 테베의 궁정은 암흑이 되었다. 세트나 황자의 지혜가 우수의 구름에 가려져, 언어의 광휘를 발하지 않게 되었기 때문이다.

이후로 황자는 아무 말도 하지 않고, 아무 일도 하지 않고,

밀랍 인형처럼 되어 일생을 마쳤다. 죽기 전까지 그가 한 일은, 오직 하나. 그것은, 머리 위에 화로를 얹고, 손에 두 개로 갈라진 지팡이를 짚고, 그 책을 네페르캅타의 무덤으로 반납하러 간 것이다. 황자에게서 책을 받을 때, 네페르캅타의 미라는 빙긋 웃었다. 아내 아우리의 미라도 잠자코 웃었다. 황자는 아무 말도 없이, 창백한 얼굴로 밖으로 나왔다. 무덤 입구의 문을 닫았을 때, 그는 후세의 사람들이 이 책 때문에 다시, 불행에 빠져서는 안 되겠다고 생각했다. 그는 문짝에 마법의 봉인을 하고 나서, 어떤 주문呪文으로 그 무덤의 입구가 전혀 사람의 눈에 뜨이지 않게 바꿔놓았다.

오늘에 이르기까지, 이 책이 어디 있는지 아는 자가 없는 것은, 이 때문이다. (집필 시기 불명)

나의 서유기 わが西遊記

오정출세悟淨出世

철 늦은 매미가 버드나무에서 울고 대화大火*가 서쪽으로 흘러가는 가을의 초입에 접어들자 어쩐지 마음이 불안한 삼장三藏은 두 제자의 도움으로 험난險難을 무릅쓰며 길을 한참 재촉하고 있는데, 문득 앞길에 한 줄기 큰 강이 나타났다. 큰 물결이 소용돌이치고 강의 넓이가 얼마나 되는지 알 수가 없다. 언덕에 올라가 바라보는데 곁에 돌비석 하나가 서 있다. 위에는 유사하流砂河라는 석 자가 전자篆字로 새겨져 있고, 앞면에는 4행의 작은 해자楷字가 있다.

---

* 안타레스별의 중국 이름.

八百流沙界 유사의 경계 팔백

三千弱水深 그 깊이 삼천 척

鵝毛飄不起 거위 깃털 표류하되 떠오르지 않고

蘆花定底沈 갈대꽃 바닥으로 가라앉을 수밖에

—『서유기西遊記』—

1

그 무렵 유사하 강바닥에 살고 있던 요괴들의 수는 모두 1만 3천, 그중에서, 오정悟淨만큼 심약한 자는 없었다. 그의 말에 의하면, 자신은 지금까지 90명의 승려를 먹은 벌로, 그들 90명의 해골이 그의 목덜미에 달라붙어 떨어지지 않는다는 것이었지만, 다른 요괴들 아무에게도 그런 해골 따위는 보이지 않았다. "보이지 않아. 그건 너의 마음 탓이야"라고 말하면, 그는 믿을 수 없다는 눈빛으로 일동을 되돌아보면서, 그런데, 그렇다면, 어째서 나는 이처럼 남하고 다르다는 말인가 하는 투로 슬픈 표정에 잠기는 것이었다. 다른 요괴들은 서로 이렇게 말했다. "저 녀석은, 승려는커녕 제대로 사람을 먹어 본 일도 없을걸. 아무도 그런 모습을 본 적이 없으니까 말이야. 붕어나 잡어를 잡아먹는 거라면 본 적이 있지만"이라고. 그러면서 그들은 그에게 별명을 지어 독언오정獨言悟淨이라고 불렀다. 그가 늘 자신에게 불안을 느끼고, 몸을 갈기갈기 찢는 듯한 후회로 몸서리치며, 마음속에서 반추反芻하는 그 가련한 자기 가책이, 그만 혼잣말이 되어 새어 나오기 때문이었다. 멀리에서 보면 조그마한 거품이 그의 입에서 나오는 듯한 때에도, 사실은 그가 조그마한 목소리로 중얼거리고 있는 것이었다. "나는 바보야"라든가, "어째서 나는 이럴까"라든가, "이젠 글렀어, 나는"이라든가, 때로는 "나는 타락천사야"라든가.

당시는, 요괴뿐 아니라, 모든 생물은 무엇인가의 환생이라고 믿고들 있었다. 오정이 일찍이 천상계에서 영소전靈霄殿의 권렴대장捲簾大將을 지냈다는 것을 이 강바닥에서 말하지 않는 자도 없었다. 그래서 매우 회의적인 오정 자신도, 결국에는 이를 믿는 체하지 않을 수 없었다. 하지만 사실은, 모든 요괴 중에서도 그 하나만큼은 환생의 설에 의문을 가지고 있었다. 천상계에서 5백 년 전에 권렴대장을 지낸 자가 지금의 내가 되었다고 한들, 그래서, 그 옛날의 권렴대장과 지금의 내가 같은 존재라고 해도 좋다는 말인가? 첫째로, 나는 옛 천상계에 대한 일을 무엇 하나 기억하지 못한다. 그 기억 이전의 권렴대장과 나는, 어디가 같다는 것일까. 몸이 같다는 것일까? 아니면 영혼이, 그렇다는 것일까? 그런데, 도대체, 영혼이라는 것은 뭘까? 이러한 의문을 그가 흘리면, 요괴들은 "또, 시작했군" 하고 비웃는 것이었다. 어떤 자는 조롱하듯이, 그리고 또 어떤 자는 연민의 표정으로 "병이야. 나쁜 병 탓이야" 하고 말했다.

사실, 그는 병에 걸렸다.

언제부터인지, 그리고 무엇이 원인이 되어 이런 병에 걸렸는지, 오정으로서는 그 어느 쪽도 알 수 없다. 그저, 정신을 차리고 보니 이미, 이처럼 고약한 것들이 주위에 묵직하게 자리하고 있었다. 그는 아무것도 하기가 싫어졌고, 보는 일 듣는 일 모두가 그의 마음을 가라앉게 만들고, 매사에 자신이 혐오스럽고, 자신에게 믿음을 갖지 못하게 되고 말았다. 며칠이고 며칠이고 동굴 속에 틀어박혀서, 밥도 먹지 않고, 눈알만 뒤룩뒤룩 굴리면서, 그는 깊은 생각에 잠기고는 했다. 갑자기 벌떡 일어나 그 언저리를 빙글빙글 돌기도 하고, 뭐라고 중얼거리다가는 돌연 앉는다. 그런 동작 하나하나를 스스로는 의식하지 못하는 것이다. 어떤 점이 밝혀지면 자신의 불안이 사라질 것인가. 그것조차 그로서는 알 수가 없었다. 다만, 이제까지 당연한 것으로 받아들여졌던 모든 것들이 불가해하고 의심스러운 것으로 보이기 시작했다. 지금까지 마무리되어 있는 하나의 것으로 생각되던 것들이 조각조각 분해된 모습으로 받아들여지고, 그 하나의 부분 부분에 대해 생각하고 있는 사이, 전체의 의미를 알 수 없게 되는 식이었다.

의사이면서 점성술사이면서 기도자이기도 한 한 늙은 어괴魚怪가 언젠가 오정을 보더니 이렇게 말했다. "이런, 가엾어라. 인과因果병에 걸리셨구먼. 이 병에 걸렸다 하면, 백 명 가운데 아흔아홉 명까지는 비참한 생을 보내야 하지. 원래 우리에게는 없었던 병이지만, 우리가 인간을 먹게 되면서부터, 우리 중에도 아주 드물게 이 병에 걸리는 자가 생긴 거야. 이 병에 걸린 자는 모든 사물을 순순히 받아들일 수가 없어. 무엇을 보건, 무엇을 만나건, '어째서지?' 하고 금세 생각하지. 궁극적이고, 거짓이라고는 일체 없는 진정한 존재인 신만이 아시는

'왜?'를 생각하려 하는 거야. 그런 것을 생각해서는 살아갈 수가 없지. 그런 일은 생각하지 않는다는 것이 이 세상 생물들의 약속이 아니겠어. 특히 해결하기 곤란한 것은 그 병자가 '자신'이라는 것에 대해 의문을 갖는다는 거야. 어째서 나는 나를 나라고 생각하는가? 다른 자를 나라고 생각해도 지장이 없을 텐데. 나란 도대체 무엇인가? 이렇게 생각하기 시작하는 것이 이 병의 가장 나쁜 징후지. 어때, 내 말이 맞지? 안됐지만, 이 병에는 약도 없고, 의사도 없어. 스스로 고치는 수밖에는 없지. 어지간한 기연機緣이라도 만나지 않는 한, 아마도, 네 얼굴이 개는 날은 결코 없을 거야."

2

문자의 발명은 일찍이 인간 세계로부터 전해져, 그들의 세계에도 알려져 있었지만, 대체로 그들에게는 문자를 경멸하는 습관이 있었다. 살아 있는 지혜를 그런 문자 따위의 죽은 것에 담아 둘 수는 없다(그림이라면 혹시 그릴 수 있을 터이지만). 그것은 연기를 그 형체 그대로 손으로 잡으려 하는 것만큼이나 어리석은 일이라고 일반적으로 믿어지고 있었다. 따라서 문자를 알고자 하는 것은, 오히려 생명력 쇠퇴의 징후라며 배척되었다. 오정이 이즈음 들어 우울해진 것도, 필경, 그가 문자를 이해하기 때문일 것이라고 요괴들은 생각하고 있었다.

문자는 숭상되지 못했지만, 그렇다고, 사상이 경시된 것은 아니다. 1만 3천 요괴 중에는 철학자도 적지 않았다. 다만, 그들의 어휘력은 매우 빈약했으므로, 가장 난해한 커다란 문제들이 가장 천진난만한 말로 사고되고 있었다. 그들은 유사하 강바닥에 각각 생각하는 점포를 차렸고, 그로 인해 이 강바닥에는 한 줄기 철학적 우울이 떠돌고 있었을 정도다. 한 현명한 노어老魚는 아름다운 정원을 사고, 밝은 창문 아래서, 영원한 후회 없는 행복에 대해 명상하고 있었다. 어떤 고귀한 어족魚族은 아름다운 줄무늬가 있는 선녹색 수초 그늘에서 수금을 타면서, 우주의 음악적 조화를 찬미하고 있었다. 추하고, 둔하고, 고지식하고, 그러면서도 자신의 어리석은 고뇌를 감추려 하지 않는 오정은, 그러한 지적인 요괴들 사이에서 좋은 놀림감이 되었다. 한 총명해 보이는 괴물이 오정을 향해 진지한 태도로 말했다. "진리란 무엇인가?" 그러고는 그의 답변도 기다리지 않고, 조소를 입가에 띠면서 성큼성큼 사라졌다. 그리고 또 하나의 요괴— 이것은 복어의 정精이었는데 —는 오정의 문병을 위해 일부러 찾아왔다. 오정의 병의 원인이 '죽음에 대한 공포'임을 간파하고서, 이를 비웃어 주기 위해 왔던 것이다. "생이 있는 동안에는 죽음이 없다. 죽음이 오면 이미 나는 없다. 이에, 무엇을 두려워할 것인가" 하는 것이 이 사내의 논법이었다. 오정은 이 말의 올바름을 순순히 인정했다. 왜냐하면, 그 자신은 결코 죽음을 두려워한 것이 아니었고, 그의 병의 원인은 그곳에 있는 것이 아니었기 때문이다. 비웃어 주려고 온 복어의 정은 실망해서 돌아갔다.

요괴의 세계에서는, 몸과 마음이, 인간 세계에서처럼 확연하게 분리된 것이 아니었으므로, 마음의 병은 곧바로 극심하게 육체의 고통이 되어 오정을 괴롭혔다. 참을 수 없게 된 그는, 마침내 뜻을 굳혔다. '이렇게 된 이상, 아무리 힘이 들더라도, 그리고 아무리 가는 곳마다 비웃음을 사더라도, 좌우간 일단 이 강바닥에 사는 모든 현인, 모든 의사, 모든 점성술사들을 만나 자신이 납득할 수 있도록 가르침을 받자'고.

그는 허름한 승의僧衣를 걸치고, 출발했다.

어찌해서, 요괴는 요괴일 뿐 인간이 아닌가? 그들은, 자기의 속성 하나만을, 극도로, 다른 것과의 균형을 마다하고, 추할 정도로, 비인간적일 정도로, 발달시킨 불구자이기 때문이다. 더러는 극도로 먹을 것을 탐하고, 따라서 입과 배가 엄청나게 크고, 더러는 극도로 음탕해서, 거기에 쓰이는 기관이 엄청나게 발달하고, 더러는 극도로 순결해서, 그로 인해 머리를 제외한 모든 부분이 아주 퇴화해 버렸다. 그들은 모두 자신의 성향, 세계관을 절대로 고집하면서, 남과의 토론의 결과로 보다 높은 결론에 도달한다는 것을 알지 못했다. 남의 생각의 흐름을 더듬어 가기에는 자신의 특징이 두드러지게 너무 신장되어 있었기 때문이다. 그래서, 유사하의 강바닥에서는 몇백 개의 세계관과 형이상학이, 결코 남과 융화하는 일 없이, 어떤 자는 온화한 절망의 환희를 가지고, 어떤 자는 한없는 밝음을 가지고, 어떤 자는 바라는 바는 있지만 희망 없는 한숨을 내쉬며, 동요하는 무수한 수초처럼 흔들거리고 있었다.

3

처음으로 오정이 찾아간 것은, 흑란도인黑卵道人으로, 그 무렵 가장 이름 높은 환술幻術의 대가였다. 그다지 깊지 않은 강바닥에 여러 겹으로 암석을 쌓아 올려 동굴을 만들고, 입구에는 사월삼성동斜月三星洞이라는 액자를 걸어 놓았다. 암자의 주인은 물고기 얼굴에 사람 몸으로 곧잘 환술을 부려 존망자재存亡自在, 겨울에 천둥을 일으키고, 여름에 얼음을 만들며, 새를 달리게 하고, 짐승을 날게 한다는 소문이었다. 오정은 석 달 동안 이 도인을 섬겼다. 환술 따위야 아무래도 좋았지만, 환술을 잘 부리는 사람이라면 진인眞人일 테고, 진인이라면 우주의 대도大道도 터득하고 있어서, 그의 병을 고칠 수 있는 지혜도 가지고 있을 것으로 생각했기 때문이었다. 하지만 오정은 실망하지 않을 수 없었다. 동굴 속에서 큰 자라 등에 앉은 흑란도인도, 그를 둘러싼 수십 명의 제자들도, 하는 소리라고는 모두 신변神變 불가사의한 법술 이야기뿐. 그리고, 그 환술로 적을 속이기, 어디어디에 있는 보물 구하기 등 실용적인 이야기뿐. 오정이 추구하는 무용無用의 사색의 상대를 해 주는 이는 하나도 없었다. 결국, 바보 취급을 받으며 웃음거리가 된 뒤에 오정은 삼성동에서 쫓겨났다.

다음으로 오정이 간 것은 사홍은사沙虹隱士가 있는 곳이었다. 이는 나이를 많이 먹은 새우의 정精으로 이미 허리가 활처럼 굽고, 반쯤은 강바닥의 모래에 묻혀서 살고 있었다. 오정은 다시, 석 달 동안 이 늙은 은사를 모시고 그의 시중을 들면서, 그 심오한 철학에 접할 수가 있었다. 늙은 새우의 정은 구부정한 허리를 오정에게 주무르게 하면서, 심각한 얼굴로 다음과 같이 말했다.

"세상은 대체로 허망하다. 이 세상에 무엇 하나라도 좋은 일이 있는가. 만약에 있다면, 그것은 이 세상의 끝이 언젠가는 온다는 것뿐이다. 그리 어려운 이치를 생각할 것도 없다. 우리 주변을 둘러보라. 끊임없는 변전變轉, 불안, 오뇌懊惱, 공포, 환멸, 투쟁, 권태. 그야말로 혼혼매매昏昏昧昧 분분약약紛紛若若*해서 되돌아올 줄을 모른다. 우리는 현재라는 순간 위에만 서서 살고 있다. 그나마도 그 발밑의 현재란 것은 금방 사라져서 과거가된다. 다음 순간도 또 다음 순간도 똑같다. 마치 무너지기 쉬운 모래 사면에 서 있는 나그네의 발밑이 한 발짝마다 무너져 내리는 것과 같다. 우리는 어디에 안주해야 한단 말인가. 서고자 했다가는 쓰러지지 않을 수 없어서, 하는 수 없이 계속해서 달리는 것이 우리의 생이다. 행복이라고? 그런 것은 공상의 개념일 뿐이고, 결코, 현실적인 상태를 가리키는 말이 아니다. 덧없는 희망이, 이름을 얻었을 뿐인 것이다."

오정의 불안스러운 얼굴을 보고, 이를 위로하듯이 은사는 덧붙였다.

"하지만, 젊은이여. 그리 두려워할 것은 없어. 파도에 휩쓸

---

* 『열자列子』 제6편 역명力命에 나오는 말로 마음이 어두워 쓸데없이 분주하기만 하다는 뜻.

리는 자는 익사하지만, 파도를 타는 자는 이를 넘을 수가 있다. 이 유위전변有爲轉變을 초월해서 불괴부동不壞不動의 경지에 도달하는 일도 불가능한 것은 아니야. 옛 진인眞人은 능히 시비를 초월하고 선악을 초월해, 나를 잊고 사물을 잊어 불사불생不死不生의 경지에 도달했던 것이다. 하지만 예로부터 전해오듯, 그러한 경지가 즐거운 것이라고 생각했다가는 큰 잘못이다. 고통이 없는 대신에, 보통의 생물들이 누리는 즐거움도 없다. 무미, 무색. 참으로 아무 맛도 없는 초蠟와 같고 모래와 같은 것이다."

오정은 조심스럽게 자신의 생각을 말했다. 자신이 듣고 싶은 것은 개인의 행복이라든지, 부동심의 확립 같은 것이 아니라, 자기, 그리고 세계의 궁극의 의미에 대한 것이라고. 은사는 눈곱 낀 눈을 꿈벅거리면서 답했다.

"자기라고? 세계라고? 자기를 빼놓고 객관 세계 따위, 있을 거라고 생각하는가. 세계란 것은 말이지, 자기가 시간과 공간 사이에 투사한 환상이야. 자기가 죽으면 세계는 소멸하고 마는 거야. 자기가 죽더라도 세계가 남을 것이라는 따위는, 너무나 속되고 엄청나게 잘못된 생각이야. 세계가 사라지더라도, 정체를 알 수 없는, 이 불가사의한 자기라는 놈만큼은 여전히 계속될 터이지."

오정이 섬긴 지 딱 90일 되는 날 아침, 며칠간 계속된 맹렬한 복통과 설사를 한 뒤 이 늙은 은자는 마침내 쓰러졌다. 이따위 추한 설사와 괴로운 복통을 자신에게 주고 있는 객관 세계를, 자신의 죽음으로 말살할 수 있음을 기뻐하면서……

오정은 정성껏 뒤치다꺼리를 하고, 눈물과 더불어 다시 새 여행길에 나섰다.

소문으로 듣자니, 좌망선생坐忘先生은 좌선을 한 채로 계속 잠을 자고, 50일에 한 번씩 깬다고 한다. 그리고 수면 중의 꿈의 세계를 현실로 믿고, 어쩌다 깨어 있을 때면 그것을 꿈으로 생각하고 있다는 것이다. 오정이 이 선생을 멀리서 찾아왔을 때, 역시 선생은 잠들어 있었다. 좌우간 유사하에서도 가장 깊은 강바닥이었고, 위로부터의 빛도 거의 비쳐 들지 않는 상황이었으므로, 오정도 눈이 익숙해질 때까지는 찾기가 힘들었는데, 이윽고, 어슴푸레한 강바닥의 대臺 위에 결가부좌한 채로 잠들어 있는 스님 형상이 어렴풋이 떠올라왔다. 밖으로부터의 소리도 들리지 않고 물고기들도 어쩌다가 올 정도의 곳이었는데, 오정도 하는 수 없이 좌망선생 앞에 앉아서 눈을 감았더니 무엇인가 찡하고 귀가 멍멍해지는 느낌이었다.

오정이 오고 나서 나흘째 선생은 눈을 떴다. 곧바로 눈앞에서 오정이 황급히 일어나 절을 하는 모습을, 보는 것도 아니고 보지 않는 것도 아니고, 그저 두세 번 눈을 꿈벅거렸다. 잠시 아무 말 없이 마주 보고 난 뒤 오정은 흠칫거리면서 입을 열었다. "선생님, 불쑥 무례합니다만, 한 가지 여쭙고자 합니다. 대체 '나'란 무엇일까요." "어허! 진시秦時의 녹락찬轆轆鑽!*"이라

* 북송 시대 『경덕전등록景德傳燈錄』 등에 나오는 선문답으로 미끈거리는 메기를 미끈한 표주박으로 어떻게 잡을 것인가 하는 테마를 다루고 있다.

는 매서운 목소리와 더불어, 오정의 머리는 느닷없이 막대기로 한 방 먹었다. 그는 비틀거렸지만, 다시 바로 앉았고, 잠시 후, 이번에는 충분히 경계해 가면서 아까의 질문을 되풀이했다. 이번에는 막대기가 떨어지지 않았다. 두툼한 입술을 열어, 얼굴도 몸도 절대로 움직이지 않은 채, 좌망선생이 꿈속에서 하는 듯한 말투로 대답했다. "오래도록 식食을 얻지 못했을 때에 배고픔을 느끼는 것이 너다. 겨울이 되어 추위를 느끼는 것이 너다." 그런데, 그것으로 두툼한 입술을 닫았고, 잠시 오정 쪽을 보고 있었지만, 이윽고 눈을 감았다. 그러고 나서 50일간 눈을 뜨지 않았다. 오정은 꾹 참고서 기다렸다. 50일째 다시 눈을 뜬 좌망선생은 앞에 앉아 있는 오정을 보고 말했다. "아직 있었는가?" 오정은 삼가 50일을 기다렸다고 답했다. "50일?" 하고 선생은, 그 꿈꾸는 듯한 조는 듯한 눈길을 오정에게 주고 있었는데, 그대로 한동안 묵묵히 있었다. 이윽고 무거운 입술이 열렸다.

"시간의 길이를 재는 척도가, 그것을 느끼는 자의 실제 느낌 외에는 없다는 것을 모르는 자는 어리석다. 인간 세계에서는 시간의 길이를 재는 기계가 생겼다지만, 먼 훗날 커다란 오해의 씨앗을 뿌린 꼴이다. 대춘大椿*의 장수壽도, 조균朝菌**의 요절夭도 그 길이에는 다름이 없는 것이다. 시간이란 우리 머릿속에 있는 하나의 장치에 지나지 않는다."

---

* 『장자莊子』에 나오는 8천 세의 봄, 8천 세의 가을을 누린 인물.
** 아침에 났다가 저녁에 마르는 버섯.

그렇게 말을 끝내고, 선생은 다시 눈을 감았다. 50일 후가 아니면, 그것이 다시 열릴 일이 없다는 것을 알고 있는 오정은, 잠자는 선생을 향해 공손히 머리를 숙이고, 떠났다.

"두려워하라. 전율하라. 그리고 신을 믿어라."

이렇게 유사하의 가장 번화한 네거리에 서서, 한 젊은이가 외치고 있었다.

"우리의 짧은 생애가 그 앞과 뒤로 이어지는 무한의 대영겁大永劫 속에 몰입되어 있음을 생각하라. 우리가 사는 좁은 공간이 우리가 알지 못하는, 그리고 우리를 알지 못하는 무한대의 공간 속에 내던져져 있음을 생각하라. 어느 누가 자신의 보잘것없음에 전율하지 않을 수 있겠는가. 우리는 모두가 쇠사슬에 매인 사형수다. 매순간마다 그 안의 몇 명씩인가가 우리의 면전에서 죽어가고 있다. 우리는 아무런 희망도 없이 순번을 기다리고 있을 뿐이다. 때는 다가오고 있다. 그 짧은 동안을, 자기 기만과 술이 주는 도취 가운데 지내려 하는가? 저주받은 비겁한 자들! 그동안을 그대의 비참한 이성을 믿고 자만하고 있을 터인가? 오만하고 제 분수를 모르는 자들! 재채기 하나도, 너의 빈약한 이성과 의지로 좌우하지 못하지 않는가."

살갗이 흰 청년은 볼이 붉어지도록, 목이 쉬어라 질타했다. 그 여성적이고 고귀한 모습 어디에 저와 같은 강렬함이 감추어져 있을까. 오정은 놀라면서, 그 불타는 듯한 아름다운 눈동자를 바라보았다. 그는 청년의 말에서 불과 같은 거룩한 화살이 자신의 영혼을 향해 날아오는 것을 느꼈다.

"우리가 할 수 있는 것은, 오직 신을 사랑하고 자신을 미워하는 일뿐이다. 부분은, 스스로를, 독립된 본체라고 자만해서는 안 된다. 어디까지나, 전체의 의지를 가지고, 나의 의지로 삼고, 전체를 위해서만 자기를 살라. 신에게 합당한 자는 하나의 영靈이 되는 것이다."

분명, 이는 거룩하고 뛰어난 영혼의 목소리라고 오정은 생각했지만, 그럼에도 불구하고 자신이 지금 갈구하고 있는 것이, 이러한 신의 목소리가 아니라는 점 또한 느끼지 않을 수가 없었다. 훈계의 말씀은 약과 같은 것이어서, 학질을 앓는 자 앞에 종기약을 권해 보았자 소용이 없지 않나, 그런 생각도 했다.

그 네거리로부터 그리 멀지 않은 길바닥에서 오정은 추한 거지를 보았다. 대단한 곱사등이로, 높이 치솟은 등뼈를 따라 오장이 모두 올라가 버리고, 머리 꼭대기는 어깨보다 훨씬 아래쪽에 있고, 아래턱은 배꼽을 가릴 정도다. 게다가 어깨로부터 등판 일대가 붉게 짓무른 종기가 퍼져 있는 모습에, 오정은 문득 발길을 멈추어 한숨을 내쉬었다. 그러자 웅크리고 있던 그 거지는, 목의 움직임이 부자유한 채로, 붉게 혼탁해진 눈동자를 굴려 쳐다보고서, 하나밖에 없는 긴 앞니를 드러내며 싱긋 웃었다. 그리고 위로 치올려진 팔을 덜렁거리면서 오정의 발치로 비틀비틀 오더니 그를 올려다보며 말했다.

"주제넘구먼, 나를 가엾게 생각하다니. 젊은이여, 나를 불쌍한 작자라고 생각하는가. 아무래도 자네 쪽이 훨씬 불쌍해 보이는데 말이야. 이런 몰골로 만들었다고 조물주를 내가 원망이라도 하고 있을 것으로 생각하고 있겠지. 웬걸, 웬걸, 오히려 조물주를 칭송할 정도야, 이런 묘한 꼴로 만들어 주었다고 생각하면 말이지. 앞으로도, 어떤 재미있는 모습이 될 것인지, 생각해 보면 즐겁기도 하거든. 내 왼쪽 팔꿈치가 닭이 된다면, 시간을 알려줄 것이고, 오른쪽 팔꿈치가 탄궁彈弓이 된다면, 그것으로 부엉이라도 잡아서 구워 먹을 수 있을 것이고, 내 엉덩이가 수레바퀴가 되고 영혼이 말이라도 된다면, 이건 더할 나위 없는 훌륭한 탈것이 될 터이니 얼마나 좋겠는가. 어때, 놀랐는가. 내 이름은 자여子輿라고 하는데, 자사子祀, 자리子犁, 자래子來라고 하는 세 막역한 친구가 있네. 모두가 여우女偊씨의 제자로 사물의 형체를 초월해서 불생불사의 경지에 들어가 보니, 물에 젖지도 않고, 불에 타지도 않고, 자면서도 꿈꾸지 않고, 깨어서도 걱정거리가 없지. 얼마 전에도 넷이서 우스운 이야기를 한 적이 있지. 우리는 무無를 머리로 삼고, 생生을 등으로 삼고, 죽음을 엉덩이로 삼고 있거든. 아하하하……"

기분 나쁜 웃음소리에 움찔하면서도, 오정은, 이 거지야말로 어쩌면 진인眞人이라는 것인지도 모르겠다고 생각했다. 이 말이 진짜라면 대단한 것이다. 그러나, 이 사내의 말투와 태도에는 어딘지 과시적인 것이 느껴졌고, 그것이 고통을 참아 가며 무리하게 큰소리를 치게 하는 것이 아닐까 의심이 들었고, 게다가, 이 사내의 추함과 고름 냄새가 오정에게 생리적인 반발을 들게 했다. 그는 매우 마음이 끌리면서도, 여기서 거지를 섬길 수는 없다고 생각했다. 하지만, 아까 한 말 가운데 나왔던 여우씨라는 자에게서 가르침을 받고 싶어졌으므로, 그에 관해 말을 흘렸다.

"아, 사부님 말이군. 사부님은 여기서 북쪽으로 2천8백 리, 이 유사하가 적수赤水·묵수墨水와 만나는 곳에 암자를 가지고 계시지. 자네의 도심道心만 굳다면, 상당히, 훌륭한 가르침도 주실 거야. 아무쪼록 수업을 받는 게 좋아. 나의 안부 인사도 잘 전해 주게"하고, 비참한 곱사등이는 뾰족한 어깨를 잔뜩 뽐내면서 건방을 떨며 말했다.

4

유사하와 묵수와 적수가 만나는 곳을 목적지로 삼고서, 오정은 북쪽으로 여행을 떠났다. 밤이면 갈대 사이에서 얕은 꿈을 꾸고, 아침이 되면, 다시, 끝도 안 보이는 강바닥 모랫벌을 북으로 향해 나아갔다. 즐거운 듯이 은빛 비늘을 뽐내는 물고기들을 보고는, 까닭 없이 나 하나만 즐겁지 않구나 하고 쓸쓸하게 생각하면서, 그는 매일 걸었다. 가는 도중에도, 그럴듯한 도인, 수련자들이 보이면, 빼놓지 않고 그 문을 두드렸다.

탐식貪食과 강한 힘으로 이름난 규염점자虯髯鮎子를 방문했을 때, 새까맣고 우락부락한 이 메기 요괴는 기다란 수염을 쓰다듬으며, "먼 곳만을 우려하다 보면, 반드시 가까이에 걱정거리가 있는 법. 달인은 대관大觀하지 않는 법"이라고 가르쳤다. "예컨대 이 물고기 말이야." 점자는 눈앞을 지나가는 한 마리의 잉어를 잡나 했더니, 그것을 우적우적 먹어 가면서 설교했다. "이 물고기 말인데, 이 고기가, 어째서, 내 눈앞을 지나며, 그러면서, 나의 먹이가 되지 않아서는 안 되는 인연을 가지고 있는지를 곰곰 생각해 보는 일은 그야말로 선철仙哲에 어울리는 행위인데, 잉어를 잡기 전에, 그따위 생각을 하는 날에는, 고기가 달아날 뿐이지. 우선 재빨리 잉어를 잡고, 그것에 맹렬하게 달려들고 난 뒤에, 그것을 생각해도 늦지 않아. 잉어는 어째서 잉어인가, 잉어와 붕어의 차이에 대한 형이상학적인 고찰, 등등의, 같잖게 고상한 문제에 걸려서, 노상 잉어를 놓쳐 버리는 남자일 테지, 자네는. 자네의 우울한 눈빛이 그 점을 확실하게 알려주고 있거든. 어떤가." 분명 그럴 것이라고, 오정은 고개를 숙였다. 요괴는 그때 이미 잉어를 다 먹어 버렸고, 그러면서도 탐욕스러운 눈빛이 오정의 숙이고 있는 목덜미에 쏠리고 있었는데, 갑자기 그 눈빛이 번쩍했고 동시에 목구멍에서 꿀꺽, 하는 소리가 났다. 문득 고개를 든 오정은, 순간, 위험을 느끼고 몸을 피했다. 요괴의 칼날 같은 날카로운 발톱이 무서운 속도로 오정의 목덜미를 스쳤다. 최초의 일격에 실패한 요괴의 분노에 불타는 탐욕스러운 얼굴이 무섭게 쫓아왔다. 오정은 물을 걸어차고 뿌옇게 뻘 먼지를 피우면서, 창황愴惶히 동굴을 빠져나왔다. 가혹한 현실 정신을 그 사나운 요괴로부터, 몸으로 배웠군, 이렇게 오정은 몸을 떨면서 생각했다.

이웃 사랑의 설교자로 유명한 무장공자無腸公子의 강연에 참가했을 때에는, 설교 도중에 이 성승聖僧이 갑자기 배가 고파

져서, 자신의 자식(하기야 그는 게의 요정이므로, 한 번에 무수한 자식을 알에서 까놓곤 하지만)을 두셋, 우적우적 먹어 버리는 꼴을 보고, 기겁했다.

자비와 인욕忍辱을 설교하는 성자가, 지금, 중인환시衆人環視 중에 자신의 아이를 잡아먹은 것이다. 그리고, 다 먹고 나서는, 그런 사실도 잊은 듯이, 다시금 자비의 설교를 하기 시작했다. 잊어버린 것이 아니라, 아까의 배고픔을 충족시키기 위한 행위는 전혀 그의 의식에 올라 있지 않았을 것이 틀림없었다. 이런 점이야말로 내가 배워야 하는 것인지 모르겠군, 하고 오정은 묘한 이유를 붙여 생각했다. 내 생활 어디에 저러한 본능적이고 몰아沒我적인 순간이 있는가. 그는 귀한 교훈을 얻었다고 생각하고 무릎 꿇고 배례했다. 아니, 이런 식으로 일일이 개념적인 해석을 붙여야만 속이 시원한 점에 나의 약점이 있는 것이라고, 그는 다시 한 번 고쳐 생각했다. 교훈을 통조림으로 담지 말고 날것인 채로 몸에 담을 것, 그래, 그거야, 하고 오정은 다시 한 번 배례를 하고 나서 일어섰다.

포의자蒲衣子의 암실庵室은, 별난 도장이다. 겨우 네댓 명밖에는 제자가 없지만, 그들은 모두 스승을 본받아 자연의 비약秘鑰을 탐구하는 자들이었다. 탐구자라기보다는 도취자라고 하는 편이 좋을지도 모른다. 그들이 권하는 것은, 그저, 자연을 보고, 차분하게 그 아름다운 조화 속으로 투과하는 일이다.

"우선 느끼는 것입니다. 감각을, 가장 아름답고 현명하고 세련되게 하는 것입니다. 자연미의 직접 감수感受로부터 벗어난 사고 따위는, 회색의 꿈입니다." 이렇게 제자 중 하나가 말했다.

"마음을 깊이 침잠시켜 자연을 보십시오. 구름, 하늘, 바람, 눈, 파르스름한 얼음, 홍조紅藻의 흔들림, 밤에 물속에서 자잘하게 곰실거리는 규조류硅藻類의 빛, 앵무조개의 나선, 자수정의 결정, 석류석의 빨강, 형석螢石의 파랑. 얼마나 아름답게 그들이 자연의 비밀을 이야기하는 듯 보이나요." 그가 하는 말은 마치 시인의 말 같았다.

"그렇지만, 자연의 암호문자를 푸는 일도 이제 마지막 한 발짝이라는 순간, 돌연 행복한 예감은 사라지고, 우리는 다시금 아름답지만, 싸늘한 자연의 옆얼굴을 보지 않아서는 안 되는 것입니다." 이렇게 다른 제자가 계속했다. "이 역시, 아직 우리의 감각의 단련이 부족하기 때문이며, 마음이 깊이 가라앉아 있지 않기 때문입니다. 우리는 아직 계속해서 노력하지 않아서는 안 됩니다. 언젠가는, 스승께서 말씀하시는 대로 '보는 것이 사랑하는 일이며, 사랑하는 것이 창조하는 일이다' 같은 순간을 가질 수 있을 테니까요."

그러는 동안에도, 스승인 포의자는 한마디도 하지 않고, 선명한 녹색의 공작석孔雀石 하나를 손바닥에 올려놓고, 깊은 기쁨이 담긴 온화한 눈초리로 조용히 그것을 바라보고 있었다.

오정은 이 암실에 한 달가량 머물렀다. 그동안 그 역시 그들과 더불어 자연시인이 되어서, 우주의 조화를 찬미했고, 그 가장 깊은 곳에 있는 생명에 동화하기를 원했다. 자신으로서는 다른 세상이라고 느끼기는 했지만, 그들의 고요한 행복에 끌려

들어갔던 것이다.

제자 가운데, 하나, 상당히 아름다운 소년이 있었다. 피부는 뱅어처럼 투명했고, 검은 눈동자는 꿈꾸듯 크게 떠져 있었고, 이마에 늘어진 고수머리는 비둘기 가슴의 털처럼 부드러웠다. 마음에 약간의 우수가 있을 때면, 달 앞을 가로지르는 엷은 구름 정도의 희미한 그림자가 아름다운 얼굴에 비치고, 기쁨이 있을 때면 고요하게 맑은 눈동자의 깊은 곳이 밤의 보석처럼 빛났다. 스승도, 그리고 제자들도 이 소년을 사랑했다. 순박하고 순수한 이 소년의 마음은 의심이라는 것을 몰랐다. 오로지 너무나 아름답고 너무나 가녀린 것이, 마치 무슨 귀한 기체로 만들어지기라도 한 듯해서, 그것이 모두에게 불안을 느끼게하고 있었다. 소년은 틈만 나면, 흰 돌 위에 묽은 엿색 벌꿀을흘리며, 그것으로 메꽃 그림을 그리고는 했다. 오정이 이 암실을 떠나기 사오일 전의 일로, 소년은 암자를 나간 채 돌아오지않았다. 그와 함께 나간 한 제자는 이상한 보고를 했다. 자신이정신을 놓고 있는 사이에 소년이 갑자기 물에 녹아버렸다, 자신은 분명히 그것을 보았다고. 다른 제자들은 그런 터무니없는일이 있을 수 있느냐고 웃었지만, 스승인 포의자는 진지하게그 말에 동의했다. 그럴지도 모르지, 그 아이라면 그런 일도 일어날지도 몰라. 너무나 순수했거든, 하고.

오정은 자신을 잡아먹으려 했던 메기 요괴의 억셈과 물에녹아 버린 소년의 아름다움을 나란히 생각하면서 포의자의 암자를 떠났다.

포의자 다음으로 그는 반의궐파斑衣鱖婆가 있는 곳에 갔다. 이미 5백여 세가 된 여괴女怪였는데, 피부결은 처녀와 조금도 다름이 없고, 요염한 그 자태는 능히 철석과 같은 마음을 녹인다는 것이었다. 육체의 즐거움을 극대화하는 일을 유일한 생활신조로 삼고 있던 이 늙은 여괴는 뒤뜰에 수십 개의 방을 만들고, 용모 단정한 젊은이들을 모아 그곳에 채워 놓고, 그 쾌락에 잠길 때면 친지들도 멀리하고 교유交遊도 단절한 채 뒤뜰에 은거하고서, 그 낮이 밤을 이으며, 석 달에 한 번밖에는 밖으로 얼굴을 내밀지 않는 것이었다. 오정이 찾아간 시점은 바로 이 석 달에 한 번에 해당했으므로 다행히도 이 늙은 여괴를 볼 수가 있었다. 구도자라는 말을 듣고서 늙은 궐파鱖婆[쏘가리할멈]는 오정에게 이렇게 이야기해 주었다. 피로의 그림자를, 곱고 고운 모습 어딘가에 보이면서.

"이 길이랍니다. 바로 이 길이랍니다. 성현의 가르침도 선철仙哲의 수업도, 결국은 이러한 더할 나위 없는 법열法悅의 순간을 지속시키는 데에 그 목적이 있는 거지요. 생각해 보세요. 이 세상에서 생을 즐긴다는 것은 실로 백천만억항하사겁무한百千萬億恒河沙劫無限*의 시간 가운데서 참으로 만나기 어렵고 고마운 일입니다. 게다가 한편으로, 죽음은 어처구니없을 정도

---

* 항하사는 갠지스강의 모래라는 뜻으로 무한히 많은 수량을 말하며 한자문화권에서의 수의 단위로 현재 일반적으로 10의 52제곱을 이른다. 겁은 인도철학이나 불교의 용어로 우주론적 시간 단위. 하나의 우주가 탄생하고 소멸할 때까지의 기간을 말한다.

로 신속하게 우리를 엄습하는 것입니다. 만나기 어려운 생을 받아서, 닥쳐오기 쉬운 죽음을 기다리고 있는 우리들로서, 대체 이 길 말고는 무엇을 생각할 수 있겠소. 아아, 저 짜릿짜릿한 환희! 언제나 새로운 저 도취!" 이렇게 여괴는 취한 듯이 요염하기 짝이 없는 눈을 가늘게 하며 외쳤다.

"당신은 유감스럽게도 매우 추하게 생겼기 때문에, 우리 집에 머물러 주시기를 바라지 않아서 솔직하게 말씀드리지만, 실은 나의 뒷방에서는 해마다 백 명씩의 젊은 사내가 피로해진 끝에 죽어 나간답니다. 하지만, 확실한 점을 말해두자면, 그 사람들은 모두 기꺼이 자신의 일생에 만족하면서 죽어가는 것이랍니다. 누구 하나, 여기서 머물렀던 것을 원망하면서 죽은 자는 없습니다. 이제 죽기 때문에, 이 즐거움이 이 이상 계속될 수 없는 것을 한탄한 자는 있었지만요."

오정의 추한 모습을 가엾이 여기는 눈빛으로 마지막으로 쏘가리할멈은 이렇게 덧붙였다.

"덕이라는 것은 말이죠, 즐길 수 있는 능력을 가리키는 말입니다."

추한 까닭에, 매년 죽어가는 백 명 속에 끼지 않을 수 있었음을 감사하면서 오정은 여행을 계속했다.

현인들이 말하는 바가 너무나 가지각색이어서, 그는 도대체 무엇을 믿어야 할지 알 수가 없었다.

"나란 무엇인가?" 하는 그의 물음에 대해 한 현자는 이렇게 말했다. "우선 짖어 보라. 꿀꿀 하고 운다면 너는 돼지다. 꽥

꽥 하고 울게 되면 거위다"라고. 다른 현자는 이렇게 가르쳤다. "나란 무엇인가 하고 무리하게 표현하고자 하지만 않는다면, 자기를 아는 일은 비교적 곤란하지 않다"고. 또, 말하기를 "눈은 일체를 보지만, 스스로를 볼 수 없다. 나란 어차피 내가 알 수 없는 것이다"라고.

또 다른 현자는 말했다. "나는 항상 나다. 나의 현재의 의식이 생기기 이전의 무한의 시간을 통해 나라는 것이 있었다. (그것은 아무도 이제는, 기억하지 않지만) 그것이 바로 지금의 나가 된 것이다. 현재의 나의 의식이 사라진 뒤의 무한의 시간이 지나서, 다시, 나라는 것이 있을 것이다. 그것을 지금, 아무도 예견할 수가 없고, 또한 그때가 되면 현재의 나의 의식에 대해 깨끗이 잊어버리고 있을 게 틀림없지만"이라고.

다음과 같이 말하는 사내도 있었다. "하나의 계속된 나란 무엇인가? 그것은 기억의 그림자의 퇴적이다"라고. 이 사내는 또한 오정에게 이렇게 가르쳐 주었다. "기억의 상실이라는 것이 우리들이 매일 하고 있는 것의 전부다. 잊어버리고 있다는 자체를 잊어버리고 있으므로, 여러 가지 것들이 새롭게 느껴지는 것인데, 사실은, 그것은, 우리가 하나부터 열까지 철저하게 잊어버리기 때문이다. 어제의 일은커녕, 한순간 전의 일까지도, 즉 그때의 지각, 그때의 감정까지도 송두리째 다음 순간에는 망각하고 있는 것이다. 그 가운데서, 아주 일부의, 어렴풋한 복제가 뒤에 남는 것에 지나지 않는다. 그러니, 오정이여, 현재의 순간이라는 것은 참으로 대단한 것이 아닌가"라고.

이렇게, 5년 가까운 편력을 하는 동안, 똑같은 증상을 놓고 다른 처방을 내리는 숱한 의사들 사이를 오가는 듯한 어리석음을 되풀이한 뒤에, 오정은 결국 자신이 조금도 현명해지지 않았음을 깨달았다. 현명해지기는커녕 어쩐지 자신이 둥둥 뜬 것 같은(자신이 아닌 것 같은) 영문을 알 수 없는 자가 되고 만 듯한 기분이 들었다. 예전의 자신은 어리석기는 했지만 적어도 지금보다는 확실한―그것은 거의 육체적인 느낌으로, 좌우간 자신의 중량을 가지고 있었던 것으로 생각되었다. 그것이 이제는 거의 중량이 없는 훅 불면 휙 날아갈 것 같은 것이 되고 말았다. 바깥쪽에는 다양한 모양을 덧칠해 놓았지만, 속은 텅 빈 것으로. 이래서는 안 되겠다고 오정은 생각했다. 사색에 의한 의미의 탐색 이외에 좀 더 직접적인 해답이 있지 않을까, 이런 예감도 들었다. 이런 일을 놓고, 계산의 답 같은 해답을 구하고자 한 자신의 어리석음. 이런 점을 깨닫게 되었을 무렵, 앞길의 물이 검붉게 흐려지더니, 그는 목표로 삼은 여우女偶씨가 있는 곳에 당도했다.

여우씨는 얼핏 매우 평범한 선인仙人으로, 오히려 어리석게까지 보였다. 오정이 왔다고 별달리 그를 부리는 것도 아니고, 가르치는 것도 아니었다. 견강堅强은 죽음의 무리, 유약柔弱은 생의 무리라지 않던가. "배우자, 배우자" 하는 딱딱한 태도가 싫었던 모양이다. 다만 어쩌다가, 별로 누구를 향해 말하는 것도 아닌데 뭔가 중얼거리는 일이 있다. 그럴 때, 오정은 얼른 귀를 쫑긋 세우지만, 목소리가 낮아서 대개는 알아들을 수가 없다. 석 달 동안, 그는 결국 아무런 가르침도 들을 수가 없었다. "현자가 남에 대해서 알고 있는 것보다도 우자愚者가 스스로에 대해 아는 것이 많으므로, 자신의 병은 스스로가 고쳐야 한다"는 것이 여우씨에게서 들을 수 있었던 오직 하나의 말이었다. 석 달째가 되는 마지막 날에, 오정은 이제는 단념하고서, 하직을 고하기 위해 스승에게로 갔다. 그러자 그때, 신기하게도 여우씨는 길게 오정에게 가르침을 주었다. '눈이 세 개가 아니라고 슬퍼하는 어리석음에 대해', '손톱이나 머리카락의 자라남을 자신의 의지로 좌우해야만 만족하는 자의 불행에 대해', '술 취한 자는 수레에서 떨어져도 다치지 않음에 대해', '그러나, 한마디로 사고하는 일이 나쁘다고 할 수는 없는 것이니, 생각하지 않는 자의 행복은, 배멀미를 모르는 돼지와 같은 것이지만, 오직 생각하는 것에 대해서 생각하는 것만큼은 금물이라는 것에 대해서'.

여우씨는 자신이 전에 알고 있었던, 한 신지神智를 가진 마물魔物 이야기를 했다. 그 마물은 위로는 별자리의 운행에서부터 아래로는 미생물류의 생사에 이르기까지 모르는 것이라고는 없었고, 매우 신묘한 계산에 의해 지난날의 온갖 사건까지도 거슬러 올라 알 수 있을 뿐 아니라, 장차 일어날 어떠한 사건도 미루어 알 수가 있었다. 하지만 이 마물은 매우 불행했다. 왜냐하면 이 마물이 하루는 문득, '자신이 모든 것을 예견할 수 있는 온 세상의 사건들이 무슨 연유로(경과적으로 어떻게 해서가 아니라, 근본적인 이유에서) 그렇게 일어나야만 하는 것일까'에 생각이 미쳤고, 그 궁극의 이유를 그의 신묘하기 짝이 없는 계산으로도 결국 알아낼 수가 없었기 때문이다. 어째서 해바라기는 노란가. 어째서 풀은 초록인가. 어째서 모든 것이 이렇게 존재하는가. 이 의문이, 이 신통력이 엄청난 그 마물을 괴롭혔고, 마침내 비참한 죽음으로까지 이끌었던 것이다.

여우씨는 또, 다른 요정 이야기도 했다. 이는 매우 조그맣고 보잘것없는 마물이었는데, 노상, 자신은 어떤 조그맣고 날카롭게 빛나는 것을 찾기 위해 태어났다고 말하고는 했다. 그 빛나는 것이란 무엇인지, 아무도 알 수가 없었는데, 어쨌든 작은 요정은 열심히 그것을 찾아 헤매어, 그것을 위해 살고 그것을 위해 죽어간 것이었다. 그리고 결국, 그 조그맣고 날카롭게 빛나는 것은 발견하지 못했지만, 그 작은 요정의 일생은 매우 행복해 보였다고 여우씨는 말했다. 이렇게 말하면서, 하지만 이들 이야기가 지닌 의미에 대해서는 아무런 설명도 없었다. 다만 마지막으로, 스승은 다음과 같은 말을 했다.

"성스러운 광기를 아는 자는 행복하다. 그는 스스로를 죽임으로써, 저 자신을 구할 수 있기 때문이다. 거룩한 광기를 알지 못하는 자는 화가 있다. 그는, 스스로를 죽이지도 살리지도 못해서 서서히 망하기 때문이다. 사랑한다는 것은, 좀 더 고귀한 이해 방법이다. 행함이란, 보다 명확한 사색의 방식임을 알라. 매사를 의식의 독즙 속에 담아 놓지 않고는 못 배기는 가엾은 오정이여. 우리의 운명을 결정하는 커다란 변화는, 전부 우리의 의식을 따르지 않고 벌어지는 것이다. 생각해 보라. 네가 태어날 때, 너는 그것을 의식하고 있었느냐?"

오정은 삼가 스승에게 답했다. 스승의 가르침은 이제 특히 몸에 배어들 듯이 이해된다. 실은 자신도 오랜 편력을 하는 동안에, 사색만으로는 점점 더 진흙탕 속에 빠져들 뿐임을 느꼈는데, 지금의 자신을 돌파해서 새로 태어날 수 없어서 괴로웠다고. 그 말을 듣고 여우씨는 말했다.

"계류가 흘러 깎아지른 절벽 가까이까지 오면, 한 번 소용돌이를 치고 나서 이번에는 폭포가 되어 떨어진다. 오정이여, 너는 이제 그 소용돌이 한 발짝 앞에서 머뭇거리고 있는 것이다. 한 발짝 나가 휩쓸려 버리고 나면, 나락까지는 단숨. 그 도중에 사색이나 반성이나 머뭇거릴 틈은 없다. 겁쟁이 오정아. 너는 소용돌이치며 떨어져 가는 자들을 공포와 연민을 가지고 바라보고 있으면서도, 자신도 결단해서 뛰어들 것인가 말 것인가 주저하고 있는 것이다. 조만간 자신이 바닥으로 떨어져야 한다는 것은 충분히 알고 있으면서. 소용돌이에 휩쓸리지 않는다고 해서, 결코 행복하지 않다는 것도 알고 있으면서. 그러면서도 너는 방관자의 위치에 연연해서 떠나지 못하고 있는 것이냐. 엄청난 생의 소용돌이 속에서 허우적거리고 있는 무리들이 의외로 곁에서 보는 것처럼 불행하지는 않다는 것(적어도 회의적인 방관자보다는 몇 배나 행복하다)을, 어리석은 오정이여, 너는 알지 못하느냐."

스승의 가르침에 대한 고마움이 골수에 새겨지는 듯했지만, 그래도 아직 석연치 않은 것을 남겨 놓은 채, 오정은 스승의 곁에서 떠났다.

이제 더는 남에게 길을 묻지 않겠다고 그는 생각했다. "어느 누구도 훌륭해 보이기는 해도, 사실은 아무것도 알고 있지 못

하는군" 하고 오정은 혼잣말을 하면서 귀로에 올랐다. "'서로
들 알고 있는 체하자. 알지 못하고 있다는 사실은 서로가 환히
알고 있지 않은가'라는 약속 아래 모두가 살고 있는 모양이야.
이런 약속이 이미 되어 있다면, 그것을 새삼스럽게 모르겠다
모르겠어 하고 떠들어 대고 있는 나는, 얼마나 꽉 막힌 놈이란
말인가. 정말이지."

5

느려터지고 굼뜬 오정인지라, 대오각성이나, 대활현전大活現
前*이라느니 하는 산뜻한 재주를 부릴 수는 없었지만, 서서히,
눈에 보이는 변화가 그에게 작용한 것 같았다.

처음, 그것은 도박을 하는 기분이었다. 하나의 선택만이 허
용되는 경우, 하나의 길만이 영원한 진흙탕이고 다른 길이 험
악하더라도 어쩌면 구원받을지도 모르는 길이라면, 그는 뒤쪽
길을 고를 것이 틀림없다. 그럼에도 어째서 주저했던 것일까.
여기서 그는 비로소 자신의 생각 속에 있었던 비천한 공리적
인 요소를 깨달았다. 험한 길을 선택해서 고통을 빠져나왔는데
결국 구원되지 못하게 되면 되돌릴 수 없는 손해다, 하는 마음

---

* 불법에서 진리를 깨달을 때는 크게 죽음을 깨닫고大死一番, 동시에 죽음
과의 거리 없이 다시 살게 된다大活現前. 즉 생과 사는 떨어진 것이 아니
라는 것을 깨달음을 뜻한다.

이 부지불식간에 자신의 결단을 막도록 작용하고 있었던 것이다. 뼈아픈 헛수고를 피하기 위해, 수고는 그리 많이 하지 않는 대신에 결정적인 손해로만 이끌어 주게 될 길에 머물러 있자는 것이 느려터지고 굼뜨고 비루한 자신의 기분이었던 것이다. 여우씨 곁에 머물러 있었던 동안, 그러나 그의 기분도 점차로 하나의 방향으로 몰리게 되었다. 처음에는 몰림을 당하던 것이 나중에는 스스로 나아가 움직이는 것으로 변해 가려 했다. 자신은 지금까지 자기의 행복을 추구해 온 것이 아니라 세계의 의미를 물으려 했던 것이라고 스스로 생각하고 있었지만, 그것은 당치도 않은 잘못으로, 사실은 그런 색다른 형식 아래서, 가장 집념 깊게 자신의 행복을 물색하고 있었다는 것이 오정은 이해되기 시작했다. 자신은 그처럼 세계의 의미를 놓고 운운할 정도로 대단한 존재가 아니라는 것을, 그는 비하하는 심정으로가 아니라 안온한 만족감을 가지고 느낄 수 있게 되었다. 그리고 그런 건방진 소리를 하기 전에, 좌우간 스스로도 아직 알지 못하고 있을 것이 틀림없는 자신을 시험해 보고 싶다는 용기가 우러나왔다. 주저하기 전에 시도해 보자. 결과의 성패는 생각하지 말고, 오직 시험하기 위해 전력을 다해 보자. 결정적인 실패로 돌아간다 해도 좋다. 지금까지 항상, 실패에 대한 걱정 때문에 노력을 포기해 온 그가, 뼈아픈 헛수고를 마다하지 않을 지경으로까지 승화되어 온 것이다.

6

오정의 육체는 이제 완전히 피로해 있었다.

어느 날, 그는 길바닥에 쓰러져 그대로 깊은 잠에 빠지고 말았다. 참으로 모든 것을 잊어버린 혼수昏睡였다. 그는 깊은 잠을 며칠씩이나 계속 잤다. 배고픔도 잊고, 꿈도 꾸지 않았다.

문득, 눈을 떴을 때, 뭔가 사방이 파르스름하게 밝다는 것을 깨달았다. 밤이었다. 밝은 달밤이었다. 커다랗고 둥근 봄날의 만월滿月이 물 위로부터 비쳐들어 얕은 강바닥을 온화하고 하얀 밝음으로 채워 놓고 있었다. 오정은 숙면 뒤의 산뜻한 기분으로 일어났다. 순간 배가 고프다는 걸 느꼈다. 그는 그 부근을 헤엄치고 있던 물고기 대여섯 마리를 손으로 움켜쥐고는 우적우적 먹고, 그러고는 허리에 차고 있던 표주박의 술을 병째 들이마셨다. 맛있었다. 꿀꺽꿀꺽 소리를 내며 마셨다. 표주박 밑바닥까지 다 비우고 나서 상쾌한 기분으로 걷기 시작했다.

강바닥의 모래알 하나하나를 분간할 수 있을 정도로 밝았다. 수초를 따라, 끊임없이 조그마한 물거품의 열列이 수은 구슬처럼 빛나면서 흔들흔들 올라오고 있다. 때때로 그의 모습을 보고 도망치는 조그마한 물고기들이 배를 하얗게 빛내며 푸른 수조水藻 그늘로 사라진다. 오정은 점차로 도연陶然해졌다. 어울리지 않게 노래를 부르고 싶어져서, 목청을 돋우어 소리를 내려 할 때였다. 그때, 아주 멀리서 누군가가 노래 부르는 듯한 소리가 들려왔다. 그는 가만히 귀를 기울였다. 그 목소리는 물밖에서 들려오는 것 같기도 하고, 물 바닥 어딘가 멀리서 들려

오는 것 같기도 했다. 낮지만 투명한 그 목소리로 들려오는 그
노래에 귀를 기울이니,

　　　江國春風吹不起
　　　鷓鴣啼在深花裏
　　　三級浪高魚化龍
　　　痴人猶戽夜塘水
　　　강촌에 봄바람 불어도 파도 아직 일지 않고
　　　자고새 우는 소리 깊은 꽃 속에서 나네
　　　거센 풍랑 드높은 가운데 고기는 용이 되고
　　　어리석은 이 깊은 밤 연못 속의 용 낚으려 하네

　아무래도, 그런 문구 같이 들렸다. 오정은 그 자리에 앉아서,
더욱더 귀를 가만히 기울였다. 파르스름한 달빛에 물든 투명한
물의 세계에서, 단조로운 노래는, 바람 소리에 스러져 가는 사
냥의 뿔피리 소리처럼, 가느다랗게 언제까지나 울리고 있었다.
　잔 것도 아니고, 그렇다고 깨어 있는 것도 아니다. 오정은 영
혼이 달콤하게 웅크리고 있는 듯한 기분으로 망연하게 오래도
록 그렇게 웅크리고 있었다. 그러는 동안, 그는 기묘한, 꿈이라
고도 환상이라고도 할 수 없는 세계로 들어가 있었다. 수초도
물고기 그림자도 홀연히 사라지고, 갑자기, 무엇이라 표현할
수 없는 난사蘭麝의 향기가 풍기는가 싶더니, 낯선 인물 둘이
이쪽으로 오는 것을 그는 보았다.
　앞에 오는 자는 석장錫杖을 짚은 한가락 성깔이 있을 듯한 늠

름한 장부. 뒤에 오는 자는 머리에 보주영락寶珠瓔珞을 두르고 정수리에는 육계肉髻가 있고, 영묘하면서 단정한 위엄을 갖추고, 희미하게 원광圓光을 지고 있는 것이, 왠지 평범한 사람은 아닌 듯이 보였다. 그런데 앞서 온 자가 말했다.

"나는 탁탑천왕托塔天王의 둘째 태자 목차혜안木叉惠岸. 여기 계신 분은, 나의 사부, 남해의 관세음보살 마하살이시다. 천룡天龍, 야차夜叉, 건달바乾闥婆를 비롯, 아수라阿修羅, 가루라迦樓羅, 긴나라緊那羅, 마후라가摩睺羅伽, 인간, 비인간非人에 이르기까지 동등하게 자비를 내리시는 나의 사부님께서는, 이번에, 그대 오정이 고뇌함을 보시고, 특별히 여기에 내려오셔서서 득도하게 하고자 하셨다. 감사히 받아들여라."

자기도 모르게 고개를 숙인 오정의 귀에 아름다운 여성적인 소리— 묘음妙音이랄까, 범음梵音이랄까, 해조음海潮音이랄까 —가 울려 왔다.

"오정아, 똑똑하게 내 말을 듣고 이를 잘 생각해라. 분수를 모르는 오정아. 아직 얻지 못한 것을 얻었다 하고, 아직 증명되지 않은 것을 증명했다고 하는 것조차 세존께서는 이를 증상만增上慢이라고 나무라셨다. 그렇다면, 증거해서는 안 될 것을 증거하고자 한 그대와 같은 경우는, 이를 지극한 증상만이 아니라면 무엇이라고 하겠는가. 그대가 구하고자 한 것은, 아라한阿羅漢도 벽지불辟支佛조차도 아직 구할 수 없고, 또 구하고자 하지도 않는 것이다. 애처로운 오정아. 어찌해서 그대의 영혼은 이다지도 비참한 미로에 들어갔단 말이냐. 정관正觀을 얻으면, 정업淨業이 즉각 이루어질 터인데, 그대, 심상心相이 유약해서 사관邪觀에 빠지고, 삼도三途* 무량無量의 고뇌를 만난다. 생각건대 그대는 관상觀想**에 의해서 구원받을 수도 없으므로, 앞으로는 일체의 생각을 버리고, 오직 몸을 움직이는 일로만 스스로를 구하고자 마음먹는 것이 좋다. 시간이란 사람의 작용을 가리키는 말이니라. 세계는 개관槪觀할 때는 무의미한 것 같지만, 그 세부에 직접 작용을 가함으로써 비로소 무한의 의미를 지니게 되는 것이다. 오정아. 우선 어울리는 장소에 몸을 두고, 어울리는 일에 전력을 기울여라. 분수를 모르는 '어째서'는 향후 싹 버려라. 이것 말고는 너의 구원은 없느니라. 그건 그렇고, 올가을, 이 유사하를 동으로부터 서로 가로지르는 세 명의 스님이 있을 것이다. 서방 금선金蟬 장로의 환생 현장법사玄奘法師와, 그 두 명의 제자들이다. 당나라 태종 황제의 윤명綸命을 받아 천축국天竺國 대뢰음사大雷音寺로 대승삼장大乘三藏의 진경眞經을 받기 위해 가는 것이다. 오정아, 너도 현장을 따라 서방으로 가거라. 이는 너에게 어울리는 자리이고, 또한, 너에게 어울리는 일이다. 가는 길은 괴롭겠지만, 제대로, 의심하지 말고, 오직 힘써라. 현장의 제자 중에는 오공悟空이라는 자가 있다. 무지무식無知無識하고, 다만, 믿고 의심하지 않는 자다. 너는 특히 그자에게서 배우는 바가 많을 것이다."

---

* 악인이 죽어서 간다는 삼악도. 즉 지옥도地獄道, 축생도畜生道, 아귀도餓鬼道.

** 마음을 한 곳에 오로지 기울여 어떤 상념을 일으키게 해서 번뇌를 없애는 것.

오정이 다시 고개를 들었을 때, 그곳에는 아무것도 보이지 않았다. 그는 망연히 강바닥의 달빛 아래 뻣뻣이 서 있었다. 묘한 기분이었다. 멍한 머리 한구석으로 그는 다음과 같은 일을 두서없이 생각하고 있었다.

"……그러한 일이 일어날 법한 자에게, 그런 일이 일어나고, 그런 일이 일어날 법할 때에, 그런 일이 일어나는 것 아닌가. 반년 전의 나였더라면, 지금과 같은 우스꽝스러운 꿈 따위는 꾸지도 않았을 터인데…… 지금 본 꿈속의 보살의 말만 해도, 생각해 보면 여우女偶씨나 규염점자虯髥鮎子의 말하고, 조금도 다를 것이 없는데, 오늘 밤은 아주 절실하게 느껴지는 게 아무래도 이상하군. 그야 나도, 꿈 따위가 구원이 될 것이라고 생각하지는 않아. 하지만 왠지 모르겠지만, 어쩌면 혹시, 지금의 꿈이 알려준 당나라 스님인가가, 정말로 이곳을 지날지도 모른다는 생각이 자꾸만 드는군. 그런 일이 일어날 법할 때에는, 그런 일이 일어난다는 것 말이야……"

그는 그렇게 생각하고 오랜만에 미소 지었다.

7

그해 가을, 오정은, 정말로, 대당大唐의 현장법사를 만나 그를 섬기고, 그의 힘으로, 물에서 나와 인간으로 변할 수가 있었다. 그리고 용감하고 천진난만한 성천대성聖天大聖 손오공孫悟空이나, 게으른 낙천가 천봉원수天蓬元帥 저오능猪悟能과 더불어 새로운 편력의 길에 오르게 되었다. 그러나, 그 도상途上에서도, 아직 예전의 병에서 완전히 벗어나지 못한 오정은 여전히 혼잣말하는 버릇을 버리지 못했다. 그는 중얼거렸다.

"아무래도 이상한걸. 영 납득할 수 없어. 모르는 일을 굳이 물으려 하지 않게 되었다는 것은 결국 알았다는 것일까? 아무래도 애매하군! 그다지 멋들어진 탈피脫皮는 아니군! 흥, 흥, 아무래도, 잘 납득이 안 가. 어쨌든, 예전처럼, 괴로워지지 않는 것만큼은 고맙지만……"

(1942. 5)

오정탄이悟淨歎異

─사문沙門 오정의 수기

점심을 먹은 뒤, 사부가 길가의 소나무 밑에서 잠시 쉬고 있는 동안, 오공悟空은 팔계八戒를 가까운 벌판으로 끌어내서 변신술 연습을 시키고 있었다.

"해 봐!" 하고 오공이 말한다. "용이 되고 싶다고 진정으로 생각하는 거야. 알았지. 진정으로야. 완전히, 막다른 곳에 몰렸다는 기분으로, 그렇게 생각하는 거야. 다른 잡념은 전부 버리고서야. 알겠지. 진심으로야. 더할 나위 없는, 철저한, 진심으로야."

"알았어!" 하고 팔계는 눈을 감고, 결인結印을 했다. 팔계의 모습이 사라지고, 다섯 자짜리 구렁이가 나타났다. 곁에서 보고 있던 나는 엉겁결에 웃음을 터뜨렸다.

"밥통아! 구렁이밖에는 못 되는 거야!" 오공이 호통을 쳤다. 구렁이가 사라지고 팔계나 나타났다.

"안 되겠어, 나는. 정말이지 왜 이럴까?" 하고 팔계는 면목이 없다는 듯이 코를 풀었다.

"안 돼 안 돼. 도무지 기분을 집중하지 않잖아, 너는. 다시 한 번 해 봐. 잘 들어. 진정으로, 그야말로 더할 수 없는 진정으로, 용이 되고 싶다 용이 되고 싶다 하고 생각하는 거야. 용이 되고 싶다는 기분만 남고, 너라는 것이 싹 사라지면 되는 거야."

좋았어, 다시 한 번, 하고 팔계는 결인을 한다. 이번에는 조금 전과는 달리 기괴한 것이 나타났다. 비단뱀인 것은 틀림없는데, 조그만 앞발이 나 있는 것이다. 커다란 도마뱀 같기도 하다. 하지만, 배는 팔계 자신을 닮아서 푸석푸석하게 부풀어 올랐고, 짧은 앞발로 두세 발짝 걷는 꼴이 뭐라 할 수 없을 정도로 어설펐다. 나는 또다시 웃음이 터졌다.

"됐어. 이젠 됐어. 그만둬!" 이렇게 오공이 호통친다. 머리를 벅벅 긁으며 팔계가 나타난다.

오공: 너의 용이 되고 싶다는 기분이 아직 절박하지 않기 때문이야. 그래서 안 되는 거야.

팔계: 그렇지 않아. 이토록 일심으로, 용이 되고 싶다 용이 되고 싶다 하고 골똘히 생각하고 있었거든. 이렇게 강하게, 이처럼 일편단심으로.

오공: 네가 그렇게 할 수 없다는 것이, 결국, 네 기분의 통일이 아직 되어 있지 않다는 뜻이란 말이야.

팔계: 그건 너무해. 그건 결과론 아니야.

오공: 일리가 있어. 결과만 보고서 원인을 비판하는 일은 결

코 최상의 방법은 아니지. 하지만, 이 세상에서는 아무래도 그것이 가장 실제적이고 확실한 방법인 것 같아. 지금의 네 경우는, 분명 그렇거든.

오공에 의하면, 변신의 방법이란 다음과 같은 것이다. 즉, 어떤 것으로 변하고 싶다는 마음이, 더할 수 없이 순수하고, 더할 수 없이 강렬하면, 마침내 그것이 될 수 있다. 그렇게 되지 못하는 것은, 아직 그 마음이 거기까지 이르지 못했기 때문이다. 법술의 수행이란 이처럼 자신의 기분을 순일무구純一無垢하면서, 또한 강렬한 것으로 통일시키는 법을 배우는 데에 있다. 이 수행은, 상당히 어려운 것은 사실이지만, 일단 그 경지에 도달한 다음에는 더 이상 이전과 같은 큰 노력을 필요로 하지 않으며, 그저 마음을 그런 상태로 해 놓음으로써 쉽게 목적을 이룰 수가 있다. 이것은, 다른 여러 재주의 경우도 마찬가지다. 변신술을 인간은 할 수 없지만 여우나 너구리들에게는 가능한 것은, 결국, 인간에게는 관심을 두어야 할 일들이 너무나 많기 때문에 정신 통일이 지극히 어려운 일인 데 반해, 야수는 마음을 써야 할 많은 잡다한 일이 없으므로, 따라서 이 통일이 용이하기 때문이다, 운운.

오공은 분명 천재다. 이것은 의심할 바 없다. 그것은 처음으로 이 원숭이를 보는 순간 바로 감지되었던 것이다. 처음에는, 붉은 얼굴, 수염 난 얼굴 등 그 용모를 추하다고 느꼈던 나도, 다음 순간에는, 그의 내부로부터 넘쳐 나오는 것에 압도당해서, 용모 따위는, 완전히 잊어버렸다. 지금은, 이 원숭이의 용모를 아름답다(고까지는 할 수 없지만, 적어도 훌륭하다)고까지 느낄 정도다. 그 얼굴에서 드러나는 그 기백과 그의 말투에서도, 오공이 자신에 대해 품고 있는 신뢰가, 생생하게 넘쳐 나오고 있다. 이자는 거짓말을 할 줄 모르는 사내다. 누구에 대해서라기보다, 우선 자신에 대해서. 이 사내 속에는 항상 불이 타오르고 있다. 풍요한, 격한 불이. 그 불은 금세 곁에 있는 자에게 옮아간다. 그의 말을 듣고 있는 중에, 자연스럽게 그가 믿는 바대로 믿지 않을 수가 없게 되어 버린다. 그의 곁에 있기만 해도, 이쪽까지 무엇인가 풍요로운 자신감이 충만해진다. 그는 불씨. 세계는 그를 위해 준비된 장작. 세계는 그에 의해 불태워지기 위해 존재한다.

우리의 눈에는 전혀 기이하게 보이지 않는 일들도, 오공의 눈으로 보면, 모두가 기막힌 모험의 단초가 되거나, 그의 장렬한 활동을 촉진시키는 기연機緣이기도 했다. 원래 의미를 지닌 바깥 세계가 그의 주의를 끈다기보다는, 오히려, 그의 쪽에서 바깥 세계에 하나하나 의미를 부여하고 있는 듯이 여겨진다. 그의 내부에 있는 불이, 바깥 세계에서 공허하고 싸늘하게 잠자고 있는 화약에 일일이 불을 붙이고 있는 것이다. 탐정의 눈으로 그런 것들이 탐색되는 것이 아니라, 시인의 마음을 가지고(엄청나게 거친 시인이기는 하지만) 그를 접촉하는 모든 것을 따뜻이 하고(때로는 눌어붙게 만들 우려가 없지 않다), 거기에서 여러 가지로 생각지도 않은 싹을 틔우고 열매를 맺게 하는 것이다. 그래서, 그 오공의 눈에는 평범하고 진부한 것이라고는 하나도 없다. 매일 아침 일찍 일어나면 그는 으레 뜨는 해를 바라보고, 그리고, 처음으로 그것을 보는 자처럼 경탄을 가지고 그 아름다움에 빠져든다. 마음속 깊이, 탄식하고, 찬탄하는 것이다. 이것이 거의 매일 아침 하는 일이다. 솔방울에서 솔 싹이 트는 것을 보고, 어쩌면 이다지도 신기할까 하고 눈을 부릅뜨는 것도, 이 사내다.

이 때 묻지 않은 오공의 모습에 비해, 한편으로는 강적과 싸우고 있을 때의 그를 보라! 어찌, 그리도 멋지고, 완전한 모습이란 말인가! 온몸에 조금의 틈도 보이지 않는 굳건한 긴장. 율동적이면서도 조금도 헛됨이 없는 용봉술. 피로를 모르는 육체가 기뻐하고, 날뛰고, 땀을 흘리고, 튀어오르는 그 압도적인 역량감. 어떠한 곤란도 기꺼이 맞이하는 강인한 정신력의 넘쳐남. 그것은, 빛나는 태양보다도, 활짝 핀 해바라기보다도, 왁자하게 울어 대는 매미보다도 더 집중된, 벌거벗은, 장렬한, 몰아적인, 작열하는 아름다움이다. 저 꼴사나운 원숭이가 싸우는 모습은.

약 한 달 전, 그가 취운산翠雲山에서 우마대왕牛馬大王과 싸웠을 때의 모습은, 지금도 눈에 선하게 남아 있다. 감탄한 나머지, 나는 그때의 전투 경과를 상세하게 기록해 두었을 정도이다.

……우마왕이 한 마리의 궁노루가 되어 유유히 풀을 뜯고 있었다. 오공은 이를 보고서 범으로 변해 뛰어가서 궁노루를 먹으려 했다. 우마왕은 다급히 큰 표범으로 변해서 범을 치기

위해 덤벼든다. 오공은 이를 보더니 산예狻猊로 변해 큰 표범에게 덤벼들었고, 우마왕, 그렇다면 하고 이번에는 누런 사자로 변해 벽력과도 같이 포효하더니 산예를 찢어 놓으려 했다. 오공은 이때 땅 위를 구르는 듯이 보였지만, 마침내 한 마리의 거대한 코끼리가 된다. 그 코는 기다란 뱀과 같고 그 엄니는 죽순을 닮았다. 우마왕은 견디지 못하고 본모습을 드러내, 한 마리의 큰 백우白牛가 되었다. 머리는 고봉高峰과 같고, 눈은 번개 같고, 두 뿔은 두 대의 철탑을 닮았다. 머리에서 꼬리에 이르기까지 천여 길, 발굽에서 등 위까지 8백 길, 큰 소리를 질러 이르기를, 너 고약한 원숭이 놈아 이제 나를 어찌할 셈이냐. 오공 또한 마찬가지로 본모습을 드러내, 호통을 치는가 했더니, 키가 1만 길, 머리는 태산 비슷하고 눈은 일월과 같고, 입은 마치 피의 연못과 같다. 분연히 철봉을 휘둘러 우마왕을 친다. 우마왕은 뿔로 이를 받아내고, 둘이 산속에서 냅다 싸워대니, 그야말로 산도 무너지고, 바다도 뒤엎어지고, 천지도 이 때문에 뒤집어질 지경으로 엄청났다……

이 얼마나 장관인가! 나는 휴 한숨을 토해냈다. 옆에서 도와줄 생각도 일지 않는다. 손행자孫行者가 질 것 같은 기색이 없어서가 아니라, 한 폭의 완전한 명화 위에 치졸한 붓을 대기가 민망하기 때문이다.

재난이라는 것은, 오공의 불에는, 기름이다. 곤란한 일이 벌어지면, 그의 온몸은 (정신도 몸도) 활활 불타오른다. 반대로,

평온무사할 때, 그는 우스꽝스러울 정도로, 풀이 죽어 있다. 팽이처럼, 그는, 언제나 전속력으로 돌고 있지 않으면 쓰러지고 마는 것이다. 곤란한 현실도, 오공에게는, 하나의 지도—목적지로 가는 지름길이 똑똑하게 굵은 선으로 그어진 하나의 지도로 비치는 모양이었다. 현실 사태의 인식과 동시에, 그 안에 자신의 목적지로 도달할 수 있는 길이, 아주 뚜렷하게, 그에게는 보이는 것이다. 어쩌면, 그 길 이외의 모든 것이 보이지 않는다, 고 하는 편이 진짜인지도 모른다. 칠흑 속에서 빛을 발하는 문자처럼, 필요한 길만이 확실하게 떠오르고, 다른 것은 일절 보이지 않는 것이다. 우리 우둔한 것들이 아직 망연하게 생각도 정리하기 전에, 오공은 이미 행동을 시작한다. 목적에 대한 가장 빠른 지름길을 향해 내닫고 있는 것이다. 사람들은, 그의 무용과 완력을 놓고 이러쿵저러쿵한다. 하지만, 그 놀라운 천재적인 지혜에 대해서는 의외로 알지를 못하는 모양이다. 그의 경우에는, 그 사려와 판단이 너무나 혼연渾然하게, 완력 행위 속에 녹아들어 있는 것이다.

나는, 오공이 문맹文盲이라는 것을 알고 있다. 일찍이 천상에서 필마온弼馬溫이라는 마바리꾼 노릇을 하면서도, 필마온이라는 글자도 모르고, 자기가 해야 할 구실도 알지 못할 정도로 배움이 없었다는 것을 알고 있다. 그러나, 나는, 오공의 (힘과 조화를 이룬) 지혜와 판단의 높이를 무엇보다도 높이 사고 있다. 오공은 교양이 높구나 하고 생각할 때조차 있다. 적어도 동물, 식물, 천문에 관한 한, 그의 지식은 상당한 것이었다. 그는 웬만한 동물이라면 얼핏 보기만 해도 그 성질, 강한 정도, 그 주요한 무기의 특징 같은 것을 꿰뚫어보아 버린다. 잡초만 하더라도, 어느 것이 약초고, 어느 것이 독초인지를, 참으로 잘 알고 있다. 그러면서도, 그 동물이나 식물의 명칭(세상에서 통용되고 있는 이름)은, 전혀 모르는 것이다. 그는 또, 별에 의해 방향과 시각과 계절을 잘 알고 있는데, 각수角宿라는 이름도 심수心宿라는 이름도 알지는 못한다. 28수宿의 이름을 몽땅 알고 있으면서도 실물을 분간해 내지 못하는 나와 비해 볼 때, 이 얼마나 큰 차이란 말인가! 까막눈인 이 원숭이 앞에 있을 때만큼, 문자에 의한 교양의 비참함을 느끼지 않은 적이 없다.

오공의 몸의 부분 부분은 ─ 눈도 귀도 입도 다리도 손도 ─ 그 모두가 즐거워서 견딜 수가 없는 모양이다. 생생하고, 팔팔하다. 특히 싸움에 임하게 되면, 그의 각 부분은 환희가 넘쳐, 꽃에 달려드는 여름의 꿀벌처럼 일제히 왁 하고 탄성을 지르는 것이다. 오공의 싸우는 모습이, 그 진지한 기백에도 불구하고, 어딘지 유희 같은 기운을 발하고 있는 것은, 이 때문일까. 사람들은 곧잘 '죽을 각오로' 따위의 소리를 하지만, 오공이라는 사내는 결코 죽을 각오 따위는 하지 않는다. 아무리 위험한 지경에 빠졌을 경우에도, 그는 오직, 지금 자신이 하고 있는 일(요괴를 퇴치하는 경우건, 삼장법사를 구출하는 경우건)의 성패를 걱정할 뿐, 자신의 생명 따위는, 아예 머릿속에 떠오르지도 않는 것이다.

태상노군太上老君의 팔괘로八卦爐 속에서 타 죽을 지경이 되었을 때에도, 은각대왕銀角大王의 태산 압정법壓頂法을 당해, 태산泰

山, 수미산須彌山, 아미산峨眉山의 세 산 밑에서 깔려 죽을 뻔했을 때에도, 그는 결코 자기의 생명을 위해 비명을 지르거나 하지 않았다. 가장 괴로웠던 것은 소뢰음사小雷音寺의 황미노불黃眉老佛 때문에 불가사의한 동라銅鑼 아래 갇혔을 때였다. 밀어도 쳐도 동라는 깨지지 않았고, 몸을 부풀리면 동라 또한 커지고, 몸을 줄이면 동라 또한 줄어드는 바람에 어찌해 볼 도리가 없었다. 몸의 털을 뽑아 송곳으로 바꾸고, 이것으로 구멍을 뚫으려 해 보았지만, 동라는 생채기 하나 나지 않는다. 그러다가, 물체를 녹여서 물로 바꾸는 이 그릇의 힘으로, 오공의 엉덩이 쪽이 슬슬 물렁거리기 시작한 모양이지만, 그래도 그는 요괴에게 붙잡힌 사부의 안위만 걱정하고 있었던 모양이다. 오공으로서는 자신의 운명에 대한 무한한 자신감이 있었던 것이다(스스로는 그 자신감을 의식하지 않는 모양이지만). 이윽고, 천계天界로부터 가세하기 위해 온 항금룡亢金龍이 그 철과 같은 뿔을 가지고 온몸의 힘을 담아, 밖으로부터 동라를 관통했다. 뿔은 멋지게 안에까지 관통했지만, 이 동라는 마치 사람의 살처럼 뿔에 달라붙어서 틈이라고는 전혀 없다. 바람이 샐 정도의 틈만 있더라도, 오공은 겨자씨로 변해 탈출할 수 있으련만, 그럴 수도 없다. 반쯤 엉덩이가 녹으며, 고심참담 끝에, 마침내 귓속에서 금고봉金箍棒을 꺼내 강철송곳으로 바꾸어, 금룡 뿔에 구멍을 내고, 몸을 겨자씨로 바꾸어 그 구멍에 숨어서, 금룡에게 뿔을 빼게 했던 것이다. 간신히 살아난 다음에는, 물렁물렁해진 자신의 엉덩이에 대해서는 잊어버리고, 곧장 사부를 구출하러 나서는 것이다. 나중이 되어서도, 그때는 참으로 위험했지 따위의 말은 결코 한 일이 없다. '위험하다'느니 '이젠 글렀어' 따위의 생각은 해 본 일이 없었을 것이다. 이 사내는, 자신의 수명이라 든지 생명에 대해 생각해 본 일도 없을 것이다. 그가 죽을 때에 는, 꼴깍 하고, 자신도 알지 못하는 사이에 죽으리라. 그 일순 간 전까지는 발랄하게 날뛰고 있을 것이 틀림없다. 참으로, 이 사내의 사업은 장대하다는 느낌은 들지만, 결코 비장한 느낌은 주지 않는 것이다.

원숭이는 사람 흉내를 낸다고 하는데, 이건 또, 어쩌면 이다 지도 사람 흉내를 내지 않는 원숭이란 말인가! 흉내는커녕, 남 에게서 강요된 생각은, 그것이 설혹 몇천 년 전 옛날부터 만인 에게 인정되어 있는 사고방식이라 하더라도, 절대로 받아들이 지 않는 것이다. 자신이 충분히 납득할 수 있지 않은 한은.

인습도 세상의 명성도 이 사내에게는 아무런 권위가 없다.

오공의 또 하나의 특색은, 결코 과거를 이야기하지 않는다 는 것이다. 그렇다기보다는, 그는 과거는 싹 잊어버리는 모양 이었다. 적어도 낱낱의 사건들은 잊고 마는 것이다. 그 대신, 하나하나의 경험이 준 교훈은 그때마다, 그의 핏속으로 흡수 되고, 곧장 그의 정신과 육체의 일부로 변해 버린다. 새삼스레, 낱낱의 사건을 일일이 기억할 필요가 없어지는 것이다. 그가 전략상의 똑같은 잘못을 결코 두 번 다시 되풀이하지 않는 것 을 보더라도, 이를 알 수 있다. 게다가 그는 그 교훈을 언제, 어 떠한 고통스러운 경험에 의해 얻었는지는, 완전히 잊어버리고 있다. 무의식중에 체험을 완전히 흡수하는 신기한 능력을 이 원숭이는 가지고 있는 것이다.

하지만, 그에게도 결코 잊을 수 없는 무서운 체험이 딱 하나 있었다. 언젠가 그는 그 당시의 공포를 우리들에게 차근차근 이야기해 준 일이 있었다. 그것은 그가 처음으로 석가여래를 알고 모시게 되었을 때의 일이었다.

그 무렵 오공은 자신의 힘의 한계를 알지 못했다. 그가 우사보운藕糸步雲의 신을 신고, 쇄자황금鎖子黃金의 갑옷을 입고, 동해 용왕에게서 빼앗은 1만 3천5백 근이나 되는 여의금고봉如意金箍棒을 휘두르며 싸울 무렵, 천상에도 천하에도 대적할 자가 없었다. 뭇 선인仙人들이 모이는 반도회蟠桃會를 어지럽혀 놓아서, 그 벌로 갇혀 있던 팔괘로八卦爐도 깨고 튀어나오더니, 천상계도 좁다는 듯이 마구 날뛰었다. 몰려드는 천병들을 마구 쓰러뜨리고, 36명의 뇌장雷將을 이끈 토벌군의 대장 우성진군祐聖眞君을 상대로, 영소전靈霄殿 앞에서 싸우기를 한나절. 그때 마침, 가섭迦葉, 아난阿難 두 존자尊者를 이끌고 석가모니여래가 그곳을 지나가다가, 오공 앞을 가로막아 싸움을 멈추게 했다고 한다. 오공이 분연히 대든다. 여래가 웃으면서 말한다. "매우 으스대고 있는 모양인데, 대체 너는 어떤 도를 닦았느냐?" 오공 왈, "동승신주오래국東勝神州傲來國 화과산華果山의 석란石卵에서 태어난 이 나의 힘을 모르다니, 참으로 어리석은 놈이로구나. 나는 이미 불로장생의 법을 닦아 마쳤고, 구름을 타고 바람을 부려 순간에 10만 8천 리를 달리는 자다." 여래 왈, "큰소리치지 마라. 10만 8천 리는커녕 내 손바닥 위에 올라 그 밖으로 벗어나지도 못할 것이거늘." "뭐라고!" 하고 화를 낸 오정은 갑자기 여래의 손바닥 위로 뛰어 올라갔다. "나는 신통력으로 80만 리를 날아가는데 너의 손바닥 밖으로 벗어나지 못한다는 것이 무슨 소리냐!" 말도 끝내기 전에 근두운觔斗雲을 타고 금방 20~30만 리쯤 갔다고 생각될 무렵, 붉고 커다란 다섯 개의 기둥을 보았다. 그는 이 기둥 아래 서서 한가운데의 기둥에 제천대성齊天大聖 이곳에 와서 놀았노라, 라고 까맣게 써 놓았다. 그러고는 구름을 타고 여래의 손바닥으로 돌아와 의기양양하게 말했다. "손바닥은커녕, 벌써 30만 리 저 멀리로 날아가 기둥에 표시를 하고 왔다!" "어리석은 산원숭이山猿여!" 하고 여래는 웃었다. "너의 신통력이 대체 무엇을 했다는 것이냐? 너는 아까부터 내 손바닥 안을 오간 것에 지나지 않지 않으냐. 거짓말이라고 생각한다면 이 손가락을 보아라." 오공이 의심스러운 눈으로 자세히 들여다보니, 여래의 오른손 가운뎃손가락에는 아직도 먹 자국이 새롭게 제천대성齊天大聖 이곳에 와서 놀았노라고 쓰여 있는 것이다. "이건?" 하고 놀라서 쳐다보는 여래의 얼굴에서, 지금까지의 미소가 사라졌다. 갑자기 엄숙하게 변한 여래의 눈이 오공을 똑바로 바라본 채, 금시에 하늘을 뒤덮을 것으로 여겨지는 크기로 퍼져 나가며 오공의 위로 엄습해 왔다. 오공은 온몸의 피가 얼어붙는 것 같은 공포를 느꼈고, 허둥지둥 손바닥 밖으로 튀어나오려 하는 순간, 여래가 손을 뒤집어 그를 붙잡고, 그대로 다섯 손가락을 변화시켜 오행산五行山으로 만들고, 오공을 그 산 밑에 가두어, 옴마니밧

메홈唵嘛呢叭咪吽의 여섯 자를 금서金書해서 산꼭대기에 붙여 놓았다. 세계가 근저에서 뒤집어지고, 지금까지의 자신이 자신이 아니게 된 듯한 혼미에 빠져, 오공은 한동안 떨고 있었다. 사실 세계는 그로서는 그때 이래로 일변하고 만 것이다. 이후로 배고프면 쇳덩이를 먹고 목마르면 구리즙을 마시면서, 암굴暗窟 속에 갇힌 채 속죄의 때가 오기를 기다리지 않으면 안 되었다. 오공은 지금까지의 극도의 자만심에서 일전해서 극도의 자신 상실에 빠졌다. 그는 기가 약해졌고, 때로는 고통스러운 나머지 체면이고 무엇이고 엉엉 큰 소리로 울었다. 5백 년이 지나, 천축국으로의 여행길에 우연히 지나가던 삼장법사가 오행산 꼭대기의 주술 부호를 뜯어서 오공을 풀어 주었을 때, 그는 다시금 엉엉 울었다. 이번에는 기쁨의 눈물이었다. 오공이 삼장을 따라서 아득한 천축까지 따라가게 된 것도, 오직 이 기쁨과 고마움 때문이다. 참으로 순수하고, 또한 가장 강렬한 감사였다.

그런데, 이제 와서 생각하면 석가모니에 의해 억압되어 있던 때의 공포가 그때까지의 오공의 엄청나게 큰 (선악 이전의) 존재에 대해, 하나의 지상地上적 제한을 부여한 것 같다. 게다가 이 원숭이 형상을 한 큰 존재가 지상의 생활에 이바지하게 되기 위해서는, 오행산의 무게 아래 5백 년 동안 눌려서 조그맣게 응집될 필요가 있었던 것이다. 하지만, 응고해서 조그맣게 된 현재의 오공이 우리의 눈으로 볼 때에는, 이 얼마나, 차원이 다르게 훌륭하고 거대해 보이는 것인가!

삼장법사는 신기한 분이다. 참으로 약하다. 놀라울 정도로 약하다. 변신술 같은 것도 모른다. 길에서 요괴 같은 것의 습격을 받으면, 금세 붙잡히고 만다. 약하다기보다도, 전혀 자기 방위의 본능이 없는 것이다. 이 나약한 삼장법사에게, 우리 세 명이 하나같이 끌리고 있는 것은, 도대체 어찌된 일이란 말인가. (이런 생각을 하는 것은 나뿐이다. 오공이나 팔계나 별 까닭도 없이 사부를 경애하고 있을 뿐이니.) 내가 생각하기에, 우리는 사부님의 저 나약함 속에서 볼 수 있는 비극적인 것에 끌리고 있는 것이 아닐까. 그것이야말로, 우리들 요괴로부터 사람이 된 자들에게는 절대로 없는 것이니까. 삼장법사는, 거대한 것 속에서 자신의 (어쩌면 인간의, 어쩌면 생물의) 위치를 ─ 그 가련함과 귀함을 확실하게 깨닫고 있다. 게다가, 그 비극성을 견뎌 내며, 옳고 아름다운 것을 용감하게 추구하고 있다. 분명 이것이다, 우리에게는 없으면서 스승에게 있는 것은. 확실히, 우리는 스승보다도 완력이 있다. 다소간의 변신술도 터득하고 있다. 그러나 일단 나의 위치의 비극성을 깨닫게 된다면, 절대로, 옳고 아름다운 생활을 진지하게 이어갈 수가 없을 것이 틀림없다. 저 가녀린 사부 안에 있는 이 귀한 강점에는 참으로 경탄할 수밖에 없다. 안에 있는 귀함이 바깥의 약함에 감싸여 있는 점에, 스승의 매력이 있는 것이라고, 나는 생각한다. 하기야, 저 방자한 팔계의 해석에 의하면, 우리들의─적어도 오공의 사부님에 대한 경애 속에는 다분히 남색적 요소가 들어 있다는 것이지만.

정말이지, 오공의 그 실행적인 천재에 비해 볼 때, 삼장법사는, 이 얼마나 실무적으로 둔한 존재란 말인가. 하지만, 이것은 두 사람의 생에 대한 목적이 다르므로 문제가 되지 않는다. 외면적인 곤란에 부닥쳤을 때, 사부는, 그것을 벗어나기 위한 길을 밖에서 구하지 않고, 안에서 구한다. 즉 자신의 마음을 그것에 견뎌낼 수 있도록 대비하는 것이다. 아니, 그럴 때 당황해서 대비하지 않더라도, 외적인 사건에 의해 내적인 동요를 받지 않도록, 평소부터 대비하고 있는 것이다. 언제 어디서 궁지에 몰려 죽더라도 행복할 수 있는 마음을, 스승은 이미 만들어 놓고 있다. 그래서, 밖에서 길을 구할 필요가 없는 것이다. 우리들의 눈에는 위태롭기 짝이 없는 육체상의 무방비도, 결국에는 스승의 정신에 별다른 영향을 주지 않는 것이다. 오공 쪽은, 얼핏 보기에는 매우 신선하지만, 그러나 그의 천재를 가지고도 타개할 수 없는 사태가 세상에는 존재할지도 모른다. 그러나, 스승의 경우에는 그런 걱정이 없다. 스승에게는, 아무것도 타개할 필요가 없으니까.

오공에게는, 화나는 일은 있어도 고뇌는 없다. 환희는 있지만 우수優愁는 없다. 그가 단순히 이 삶을 긍정할 수 있는 데는 아무런 이상할 것이 없다. 삼장법사의 경우는 어떤가? 그 병든 몸과, 방어를 모르는 나약함과, 항상 요괴들의 박해를 받고 있는 나날을 놓고, 또한 사부는 기꺼이 생을 긍정한다. 이것은 대단한 일이 아닐까!

우습게도, 오공은, 스승이 자신보다 우월한 이 점을 이해하지 못한다. 그저 막연히 사부에게서 떠날 수 없다고 생각하고 있다. 기분이 언짢을 때면, 자신이 삼장법사를 따르고 있는 것은 오직 긴고주緊箍呪(오공의 머리에 끼워진 금테로, 오공이 삼장법사의 명을 따르지 않으면 이 테가 살로 파고들어 그의 머리를 죄어 참을 수 없는 고통을 주는 것이다) 때문이다, 등으로 생각하고 있다. 그리고 "손이 많이 가는 선생이야" 등 투덜대면서, 요괴에게 잡혀간 사부를 구출하기 위해 가는 것이다. "위태로워서 볼 수가 없군. 어째서 선생님은 저럴까!"라고 말할 때, 오공은 이를 약한 자에 대한 연민이라고 자찬하고 있는 모양이지만, 사실은, 오공의 스승에 대한 마음 가운데, 생물 모두가 지닌 우월한 자에 대한 본능적인 외경, 미와 존귀함에 대한 동경이 다분히 더해져 있다는 점을, 그 자신 모르고 있는 것이다.

더욱 우스운 것은, 사부 자신이, 자신의 오공에 대한 우월을 알지 못한다는 점이다. 요괴의 손에서 구출될 때마다, 스승은 눈물을 흘리며 오공에게 감사한다. "네가 살려 주지 않았더라면, 내 생명은 없어졌을 텐데!"라고. 하지만, 실제로는, 어떤 요괴에게 잡아먹힌다 해도 스승의 생명은 죽지 않는 것이다.

둘 다 자신들의 참 관계를 알지 못한 채로 서로를 경애하고 있다는(물론 때로는 일시적인 말다툼은 있지만) 점은, 재미있는 광경이다. 아주 대척적인 이 둘 사이에, 그러나 오직 하나의 공통점이 있다는 것을, 나는 알아차렸다. 그것은, 두 사람이 모두 그 삶의 방식에서, 주어진 바所與를 필연으로 생각하고, 필연을 완전으로 느끼고 있다는 점이다. 나아가, 그 필연을 자유로 간주하고 있다는 점이다. 금강석과 석탄은 똑같은 물질로 이루어져 있는 모양인데, 그 금강석과 석탄보다도 더 차이가 심한 이 두 사람의 삶이, 똑같이 현실을 받아들이고 있는 그 위에 성립

되어 있다는 것은 재미있다. 그리고, 이 '필연과 자유의 등치$_等$
$_値$'야말로, 그들이 천재라는 것에 대한 징표가 아니고 무엇일
까.

오공, 팔계, 나 이렇게 우리 세 사람은, 참으로 우스울 정도
로 각자 다르다. 길가의 폐사$_廢寺$에 묵기로 의논을 할 때도, 세
사람은 각각 다른 생각 아래 뜻이 일치되고는 하는 것이다. 오
공은 이런 폐사야말로 궁극적으로 요괴를 퇴치하기 좋은 것이
라고 적극적으로 선택한다. 팔계는, 새삼스럽게 다른 곳을 찾
는 것도 겁나고, 어서 집에 들어가 식사도 해야겠고, 졸리기도
하다는 것이고, 내 경우는 "어차피 이 부근은 사악한 요정이
그득할 테지. 어디로 가나 재난을 만나는 것이라면, 이곳을 재
난의 장소로 선택해도 좋지 않을까" 하고 생각하는 것이다. 생
물 셋이 모이면, 모두 이처럼 다른 법일까. 생물의 살아가는 방
식처럼 재미있는 것은 없다.

손행자$_孫行者$의 화려함에 압도되어 매우 존재감이 엷어진 느
낌이지만, 저오능$_豬悟能$ 팔계 역시 특색 있는 사내에 틀림없다.
좌우간, 이 돼지는 무서우리만큼 이 생을, 이 세상을 사랑하
고 있다. 후각, 미각, 촉각 모두를 동원해서, 이 세상에 집착하
고 있다. 언젠가 팔계가 나에게 이렇게 말한 일이 있다. "우리
가 천축으로 가는 것은 무엇을 위해서지? 선업$_善業$을 닦아 내
세에는 극락에 태어나기 위해서일까? 그런데, 그 극락이란 것
은 어떤 곳일까. 연 잎사귀에 올라타 그저 흔들흔들 하는 것만

으로는 아무 소용이 없잖아. 극락에도, 저 김이 무럭무럭 나는 국물을 후후 불어 가면서 마시는 즐거움이나, 바싹 구운 향기로운 고기를 먹을 수 있는 즐거움이 있을까? 그런 게 아니고, 이야기로 듣는 선인들의 말처럼 오직 안개를 마시며 살아가는 것뿐이라면, 아아, 싫다, 싫어. 그따위 극락 같은 건, 딱 질색이야! 설사, 어려운 일이 있더라도, 때로는 이를 잊게 만들어 주는, 참을 수 없는 즐거움이 있는 이 세상이 제일 좋은 거야. 적어도 나는 그래." 그렇게 말하고 나서 팔계는, 자신이 이 세상에서 즐겁다고 생각하는 것들을 하나하나 들었다. 여름날 나무 그늘에서의 낮잠, 계곡물에서의 멱 감기, 달밤의 피리 불기, 봄날 새벽의 아침잠, 초겨울 화롯가의 환담…… 얼마나 즐겁게, 그리고 얼마나 수많은 항목을 그는 열거했던가! 특히 젊은 여인의 육체의 아름다움과 사철의 각 음식물의 맛에 대해 언급할 때, 그의 말은 언제까지고 그치지 않을 것 같았다. 나는 놀랐다. 이 세상에 이다지도 수많은 즐거움이 있고, 또한 그것을, 골고루 맛본 작자가 있을 것이라고는, 생각도 못했던 것이다. 과연, 즐기는 데도 재능이 필요하다는 것을 나는 깨달았고, 그 뒤로는, 이 돼지를 경멸하지 않기로 했다. 하지만, 팔계와 이야기하는 일이 많아짐에 따라, 최근 묘한 사실을 깨닫게 되었다. 그것은, 팔계의 향락주의의 밑바닥에는, 때때로 묘하게 기분 나쁜 것의 그림자가 기웃하고 들여다보고 있다는 점이다. "사부에 대한 존경과 손행자에 대한 외포畏怖가 없었더라면, 나는 진작 이따위 힘든 여행 따위는 그만두었을 거야." 이렇게 말로는 하고 있으면서도, 실제로는 그 향락적인 외모 밑에는 전전

긍긍하며 살얼음을 밟는 듯한 생각이 깃들어 있음을, 나는 분명 꿰뚫어 보았다. 말하자면 천축으로의 여행이, 저 돼지의 경우(나 역시 마찬가지), 환멸과 절망 끝에, 마지막으로 매달린 오직 한 가닥 실임이 틀림없다고 여겨지는 구석이 분명 있었던 것이다. 하지만, 지금은 팔계의 향락주의의 비밀에 대한 고찰에 빠져 있을 수는 없다. 어쨌든, 지금으로서는, 나는 손행자에게서 많은 것을 배워야 한다. 다른 것을 돌아볼 틈은 없다. 삼장법사의 지혜라든지 팔계의 삶의 방식은, 손행자를 졸업한 다음의 일이다. 아직도, 나는 오공에게서 거의 아무것도 배운 것이 없다. 유사하의 강물을 떠난 뒤, 도대체 얼마나 진보했단 말인가? 여전히 오하吳下의 옛 아몽阿蒙*이 아닌가. 여행에서의 나의 역할에 대해서도, 그렇다. 평온무사할 때에 오공의 지나침을 만류하고, 매일의 팔계의 게으름을 경계하는 일, 그것뿐 아닌가. 아무런 적극적인 역할이 없는 것이다. 나 같은 자는, 언제 어떤 세상에 태어나든, 결국은 조절자, 충고자, 관측자에 머무르게 되는 것일까. 결코 행동자가 되지는 못하는 것일까?

손행자의 행동을 볼 때마다, 나는 생각하지 않을 수가 없다. '활활 타오르는 불은, 스스로 불타고 있음을 알지 못하겠지. 내가 타고 있구나 따위의 생각을 한다는 것은, 아직 제대로 불타고 있지 않은 것이다'라고. 오공의 활달무애한 행동을 보면서 나는 늘 생각한다. '자유로운 행위란, 어떻게 해서든지 그렇

---

* '吳下阿蒙'은 몇 해가 지나도 학문의 진보가 없는 사람이란 뜻.

게 하지 않고서는 견딜 수 없는 것이 안에서 무르익다가, 저절로 밖으로 나타나는 행위를 가리킨다"라고. 그런데, 나는 그렇게 생각할 뿐이다. 아직 한 발짝도 오공을 따라갈 수 없는 것이다. 배워야겠다, 배워야겠다고 생각하고는 있으면서도, 오공의 분위기가 풍기는 차원이 다른 크기에 대해, 그리고 오공적인 거친 기질에 겁이 나 다가가지 못하고 있는 것이다. 실제로, 정직하게 말하자면, 오공은, 아무리 생각해도 고마운 친구라고는 말할 수는 없다. 남의 생각에 대한 배려가 없고, 그저 댓바람에 호통부터 치고 본다. 자신의 능력을 표준 삼아 남에게도 그것을 요구하고, 그것을 하지 못한다고 욕을 해 대는 판이니 참을 수가 없다. 그는 자신의 비범함에 대한 자각이 없다고 말할 수도 있다. 그가 심술 사나운 자가 아니라는 것만큼은, 우리도 잘 알고 있다. 다만 그로서는 약자의 능력의 정도에 대해 이해하지 못하고, 그래서 약자의 의심, 주저, 불안 같은 것에 대해 전혀 동정이 없기 때문에, 그만 답답한 마음에 울화통을 터뜨리는 것이다. 우리의 무능이 그를 화나게 하지 않는 한, 그는 참으로 착하고 순진한 아이 같은 사내다. 팔계는 항상 늦잠을 자고 늑장을 부리고 변신에 실패하는 바람에, 계속해서 욕을 먹고 있다. 내가 비교적 오공을 화나게 하지 않는 것은, 지금까지 그와 일정한 거리를 유지하면서 그 앞에서 허물을 드러내지 않도록 애쓰고 있기 때문이다. 이래서는 언제까지나 배울 수 있을 턱이 없다. 좀 더 오공에게 다가서서, 아무리 그의 거친 성깔이 신경을 건드리더라도, 그리고 마구 야단맞고 얻어터지고 욕설을 듣더라도, 내 쪽에서도 호통을 되받아쳐 가면서, 온몸의 실감으로 저 원숭이에게서 모든 것을 배워야 한다. 멀리서 바라보기만 하고 감탄해 보았자 아무 소용이 없는 것이다.

밤. 나 홀로 깨어 있다.

오늘 밤은 묵을 곳을 찾지 못해서, 산그늘 계곡의 커다란 나무 밑에 풀을 깔고, 네 명이 자고 있다. 한 사람 건너 저쪽에 자고 있는 오공의 코 고는 소리가 계곡에 울려 퍼지고 있을 뿐이고, 그럴 때마다 머리 위의 나뭇잎에서 이슬이 똑똑 떨어진다. 여름이라고는 하지만 밤공기는 으슬으슬하다. 이미 한밤이 지났을 것이다. 나는 아까부터 드러누운 채로, 나뭇잎 사이로 보이는 별들을 쳐다보고 있다. 쓸쓸하다. 왠지 매우 쓸쓸하다. 내가 저 외로운 별 위에 오직 홀로 서서, 새까맣고 싸늘하고 아무것도 없는 세계의 밤을 바라보고 있는 듯한 기분이 든다. 별이라는 것은, 이전부터, 영원이니 무한이니 하는 것들을 생각하게 해서, 영 질색이다. 그럼에도, 드러누워 있으니, 싫어도 별을 보지 않을 수 없다. 파르스름하고 커다란 별 곁에, 붉고 조그마한 별이 있다. 그 훨씬 아래쪽으로, 약간 노르께한 따뜻해 보이는 별이 있는데, 그것은 바람이 불어 잎사귀가 흔들릴 때마다 보였다 가려졌다 한다. 별똥별이 꼬리를 끌고, 사라진다. 왠지 알 수 없지만, 그때 문득 나는 삼장법사의 맑고도 쓸쓸해 보이는 눈을 떠올렸다. 언제나 저 멀리를 바라보고 있는 듯한, 무엇인가에 대해 연민을 항상 담고 있는 듯한 눈이다. 그것이 무엇에 대한 연민인지 평소에는 전혀 알 수가 없었는데, 지금, 얼핏, 그것을 알 것 같다는 마음이 들었다. 사부님은 언제나 영원을 바라보고 계신다. 그리고, 그 영원과 대비되는 지상의 모든 것들의 운명을 확실하게 보고 계신다. 언젠가는 다가올 멸망 이전에, 그럼에도 가련하게 꽃피우려 하는 예지나 애정이나 그러한 무수한 선한 것들 위에, 사부는 끊임없이 지긋이 자비로운 눈길을 쏟고 있는 것이 아닐까. 별을 보고 있는 동안 어쩐지 그러한 생각이 떠올랐다. 나는 일어나서 곁에서 자고 있는 사부의 얼굴을 들여다본다. 잠시 그 평안하게 잠든 얼굴을 보고, 조용한 숨소리를 듣고 있는 가운데, 나는, 마음 깊은 곳에서 무엇인가 살포시 점화된 듯한 미약한 온기를 느꼈다.   (1939. 1)

남도담 南島譚

행복 幸福

옛날, 이 섬에 한 지극히 가련한 남자가 있었다. 나이를 숫자로 센다는 부자연스러운 습관이 이 부근에는 없으므로, 몇 살이라고 확실하게 말할 수는 없지만, 그다지 젊지 않다는 것만은 분명했다. 머리카락이 그다지 꼬불거리지도 않았고, 코끝이 아주 납작한 것도 아니었으므로, 이 남자의 추한 용모는 뭇 사람들의 웃음거리가 되어 있었다. 게다가 입술이 얇고, 안색도 멋진 흑단 같은 윤기가 없는 점은, 이 남자의 추한 용모를 한층 심하게 만들어 놓고 있었다. 이 사내는, 아마도, 섬에서 가장 가난했을 것이다. 우도우도라고 불리는 곡옥曲玉처럼 생긴 것이 팔라우 지방의 화폐였고 보물인데, 물론, 이 사내는 우도우도 같은 것은 하나도 가지고 있지 않다. 우도우도도 갖고 있지 않을 정도이므로, 그 바람에 이것으로 살 수가 있는 아내도 거느릴 수 있을 턱이 없다. 오직 홀로, 섬의 으뜸 루바크(장로)의 집 창고 한구석에서 살며, 가장 밑바닥의 하인으로 있다. 집안의 온갖 허드렛일이 이 사내 한 사람 위에 맡겨진다.

게으름뱅이투성이인 이 섬에서, 이 남자 하나만큼은 쉴 틈이 없다. 아침이면, 망고의 숲에서 지저귀는 아침 새보다도 일찍 일어나 물고기를 잡으러 나간다. 조그마한 창으로 문어 찌르기에 실패해 가슴과 배에 문어가 달라붙어, 온몸이 부어오르기도 한다. 거대한 물고기 타마카이에게 쫓겨서 생명을 잃을 뻔하다가 간신히 카누로 도피한 일도 있다. 대야만 한 거거車渠에 물려 발을 잃을 뻔한 적도 있다. 점심때가 되어, 섬 안에 있는 모든 사람들이 나무 그늘과 집 안의 침상에서 꾸벅꾸벅 낮잠을 자고 있을 때에도, 이 남자만큼은 집안 청소, 오두막 건축, 야자꿀 채취, 야자끈 꼬기, 지붕 이엉 갈기, 가구류의 제작으로 눈이 핑핑 돌 정도로 바쁘다. 이 남자의 피부는 스콜 후의 들쥐처럼 언제나 땀으로 푹 젖어 있다. 예로부터 여자의 일거리로 알려져 있는 감자밭의 손질 빼고는, 하나부터 열까지 이 사내가 혼자서 해낸다. 해가 서쪽 바다로 가라앉고, 커다란 빵나무 가지에 큰 박쥐들이 날아다닐 무렵이 되고서야, 이 사내는 개와 고양이에게 주는 쿠카오감자의 꼬리와 물고기의 부스러기를 먹는다. 그리고, 지쳐 빠진 몸을 딱딱한 대나무 바닥 위에 눕히고 잠이 든다―팔라우의 말로 하자면, 바로 돌이 되는 것이다.

그의 주인인 이 섬의 으뜸 장로는 팔라우 지방 ― 북으로는 이 섬에서 남쪽으로는 멀리 펠렐리우 섬에 이르기까지 ― 통틀어 굴지의 부자다. 이 섬의 감자밭의 반, 야자숲의 3분의 2는 이 남자의 것이다. 그의 집 부엌에는 극상품 별갑鼈甲으로 만든 접시가 천장까지 높이 쌓여 있다. 그는 매일 바다거북의 기름과 돌로 구운 새끼돼지, 인어의 태아와 박쥐 새끼 찐 것 따위의 미식을 질리도록 먹고 있는 것이다. 그의 배는 기름이 져서 새끼 밴 돼지처럼 부풀어 있다. 그의 집에는 옛날 조상 중 한 사람이 카양겔 섬으로 쳐들어갔을 때, 적의 대장을 단 한 번에 찔러 죽인 명예로운 투창이 있다. 그가 소유한 주화珠貨 우도우도는 바다거북이 해변에서 한 번에 낳는 알의 수만큼 많다. 그중에서도 가장 귀한 바칼주珠로 말할 것 같으면, 환초 밖에서 날뛰는 톱상어조차도, 한번 보았다 하면 놀라서 도망칠 정도의 위력을 갖고 있다. 지금, 섬 중앙에 의연하게 우뚝 서 있는, 박쥐 모양으로 장식된, 투구 모양의 지붕을 가진 대집회장 바이를 만든 것도, 섬사람 일동의 자랑거리인 뱀 대가리의 새빨간 큰 전투선을 만든 것도, 모두 이 대지배자의 권세와 금력이다. 그의 아내는 표면상으로는 하나이지만, 근친상간 금기가 허용하는 범위에서, 실제로는 그 수가 무한하다 해도 좋을 것이다.

이 대권력자의 하인인, 가련하고 추한 홀아비는, 신분이 비천하므로, 직접 주인인 이 제1루바크(장로)는 말할 것도 없고, 제2, 제3, 제4루바크 앞을 지날 때에도 서서 다니는 일이 허용되지 않았다. 반드시 무릎으로 기어서 지나가야만 하는 것이다. 혹시, 카누를 타고 바다에 나가 있을 때에 장로의 배가 다가오게 되는 경우, 비천한 사내는 카누에서 물속으로 뛰어들어가지 않으면 안 된다. 배 위에서 인사한다는 따위의 무례는 절대로 용서될 수 없다. 언젠가, 그런 경우에 봉착, 그가 삼가 물속으로 뛰어들려 했는데, 커다란 상어 한 마리가 눈에 들어왔다. 그가 머뭇거리는 꼴을 본 장로의 종자가, 노해서 막대기를 던져 그의 왼쪽 눈에 상처를 내었다. 어쩔 도리 없이, 그는 상어가 헤엄치고 있는 가운데로 뛰어들었다. 그 상어가 그보다 3자쯤 더 큰 놈이었더라면, 그는 발가락 세 개를 먹히는 것으로 끝나지 않았을 것이 틀림없다.

이 섬에서 아득히 남쪽으로 떨어져 있는 문화의 중심지 코로르 섬에는 이미, 피부가 흰 인간들이 전해 주었다는 고약한 병이 침입해 있었다. 그 병에는 두 종류가 있다. 하나는, 신성한 하늘이 준 비밀스러운 일을 방해하는 괘씸한 병으로, 코로르에서는 남자가 이에 걸리면 남자의 병이라 하고, 여자가 걸리는 경우에는 여자의 병이라고 불렀다. 또 한 가지는, 매우 미묘한, 징후를 좀처럼 알아보기 힘든 병인데, 가벼운 기침이 나오고, 안색이 파래지고, 몸이 피로해지고는 말라빠진 끝에 언제인지도 모르게 죽는 것이다. 피를 토하는 일도 있고 토하지 않는 경우도 있다. 이 이야기의 주인공인 불쌍한 사내는, 아무래도 이 뒤쪽 병에 걸려 있었던 것 같다. 노상 헛기침을 하고, 피로해지는 것이다. 아미아카나무의 싹을 갈아서 그 즙을 마셔 보아도, 판다누스의 뿌리를 달여서 마셔 보아도 통 효험이 없는 것이다. 그의 주인은 이를 알아차리고, 가련한 하인에게 고약한 병이 든 것을 매우 합당한 일이라고 생각했다. 그래서, 이 하인의 일거리는 점점 늘어났다.

가엾은 하인은, 그러나, 매우 현명한 인간이었으므로, 자신의 운명을 별반 고통스럽다고 생각하지 않았다. 그의 주인이 아무리 가혹하더라도, 자신에게 보기와 듣기와 숨쉬기까지 금지하지 않은 것을 고맙게 생각했다. 자신에게 과해진 일이 아무리 가혹하다지만, 그래도 부인네들의 신성한 천직인 감자밭 경작에서만큼은 제외되고 있는 것을 고맙게 생각하자고 생각했다. 상어가 있는 바다에 뛰어들어 발가락 세 개를 잃고 만 것은 불행한 일이지만, 그래도 다리 전체를 잘리지 않은 데 대해 감사해야지. 마른기침이 나고 피곤해지는 병에 걸린 것도, 이 병과 동시에 남자의 병에까지 걸리는 인간도 있다는 것을 생각해 보면, 적어도 한 가지 병만큼은 모면한 것이 된다. 자신의 머리카락이 마른 해조처럼 곱슬거리지 않는 것은 분명 용모상의 치명적인 결함임에는 틀림없지만, 황량한 붉은 언덕처럼 전혀 머리카락이라고는 없는 인간도 자신은 알고 있다. 자신의 코가 발로 밟힌 바나나밭의 개구리처럼 찌부러져 있지 않은 것도, 매우 부끄러운 일임은 틀림없지만, 그렇다 해도, 아예 코가 없어지는 썩는 병의 사내도 이웃 섬에는 둘이나 있는 것이다.

하지만, 이처럼 족함을 아는 사내기는 하지만, 역시 병세가 심한 것보다는 가벼운 편이 좋고, 대낮의 직사광선 아래서 혹사당하기보다는 나무 그늘에서 낮잠을 자는 편이 좋다. 가련하고 현명한 사내도, 때로는 기도를 하는 일이 있었다. 병의 고통이거나, 노동의 괴로움이거나, 어느 한쪽을 좀 줄여 주십시오. 만약에 이 소원이 너무나 욕심 사나운 것이 아니거든, 제발…… 이렇게 말이다.

타로감자를 바치면서 그가 기도한 곳은, 야자게 카타츠츠와 지렁이 우라즈의 사당이었다. 이 두 신은 모두 유력한 악신으로 알려져 있다. 팔라우의 신들 사이에서는, 착한 신에게는 제물을 바치는 일이 거의 없다. 비위를 맞추지 않더라도, 재앙을 끼치지 않는다는 것을 알기 때문이다. 이에 반해, 나쁜 신은 언제나 정중하게 대하며 많은 음식물을 바쳐야 한다. 해소海嘯와 폭풍과 유행병은 모두 나쁜 신의 진노에서 오기 때문이다. 힘이 있는 악신, 야자게와 지렁이가 가련한 사내의 소원을 들어주었는지 어떤지, 좌우간 그로부터 얼마 뒤인 어느 날, 이 사내는 묘한 꿈을 꾸었다.

그 꿈속에서 가련한 하인은 어느새 장로가 되어 있었다. 그가 앉아 있는 곳은 본채의 중앙, 가장이 앉아 마땅한 정좌다. 사람들은 모두들 굽실거리면서 그의 말을 따른다. 그의 기분을 상하게 하지나 않을까 덜덜 떨며 두려워하는 것 같다. 그에게는 아내가 있다. 그의 식사 준비로 바삐 움직이는 하녀도 수두룩이 있다. 그의 앞에 나온 식탁 위에는 돼지 통구이와 새빨갛게 익은 맹그로브게와 푸른거북의 알이 산처럼 쌓여 있다. 그는 의외의 사태에 놀랐다. 꿈속에서도, 꿈이 아닌가 의심하면서, 왠지 불안해서 견딜 수가 없다.

이튿날 아침, 잠에서 깨어나자, 그는 역시 지붕이 깨지고 기둥이 우그러진, 여느 때와 똑같은 창고 구석에서 자고 있었다. 신기하게도, 아침 새가 우는 소리도 듣지 못한 채 늦잠을 잤으므로, 집안사람 하나에게 매우 얻어맞았다.

다음 날 밤, 꿈속에서 그는 다시 장로가 되었다. 이번에는 그도 전날 밤처럼 놀라지 않았다. 하인에게 명령하는 말투도 전날 밤보다는 매우 거만스러워졌다. 식탁에는 이번에도 맛있는 음식이 수북이 쌓여 있다. 아내는 근골이 튼튼한 말할 수 없는 미인이고, 판다누스 잎으로 짠 새로운 자리의 느낌도 차가운 것이 매우 좋다. 그러나, 아침이 되면, 여전히 더러운 창고에서 눈을 떴다. 하루 종일 힘든 노동에 내몰리고, 먹을 것이라고는 쿠카오감자 꼬리와 생선 부스러기밖에 먹지 못하는 것은 종전대로다.

다음 날 밤도, 그다음 날 밤도, 그로부터 매일 연속해서, 가련한 하인은 꿈 속에서 장로가 되었다. 그의 장로 노릇은 점차로 궤도에 올라서게 되었다. 음식을 보고서도, 이제는 처음처럼 게걸스럽게 먹지도 않게 되었다. 아내와의 사이에 말다툼을 하는 일도 몇 번 있었다. 아내 이외의 여자에게 손을 뻗칠 수가 있다는 것을 안 지도 오래되었다. 섬사람들을 턱짓으로 부리고, 선박 창고를 만들기도 하고, 제사를 올리기도 했다. 사제의 인도로 신 앞으로 나아갈 때의 그의 거룩한 모습에, 섬사람들은 모두가 옛 영웅이 살아 돌아온 게 아닌가 경탄했다. 그를 섬기는 하인 중 하나에, 낮 동안의 그의 주인인 제1장로로 여겨지는 남자가 있다. 이 남자가 무서워하는 꼬락서니라니, 가소로울 정도다. 그게 재미있어서, 그는 제1장로를 닮은 이 하인에게 가장 혹독한 노동을 시킨다. 고기잡이도 시키고, 야자꿀 따기도 시킨다. 내가 타는 뱃길을 방해한다며, 이 하인을 카누로부터 상어가 헤엄치고 있는 물속으로 뛰어들게 한 일도 있다. 가련한 하인이 허둥거리고 두려워하는 모습이, 그에게 대단한 만족감을 준다.

낮 동안의 힘든 노동도 가혹한 대우도, 이제는 그에게 탄성을 지르게 하지 않는다. 현명한 체념의 말을 스스로에게 들려줄 필요도 없게 되었다. 밤의 즐거움을 생각하면, 낮 동안의 괴로움 따위는 아무것도 아니었던 것이다. 하루의 힘든 일로 녹초가 되고도, 그는 더할 나위 없는 기쁜 미소를 띠며, 부귀영화의 꿈을 꾸기 위해, 기둥이 꺾어져 가는 지저분한 침상으로 서둘러 가곤 했다. 그러고 보니, 꿈속에서 취하는 미식의 탓인지, 그는 요즈음 부쩍 살이 찌기 시작했다. 안색도 말끔히 좋아지고, 마른기침도 언제부터인지 하지 않게 되었다. 얼핏 보기에도 싱싱하게 젊어졌던 것이다.

마침, 이 가련하고 추한 홀아비 하인이 이러한 꿈을 꾸기 시작했을 무렵부터, 한편으로, 그의 주인인 부자 장로 역시 이상한 꿈을 꾸게 되었다. 꿈속에서, 제1장로는 비참하고 가난한 하인이 되는 것이다. 고기잡이부터 야자꿀 채취며, 야자끈 만들기, 빵나무 열매 따기와 카누 만들기에 이르기까지, 온갖 노동이 그에게 과해졌다. 이처럼 일거리가 많아 가지고는, 무수한 손발이 달린 지네라 하더라도 견디어 낼 수 없을 정도다. 그런 일을 하게 만드는 것은, 낮에는 자신의 가장 천한 하인일 터인 사내인 것이다. 이 사내는 매우 심술궂어서, 연이어서 무리한 소리를 한다. 큰 문어가 달라붙고, 거거조개에게 발이 물리기도 하고, 상어에게 발가락이 잘리기도 한다. 식사라고는 감자 꼬리와 생선 부스러기뿐. 매일 아침 그가 본채 중앙의 사치스러운 자리 위에서 잠이 깰 때면, 몸은 밤새도록 한 노동 때문에 시달려서 피곤하기 짝이 없고, 팔다리의 마디마디가 정신없이 아픈 것이다. 매일 밤 이런 꿈을 꾸고 있는 중에, 제1장로의 몸에서 점차로 기름기가 빠져나가서, 툭 튀어나온 배가 점차로 줄어들었다. 실제로 감자 꼬리와 생선 찌꺼기만 가지고는 누구나 마를 수밖에 없다. 달이 세 번 기울고 차는 동안에 장로는 비참하게 말라 버렸고, 고약한 마른기침까지 하게 되었다.

마침내, 장로가 화가 나서 하인을 불렀다. 꿈속에서 자기를 학대하는 증오스러운 사내를 생각하고 벌을 주기로 결심했던 것이다.

그랬건만, 눈앞에 나타난 종은, 지난날의 말라빠지고 마른기침을 하는, 어쩔 줄 모르고 쩔쩔매는, 가련한 소심자가 아니었다. 어느 사이엔지 퉁퉁하게 살이 찌고, 안색도 싱싱하고 기운이 넘쳐 보이는 것이다. 게다가, 그 태도가 매우 자신감이 넘쳐 있어, 말은 공손하게 하고 있었지만, 아무리 보아도 이쪽의 턱부림을 감수할 것으로는 도저히 생각되지 않는다. 유유한 그의 미소를 보기만 하고서도, 장로는 상대방의 우세감에 아주 압도당하고 말았다. 꿈 속의 학대자에 대한 공포감까지 살아나 그를 위협했다. 꿈의 세계와 낮의 세계 중 어느 것이 현실일까 하는 의문이 잠시 그의 머리를 스쳐 지나갔다. 말라빠진 자기와 같은 자가 이제 기침을 해 가면서 이 당당한 사내에게 야단을 친다는 것은, 생각할 수조차 없다.

장로는 자신도 예상하지 못했을 정도의 은근한 말투로, 종을 향해, 그가 건강을 회복하게 된 연유를 물어보았다. 종은 상세하게 꿈 이야기를 했다. 얼마나 그가 매일 밤 미식과 진수성

찬을 즐기는지, 얼마나 비복들에게 떠받들려 기분 좋은 안일을 즐기는지, 얼마나 많은 여인들에 의해 천국의 즐거움을 맛보는지.

종의 말을 다 듣고 나자, 장로는 크게 놀랐다. 종의 꿈과 나의 꿈이 이렇게 놀랍도록 일치하는 것은 무엇에 근거하는 것일까. 꿈의 세계의 영양분이 깨어 있는 세계의 육체에 끼치는 영향이 이처럼 현저하단 말인가. 꿈의 세계가 낮의 세계와 마찬가지로(혹은 그 이상으로) 현실이라는 것은, 더 이상 의심할 여지가 없다. 그는, 창피를 무릅쓰고, 종에게, 자신이 매일 밤 꾸는 꿈 이야기를 했다. 얼마나 자신이 매일 밤 혹독한 노동에 시달리는지를. 얼마나 감자 꼬리와 생선 찌꺼기만으로 견디어 내야 하는지를.

종은 그 말을 듣고서 조금도 놀라지 않았다. 그럴 테지 하는 얼굴로, 진작부터 알고 있던 이야기를 듣는다는 듯이, 만족스러운 미소를 지으면서 점잖게 고개를 끄덕이는 것이다. 그 얼굴은 그야말로, 밀물이 떠난 갯벌에서 배가 불러 잠들어 있는 바다장어처럼, 더할 나위 없는 행복으로 빛나고 있다. 이 사내는 꿈이 낮의 세계보다도 한층 현실이라는 점을 이미 확신하고 있는 것이리라. 아아 하고 마음속으로부터 탄식을 토해내면서, 가련한 주인은 가난하고 현명한 종의 얼굴을 부럽다는 듯이 바라보았다.

* * *

이 이야기는, 이제는 이 세상에 없는 오르왕갈 섬의 옛날이
야기다. 오르왕갈 섬은 지금으로부터 80년쯤 전의 어느 날, 갑
자기 주민들과 더불어 해저로 가라앉아 버렸다. 그 이래, 이러
한 행복한 꿈을 꾸는 남자는 팔라우에는 없다는 것이다.

(1942. 8)

부부 夫婦

　지금도 팔라우 본섬, 특히 기왈에서 가라르드에 이르는 섬
주민이라면 기라 코시산과 그의 아내 에빌의 이야기를 모르는
사람은 없을 것이다.

　가쿠라오 부락의 기라 코시산은 매우 조용한 남자였다. 그
아내 에빌은 매우 다정다감하여 언제 어디서든 누구와도 바람
을 피워 남편을 슬프게 했다. 에빌은 바람둥이였기 때문에(이
럴 때 '그렇지만'이라는 접속사를 쓰고 싶어 하는 것은 온대인의
논리에 불과하다) 또한 상당한 질투심의 소유자였다. 자신의 외
도에 남편이 당연히 외도로 보답할까봐 극도로 두려워했다. 남
편이 길 한가운데로 걷지 않고 왼쪽으로 걸어가면 그 왼쪽 집
의 딸들은 에빌의 의심을 받았다. 반대로 오른쪽으로 걸어가
면 오른쪽 집의 여자들에게 마음이 있는 것 아니냐고 코시산
은 비난을 받았다. 마을의 평화와 자신의 영혼의 안식을 위해

불쌍한 기라 코시산은 좁은 길 한가운데를 오른쪽도 왼쪽도 쳐다보지 않고 오직 눈부신 하얀 모래만 바라보고 끙끙거리며 걸어야만 했다.

팔라우 지방에서는 치정에 얽힌 여자들 간의 싸움을 헤를리스라고 부른다. 연인을 빼앗긴(혹은 빼앗겼다고 생각한) 여자가 연적戀敵에게 달려가서 싸움을 거는 것이다. 전쟁은 항상 여러 사람이 지켜보는 가운데 당당하게 벌어진다. 누구도 그 중재를 시도할 수 없다. 사람들은 즐거운 흥분을 가지고 구경만 할 뿐이다. 이 싸움은 단순히 말로만 하는 것이 아니라 무력으로 최종 승패를 결정한다. 단, 무기와 칼은 사용하지 않는 것이 원칙이다. 두 명의 검은 여자가 소리 지르고, 악을 쓰고, 밀치고, 꼬집고, 울고, 쓰러진다. 옷이 ― 옛날에는 옷을 입는 관습이 별로 없었지만, 그만큼 그 약간의 피복은 최소한의 절대적 필수품이었다 ― 찢겨 나가는 것은 말할 필요도 없다. 대부분의 경우, 의복이 모두 찢겨서 결국은 서서 걸을 수 없게 된 쪽이 패배라고 판정되는 것 같다. 물론 그때까지 양측 모두 30군데 혹은 50군데의 상처를 입었을 것이다. 결국 상대를 벌거벗겨 쓰러뜨린 여자가 승리의 노래를 부르고, 정사情事에 있어 옳은 사람으로 인정받아 그때까지 엄정중립을 지키며 구경하던 사람들로부터 축복을 받게 된다. 승자는 항상 옳고, 따라서 신들의 도움으로 축복을 받은 사람이기 때문이다.

그런데, 기라 코시산의 아내 에빌은 이 사랑싸움을 유부녀도 아니고, 딸도 아니고, 여자가 아닌 여자를 제외한 모든 마을의 여자를 상대로 벌였다. 그렇게 거의 대부분의 경우, 상대 여자를 발로 차고 할퀴다가 결국은 알몸으로 만들어 버렸다. 에빌은 팔과 다리가 유난히 굵고 힘이 대단한 여자였다. 에빌의 다정다감한 면모는 이미 널리 알려진 사실이었지만, 그녀의 수많은 정사는 결과론적으로 볼 때 옳았다고 할 수 있다. 헤를리스에서의 승리라는 움직일 수 없는 빛나는 증거가 있기 때문이다. 이러한 증명을 동반한 편견만큼 무서운 것은 없다. 실제로 에빌은 자신의 실제 정사는 항상 정의롭고, 남편의 상상 속 정사는 항상 불의하다고 굳게 믿었다. 불쌍한 것은 기라 코시산이다. 아내의 입담과 무력으로 인한 날마다의 비난과 더불어 이런 움직일 수 없는 증거 앞에서 그는 정말 아내가 옳고 자신이 부정한 것일지도 모른다는 양심적 회의까지 겪어야만 했다. 우연이 그에게 행운을 가져다주지 않았다면 그는 하루하루의 무게에 짓눌려 죽었을지도 모른다.

당시 팔라우의 섬들에는 모골이라는 제도가 있었다. 남자들의 조합인 헬데베헬의 공동 가옥인 아바이에 미혼의 여자가 머물면서 요리를 하는 한편 창부와 같은 일을 하는 것이다. 그 여자는 반드시 다른 부락에서 온다. 자발적으로 오는 경우도 있고, 전쟁에 패해 강제로 끌려오는 경우도 있다.

기라 코시산이 살고 있는 가쿠라오의 아바이에 우연히 그레판 부락의 여자가 모골로 왔다. 이름은 리메이라는 아주 예쁜 여자였다.

기라 코시산이 처음 아바이의 뒷마당에서 이 여인을 보았을 때, 그는 한참을 멍하니 서 있었다. 그 여인의 흑단으로 조각한 오래된 신상神像 같은 아름다움에 반한 것만이 아니었다. 무언가 운명적인 예감이, 이 여인만이 자신을 현재의 아내의 압제에서 벗어날 수 있게 해줄지도 모른다는 한심할 정도로 비참한 예감이 들었다. 그의 예감은 그를 바라보는 여인의 열정적인 눈빛(리메이는 매우 긴 속눈썹과 커다란 검은 눈동자를 가지고 있었다)에 의해 더욱 뒷받침되었다. 그날 이후 기라 코시산과 리메이는 사랑에 빠졌다.

모골인 여성은 혼자서 남자 조합의 모든 회원을 접대할 수도 있고, 혹은 특별한 소수, 혹은 한 사람만을 상대할 수도 있다. 그것은 여자의 자유에 맡겨지는 것이지 조합 측에서 강요할 수는 없다. 리메이는 기혼자인 기라 코시산 한 사람만을 선택했다. 남성미를 자랑하는 청년들의 유혹도 구애도, 그 밖의 미묘한 도발적 수단도 그녀의 마음을 사로잡지 못했다.

기라 코시산에게 이제 세상은 완전히 달라졌다. 먹구름 같은 아내의 중압감에도 불구하고 밖에는 여전히 태양이 빛나고 푸른 하늘에는 흰 구름이 아름답게 흐르고 나무에는 새들이 지저귀고 있다는 것을 그는 십 년 만에 처음으로 발견한 것 같았다.

에빌의 혜안慧眼이 남편의 안색의 변화를 알아차리지 못할 리가 없다. 그녀는 즉시 그 원인을 찾아냈다. 하룻밤 동안 남편을 철저하게 규탄한 후, 다음 날 아침 남자 조합의 아바이로 향했다. 남편을 빼앗으려는 밉살스러운 리메이에게 단호히 헤를리스를 걸기 위해, 불가사리를 덮치는 대왕문어처럼 맹렬하게, 아바이 안으로 뛰어들었다.

그런데 불가사리라고 생각했던 상대는 의외로 전기가오리

였다. 단번에 움켜쥐려고 달려든 대왕문어는 순식간에 팔다리를 심하게 찔려 후퇴할 수밖에 없었다. 골수에 사무치는 증오를 오른팔 하나에 담아 밀치려던 에빌의 공격은 두 배의 힘으로 튕겨져나갔고, 적의 옆구리를 꼬집으려던 그녀의 손목은 무참히 비틀어졌다. 아쉬움에 울음을 터뜨리며 혼신의 힘을 다해 몸싸움을 시도했지만 상대가 능수능란하게 몸을 피해, 앞으로 넘어지며 순간 정신을 잃을 정도로 기둥에 이마를 부딪혔다. 어지러워져 쓰러지는 순간 상대가 달려들어 순식간에 에빌의 옷을 모두 찢어 버렸다.

에빌이 졌다.

지난 십 년 동안 무적을 자랑하던 여장부 에빌이 가장 중요한 헤를리스에서 참패를 맛본 것이다. 아바이의 기둥에 새겨진 기괴한 신상들의 얼굴도 의외의 사태에 눈을 부릅떴고, 천장의 어둠에 매달려 잠을 자던 박쥐들도 이 예상치도 못한 불행한 사태에 깜짝 놀라 밖으로 날아갔다. 아바이의 벽 틈새를 통해 일의 시종을 들여다보던 남편 기라 코시산은 반은 놀라고 반은 기뻐하고, 대체적으로는 당황스러워했다. 리메이에 의해 구원을 받을지도 모른다는 예감이 실현되려는 것은 다행이었지만, 무엇보다 무적의 에빌이 패배했다는 큰 사건을 앞두고 도대체 이 일을 어떻게 생각해야 할지, 또 이 사건이 자신에게 어떤 영향을 미칠지 매우 당황스러울 수밖에 없었다.

그런데, 에빌은 상처투성이의 몸에 한 올의 옷도 걸치지 않은 채 삭발한 삼손처럼 허탈하게 고개를 푹 숙이고 집으로 돌아갔다. 이미 습관이 되어버린 비굴함 때문에 기라 코시산은 리메이와 함께 아바이에 남아 승리의 기쁨을 나누지 않고, 패기 없게도 패배한 아내의 뒤를 따라 비틀비틀 걸어서 돌아왔다.

처음으로 패배의 비참함을 알게 된 영웅은 이틀 밤낮으로 울고 또 울었다. 사흘째 되던 날 드디어 울음이 그치자, 이번에는 맹렬한 욕설이 그 자리를 대신했다. 분함의 눈물 속에 이틀 동안 잠복해 있던 질투와 분노가 이제 무시무시한 포효가 되어 연약한 남편에게 터진 것이었다.

야자수 잎을 때리는 스콜처럼, 빵나무에 붙어 일제히 울어대는 매미 소리처럼, 환초 바깥에서 거세게 몰아치는 파도처럼, 온갖 매도와 욕설이 남편을 향해 쏟아졌다. 불꽃처럼, 번개처럼, 독이 든 꽃가루처럼, 험악한 악의의 미립자가 온 집안에 흩뿌려졌다. 정숙한 아내를 배신한 믿을 수 없는 남편은 간악한 바다뱀이다. 해삼의 뱃속에서 태어난 괴물이다. 썩은 나무에 도는 독버섯. 푸른거북의 배설물. 곰팡이 중 가장 저열한 녀석. 설사한 원숭이. 깃털이 빠진 대머리물총새. 다른 곳에서 모골로 온 저 여자는 음탕한 암퇘지다. 어머니를 모르는 집 없는 여자다. 이빨에 독을 품은 야우스 물고기. 흉악한 큰도마뱀. 바다 밑에 사는 흡혈귀. 잔혹한 대왕바리.* 그리고 자신은, 그 사나운 물고기에게 다리를 먹힌 불쌍하고 착한 암컷 문어다……

너무도 격렬하고 시끄러운 소리에 남편은 귀가 먹은 듯이

---

* 농어목 바리과에 속하는 대형 어류로 자이언트 그루퍼라고도 불린다. 소형 상어도 먹이로 삼는 등 바다의 생태계에서 최상위 포식자 중 하나이다.

멍하니 있었다. 한순간은 자신이 완전히 무감각해진 것 같다는 느낌이 들었다. 대책을 생각할 겨를 따위는 없었다. 고함을 치다가 지친 아내가 잠시 숨을 고르고 야자수椰子水로 목을 축이는 단계에 이르러서야 비로소 그동안 무수히 뿌려진 욕설이 면화나무 가시처럼 따끔따끔하게 그의 피부를 찌르는 것을 느꼈다.

습관은 우리의 왕이다. 이런 지독한 눈총을 받으면서도 아내의 절대적인 폭정에 익숙해진 기라 코시산은 아직 아바이의 리메이에게 도망칠 결심을 하지 못했다. 그는 그저 간절히 애원하고 간절히 용서를 빌었을 뿐이다.

광란과 폭풍의 하루가 지난 뒤, 마침내 화해가 이루어졌다. 단, 기라 코시산이 단호하게 그 모골 여인과 결별한 뒤 직접 멀리 카양겔 섬으로 건너가 그 지역의 명물인 타마나 나무로 호화로운 무용대舞踊臺를 만들어 가져와서 그 앞에서 두 사람의 부부 굳히기 의식을 치른다는 조건이 붙었다. 팔라우 사람들은 결혼식을 마친 후 몇 년 안에 주화珠貨인 우도우도로 잔치를 열어 다시 한 번 '부부 굳히기 의식'을 하는 경우가 있다. 물론 여기에는 많은 비용이 들기 때문에 부자들만 그것을 했는데, 그다지 부유하지 않은 기라 코시산 부부는 아직 하지 않았다. 가뜩이나 어려운 형편에 무용대까지 만든다는 것은 상당한 경제적 부담을 수반하는 일이었지만, 아내의 기분을 풀어주기 위해서는 어쩔 수 없었다. 그는 가진 주화 우도우도를 하나도 남김없이 들고 카양겔 섬으로 건너갔다.

적당한 타마나 나무는 금세 베어냈지만, 무용대를 만드는 데는 많은 시간이 걸렸다. 어쨌든 다리가 하나 만들어졌다고 하면 모두 모여서 한바탕 춤을 추고, 표면이 잘 깎였다고 하면 또 한바탕 춤을 추는 바람에 좀처럼 진도가 나가지 않았다. 처음에는 가늘었던 달이 일단 둥글어졌다가 다시 가늘어질 무렵까지 시간이 걸렸다. 그동안 카양겔 해변의 작은 오두막에 누워 쉬면서 기라 코시산은 가끔씩 그리운 리메이를 애틋하게 떠올렸다. 헤를리스 이후 그녀를 만나러 가지 못하는 자신의 괴로움을 리메이는 과연 이해해줄까 하는 생각이 들었다.

한 달 후, 기라 코시산은 장인들에게 막대한 우도우도를 지불하고 새로운 멋진 무용대를 작은 배에 싣고 가쿠라오로 돌아갔다.

그가 가쿠라오 해변에 도착했을 때는 밤이었다. 바닷가에는 붉은색 모닥불이 활활 타오르고, 사람들의 손뼉 치는 소리가 들렸다. 마을 사람들이 모여 풍년을 기원하는 춤을 추고 있는 모양이었다.

기라 코시산은 춤추는 곳에서 한참 떨어진 곳에 배를 정박시키고, 무용대는 배에 남겨둔 채 조심스럽게 상륙했다. 조용히 춤추는 무리에 다가가 야자수 그늘을 통해 들여다보았지만, 춤추는 사람들 사이에도 구경하는 사람들 사이에도 아내 에빌의 모습은 보이지 않았다. 그는 무거운 마음으로 집으로 발걸음을 옮겼다.

높이 솟은 빈랑나무 숲 아래 깔린 돌길을 따라 기라 코시산은 불빛이 없는 집에 슬그머니 다가갔다. 아내에게 다가가는 것이 왠지 모르게 두려웠기 때문이다.

고양이처럼 어둠 속을 꿰뚫어보는 미개인의 눈으로 그가 슬며시 집 안을 들여다보았을 때, 그는 그곳에서 한 쌍의 남녀의 모습을 발견했다. 남자는 누군지 모르지만 여자가 에빌이라는 것만은 확실했다. 순간, 기라 코시산은 아, 다행이다, 살았다! 하는 생각이 들었다. 눈앞에 보이는 것의 의미보다 갑자기 아내의 고함 소리를 듣지 않게 된 것이 그에게 더 중요했던 것이다. 그런 다음 그는 뭔가 조금 슬픈 기분이 들었다. 질투도 분노도 아니었다. 대질투가인 에빌에게 질투를 느낀다는 것은 상상도 할 수 없는 일이고, 분노 같은 감정은 이 남자 안에서 옛날에 이미 사라져 지금은 조금의 흔적조차 찾아볼 수 없다. 그는 단지 뭔가 약간 쓸쓸한 느낌이 들었을 뿐이다. 그는 다시 슬그머니 발소리를 죽이고 집으로부터 멀어졌다.

어느새 기라 코시산은 남성 조합의 아바이 앞에 와 있었다. 안에서 희미하게 빛이 새어 나오는 것을 보니 누군가 있는 게 틀림없었다. 들어가 보니, 텅 빈 내부에는 야자껍질로 만든 등불이 하나 켜져 있고, 그 등불을 등지고 한 여자가 자고 있다. 틀림없이 리메이다. 기라 코시산은 가슴을 두근거리며 다가갔다. 저쪽을 향해 자고 있는 여자의 어깨에 손을 얹고 흔들었지만 여자는 몸을 돌리지 않았다. 자고 있는 게 아닌 것 같았다. 다시 한 번 흔들자 여자는 고개도 돌리지 않은 채 말했다. "나는 기라 코시산의 애인이니까 아무도 건드리면 안 돼요!" 기라 코시산은 뛸 듯이 기뻤다. 기쁨으로 떨리는 목소리로 그는 소리쳤다. "나야. 나야. 기라 코시산이야." 놀라서 돌아본 리메이의 눈에 눈물이 그렁그렁 맺혔다.

상당히 시간이 경과하고 두 사람이 정신을 차렸을 때, 리메이는(에빌을 이길 만큼 강한 여자임에도 불구하고) 하염없이 눈물을 흘리며, 그가 오지 않는 동안 얼마나 정조를 지키기가 힘이 들었는지 아느냐고 하소연했다. 이삼일만 더 늦었다면 정조를 지키지 못했을지 모른다고도 했다.

아내가 그토록 음탕하고, 창부가 그토록 정숙하다는 사실은 비굴한 기라 코시산에게도 마침내 아내의 포학暴虐에 대한 반란을 떠올리게 했다. 지난번의 격렬한 헤를리스의 결과를 보면, 부드럽고 강한 리메이가 곁에 있는 한 아무리 악마가 쳐들어와도 두려울 게 없다. 지금까지 이런 생각을 하지 못하고 어리석게도 그 맹수의 굴에서 벗어나지 못했으니 이 얼마나 바보 같은 일인가!

"도망치자" 그는 말했다. 이때도 그는 여전히 도망치겠다는 소심한 표현을 사용했다. "도망치자. 당신의 마을로."

마침 모골 계약 기간이 만료될 무렵이었기 때문에 리메이도 그와 함께 마을로 돌아갈 것을 허락했다. 두 사람은 모닥불 주변에서 춤을 추는 마을 사람들의 눈을 피해 간선도로에서 손을 잡고 바닷가로 나가 방금 전에 연결해 둔 독목주獨木舟를 타고 밤바다로 떠났다.

다음 날 새벽 배는 리메이의 고향인 가렘렝구이에 도착했다. 두 사람은 리메이의 부모 집으로 가서 그곳에서 결혼했다. 얼마 후, 그 카양겔식 무용대를 마을 사람들에게 선보이고, 성대한 부부 관계 다지기 의식을 거행한 것은 말할 필요도 없다.

한편 에빌은 남편이 아직 카양겔에서 무용대가 완성되기를 기다리고 있을 거라 생각하며 밤낮으로 몇 명의 미혼 청년들을 모아 치정에 몰두하고 있었다. 그러던 어느 날, 가렘렝구이 근처에서 온 야자꿀 채취꾼의 입을 통해 사건의 진상을 듣게 되었다.

에빌은 순간적으로 화가 치밀어 올랐다. 세상에 자신만큼 불쌍한 여자는 없다, 오보카즈 여신의 몸이 팔라우의 섬들로 변한 이래로 리메이만큼 품성이 나쁜 여자는 없다고 울부짖으며 집을 뛰쳐나갔다. 해안가 아바이에 다다르자 그 앞에 있는 큰 야자수에 기어 올라가려 했다. 옛날 아주 옛날에 이 마을의 어떤 사람이 친구에게 재물, 고구마밭, 여자를 속여 빼앗겼을 때, 그 사람은 이 야자수(지금으로부터 오래전에 말라 죽었으나, 그 당시에는 아직 야자수로서 한창 자랄 때였고 마을에서 가장 키가 큰 나무였다)로 달려가서 그 꼭대기에서 온 마을 사람들에게 자신이 속았다는 사실을 알리고 속인 자를 저주하고 세상을 원망하고 신을 원망하고 자신을 낳아준 어머니를 원망한 후 땅 위로 뛰어내렸다. 이 사람은 이 섬에서 유일하게 자살한 사람으로 전해지는데, 지금 에빌은 이 사람을 따라 하려 했다. 그러나 남자라면 쉽게 오를 수 있는 야자나무도 여자에게는 상당히 어렵다. 특히 에빌은 살이 쪄서 배가 나온 상태라, 쉽게 오르기 위해 야자나무 줄기에 새긴 절개 자국을 다섯 계단 오르자 금세 호흡이 거칠어졌다. 더 이상은 도저히 올라갈 수 없을 것 같다. 아쉬운 마음에 에빌은 큰 소리로 마을 사람들을 불렀다. 그리고 그 높은 곳에서(그래도 지상 4미터 가까이는 올라갔을 것이다) 떨어지지 않으려고 필사적으로 나무줄기를 붙잡고 자신의 불쌍한 처지를 호소했다. 그녀는 바다뱀의 이름으로 맹세하고 야자게와 빨판상어의 이름에 걸고 남편과 그 정부情婦를 저주했다. 저주하며 눈물을 흘리며 아래를 내려다보니, 마을 전체가 모여 있을 거라 생각했던 기대는 완전히 빗나갔다. 아래에는 겨우 대여섯 명의 남녀가 입을 벌리고 그녀의 광태狂態를 올려다보고 있을 뿐이었다. 다들 이제는 에빌의 외침에 익숙해져서, 또 시작되었군 하고서 낮잠을 자던 베개에서 고개를 들지 않는 모양이다.

아무튼 상대가 겨우 대여섯 명이면 이렇게까지 소리를 지를 일은 아니다. 게다가 방금 전까지만 해도 거대한 몸이 금방이라도 미끄러질 것 같아서 방법이 없다. 에빌은 그때까지의 외침을 멈추고 다소 어색한 웃음을 지으며 느릿느릿 나무에서 내려왔다.

아래에 있던 몇 명의 마을 사람들 중에 에빌이 기라 코시산의 아내가 되기 전에 아주 절친한 사이였던 한 중년 남자가 있었다. 병이 심해 코가 반쯤 떨어져 있었지만, 아주 넓은 고구마 밭을 가진 마을에서 두 번째로 큰 재산가였다. 내려온 에빌은 이 남자의 얼굴을 보자 자신도 모르게 미소를 지었다. 순간 남자의 눈빛이 뜨거워지고, 순식간에 마음이 통한 모양이었다. 두 사람은 손을 맞잡고 울창한 타마나 나무 덤불 아래로 걸어갔다.

남은 소수의 구경꾼들도 크게 놀라지 않았다. 두 사람의 뒷모습을 바라보며 웃음을 터뜨릴 뿐이었다.

네댓새 후, 마을 사람들은 대낮에 에빌과 함께 타마나 나무

덤불 속으로 사라진 중년 남성의 집에 에빌이 공공연하게 들어간 사실을 알게 되었다. 코가 반쯤 떨어져 나간 마을의 두 번째 부자는 바로 얼마 전 아내를 잃었다는 것이다.

그렇게 기라 코시산과 그의 아내 에빌은 두 사람 모두, 비록 이름은 다르지만 행복한 후반생을 보냈다고 마을 사람들은 지금까지 전하고 있다.

* * *

이상으로 이야기는 끝이 나지만, 이곳에 나오는 모골, 즉 미혼의 여자가 남자에게 봉사하는 관습은 독일령 시대에 접어들면서 금지되어 현재 팔라우 제도에는 그 흔적이 남아 있지 않다. 그러나 마을의 할머니들에게 물어보면 그녀들은 모두 젊은 시절에 그런 경험을 했다고 한다. 시집가기 전에 누구나 한 번쯤은 다른 마을로 모골로 가본 경험이 있다고 한다.

그런데, 지금 이 헤를리스, 즉 사랑싸움에 이르면 지금도 곳곳에서 활발하게 이루어지고 있다. 사람이 있는 곳에 사랑이 있고, 사랑이 있는 곳에 질투가 있는 것은 당연한 일일 것이다. 실제로 필자 역시 그 땅에 머무는 동안 이를 목격했던 적이 있다. 사건의 경위도 그 격렬함도 본문에서 말한 대로(필자가 본 것 역시 따지러 온 사람이 반격에 부딪혀 울면서 돌아갔는데) 예나 지금이나 조금도 달라진 것이 없다. 다만 다른 점이 있다면, 그를 둘러싸고 환호하고 응원하고 비판하는 관중들 사이에 하모니카를 든 두 명의 현대식 청년이 섞여 있었다는 것이다. 두 사람 모두 최근 코로르에 가서 새로 산 것으로 보이는 새파란 와이셔츠를 입고, 곱슬곱슬한 머리에 향유 포마드를 발라, 발은 맨발이지만 상당한 하이칼라였다. 그들은 마치 활극에 반주라도 넣으려는 것인지, 그 격렬하고 집요한 투쟁을 하는 동안 내내 경쾌한 행진곡을 불며 고개를 흔들고 발로 박자를 넣으며 매우 멋들어진 포즈를 취했다. (1942. 8)

닭雞

남양군도南洋群島 섬사람들을 위한 초등학교를 공학교公學校
라고 하는데, 한 섬의 공학교를 참관했을 때의 일, 마침 조례에
서 한 신임 교사를 소개하는 장면을 보았다. 그 새 교사는 아직
참으로 젊어 보였는데, 이미 공학교 교육에는 오랜 경험이 있
는 사람이라고 한다. 교장의 소개에 이어 그 교사가 단상에 올
라가, 취임 인사를 했다.

"오늘부터 선생님이 너희들하고 공부하게 됐다. 선생님은
벌써 오래전부터 남양에서 도민을 가르치고 있다. 너희들이 하
는 짓은 몽땅 선생님은 다 알고 있다. 선생님 앞에서만 얌전히
굴고, 선생님 없는 데서는 게으름을 피워도, 선생님은 금방 알
아차릴 것이다."

한마디 한마디 또박또박 끊어서 호통치는 것 같은 큰 목소
리였다.

"선생님을 속이려 해도 안 된다. 선생님은 무섭단 말이다. 선생님이 하는 말을 잘 지켜라. 어때, 알았나? 알아들은 사람은 손을 들어라!"

너덜너덜한 셔츠와 간편한 옷차림의 수백의 검은 남녀 학생이 일제히 손을 들었다.

"좋아!" 하고 신임 교사는 특히 큰 목소리로 말했다. "알았으면 됐다. 선생님의 말은 이것으로 끝!"

인사 후, 수백 명의 섬마을 아이들의 눈이 다시 한 번 마음속에서 우러나는 외경의 빛을 띠고 새 교사의 모습을 우러러보았다.

경외감을 드러낸 것은 학생들뿐이 아니었다. 나 역시 경외와 찬탄의 마음을 가지고 이 인사말을 들었다. 다만, 그것 말고도 약간의 의아한 표정을 나는 띠고 있었는지도 모른다. 왜냐하면, 조례가 끝나고 직원실에 들어가고 나서 그 신임 교사는 나의 그 표정에 변명이라도 하듯 이렇게 말했기 때문이다.

"섬사람한테는 말이죠, 저 정도의 말투로 겁을 주지 않으면, 나중에는 제어할 수가 없거든요."

그렇게 말하면서 그 교사는 멋지게 햇볕에 그은 얼굴에 하얀 이를 보이며 밝게 웃었다.

내지에서 남양에 갓 온 젊은 사람들은, 이러한 사실 앞에서 종종 눈살을 찌푸리게 마련이다. 그러나, 남양에 2, 3년 정도 지낸 사람이라면, 벌써 이런 일에 별다른 감정을 느끼지 않게 된다. 어쩌면, 이런 것이 섬사람을 접하는 최상의 노련함이라고 생각하기도 할 것이다.

나 자신에 관해 말한다면, 이러한 섬사람 취급에 대해 별로 인도주의적인 빈축을 느끼지 않지만, 그렇다고 해서 그것을 최상의 처세술이라고 권장하는 것도 다소 망설여진다. 단호한 강제로 일관하는 것이 어설프게 그들을 받아들이는 것보다 효과적이라는 것은 말할 것도 없다. 아니, 난처하게도, 용의주도한 성심성의보다도, 오히려, 단순한 강제 쪽이 좋은 결과를 거두는 경우가 너무나 많다. 물론 그것이 과연 그들을 심복시킨 것인지는 의심스럽기는 하지만, 우리의 상식으로는 다시 한 번 난처하게도, 단호한 강압이 그들을 단순히 겉으로만이 아니라, 정말로 마음속으로부터 감복시킬 수 있는 경우도 확실히 있을 수 있다. '무섭다'와 '훌륭하다'가 아직 분화되지 않은 경우가 많지만, 그렇다고 해서 언제든지 그러냐 하면, 꼭 그렇게 일률적으로 그렇다는 것은 아닌 듯하다. 요컨대, 나로서는 아직 섬사람이라는 것이 제대로 이해되지 않는다. 그리고, 이 섬사람의 심리와 생활 감정의 불가해함은, 내가 그들과 접할 일이 많아지면 많아질수록 더해 가는 것이다. 남양에 온 첫해보다도 3년째가, 3년째보다도 5년째가, 토착민의 마음이 나로서는 더욱 불가해하게 되었다.

물론 '두려움'과 '존경'의 혼동은 우리 문명인에게도 있다고 할 수 있다. 다만 정도와 드러나는 방식이 매우 다를 뿐이다. 그래서 이 점에 관한 그들의 태도도 그다지 이해할 수 없는 것은 아니라고, 굳이 말한다면 말할 수 있을지도 모른다. 앙가우르 섬으로 인광燐鑛을 캐러 내몰려 나가는 남편을 해변에서 배웅하는 섬 여자들은, 배의 밧줄에 매달려 소리 놓아 울부짖는다. 남편이 탄 배가 수평선 저쪽으로 사라지고 나서도, 그녀는 눈물에 젖은 채 그 자리를 떠나지 않는다. 그야말로 마츠우라 사요히메松浦佐用姫*도 이랬을까 싶을 정도다. 그러나 두 시간 뒤에는, 이 가련한 아내는 재빠르게도 근처의 청년 한 사람과 육체적인 교섭을 하고 있을 것이다. 이것도 우리로서는 이해 못할 게 없다는 따위의 말을 했다가는, 세상의 부인네들로부터 일제히 비난받을 것이 뻔하지만, 그러나, 이러한 기분의 원형이 우리 안에 절대로 없다고 말하는 이가 있다면, 그것은 너무나 심리적 성찰이 결여된 사람임에 틀림없다. 스페인령에서 독일령이 되었을 때, 지난밤까지 충실하기 짝이 없던 하인과 이웃이 금방 흉악범으로 변해 스페인인을 살해했다. 이 또한 라가드 시의 대학을 방문한 걸리버만큼 우리를 당황하게 하지는 않을 것이다.

그런데 다음과 같은 경우, 우리는 도대체 어떻게 생각하면 좋을까. 예컨대, 내가 원주민 노인과 이야기를 나누고 있다. 더듬거리는 나의 원주민어이지만, 그런대로 일단 상대방에게 통하는 듯, 원래가 상냥한 그들인지라 그다지 재미있을 것 같지도 않은 일을 재미있다는 듯이 웃어 가면서 노인은 대단히 기

---

* 『만엽집万葉集』에 나오는 설화로 그리운 님을 떠나 보내고 슬픔을 못 이겨 돌이 되었다는 망부석望夫石 전설에 나오는 여성의 이름이다. 이후 일본 전역에서 비슷한 전설들이 생겨났고 수많은 문예 장르에서 다루어졌다.

분이 좋아 보인다. 잠시 후, 이야기가 겨우 본궤도에 들어섰다고 생각될 무렵, 갑자기, 그야말로 갑자기, 노인은 입을 꾹 다문다. 처음에는 상대방이 지쳐서 잠시 쉬는 것으로 생각해서 나는 조용히 상대방의 대답을 기다린다. 그러나, 노인은 이제 말을 하지 않는다. 말을 하지 않을 뿐 아니라, 지금까지 싱글거리던 얼굴빛이 갑자기 굳어지고, 그 눈빛도 이제는 나의 존재를 인정하지 않는 것 같다. 왜? 어떠한 동기가 이 노인을 이러한 상태로 빠뜨린 것일까? 어떠한 나의 말이 그를 화나게 만든 것일까? 아무리 생각해 보아도 전혀 짐작조차 할 수가 없다. 아무튼 노인은 갑자기 눈에도 귀에도 입에도, 아니 마음까지, 두꺼운 덧문까지 닫고 마는 것이다. 그는 이제 오래된 돌의 신상神像이다. 그는 대화에 대한 정열을 잃어버린 것일까? 다른 인종의 얼굴이, 그 냄새가, 그 목소리가, 돌연 꺼림칙하게 느껴진 것일까? 아니면 미크로네시아의 오래된 신들이 온대인의 침입에 분노하여, 불쑥 이 노인 앞을 가로막고서, 그의 눈을 보아도 보이지 않는 것으로 변화시켜 버린 것일까. 어쨌든, 우리는, 호통을 쳐도 달래 보아도 뒤흔들어도 결코 벗겨 버릴 수 없는 불가사의한 가면 앞에 망연해지지 않을 수 없다. 이러한 일시적 치매 상태는 전혀 본인의 자각을 동반하지 않는 것인지, 아니면 실은 지극히 교묘하게 의식적으로 쳐 놓은 연막인지 그것조차 전혀 짐작이 가지 않는 것이다.

이것은 그저 하나의 예에 지나지 않는다. 섬사람의 부락에서 오랜 기간 머물러 본 자라면, 누구나 이와 비슷한 경험을 종종 겪었을 것이 틀림없다. 남양에 4, 5년이나 있으면서, 섬사람을 다 알게 되었다는 등의 말을 하는 사람을 만나면 나는 묘한 기분이 든다. 야자의 잎이 스치는 소리와 환초 바깥에서 넘실거리는 파도의 울림 사이에서 열 세대쯤 살아보지 않고서는, 도무지 그들의 마음을 알 수 없을 것 같다는 생각이 들기 때문이다.

아무래도 엉뚱한 소리만 지껄여 댄 듯하다. 나는 도대체 무슨 얘기를 하려 했던 것일까? 그렇다. 한 노인, 토착민 노인의 이야기를 할 생각이었다. 그 전치前置로서, 별생각 없이 이런 이야기를 하게 된 것이다.

그 노인은 팔라우의 코로르에 살고 있었다. 매우 노쇠한 것처럼 보였지만, 실제로는 60세가 안 되었을지도 모른다. 남양 노인의 나이는 도무지 짐작이 안 간다. 본인 자신이 나이를 모르기 때문이기도 하지만, 그보다 온대인에 비해 중년에서 노년에 걸쳐 급격하게 늙어 버리기 때문이다.

마르쿠프라고 불리던 그 노인은 약간 곱추인 듯, 늘 허리를 앞으로 숙이고 마른기침을 하면서 걸어 다녔다. 우스꽝스러웠던 것은 그의 눈꺼풀이 현저하게 밑으로 늘어져 있었던 것이고, 그 때문에 그는 거의 눈을 뜨고 있을 수가 없었다. 그가 남의 얼굴을 잘 보려고 할 때는, 얼굴을 뒤로 젖히고, 검지와 엄지손가락으로 눈꺼풀을 들어올려, 눈앞을 가로막고 있는 벽을 제거하지 않으면 안 된다. 그것이 마치 커튼이나 블라인드라도 말아 올리는 식이어서, 나는 항상 웃음을 참지 못했다. 노인은 왜 웃는지 모르겠다는 듯, 그래도 이쪽의 웃음에 맞추어 싱글

벙글 웃는 것이었다. 이처럼 불쌍한 꼴을 하고 있는 우둔해 보이는 노인이 엉뚱하게도 여간내기가 아닌 자일 줄이야. 남양에 온 지 얼마 되지 않은 나로서는 너무나도 의외였다.

그 무렵, 나는 팔라우 민속을 알기 위한 일환으로, 민간 속신俗信의 신상이라든지 사당 등의 모형을 수집하고 있었다. 그래서, 알고 지내는 한 섬사람으로부터 마르쿠프 노인이 비교적 전고典故에도 통하고 손재주도 좋다고 전해 들은 나는, 그를 써 보자는 생각이 들었다. 처음 내 앞에 온 노인은 눈꺼풀을 들어 올려 내 쪽을 보면서 나의 질문에 답했다. 코로르뿐 아니라, 팔라우 본섬 각지의 신앙에 대해서도 웬만큼 알고 있는 것 같았다. 그날 나는 그에게 악마를 쫓는 메레크라는 수염투성이 남자상을 만들어 오라고 했다. 이삼일 지나 노인이 가져온 것을 보니, 꽤 잘 만들어져 있었다. 사례로 50전 지폐를 한 장 건네니, 노인은 다시 눈꺼풀을 들어올려 지폐를 보고, 그리고 내 얼굴을 보고서 빙긋이 웃으면서 가볍게 고개를 숙였다.

이후, 나는 가끔 그에게 액막이나 제사용 도구류를 만들게 했다. 조그만 사당 우로간이라든지, 선박 모양의 영대靈代 카에프와 큰 박쥐 오리크와 외설스러운 딜룽가이 상像 등의 모형을. 모형뿐 아니라, 때로는 진짜배기를 어디선가 가져올 때도 있었다. 훔쳐 온 것인가? 하고 물어보아도 말없이 싱글벙글하고 있다. 신의 것을 훔치거나 하면 무섭지 않느냐고 물으니, 자신과는 부락이 다르니까 문제없다고 한다. 게다가 바로 뒤에 교회에 가서 액막이를 받으니까 걱정 없다고 말하고, 슬며시 왼손을 내밀며 나에게 재촉한다. 그런 쓸데없는 걱정 말고 빨리 돈이나 내놓으라는 것이다. 그가 말한 교회는 코로르에 있는 독일 교회이거나 스페인 교회 둘 중의 하나다. 그곳에 가서 제단 앞에 기도를 한 번 드리면, 오랜 신들을 모독한 염려에서 금방 해방된다는 것이다. 사당의 크기로 보아도, 백인의 신의 위력이 더 뛰어나다는 것은 의심할 여지가 없으니 말이다.

나는 이삼일이면 할 수 있는 작은 일에는 50전, 일주일 정도 걸리는 것에는 1엔 하는 식으로 그에게 줄 대금을 대략 정해 놓고 있었다. 그런데 어느 날, 작은 비둘기 모양의 부적 한 개 값으로 내가 으레 하듯이 50전짜리 지폐를 그의 손바닥에 올려놓았는데, 그는 손을 거두지 않았다. 눈꺼풀을 들어 손바닥 위를 보고, 그리고 내 얼굴을 보고서 싱긋하고서 눈꺼풀 문짝을 내려놓았지만, 지폐를 놓은 손은 거두려 하지 않는다. 이 작자가! 하고 내가 잠자코 그의 얼굴을 쏘아보았더니(하지만 그는 자신에게 형편이 불리할 때는 바로 눈꺼풀을 내려 버리므로 그 눈의 표정은 알 수 없다) 잠시 후 다시 눈꺼풀을 들어올렸다. 싱긋 웃으려다 내 시선에 마주치자 당황해서 커튼을 내렸지만, 그래도 왼손은 계속 내밀고 있다. 귀찮아서 10전짜리 백동전을 한 개 손바닥 위에 보태 주자, 이번에는 아주 살짝 눈꺼풀을 열고, 내 얼굴은 보지 않은 채, 입속으로 감사의 말 같은 것을 중얼거리고 돌아갔다.

그러는 동안에 60전이 70전이 되고, 70전이 80전이 되고, 눈꺼풀을 오르내리기만 하는 무언의 응수를 하는 동안, 마침내 1엔으로까지 시세가 올라가 버렸다. 가격뿐이 아니다. 제품에 가끔씩 이상한 점이 나타나게 되었다. 판에 새긴 태양 모양도圖

카요스의 닭 그림이 디테일이 생략되어 있다. 작은 사당 우로간의 모형도 그 구조가 실물하고 다소 다른 것 같다. 그러고 보니, 그가 만든 배 모양의 영대 카에프에는 쓸데없이 근대적인 장식이 제멋대로 덧붙여져 있다. 제대로 치수를 지정해줘도, 당치도 않은 엉터리 크기로 만들어 온다. 옛날 신사神事에 쓰던 지극히 오래된 실물이라면서 상당히 비싸게 사게 한 것이, 실은 극히 새로운 위조품이기도 하다. 내가 화를 내며 야단을 쳐도, 처음에는 자기의 제작품이 정확하다는 것을 주장하면서 물러서려 하지 않는다. 여러 가지 꿈쩍 못할 증거를 제시하며 따지면, 마침내 그제야 특유의 그 싱글거리는 웃음을 띤 채 입을 다물고 만다. '배 모양의 영대 카에프에 불필요한 장식을 붙인 것은, 선생(나를 가리킨 말)을 기쁘게 하려고 한 것'이라는 따위의 말을 할 때도 있다. 모형은 절대로 정확해야 한다, 돈 욕심으로 이상한 가짜를 가져오면 안 된다고 내가 엄하게 말하면, 얌전하게 머리를 숙이고 돌아간다. 그 후 당분간은 제대로 된 것을 만들어 오지만, 한 달 지나고 두 달 지나는 동안에, 또다시, 원래의 엉터리로 되돌아가 버린다. 짚이는 바가 있어, 이전에 사들인 그의 제작품 전부를 다시 조사해 보니, 어이없게도 반 이상은 극히 알아차리지 못할 부분에서 적당히 생략을 한 물건이거나, 실제로는 존재하지 않는 마르쿠프 노인의 독단적인 창작이거나 했다.

당시, 팔라우 지방에는 '하느님 사건'이라는 것이 일어났다. 팔라우 재래의 속신俗信과 그리스도교를 혼합한 일종의 신종교 단체가 섬 주민들 사이에 생겨났고, 그것이 치안에 해를 끼친다고 판단하여 '하느님 사냥'이란 명목으로 그 수뇌부에 대한 수사가 이루어졌다. 이 종교 결사는 북으로는 카양겔 섬에서 남으로는 펠렐리우 섬에 이르기까지, 상당히 뿌리 깊게 파고들어 있었는데, 당국은 섬 주민들 간의 세력 다툼과 개인적 반감 등을 교묘하게 이용해 착착 검거에 나섰다. 경무과에 있는 한 지인에게서 우연히 나는 묘한 이야기를 들었다. 그 마르쿠프 할아버지가 하느님 사냥의 수훈자라는 것이다. 자세히 들어보니, 검거의 대부분은 밀고로 이루어지는데, 마르쿠프는 그중 가장 상습적인 밀고자로, 그의 밀고에 의해 거물들이 잡혔고, 노인 자신도 이미 상당한 포상금을 받았을 거라고 했다. 물론, 때로는 사사로운 원한 때문에 그 신자가 아닌 사람까지 고발하는 경우도 분명 있는 것 같다고 그 지인은 웃으면서 말했다. 새 종교의 옳고 그름을 떠나서, 아무튼 밀고라는 행위는 나로서는 매우 불쾌하게 느껴졌다.

며칠 후, 마르쿠프 노인의 조그마한 눈속임에 대해 내가 크게 화를 낸 것도 어쩌면 이 불쾌감 때문이었는지도 모른다. 사실 그처럼 화를 낼 만한 일은 아니었다. 약간의 세공 면에서의 무신경과 약간의 탐욕에 지나지 않았던 것이다. 그것에 대해 나는, 나중에 생각해 보아도 웃음이 나올 정도로, 화를 내며 소리를 질렀다. 노인은 이제는 눈꺼풀을 들어올리는 일도 비웃는 듯한 엷은 웃음을 짓는 것도 그만두고, 진지하게, 라기보다는 어안이 벙벙한 듯이 내 앞에 우뚝 서 있었다. 안 그러면 좋았을 것을, 나는 이런 말까지 해 버렸던 모양이다. 돈에 눈이 멀어 친한 벗들까지 배신하는 그런 저열한 작자한테는, 더 이상

일을 맡기지 않겠다고. 그것 말고도 이러쿵저러쿵 큰 목소리로 나는 그를 야단 친 것 같다. 잠시 후 언뜻 정신을 차리고 보니, 노인은 언제부터인지 돌처럼 무표정해져 있고, 내 목소리를 듣지 않고 내 존재까지 인정하지 않는 모양이었다. 방금 말한 그 불가사의한 상태, 모든 감각에 뚜껑을 씌운, 외계와의 완전한 절연 상태에 빠져 있는 것이다. 나는 놀랐지만, 이제 새삼스럽게 갑자기 누그러져서 비위를 맞출 수도 없다. 게다가 이제 와서는, 내가 무슨 말을 하고 무슨 행동을 하건, 모든 감각을 닫고 동그랗게 몸을 무장한 아르마딜로처럼 그는 아무것도 지각하지 않을 것이다.

침묵의 반시간 후, 문득 정신이 든 듯이 노인은 몸을 움직였고, 스윽하고 내 방에서 나갔다.

한 시간쯤 지나서 나는 방금 전 — 노인이 오기 전에 분명 책상 위에 놓아두었던 회중시계가 보이지 않는다는 것을 깨달았다. 방 안을 샅샅이 뒤졌지만 보이지 않았다. 옷 주머니에도 없었다. 아버지에게서 물려받은 월섬* 제품인데, 바닷바람과 더위 때문에 회중시계가 자칫 제멋대로 가기 쉬운 남양에서도, 좀처럼 오차를 보이지 않는 고급품이었다. 이전에 마르쿠프가 이 시계를 매우 신기해하며, 손에 들고 만지작거리던 모습을 나는 떠올렸다. 나는 곧바로 밖으로 나가 그의 거처로 갔다. 거

---

* Waltham. 회중시계로 유명한 미국에서 가장 오래된 시계 브랜드이다. 에이브러햄 링컨, 제임스 뷰캐넌 대통령을 비롯해 일본에서는 작가 가와바타 야스나리 등도 애용했다.

처 안에는 아무도 없었다. (그는 독거 노인이었다.) 그로부터 이삼일 계속해서 매일 들러 보았지만, 거처는 항상 텅 비어 있었다. 근처의 섬 주민에게 물어보니, 이틀 전 본섬 어딘가로 간다고 나가서 돌아오지 않았다고 한다.

그 뒤로, 마르쿠프 노인은 다시는 내 앞에 나타나지 않았다.

그로부터 두 달쯤 지나, 나는 동쪽 섬들 — 중앙 캐롤라인부터 마셜에 걸쳐 장기간의 토속 조사를 나갔다. 조사는 약 2년이 걸렸다.

2년 만에 다시 팔라우로 돌아온 나는, 코로르의 마을에 집들이 눈에 띄게 늘어난 것에 놀랐고, 섬사람들이 매우 약삭빠르고 교활해진 것 같다는 느낌을 받았다.

팔라우로 돌아오고 한 달쯤 지났을 무렵, 어느 날 불쑥 마르쿠프 노인이 찾아왔다. 내가 돌아온 것을 사람들을 통해 알고서 곧장 왔다고 했다. 매우 야위어 있었다. 눈꺼풀이 양 눈을 덮고 있는 것은 이전과 다를 것이 없지만, 이라도 빠졌는지, 볼이 쑥 들어갔고, 등이 구부정한 정도가 이전보다 더 심했고, 무엇보다 놀라운 것은 목이 아주 쉬어서 말하는 게 소곤거리는 것처럼 들렸다. 전체적인 느낌이 2년 전보다 10년은 나이를 더 먹은 것 같았다. 예전 회중시계의 건을 잊은 것은 아니었지만, 이 노쇠한 모습 앞에서는 차마 그 얘기를 꺼낼 수는 없었다. 어떻게 된 거요, 매우 쇠약해진 거 아니에요, 하고 말했더니, 병이 심하다고 대답하고는 실은 그것 때문에 부탁이 있다고 말했다. 노인은 반년쯤 전부터 목이 막히는 것같이 호흡이 어려워서, 팔라우의 병원에 다니고 있다고 했다. 그러나, 전혀 나을 것 같지가 않다. 아예 팔라우 병원은 관두고, 렝게 씨한테가 보면 어떨까 생각하고 있다고 노인은 말했다. 렝게는 독일인으로 오래도록 기왈 마을에 살고 있는 선교사인데, 매우 교양이 있는 사나이고, 의학에도 꽤 조예가 깊은 모양이었다. 때때로 섬 주민의 병환을 보아 주고 약을 지어 주면서 그 평판이 팔라우 토착민들 사이에서 높아져, 팔라우 병원보다 잘 낫는다고 진심으로 믿고 있는 주민도 적지 않았다. 마르쿠프 노인은 팔라우 병원은 관두고, 이 렝게 씨한테 진료를 받으러 가고 싶었던 것이다. "그러나," 하고 노인은 말했다. "팔라우 병원은 관청의 병원이어서, 마음대로 그곳을 관두고 렝게 씨한테 갔다가는 원장님이 화를 낼 것이고, 경무과 사람한테도 혼난다. (설마 그럴 리가 있겠느냐고 웃었지만, 노인은 고집스럽게 그렇게 믿고 있었다.) 그래서 선생님은(나를 가리키며) 원장님하고 콤파니(친구)이니까, 제발 원장님한테 가서 잘 얘기해서, 내가 렝게 씨한테 가도록 하락을 받아 주세요"라고. 목쉰 소리로 이렇게 말하는 태도가 어찌나 애처롭고, 또 죽어가는 노인이라는 인상을 주었으므로, 나로서도 그 바보 같은 부탁을 들어주지 않을 수가 없었다.

원장에게 가서 이야기해 보니, 그건 이미 인후암인지 인후결핵인지로(어느 쪽인지 이제는 잊어버렸다) 도저히 살아날 가망이 없으니, 렝게에게 가든 무엇을 하든, 본인이 원하는 대로 하는 것이 좋겠다는 것이었다.

원장의 허락을 받았다는 것을 이튿날 마르쿠프 노인에게 전해 주었더니, 그는 매우 기뻐하는 표정을 지었다. 잘 들리지 않는 목소리로 거듭거듭 감사의 뜻을 전하며, 예전에 내가 아무리 많은 돈을 주었을 때도 보이지 않았던 정도로 몇 번이고 몇 번이고 머리를 조아렸다. 어째서 이런 별것 아닌 일에 이처럼 고마워하는지, 오히려 내 쪽에서 당황스러울 정도였다.

그 후 한동안 나는 마르쿠프의 소식을 듣지 못했다.

3개월쯤 지났을 무렵이었을까. 본 적이 없는 토박이 청년이 하나, 나를 찾아왔다. 마르쿠프의 부탁으로 왔다며, 손에 든 야자잎 바구니를 나에게 내밀었다. 야자잎의 성긴 틈으로, 한 마리 암탉이 고개를 내밀고 꼬꼬댁 하고 울었다. 이 닭을 전해 달라는 부탁을 받았다고 했다. 마르쿠프는 그 후 어떻게 지내느냐고 물었더니, 열흘 전에 죽었다는 대답이었다. 기뻐하면서 기왈의 렝게에게 가서 치료를 받았지만, 병은 조금도 낫지 않았고, 결국 그 마을 친척집에서 죽었다는 것이다. 어째서 닭 같은 것을 나에게 보내도록 유언을 했냐고 물어보아도, 젊은이는 무뚝뚝하게, 자신은 모르는 일이고 그저 고인이 말한 대로 일을 처리했을 뿐이라고 대답하고는 얼른 돌아가 버렸다.

이삼일 후 어느 저녁, 또 한 사람의 다른 토박이 청년이 내 집 뒷문으로 들어왔다. 무뚝뚝한 얼굴로 내 앞에 서더니, 놀랍게도, 이 사나이도 역시 암탉이 든 야자잎 바구니를 내밀었다. 마르쿠프 노인한테서, 라고만 말하고는 골난 듯한 얼굴을 한 그 청년은 획하고 뒤돌아서 다시 뒷문으로 나갔다.

바로 다음 날, 또 한 사람이 왔다. 이번에는 앞의 두 사람보다 무척 상냥하고 연배도 조금은 위인 듯한 사나이다. 마르쿠프의 친척이라 했고, 돌아가신 노인에게 부탁을 받아서요 하면서, 야자수 바구니를 내밀었다. 이제는 놀라지도 않았다. 또 암탉이겠지. 맞다. 암탉이었다. 왜 내가 이런 선물을 받아야 하느냐고 물으니, 노인이 생전에 매우 신세를 졌다고 했기 때문이라고 했다. 어째서 세 마리씩이나, 그것도 세 번 각각 딴 사람에게 들려 보냈느냐는 나의 의문에 대해서 그 섬사람은 다음과 같은 설명을 해 주었다. 아마도 한 사람한테만 부탁했다가는 슬쩍해 버릴 염려가 충분히 있으므로, 노인은 만전을 기해서 세 사람에게 똑같은 부탁을 했을 것이라고. "섬사람 중에는 약속을 지키지 않는 사람이 많거든요"라는 것이 마지막으로 그 섬사람이 덧붙인 말이다.

섬 주민의 생활에서, 암탉이 얼마나 소중하게 여겨지는지 익히 알고 있는 나는, 세 마리의 살아 있는 암탉을 앞에 놓고, 적잖이 감동했다. 하지만, 그렇다고는 해도, 죽은 노인은 대체 원장에게 알선해준 나의 친절(만일 그것이 친절이라고 할 수 있다면)에 대해 보답한 것일까. 아니면 지난날 나의 시계를 실례한 것에 대한 사과의 뜻일까. 아니, 아니, 그런 옛날 일을 그가 지금까지 기억하고 있을 리가 없다. 기억하고 있었다 하더라도, 그것을 보상할 생각이라면 그 시계를 반환하면 될 텐데, 그 월섬은 도대체 어떻게 되었을까. 아니, 그 시계 자체보다도, 그 시계 사건으로 인해 나의 마음속에 남게 된 그의 간악함과 지금의 이 암탉 선물을 어떻게 조화시켜서 생각해야 할까. 인간은 죽을 때에는 선량해진다든지, 인간의 성정은 일정불변의 것이 아니라, 똑같은 것이 때로는 좋게 때로는 나쁘게 되는 것이라든가 하는 설명은 나를 거의 납득시키지 못한다. 그 불만은, 실제로 그 할아버지의 목소리, 풍모, 동작 하나하나를 다 알고, 그리고 마지막으로, 그런 것들로부터는 도무지 기대할 수 없는 이 세 마리의 암탉과 맞부닥친 나 혼자만이 느끼는 감정인지도 모르겠다. 그리고 아마도 '인간이란'이라는 것이 아니라, '남해의 인간이란'이라는 설명을 나는 찾고 있는 것이겠지. 그것은 어쨌든, 아직 나 같은 인간에게 남해의 인간은 조금도 이해할 수 없다는 느낌을 한층 깊게 해 준 것이었다.   (1942. 8)

환초 環礁

미크로네시아 섬 순례기

쓸쓸한 섬寂しい島

쓸쓸한 섬이다.

섬 한가운데 타로감자밭이 가지런하게 조성되어 있고, 그
주변을 판다누스나무랑 레몬이랑 빵나무랑 우칼나무* 같은 잡
목의 방풍목이 에워싸고 있다. 그 바깥쪽으로 또 한 번 야자숲
이 이어지고, 여기부터는 백사장―바다―산호초의 순서로 이
어진다. 아름답지만, 쓸쓸한 섬이다.

섬사람들의 집은 서쪽 해안의 야자나무숲 사이사이에 흩어
져 있다. 인구는 백칠팔십 명 정도일까. 좀 더 작은 섬들을 여

---

* 우칼나무가 무엇을 가리키는지는 확실하지 않았는데 최근인 2021년 나
카지마 아츠시의 남태평양을 배경으로 한 작품의 고증에 나선 미야기대
학의 한 교수가 팔라우어로 'Ukall'이라는 나무를 확인했다. 이 나무는 팔
라우에서 가장 유용한 목재 중 하나로 건축, 가구, 가구 및 원목 선박용 목
재로 쓰인다.

럿 나는 보아 왔다. 섬 전체가 산호의 부스러기뿐 흙이 없기 때문에, 타로감자(이것이 섬사람들에게는 쌀 역할을 한다)가 전혀 자라지 않는 섬도 알고 있다. 충해蟲害로 야자나무가 모두 말라 죽어버린 황량한 섬도 알고 있다. 그런데도 인구라고는 겨우 16명인 B 섬을 빼놓고는, 이곳처럼 쓸쓸한 섬은 없다. 어째서일까. 이유는, 오직 하나. 아이들이 없기 때문이다.

아니. 아이가 있기는 있다. 단 한 명이 있는 것이다. 올해 다섯 살 난 여자아이가. 그리고 그 아이 말고는 20세 이하인 사람은 한 명도 없다. 죽은 것이 아니다. 대가 끊겨 태어나지 않았던 것이다. 그 계집아이(그 밖에 아이라고는 없으니, 말로 하기 까다로운 섬사람 이름 같은 것을 끌어내는 대신, 그저, 계집아이라고 부르기로 하자)가 태어나기 전의 십여 년 동안, 단 한 명의 아기도 이 섬에 태어나지 않았다. 계집아이가 태어나서 지금에 이르기까지, 아직 한 명도 태어나지 않았다. 아마, 앞으로도 태어나지 않는 것이 아닐까. 적어도, 이 섬의 나이 먹은 이들은 그렇게 믿고 있다. 그래서, 몇 년 전에 이 계집아이가 태어났을 때에는, 노인네들이 모여, 이 섬의 마지막 인간—여인이 될 아기를 배례했다는 것이다. 최초의 인물이 숭앙되듯, 최후의 인간 또한 숭앙되어야 마땅하다. 최초의 인간이 고통을 맛본 것처럼, 최후의 인간 또한 어떻게든 고통을 맛보지 않으면 안 될 것이 아닌가. 그렇게 중얼거리면서 문신을 한 할아버지와 할머니들이, 애달픈 듯이 경건하게, 갓난아기를 배례했다고 한다. 다만, 그것은 노인들만의 이야기이고, 젊은이들은, 몇 년씩이나 본 일이 없는 인간의 갓난아기라는 것이 신기해서,

떠들썩하게 구경하러 왔다고 들었다. 마침 계집아이가 태어나기 2년 전에 호구 조사가 있었고, 그때의 기록에는 인구 삼백이라고 기록되어 있었건만, 이제는 어느새 백칠십오밖에 안 된다. 이처럼 빠른 감소율이 있을 수 있을까. 죽어가는 자뿐이고 태어나는 자가 전혀 없다고 하면, 딱히 역병이 창궐하는 일 없이도 이다지도 빨리 감소한단 말인가. 당시 계집아이를 배례한 노인네들은 이젠 하나도 남김 없이 죽어 버렸을 것이 틀림없다. 그럼에도, 노인네들이 남겨 놓은 교훈은 굳건히 지켜지고 있는 모양으로, 지금에 와서도, 이 섬의 최후의 인물이 될 계집아이는 라마의 활불活佛처럼 소중하게 대접받고 있다. 어른들 사이에 오직 하나뿐인 어린아이라면, 귀염을 받는 것이 당연한 것 같지만, 이 경우는, 여기에다 다분히 원시 종교적인 외포畏怖와 애처로움이 더해진 것일지도 모른다.

왜 이 섬에는 아기가 태어나지 않는 것일까. 성병의 만연이나 피임 때문이 아니냐고 누구나 묻고는 한다. 하기야, 성병도 폐병도 없는 것은 아니지만, 그것은 뭐 이 섬에만 국한된 것은 아니다. 그렇다기보다는 오히려 다른 섬들에 비해 적을 정도다. 피임으로 말할 것 같으면, 이 섬의 절멸絶滅을 예감하면서 그 앞에서 떨고 있는 자들이, 그런 일을 할 까닭이 없는 것이다. 또, 여성의 몸 일부에 부자연스러운 시술을 하는 기이한 습관이 원인일 것이라는 사람도 있지만, 이 습관의 본고장인 튀르키예 지방의 여러 외딴 섬에서는 인구 감소의 현상을 볼 수 없으므로, 이 추측은 맞지 않는다. 다른 섬들에 비해 타로감자의 산출은 풍부하고, 야자도 빵나무도 열매를 잘 맺어, 식량은 남아돌 정도다. 특별히 천재지변을 겪은 것도 아니다. 그렇다면, 왜일까. 어째서 아기가 태어나지 않는가. 나로서는 알 수가 없다. 아마도, 하느님이 이 섬의 인간을 멸망시키고자 결심이라도 한 것일 테지. 비과학적이라고 비웃는다 해도, 그렇게라도 생각하는 것 외에는 어쩔 수 없는 것 같다. 잘 손질이 된 감자밭과 아름다운 야자나무숲을 한낮의 눈부신 햇살 아래 보면서, 이 섬의 운명을 생각하니, 모든 중대한 일은 '그럼에도 불구하고' 일어난다고 말한 누군가의 말이 떠올랐다. 뭔가가 사라질 때는 이런 것이구나 하는 생각이 들었다. 과학자들은 그 멸망의 흔적을 보고서 갖가지 원인을 지적하고 의기양양해 있겠지만, 그 원인이라고 하는 것이 어찌 보면 원인이 아니라 결과일 때가 많다.

가을 끝자락의 마지막 장미꽃에 뜻밖의 큰 꽃이 피는 경우가 있듯이, 이 섬의 마지막 딸도 혹시 멋지고 아름답고 고운 아이(물론 섬사람들의 기준이지만)가 아닐까 하는 지극히 낭만적인 환상을 품고 그 여자아이를 보러 갔다. 그리고, 완전히 실망했다. 살이 쪄 뚱뚱하지만, 얼굴이 지저분하고, 어리석게 생긴, 평범한 섬사람의 아이였다. 무뚝뚝한 눈동자에 희미하게 호기심과 겁먹은 표정을 지으며 이 섬에서 보기 드문 내지인*인 내 모습을 바라보고 있었다. 아직은 문신을 하지 않았다. 애지중

---

* 內地人. 제국주의 시대의 일본에서 일본 열도 외의 영토를 외지外地, 그 백성을 외지인이라고 불렀고 일본 본토를 내지內地, 그 백성을 내지인이라고 칭했다.

지되고 있다고는 해도, 미란성麻爛性 종양만은 생기는 모양이다. 팔과 다리 곳곳에 부어오른 부스럼이 가득했다. 자연은 나만큼 낭만주의자가 아닌 모양이다.

저녁 무렵, 나는 홀로 바닷가를 거닐었다. 머리 위로는 훤칠한 야자나무가 잎사귀 부채를 크게 흔들면서, 태평양의 바람에 울림소리를 내고 있었다. 썰물 뒤의 축축한 모래를 밟아 나가다가, 아까부터 내 전후좌우를 쉴 새 없이 아지랑이 같은, 혹은 그림자 같은 것이 깜박깜박 달려가고 있음을 깨달았다. 게였다. 회색이라고도 백색이라고도 담갈색이라고도 말할 수 없는, 모래와 거의 분간할 수 없는, 얼핏 매미가 탈피하고 남긴 껍데기 같은 느낌의, 조그만 게가 무수히 도망치고 있었다. 남태평양에는 맹그로브 지대에 많이 서식하는 빨강과 파랑 페인트를 칠해 놓은 것 같은 꽃발게라면 도처에 있지만, 이 옅은 그림자 같은 게는 보기 드물다. 처음으로 팔라우 본섬의 가라르드 해안에서 이것을 보았을 때, 하나하나의 게의 형태는 보이지 않고, 그저 내 주변의 모래가 살금살금 무너져 흘러가는 것 같은 기분이 들어, 환각이라도 보고 있는 듯한 착각에 사로잡혔다. 이제 이 섬에서 그것을 두 번째로 보는 것이다. 내가 우뚝 서서 가만히 있으면, 게들도 도주를 멈춘다. 빠르게 달리던 회색의 환영도, 훅 하고 사라지는 것이다. 이 섬의 인간들이 다 죽고 나면(그것은 이미 거의 확정적인 사실이다) 이 그림자 같은, 모래의 망령 같은 작은 게들이, 이 섬을 차지하는 것일까. 회백색의 흔들거리는 환영만이 이 섬의 주인이 되는 날을 생각하자, 묘하게 으스스한 기분이 들었다.

해질녘이란 것이 없는 남국이라, 해가 바다로 떨어지면 금방 어두워진다. 내가 쓸쓸한 동쪽 해안으로부터, 그래도 인가가 모여 있는 서쪽 해안으로 돌아갔을 때는 이미 밤이 되어 있었다. 야자수 아래 낮은 민가에서는 깜박깜박 불빛이 새어 나온다. 그중 한 집으로 나는 다가갔다. 뒤꼍의 부엌 — 팔라우어로는 '움'이라고 하는데, 이곳 남쪽 외딴 섬에서는 뭐라고 부르는지 모르겠다 —에, 불꽃이 소리 없이 타오르고 있었다. 그 위에 걸려 있는 냄비에는 감자나 물고기라도 들어 있을 테지. 내가 안으로 들어가자, 불 곁에 있던 노파가 놀라서 얼굴을 들었다. 문신을 한, 늘어진 피부가 흔들리는 불꽃에 한들한들 벌겋게 비친다. 손짓으로 먹을 것을 달라고 하자, 노파는 얼른 앞의 냄비 뚜껑을 열고 들여다보았다. 흥건한 국물 속에 작은 생선이 서너 마리 들어 있었는데, 아직 익지 않은 모양이다. 노파는 일어서서 안쪽으로부터 나무접시를 들고 나왔다. 타로감자 자른 것과 훈제된 것 같은 생선 쪼가리가 담겨 있었다. 딱히 배가 고픈 것은 아니다. 그저 그들이 먹는 음식과 맛을 알고 싶었을 뿐이다. 둘 다 살짝 집어들고 맛을 본 다음, 나는 일본어로 고맙다고 말을 하고 밖으로 나왔다.

바닷가로 나가니, 아득히 멀리, 내가 타고 온 — 그리고, 몇 시간 안에 다시 타고 떠날 — 작은 기선의 등불이, 어두운 바다에 그곳만 밝게 떠올라 있었다. 때마침 곁을 지나가고 있던 섬사람을 불러세워, 카누를 젓게 해서, 배로 돌아갔다.

기선은 이 섬을 한밤중에 출발한다. 그때까지 밀물을 기다리는 것이다.

　나는 갑판으로 나가 난간에 기댔다. 섬 쪽을 보니, 어둠 속에, 매우 낮은 곳에서, 대여섯 개의 등불이 희미하게 반짝인다. 하늘을 올려다보았다. 돛대와 끈들의 검은 그림자 위로 아득히 높은 곳에, 남국의 별자리가 아름답게 불타고 있었다. 문득, 고대 그리스의 한 신비주의자가 말한 '천체의 오묘한 해음諧音' 이 머리에 떠올랐다. 현명한 그 고대인은 이렇게 설파했다. 우리를 에워싼 천체의 무수한 별들은 언제나 거대한 음향— 그 것도, 조화적인 우주의 구성에 걸맞은 지극히 조화적인 장대한 해음 —을 울려대며 회전하고 있는데, 지상에 있는 우리들은 태초부터 이에 익숙해, 그것이 들리지 않는 세계는 경험할 수 없기 때문에, 끝내 그 오묘한 우주의 대합창을 의식하지 못하고 있는 것이다. 아까 저녁나절 바닷가에서 섬사람들이 모두 죽은 뒤의 이 섬을 상상했듯이, 이제, 나는 인류가 절멸하고 난 다음의 아무도 보는 사람이 없는 어두운 천체의 질서정연한 운행을 — 피타고라스가 말한 거대한 음향을 울리며 회전하는 무수한 구체球體들의 모습을 상상해 보았다.

　뭔가 거칠거칠한 슬픔 비슷한 것이, 문득, 가슴속 깊은 곳으로부터 솟아오르는 것 같았다. 　　　　　　　(1942. 8)

협죽도 핀 집의 여인 夾竹桃の家の女

오후. 바람이 완전히 호흡을 멈추었다.

엷게 하늘을 뒤덮은 구름 아래 공기는 수분을 잔뜩 머금고 무겁게 정체해 있다. 덥다. 정말이지, 어떻게도 벗어날 수 없을 만큼 덥다.

한증탕에 너무 오래 들어가 있었던 것 같은 나른함 때문에, 한 걸음 한 걸음 무거운 다리를 질질 끌 듯이 나는 걸어간다. 다리가 무거운 것은, 일주일가량 앓았던 뎅기열이 아직 말끔히 낫지 않았기 때문이다. 지친다. 숨이 막힐 것 같다.

어지럼증을 느껴 발걸음을 멈춘다. 길바닥의 우칼나무 기둥에 손을 뻗쳐 몸을 지탱하고, 눈을 감았다. 며칠 전 뎅기열의 40도의 열에 들떠 있던 당시의 환각이, 다시 눈꺼풀 뒤편에 나타날 것 같은 기분이다. 그때와 마찬가지로, 눈을 감은 어둠 속을 눈부신 빛을 발하는 작열하는 백금의 소용돌이가 빙글빙글 돌기 시작한다. 안 돼! 이렇게 생각하고 얼른 눈을 뜬다.

우칼나무의 가느다란 잎 하나도 바람에 흔들리지 않는다. 견갑골 아래쪽에 땀이 솟고, 그것이 하나의 방울이 되어 등줄기를 타고 흘러내리는 것이 확실하게 느껴진다. 이 얼마나 고요한가. 마을 전체가 잠들어 있는 것일까. 사람도 돼지도 도마뱀도, 바다도 나무들도, 기침 한 번 하지 않는다.

조금 피로가 가라앉자, 다시 걷기 시작한다. 팔라우 특유의 매끄러운 돌을 깐 길이다. 오늘 같은 날씨라면, 섬사람들처럼 맨발로 이 돌 위를 걸어도, 그리 차갑지는 않을 것 같다. 오륙십 걸음쯤 내려가, 거인의 볼수염처럼 담쟁이류가 엉겨붙은 울창한 대용수大榕樹 아래까지 왔을 때, 비로소 나는 무슨 소리를 들었다. 철벅철벅 물을 튀겨 내는 소리다. 몸을 씻는 곳이로군 생각하며 곁을 보니, 돌이 깔린 길에서 조금 아래로 벗어난 오솔길이 이어져 있다. 거대한 감자잎과 고사리를 통해 언뜻 나체의 그림자를 본 것 같다고 생각했을 때, 날카로운 교성嬌聲이 울려 퍼졌다. 연이어서, 물을 튀겨내며 도망치는 소리가, 숨죽인 웃음소리와 뒤섞여 들렸고, 그것이 가라앉자 다시 원래의 정적으로 되돌아갔다. 피곤한 탓에, 오후의 목욕을 하고 있는 아가씨들을 놀려줄 기분도 일어나지 않는다. 다시, 완만한 돌비탈길을 계속해서 내려간다.

협죽도가 붉은 꽃을 흠뻑 피우고 있는 집 앞에까지 도달했을 때, 나의 피로(랄까, 나른함이랄까)는 참을 수 없는 지경에 이르렀다. 나는 그 섬사람의 집에서 쉬어야겠다고 생각했다. 집 앞에는 한 자 남짓한 높이로 구축한 3평 정도의 큰 돌더미가 있다. 그것이 이 집 선조 대대의 산소인데, 그 옆을 지나, 어슴푸레한 집 안을 들여다보았지만, 아무도 없다. 굵은 통대나무를 깔아놓은 마루 위에 흰 고양이가 한 마리 누워 있을 뿐이다. 고양이는 눈을 뜨고 이쪽을 쳐다보았지만, 약간은 질책하듯 콧등 위를 찡그리고는, 다시 눈을 가늘게 하고 자버렸다. 섬사람의 집이라 그리 조심할 일도 없으므로, 나는 마음대로 올라가 가장자리에 걸터앉아 쉬기로 했다.

담배에 불을 붙이면서, 집 앞의 커다랗고 평평한 묘와, 그 주위에 서 있는 예닐곱 그루의 빈랑檳榔의 가늘고 높은 줄기를 바라본다. 팔라우인은 ― 팔라우인만이 아니다. 폰페이인을 제외한 모든 캐롤라인 군도 사람들은 ― 빈랑의 열매를 석회로 버무려 항상 이를 씹고 지내므로 집 앞에는 반드시 몇 그루의 이 나무를 심어 놓는다. 야자수보다도 훨씬 가느다랗고 늘씬한 빈랑이 똑바로 서 있는 모습은 매우 운치를 느끼게 한다. 빈랑과 나란히, 훨씬 키가 작은 협죽도가 서너 그루, 흐드러지게 꽃을 매달고 있다. 산소의 돌바닥 위에도 점점이 복숭아빛 꽃이 떨어져 있다. 어디로부터인지 강하게 달콤한 향기가 풍겨오는 것은, 아마 이 뒤꼍쯤에 인도 소형素馨이라도 심어져 있기 때문일 것이다. 그 향기는 오늘 같은 날에는 오히려 머리가 아플 정도로 강렬하다.

바람은 여전히 없다. 공기가 짙고 무겁게 그리고 걸쭉하게 액체화해서 미지근한 풀처럼 끈적끈적하게 피부에 달라붙는다. 미지근한 풀 같은 것은 머리에도 침투해 와서, 그곳에 회색 아지랑이를 피운다. 관절 하나하나가 풀어진 듯이 나른하다.

담배를 한 개비 다 피우고 나서 꽁초를 버리는 순간, 잠시 뒤쪽을 향해 집안을 들여다보고는, 깜짝 놀랐다. 사람이 있다. 한 여자. 어디로부터 어느 사이에, 들어온 것일까? 방금 전까지 아무도 없었는데. 흰 고양이 한 마리밖에 없었는데. 그러고 보니 이번에는 흰 고양이가 없어졌다. 혹시 아까 있던 고양이가 이 여자로 변한 것이 아닐까 하고(확실히 머리가 어떻게 된 거다) 정말이지, 아주 잠깐이지만, 그런 생각이 들었다.

놀란 나의 얼굴을, 여자는 꼼짝도 하지 않고 쳐다보고 있다. 그것은 놀란 눈이 아니다. 아까부터 내가 바깥을 바라보고 있던 내내 이쪽을 보고 있었다는 느낌이 들었다.

여자는 상체가 완전히 알몸이고, 발을 내던지고 앉은 무릎 위에 아기를 안고 있다. 아기는 매우 작다. 태어난 지 두 달도 채 되지 않았을 것이다. 잠을 자면서 젖꼭지를 물고 있다. 젖을 빨고 있는 것 같지는 않다. 깜짝 놀란 데다, 말이 부자유스러워서, 나는 마음대로 주인 없는 집에서 쉬고 있었다는 말을 하지 못하고, 잠자코 여자의 얼굴을 보고 있었다. 이처럼 눈길을 피하지 않는 여자는 없다. 거의 눈길을 고정하고 있다 해도 과언이 아니다. 열병 비슷한 이상함까지 그 눈빛 속에 떠돌고 있는 것 같다. 약간 기분이 섬뜩해졌다.

내가 도망치지 않았던 것은, 여자의 눈빛 속에 이상한 것이 있기는 했지만 흉포한 것이 보이지 않았기 때문이다. 아니, 한 가지 더, 그렇게 말없이 마주 보고 있는 사이에 점차로 희미하기는 하지만, 에로틱한 흥미가 생겨났기 때문이기도 했다. 실제로, 그 젊은 부인은 미인이라고 해도 좋았다. 팔라우 여자로서는 보기 드물게 정돈된 생김새로, 아마도 내지인과의 혼혈이 아닐까. 얼굴색도, 특유의 검은빛이 나는 것이 아니라, 광택을 지워 버린 것 같은 옅은 검은색이다. 어디에도 문신이 보이지 않는 것은, 그 여자가 아직 젊고, 일본의 공립학교 교육을 받아 왔기 때문일 것이다. 오른손으로 무릎의 아기를 누르고, 왼손은 비스듬히 뒤로 대나무 바닥을 짚고 있는데, 그 왼손의 팔꿈치와 팔뚝이(보통 관절의 굽는 방식과는 반대로) 바깥쪽을 향해 〈 (쿠) 자로 꺾여 있다. 이런 관절의 꺾이는 방식은 이 지방의 여자한테서만 볼 수 있는 모습이다. 약간 젖혀질 듯한 그 자세로, 입술을 반쯤 연 채로, 속눈썹이 긴 큰 눈으로, 방심한 듯이 이쪽을 바라보고 있다. 나는 그녀에게서 눈을 떼지 않았다.

변명 같지만, 분명히 그 오후의 온도와 습기, 그리고 그 속에 풍기는 강한 인도 소형의 냄새가 좋지 않았던 것이다.

나는 방금 전의, 그 여자의 응시의 의미를 겨우 알게 되었다. 어째서 젊은 섬사람인 여인이(그것도 산후 얼마 되지 않은 여자가) 그런 기분이 되었는지, 앓고 난 나의 신체가 여자의 그러한 시선을 받을 자격이 있는지 어떤지, 그리고, 열대에서는 이런 일이 흔한 일인지, 그런 것은 전혀 알 수 없지만, 어쨌든 이 여자의 시선의 의미만큼은 더할 수 없을 만큼 확실하게 알 수 있었다. 여인의 거무스름한 얼굴에, 아련하게 핏빛이 번져 오르는 것을 나는 보았다. 상당히 몽롱한 머릿속 어디선가 점차로 증가하는 위험감을 의식하고는 있었지만, 물론 그것을 웃어 버릴 기분 쪽에 자신감을 가지고 있었다. 그러는 중에, 하지만, 나는 이상하게도 묶여 가고 있는 것 같은 나 자신을 느끼기 시작했다.

참으로 바보스러운 이야기지만, 그 당시의 술에 취한 것 같은 묘한 기분을 나중에 생각해 보니, 아무래도 나는 약간 열대 지방의 마법에 걸린 것 같았다. 그 위험으로부터 나를 구해준 것은, 병후의 쇠약해진 몸이었다. 나는 가장자리에서 다리를 늘어뜨리고 걸터앉아 있었으므로, 여자 쪽을 보기 위해서는, 몸을 뒤틀어 비스듬히 뒤돌아보아야 했다. 이 자세가 나를 몹시 피곤하게 만들었다. 잠시 그렇게 있는 사이, 옆구리와 목의 근육이 아파지기 시작해서, 무심코 자세를 원래대로 되돌리고, 시선을 앞쪽의 풍경으로 돌렸다. 어째선지, 깊은 안도의 한숨이 후우 배 밑바닥으로부터 나왔다. 그 순간 주술이 풀렸던 것이다.

잠시 전의 내 모습을 떠올리며, 나도 모르게 쓴웃음을 지었다. 자리에서 일어서서, 그 쓴웃음을 머금은 얼굴로, 집 안의 여자에게 사요나라, 하고 일본어로 말했다. 여자는 아무 대답도 않는다. 지독한 모욕이라도 받은 것처럼, 분명히 화난 표정으로, 아까와 똑같은 자세 그대로 나를 응시했다. 나는 그 모습을 등지고, 입구의 협죽도 쪽으로 걷기 시작했다.

아미아카와 망고 거목 아래 돌을 깔아놓은 길을 따라 나는 드디어 숙소로 돌아왔다. 몸도 마음도 완전히 지쳐서. 나의 숙소라는 것은, 이 마을의 촌장인 섬사람의 집이다.

나의 식사를 챙겨주고 있는 일본말을 잘하는 섬마을 여인 마달레이에게 방금 전의 그 집 여자에 대해 물어보았다. (물론,

나의 경험을 모두 이야기한 것은 아니다.) 마달레이는 검은 얼굴에 새하얀 이를 보이고 웃으며, "아아, 그 예쁜이"라고 했다. 그리고, 덧붙여서 말했다. "그 사람, 남자, 좋아해. 내지 사람이면 누구라도 좋아해."

방금 전의 나의 추태를 떠올리며, 나는 또 한 번 쓴웃음을 지었다.

축축한 공기가 꼼짝도 하지 않는 방 안에서, 널빤지의 매트 위에 피곤한 몸을 철퍼덕 눕히고 나서, 나는 낮잠을 잤다.

30분쯤 지났을까. 갑자기, 차가운 감촉이 나를 깨운다. 바람이 불었나? 일어나서 창으로 밖을 내다보니, 근처의 빵나무 잎들이 전부 하얗게 뒷면을 보이고 휘날리고 있다. 고마운 마음으로, 금세 새까맣게 변한 하늘을 쳐다보고 있는 사이, 맹렬한 스콜이 퍼부었다. 지붕을 때리고, 돌바닥을 때리고, 야자의 잎을 때리고, 협죽도의 꽃을 때려서 떨구며, 엄청난 소리를 내면서, 비는 대지를 씻어낸다. 사람도 짐승도 초목도 겨우 소생했다. 멀리서 새로운 흙냄새가 풍겨온다. 굵고 흰 빗줄기를 바라보면서, 나는, 옛 중국인이 사용한 은죽銀竹이라는 말을 산뜻하게 떠올리고 있었다.

비가 그친 다음 얼마 있다가 밖으로 나가 보니, 아직도 젖어 있는 돌 깔린 길을, 저쪽에서 아까의 그 협죽도 집의 여자가 걸어왔다. 집에다 재워 놓고 왔는지, 아기는 안고 있지 않았다. 나와 스쳐 지나갔지만, 시선을 주지도 않았다. 화난 얼굴이 아

니라 나를 전혀 인정하지 않는 것 같은, 새초롬하고 무표정한
얼굴이었다.   (1942. 8)

나폴레옹 ナポレオン

"나폴레옹을 체포하러 가는 겁니다" 하고 젊은 경관이 나에게 말했다. 팔라우 남쪽 외딴섬을 가는 작은 기선, 쿠니미츠國光호의 갑판 위에서다.

"나폴레옹?"

"네, 나폴레옹이오" 하고 젊은 경찰관은 나의 놀람을 기대하고 있었다는 듯이 웃으면서 말했다.

"나폴레옹이라 해도, 섬사람이긴 하지만요. 섬사람 아이의 이름이지요."

섬사람들은 꽤나 특이한 이름을 많이 가지고 있다. 예전에는 그리스도교 선교사들이 이름을 지어주는 경우가 많았으므로, 마리아라든지 프란시스 같은 것이 많았고, 또 이전에는, 독일령이었던 관계로 비스마르크 같은 것들도 간혹 있었지만, 나폴레옹은 드문 경우다. 그러나, 내가 알고 있는 다른 섬사람의

176

이름, 시치가츠(7월에 태어났을 테지), 코코로(마음?), 하미가키(치약) 같은 것에 비하면, 어쨌든 당당한 이름임에 틀림없다. 하긴, 그 너무나 지나치게 당당한 점이 우스운 것이기는 하지만.

갑판에 쳐진 캔버스의 햇빛가리개 밑에서, 나는 검은 불량 소년, 나폴레옹의 이야기를 들었다.

나폴레옹은 2년 전까지만 해도 코로르의 거리에 있었지만, 공립학교 3학년 때, 한 살 아래의 여자아이에게 심하게 악질적인 기학증嗜虐症적 장난을 쳐서, 그 아이가 거의 죽을 뻔했다고 한다. 그 말고도 이와 비슷한 사건을 두세 번 일으켰고, 게다가 절도 등도 저지른 모양인지, 재작년 열세 살 때에는, 미성년자에 대한 벌로서, 코로르에서 한참 떨어진 남쪽 S 섬에 유배된 것이다. 명목상으로는 팔라우 제도에 속해 있기는 하지만, 이들 남쪽 외딴섬은 지질적으로도 전혀 별개의 섬이고, 주민도 훨씬 동쪽의 중앙 캐럴라인 계열이라, 언어 습관도 팔라우하고는 전혀 다르다. 알아주는 나쁜 소년 나폴레옹도 처음에는 매우 난처했던 모양이지만, 환경에 적응하는(아니 극복하는) 신기한 재능을 가졌는지, 반년도 채 안 되어, S 섬에서도 감당하지 못할 저지레를 하기 시작했다. 섬의 소년들을 협박하기도 하고, 처녀와 유부녀에게 괘씸한 짓거리를 해서 곤란하다는 민원이, 섬의 촌장으로부터 오래전부터 팔라우 지청 쪽에 와 있다는 것이다. 그런 악동은 섬 안에서 제재하면 좋을 것 같은데, 그게 어찌 된 일인지, 섬의 어른들이 거꾸로 겁먹고 있는 꼬락서니인 모양이다. S 섬은 인구도 극히 적고, 그나마 해마다 감소해 가고 있다. 말하자면 폐도廢島에 가까운 섬이기는 한데, 그까짓 열대여섯 살의 소년 하나를 억제할 수 없을 정도로, 주민들도 기운이 없는 것일까.

지금 나하고 이야기하고 있는 경찰관이 나폴레옹을 체포하러 온 것은, 이 소년에게 개전의 정이 없다고 본 팔라우 지청의 경무과가, 그의 유형 기간을 연장하고, 게다가, 유배지를 S 섬보다 더 남쪽으로 떨어져 있는 T 섬으로 변경하기로 결정했기 때문이다. 경관은, 이 용건과 또 하나 멀리 떨어져 있는 여러 외딴섬의 인두세 징수도 겸해서, 한 명의 섬사람 순경을 대동하고, 내지인이 타는 일이 거의 없는, 그리고 한 해에 겨우 세 번 정도밖에 다가지 않는 이 닉도 항로의 작은 배에 탔던 것이다.

"나폴레옹 선생, 얌전하게 이 배에 타고서, T 섬으로 갈까요?" 하고 내가 말하자, "뭘요, 아무리 고얀 놈이라 해도, 기껏해야 섬사람의 아이가 아닙니까. 문제없어요" 하고 경관이 정색하고 대답했다. 그 목소리에는, 지금까지의 말씨와는 달리, 의외에도 약간의 격분이 느껴졌고, 아, 내가 지금 한 말이 섬 주민들 앞에서 절대적 권위를 지닌 경관에게 약간의 모욕에 해당할지도 모른다는 걸 알아차렸다.

S 섬이 나폴레옹의 존재 때문에 난처하다고 해서, T 섬에 보낸대서야, 똑같은 무기력자의 집합에 지나지 않는 T 섬에서도 역시 이 소년 때문에 애를 먹을 것이 틀림없다. 좀 다른 방법이 없을까. 예를 들면 코로르 거리에서 엄중한 감시하에 노역을 하게 한다는 식으로 말이다. 게다가, 도대체, 이 유형이라는

고풍스러운 형벌을 소년에게 과하고 있는 것은, 어떤 법률에 의해서란 말인가? 일본 국적을 가지지 않은 그들 섬 주민, 특히 그 미성년자에게는 어떤 법률이 적용되고 있는 것일까? 똑같은 남태평양의 관리로 있으면서, 아주 바탕이 다른, 게다가 아주 신참인 나는, 그런 일에는 전혀 아는 것이 없었으므로, 좀 물어보고 싶었지만, 상대방의 기분을 약간 상하게 한 것 같기도 하고, 곁에 있는 섬사람 순경에 대한 고려도 있고 해서, 그것은 접어 두기로 했다.

"정오경에는 S 섬에 도착한다는 투로 선장은 말하고 있던데, 요전처럼 한나절이나 지나쳐 간 적도 있으니, 믿을 게 못 됩니다."

경관은 화제를 바꾸어, 그런 말을 한 다음, 기지개를 켜면서, 바다 쪽으로 눈을 돌렸다. 나도 덩달아, 뭐랄 것도 없이, 눈을 가늘게 뜨고 눈부신 바다와 하늘을 바라보았다.

말할 수 없이 좋은 날씨였다. 바다도 하늘도 어쩌면 이렇게 반짝반짝 빛나는 푸른색인지. 맑고 투명한 밝은 하늘의 푸른 빛이, 수평선 근처에서, 부옇게 자옥해지는 금가루 연무 속으로 녹아들었는가 싶더니, 그 아래에서 이번에는, 흘끗 보기만 해도 단박에 온몸이 물들어 버릴 것 같은 화사한 짙은 남색 물이, 사방으로 퍼지고, 부풀고, 솟아오른다. 안에 빛을 잉태한 지극히 풍려豊麗한 남자藍紫색의 커다란 원반이, 배의 하얗게 칠해진 난간 위가 되기도 하고 아래가 되기도 하면서, 당치도 않게 크고 높게 부풀어 올랐다가, 다시 훌쩍 아래로 가라앉는다. 감청귀紺靑鬼라는 말을 나는 떠올렸다. 그것이 어떤 도깨비인지 알지 못하지만, 무수한 새파란 꼬마도깨비들이 백금빛 광채를 발산하며 난무亂舞를 벌인다면, 혹시 이 바다와 하늘의 화려함을 보여줄지도 모르겠구나 하고, 그런 종잡을 수 없는 생각에 빠져들었다.

잠시 후, 너무도 눈부셔서 바다에서 눈길을 돌려 앞을 보니, 방금 전까지 나와 이야기를 나누던 경관은, 헝겊으로 된 침상 의자에 누워 이미 기분 좋은 숨소리를 내고 있었다.

정오 무렵, 배는 산호초 틈새의 수로를 통해 만灣으로 들어 갔다. S 섬이다. 검은 소小 나폴레옹이 있다는 엘바 섬이다.

나지막하고, 전혀 언덕이라고는 없는, 조그마한 산호섬이다. 느슨하게 반원을 그린 둔치의 모래는 —산호의 부스러기는, 너무나 새하얘서 눈이 따갑다. 늙은 야자수의 행렬이 푸른 대낮의 빛 가운데 정정하게 치솟아 서 있고, 그 밑에 숨은 듯이 보이는 토착민의 오막살이가 매우 낮아 보인다. 이삼십 명의 토착민 남녀가 물가에 나와, 눈을 찌푸리기도 하고 손을 눈 위로 가져가기도 하면서, 우리 배 쪽을 보고 있다.

조수 간만의 차이 때문에, 제방에는 배를 댈 수가 없었다. 뭍에서 좀 떨어져서 배가 서자, 마중 나온 카누 세 척이 물을 가르며 다가왔다. 멋지게 적동색으로 그은 건장한 남자가, 새빨간 샅바 하나만 걸치고 노를 저어 온다. 가까이 다가오자, 그들의 귀에 검은 귀고리가 매달려 있는 것이 보였다.

"그럼 다녀오겠습니다" 하고 경관은 헬멧을 손에 들며 인사를 했고, 순경을 대동하고 갑판에서 내려갔다.

이 섬에는 세 시간만 머무르는 것으로 되어 있다. 나는 상륙하지 않기로 했다. 더위가 두려웠기 때문이다.

점심을 아래에서 마치고 나서, 다시 갑판으로 올라왔다. 난바다의 짙은 남색과는 아주 달리, 보초堡礁 안의 물은 우유를 녹인 듯한 옥빛이다. 배의 그림자가 드리워진 곳은, 두꺼운 유리의 절단부와도 같은 색조로, 유난히 맑고 투명해 보인다. 엔젤피쉬를 닮은 검은 세로무늬가 있는 물고기와, 공미리 같은 엿 색깔의 가느다란 물고기가 열심히 헤엄치고 있는 것을 내려다보고 있는 동안, 졸음이 몰려왔다. 아까 경관이 잠들었던 침상의자에 눕자, 금방 잠이 들어 버렸다.

트랩을 올라오는 발소리와 사람 목소리에 잠에서 깨어보니, 벌써 경관과 순경이 돌아와 있었다. 곁에는, 샅바만 찬 섬마을 소년을 데리고 있다.

"아, 이 아이인가요. 나폴레옹이."

"예" 하고 끄덕이더니, 경관은 소년을 갑판 구석의 삭구素具 같은 것이 쌓여 있는 쪽을 향해 밀쳤다. "그 근처에 앉아 있어."

경관의 배후에서 순경이(스무 살이나 되었을까 말까 한, 우둔해 보이는 젊은이다) 무엇인가 짧게 소년에게 말했다. 경관이 한 말을 통역한 것이겠지. 소년은 찌루퉁한 눈빛을 우리에게 한 번 던지고는, 그곳에 있던 나무상자에 걸터앉아, 바다를 향해 고개를 돌렸다.

섬사람치고는 눈이 매우 작지만, 나폴레옹 소년의 얼굴은 별로 못생긴 것은 아니다. 그렇다고 해서(대개의 사악한 얼굴에는 어딘지 교활하고 영리한 구석이 있는 법이지만) 교활하다고 할 얼굴도 아니다. 현명한 구석이라고는 전혀 보이지 않는, 우둔하기 짝이 없는 생김새이면서, 여느 섬사람의 얼굴에서 볼 수 있는, 저 멍청하고 꺼벙한 표정이 전혀 없다. 의미도 목적도 없는, 순수한 악의만이 분명히 저 우둔한 얼굴에 드러나 있다. 아까 경관이 들려준 이 소년의 코로르에서의 잔인한 행위도, 이 얼굴이면 그런 짓을 할 수도 있겠다는 생각이 들었다. 다만, 예상에 반했던 것은 그 체구가 작다는 것이다. 섬사람들은 대체로 스무 살 이전에 성장이 끝나기 때문에, 열대여섯 살이면, 아주 멋진 체격을 갖추고 있는 자가 많다. 특히 성적인 범행을 할 정도로 조숙한 소년이라면, 분명 체구도 그에 알맞게 충분히 발달해 있을 것으로 생각했는데, 이것은 또, 말라 비틀어진 원숭이 같은 소년이다. 이런 체격의 소년이, 어떻게(아직도 집안 다음으로는 완력이 가장 중요할 것 같은) 섬사람들 사이에서 뭇 사람들을 두렵게 할 수가 있다는 말인지, 참으로 불가사의하게 여겨졌다.

"수고하셨네요" 하고 나는 경관을 향해 말했다.

"아니요, 배가 드물다 보니, 이 녀석, 마을 사람들과 함께 해변으로 구경하러 나와 있길래 바로 잡았어요. 하지만 저 사내가(라며 순경을 가리키면서) 말하기를 말이죠, 난처하게도" 하고 경관이 말했다. "나폴레옹이란 놈, 이젠 팔라우어를 깨끗이 잊어버렸다고 하더군요. 무슨 말을 녀석에게 해도 영 알아듣지를 못하는 겁니다. 하지만, 그런 일이 있을 수 있는 일입니까.

겨우 2년 만에 제가 나고 자란 고장의 말을 싹 잊어버린다는
게 말이 되나요."

2년 동안 이 섬에서 추크어만 쓰고 있었기 때문에, 나폴레옹
은 팔라우어를 다 잊어버렸다고 한다. 공립학교에서 2년 정도
배운 일본어를 잊어버렸다면, 이해할 수 있다. 하지만 태어날
때부터 써온 팔라우어까지 잊어버리다니? 나는 고개를 갸웃했
다. 하지만, 아주, 있을 수 없는 일은 아닐지도 모르겠네 하고
생각했다. 하지만, 또 한편으로는 경관의 심문을 피하기 위한
거짓말이 아닌지 누가 알겠는가. "글쎄요" 하고 나는 다시 한
번 고개를 갸우뚱했다.

"나도 말이죠, 녀석이 거짓말하는 게 아닐까 하고 냅다 윽박
질러 보았는데요, 역시 진짜로 잊어버린 것 같기도 하고." 이렇
게 경관은 말하면서 이마의 땀을 닦고는, 이쪽에 등을 돌리고
있는 나폴레옹 쪽을 괘씸하다는 듯이 바라보았다. "좌우간, 못
되고, 건방진 놈입니다. 아직 어린 주제에, 이렇게 고집 센 놈
은 없습니다."

오후 3시, 드디어 출항이다. 덜거덕거리는 엔진 소리와 더불
어 선체가 가볍게 아래위로 흔들리기 시작했다. 나는 경관과
갑판의 의자에 기대어(우리 둘만 일등석 선객이었기 때문에 줄
곧 함께 있지 않을 수 없었다) 섬 쪽을 보고 있었다. 그때, 우리
들 곁에 서 있던 그 섬사람 순경이 "저런!" 하고 괴상한 소리를
지르면서, 우리의 등 뒤를 손가락질했다. 얼른 그쪽으로 돌아
보았을 때, 나는, 하얗게 칠해진 난간을 넘어 바다 위로 뛰어드

는 섬 소년의 뒷모습을 보았다. 허둥지둥 우리는 난간으로 달려갔다. 이미 탈주자는 배로부터 십여 미터 떨어진 소용돌이 속을 선미船尾 쪽을 돌아 섬 쪽으로 힘차게 헤엄치고 있었다.

"세워라! 배를 세워!" 하고 경관이 외쳤다. "나폴레옹이 도망쳤다."

순식간에 배 위는 아수라장이 되었다. 선미에 있던 뱃사람 둘이 그 자리에서 바다로 뛰어들어 탈주자의 뒤를 쫓았다. 두 사람 모두 20세를 갓 넘은 듯한 우람한 청년이다. 탈주자와 추적자의 거리는 점점 좁혀지는 듯 보였다. 해변에서 배를 배웅하고 있던 섬사람들도 드디어 알아차린 듯, 나폴레옹이 헤엄쳐 가려 하는 방향을 향해, 하얀 모래 위를 뿔뿔이 흩어져 뛰어간다.

예상치 못한 활극에, 나는 난간에 기대 숨을 죽였다. 이 또한 눈이 번쩍 뜨일 만큼 선명한 색채의 세계를 배경으로 한 남태평양의 죄인 체포극이 아닌가. 나는 어지간히 재미있어하는 얼굴로 바라보고 있었음이 틀림없다. "재미있네요!" 하는 소리에 정신을 차리고 보니, 어느덧 선장이(왠지 이 선장은 언제 보아도 약간의 술기운이라도 띠지 않았을 때가 없다) 와 있었다. 그는 느긋하게 파이프의 연기를 뿜으며, 영화라도 보듯 즐거운 얼굴로 바다의 활극을 내려다보고 있었다. 나폴레옹이 무사히 해변에 도착해서 얼른 섬 안의 숲속으로 도망치면 좋겠다고 생각하고 있는 자신을 깨닫고, 나는 쓴웃음을 지었다.

하지만, 결과는 의외로 싱거웠다. 결국, 물가에서 30미터 정도의 발로 설 수 있을 만한 곳에 이르렀을 때, 나폴레옹은 따라

잡혔다. 보통보다 작은 체격의 소년 하나와, 당당한 체격의 청년 두 명이라면, 결과는 물을 것도 없다. 소년은 두 사람에게 양팔을 붙잡혀 끌려갔고, 해변에 올라간 것까지는 보였지만, 섬사람들이 금방 에워싸버려 더 이상은 보이지 않게 되었다.

경관은 매우 기분이 상해 있었다.

30분 후 수훈의 두 뱃사람에게 잡힌 나폴레옹이 다시 카누에 태워져 배에 끌려왔을 때, 맨 먼저 그는 냅다 손바닥으로 서너 차례 뺨을 후려쳤다. 그리고 이번에는(아까는 묶지 않았었다) 양손 양발을 밧줄로 비끄러맨 다음, 구석에 있는, 섬 주민 선원들의 식료품이 담긴 것으로 보이는 야자 바구니와 음료용 껍질 벗긴 야자들 사이에 던져 놓았다.

"망할 놈 같으니라고. 쓸데없는 고생을 시키는군!"경관은, 그래도 안심을 했다는 듯이 그렇게 말했다.

이튿날도 완벽한 맑은 날씨였다. 하루 종일 육지를 보지 못한 채, 배는 남쪽으로 달렸다.

마침내 저녁 무렵이 되어서, 무인도 H의 환초環礁 속으로 들어갔다. 무인도에 배를 대는 것은, 혹시 표류자가 있지 않을까를 살피기 위해서라고 나는 생각했다. 어딘가의 명령항로 규약에 그런 것이 적혀 있던 것을 나는 기억하고 있었기 때문이다. 하지만 실제로는, 그런 달콤한 인도적인 발상 때문이 아니었다. 이곳에서의 다카세가이高瀬貝 조개 채취권을 독점하고 있는 남양무역회사의 의뢰로, 밀렵자를 단속하기 위한 목적이라고 한다.

갑판 위에서 보니, 엄청난 바닷새의 무리가 이 낮은 산호초 섬을 뒤덮고 있다. 선원 두세 명의 권유로 상륙해 보고, 또다시 놀랐다. 바위 그늘도 나무 위도 모래 위도, 온통 새, 새, 새, 그리고 새알과 새똥으로 가득 차 있다. 그리고, 그 무수한 새들은 우리가 가까이 다가가도 도망치려 하지 않는다. 붙잡으려 하면, 비로소 두세 발짝 비틀비틀 피할 뿐이다. 큰 것은 인간의 아이만 한 것부터, 작은 것은 참새만 한 것에 이르기까지, 흰 것, 회색인 것, 옅은 다갈색의 것, 옅은 청색인 것, 몇만인지 셀 수도 없는, 수십 종의 바닷새들이 몰려 있는데, 유감스럽게도 나로서는(동행한 선원들도) 하나도 이름을 알 수 없다. 나는 말할 수 없이 기뻐져서 마구 달려서 그들을 쫓아다녔다. 얼마든지, 정말 웃음이 나올 정도로 얼마든지, 붙잡을 수가 있는 것이다. 주둥이가 빨갛고 긴 커다란 흰 놈을 한 마리 끌어안았을 때는 그래도 버둥거리는 놈에게 쪼이기는 했지만, 나는 어린애 같이 환성을 지르며 몇십 마리나 붙잡고는 놓아주고, 붙잡고는 놓아주고는 했다. 같이 온 선원들은 처음이 아니어서 나처럼 기뻐하지는 않았지만, 그래도 막대기를 휘두르며 꽤 쓸데없는 살생을 하고 있었다. 그들은 적당한 크기로 세 마리, 그리고 옅은 황색 알을 열 개가량 식용으로 하기 위해 배로 가지고 돌아갔다.

소풍 간 소년처럼 매우 만족해서 배로 돌아오자, 하선하지 않았던 경관이 나에게 말했다.

"저 녀석(나폴레옹 얘기다), 어제부터 뾰루퉁해서 아무것도 먹질 않아요. 감자하고 야자수椰子水를 내 주고 손의 끈을 풀어 주어도 거들떠도 안 보는 겁니다. 얼마나 고집이 센지 그 속을 알 수 없어요."

과연, 소년은 어제와 똑같은 장소에 똑같은 자세로 누워 있었다. (다행히, 그곳은 햇살이 들지 않는 곳이었지만.) 내가 옆으로 다가가도, 눈은 빤히 뜨고 있으면서도, 시선을 돌리려고도 하지 않는 것이다.

이튿날 아침, 즉 S 섬을 떠난 지 이틀째 아침, 배는 마침내 T 섬에 닿았다. 이 항로의 종점이기도 하고, 나폴레옹 소년의 새로운 유배지이기도 하다. 보초堡礁 안의 옅은 녹색의 물, 새하얀 모래와 키 큰 야자수의 먼 경치, 기선을 향해 재빨리 다가오는 몇 척의 카누, 그 카누에서 배로 올라와서는 선원이 내미는 담배와 정어리 통조림 등과 그들이 가져온 닭과 계란 등을 교환하려는 섬사람들, 그리고, 바닷가에 서서 신기한 듯이 배를 바라보는 섬사람들. 그런 모습은 어느 섬이나 다를 바 없다.

마중 나온 거룻배가 왔을 때, 순경은 아직도 똑같은 자세로 누워 있는 나폴레옹(그는 결국 만 이틀 동안, 고집스럽게 한 입도 음식을 먹지 않은 모양이다)에게 그 사실을 알리고 발의 끈을 풀어서 잡아 일으켰다. 나폴레옹은 얌전히 일어났지만, 순경이 다시금 그의 팔을 잡아 경관에게 잡아끌려 하자, 화난 얼굴로, 도민 순경을 부자유한 팔꿈치로 냅다 밀쳤다. 밀쳐진 순경의 우둔한 듯한 얼굴에, 순간, 놀람과 동시에 일종의 공포의 표정이 떠오른 것을 나는 놓치지 않았다. 나폴레옹은 혼자서 경관의 뒤를 따라 트랩을 내려갔다. 카누로 옮겨 타고, 이윽고 카누에서 뭍으로 내려와 두세 명의 섬사람과 함께 야자수 숲 사이로 사라지는 것을, 나는 갑판에서 바라보았다.

이곳에서 칠팔 명의 섬 주민 선객이 야자 바구니를 거룻배에 싣고 내려간 것과 반대로, 이 곳에서 팔라우로 가려는 열 명 남짓한 사람들이 비슷한 야자수 바구니를 짊어지고 올라탔다. 억지로 길게 잡아끈 귓불에 검은빛 야자껍질로 만든 고리를 매달고, 목에서 어깨, 가슴에 걸쳐 물결 모양의 문신을 한, 그야말로 추크의 풍속이다.

한 시간쯤 지나자, 경관과 순경이 배로 돌아왔다. 나폴레옹 유배에 관해 섬사람들에게 알리고, 그 신병을 촌장에게 맡기고 온 것이다.

출항은 오후가 되었다.

으레 그러하듯, 해변에는 배웅하는 섬사람들이 죽 늘어서서 이별을 아쉬워하고 있다. (일 년에 서너 번밖에는 볼 수 없는 큰 배가 떠나는 것이니까.)

선글라스를 끼고 갑판에서 해변을 바라보고 있던 나는, 그들 가운데, 아무래도 나폴레옹으로 보이는 소년을 발견했다. 어라, 하고 생각하고, 옆에 있던 순경에게 확인해 보니, 역시 나폴레옹이 틀림없다는 것이다. 멀리 떨어져 있어서 표정까지는 알 수 없지만, 이제는 완전히 포승줄이 풀려서 그런지, 마음과는 달리 밝고 활기차 보인다. 옆에는 자기보다 좀 작은 아이 둘을 데리고, 때때로 얘기하고 있는 것을 보면 벌써 부하를 만들어 버린 것일까?

배가 마침내 기적을 울리며 뱃머리를 난바다로 향하기 시작했을 때, 나폴레옹이 도열해 있는 섬사람들과 함께 배를 향해 손을 흔드는 모습을 나는 확실히 보았다. 그 고집 센 비뚤어진 소년이, 대체 어떻게 해서 그런 짓을 할 생각이 들었을까. 섬에 올라가 배불리 감자를 먹고 나니, 배 안에서의 분개심도, 단식투쟁도 다 잊어버리고, 그저 소년답게 다른 사람들의 흉내를 내 보고 싶었던 것일까. 아니면, 그곳의 언어는 벌써 잊어버렸지만, 역시 팔라우가 그리워서 그곳으로 돌아가는 배를 향해, 문득 손을 흔들 생각이 들었던 것일까. 어느 쪽인지 나는 알 수가 없다.

쿠니미츠 호는 북으로 갈 길을 서두르고, 작은 나폴레옹을 위한 세인트헬레나 섬은 이윽고 회색 그림자가 되고, 한 시간 후에는 마침내 완전히, 푸른 불꽃이 타오르는 커다란 원반 저편으로 사라졌다. (1942.8)

대낮 真昼

눈이 떠졌다. 끙하고, 충분히 자고 난 뒤의 상쾌한 기지개를 켜자, 손발 아래, 등 아래에서, 모래가 ―새하얀 꽃산호 부스러기가 보드랍고 가볍게 무너져 내린다. 해변에서 삼사 미터도 떨어지지 않은 곳, 커다란 타마나 나무의 덤불 아래, 짙은 가지 빛깔의 그림자 속에서 나는 낮잠을 자고 있었다. 머리 위의 가지와 잎은 빽빽하게 자라서, 잎 사이로 비치는 햇빛도 없다.

일어나서 바다를 보았을 때, 푸른 고등어색 물살을 가르고 달리는 빨간 삼각돛의 선명함이 나의 눈을 번쩍 뜨게 했다. 그 돛을 단 카누는, 지금 막 외해에서 보초의 갈라진 곳에 당도한 참이었다. 햇살의 각도로 볼 때, 시간은 한낮을 조금 지났을 것이다.

담배를 하나 피워 물고, 다시 산호 부스러기 위에 앉는다. 고요하다. 머리 위 잎사귀 나부끼는 소리와, 찰랑찰랑하고 핥는 듯한 둔치의 물소리 말고는, 가끔 보초 바깥의 파도 소리가 희미하게 울릴 뿐이다.

기한이 있는 약속에 떠밀리는 일도 없고, 또, 계절의 흐름이라는 것도 없이, 그저 유유자적하게 거침없이 시간이 흘러가는 이 섬에서는, 우라시마 타로*는 결코 단순한 이야기가 아니다. 다만 이 옛날이야기의 주인공이 그 여주인공에게서 발견한 매력을, 우리가 이 섬의 살갗이 검고 늠름한 소녀들에게서 발견하기 어려울 뿐이다. 도대체, 시간이라는 말이 이 섬의 어휘에 있을까?

1년 전, 북녘의 차가운 안개 속에서 도대체 나는 무엇을 고뇌하고 있었을까 하는 생각이 문득 들었다. 뭔가, 그것은 먼 옛날의 일인 것 같기도 하다. 살갗에 스며드는 겨울의 감각도 이제는 생생하게 기억 위에 재현하는 것이 불가능하다. 이와 마찬가지로, 지난날 북방에서 나를 괴롭게 한 수많은 번잡한 일도, 단순한 일들의 기억으로 머물러 버리고, 기분 좋은 망각의 막 저편에 어렴풋한 그림자를 남기고 있을 뿐이다.

그렇다면, 내가 여행을 떠나기 전에 기대했던 남방의 행복이란, 이런 것일까? 이 낮잠에서 깨어날 때의 쾌감과 산호 부

---

* 浦島太郎. 거북을 따라 용궁에 가서 3년의 세월을 잘 지내다 돌아올 때, 이별을 아쉬워한 미녀에게서 다마테바코라는 상자를 받았는데, 귀향 후 약속을 어기고 상자를 열자, 흰 연기와 함께 주인공이 할아버지가 되었더라는 일본의 옛 설화.

스러기 위에서의 고요한 망각과 무위도식과 휴식 같은 것일까.

'아니' 하고 단호하게 그것을 부정하는 뭔가가 내 안에 있다. '아니 그렇지 않아. 네가 남방에 기대했던 것은 이러한 무위와 권태가 아니었을 것이다. 그것은 새로운 미지의 환경 속에 나를 내던져, 내 안에 있으면서 아직 내가 알지 못하는 힘을 마음껏 시험해보는 것이 아니었을까. 그리고 또, 곧 다가올 전쟁에 당연히 전쟁터로서 선택될 것을 예상한 모험에의 기대였던 게 아니었을까.'

그렇다. 분명히. 그럼에도, 그 새로운, 엄격한 것에 대한 바람은, 어느새 상쾌한 해연풍海軟風에 녹아서 사라지고, 이제는 그저 꿈과 같은 안일과 게으름만이 나른하고 편안하게 아무런 후회도 없이, 나를 에워싸고 있다.

'아무런 후회도 없이? 과연, 정말로, 그래?' 하고, 아까의 내 안의 심술쟁이가 묻는다. '나태라도 무위라도 상관없다. 정말로 네가 아무런 후회가 없다면. 인공의, 유럽의, 근대의, 망령에서 완전히 해방되어 있다면 말이다. 그런데 실제로는, 언제 어디에 있건 너는 너인 것이다. 은행잎이 지는 신궁외원神宮外苑을 쓸쓸하게 걷고 있을 때에도, 섬사람들과 함께 돌에 구운 빵나무 열매를 먹어치우고 있을 때에도, 너는 언제나 너다. 조금도 달라질 것은 없다. 그저, 햇빛과 뜨거운 바람이 일시적인 두꺼운 베일을 잠깐 너의 의식 위에 덧씌우고 있을 뿐이다. 너는 지금 빛나는 바다와 하늘을 바라보고 있다고 생각하고 있다. 혹은 섬사람들과 똑같은 눈으로 바라보고 있다고 자부하고 있는지도 모른다. 당치 않은 소리. 너는 실은, 바다도 하늘도 보고 있지 않다. 그저 공간 저편으로 눈을 돌리면서 마음속으로 Elle est retrouve!—Quoi?—L'Eternite. C'est la mer mêlée au soleil.(발견했다. 뭐를? 영원. 태양에 녹아든 바다) 하고 주문처럼 반복하고 있을 뿐이다. 너는 섬사람도 보지 못하고 있다. 고갱의 복제품을 보고 있을 뿐이다. 미크로네시아를 보고 있는 것도 아니다. 로티와 멜빌이 그린 폴리네시아의 빛바랜 재현을 보고 있을 뿐이다. 그런 창백한 껍데기를 매달고 있는 눈으로, 무슨 영원이란 말인가. 가련한 녀석!'

'아니, 정신 차리라고' 하고 또 하나의 다른 목소리가 말한다. '미개함은 결코 건강하지 않아. 게으름이 건강이 아닌 것처럼. 잘못된 문명 도피처럼 위험한 것은 없어.'

'맞아' 하고 아까의 목소리가 답한다. '확실히, 미개는 건강이 아니야. 적어도 현대에서는. 하지만 그래도 너의 문명보다는 얼마간 발랄한 게 아닐까. 아니, 대체로 건강 불건강은 문명 미개라는 것과는 관계가 없는 것이야. 현실을 두려워하지 않는 자는, 빌려 온 것이 아닌, 내 눈으로 똑똑히 보는 자는, 언제 어떠한 환경에 있더라도 건강한 법이다. 그런데, 네 안에 있는 "고대 중국의 의관을 입은 사이비 군자"나 "볼테르의 얼굴을 한 교활한 광대"라면 어떨까. 선생들아, 지금은 남양의 더운 기운에 흠뻑 취해서 비틀거리고 있는 모양이지만, 깨어났을 때의 비참함을 생각한다면, 오히려 취해 있을 때가 더 나을 것 같군……'

낯선 껍데기를 뒤집어쓴 조그마한 소라게가 서너 마리 내 발밑까지 왔는데, 사람의 기척을 알아차리고 멈춰 서서 잠시 상황을 살피고는 허둥지둥 다시 도망쳤다.

마을은 이제 낮잠 시간인 것 같다. 아무도 해변을 거닐지 않는다. 바다도 — 적어도 보초堡礁 안쪽 물만큼은 — 말끔하게 옥빛으로 잠들어 있는 듯하다. 때때로 반짝하고 눈부시게 햇빛을 되쏘고 있을 뿐이다. 어쩌다 숭어 같은 놈이 물 위로 튀어오르는 것을 보면, 물고기들만은 깨어 있는 모양이다. 밝고 조용한, 화사한 바다와 하늘이다. 지금, 이 바다 어딘가에서, 반신을 미지근한 물 위로 드러내 놓고, 트리톤이 유량嚠喨하게 조가비를 불고 있다. 어딘가 이 활짝 갠 하늘 아래서, 장밋빛 거품으로부터 아프로디테가 태어나려 하고 있다. 어딘가 이 푸른 파도 사이에서, 감미로운 사이렌의 노래가 영리한 이타카인들의 왕을 유혹하려 하고 있다. ……안 돼! 또 다시 망령이다. 문학, 그것도 유럽 문학 어쩌고 하는 것의 파리한 유령이다.

혀를 차면서 나는 일어난다. 쓸쓸함이 한동안 마음 한구석에 남아 있다.

축축한 둔치에 접어들자, 무수한 집게들, 파랑과 빨강의 장난감 같은 조그만 게들이 일제히 도망친다. 다섯 치정도 싹이 나오려 하는 야자 열매가 떨어져 있는 것을 걷어차니, 물속으로 굴러 들어가 첨벙 소리를 낸다.

그러고 보니, 지난밤, 기묘한 일이 있었다. 섬사람 집의 통대나무를 깔아놓은 바닥 위에 얇은 판다누스잎을 돗자리 삼아 깔고 누워 있으면서, 나는 불쑥, 아무런 연결도 없이, 도쿄 가부키좌의, (그것도 무대가 아니라) 기념품 가게(떡과 엿과 배우

얼굴 그림과 브로마이드 따위를 파는)의 밝고 화려한 가게와 그 앞을 오가는 화려하게 차려입은 인파를 떠올렸다. 배우의 가문의 문양을 흐트러뜨려 박은 화려한 상자와 깡통과 손수건과, 배우의 얼굴 그림을 비추고 있는 강하고 흰 전등빛과, 그런 것들을 골똘히 들여다보는 아가씨들과 견습 기녀들의 모습까지 확실히, 그녀들의 머릿기름 냄새까지 선명하게 떠올랐다. 나는 가부키극 그 자체를 그리 좋아하지 않는다. 기념품 가게 같은 것에도 아무런 관심도 없을 터였다. 어째서, 이런 뜻도 내용도 없는 도쿄 생활의 얄팍한 한 단면이, 태평양의 파도에 에워싸인 조그만 섬, 야자나무 잎으로 지붕을 얹은 토착민의 조그만 집에서, 집 주변에 쿵하고 떨어지는 야자 열매 소리를 듣고는 문득 떠올랐을까. 나로서는 도무지 알 수가 없다. 좌우간 내 속에는 여러 가지 기묘한 놈들이 어지럽게 뒤섞여 살고 있는 모양이다. 한심하고, 타기唾棄할 만한 녀석까지.

해안의 타마나 가로수 그늘 끝에 이르렀을 때, 저쪽에서 햇볕에 달궈진 모래 위를 벌거벗은 사내아이가 뛰어왔다. 내 앞에 오자, 멈춰 서서 발을 가지런히 맞추고, 머리가 무릎까지 닿을 정도로 정중하게 절을 하고는 식사 준비가 되었다고 했다. 내가 묵고 있는 섬사람 집의 아이인데, 올해 여덟 살이 된다. 마르고, 눈이 크고, 배가 툭 튀어나온, 미란성 종양투성이의 아이다. 뭐 맛있는 거 만들었냐고 물었더니, 형이 아까 캄두클고기*를 잡아와서, 그것으로 일본식 사시미를 만들었다고 한다.

소년을 따라서 한 발짝 모래 위로 내디뎠을 때, 타마나 가지에서 소호소호새(섬사람이 그렇게 부르는 것은 울음소리 때문인데, 내지인은 그 모양을 보고 비행기새라고 이름 붙이고 있다)가 퍼드득거리고 날아올라, 순식간에 높고 눈부신 창공으로 사라졌다.   (1942. 8)

---

* 이 이름은 현지에서 부르는 이름을 표시한 것으로 보이는데 어떤 물고기 인지는 전혀 확인할 수 없다. 발음도 이 물고기와 가장 비슷하다고 할 수 있는 게 Gaaguluug이란 물고기인데 저자가 적은 음과는 꽤 차이가 있다.

마리안 マリヤン

마리안이라는 것은, 내가 잘 알고 있는 섬 여자의 이름이다.

마리안이란 마리아를 가리키는 말이다. 성모 마리아의 마리아다. 팔라우 지방의 섬사람은, 보통 발음에 콧소리가 들어가기 때문에, 마리안으로 들리는 것이다.

마리안의 나이가 몇 살인지, 나는 모른다. 딱히 물어보기가 껄끄러워서는 아니고, 그저 물어본 일이 없는 것이다. 아무튼 서른이 아직 먼 것은 확실하다.

마리안의 외모가, 섬사람의 눈으로 볼 때 아름다운지 어떤지, 이것도 나는 모른다. 못생긴 것은 아닐 것 같다. 조금도 일본스러운 구석도 없고, 서양스러운 곳도 없는(남양에서 약간 얼굴이 잘생겼다고 여겨지는 것은 대개 어느 한쪽의 피가 섞여 있다) 순수한 미크로네시아·카나카의 전형적인 얼굴인데, 나는 그것을 매우 훌륭하다고 생각한다. 인종으로서의 한계는 어쩔 수 없지만, 그 한계 속에서 생각한다면, 매우 시원시원하고 꼬인 데가 없는 얼굴이라고 생각한다. 그러나 마리안 자신은, 자신의 카나카적인 외모를 다소 부끄러워하고 있는 것 같다. 왜냐하면, 나중에 언급하겠지만, 그녀는 지극히 지적인 사람이고, 두뇌의 구조는 거의 카나카가 아니기 때문이다. 게다가 또하나, 마리안이 살고 있는 코로르(남양 군도의 문화의 중심지다)의 거리에서는, 섬사람 사이에서도, 문명적인 미의 표준이 행세를 하기 때문이다. 실제로, 코로르라는 거리─ 내가 가장 오래 머물렀던 곳인데 ─에는 열대이면서도 온대의 가치 기준이 주인 행세를 하는 데서 벌어지는 일종의 혼란이 있는 것 같았다. 처음 이 거리에 왔을 때는 별로 느끼지 못했지만, 그후 일단 이곳을 떠나, 일본인이 한 명도 살지 않는 섬들을 순례하고서, 다시 방문했을 때, 이런 사실이 확실히 느껴졌다. 이곳에서는, 열대적인 것도 온대적인 것도 모두 아름답게 보이지 않는다. 아니, 오히려 전혀 아름다움이라는 것이 ─ 열대미도 온대미도 모두 ─ 존재하지 않는 것이다. 열대적인 미를 가졌어야 할 것들도 여기서는 온대 문명적인 거세를 받아 시들어 있고, 온대적인 미를 가졌어야 할 것들도 열대적 풍토 자연(특히 그 햇살의 강렬함) 아래에서 어울리지 못하는 나약함을 드러낼 뿐이다. 이 거리에 있는 것은 그저, 그야말로 식민지의 변두리 같은 느낌의 퇴폐한, 그러면서도 묘하게 허세를 부리는 점이 눈에 띄는 가난함뿐이다. 아무튼, 마리안은 이러한 환경에 있기 때문에, 그녀의 얼굴의 카나카적인 풍요로움을 그다지 기뻐하지 않는 듯이 보였다. 풍요로움이라면, 그러나, 용모보다도 오히려, 그녀의 체격 쪽이 한층 풍요로웠을 것이다. 키는 163센티미터를 밑돌지 않을 것이고, 체중은 좀 말랐을 때가 75킬로그램 정도였다. 정말이지, 부러울 정도로 훌륭한 신체였다.

내가 처음으로 마리안을 본 것은, 토속학자 H 씨의 방에서였다. 밤에, 좁은 독신 관사의 방에서, 다다미 대신에 휘갑친 돗자리를 깐 바닥에 앉아 H 씨와 이야기를 하고 있을 때, 창밖에서 갑자기 삐삐 하고 휘파람 소리가 들리고, 창을 가늘게 연 틈으로(H 씨는 남양에 10여 년 살고 있는 사이에, 더위를 아예 느끼지 않게 되어서, 아침저녁에는 추워서 창문을 닫지 않고는 있을 수 없게 되었다) 젊은 여자 목소리가 "들어가도 돼요?" 하고 물었다. 엇, 이 토속학자 선생 만만히 보면 안 되겠군, 하고 놀라고 있는 가운데, 문을 열고 들어온 것이 내지인이 아니라 당당한 체구의 섬 여자여서 나는 다시 한 번 놀랐다. '나의 팔라우어 선생님'이라고 H 씨는 소개했다. H 씨는 지금 팔라우 지방의 고담시古譚詩들을 모아서 그것을 일본어로 번역하고 있는데, 그 여자, 마리안은 날짜를 정해 일주일에 사흘 날짜를 정해 놓고 그것을 돕기 위해 온다고 했다. 그날 밤도, 나를 곁에 두고 두 사람은 곧바로 공부를 시작했다.

팔라우에는 문자라는 것이 없다. 고담시는 모두 H 씨가 여러 섬의 노인들을 찾아다니면서 알파벳을 사용해서 필기한 것이다. 마리안은 먼저 필기된 팔라우 고담시의 노트를 보고, 그곳에 잘못 적힌 팔라우어를 바로잡는다. 그러고서, 번역해 나가는 H 씨 곁에서 H 씨가 때때로 던지는 질문에 대답하는 것이다.

"허, 영어를 할 수 있단 말이죠" 하고 내가 감탄하자,

"그건, 잘 하지요. 내지의 여학교를 다녔거든요" 하고 H 씨가 마리안 쪽을 보고 웃으며 말했다. 마리안은 약간 겸연쩍은 듯이 입술을 찡그렸지만, 딱히 H 씨의 말을 부정하지도 않는다.

나중에 H 씨에게 들으니, 도쿄의 어떤 여학교에 이삼 년(졸업은 하지 않은 것 같았다) 다닌 적이 있는 모양이다. "그렇지 않더라도, 영어만큼은 아버지한테 배웠기 때문에 할 수 있는 거지요" 하고 H 씨는 덧붙였다. "아버지라 해도 계부지만요. 바로, 그, 윌리엄 기번이 양아버지거든요." 기번이라면, 나는 저 숱한 책을 써 낸 『로마 제국 쇠망사』의 저자밖에는 떠오르지 않는데, 자세히 들어 보니, 팔라우에서는 꽤나 유명한 지식인 혼혈아(영국인과 토착민 사이의)로, 독일령 시절에 민속학자 크레머 교수가 조사를 위해 왔을 때에도, 줄곧 통역을 한 사람이라고 한다. 물론 독일어를 할 수 있었던 것은 아니고, 크레머 씨와도 영어로 의사소통을 했다는데, 그런 남자의 양녀쯤 되니까, 영어를 할 수 있는 것도 당연하다.

나의 괴팍한 성질 탓인지, 팔라우 관청의 동료들과는 전혀 어울리지 못했고, 나의 친구라고 할 수 있는 사람은 H 씨 말고는 하나도 없었다. H 씨의 방에 자주 드나들다 보니, 자연스럽게 마리안과도 친해질 수밖에 없었다.

마리안은 H 씨를 아저씨라고 부른다. 그녀가 아주 어렸을 때부터 알고 지냈기 때문이다. 마리안은 때때로 아저씨네 집에

음식을 만들어 와서 대접하고는 한다. 그럴 때마다 나도 얻어 먹는 것이다. 빈름이라고 칭하는 타피오카 감자를 대나무 잎으로 싸서 찐 쭝쯔粽子랑, 티틴믈이라고 하는 달콤한 과자를 알게 된 것도, 마리안 덕분이었다.

언젠가 H 씨와 둘이서 길을 지나가다가 잠시 마리안의 집에 들른 적이 있었다. 집은 다른 모든 섬사람들의 집과 똑같이 통대나무로 엮은 마루가 대부분이고, 일부만 널빤지 바닥으로 되어 있다. 눈치 볼 것 없이 쓱 올라가자, 그 판자 깔린 방에 조그만 테이블이 있고, 책이 놓여 있었다. 한 책은 구리야가와 하쿠손廚川白村의 『영시선석英詩選釋』이고, 또 하나는 이와나미문고岩波文庫의 『로티의 결혼Le Mariage de Loti』이었다. 천장에 매달아 놓은 시렁에는 야자수 바구니가 가득하고, 방 안에 쳐 놓은 끈에는 간단한 옷가지가 어지럽게 걸려 있고(섬사람들은 의류를 어디에 넣어 두지 않고, 있는 대로 건어물처럼 아무렇게나 걸어둔다) 대나무 바닥 밑에서는 닭들의 울음소리가 들려온다. 방 한구석에는 마리안의 친척인 듯한 여자가 칠칠치 못하게 누워 있다가 수상쩍다는 듯한 눈길을 이쪽으로 보냈지만, 다시 저쪽으로 돌아누워 버렸다. 그러한 분위기 속에서, 구리야가와 하쿠손과 피에르 로티를 발견했을 때는, 실제로, 뭔가 이상한 기분이 들었다. 조금은 안됐다는 기분이 들었다고 해도 좋을 정도였다. 다만, 그것이 그 책에 대해 안됐다고 생각한 것인지, 아니면 마리안에 대해서 안됐다고 생각한 것인지, 거기까지는 확실히 알 수가 없다.

그 『로티의 결혼』에 대해 마리안은 불만을 토로했다. 현실의 남양은 결코 이런 것이 아니라는 불만이었다. "옛날의, 그것도 폴리네시아에 관한 일이니까, 잘 알 수 없지만, 그래도, 설마, 이런 일은 없을 거예요"라는 것이다.

방 한 귀퉁이를 보니, 밀감 상자 같은 것 속에, 여러 가지 책과 잡지류가 빼곡이 들어차 있는 것 같았다. 그 맨 위에 놓여 있던 책 하나는, 분명 (그녀가 지난날 다녔던 도쿄의) 여학교의 오래된 교우회 잡지인 듯했다.

코로르의 거리에는 이와나미문고를 취급하는 가게가 하나도 없다. 한번은, 내지인이 모인 장소에서, 어쩌다 내가 야마모토 유조山本有三 씨의 이름을 꺼냈더니, 그는 어떤 사람입니까 하는 질문이 일제히 쏟아졌다. 나는 딱히 만인이 문학책을 읽지 않으면 안 된다고 생각하고 있는 것은 아니지만, 아무튼 이 마을은 그 정도로 책과는 인연이 먼 곳이다. 아마도, 마리안은, 내지인까지 포함해서 코로르에서 으뜸가는 독서가인지도 모른다.

마리안에게는 다섯 살이 되는 딸이 있다. 남편은, 지금은 없다. H 씨의 말에 의하면, 마리안이 쫓아냈다고 한다. 그것도 그가 지나치게 질투심이 많다는 이유로. 이렇게 말하면, 마리안이 대단히 기가 센 여자 같지만 ─ 하긴 또, 아무리 생각해도 기가 여린 편은 아니지만 ─ 여기서는, 그녀의 가계에서 온, 섬사람으로서의 높은 지위도 고려하지 않으면 안 된다. 그녀의 양아버지가 혼혈이라는 것은 앞에서 언급했지만, 팔라우는 모계 사회이므로 그것은 마리안의 집안과는 아무런 관계가 없다. 하지만, 마리안의 친어머니라는 사람이, 코로르의 제1장로 가문인 이데이즈 집안 출신이다. 즉, 마리안은 코로르 섬 최고의 명문가에 속한다. 그녀가 지금도 코로르 도민 여성 청년단장을 맡고 있는 것은, 그녀의 재능도 있지만, 집안의 후광도 있는 것이다. 마리안의 남편이었던 남자는, 팔라우 본섬 기왈 마을 사람인데, (팔라우는 여계 사회이기는 하지만, 결혼한 동안에는 역시 아내가 남편의 집으로 가서 산다. 남편이 죽으면 아이들을 모두 데리고 친정으로 돌아가 버리지만) 이러한 집안 관계도 있고, 또, 마리안이 시골살이를 싫어하기 때문에, 좀 변칙적이기는 했지만, 남편 쪽이 마리안의 집에 와서 살고 있었던 것이다. 그랬던 것을 마리안이 쫓아낸 것이다. 체격으로 보더라도 남자 쪽이 당해낼 수 없었던 것인지도 모른다. 그러나, 그 후, 쫓겨난 남자가 종종 마리안의 집으로 와서, 위자료 얘기 등을 끄집어내면서, 다시 같이 살기를 원하므로, 한 번만 그 탄원을 받아들여 다시 같이 산 모양이지만, 질투심 많은 이 남자의 본성은 여전히 고쳐지지 않아(그보다는, 실제로는 마리안과 이 남자의 두뇌의 정도의 차이가 무엇보다도 근본 원인이었던 것 같다) 다시 헤어졌다고 한다. 그래서, 그 이후로는, 혼자 지내고 있었다. 대단한 집안이었기 때문에(팔라우에서는 특히 이 점이 까다롭다) 아무나 맞아들일 수도 없고, 게다가 마리안이 지나치게 개화한 탓에 웬만한 섬 남자는 상대가 되지 않아, 이젠 마리안은 결혼할 수 없는 것이 아닐까, 이렇게, H 씨는 말하고 있었다. 그리고 보니, 마리안의 친구라는 것은, 아무래도 일본인뿐인 것 같다. 저녁 등에는 으레 내지인 상인의 아내들의 모임 같은 데 끼어들어 이야기를 나누고 있다. 게다가, 아무래도 대개의 경우 마리안이 그 잡담을 이끌어 가는 모양이었다.

나는 마리안이 성장盛裝한 모습을 본 적이 있다. 새하얀 양장에 하이힐을 신고, 짧은 양산을 손에 든 차림이었다. 그녀의 얼굴은 늘 그렇듯이 생생하게, 혹은 번들번들하게 다갈색으로 빛났고, 짧은 소매에서는 도깨비 따위도 문제없이 찌부러뜨릴 듯한 굵은 팔이 우람하게 나와 있고, 원기둥 같은 다리 아래서, 구두의 높은 굽이 부러질 것처럼 보였다. 빈약한 체구를 가진 자의 체격이 우월한 사람에 대한 편견을 힘껏 배제하려 노력하면서도, 나는 무엇인지 모를 웃음이 치밀어 오르는 것을 참을 수 없었다. 하지만, 그와 동시에, 언젠가 그녀의 방에서 『영시선석英詩選釋』을 발견했을 때와 같은 측은함을 다시금 느꼈던 것도 사실이다. 다만, 이 경우도 그 측은한 마음이 순백의 드레스에 대해서인지 그것을 입은 본인에 대해서인지, 분명한 것은 아니었지만.

그녀의 한껏 차려입은 모습을 본 지 이삼일 뒤, 내가 숙소의 방에서 책을 읽고 있는데, 밖에서 들어 본 적이 있는 듯한 휘파람 소리가 들린다. 창문으로 내다보니, 바로 곁 바나나밭의 풀들을 마리안이 베고 있었다. 섬의 여자들에게 때때로 부과되는 근로봉사에 틀림없다. 마리안 말고도 칠팔 명의 섬 여자들이 낫을 손에 들고 풀 사이로 몸을 굽히고 있다. 휘파람은 딱히 나를 부른 것이 아닌 듯했다. (마리안은 H 씨의 방에는 늘 가지만, 나의 방은 모를 것이다.) 마리안은 내가 보고 있는 줄도 모른 채 열심히 풀을 베고 있다. 요전의 한껏 차린 모습에 비해 오늘은 또 지독한 차림을 하고 있다. 색이 바랜, 야외 작업용 면 원피스에, 도민들처럼 맨발이다. 휘파람은, 일을 하면서, 때때로 자신도 모르게 불고 있는 모양이다. 곁의 큰 소쿠리에 하나 가득 풀을 깎아 담고는, 굽히고 있던 허리를 펴고서 이쪽으로 얼굴을 돌렸다. 나를 알아보고서 빙긋이 웃었지만, 딱히 말을 걸지도 않는다. 겸연쩍음을 감추듯 일부러 "영차" 하고 구령을 붙이고, 큰 소쿠리를 머리 위에 이고는 인사도 없이 그대로 저만치로 가버렸다.

작년 섣달 그믐날 밤, 맑고 깨끗한 달밤이었는데, 우리, H 씨와 나와 마리안은, 서늘한 밤바람을 맞으며 거리를 걸었다. 밤 늦게까지 그렇게 시간을 보내다가 12시가 되면 남양 신사神社에 첫 참배를 하기로 했다. 우리는 코로르 부두 쪽으로 걸어갔다. 부두 앞에 풀장이 있었는데, 그 풀 가장자리에 우리는 걸터앉았다.

상당한 연배인데도, 노래를 무척 좋아하는 H 씨가 큰 소리로, 여러 가지 노래를 — 주로 H 씨의 장기인 여러 오페라의 노래였는데 — 불렀다. 마리안은 휘파람만 불고 있었다. 두툼하고 큰 입술을 삐죽이 내밀고 부는 것이다. 그녀의 것은, 그런 어려운 오페라 같은 게 아니라, 대개 포스터의 달콤한 곡들뿐이다. 들으면서, 문득, 나는 그런 것들이 원래 북미의 흑인들의 슬픈 노래였다는 것을 떠올렸다.

"마리안! 마리안!(씨가 엄청 큰 목소리를 낸 것은, 집에서 나올 때 한잔 걸친 합성주 때문임이 틀림없다) 마리안이 이번에 신랑을 맞는다면, 내지의 사람이 아니면 안 되겠지, 안 그래, 마리안!"

"흥" 하고 두툼한 입술 끝을 살짝 비틀며 마리안은 아무 대답도 않고, 수영장 바닥을 바라보고 있었다. 달이 마침 중천에 가까워 바다는 썰물이므로, 바다와 통해 있는 이 풀은 밑바닥의 돌이 드러날 정도로 물이 빠져 있었다. 잠시 후, 내가 아까의 H 씨의 이야기를 잊어버렸을 무렵, 마리안이 말을 꺼냈다.

"하지만요, 내지의 남자는 말이죠. 역시 그래요."

뭐야. 이 아가씨, 역시 아까부터 줄곧 자신의 장래의 재혼에 대해서 생각하고 있었던 건가 싶어 갑자기 나는 우스워져서, 큰 소리로 웃었다. 그러고는, 여전히 웃으면서 "역시 내지의 남자는, 어떤데? 응?" 하고 물었다. 내가 웃음을 터뜨려 화가 났는지, 마리안은 고개를 돌리고, 아무 대답도 하지 않았다.

이번 봄, 우연히도 H 씨와 내가 함께 잠시 내지로 가게 되었을 때, 마리안은 닭을 잡아 마지막 팔라우 요리를 대접해 주었다.

정월 이래로 입에 대지 못하던 고기 맛에 입맛을 다시며, H 씨와 내가 "어차피 가을쯤에는 돌아올 거야"(정말로, 두 사람 모두 그럴 예정이었다)라고 하자, 마리안이 웃으면서 말했다.

"아저씨는 그야 절반은 섬사람이니까 다시 돌아오시겠지만,

톤짱(곤란하게도 그녀는 나를 그렇게 부른다. H 씨가 부르는 것을 흉내 낸 것이다. 처음에는 약간 화가 났지만, 결국 어이가 없어 쓴웃음을 지을 수밖에 없었다)은 글쎄요."

"믿을 게 못 된다는 말인가?" 했더니, "내지인은 아무리 친해져도, 일단 내지로 돌아가면 다시 돌아오는 사람은 없거든요" 하고 묘하게도 진지하게 말한다.

우리가 내지로 돌아오고 나서, H 씨에게 두세 번 마리안에게서 편지가 온 모양이다. 그때마다 톤짱의 안부를 물었다고 한다.

사실 나는 요코하마에 상륙하자마자 추위 때문에 감기가 들었고, 그게 덧들여 늑막염이 되고 말았다. 다시 그 땅의 관청으로 되돌아가는 것은 도저히 불가능했다.

H 씨도 최근 우연히 혼담(상당히 늦은 결혼이다)이 결실을 맺어, 도쿄에 정착하게 되었다. 물론, 남양 토속 연구에 일생을 바친 씨이므로, 어차피 다시 그쪽으로도 조사차 갈 일이 있겠지만, 그래도 마리안이 생각하고 있었던 것처럼 그 땅에 영주할 일은 없어진 셈이다.

마리안이 들으면 뭐라고 할까? (1942. 8)

풍물초風物抄

아침, 눈을 뜨자, 배는 정박해 있는 모양이다. 바로 갑판으로 올라가 본다.

배는 이미 두 개의 섬 사이에 들어 있었다. 가랑비가 내리고 있다. 지금까지 보았던 남양 군도의 섬들과는 사뭇 풍경이다. 적어도 지금 갑판에서 바라보는 코스라에 섬은, 아무리 보아도 고갱의 그림감이 아니다. 가랑비에 뿌옇게 보이는 광경이라든지, 모호하게 보일 듯 말 듯한 비취색 산들은 분명 동양화다. 일정연우행화한汀煙雨杏花寒*이라든지 모운권우산연연暮雲卷雨山娟娟

---

* 당말의 시인 대숙륜戴叔倫의 〈소계정蘇溪亭〉이란 시의 구절로 '모래톱 안개비에 살구꽃 차갑네'라는 의미.

娟娟*이라든지. 그런 찬讚이 붙어 있더라도 전혀 부자연스럽게 여겨지지 않는 순수한 수묵적水墨的인 풍경이다.

식당에서 아침식사를 마치고, 다시 갑판에 나가 보니, 어느새 비는 그쳐 있었지만, 아직 연기 같은 구름이 산간 협곡 사이를 오가고 있다.

8시, 점심을 먹기 위해 레로 섬에 상륙, 곧장 경부보警部補 파출소로 간다. 이 섬에는 지청이 없고 이 파출소에서 모든 일을 처리한다. 예전에 본 영화 〈죄와 벌〉의 형사처럼 얼굴과 몸 모두가 다부진 경부보가 한 사람이 세 명의 섬사람 순경을 거느리고 사무를 보고 있었다. 공립학교 시찰을 위해 왔다고 하자, 바로 순경을 안내로 붙여 주었다.

학교에 도착하자, 키가 작고 살이 통통하게 찐, 안경 너머로 상인풍의 약삭빠르고 날카로운(끊임없이 상대방의 표정을 관찰하고 있는) 눈빛, 짧은 콧수염의 중년의 교장이 왠지 괘씸한 자라도 보는 듯한 태도로 나를 맞아 주었다.

교실은 한 건물에 3개, 그중 하나를 직원실로 사용하고 있다. 이곳은 초등과뿐이므로 3학년까지다. 문을 들어서자마자, 까무잡잡한(그래도, 캐롤라인 제도는 동쪽으로 갈수록 검은 색조가 옅어지는 것 같다) 아이들이 다투어 가며 앞으로 나와서는, 오하요고자이마스(안녕하십니까) 하고 깍듯하게 머리를 숙인

---

* 송대의 시인 소동파蘇東坡 시의 한 구절로 '해질녘 구름은 비를 휘감고 산은 연분홍빛을 띠는구나'라는 의미.

다.

교직원은 교장에 훈도訓導 한 명과 섬 주민 교무보조 한 명. 다만, 한 명의 훈도라는 게 여자이고, 게다가 교장의 부인이다.

교장은 수업을 보여주기 싫은 모양이다. 특히 자신의 아내의 수업을. 나 또한 그것을 강요해서, 심리적인 기미를 살피려 할 정도로 심술궂지는 않다. 다만 교장으로부터 이곳 도민 아동의 특징이라든지, 다년간에 걸친 공립학교 교육의 경험담이라도 듣는 것으로 만족하려고 했다. 그런데 나는 무엇을 들어야 했던가? 철두철미 내가 아까 만나고 온 저 경부보의 험담만 들었던 것이다.

여기만 그런 게 아니다. 외딴 섬, 순사 파출소와 공학교 양쪽이 있는 섬에는 으레 그 양쪽의 알력이 있다. 그런 섬에서는 순사와 공학교장(교장만 있고 그 밑에 훈도가 없는 학교가 많으므로), 이 두 사람만이 일본인이자 관료이므로, 자연히 세력 다툼이 일어나는 것이다. 어느 한쪽만 있으면, 작은 독재자의 전제專制가 되어 오히려 결과가 좋지만.

나는 지금까지 여러 번 그런 모습을 보아왔지만, 이곳 교장처럼 첫 대면인 사람을 향해, 갑자기 이렇게 맹렬하게 나오는 경우는 처음이었다. 딱히 무엇에 대한 흥이랄 것도 없다. 하나부터 열까지 저 경부보가 하는 일은 다 나쁜 것이다. 낚시(이 만에서는 전갱이가 곧잘 잡히는 모양인데)를 제대로 못한다는 것까지가 비방의 씨앗이 되리라고는, 나도 생각지 못했다. 낚시 이야기가 맨 마지막으로 나오는 바람에 좀 당황해서 듣고 있었더니, 경부보는 낚시가 서투르기 때문에 이 섬의 행정 사무를 맡길 수 없다는 투의 논지로 알아듣지 말란 법도 없는 것이다. 이야기를 듣고 있는 동안에, 아까는 아무런 느낌도 없던, 그 폭넓은 수완의 경부보에게 왠지 모를 호감이 드는 것 같은 기분이 들었다.

섬을 안내해주겠다는 제안을 거절하고 공학교에서 나온 나는 혼자서 섬 주민들에게 길을 물어가며 '레로의 유적'이라는 이름으로 알려져 있는 고대 성곽 터를 보러 갔다. 지금까지 흐려 있던 하늘에서 햇빛이 새어 나온다 싶더니, 섬은 급작스럽게 열대지방의 모습을 띠기 시작했다.

해안에서 구부러져 100미터도 못 가서, 찾고 있던 돌로 쌓은 성벽을 만난다. 울창한 열대수에 가려져 있고 이끼로 뒤덮여 있지만, 멋지고 큰 현무암 구축물이다.

입구를 지나면 상당히 넓다. 이끼 때문에 미끄러지기 쉬운 돌무더기길이 구불구불하게 이어진다. 방의 흔적 같은 것, 우물 모양을 한 것 등이 빽빽하게 나 있는 양치류 사이로 보이다 말다 한다. 성벽이 무너진 것인지 여기저기에 돌무더기들이 쌓여 있다. 곳곳에 야자 열매가 떨어져 있는데 어떤 것은 썩었고 어떤 것은 석 자나 싹을 틔우고 있다. 길섶의 물웅덩이에서는 새우가 헤엄치는 모습이 보인다.

미크로네시아에는 폰페이 섬에 이와 비슷한(좀 더 규모가 큰) 유적지가 하나 더 있는데, 모두 누가, 언제 지었는지는 알 수가 없다. 좌우간, 그 구축자가 현재의 원주민과는 아무런 관계도 없다는 것만은 통설이 되어 있는 모양이다. 이 석루石壘에 대해서는 제대로 정리된 전설이 없는 데다가, 현재의 원주민들은 석조 건축에 대해 아무런 흥미도 지식도 없으며, 이 거대한 암석들을 어느 곳에선가(이 섬에는 이런 돌이 없다) 해상으로 멀리 운반하는 따위의 기술은, 그들보다도 훨씬 비교도 할 수 없이 고급 문명을 가진 종족이 아니면 불가능하기 때문이다. 그러한 문명을 가진 선주 종족이 언제쯤 번영했고, 언제쯤 사라졌을까. 어떤 인류학자는 망망한 태평양에 점점이 있는 이들 유적지(미크로네시아뿐 아니라 폴리네시아에도 상당히 존재하며 이스터 섬이 가장 유명하다)를 비교 연구한 후, 아득한 과거의 한 시기에 서쪽으로는 이집트에서 동쪽으로는 아메리카 대륙에 이르기까지의 광범한 지역을 뒤덮은 공통의 '고대문명의 존재'를 가정한다. 그리고, 그 문명의 특징으로서, 태양 숭배, 구축을 위한 거석 사용, 농경 관개 등을 든다. 이러한 장대한 가설은 나에게 대단히 즐거운 상상의 날개를 달아준다. 나는 태고적 이집트에서 동쪽으로 나간 고도의 문명을 지닌 용감한 고대인의 무리를 상상할 수 있다. 그들은 진주와 흑요석을 찾아, 끝도 없이 펼쳐진 태평양의 푸른 파도 위를, 진홍빛 돛이라도 달고, 아마도 갈대 줄기의 해도海圖를 사용하거나, 어쩌면 오늘날에도 우리가 우러러보는 오리온 별과 시리우스 별에 의지해서, 동쪽으로 동쪽으로 왔을 것이 틀림없다. 그리고, 우매한 원주민의 경탄 앞에서 도처에 작은 피라미드와 고인돌, 환상석축環狀石築을 쌓아, 장려瘴癘한 자연 속에 자신들의 강한 의지와 욕망의 표시를 세워 놓은 것이리라…… 물론, 이 가설의 진위 여부는 문외한인 나로서는 알 수 없다. 그저 나는 지금, 눈앞에, 타는 듯한 더위와 태풍과 지진의 여러 세기가 지나도록 아직도 열대식물이 무성한 가운데 그 속에 다 파묻히지 않고 그 수수께끼 같은 존재를 주장하고 있는 거석 무더기를 보고, 또 한편으로, 거석의 운반은커녕 아주 간단한 농경 기술조차 모르는 저급한 현재 주민들을 알고 있을 뿐이다.

거대한 용수榕樹 두 그루가 머리 위를 뒤덮고, 그 가지와 기둥에는 덩굴성 식물이 잔뜩 붙어 있다.

도마뱀이 때때로 돌더미 뒤에서 나와 내 모습을 살펴본다. 덜그럭 하고 발밑의 돌이 움직여 움찔했는데, 그 뒤에서, 등딱지가 30센티미터쯤 되는 큰 게가 기어 나왔다. 나의 존재를 알아차리고는 허둥지둥 용수 뿌리께의 구덩이로 도망쳐 들어갔다.

근처의, 이름도 알 수 없는 키 작은 나무에, 제비의 갑절 정도 되는 새까만 새가 앉아서 수유茱萸 같은 보라색 열매를 쪼고 있다. 나를 보고도 도망치려 하지도 않는다. 나뭇잎 사이로 쏟아지는 햇빛이 돌무더기 위에 점점이 떨어지고, 사방은 무섭도록 고요하다.

나의 그날 일기를 보니. 이렇게 쓰여 있다. '문득 새의 기이한 소리를 듣는다. 다시금 조용하고 소리가 없다. 열대의 한낮, 오히려 요사스러운 기운이 있다. 잠시 멈춰 서 있는데 나도 모르게 살갗에 좁쌀 같은 소름이 돋았다. 그 이유를 모르겠다' 운운.

배로 돌아와서 들은 바에 의하면, 코스라에 사람들은 쥐를 잡아먹는다고 한다.

찐득하게 흰 기름을 흘려 놓은 것 같은 잔잔한 아침 바다의 저편, 수평선 위에 한 줄의 선이 가로놓여 있다. 이것이 쨀루잇 환초를 처음 본 광경이다.

이윽고, 배가 가까이 다가감에 따라, 띠처럼 보이던 선 위에, 먼저 야자수가, 이어서 집들과 창고 같은 것이 보이기 시작한다. 빨간 지붕의 집들과 하얗게 빛나는 벽과, 그리고 끝에는 새하얀 해변으로 배를 맞이하러 나오는 사람들의 조그마한 모습까지.

정말이지 자보르는 말끔한 섬이다. 모래 위에 야자와 판다누스 나무와 집들을 알맞게 배열한 조그마한 모형 정원 같다.

해변을 걸으면, 밀레 마을 공동 숙박소, 에본 마을 공동숙박소라고 적힌 집들이 있고, 그 곁에서 섬사람들이 취사를 하고 있다. 이곳은 마셜 군도 전체의 중심지인 만큼 멀리 떨어진 섬들의 주민이 수시로 모여들기 때문에, 그들을 위해 각 섬에서 각각 공동 숙박소를 마련해 놓고 있는 것이다.

마셜 군도의 주민들은, 특히 여자는, 매우 멋지게 꾸민다. 일요일 아침이면, 각자 화려하게 차려입고 교회에 간다. 그것도,

아마 지난 세기말에 선교사나 수녀가 전해준 게 틀림없는 구식의, 매우 주름이 많은 긴 스커트의, 사치스러운 양장이다. 옆에서 보기에도 상당히 더워 보이는 옷차림이다. 남자들도 일요일이면, 새파란 와이셔츠의 가슴에 손수건을 슬쩍 보여주고 있다. 교회는 그들로서는 참으로 즐거운 클럽, 내지는 공연장이다.

의복이 당치도 않게 사치스러운 데 반해, 주택을 보면, 이것은 또, 미크로네시아에서 가장 열악하다. 우선, 평상이 있는 집이 적다. 모래, 혹은 산호 부스러기를 조금 높게 쌓아올리고 거기에 판다누스의 잎으로 엮은 돗자리를 깔고 잠을 잔다. 주위에 네 개의 기둥을 세우고, 판다누스의 잎과 야자수 잎으로 덮으면 그것으로 지붕과 벽이 완성된다. 이처럼 간단한 집은 없다. 창문도 만들기는 하지만 아주 낮은 곳에 붙어 있어 마치 변소의 퍼내는 구멍처럼 보인다. 이처럼 지독한 주택에도, 반드시 재봉틀과 다리미만은 장만해 놓고 있다. 그들의 의상 도락이 기가 막힌다기보다는, 선교사와 결탁한 재봉틀 회사의 수완에 놀라는 게 맞을지도 모르지만 좌우간 놀라운 일이다. 물론 자보르의 거리만큼은 평상이 있는 목조주택도 상당히 있지만, 그런 평상이 있는 집에는 반드시 그 밑에 거적을 깔고 살고 있는 주민들이 있다. 마셜 특산물인 판다누스 잎의 섬유로 짠 부채, 바구니류는, 대체로 이러한 평상 아래 주민의 수공품이다.

같은 얄루투 환초 안의 A 섬으로 조그만 통통배를 타고 건너갔을 때, 돌고래의 무리에 둘러싸여서 재미있었지만, 약간 위험하다는 기분도 들었다. 왜냐하면, 신이 난 돌고래들이 신나게 까불어 대며, 작은 배의 밑을 통해 오른쪽으로 왼쪽으로 나타나서 자칫 잘못했다가는 배가 들어올려질 것 같았기 때문이다. 때때로 두세 마리가 나란히 공중으로 비약을 한다. 입이 길고 가늘게 툭 튀어나오고, 눈이 작고, 장난스러운 얼굴의 녀석들이다. 배와 경주하며 결국 섬의 아주 가까운 곳까지 따라왔다.

섬에 오르니, 마침 자보르 공학교의 보습과補習科 학생들이 코프라 채취작업을 하고 있다. 증산 운동의 하나다. 섬을 한 바퀴 돌아 보았는데, 온 섬에 야자수와 코프라나무와 빵나무 등이 빽빽이 들어차 있다. 익은 빵나무 열매가 많이 땅 위에 떨어져 있는데, 그 썩은 열매들에 파리가 새까맣게 붙어 있다. 그 곁을 지나가는 우리들의 얼굴과 손에도 마구 달려든다. 도저히 견디기 어렵다. 길에서 한 노파가 빵나무 열매의 위쪽에 구멍을 내서, 팔손이나무 닮은 빵나무 잎을 깔때기 삼아 그곳에 들이밀고 그 위에 코프라의 하얀 즙을 짜서 흘려넣고 있었다. 이렇게 해서 돌에 구우면, 전체에 단맛이 스며들어 매우 맛있다고 한다.

지청 사람의 안내로 마셜의 대추장 카부아를 찾아갔다. 카부아 집안은 잴루잇과 아일린라프라프 두 지방에 걸친 오래된 권세 있는 집안으로서, 마셜 고담시古譚詩에 곧잘 나오는 이름이라고 한다.

소박하고 세련된 방갈로풍의 집이다. 입구에 八島嘉坊이라고 한자로 쓴 현판이 걸려 있고 '야시마카부아'라고 일본 글자가 붙여져 있다. 이 지방의 풍습인 듯, 주방만큼은 별동別棟으로 되어 있는데, 사면이 모두 세로형 격자로 둘러싸인 특이한 구조다.

처음에는 주인이 부재중이라며 젊은 여자 두 명이 나와서 접대를 했다. 얼핏 보기에 일본인과의 혼혈임을 알 수 있는 생김새인데, 두 명 모두 내지인의 표준으로 보더라도 확실히 미인이다. 둘이 자매라는 것도 바로 알았다. 언니 쪽이 카부아의 아내라고 한다.

오래지 않아 주인인 카부아가 전갈을 듣고 돌아왔다. 피부색은 검지만 다소 인텔리풍의 서른 전후의 청년으로, 어딘지 쭈뼛쭈뼛하는 점이 보인다. 일본어는 이쪽의 말을 간신히 이해하는 정도인 듯, 스스로는 아무 말도 꺼내지 않고, 그저 이쪽의 말에 일일이 조용하게 맞장구만 치고 있다. 이것이 연수입 5만 내지 7만에 이른다는(야자수가 빽빽한 섬을 소유하고 있다는 것만으로, 코프라 채취에 의한 수입이 해마다 그 정도라는 것이다) 대추장이라고는 조금도 생각되지 않았다. 야자수와 사이다와 판다누스 열매를 대접받고, 거의 대화다운 대화도 못 나누고(좌우간 저쪽에서는 아무 말도 하지 않았으니까) 집을 나왔다.

돌아오는 길에 안내하는 지청 직원에게 들은 바에 의하면, 카부아 청년은 최근(내가 방금 보고 온) 처제에게 아기를 낳게 하는 대소동을 일으켰다고 한다.

이른 아침, 물이 깊게 고여 있는 어떤 바위 그늘에서, 나는 그야말로 아름다운 경관을 바라보았다. 물이 이루 말할 수 없이 맑고, 물고기들이 떼 지어 헤엄치는 광경이 훤히 보인다는 것이 남양의 바다에서는 별로 신기한 일이 아니지만, 이때처럼 만화경 같은 화려함에 감동한 일은 없다. 감성돔 정도의 크기로, 굵고 선명한 몇 가닥의 세로 줄무늬를 가진 물고기가 가장 많은데, 바위 틈새의 구멍 같은 곳에서 쉴 새 없이 출몰하는 것을 보면, 이곳이 그들의 보금자리인지도 모른다. 이 밖에도 투명할 정도의 연한 색을 한 은어 비슷한 가느다란 물고기와 짙은 녹색의 리프피쉬, 넙치처럼 폭이 넓은 검은 놈, 민물에 서식하는 엔젤피쉬를 빼닮은 화려한 작은 물고기, 전체가 붓으로 쓱 그린 것처럼 전체가 지느러미과 꼬리만 보이는 갈색의 작은 괴어怪魚, 전갱이 닮은 것, 정어리 닮은 것, 그리고 바닥을 기는 회색의 굵직한 바다뱀에 이르기까지, 눈부신 열대의 색채를 한 생물들이 투명한 비취색의 꿈 같은 세계 속에서 미세한 비늘을 반짝이며 무심하게 헤엄을 치고 있는 것이다. 특히 놀라운 것은, 푸른 산호초의 리프 물고기보다 몇 배나 더 푸른, 상상할 수 있는 가장 밝은 청록색을 띤 길이 6센티미터가량의 작은 물고기 무리였다. 마침 아침 햇살이 비치는 물속에서 그들 무리가 한들하고 요동을 치면, 그 선명한 청록색은 순식간에 짙은 감청색, 자청색, 녹금綠金색, 비단벌레색으로 빛나서, 눈이 아찔할 지경이었다. 이렇게 진귀한 물고기들이, 종류만도 20가지, 숫자로는 천 마리도 넘을 것이다.

한 시간 남짓, 나는 그저 넋을 잃고서 망연히 바라보고 있었다.

내지에 돌아와서도, 나는 이 유리와 금색의 꿈 같은 광경을 아무에게도 얘기하지 않았다. 내가 열을 내서 이야기하면 할수록, 아마도 나는 '백만의 마르코Marco Millione'*라고 비웃음을 산 옛 동방 여행자의 안타까움을 맛보아야 할 것이고, 또, 자신의 묘사력이 실제 아름다움의 10분의 1도 전달하지 못하는 것에 스스로도 화가 날 것 같았기 때문이다.

헬멧은 위임통치령에서는 관료들만 쓰기로 되어 있는 모양이다. 이상하게도 회사 관계자들은 이것을 쓰지 않는 모양이다.

그런데 나는 그다지 고급스럽지 않은 파나마모자를 쓰고서 군도 곳곳을 돌아다녔다. 길에서 만나는 섬사람들은 아무도 머리를 숙이지 않는다. 나를 안내해 주는 관청의 사람이 헬멧을 쓰고 길을 가면, 섬사람들은 국궁鞠躬을 하듯이 길을 양보하고 공손하게 머리를 숙인다. 여름 섬에서도, 가을 섬에서도, 수요 섬에서도, 폰페이에서도, 어디서도 다 그랬다.

자보르를 떠나기 전날, M 기사와 나는 토산품인 도민의 편

---

* 마르코 폴로가 아시아 여러 나라에서의 견문을 담은 여행기는 일본과 한국에서는 일반적으로 『동방견문록』이라는 이름으로 잘 알려져 있지만 원래의 제목은 명확하지 않다. 이 책은 『세계의 기술La Description du Monde』, 『경이의 책Livre des Merveilles』이라고도 불리고 또한 『일 밀리오네Il Milione』라는 제목이 유명하다. 여러 설이 있지만, 마르코 폴로가 귀국 후 백만장자가 되었다거나 아시아에서 본 것의 수를 종종 '백만'이라고 표현한 데서 비롯되었다는 설과 백만 개의 거짓말이 적혀 있기 때문이라는 설 등이 있다.

물을 사기 위해, 낮은 섬사람의 집들을 — 좀 더 정확히 말하자면, 집들의 평상 아래를 들여다보며 다녔다. 앞서 잠깐 언급했지만, 젤루잇에서는 집집마다 평상 밑에 자리를 깔고 여인네들이 모여 있고, 그런 사람들이 대부분 판다누스 잎의 섬유로 편물을 만드는 것이다. M 씨보다 열 걸음 정도 앞서 걷던 나는 어느 집 담벼락 아래에서 한 마른 여인이 허리띠를 짜고 있는 모습을 발견했다. 띠는 얼른 완성될 것 같지 않지만, 옆에 이미 완성된 바구니가 하나 놓여 있다. 나는 안내하는 섬마을 소년에게 바구니 가격을 물었다. 3엔이라고 한다. 좀 더 싸게 해줄 수 없겠냐고 물었지만, 선뜻 승낙할 것 같지 않다. 그때 M 씨가 나타났고, M 씨도 소년에게 가격을 물었다. 여자는 힐끗 나하고 비교하듯이 보고 나서, M 기사를 — 아니, M 기사의 모자를, 그 헬멧을 쳐다본다. "2엔"이라고 여자는 즉시 대답한다. 어라, 하는 생각이 들었다. 여자는 아직 자신이 없는 듯한 태도로 입속으로 뭔가를 웅얼거리고 있다. 소년에게 통역을 시키니 "2엔이지만, 뭣하면 1엔 50전이라도 괜찮습니다"라고 말한다는 것이다. 내가 어안이 벙벙해 있는 사이, M 씨는 얼른 1엔 50전으로 그 바구니를 샀다.

숙소로 돌아와서 나는 M 씨의 모자를 들고 유심히 바라보았다. 상당히 낡고, 이미 모양이 망가지고, 여기저기 얼룩이 묻어 있고, 게다가 냄새가 나는 별 볼 일 없는 헬멧 모자다. 그러나 나에게는 그것이 마치 알라딘의 램프처럼 신비롭고 불가사의한 것으로 보였다.

섬이 커서 그런지 상당히 시원하다. 비가 자주 온다.

카포크나무와 야자수 밀림을 지나면 지면에 담홍색 메꽃이 점점이 박혀 있어 아기자기하다.

마을 길을 걷고 있는데, 불쑥 "콘니치와(안녕하세요)"하는 어린 목소리가 들려온다. 보니, 길 오른쪽 집 뒤란에서 아주 작은 토착민 아이 두 명이 — 하나는 사내아이, 하나는 계집아이인데 키는 베어서 맞추어 놓은 듯 비슷하다 — 인사를 하고 있다. 두 아이 모두 기껏해야 네 살이 막 넘은 것 같았다. 큰 야자수 뿌리 위로 올라간, 수염이 잔뜩 자란 나무 밑둥에 서 있으니 더 작아 보이는 모양이다. 나도 모르게 웃음이 나와서 "안녕, 착한 아이구나"라고 하자 아이들은 다시 한 번 "콘니치와"라고 천천히 말하면서 아주 깍듯하게 고개를 숙였다. 고개는 숙였지만 눈만 크게 뜨고 이쪽을 올려다보고 있다. 하늘색의 사랑스러운 큰 눈동자다. 백인의 — 아마도 옛날 고래잡이들의 — 피가 섞여 있음이 분명하다.

대체로 폰페이에는 잘생긴 섬사람이 많은 것 같다. 다른 캐롤라인 제도 사람들과는 달리, 그들은 빈랑檳榔을 씹는 습관이 없고, 샤카오라는 일종의 술 같은 것을 즐겨 마신다. 이는 폴리네시아의 카바와 같은 종류라고 하니, 어쩌면 이곳 섬사람들에게는 폴리네시아인의 피도 다소 흐르고 있는지도 모르겠다.

야자수 밑둥에 서 있는 두 아이는 섬사람답지 않게 깔끔한 옷을 입고 있다. 그들과 대화를 시작하려 했지만, 아쉽게도 콘니치와 외에는 일본어를 전혀 알지 못한다. 섬사람들의 말조차도 아직은 어설프다. 둘 다 웃으면서 몇 번이고 "콘니치와"라고 말하며 고개를 숙일 뿐이다.

그 와중에 집 안에서 젊은 여자가 나와서 인사를 건넸다. 아이들과 닮은 것으로 보아 어머니인 듯하다. 그다지 능숙하지 않은 공학교식의 딱딱한 일본어로 "집에 들어와서 쉬어주십시오"라고 말한다. 마침 목이 칼칼해서 야자수라도 달라고 할까 싶어 돼지의 탈출을 막기 위한 울타리를 넘어 뒤쪽에서 집 마당으로 들어섰다.

엄청날 정도로 동물이 많은 집이다. 개가 열 마리 가까이, 돼지도 그 정도, 그 외에 고양이, 염소, 닭, 오리 이런 것들이 뒤죽박죽이다. 상당히 부유한 집인 모양이다. 집은 지저분하지만 꽤 넓다. 집 뒤꼍에서 바로 바다를 향해 큰 카누가 보관되어 있고, 그 주변에는 냄비, 주전자, 트렁크, 거울, 야자껍데기, 조가비 등이 어지럽게 널브러져 있다. 그 사이를 고양이와 개와 닭이(염소와 돼지만큼은 올라오지 않았지만) 평상까지 마구 들어와 뛰고, 소리 치고, 짖고, 먹거나 뒹굴고 있다. 정말 난장판이다.

야자수와 돌에 구운 빵열매의 씨를 가져왔다. 야자수를 마시고 나서 껍질을 깨 안에 들어 있는 코프라를 먹고 있는데 개가 다가와서 조른다. 코프라를 무척 좋아하는 모양이다. 빵열매 씨는 아무리 주어도 쳐다보지도 않는다. 개뿐 아니라 닭들도 코프라를 좋아하는 것 같다. 젊은 여자의 떠듬거리는 일본어 설명을 들어보니, 이 집 동물들 중 가장 위엄이 있는 것은 역시 개라고 한다. 개가 없을 때는 돼지가 가장 뻐기고 그다음이 염소라고 한다. 바나나도 내놓았는데 너무 익어서 엿을 빠는 것 같은 기분이었다. 라카탄이라고 하는데 이 섬의 바나나 중에서는 최고급 품종이라고 한다.

카누가 놓여 있는 방 안쪽에는 단층으로 된 방 한 칸이 있는데, 그곳에 가족들이 쭈그리고 앉거나 눕기도 하는 것 같았다. 등불이 없어 어둑어둑해 구석진 곳은 잘 보이지 않지만, 이쪽에서 보이는 정면에는 한 노파가 오연(傲然)하게, 정말이지 여왕처럼 오연하게 웅크리고 앉아서 담배를 피우고 있다. 그러면서 외부의 침입자를 경계하는 듯한, 다소 적대적인 눈빛으로 나를 뚫어지게 쳐다보고 있는 모습이다. 저건 누구냐고 젊은 여자에게 물었더니 "나의 남편의 어머니'라고 대답했다. 으스대고 있군, 하고 말했더니, "가장 잘났으니까요'라며 웃는다.

그 어둠침침한 안쪽에서 열 살 남짓한 삐쩍 마른 여자아이가 가끔 카누의 맞은편까지 나와서 입을 딱 벌리고 이쪽을 들여다본다. 이 집 사람들은 모두 말끔한 차림새인데, 이 아이만은 거의 나체다. 피부색이 기분 나쁠 정도로 하얗고, 쉴 새 없이 아기처럼 혀를 내밀어 소리를 내고, 침을 흘리고, 의미 없이 손을 흔들고 발을 구른다. 백치인 모양이다. 안쪽에서 여왕처럼 있던 노파가 담배를 멈추고 뭐라고 야단을 친다. 격한 어조다. 손에는 하얀색 천을 들고 흔들며 백치 아이를 부르고 있다. 소녀가 옆으로 가더니 무서운 표정을 지으며 그것을 입혔다. 바지였던 것이다. "저 아이, 아픈가?" 내가 다시 젊은 여자에게 물었다. "머리가 아프다"는 대답이 돌아왔다. "태어날 때부터?" "아뇨, 태어날 때는 괜찮았어요."

아주 다정다감한 여자는 내가 바나나를 다 먹자 개를 먹지 않겠느냐고 묻는다. "개?" 하고 되묻는다. "개" 하고, 여자는 그 주변에서 놀고 있는 마르고 털이 빠지려 하고 있는 갈색 작은 개를 가리킨다. 한 시간이면 할 수 있으니 저걸 돌구이로 대접하겠다는 것이다. 한 마리를 통째로 파초 잎 같은 것으로 싸서 뜨거운 돌과 모래 속에 묻어 쪄서 구워내는 것이다. 창자만 빼낸 개가 그대로 다리를 쭉 뻗고 이빨을 드러낸 채로 밥상 위에 올려진다고 한다.

당황해서 겨우 그 집에서 물러났다.

나가면서 보니 집 입구 좌우로 노랑, 빨강, 보라색의 선명한 크로톤의 잎사귀들이 아름답게 어우러져 있었다.

4
추크

월요섬에는 공학교 교장의 가족 외에는 내지인이 없다.

아침에 교장 관사에서 식사를 하고 있는데 멀리서 노랫소리가 들려온다. 애국 행진곡이다. 많은 아이들의 목소리라는 것을 금방 알 수 있었다. 목소리가 점점 가까이 다가온다. 저게 뭐냐고 물으니 집이 같은 방향의 학생들은 함께 등교시키는데, 그 아이들이 합창을 하며 오는 거라고 한다. 목소리는 관사 근처까지 오면 멈춘다. 갑자기 "정지!" 하는 호령이 떨어진다. 현관문을 열고 밖을 보니 스무 명 남짓한 섬마을 아이들이 두 줄로 길게 늘어선 채로 오고 있다. 선두 한 명은 종이로 만든 일

장기를 어깨에 메고 있다. 그 기수가 다시 한 번 "좌향좌!" 하고 구령을 내렸다. 일동은 교장의 집을 향해 횡대로 선다. 그리고 일제히 "안녕히 주무셨습니까"라고 말하며 고개를 숙였다. 그러자 또다시 선두의 종기투성이 기수가 "우향우! 앞으로 가!" 하고 구령을 내리자 일행은 애국행진곡을 계속 부르며 관사 옆의 학교 쪽으로 방향을 틀었다. 관사 마당에는 울타리가 없어 그들의 행진이 잘 보인다. 키가 (아마도 나이도) 엄청 들쭉날쭉해서, 선두에는 아주 큰 아이가 있는가 하면 뒤쪽은 엄청나게 작다. 여름섬 쪽과 달리 단정하게 차려입은 사람은 없다. 다들 셔츠를 입고 있기는 하지만 찢어진 부분이 연결된 부분보다 더 많아서 남자아이도 여자아이도 새까만 피부가 여기저기 들여다보인다. 다리는 물론이고 발은 모두 맨발이다. 학교에서 지급받았는지 기특하게도 가방만은 메고 있는 모양이다. 그리고 야자수 열매의 껍질을 벗긴 것을 허리에 매고 있는 것은 음료수다. 그 보따리를 매단 녀석들이 저마다 발을 한껏 높이 들고 손을 크게 흔들며 목청을 최대한 높여(교장 관사 마당에 도착하자 더 한층 목소리가 커지는 것 같다) 아침의 야자수 그림자가 길게 드리워진 운동장으로 행진하는 모습은 꽤나 흐뭇한 광경이었다.

그날 아침, 이들 말고도 다른 두 팀의 비슷한 행렬이 인사를 하러 왔다.

여름섬에서 본 각 섬의 춤 중에서는 로소프 섬의 대나무춤 쿠사사가 가장 인상적이었다. 30명 남짓한 남자들이 서로 마주 보는 두 줄의 원을 만들고, 각자가 양손에 1미터가 채 안 되는 대나무 막대기를 하나씩 들고 이를 마주 치면서 춤을 춘다. 또는 땅을 두드리거나 상대방의 대나무를 치면서 영차, 영차 하고 경쾌한 구호를 외치면서 빙빙 돌면서 춤을 춘다. 바깥쪽의 원과 안쪽의 원이 번갈아 가며 돌기 때문에 서로 대나무를 치는 상대가 차례로 바뀌는 것이다. 때로는 뒤로 돌아서서 한쪽 다리를 들고 가랑이 사이로 뒷사람의 대나무를 치는 등 꽤나 곡예적인 모습도 보여준다. 격검과 죽도竹刀가 부딪히는 듯한 소리와 힘찬 구령이 어우러져 그야말로 상쾌한 느낌이다.

북서쪽 외딴 섬의 사람들은 모두 불상화佛桑花와 인도소형素馨의 화륜花輪을 머리에 달고, 이마와 뺨에 주황색 안료 타이크를 칠하고, 손목 발목 팔 등에 야자의 여린 싹을 감아 붙이고, 마찬가지로 야자의 여린 싹으로 만든 도롱이를 흔들며 춤을 춘다. 그중에는 귓불에 구멍을 뚫고 거기에 불상화를 꽂아 넣은 자도 있다. 오른손 등에는 야자수 어린 싹을 십자 모양으로 묶은 것을 가볍게 묶고, 처음에는 각자가 손가락을 미세하게 흔들며 움직인다. 그러면 금세 멀리서 바람결 같은 미묘한 소리가 난다. 이것을 신호로 춤이 시작된다. 그렇게 손바닥으로 가슴과 팔을 두드리며 펑펑 하는 격렬한 소리를 내고, 허리를 비틀고 기괴한 소리를 내며, 다분히 성적인 몸짓을 섞어 춤을 추는 것이다.

노래 중 춤을 수반하지 않는 것은 전부라고 해도 좋을 정도로 우울한 선율뿐이었다. 그 제목도 매우 엉뚱한 것이 많다. 그중 하나. 슈크 섬의 노래. '남의 아내를 생각하지 말고, 자기 아내를 생각합시다.'

여름섬의 거리에서 본 어느 외딴 섬 사람의 귀. 어릴 때부터 귓불을 늘여온 결과인지 오십 센티미터 가까이 끈처럼 길게 늘어져 있다. 그것을 마치 쇠사슬을 감듯이 귓바퀴에 세 바퀴 정도 말아서 고정시켜 놓았다. 그런 귀를 가진 네 명이 나란히 서서 양품점 장식창을 기웃거리고 있었다.

그 외딴 섬에 가본 적이 있는 어떤 사람에게 물어보니, 그들은 보통 귀를 가진 사람을 보면 비웃는다고 한다. 마치 턱이 없는 사람이라도 본 것처럼.

또 이런 섬에 오래 있으면 아름다움의 기준에 대해 회의적인 시각을 갖게 된다고 한다. 볼테르 왈, '두꺼비에게 아름다움이 무엇이냐고 물어보아라. 두꺼비는 대답할 것이다. 아름다움이란 작은 머리에서 튀어나온 두 개의 커다란 도토리 같은 눈알과 넓고 납작한 입과 노란 배와 갈색 등을 가진 암컷 두꺼비를 가리키는 말이다.' 어쩌고저쩌고.

5
로타

절벽이 희고, 물이 풍부하고, 나비가 매우 많은 섬. 고요한 낮, 사람이 없는 관사 뒤편에 호박 덩굴 덩굴이 뻗어 있고, 그 노란 꽃에 천상의 벨벳 같은 짙은 푸른색 나비들이 몰려든다.

섬사람들의 모습이 보이지 않는 송송의 밤거리는 마치 내지의 시골 같은 느낌이다. 전등 불빛이 어두운 이발소. 어디선가 들려오는 축음기의 나니와부시.* 초라한 활동사진 가게에 〈쿠로다 세이타다로쿠黑田誠忠錄〉**가 걸려 있다. 매표소 여자의 초췌한 얼굴. 오두막집 앞에 쪼그리고 앉아 축음기 소리만 듣고 있는 두 남자. 두 개의 깃발이 밤의 바닷바람에 펄럭이고 있다.

타타초 부락의 입구, 바다에서 50미터쯤 떨어진 곳에 차모로족의 묘지가 있다. 십자가 군상들 사이로 한 개의 돌비석이 눈에 띈다. '바르톨로메스·쇼지 미츠노부의 무덤'이라고 새겨져 있고, 뒷면에는 1929년 사망이라고 적혀 있다. 일본인이면서 가톨릭 신자였던 사람의 자식인 것 같다. 주위의 십자가에 걸린 화환들은 하나같이 갈색으로 말라비틀어지고, 바닷바람에 흔들리는 죽은 야자수 잎사귀의 흔들림도 애처롭다. (로타 섬의 야자수는 최근의 병충해로 인해 거의 다 말라 죽었다.) 눈부시게 푸른 바다를 가까이서 보고, 파도 소리의 오래된 탄식을 들으며 나는 노能 작품 〈스미다가와隅田川〉를 떠올렸다. 어머니인 미친 여인의 부름에 어린 망자의 망령이 무덤 뒤에서 아장아장 하얀 모습을 드러내지만, 어머니가 잡으려고 하면 다시 쏙 숨어버리는 그 장면을.

나중에 공립학교의 도민 교무보조원에게 물어보니, 이 아이의 부모(불경 표구하는 사람이었다고 한다)는 아이가 죽고 얼마 지나지 않아 이 땅을 떠났다고 한다.

숙소로 배정된 집 입구에는 특이하게도 리치 덩굴이 우거져 열매가 익어가고 있다. 뒤편에는 레몬꽃 향이 난다. 門外橘花猶

---

* 浪花節. 샤미센三味線 반주를 곁들인 대중적인 노래의 한 장르.
** 1938년 기누가사 테이노스케衣笠貞之助가 연출한 시대극 영화.

的䍿 牆頭荔子已斕斑[문밖의 감귤꽃 더욱 향기롭고 담장의 리치 열매 색깔 화려하기 그지없다]라고 읊은 것은 소동파(그는 남쪽으로 유배되었다)인데, 바로 그대로의 정경이다. 다만 옛 중국인들이 말하는 리치와 우리가 말하는 리치가 같은 것인지 아닌지는 알 수 없다. 그러고 보니, 남양에 있는 붉은색과 노란색의 선명한 히비스커스는 일반적으로 불상화佛桑花라고 하는데, 왕어양王漁陽의 〈광주죽지廣州竹枝〉에 나오는 것과 같은 것인지도 모르겠다. 광동성이라면 이 화려한 꽃도 충분히 어울릴 것 같은데.

5
사이판

일요일 저녁.

봉황수 숲 저편에서, 높고 웅장하면서도 어딘지 모르게 짓눌린 듯한 차모로 여인들의 합창 소리가 들려온다. 스페인 수녀들이 있는 예배당에서 흘러나오는 저녁 찬송가다.

밤. 달이 밝다. 길이 하얗다. 어디선가 단조로운 류큐 자비센蛇皮線의 선율이 들려온다. 하얀 길을 걷다 보니 바나나의 커다란 잎사귀가 바람에 흔들리고 있다. 자귀나무 잎이 가느다란 그림자를 선명하게 길에 드리우고 있다. 공터에 묶여 있는 소가 여전히 풀을 뜯고 있는 모양이다. 뭔가 몽환적인 기운이 감돌고, 이 하얀 길이 달빛 아래 어디까지나 이어져 있을 것 같다. 베콩베콩 하는 늘어지는 자비센 소리는 여전히 들려오는

데, 어느 집에서 내는 소리인지 도무지 알 수가 없다. 그러는 동안, 걷고 있던 좁은 길이, 갑자기 밝은 한길로 나와 버렸다.

모퉁이를 돌면 극장이 있고, 그 안에서 자꾸만 자비센 소리가 들려온다. (하지만 이것은 방금 전까지 내가 들었던 소리와는 다른 소리다. 내가 길에서 들은 것은, 극장에서 하는 것 같은 본격적으로 신나는 것이 아니라, 그리 익숙하지 않은 손이 혼자서 손톱으로 튀긴 듯한 소리였다) 이곳은 오직 오키나와현縣 사람만을 위한 — 따라서, 연극은 모두 류큐琉球의 언어로 연출된다 — 극장이다. 나는 별생각 없이 오두막 안으로 들어가 보았다. 꽤 많은 사람들이 있었다. 공연은 두 편이었다. 첫 번째는 표준어로 공연되어 줄거리는 잘 알 수 있었지만, 엄청 저질스러운 억지 유머. 두 번째의 '사극 북산풍운록北山風雲錄'이라는 것은 무슨 말을 하는지 전혀 알아들을 수가 없었다. 내가 알아들을 수 있었던 것은 '확실히'(이 단어가 가장 확실하게 들렸다). '옛날부터 요즘까지', '산길', '단속' 등 몇 단어에 불과하다. 예전에 팔라우 본섬을 열흘 정도 도보 여행을 했을 때, 길을 물은 상대가 모두 오키나와현 출신 농부들이라 말이 전혀 통하지 않아 답답했던 기억이 떠올랐다.

공연장을 나와서 일부러 돌아서 차모로 가옥이 많은 해안도로를 걸어서 돌아왔다. 이 길도 역시 하얗다. 거의 서리가 내린 것처럼. 미풍. 달빛. 돌로 지은 차모로 집 앞에 인도 소향이 하얗게 피어 있고, 그 뒤로 소 한 마리가 느긋하게 누워 있다. 소 옆에 커다란 개 한 마리가 누워 있는 것 같아 자세히 보니 염소였다.

(1942. 8)

고속 古俗

영허盈虛

위衛나라 영공靈公* 39년이라는 해 가을에 태자 괴외蒯聵가 아버지의 명을 받아 제齊나라로 가던 중 송宋나라를 지나갈 때, 밭을 가는 농부들이 묘한 노래를 부르는 것을 들었다.

    既定爾婁豬
    既歸吾艾豭
    암퇘지는 분명 보냈으니
    어서 수퇘지를 돌려보내라

---

* 기원전 540~493년 위나라 제29대 군주. 공자가 위나라를 방문했을 때의 군주로 『논어』에는 부인인 남자南子와 함께 언급된다. 『논어』 열다섯 번째 편은 그의 이름이 첫머리에 있어 '위령공편衛靈公篇'이라고 불린다.

위의 태자는 이를 듣자 안색이 바뀌었다. 짐작되는 바가 있었던 것이다.

아버지 영공의 부인(그렇다고 태자의 어머니는 아니다) 남자南子는 송나라에서 왔다. 용모보다는 오히려 그 재치로 완전히 영공을 녹여 놓았는데, 이 부인이 최근 영공에게 권해서 송나라로부터 공자 조朝라는 자를 불러 위나라 대부大夫로 임명했다. 송나라의 조는 유명한 미남이다. 위나라로 시집오기 전의 남자와 추문 관계가 있었던 일은, 영공 말고는 어느 누구 하나 모르는 이가 없다. 두 사람의 관계는 이제 위나라 궁전에서 다시금 거의 공개적으로 계속되고 있다. 송나라 야인들이 노래 부른 암퇘지, 수퇘지는 의심할 바 없이 남자와 송에서 온 조를 가리키고 있었던 것이다.

태자는 제나라로부터 돌아오자, 측신側臣인 희양속戲陽速을 불러 일을 도모했다. 이튿날, 태자가 남자 부인에게 문안을 올리기 위해 갔을 때, 희양속은 미리 비수를 감추고 방 한구석 장막 뒤에 숨어 있었다. 태연하게 이야기하면서 태자는 막의 그늘로 눈짓을 했다. 갑자기 겁에 질렸는지, 자객은 나오지 않는다. 세 번씩이나 신호를 보냈건만, 그저 검은 장막이 바스락바스락 흔들릴 뿐이다. 태자의 수상쩍은 태도를 부인은 알아차렸다. 태자의 시선을 따라가, 방 한구석에 수상한 작자가 웅크리고 있는 것을 알자, 부인은 비명을 지르고 안쪽으로 뛰어들었다. 그 목소리를 듣고 놀란 영공이 나왔다. 부인의 손을 잡고 진정시키려 하지만, 부인은 그저 미친 사람처럼 "태자가 저를 죽이려 합니다. 태자가 저를 죽이려 합니다" 소리만 되풀이할 뿐이었다. 영공은 군사를 움직여 태자를 치려 했다. 그 무렵에는 태자도 자객도 진즉에 도읍을 멀리 벗어나 있었다.

송나라로 달아나고, 이어서 진晉나라로 도망친 태자 괴외는 사람들에게 이렇게 말했다. 음탕한 부인을 베어 죽이려는 모처럼의 의거도 겁 많은 멍청이의 배반으로 실패했다고. 역시 위나라에서 도망쳐 나온 희양속이 이 말을 전해 듣고서 이렇게 응수했다. 당치도 않은 말. 나야말로 하마터면 태자에게 배반당할 뻔했다. 태자는 나를 위협해서, 자기의 계모를 죽이라고 했다. 말을 듣지 않았다가는 틀림없이 내가 죽음을 당했을 것이고, 만약 제대로 부인을 죽였더라면, 그때에는 필시 그 죄를 나에게 뒤집어씌웠을 것이 틀림없다. 내가 태자의 말을 승낙하고서도 실행하지 않은 것은 심모원려深謀遠慮의 결과라고.

진나라에서는 당시 범范 씨와 중행中行 씨의 난으로 애를 먹었다. 제나라, 위나라 등이 반란자의 뒤를 밀어주고 있었기 때문에, 쉽게 해결될 기미가 보이지 않았다.

진나라에 들어간 위나라 태자는 이 나라의 대들보라 할 조간자趙簡子의 문중으로 들어갔다. 조씨가 상당히 후대한 것은, 이 태자를 옹립함으로써 반진反晉파인 현재의 위후衛侯에게 대항하고자 했기 때문이다.

후대받는다고는 하지만, 고국에 있을 때의 신분과는 다르다. 평야가 죽 이어지는 위나라 풍경과는 아주 다른, 산이 많은 강絳이라는 도시에서 쓸쓸한 3년의 세월을 보낸 뒤, 태자는 멀리 아버지 위후衛侯의 부음을 들었다. 들리는 말에 의하면, 태자가 없는 위나라에서는 어쩔 도리 없이 괴외의 아들 첩輒을 옹립해 놓았다는 것이다. 나라에서 도망쳐 나올 때 남겨 놓고 온 아들이다. 당연히 자신의 이복동생 중 하나가 선택될 것으로 생각하고 있던 괴외는 좀 묘한 기분이 들었다. 그 아이가 위후라고? 3년 전의 천진난만한 얼굴을 생각하자 갑자기 우스운 생각이 들었다. 당장에라도 고국으로 돌아가 자신이 위후가 되는 일은 별것도 아니라는 생각이 들었다.

망명 태자는 조간자의 군사를 거느리고 의기양양하게 황하를 건넜다. 마침내 위나라 땅이다. 척戚 땅까지는 갔다, 그러나 그곳으로부터는 이미 더 이상 한 발짝도 동쪽으로 나아갈 수 없다는 것을 알았다. 태자의 입국을 거부하는 새 위후의 군대의 요격邀擊을 만났던 것이다. 척의 성으로 들어가는 것조차, 상복을 입고 아버지의 죽음에 곡을 해서 그 고장 민중의 비위를 맞추면서 들어갈 수밖에 없는 처지였다. 일이 뜻밖의 방향으로 나아가는 데 대해 화를 내어 보았자 소용이 없다. 고국에 한 발짝을 들여놓은 채, 그는 그곳에 머물며 시기를 기다리지 않을 수가 없었다. 그것도, 애초 예상한 것에 반해, 거의 13년의 오랜 세월에 걸쳐서.

이제는 (지난날 귀여웠던) 내 자식 첩輒은 존재하지 않는다. 내가 당연히 이었어야 할 자리를 찬탈한, 그리고 집요하게 나의 입국을 거부하는, 탐욕스럽고 가증스러운 젊은 위후가 존재할 뿐이다. 지난날 자신이 돌보아 준 여러 대부大夫란 자들이 누구 하나 문후조차 드리러 오지도 않는다. 모두가 저 젊고 오만한 위후와, 그것을 보필하는 엄숙한 얼굴의 노회한 상경上卿

공숙어公叔圍(자신의 매부에 해당하는 노인인데) 밑에서 괴외라는 이름은 애초에 들은 일도 없다는 듯한 얼굴을 하고 즐겁게 일하고 있다.

허구한 날 황하의 물만 보고 지낸 10여 년 동안에, 변덕스럽고 제멋대로 굴던 백면의 귀공자가 어느덧 각박하고 심술궂은 중년의 쓴맛 단맛을 아는 인물이 되어 있었다.

황량한 삶 가운데 오직 하나의 위로가 되는 것은 아들인 공자 질輒이었다. 지금의 위후 첩輒하고는 배다른 동생인데, 괴외가 척 땅으로 들어오자마자 어머니와 더불어 아버지에게로 와서, 거기서 함께 살게 되었던 것이다. 뜻을 이루게 되면, 반드시 이 아이를 태자로 삼으리라고 괴외는 굳게 마음먹고 있었다. 아들 말고 또 한 가지, 그는 일종의 자포자기 섞인 정열의 배출구를 투계놀이에서 발견하고 있었다. 사행심이라든지 가학성의 만족감을 얻는 것 말고도, 씩씩한 수탉의 모습에 대한 미적인 탐닉이기도 했다. 그리 넉넉지 않은 살림 가운데서 막대한 비용을 들여, 당당한 닭장을 지어 놓고, 아름답고 강한 닭들을 키우고 있었다.

공숙어가 죽고, 그 미망인으로 괴외의 누나에 해당하는 백희伯姬가 아들 이悝를 허기虛器*에 앉히고 권세를 휘두르기 시작하고부터, 겨우 위나라 도읍의 공기는 망명 태자에게 유리하

---

* 실권이 없는 벼슬자리.

게 호전되었다. 백희의 정부情夫 혼양부渾良夫라는 자가 사신이 되어 여러 차례 도성과 척 사이를 오갔다. 태자는 뜻을 이루는 날이면 그대를 대부로 세우고 죽을죄를 지었을 때에도 세 번까지 용서하겠노라고 양부에게 약속하고, 그를 앞잡이로 삼아 꼼꼼하게 책모를 꾸몄다.

주周나라 경敬왕 40년, 윤달 12월 모일 괴외는 양부의 내응으로 말을 달려 도읍으로 들어갔다. 어둠침침할 때 여장을 하고 공씨의 집에 숨어들었고, 누님인 백희와 혼양부와 더불어, 공孔씨 집안의 당주로 위나라 상경上卿인 조카 공리(백희에게는 자식)를 위협해서 이를 한편으로 삼아 쿠데타를 단행했다. 아들 위후는 즉각 도망쳤고, 아버지 태자가 그 자리를 대신했다. 즉 위나라 장공莊公이다. 남자南子에게 쫓겨 나라를 떠난 지 실로 17년째였다.

장공이 즉위하고서 맨 먼저 하고자 했던 것은, 외교의 조정도 내치의 진흥도 아니었다. 그것은 실로, 헛되이 소모된 자신의 과거에 대한 보상이었다. 혹은 지난날에 대한 복수였다. 불우한 시절에 얻을 수 없었던 쾌락은 이제 서둘러 게다가 십이분으로 충족되지 않으면 안 되었다. 불우한 시절에 비참하게 꺾였던 자존심은 이제 갑작스레 오연傲然히 부풀어 오르지 않아서는 안 되었다. 불우한 시절 자신을 학대한 자에게는 극형을, 자신을 업신여긴 자에게는 상당한 응징을, 자신에게 동정을 표하지 않은 자에게는 냉대하지 않으면 안 되었다. 그의 망명의 원인이었던 선왕의 부인 남자가 전년에 죽은 일은, 그로서는 가장 큰 통한痛恨이었다. 그 간부奸婦를 포박해서 온갖 능욕을 가하고 극형에 처하겠다는 것이 망명 시절의 가장 즐거운 꿈이었기 때문이다. 과거의 자신에 대해 무관심했던 여러 중신들을 향해 그는 말했다. 나는 오래도록 유랑의 쓴맛을 보아 왔다. 어떤가. 너희들도 더러는 그러한 경험이 약이 될 것이다. 이 한마디로 즉각 국외로 도망친 대부도 두셋이 아니었다. 누님인 백희와 조카인 공리에게는 원래 크게 신세진 바가 있었지만, 하룻밤 잔치를 벌여 취하게 한 다음 두 사람을 마차에 태워 마부에게 명해서 나라 밖으로 내쫓아 버렸다. 위후가 되고 난 뒤의 첫 1년은, 그야말로 귀신 들린 것 같은 복수의 세월이었다. 헛되이 떠돌게 되는 바람에 상실된 청춘을 보상하기 위해, 도하都下의 미녀를 물색해서 후궁으로 들여놓았음은 굳이 말할 것도 없다.

전부터 생각했던 대로, 자신과 망명의 고통을 함께한 공자 질疾을 곧바로 태자로 세워 놓았다. 아직 소년이라고 생각하고 있었지만 어느새 당당한 청년의 풍모를 갖추었고, 게다가 어려서부터 불우한 처지에서 사람들의 마음의 뒤쪽만 들여다보아 온 탓인지, 나이에 어울리지 않는 으스스한 각박함을 언뜻 보이는 일이 있다. 어렸을 적 맹목적으로 사랑을 흠뻑 쏟았던 결과가, 아들의 불손不遜과 아버지의 양보라는 형태로 오늘날까지 남아 있어, 곁에 있는 사람들로서는 도저히 이해할 수 없는 나약함을, 아버지는 이 아들 앞에서만 보여주고는 했다. 이 태자 질과 대부로 올라간 혼양부만이 장공의 복심腹心이라 해도 좋았다.

어느 날 밤 장공은 혼양부에게, 지난번 위후 첩妾이 도망칠 때 누대累代의 나라의 보물을 몽땅 가지고 가 버렸음을 말하면서 어떻게 해서 이를 되찾을 수 있을지 계략을 세웠다. 양부는 촛불을 든 자를 물러나게 하고, 스스로 초를 들고 공에게 다가가 낮은 목소리로 말했다. 망명한 전 위후도 현 태자도 똑같은 왕의 자식이며, 아버지에 앞서 보위에 올랐던 것도 모두가 자신의 본심에서 나온 일이 아니다. 아예 이참에 전 위후를 불러들여, 현 태자와 그 그릇을 비교해서 우수한 쪽을 다시 태자로 정하는 게 어떨까. 만약에 그 그릇이 못하다면 그때에는 보물만 빼앗으면 될 것이다……

그 방 어딘가에 밀정이 숨어 있었던 모양이다. 신중히 사람들을 물려 놓고 한 이 밀담이 그대로 태자의 귀에 들어갔다.

이튿날 아침, 낯빛을 바꾼 태자 질이 칼을 든 다섯 명의 장사들을 거느리고 아버지의 거실로 쳐들어왔다. 태자의 무례를 질타하기는커녕, 장공은 그저 얼굴빛이 창백해져서 떨고만 있었다. 태자는 일행이 끌고 온 수퇘지를 죽여 아버지에게 맹세를 강요해 태자로서의 자신의 위치를 보증하게 했고, 혼양부 따위의 간신은 당장에 주살해야 한다고 압박했다. 그 사나이에게는 세 번까지 죽을죄를 면해 주겠다는 약속이 되어 있다고 공이 말했다. 그렇다면, 하고 태자는 아버지를 위협하듯이 다짐을 두었다. 네 번째의 죄가 있을 경우에는 틀림없이 주륙誅戮하시겠군요. 완전히 넋이 빠진 장공은 그저 "그렇다"고 대답할 수밖에는 없었다.

이듬해 봄, 장공은 교외의 유람지 적포籍圃에 정자 하나를 마련해서 담장, 기구, 장막 등을 모두 호랑이 무늬 일색으로 장식했다. 낙성식 당일, 공은 화려한 연회를 열었고 위나라의 명류名流들은 화려하게 꾸미고 거의 빠짐 없이 이 자리에 모였다. 혼양부는 원래 어려서부터 귀인을 모셨던 처지여서 사치를 즐길 줄 아는 멋쟁이 사나이였다. 그날 그는 자색 옷에 여우의 흰 털가죽으로 지은 옷을 겹쳐 입고, 수말 두 마리가 끄는 호사스러운 수레를 몰고 연회에 참여했다. 자유롭고 격식을 따지지 않는 모임이라 해서 따로 검을 풀어 놓지도 않은 채 식탁에 앉았고, 식사 도중에 더워졌으므로 겉옷을 벗었다. 이 모습을 본 태자는 갑자기 양부에게 달려들어 목덜미를 붙잡고 끌어내더니, 칼을 그 코끝에 들이대며 나무랐다. 임금의 총애를 믿고서 무례를 저지르는 데도 정도가 있지. 군주를 대신해서 이 자리에서 너를 주살하겠다.

완력에 자신이 없는 양부는 별 저항도 하지 않고, 장공을 향해 애원의 시선을 보내면서 외쳤다. 지난날 주군께서는 죽을죄를 세 번까지 면해 주시겠노라고 약속하셨습니다. 그렇다면 설령 이제 저에게 죄가 있다 하더라도, 태자는 저를 벨 수 없을 터입니다.

세 번이라고? 그렇다면 너의 죄를 세어 보자. 그대는 오늘 군왕의 옷인 자색 옷을 입었다. 죄 하나. 천자를 직접 대하는 상경上卿이 쓰는 충전양모衷甸兩牡의 수레를 탔다. 죄 둘. 임금 앞에서 겉옷을 벗고, 검을 풀지 않고 먹었다. 죄 셋.

그것만으로 딱 세 건. 태자는 아직 나를 죽일 수가 없다, 이렇게, 필사적으로 바둥거리며 양부가 외쳤다.

　아니, 더 있다. 잊지 말아라, 지난밤, 너는 주군에게 무슨 말을 했던가? 군후의 부자를 이간질하고자 한 이 간신 녀석!

　양부의 안색이 종잇장처럼 하얘졌다.

　이로써 너의 죄는 넷이다. 하는 말이 끝나기도 전에, 양부의 목은 뚝 앞으로 떨어졌고, 검은 바탕에 맹호를 수놓은 큰 장막에 선혈이 획 내달린다.

　장공은 새파랗게 질린 채, 잠자코 자식이 하는 짓을 보고 있었다.

　진晉나라의 조간자趙簡子로부터 장공에게 사신이 왔다. 위후께서 망명하셨을 무렵 미흡하나마 도움을 드렸건만 귀국 후 아무런 인사가 없으십니다. 위후께 사정이 있으시다면 하다못해 태자라도 보내셔서 진후晉侯에게 인사라도 하시기를, 이라는 것이다. 매우 위압적인 글에, 장공은 다시금 자신의 지난날의 비참했던 처지를 떠올리고 적잖이 자존심이 상했다. 국내에 아직 분쟁거리가 끊이지 않는 터라 잠시 말미를 주시기를, 우선 이렇게 사신을 보내 말하게 했는데, 그 사신이 나감과 동시에 위나라 태자로부터의 밀사가 진나라에 도착했다. 아버지 위후의 답신은 단순한 핑계이고, 실은 이전에 신세를 진 진나라가 거북스러워서 고의로 질질 끄는 것이니 속지 마시기를, 이라는 것이다. 하루라도 속히 아버지의 자리를 대신하고자 하는 책모策謀가 빤히 들여다보여 조간자도 불쾌하지 않을 수가 없었지만, 한편으로 위후의 배은망덕도 반드시 징벌해야 한다고 생각했다.

그해 가을 어느 날 밤, 장공은 묘한 꿈을 꾸었다.

황량한 광야에 처마가 기울어진 낡은 누대가 하나 솟아 있었다. 거기에 한 남자가 올라가, 머리를 풀어헤치고 외치고 있다. "보인다. 보인다. 참외다, 온통 참외야." 어디서 본 듯한 곳이라고 생각하고 보니, 그곳은 오랜 곤오昆吾씨의 집터로, 아닌 게 아니라 도처에 참외뿐이다. 조그마했던 참외를 이처럼 크게 키워 낸 것은 누구인가? 비참한 망명자를 당당한 위후가 되기까지 지켜준 것은 누구란 말인가? 이렇게 미친 사람처럼 발버둥치고 외치고 있는 그 사나이의 목소리도 어딘지 귀에 익은 듯해, 이런 하고 귀를 기울이니 이번에는 아주 똑똑하게 들려왔다. "나는 혼양부다. 나에게 무슨 죄가 있는가! 나에게 무슨 죄가 있는가!"

장공은 땀에 흠뻑 젖어 눈을 떴다. 꺼림칙했다. 불쾌감을 떨쳐 버리기 위해 노대露臺로 나가 본다. 늦은 달이 벌판 끝으로 돌아 오르고 있었다. 적동색赤銅色에 가까운 붉고 탁한 달이다. 공은 불길한 것을 본 듯이 눈썹을 찡그리고, 다시 방에 들어와 심란한 가운데 등불 밑에서 스스로 서죽筮竹을 잡았다.

이튿날 아침, 점술사를 불러 그 괘卦를 판독하게 했다. 해가 없다고 했다. 공은 기뻐하며 상으로 영읍領邑을 주기로 했지만, 점술사는 공 앞에서 물러나자 곧장 서둘러 국외로 도망쳤다. 나타난 괘를 정직하게 말했다가는 기분이 상할 것이 뻔해서, 일단 거짓으로 그 자리를 벗어난 다음 뒤도 보지 않고 도망친 것이다. 공은 다시 점을 쳐 보았다. 그 괘조卦兆의 풀이를 보니, '물고기가 피곤하고 병들어, 붉은 꼬리를 끌고 흐름에 누우며, 물가를 헤매는 상이다. 대국이 이를 멸해 바야흐로 망하려 한다. 성문과 수문을 닫고, 뒤로부터 넘으리라'라고 했다. 대국이라는 것이 진晉나라라는 것만큼은 알겠는데, 그 밖의 의미는 확실하게 알 수가 없다. 좌우간 위후의 앞날이 어둡다는 것만은 분명한 것으로 여겨졌다.

남은 세월이 짧다는 것을 각오한 장공은 진나라의 압박과 태자의 전횡에 대해 확고한 조처를 취하는 대신, 어두운 예언이 실현되기 전에 조금이라도 많은 쾌락을 맛보고자 갖은 애를 쓸 뿐이었다. 대규모 공사가 연이어 벌어지고 가혹한 노동이 강제되었으며, 공장工匠 석장石匠 등의 원성이 도읍에 가득했다. 한때 잊고 있었던 투계놀이를 향한 탐닉도 다시 시작되었다. 움츠리고 있었던 시절과는 달리 이번에는 마음껏 화려하게 이 재미에 빠질 수가 있었다. 돈과 권세를 이용해 국내 국외로부터 우수한 수탉들을 수도 없이 수집했다. 특히 노魯나라의 한 귀인으로부터 구한 한 마리는 깃털은 금과 같았고, 며느리발톱은 철과 같았으며, 볏은 고고하게 솟고, 꽁지깃은 휘늘어져 그야말로 일품이었다. 후궁에 들어가지 않는 날은 있었지만, 위후가 이 수탉이 깃털을 세우고 날개를 펼치는 꼴을 보지 않는 날은 없었다.

하루는 성루에서 아래쪽 거리를 바라보고 있자니, 상당히 혼란스럽고 지저분한 구역 하나가 눈에 띄었다. 신하에게 물었더니 융인戎人의 부락이라고 했다. 이 융인이란 서방의 왕권이 미치지 않는 백성의 피를 이은 이민족이다. 눈에 거슬리니 치워 없애라고 장공은 명했고, 도성 문밖 10리의 땅으로 쫓아내기로 했다. 어린것을 업고, 늙은이를 끌며, 가재도구를 수레에 실은 천민들이 속속 문밖으로 나갔다. 관리들에게 떠밀려 어찌할 바 모르는 모습이 성루 위에서도 훤히 보였다. 쫓겨 가고 있는 무리 가운데 한 사람, 눈에 띄게 머리가 아름답고 풍성한 여자가 있는 것을 장공은 발견했다. 곧바로 사람을 보내 그 여자를 불러오게 했다. 융인 기己씨라는 자의 아내였다. 얼굴은 아름답지 않았지만, 머리카락만큼은 휘황할 만큼 빛이 났다. 공은 신하에게 명해서 이 여자의 머리카락을 뿌리부터 자르게 했다. 총애하는 후궁 하나를 위해 그것으로 가체加髢*를 만들어 줄 생각이었다. 까까머리가 되어 돌아온 아내를 보자, 남편인 기씨는 바로 장옷을 아내에게 씌우고, 아직 성루 위에 서 있는 위후의 모습을 노려보았다. 관리들이 채찍질을 해도 쉽사리 그 자리를 떠나려 하지 않았다.

겨울, 서쪽으로부터의 진나라 군세의 침입과 호응해서, 대부 석포石圃라는 자가 군사를 일으켜 위의 궁전을 습격했다. 위후가 자신을 제거하려 하는 것을 알고 선수를 쳤던 것이다. 일설로는 태자 질과의 공모에 의한 것이라고도 한다.

---

* 여자들이 머리를 꾸미는 데 자신의 머리 외에 다른 머리를 얹거나 덧붙인 것.

장공은 성문을 모두 닫고, 스스로 성루에 올라가 반군을 불러 화의의 조건을 여러 가지로 제시했지만 석포는 완고하게 응하지 않았다. 어쩔 수 없이 얼마 되지 않는 병사로 방어를 하고 있는 중에 밤이 되었다.

　달이 뜨기 전의 어둠을 타서 도망치지 않으면 안 된다. 여러 공자公子, 시신侍臣 등 소수를 거느리고, 그 볏이 높고 꽁지가 휘늘어진 수탉을 스스로 안고 공은 뒷문을 넘었다. 익숙지 않은 일이었으므로 발을 헛디뎌서 떨어져, 심하게 가랑이를 다치고 다리가 삐었다. 처치를 하고 있을 시간이 없다. 시신의 부축을 받으며, 캄캄한 광야를 서둘러 갔다. 어떻게든 새벽까지 국경을 넘어 송나라 땅으로 들어갈 생각이었다. 한참 걷고 있는데, 갑자기 하늘에 훤하고 누르스름한 것이 검은 들판에서 떨어져 나가는 느낌이 들었다. 달이 뜬 것이다. 언젠가 꿈에 나타난 궁전의 노대露臺에서 본 것과 완전히 똑같은 적동색으로 혼탁해진 달이다. 기분 나쁘군 하고 생각하는 순간, 좌우의 풀더미로부터 검은 사람 그림자가 여럿 나타나 다짜고짜 덤벼들었다. 강도인가, 아니면 추격자인가. 생각할 틈도 없이 격렬하게 싸우지 않을 수 없었다. 공자들도 시신들도 대부분 쓰러졌고, 그럼에도 공은 오직 홀로 풀 사이로 기어 도망쳤다. 설 수가 없었기 때문에 오히려 발견되지 않았을 것이다.

　정신을 차려 보니, 공은 아직도 수탉을 꼭 안고 있었다. 아까부터 울음소리 하나 내지 않고 있는 것은 벌써 죽었기 때문이었다. 그래도 버리고 싶지가 않아, 죽은 닭을 한 손에 잡고 땅을 기어갔다.

벌판 한 귀퉁이에, 희한하게도 인가 같은 것이 몰려 있는 게 보였다. 공은 간신히 그곳까지 당도해, 숨소리를 씩씩거리며 눈앞의 한 집으로 기어 들어갔다. 부축을 받고, 내밀어진 물을 한 사발 마시고 났을 때, 마침내 오셨군! 하는 굵은 목소리가 들렸다. 놀라서 쳐다보니, 이 집 주인인 듯한 붉은 얼굴의, 앞니가 크게 삐드러져 나온 사나이가 이쪽을 노려보고 있다. 도무지 본 기억이 없다.

"본 기억이 없다고? 그렇겠지. 하지만, 이 여자는 기억하겠지."

사나이는 방 한쪽 구석에 웅크리고 있던 한 여자를 데려왔다. 그 여자의 얼굴을 어두운 등불 밑에서 보았을 때, 공은 자기도 모르게 죽은 수탉을 떨어뜨리며 거의 쓰러질 뻔했다. 장옷으로 머리를 가린 그 여자야말로, 바로 공의 총희를 위한 가체를 위해 머리카락을 빼앗긴 기씨의 아내였다.

"용서하시오" 하고 갈라진 목소리로 공은 말했다. "용서하시오."

공은 떨리는 손으로 몸에 두르고 있던 미옥美玉을 풀어 기씨의 앞에 내밀었다.

"이것을 줄 터이니, 제발 놓아 주시오."

기씨는 칼집에서 칼을 빼어 들고 다가오면서, 싱긋 웃었다.

"너를 죽이고 나면, 옥이 어디론가 사라진다는 말이냐?"

이것이 위후 괴외의 최후였다.   (1941. 4)

우인 牛人

　노魯나라의 숙손표叔孫豹가 아직 젊었을 무렵, 난을 피해 한 때 제齊나라로 간 일이 있다. 가는 길에 노의 북쪽 경계의 경종庚宗이라는 땅에서 한 아름다운 여인을 보았다. 갑자기 두 사람이 가까워져서, 하룻밤을 함께 지냈고, 이튿날 아침 헤어져 제로 들어갔다. 제에 자리를 잡고서 대부大夫 국씨國氏의 딸과 결혼해 두 아이를 낳고 지내는 동안, 지난날의 하룻밤의 인연 같은 것은 깨끗이 잊어버렸다.

　어느 날 밤, 꿈을 꾸었다. 사방의 공기가 짓눌리듯 답답하고 불길한 예감이 고요한 방 안을 차지하고 있다. 돌연, 소리도 없이 방 천장이 내려오기 시작한다. 아주 천천히, 하지만 아주 확실하게, 그것은 조금씩 내려온다. 시간이 지남에 따라 방의 공기가 짙게 흐려지고, 호흡이 곤란해져 온다. 도망치려고 몸부림을 치지만, 몸은 침상 위에 누운 채로 꼼짝도 할 수 없다. 보일 리가 없건만, 천장 위를 시꺼멓게 하늘이 반석盤石의 무게로 내리누르고 있는 것이 확실하게 보인다. 마침내 천장이 내려와, 참을 수 없는 무게로 가슴이 짓눌렸을 때, 문득 옆을 보니 한 사내가 서 있다. 무서울 정도로 색이 검은 곱추로, 눈이 움푹 들어갔고, 짐승처럼 튀어나온 입을 가지고 있다. 온몸이, 새까만 소를 많이 닮은 느낌이다. 소! 나를 살려 달라고 문득 구원을 요청하자, 그 검은 사내가 손을 내밀어서, 위로부터 내리누르는 무한의 무게를 지탱해 준다. 그러고서 또 한쪽의 손으로 가슴 위를 가볍게 쓰다듬어 주자, 갑자기 지금까지의 압박감이 사라졌다. 아아, 다행이다, 하고 자기도 모르게 말을 내뱉었을 때, 눈이 떠졌다.

이튿날 아침, 종자와 하인들을 모아 놓고 하나하나 살펴보았지만, 꿈속의 소사내와 닮은 자는 없었다. 그 뒤로도 제나라의 도성을 드나드는 사람들에 대해서 은근히 신경 쓰며 살펴보지만, 그 비슷한 인상의 사내는 끝내 나타나지 않았다.

몇 년 뒤, 다시 고국에 정변이 일어나, 숙손표는 가족을 제나라에 남겨 놓고 급거 귀국했다. 그 후, 대부가 되어 노나라 조정에 서게 되면서, 비로소 처자를 부르고자 했지만, 아내는 이미 제나라의 대부 하나와 정을 통하고 있었기 때문에 남편에게 도무지 올 생각을 하지 않는다. 결국, 두 아들 맹병孟丙 중임仲壬만이 아버지에게 왔다.

어느 날 아침, 한 여인이 꿩을 선물로 들고 찾아왔다. 처음에는 숙손 쪽에서 깨끗이 잊어버리고 있었지만, 이야기를 하는 동안에 바로 알 수가 있었다. 십여 년 전, 제나라로 도피하는 길에 경종의 땅에서 맺어진 여인이었다. 혼자냐고 물었더니, 아들을 데려왔다고 한다. 게다가, 그때의 숙손의 아이라는 것이다. 어찌됐든, 앞으로 데려오게 했는데, 숙손은 앗 소리를 질렀다. 색이 검고, 눈이 움푹 들어간 곱추였던 것이다. 꿈속에서 자신을 살려 준 검은 소사내를 꼭 닮았다. 부지불식간에 입 속으로 "소!"라고 말해 버렸다. 그러자, 그 검은 소년이 놀란 얼굴로 대답을 한다. 숙손은 한층 놀라, 소년의 이름을 물었더니 "소牛라고 합니다"라고 대답했다.

모자를 함께 거둬들였고, 소년은 시동侍童의 하나로 삼았다. 그로 인해, 자라고 난 뒤로도 이 소와 닮은 사내는 수우竪牛라고 불리었다. 용모에 어울리지 않게 똑똑해서, 매우 쓸모가 있었지만, 언제나 음울한 얼굴을 하고 동료 소년들의 놀이에도 끼지 않는다. 주인 이외의 사람에게는 웃는 얼굴을 보여주지 않는다. 숙손에게는 매우 귀염을 받았고, 자라서는 숙손가의 집안 살림 모두를 알아서 하게 되었다.

눈이 우묵하고, 입이 튀어나온 검은 얼굴은, 아주 드물게 웃게 되면 매우 우스꽝스러운 애교투성이로 보인다. 이런 소탈하고 익살스러운 생김새의 사내는 고약한 일을 꾸밀 줄 모를 것이라는 인상을 준다. 윗사람에게 보여주는 것은 이 얼굴이다. 무뚝뚝한 표정으로 깊은 생각을 할 때의 얼굴은, 약간 인간과 거리가 먼 기괴한 잔인성을 드러낸다. 동료들 모두가 그를 두려워하는 것은 이 얼굴이다. 의식하지 않고서도 자연스럽게 이 두 얼굴을 따로따로 사용할 수 있는 모양이다.

숙손표의 신임은 무한했지만, 후사後嗣로 세울 생각은 없다. 비서나 집사로서는 더할 나위가 없다고 생각했지만, 노나라 명가의 당주로서는, 그 인품상으로도 좀 생각하기 어려웠던 것이다. 수우는 물론 그것은 납득하고 있다. 숙손의 아들들, 특히 제나라에서 맞아들인 맹병, 중임 두 사람에게는 언제나 매우 예의 바른 태도를 취하고 있다. 그들 쪽에서는 약간의 꺼림칙한 마음과 어느 정도의 경멸을 이 사내에게 느끼고 있을 뿐이다. 아버지의 총애가 두터운 것에 크게 질투를 느끼지 않은 것은, 인품의 차이라는 것에 대해 자신감을 가지고 있기 때문일 것이다.

노나라의 양공襄公이 죽고 젊은 소공昭公의 시절이 되었을 무렵부터, 숙손의 건강이 쇠하기 시작했다. 구유丘蕕라는 곳으로 사냥을 갔다가 돌아오는 길에 오한을 느껴 눕게 되고부터는, 결국 허리를 쓸 수 없게 되어 버렸다. 병중의 수발에서부터, 병상에서의 명령 전달에 이르기까지, 모든 일은 수우 한 사람에게 맡겨지게 되었다. 수우의 맹병 등을 대하는 태도는, 그러나, 더욱더 자세를 낮추기만 하는 것이었다.

숙손이 자리에 눕게 되기 이전에, 맏이인 맹병을 위해 종鐘을 주조하기로 결정해, 그때에 말했다. 너는 아직 이 나라의 여러 대부들하고 가깝지 않으니, 이 종이 만들어지거든, 그 축하를 겸해서 여러 대부들을 향응饗應을 베푸는 것이 좋겠다고. 분명히 맹병을 상속자로 결정했다는 이야기다. 숙손이 병으로 눕고 나서, 마침내 종이 완성되었다. 맹병은 미리 이야기가 되어 있던 연회의 날짜를 놓고 아버지의 뜻을 알기 위해, 수우에게 그런 뜻을 전하게 했다. 특별한 사정이 없는 한, 수우 말고는 어느 누구도 병실 출입을 할 수가 없었던 것이다. 수우는 맹병의 부탁을 받고 병실에 들어갔지만, 숙손에게는 아무 말도 하지 않았다. 곧바로 밖으로 나와 맹병을 향해, 주인의 말이라며 엉터리 날짜를 지정한다. 지정된 날에 맹병은 손님을 맞이하여 성대하게 향응을 벌이며, 그 자리에서 비로소 새 종을 쳤다. 병실에서 그 소리를 들은 숙손이 이상히 여겨, 저것은 무엇이냐고 묻는다. 맹병의 집에서 종의 완성을 축하하는 잔치가 벌어져 많은 손님이 와 있다고 수우가 대답하자, 내 허락도 없이 마음대로 상속인 노릇을 한다는 게 이 무슨 짓이냐, 하고 병자의 안색이 바뀐다. 게다가, 손님 중에는 제나라에 있는 맹병님의 어머니와 관계된 분들도 멀리서 오신 모양입니다, 하고 수우가 덧붙인다. 불의를 저지른 지난날의 아내 이야기를 꺼내면 언제나 숙손의 기분이 금세 나빠진다는 것을, 잘 알고 있는 것이다. 병자는 노해서 일어서고자 하지만, 수우가 안으면서 만류한다. 병세에 지장이 있으면 안 된다는 것이다. 내가 이 병으로 당연히 죽을 것으로 알고, 벌써 제멋대로 못된 짓을 시작하는구나 하고 이를 악물면서, 숙손은 수우에게 명한다. 상관없다. 체포해서 감옥에 처넣어라. 저항하면 때려죽여도 상관없다.

연회가 끝나고, 젊은 숙손가의 후사後嗣는 여러 빈객을 배웅했지만, 이튿날 아침에는 이미 시체가 되어 집 뒤의 숲속에 내던져져 있었다.

맹병의 아우 중임은 소공昭公의 측근 신하 하나와 가까이하고 있었는데, 어느 날 공궁公宮으로 친구를 찾아갔다가, 우연히 공의 눈에 뜨이게 되었다. 두세 마디, 그 하문에 대답하고 있는 동안 마음에 든 모양으로, 떠날 때에는 친히 옥환玉環까지 주었다. 얌전한 청년이므로, 부모에게 고하지 않고 몸에 달고 다니는 것은 안 좋을 것 같아, 수우를 통해 병든 아버지에게 그 명예로운 일을 고하며 옥환을 보여 드리고자 했다. 우는 옥환을 받아 들고 안으로 들어갔지만, 숙손에게는 보이지 않았다. 중임이 왔다는 사실조차 말하지 않았다. 다시 밖으로 나와서 말했다. 아버님께서는 매우 기뻐하시며, 당장에 몸에 차라고 했습니다라고. 중임은 비로소 이를 몸에 찼다. 며칠 후, 수우가 숙손에게 권한다. 이미 맹병이 없는 이상, 중임을 후사로 세울 것은 정해진 일, 지금부터 주군 소공에게 보이게 하는 것이 어떻겠습니까. 숙손이 말한다. 아니, 아직 그렇게 정한 것은 아니니까, 지금부터 그럴 필요는 없다. 그러나, 하고 우가 말을 한다. 아버님의 생각은 어찌되었든, 아들 쪽에서는 멋대로 그렇게 생각하고, 이미 직접 군공君公을 만나 뵙고 있습니다. 그런 말도 안 되는 일이 있을 수가 없다고 말하는 숙손에게, 하지만 요즈음 중임이 군공君公에게서 받은 옥환을 몸에 차고 있음은 분명합니다 하고 우가 다짐을 한다. 당장에 중임이 불려온다. 과연 옥환을 차고 있다. 공에게서 받은 것이라고 말한다. 아버지는 말을 듣지 않는 몸으로 침상 위로 일어났다. 아들의 변명은 하나도 듣지 않고, 당장 나가서 근신하라고 한다.

그날 밤, 중임은 몰래 제나라로 도망쳤다.

병세가 점점 위독해지고, 초미의 문제로서 진지하게 후사에 대해 생각하지 않을 수 없게 되었을 때, 숙손표는 역시 중임을 부르려고 했다. 수우에게 이를 명했다. 명을 받아 나가기는 했지만, 물론 제나라에 있는 중임에게 사람을 보내지 않는다. 곧바로 중임에게 사람을 보냈지만 비도非道한 아버지에게는 돌아가지 않겠다는 답변이었다고 복명한다. 이 무렵이 되어서야 드디어 숙손에게도 이 근신近臣에 대한 의심이 일었다. 너의 말은 진실이냐? 이렇게 따져 물은 것은 이 때문이다. 어찌 제가 거짓을 말씀드리겠습니까 하고 대답하는 수우의 입술 끝이, 그때 비웃듯이 일그러지는 것을 병자는 보았다. 이런 모습은, 이 사내가 이 집에 온 뒤로 처음 보는 것이었다. 욱해서 병자는 일어나려 했지만 기력이 없다. 바로 쓰러진다. 그 모습을, 위에서, 검은 소 같은 얼굴이, 이번에야말로 분명한 모멸감을 곁들이면서 싸늘하게 내려다본다. 동료와 부하에게밖에는 보이지 않던 저 잔인한 얼굴이다. 집안 식구나 다른 근신을 부르고 싶지만, 지금까지의 관습으로 이 사내의 손을 거치지 않고서는, 어느 누구도 부를 수가 없게 되어 있다. 그날 밤, 병든 대부는 죽은 맹병 생각을 하면서 분통해하며 울고 또 울었다.

이튿날부터 잔혹한 일이 벌어진다. 병자가 사람들 접촉하기를 싫어하기 때문이라면서, 식사는 부엌 사람이 옆방까지 가져다 놓게 하고, 이를 수우가 병자의 머리맡으로 가져가는 것이 관습이었는데, 이제는 이 시자侍子가 병자에게 음식을 주지 않게 되었던 것이다. 가져온 식사는 몽땅 자신이 먹어 버리고, 빈 그릇만을 내놓는다. 부엌 사람은 숙손이 먹었을 것으로 생각한다. 병자가 배고픔을 호소해도, 소사내는 잠자코 냉소할 뿐, 답변조차 하지 않게 되고 말았다. 누군가에게 도움을 받고 싶어도, 숙손으로서는 그 수단이 없는 것이다.

어쩌다 이 집안을 주재하는 두설杜洩이 병문안을 왔다. 병자는 두설에게 수우의 행실을 호소하지만, 평소의 신임을 알고 있는 두설은 농담으로 받아들이고 전혀 들으려 하지 않는다. 숙손이 더 한층 진지하게 호소하자, 이번에는 열병 때문에 정신착란이 아닌가, 의심하는 듯하다. 수우 역시 곁에서 두설에게 눈짓을 하며, 머리가 혼란스러운 병자는 참으로 난처하다는 표정을 보인다. 마침내, 병자는 울화통이 터져 눈물을 흘리면서, 말라빠진 손으로 곁에 있는 검을 가리키며, 두설에게 "이것으로 저 사내를 죽여라. 죽여라, 어서!" 하고 외친다. 아무리 해도 자신이 미친 사람으로밖에는 취급되지 않는다는 것을 알자, 숙손은 쇠약해 빠진 몸을 떨며 통곡한다. 두설은 우牛와 눈을 맞추고, 눈썹을 찡그리고, 살그머니 방을 나간다. 손님이 떠나고 나자 비로소, 소사내의 얼굴에는 정체를 알 수 없는 웃음이 슬며시 떠오른다.

배고픔과 피로로 울면서, 어느새 병자는 꾸벅꾸벅하다가 꿈을 꾸었다. 아니, 잔 것은 아니고, 환각을 본 것인지도 모른다. 묵직하게 혼탁한 불길한 예감이 가득한 방 안의 공기 안에서, 오직 하나의 등불이 소리도 없이 타오르고 있다. 광휘라고는 없는 매우 하얀 빛이다. 꼼짝 않고 그것을 보고 있는 동안에, 매우 먼 곳에 —10리 20리나 저쪽에 있는 것처럼 느껴져온다. 누워 있는 바로 위 천장이 언젠가의 꿈과 마찬가지로, 서서히 내려오기 시작한다. 천천히, 그러나 확실하게, 위로부터의 압박이 더해진다. 도망치고 싶어도 다리 하나 움직일 수도 없다. 곁을 보니 검은 소사내가 서 있다. 구원을 요청해도, 이번에는 얼른 손을 뻗어 주지 않는다. 잠자코 선 채로 싱긋 웃는다. 절망적인 애원을 다시 한 번 되풀이하자, 갑자기 화가 난 듯한 딱딱한 표정으로 바뀌면서, 눈썹 하나 움직이지 않고, 똑바로 내려다본다. 바야흐로 가슴 바로 위로 덮쳐오는 시꺼먼 무게에, 최후의 비명을 올리는 순간 정신이 돌아왔다……

어느덧 밤이 되었는지, 어두운 방구석에 허연 등불 하나가 있다. 지금까지 꿈속에서 보고 있었던 것은 역시 이 등불이었는지도 모른다. 곁을 바라보니, 이 또한 꿈속과 똑같은 수우의 얼굴이, 인간의 것이 아닌 냉혹성을 띠고, 조용히 내려다보고 있다. 그 얼굴은 이미 인간이 아니라, 시꺼먼 원시의 혼돈에 뿌리를 내린 한 개의 물건처럼 여겨진다. 숙손은 뼛속까지 얼어붙는 것 같았다. 자신을 죽이고자 하는 한 사내에 대한 공포가 아니다. 오히려, 세상의 냉철한 악의라는 것에 대해, 몸을 낮춘 두려움에 가깝다. 이미 아까까지의 분노는 운명적인 외포감畏怖感에 압도당해 버렸다. 이제는 이 사내에게 대항하고자 하는 기력도 사라진 것이다.

사흘 뒤, 노나라의 명대부, 숙손표는 굶어 죽었다. (1941. 4)

명인전名人傳

조趙나라 한단邯鄲에 사는 기창紀昌이라는 사내가, 천하제일의 활의 명인이 되기로 뜻을 세웠다. 자신의 스승으로 믿을 만한 인물을 물색해 보니, 당대에 궁시弓矢에 관한 한 명수 비위飛衛를 따를 만한 인물이 있을 것으로는 생각할 수가 없었다. 백보 떨어져 있는 버들잎을 쏘면 백발백중하는 달인이라는 것이다. 기창은 먼 길을 비위에게 가서 그 문하에 들어갔다.

비위는 새로 들어온 문인門人에게, 우선 눈을 깜박이지 않는 법을 익히라고 명했다. 기창은 집에 돌아와, 아내의 베틀 밑으로 기어 들어가, 거기에서 위를 향해 몸을 뒤집었다. 눈 위 아슬아슬한 곳으로 발판 막대가 부지런히 오르내리는 것을 눈을 깜박이지 않고 바라보자는 심산이었다. 이유를 알지 못하는 아내는 매우 놀랐다. 우선, 묘한 자세를 하고 묘한 각도에서 남편이 들여다보는 것은 싫다는 것이다. 싫어하는 아내를 기창은 야단치고, 억지로 베틀을 움직이게 했다. 매일처럼 그는 이 우스꽝스러운 꼴로, 눈꺼풀을 깜박이지 않는 수련을 거듭한다. 2년이 지나자, 부지런히 오가는 베틀의 나무들이 속눈썹을 스쳐도 눈을 껌뻑하지 않게 되었다. 그는 마침내 베틀 밑에서 기어 나온다. 이제는, 날카로운 송곳으로 눈꺼풀을 찌르더라도 눈을 껌뻑하지 않게 되어 있었다. 갑자기 불티가 눈에 들어오더라도, 눈앞에 갑자기 불기 있는 재 속에 물을 부어 부옇게 재가 피어오르더라도, 그는 결코 눈을 깜박이지 않는다. 그의 눈꺼풀은 이제 그것을 닫아야 할 근육의 사용법을 잊어버려, 밤에 푹 잠들어 있을 때에도 기창의 눈은 번쩍 크게 뜬 채로 있었다. 결국, 그의 눈의 속눈썹과 속눈썹 사이에 한 마리의 거미가 거미줄을 치기에 이르자, 그는 마침내 자신감을 얻어, 스승인 비위에게 이를 알렸다.

그 이야기를 들은 비위가 말한다. 눈을 깜박거리지 않는 것만으로는 아직 활쏘기를 가르치기에 부족하다. 다음으로는, 보는 일을 배워라. 보기에 익숙해져서, 작은 것을 크게 보고, 미미한 것을 뚜렷하게 보게 되거든 나에게 와서 알리라고.

기창은 다시 집으로 돌아와, 속옷의 꿰맨 자국에서 이를 한 마리 찾아내어, 이를 자신의 머리털로 묶었다. 그러고는, 그것을 남향 창문에 걸어 놓고, 종일토록 노려보며 지내기로 했다. 매일매일 그는 창에 매달려 있는 이를 바라본다. 처음, 물론 그것은 한 마리의 이에 지나지 않는다. 이삼일 지나고도 여전히 이다. 그런데, 열흘이 지나자, 그리 생각해서 그런지, 아무래도 그것이 아주 조금이지만 크게 보이는 것 같았다. 이를 매달아 놓은 창밖의 풍경은 자꾸자꾸 변한다. 환하게 빛나고 있던 봄날의 햇빛은 어느덧 뜨거운 여름빛으로 변하고, 맑은 가을 하늘 높이 기러기가 날아가는구나 싶더니, 어느새 싸늘한 회색 하늘에서 진눈깨비가 떨어진다. 기창은 끈기 있게 머리털 끝에 매달린 노린재목目, 가려워 긁게 만드는 소절족동물小節足動物을 계속해서 보았다. 그 이를 몇십 마리째 바꾸어 가고 있는 사이, 어느덧 3년의 세월이 지났다. 어느 날 문득 깨닫고 보니, 창의 이가 말처럼 크게 보였다. 됐다, 하고 기창은 무릎을 치고, 밖으로 나온다. 그는 자신의 눈을 의심했다. 사람은 높은 탑이었다. 말은 산이었다. 돼지는 언덕과 같고, 닭은 성루城樓로 보인다. 뛸 듯이 집으로 돌아온 기창은 다시금 창가의 이를 향해, 연각燕角의 나무활에 삭봉朔蓬의 화살대로 그것을 쏘니, 화살은 멋지게 이의 심장을 꿰뚫었고, 그러면서도 이를 묶어 놓은 머리카락도 끊어지지 않았다.

기창은 얼른 스승에게로 가서 이를 보고한다. 비위는 가슴을 치며, 처음으로 "잘했다"고 칭찬했다. 그러고서, 즉시 사술射術의 비법을 남김없이 기창에게 가르치기 시작했다.

눈의 기초훈련에 5년이나 들인 보람이 있어 기창의 기량 향상은, 놀랄 정도로 빨랐다.

비법의 전수가 시작되고 열흘 뒤, 시험 삼아 기창이 백 보 떨어져 있는 버들잎을 쏘니, 이미 백발백중이다. 20일 후, 하나 가득 물을 채워 놓은 술잔을 오른쪽 팔꿈치 위에 올려 놓고 강궁剛弓을 쏘았을 때 과녁을 정확하게 맞힌 것은 물론, 잔 속의 물은 미동도 하지 않았다. 한 달 뒤, 백 개의 화살을 가지고 속사速射를 시도해 보았더니, 첫 발이 정중앙에 맞고 나면, 이어서 둘째 화살은 어김없이 첫 화살의 오늬를 꿰며 맞았고, 다시 세 번째 화살촉이 두 번째 화살의 오늬로 파고든다. 쏘는 대로 서로 붙고, 이어서 쏨에 따라 나중 화살촉은 반드시 앞 화살의 오늬로 파고드는 바람에, 따로 땅에 떨어지는 일이 없다. 순식간에 백 개의 화살은 하나인 듯이 서로 이어져, 과녁으로부터 일직선으로 이어진 마지막 오늬는 아직도 활줄을 품고 있는 듯이 보인다. 곁에서 보고 있던 스승인 비위도 자기도 모르게 "좋다!"고 했다.

두 달 후, 어쩌다 집으로 돌아와서 아내와 말다툼을 하던 기창이 아내를 놀라게 해 줄 요량으로 오호烏號*의 활에 기위綦衛**의 화살을 메겨 아내의 눈에 쏘았다. 화살은 아내의 속눈썹 셋을 쏘아 떨어뜨렸지만, 쏘인 본인은 전혀 알아차리지 못했고, 눈도 깜박이지 않고 남편을 계속 나무랐다. 어느새, 그의 그지없이 높은 기술에 의한 화살의 속도와 정묘함은 실로 이

---

* 중국 신화 속 황제의 활. 이름의 뜻은 '울부짖다'라는 뜻이다. 신화에서는 황제가 신룡을 타고 70여 명의 수행원(모두 72명)과 함께 승천하는 것을 사람들이 슬퍼하며 용의 수염에 매달린 사람들도 있었지만, 모두 땅에 떨어졌다. 황제는 그들의 심정을 불쌍히 여겨 애용하던 활을 떨어뜨리고 승천했다. 사람들은 언제까지나 그 활을 휘두르며 슬픔의 눈물을 흘렸기에 그 활을 '오호'라고 불렀다고 한다.

** 『회남자淮南子』 제1편 원도훈原道訓에 '새를 잡으려는데 오호烏號의 활을 가지고, 기위綦衛의 화살을 먹인 다음, 예羿나 봉몽逢蒙과 같은 활쏘기의 명수가 나는 새를 쏘고자 할지라도 새그물을 치는 자와 사냥한 양을 경쟁할 수는 없다'는 말이 나온다.

런 경지까지 달해 있었던 것이다.

더 이상 스승에게서 배울 것이 없어진 기창은, 어느 날, 좋지 않은 생각을 했다.

그가 그때 혼자서 곰곰 생각하니, 이제 활을 가지고 자기와 맞설 만한 사람은, 스승인 비위 말고는 없다. 천하제일의 명인이 되기 위해서는, 아무래도 비위를 제거하지 않아서는 안 되겠다고. 은근히 그 기회를 노리고 있었는데, 하루는 우연히 교외에서 저 멀리 오직 홀로 걸어오는 비위와 마주치게 되었다. 순간, 결심을 한 기창이 활을 들어 겨냥을 했는데, 그 기척을 알아차리고 비위 또한 활을 잡고 응대한다. 둘이 서로를 향해 활을 쏘면, 화살은 그때마다 한복판에서 서로 마주쳐서 땅에 떨어졌다. 땅에 떨어진 화살이 가벼운 먼지도 일으키지 않았던 것은 두 사람의 기량이 신의 경지에 들어섰기 때문이리라. 그런데, 비위의 화살이 다 떨어졌을 때, 기창에게는 아직도 화살 하나가 남아 있었다. 옳거니 하고 기창이 냅다 그 화살을 쏘니, 비위는 얼른 곁에 있는 가시덤불의 가지를 꺾어 들어 화살을 때려 떨어뜨렸다. 마침내 그의 소망이 이루어지지 않을 것을 깨달은 기창의 마음에, 성공했더라면 결코 일어나지 않았을 도의적인 부끄러움이, 이때 홀연히 일었다. 비위 쪽에서는, 또, 위기를 벗어났다는 안도감과, 자신의 기량에 대한 만족감이, 적에 대한 미움을 까맣게 잊게 만들었다. 두 사람은 서로를 향해 뛰어가, 벌판 한복판에서 서로 얼싸안고, 잠시 아름다운 사제간의 사랑의 눈물을 흘렸다. (이러한 일을 오늘날의 도의관道

義觀으로 본다면 당치도 않다. 미식가인 제齊나라 환공桓公이 자신이 아직 맛보지 못한 진미를 찾고 있을 때, 주재厨宰인 역아易牙는 제 자식을 쪄서 이를 권했다. 16세의 소년, 진秦 시황제는 아버지가 죽은 그날 밤에, 아버지의 애첩을 세 번 엄습했다. 그런 시절의 이야기다.)

눈물 가운데 얼싸안고 있으면서도, 제자가 다시금 이런 생각을 품는 일이 있어서는 매우 위험하다고 생각한 비위는 기창에게 새로운 목표를 주어 그의 기분을 바꾸는 것이 좋겠다고 생각했다. 그는 이 위험한 제자를 향해 말했다. 이제, 가르쳐 줄 만한 것은 다 가르쳐 주었다. 너도 이 이상 이 길의 오의奧義를 파고들 생각이면, 서쪽으로 가서, 대행大行의 험한 산을 올라, 곽산霍山의 꼭대기로 가거라. 그곳에는 감승甘蠅이라는 노인으로 고금을 통해 이 길에 으뜸가는 대가가 계실 터. 노스승의 기량에 비해 볼 때, 우리의 것은 어린아이의 장난에 지나지 않는다. 너의 스승으로 모실 분은 이제 감승 스승밖에 없을 것이다.

기창은 곧바로 서쪽을 향해 길을 떠난다. 그분 앞에 서면 우리의 기량 따위는 어린애 장난과 같다고 한 스승의 말이 그의 자존심을 건드렸다. 만약에 그 말이 사실이라면, 천하제일을 노리는 그의 소망도, 아직 앞길이 멀다는 이야기가 된다. 내 기량이 애들 장난 같은 것인지 어떤지, 좌우간에 어서 그분을 만나서 기량을 겨루어야겠다고 조바심을 내며 그는 부지런히 길을 서두른다. 발바닥이 째지고, 무릎이 깨져 가며, 험한 산을 오르고 벼랑길을 지나, 한 달 후 그는 겨우 목표로 하는 산꼭대기에 올랐다.

기가 올라 있는 기창을 맞이한 것은, 양처럼 온화한 눈매를 한, 그러나 엄청 나이를 먹은 할아버지였다. 나이는 백 살이 넘었을 것이다. 허리가 굽은 탓인지 허연 수염은 걸을 때에도 땅을 쓸고 있다.

상대방이 귀가 먹었을지 모른다고 생각하고, 큰 소리를 질러 가며 여기에 온 뜻을 고한다. 나의 기량의 정도를 보아 달라는 말을 하고 나서, 조바심이 난 그는 상대방의 대답도 듣지 않고 갑자기 등에 진 양간마근楊幹麻筋의 활을 꺼내 손에 잡았다. 그러고서, 석갈石碣의 화살을 메어, 그때 마침 하늘 높이 날아가고 있는 철새 무리를 향해 겨냥한다. 한 번 이를 쏘자 금방 다섯 마리의 큰 새가 멋지게 창공을 가르고 떨어졌다.

웬만큼 쏘는구먼, 하고 노인이 온화한 미소를 띠며 말한다. 하지만, 그것은 어차피 사지사射之射라고 하는 것이지. 호한好漢은 아직 불사지사不射之射를 모르는 모양이군.

욱하는 기창을 이끌고, 늙은 은자는 그곳으로부터 2백 보가량 떨어진 절벽 위로 데리고 간다. 발밑은 글자 그대로 병풍 같은 천 길 절벽, 아득해 보이는 바로 아래 실처럼 흐르는 가느다란 계류를 잠시 내려다보기만 해도 금세 현기증이 느껴질 정도의 높이다. 그 단애斷崖로부터 반쯤 허공에 떠 있는 위태로운 바위 위로 저벅저벅 노인은 올라가, 뒤돌아보며 기창에게 말했다. 어떤가. 이 바위 위에서 아까의 그 실력을 다시 한 번 보여 주지 않겠는가. 이제 와 물러설 수는 없다. 노인과 자리를 바꾸어서 기창이 그 바위를 밟았을 때, 바위는 흔들 움직였다. 억지로 정신을 차리고 화살을 메려 했는데, 절벽 끝에 있던 작은 돌이 하나 굴러 떨어졌다. 그 돌이 가는 곳을 눈으로 쫓았을 때, 자신도 몰래 기창은 바위 위에 엎드렸다. 다리는 바들바들 떨리고, 땀이 흘러 발꿈치에까지 이르렀다. 노인이 웃으면서 손을 내밀어 그를 그 바위에서 내려놓더니, 그렇다면, 활쏘기라는 것을 보여 드릴까, 라고 했다. 아직 심장의 고동이 가라앉지 않아 창백한 얼굴을 하고는 있었지만, 기창은 금방 정신이 나서 말했다. 하지만, 활은 어찌하실 겁니까? 활은? 노인은 맨손이었던 것이다. 활? 이렇게 노인은 웃는다. 궁시弓矢가 필요할 때라면 아직 사지사야. 불사지사에는, 오칠烏漆*의 활도 숙신肅慎**의 화살도 필요 없어.

마침, 그들의 머리 바로 위에, 하늘의 지극히 높은 곳을 한 마리의 독수리가 유유히 원을 그리고 있었다. 그 좁쌀 크기로 보이는 모습을 쳐다보고 있던 감승이, 이윽고, 보이지 않는 활에 무형의 화살을 메겨, 만월처럼 잡아당겨서 휙 하고 쏘니, 보라, 독수리는 날갯짓도 하지 않고, 허공에서 돌처럼 떨어지지 않는가.

기창은 소름이 끼쳤다. 이제야 비로소 예도藝道의 심연을 엿본 듯한 기분이었다.

9년 동안, 기창은 이 노명인 곁에 머물렀다. 그러는 동안 어

* 까마귀의 깃털처럼 검고 광택이 나는 옻칠. 흑칠黑漆.
** 퉁구스족의 중국식 이름.

떤 수업을 받았는지 아무도 알지 못한다.

9년이 지나 산을 내려왔을 때, 사람들은 기창의 표정이 싹 변한 것에 놀랐다. 이전의 남에게 지기 싫어하는 예리하고 사나운 면모는 어디론지 사라지고, 아무런 표정도 없는 망석중이 같은, 어리석은 자와 같은 모습으로 바뀌어 있다. 오랜만에 옛 스승 비위를 찾아갔을 때, 비위는 이 얼굴을 한 번 보고는 감탄해서 외쳤다. 이야말로 비로소 천하의 명인이다. 우리 따위는 발밑에 미치지도 못한다고.

한단邯鄲 도읍은 천하제일의 명인이 되어 돌아온 기창을 맞이해서, 곧 눈앞에서 볼 수 있을 게 틀림없는 그 묘기에 대한 기대로 들끓었다.

그런데 기창은 도무지 그 요망에 응하려 하지 않는다. 아니, 활조차 군이 손에 잡으려 하지도 않는다. 산에 들어갈 때 가지고 간 양간마근의 활도 어딘가에 버리고 온 모양이다. 그 까닭을 물은 어떤 사람에게 답하면서, 나른한 듯이 말했다. 지극한 행위에는 행위가 없고, 지극한 말에는 말이 없고, 지극한 궁술은 쏘지 않는다. 그렇군. 지극히 사리가 분명한 한단의 인사들은 금방 알아들었다. 활을 잡지 않는 활의 명인은 그들의 자랑이 되었다. 기창이 활을 잡지 않으면 잡지 않는 만큼, 그에 대한 무적이라는 평판은 점점 더 퍼져 나갔다.

온갖 소문들이 사람의 입에서 입으로 전해진다. 매일 밤 삼경三更이 지날 무렵, 기창의 집 위에서는 누가 내는 것인지도 모르는 활시위 소리가 난다. 명인 안에 깃들어 있는 사도射道의 신이 주인공이 잠자고 있는 동안 몸에서 빠져나와, 요사스러운 마물을 쫓기 위해 밤새워 가며 수호하고 있는 것이라고 한다. 그의 집 근처에 사는 한 상인은 어느 날 밤 기창의 집 상공에서 구름을 탄 기창이 신기하게도 활을 손에 들고, 예전의 명인 예羿*와 양유기養由基** 두 사람을 상대로 우열을 다투고 있는 광경을 확실하게 보았다는 말을 하기 시작했다. 그때 세 명인이 쏜 화살은 각각 밤하늘에 푸르스름한 빛을 끌며 삼수參宿***와 천랑성天狼星 사이로 사라졌다고. 기창의 집으로 숨어 들어가려고 벽에 발을 걸치는 순간, 한 줄기 살기가 고요한 집 안에서 뿜어 나와 정통으로 이마를 치는 바람에, 저도 모르게 밖으로 굴러 떨어졌노라고 자백한 도둑도 있다. 이 뒤로 사심邪心을 품은 자들은 그의 집 10정町**** 사방으로 피해 다녔고 똑똑한 철새들은 그의 집 위를 날지 않게 되었다.

구름처럼 피어나는 명성의 한가운데서, 명인 기창은 점차로

---

* 중국의 전설에 나오는 영웅으로 활의 명수로 알려져 있다. 『좌씨전左氏傳』에 의하면 하夏나라 때 사람으로 지금의 산동山東 지역을 지배하였고 한때는 하조夏朝를 멸망시킬 정도의 세력이 있었다고 한다. 한편 『회남자淮南子』에 의하면, 예는 옛날 요堯 임금의 신하로 10개의 태양이 떠올라 곡식을 말려 죽이므로 그중에서 9개를 쏘아 떨어뜨리고 백성을 해치는 괴수를 퇴치했다고 한다. 원래 동방 미개부족의 신화적 영웅이었던 것이 후에 중앙의 전설과 혼합된 결과, 여러 가지 이설異說을 낳은 것으로 보인다.

** 초나라의 장군이자 춘추 시대 제일의 신궁. 궁술이 입신의 경지에 이르렀기 때문에 그와 관련된 많은 전설적인 일화를 남겼음. 워낙 백발백중이었기 때문에 '양유기는 화살 하나면 족하다'는 말까지 생겨났다고 함.

*** 28수 가운데 21번째 별자리.

**** 거리의 단위로 1정은 1간間의 60배로 약 109미터.

늙어 간다. 일찌감치 활쏘기에서 벗어나 버린 그의 마음은, 점차로 고담허정枯淡虛靜의 경지에 들어 있었던 모양이다. 망석중이 같았던 얼굴은 더욱 표정을 잃었고, 좀처럼 말도 꺼내지 않았고, 마침내는 숨은 쉬는지조차 의심할 지경에까지 이르렀다. "이미, 나와 그의 구별, 시是와 비非의 구별조차 알지 못한다. 눈은 귀와 같이, 귀는 코와 같이, 코는 입과 같이 여겨진다"는 것이 노명인이 만년에 한 말이다.

감승 스승에게서 떠난 지 40년 뒤, 기창은 고요하게, 참으로 연기처럼 조용히 세상을 떠났다. 그 40년간, 그는 궁술에 대해 말한 일이 없었다. 입에도 담지 않았을 정도이므로, 활과 화살을 잡고 벌인 활동 같은 것이 있을 턱이 없다. 물론, 우화 작자로서는 여기서 이 늙은이에게 마지막을 장식할 대활약을 시켜서, 명인이 참다운 명인이었음을 보여주고 싶은 마음 간절하지만, 한편, 또한, 도저히 옛 책에 기록된 사실을 왜곡할 수는 없다. 실제로, 노후의 그에 대해서는 무위無爲로 화化한 이야기뿐, 다음과 같은 묘한 이야기 말고는 아무것도 전해지지 않으므로.

그 이야기라는 것은, 그가 죽기 2년 전의 일인 모양이다. 어느 날, 늙은 기창이 친지의 집에 갔다가, 그 집에서 하나의 기구를 보게 되었다. 분명 본 기억이 있는 도구이지만, 도무지 그 이름이 떠오르지 않고, 그것이 무엇에 쓰는 것인지도 알 수가 없다. 노인은 그 집 주인에게 물었다. 그것은 무엇이라고 부르는 물건인가고. 주인은, 손님이 농담을 하고 있는 것으로 생각하고, 싱긋 꺼벙한 웃음을 지었다. 늙은 기창은 진지한 얼굴로 다시 물었다. 그래도 상대방은 애매한 웃음을 띠며, 손님의 마음을 가늠할 수 없는 모양이다. 세 번째로 기창이 진지한 얼굴을 하고 똑같은 질문을 되풀이했을 때, 비로소 주인의 얼굴에 경악의 기색이 떠올랐다. 그는 손님의 눈을 바짝 응시한다. 상대방이 농담을 하고 있는 것도 아니고, 미친 것도 아니고, 또 자신이 잘못 들은 것도 아니라는 점을 확인하자, 그는 거의 공포에 가까운 당황스러운 모습을 하며, 더듬거리면서 외쳤다.

"아아, 부자夫子께서는, ─고금 무쌍의 궁술의 명인인 부자께서는, 활을 잊어버리셨다는 말씀입니까? 아아, 활이라는 이름도, 그 용도까지도!"

그 후 한동안, 한단의 도읍에서는, 화가는 화필을 감추고, 악인樂人은 거문고의 줄을 끊고, 공장工匠은 자막대기를 손에 잡는 일을 부끄러워했다고 한다.　　　　　　　　　　(1942. 9)

제자 弟子

1

노魯나라 변卞의 유협游俠의 사내, 중유仲由, 자字는 자로子路라는 자가, 요즈음 들어 현자라는 소문이 자자한 학장學匠인 추읍陬邑 사람 공구孔丘를 욕보이자고 생각했다. 사이비 현자賢者가 뭐 별것 있겠느냐 하고, 헝클어진 머리에, 갓을 늘어뜨리고, 허름한 작업복 차림으로, 왼손에는 수탉, 오른손에는 수퇘지를 들고, 기세등등하게, 공구의 집을 향해 출발했다. 닭을 흔들고 돼지를 흥분시키며, 떠들썩하게 이들이 울어대는 소리로, 유가儒家의 현가강송絃歌講誦 소리를 방해하고자 했던 것이다.

요란한 동물의 울음소리와 더불어 눈알을 부릅뜨고 뛰어든 청년과, 환관구리闤冠句履*에 헐겁게 결玦**을 차고 책상에 기댄 온화한 얼굴의 공자 사이에 문답이 시작된다.

"그대, 무엇을 좋아하는가?" 공자가 묻는다.

"나, 장검을 좋아하오." 청년은 의기양양하게 내뱉는다.

공자는 자기도 모르게 빙긋했다. 청년의 목소리나 태도에서, 너무나 치기 넘치게 뽐내는 기운을 본 것이다. 혈색 좋고, 굵은 눈썹에, 또렷한 눈매에 얼핏 보기에도 예리하고 사나워 보이는 청년의 얼굴에는, 그럼에도, 어딘지, 사랑할 만한 솔직함이 엿보였다. 다시 공자가 묻는다.

"학문은 즉 어떠한가?"

"학문, 어찌, 이익이 있으랴." 애당초 이 말을 하는 것이 목적이었으므로, 자로는 냅다 호통치듯이 대답한다.

학문의 권위에 대해 이러쿵저러쿵하는 소리를 듣고서는 미소만 짓고 있을 수는 없다. 공자는 타이르듯이 학문의 필요에 대해 말하기 시작한다. 군주라 하더라도 간諫하는 신하가 없어서는 올바름이 사라지고, 선비라 하더라도 교우教友 없이는 듣지를 못한다. 나무 역시 밧줄을 받고서야 비로소 곧아지지 않는가. 말에는 채찍이, 활에는 도지개가 필요한 것처럼, 사람에게도 그 방자한 성정을 바로잡아 주는 가르침이, 어찌 필요하지 않겠는가. 바로잡고, 다스리고, 닦고 나서야 비로소 모든 것은 쓸모 있게 되는 것이다.

후세에 남겨진 어록의 글자들만 보아서는 도저히 상상도 할 수 없는, 매우 설득적인 변설을 공자는 가지고 있었다. 하는 말

---

* 둥근 관과 네모난 신.
** 허리에 차는 옥 패물.

의 내용만이 아니라, 그 온화한 음성과 억양 중에도, 그것을 이야기할 때의 지극히 확신에 가득한 태도 속에도, 결국 듣는 자를 설득시킬 수밖에 없는 것이 있다. 청년의 태도를 보니 점차로 반항의 기색이 사라지고, 마침내 삼가 듣는 모습으로 바뀌어 갔다.

"그러나" 하고, 그래도 자로는 여전히 역습하고자 하는 기력을 잃지 않는다. 남산의 대나무는 바로잡지 않아도 스스로 곧고, 잘라서 이를 사용하면 무소의 가죽처럼 두꺼운 것을 뚫는다고 들었다. 그렇게 보면, 천성이 뛰어난 자에게 무슨 배움이 필요하겠는가?

공자에게, 이처럼 유치한 비유를 타파하기처럼 쉬운 일은 없다. 그대가 말하는 그 남산의 대나무에 화살의 궁깃을 달고 촉을 붙여 그것을 갈았다고 해서, 곧바로 무소 가죽을 꿰뚫는 것은 아닐 터인데, 하는 공자의 말을 들었을 때, 사랑스럽고 단순한 젊은이는 대답할 말이 궁해졌다. 얼굴을 붉힌 채, 잠시 공자 앞에 우뚝 선 채로 무엇인가를 생각하는 모양이었는데, 갑자기 닭과 돼지를 내팽개치고 머리를 깊이 숙이며, "삼가 가르침을 받겠습니다" 하고 항복했다. 단순히 할 말에 궁해졌기 때문은 아니었다. 실은, 방에 들어가 공자의 모습을 보고, 그의 첫 마디를 듣는 순간, 곧바로 닭과 돼지가 올 자리가 아님을 느꼈고, 자신과는 너무나 현격한 상대방의 거대함에 압도되었던 것이다.

그날 바로, 자로는 스승과 제자의 예를 치르고 공자의 문하로 들어갔다.

2

　이런 인간을, 자로는 일찍이 본 적이 없다. 힘으로 천 근의 솥을 들어올리는 용맹한 자를 그는 본 일이 있다. 천 리 바깥을 보는 지자智者 이야기를 들은 일도 있다. 그러나, 공자에게 있는 것은, 결코 그러한 괴물스러운 이상함이 아니다. 그저 가장 상식적인 완성에 지나지 않는 것이다. 지정의知情意의 각각으로부터 육체적인 여러 능력에 이르기까지 참으로 평범하게, 그러면서도 실로 시원시원하게 발달한 훌륭함이다. 하나하나의 능력의 우수함이 전혀 눈에 띄지 않을 정도로 지나침이 없이 균형 잡힌 풍요로움이란, 자로로서는 그야말로 처음으로 보는 것이다. 활달자재, 약간의 도학자 기질도 없는 데 자로는 놀랐다. 이 사람은 세상의 쓴맛 단맛을 다 아는 사람이구나 하고 자로는 곧바로 느꼈다. 우스운 것은, 자로가 자랑하는 무예나 완력까지도 공자 쪽이 상수였다는 것이다. 다만 그것을 평생 쓰지 않을 뿐이다. 협자俠者 자로는 우선 이 점에서 간담이 서늘해졌다. 방탕무뢰한 생활에도 경험이 있는 것이 아닐까 하고 생각될 정도로, 온갖 인간에 대한 예리한 심리적 통찰이 있다. 그런면 말고도, 또 한편으로 지극히 고고하고 더러움이라고는 없는 그 이상주의에 이르기까지의 폭의 넓이를 생각하니, 자로는 끙하고 마음 밑바닥으로부터 신음소리를 내지 않을 수가 없었다. 좌우간 이 사람은 어디에 갖다 놓아도 대장부인 것이다. 결벽스러운 윤리적인 시각으로 보더라도 대장부요, 가장 세속적인 의미로 말해 보더라도 대장부다. 자로가 지금까지 만나 본 인간의 위대함은, 모두가 그 이용 가치 속에 있었다. 이런저런 일에 소용되기에 위대하다고 하는 데 불과했다. 공자의 경우는 전혀 다르다. 오직 그곳에 공자라는 인간이 존재한다는 것만으로 충분한 것이다. 적어도 자로에게는, 그렇게 여겨졌다. 그는 완전히 심취해 버렸다. 문하에 들어와 한 달도 되기 전에, 이미, 이 정신적 지주로부터 떨어질 수 없는 자신을 느꼈다.

뒷날 공자의 오랜 방랑과 고난을 통틀어, 자로처럼 흔연하게 따른 자는 없다. 그것은, 공자의 제자라는 것을 가지고 벼슬길을 추구하고자 하는 것도 아니고, 또한, 우스꽝스럽게도 스승 곁에 있으면서 자신의 재덕才德을 닦고자 하는 것도 아니었다. 죽음에 이르기까지 변함이 없는, 극단적으로 추구하는 바도 없는, 순수한 경애敬愛의 정만이, 이 사내를 스승 곁에 묶어 놓았던 것이다. 지난날 장검을 손에서 놓아 버릴 수 없었던 것처럼, 자로는 이제는 도저히 이 사람으로부터 떨어질 수 없게 되어 있었다.

그때, 사십이불혹四十而不惑이라던 그 40세에 공자는 이르러 있지 않았다. 자로보다 불과 9세의 연장자에 지나지 않았지만, 자로는 그 나이 차를 거의 무한한 거리로 느끼고 있었다.

공자는 공자대로, 이 제자의 엄청나게 순치하기가 어렵다는 점에 대해 놀라고 있었다. 그저 용勇을 숭상한다든지, 유柔를 싫어한다는 정도라면 얼마든지 그런 부류는 있겠지만, 이 제자처럼 사물의 형태를 경멸하는 사내는 보기 드물다. 궁극에 가서는 정신으로 귀일한다고는 하지만 예禮라는 것은 모두 형태

로부터 들어가야 하건만, 자로라는 사내는 그 형태로부터 들어
간다는 절차를 좀처럼 받아들이려 하지 않는 것이다.

"예禮라 말하고 예라 말한다. 옥백玉帛*은 말할 것도 없으리.
악樂이라 말하고 악이라 말한다. 종고鐘鼓**는 말할 것도 없으
리." 이런 이야기를 하면 기꺼이 듣지만, 곡례曲禮***의 세칙을
설명하려 하면 갑자기 흥미가 없는 듯한 얼굴이 된다. 형식주
의에 대한 이 본능적 기피와 싸워 가면서 이 사내에게 예악을
가르치는 일은, 공자로서도 매우 어려운 일이었다. 그러나 그
이상으로, 이를 배우는 일이 자로로서는 어려운 일이었다. 자
로가 기대고 있는 것은 공자라는 인간의 두께뿐이다. 그 두께
가, 일상의 구구하고 자잘한 행동의 집적이라는 것을 자로로서
는 생각하지 못하는 것이다. 근본이 있고서야 비로소 끝이 있
다고 그는 말한다. 그러나 그 근본을 어떻게 양성할 것이냐에
대한 실제적인 고려가 모자란다며, 늘 공자에게 꾸중을 듣곤
한다. 그가 공자에게 심복하는 것은 오직 하나의 일. 그가 공자
의 감화를 바로 받아들였는지 여부는 또 다른 일에 속한다.

상지上智와 하우下愚는 넘나들기 어렵다고 했을 때, 공자는
자로에 대한 것을 생각하지 못했다. 결점투성이기는 했지만,
공자도 자로를 하우下愚라고는 생각하지 않는다. 공자는 이 날

---

* 옥과 비단. 옛 제후들 사이에 오가던 예물.

** 종과 북.

*** 몸가짐과 행사 등의 예의라는 뜻도 있지만, 여기서는 예기禮記의 편명
篇名.

렵한 제자의 비할 데 없는 미점美點을 누구보다도 높이 사고 있었다. 이 사내의 순수한 몰이해성沒利害性이 바로 그것이었다. 이런 종류의 미는 이 나라 인간들에게서는 너무나 드문 것이며, 자로의 이런 경향은 공자 이외의 어느 누구로부터도 덕으로서는 인정되지 않는다. 오히려 일종의 불가해한 어리석음으로 비치는 것이 고작이다. 그러나, 자로의 용勇도, 정치적 재간도, 이 진귀한 어리석음에 비해 본다면 별것이 아님을, 공자만은 잘 알고 있었다.

스승의 말을 따라서 스스로를 억제하고, 하여간 형태에 매달리려 한 것은, 그가 어버이를 대하는 태도에서였다. 공자의 문하로 들어온 이래, 난폭했던 자로가 갑자기 효자가 되었다는 친척들의 평판이었다. 칭찬을 받은 자로는 이상한 생각이 들었다. 효도는커녕, 거짓말만 하고 있는 것 같아 견딜 수가 없었기 때문이다. 제멋대로 굴며 부모를 들볶았던 무렵 쪽이, 아무리 생각해도 정직했던 것이다. 지금의 자신의 거짓을 기뻐하고 있는 부모가 좀 딱해 보이기도 한다. 자세한 심리 분석가는 아니지만 매우 정직한 인간이었으므로, 이런 점에도 생각이 미치는 것이다. 훨씬 뒷날이 되어, 언젠가 불쑥, 부모가 늙었음을 깨닫고, 자신이 어렸을 무렵의 양친의 건강한 모습을 떠올렸더니, 갑자기 눈물이 나온 일이 있었다. 그때 이래로, 자로의 효행은 더할 나위 없이 헌신적인 것으로 변하지만, 좌우간, 그때까지의 그의 급작스러운 효행이란 것은 이런 것이었다.

3

하루는 자로가 길을 가다가, 지난날의 친구 두셋을 만났다. 건달이라고까지는 할 수 없지만 방종하고 거칠 것이 없이 사는 유협游俠의 무리들이다. 자로는 잠시 서서 이야기를 했다. 그중의 하나가 자로의 복장을 흘금흘금 살펴보면서, 야, 이게 유복儒服이라는 것인가? 매우 초라하군그래, 하고 말했다. 장검이 그립지 않은가, 하고 말하기도 했다. 자로가 거기에 상대를 하지 않고 있었더니, 이번에는 흘려듣고 있을 수 없는 소리를 하기 시작했다. 어떤가. 저 공구孔丘라는 선생은 겉만 번지르르하고 속은 맹탕이라지 않나. 그럴싸한 얼굴을 하고 마음에도 없는 소리를 아주 그럴싸하게 지껄이고 있으면, 아주 달콤한 국물을 마실 수가 있는 모양이지. 별 악의가 있어서 하는 소리가 아니라, 흉허물 없이 늘 하는 독설이었지만, 자로는 낯빛을 싹 바꾸었다. 느닷없이 그 사내의 가슴팍을 움켜잡고, 오른손 주먹을 냅다 그의 얼굴에 날렸던 것이다. 두세 번 계속 때리고 손을 놓자, 상대방은 맥없이 쓰러졌다. 어안이 벙벙해서 서 있는 다른 친구들을 향해서도 자로는 도전적인 눈빛을 보냈는데, 자로의 강용剛勇을 아는 그들은 덤벼들려 하지도 않는다. 얻어맞은 사내를 좌우로부터 부축해 일으키고, 아무 소리도 없이 그 자리를 떴다.

언젠가 이 일이 공자의 귀에 들어간 모양이다. 자로가 스승 앞에 불려갔을 때, 직접적으로는 언급하지 않고서 다음과 같은 이야기를 들어야 했다. 옛 군자는 충忠으로써 근본을 삼고, 인仁을 가지고 위衛로 삼았다. 불선不善이 있을 때면 곧 충으로써 이를 바꾸고, 침포侵暴*가 있으면 곧 인仁으로써 이를 굳건히 했다. 완력이라는 것이 필요 없는 까닭이다. 대체로 소인들은 불손함을 용勇이라고 생각하기 쉬운데, 군자의 용이란 의義를 세움을 말하는 것이다 운운. 신묘하게도 자로는 듣고 있었다.

며칠 후, 자로가 다시 거리를 걷고 있는데, 길가 나무 그늘에서 할 일 없는 자들이 맹렬하게 떠들어 대고 있는 소리가 귀에 들어왔다. 그게 아무래도 공자의 소문 같았다. ─예전에, 예전에는, 하면서 뭐든 고리타분한 일을 끄집어내서 현재를 헐뜯는 거야. 아무도 옛날 일을 본 자가 없으니까 무슨 소리든 지껄일 수 있는 거지. 하지만 옛날의 도를 자막대기처럼 그대로 적용하고, 그렇게 해서 세상이 제대로 다스려진다면, 누가 고생을 하겠나. 우리들로서는 죽은 주공周公**보다야 살아 있는 양호陽虎***님 쪽이 훌륭하다는 것이 되는 셈이지.

하극상의 세상이었다. 정치의 실권이 노후魯侯로부터 그 대부大夫인 계손季孫씨의 손으로 넘어가고, 그것이 이제는 다시 계손씨의 신하인 양호라는 야심가의 손으로 옮아가려 하고 있

---

* 침범하여 포학하게 행동함.
** 주나라 문왕文王의 아들. 주나라의 제도와 예악을 정하는 등 문화를 발전시켰다.
*** 춘추시대 노나라의 정치가.

었다. 떠들어 대고 있는 것은 어쩌면 양호의 집안사람인지도
모른다.

—그런데, 그 양호님이 얼마 전부터 공구孔丘를 맞아들이려
고 몇 번씩이나 사자를 보냈는데, 웬걸, 공구 쪽에서 이를 피하
고 있다지 않은가. 입으로는 엄청 큰소리를 치고 있지만, 실제
로 살아 있는 정치에는 영 자신이 없는 것이겠지. 그 작자들은
말이야.

자로는 뒤로부터 사람들을 헤쳐 가며 저벅저벅 떠들어 대고
있는 자 앞으로 나아갔다. 사람들은 그가 공문孔門의 사람이라
는 것을 금방 알아보았다. 지금까지 도도하게 말하고 있던 그
노인은 얼굴에 핏기가 가시고 뜻도 없이 자로 앞에 고개를 숙
이고 사람들 뒤로 몸을 감추었다. 눈을 부릅뜬 자로의 형상이
너무나도 험악했던 모양이다.

그 뒤로 한동안, 똑같은 일들이 도처에서 일어났다. 어깨를
으쓱 올리고 형형하게 눈을 부라리는 자로의 모습이 멀리서
보였다 하면, 사람들은 공자를 헐뜯는 입을 꾹 다물게 되었다.

자로는 이 일 때문에 종종 스승에게 꾸지람을 들었지만, 자
신으로서도 어쩔 도리가 없었다. 그는 그 나름대로 마음속에
할 말이 없는 것이 아니었다. 이른바 군자라는 자가 나와 똑같
을 정도의 분노를 느끼면서도 이를 억누를 수 있다면, 그야 장
하다. 그러나, 실제로는, 나만큼 강한 분노를 느끼지 못하는 것
이다. 적어도, 억제할 수 있을 정도로 약하게밖에는 느끼지 못
하는 것이다. 틀림없이……

1년쯤 지나서 공자가 쓴웃음과 더불어 탄식을 했다. 유由*가 입문한 뒤로, 나는 나쁜 소리를 듣지 못하게 되었다고.

4

하루는, 자로가 한 방에서 거문고를 켜고 있었다.

공자는 그것을 다른 방에서 듣고 있었는데, 조금 있다가 곁에 있는 염유冉有를 향해 말했다. 저 거문고 소리를 들어보아라. 거칠고 사나운 기운이 서려 있지 않은가. 군자의 소리는 온유하고 중中에 있으며, 생육의 기운을 키우는 것이어야 한다. 옛 순舜임금은 오현금五絃琴을 뜯으면서 남풍南風의 시**를 지었다. 남풍이 풍김으로써 백성은 노여움을 푸는 것이다. 남풍의 때란 이로써 우리 백성의 재물을 풍성하게 하는 것이다. 지금 유由의 소리를 들으니, 참으로 살벌하고 격해, 남음南音이 아니라, 북성北聲과 같은 것이다. 뜯는 자의 거칠고 방자한 마음의 상태를 이처럼 분명하게 비추어 낸 것은 없다. ―

나중에, 염유가 자로에게 가서 부자夫子의 말씀을 전했다.

자로는 원래 자신에게 음악의 재주가 시원찮다는 것을 알고

---

* 자로의 본명.

** 중국의 전설적인 성천자 순임금이 만들었다고 전해지는 노래. 남풍南風
  은 생물을 키우는 따뜻하고 부드러운 남풍을 뜻하며, 군주의 은혜나 부모
  의 자애로움을 의미한다. 순임금이 거문고를 연주하며 남풍의 시를 읊으
  면 세상이 평화로워졌다는 고사에서 유래했다.

있다. 그리고 스스로 그것을 귀와 손의 탓으로 돌리고 있었다. 그러나, 그것이 사실은 좀 더 깊은 정신 상태에서 온다는 말을 들었을 때, 그는 깜짝 놀라고 두려워했다. 소중한 것은 손의 연습이 아니다. 좀 더 깊이 생각하지 않아서는 안 된다. 그는 한 방에 틀어박혀, 조용히 생각하며 먹지도 않아, 수척해지기에 이르렀다. 며칠 뒤, 마침내 터득했다고 생각해 다시 거문고를 잡았다. 그리고, 매우 두려워하면서 거문고를 뜯었다. 그 소리를 들은 공자는, 이번에는 아무 말도 하지 않았다. 나무라는 듯한 안색도 보이지 않았다. 자공子貢이 자로에게 가서 그런 이야기를 했다. 스승의 꾸지람이 없었다는 말을 듣고 자로는 기쁜 듯이 웃었다.

사람 좋은 선배 제자의 기쁘게 웃는 얼굴을 보면서, 젊은 자공도 미소를 금할 수 없었다. 총명한 자공은 제대로 알고 있다. 자로가 연주하는 소리가 여전히 살벌한 북성에 차 있다는 것을. 그리고, 부자가 이를 나무라지 않는 것은, 야윌 정도로까지 괴로워하며 생각에 잠겼던 올곧은 마음을 가엾게 여겼음에 지나지 않는다는 것을.

5

제자 가운데서, 자로처럼 공자에게 야단맞은 자는 없다. 자로처럼 거침없이 스승에게 반문하는 자도 없다. "묻겠습니다. 옛길을 버리고 유由의 뜻을 행하겠습니다. 가합니까?" 같은, 야단맞을 것이 뻔한 것을 묻기도 하고, 공자를 마주 보면서 거침없이 "이것은 바로 어르신子이 우둔한 탓이오!" 따위의 말을 하는 인간은 달리 아무도 없다. 그러면서도, 또, 자로만큼이나 온몸으로 공자에게 기대고 있는 자도 없는 것이다. 거침없이 반문하는 것은, 납득할 수 없는 일을 표면적으로만 받아들일 수 없는 기질 때문이다. 또한, 다른 제자들처럼, 웃음거리가 되지 않겠다 꾸지람을 듣지 않겠다고 신경을 쓰지 않기 때문이다.

자로가 다른 곳에서는 어디까지고 남의 아래 서 있기를 마다하는 독립불기獨立不羈의 남자요, 한마디 약속을 천금처럼 여기는 쾌남아인 만큼, 녹록한 여느 제자들처럼 처신하고 공자 앞에서 모시고 있는 모습은, 사람들에게 분명 기이한 느낌을 주었다. 사실, 그에게는, 공자 앞에 있을 때만큼은 복잡한 사색이나 중요한 판단은 일체 스승에게 맡겨 버리고 스스로는 전적으로 안심하고 있는 듯한 우스꽝스러운 경향도 없지는 않다. 어머니 앞에서는 스스로 할 수 있는 일까지 어머니에게 해 달라고 하는 어린 아기와 똑같은 식이다. 물러서서 생각해 보면, 스스로 쓴웃음을 짓는 일이 있을 정도다.

하지만, 이러한 스승에게도 아직 접촉을 허용하지 않는 흉중의 깊은 곳이 있다. 이곳만큼은 양보할 수 없다는 결정적인 곳이.

말하자면, 자로에게는, 이 세상에서 아주 소중한 것이 하나 있다. 그 앞에서는 생사를 논할 것도 없고, 하물며 구구한 이해 따위는, 문제가 되지 않는다. 협俠이라고 말하면 다소 가볍다. 신信이라 하거나 의義라 하고 보면, 아무래도 도학자류여서 자유로운 약동의 기운이 빠진 감이 있다. 그런 이름이야 아무러면 어떤가. 자로에게, 그것은 쾌감의 일종과 같은 것이다. 어찌됐든, 그것이 느껴지는 것이 선이고, 그것이 따르지 않는 것은 나쁜 일이다. 아주 똑 떨어지게 분명한 것이어서, 지금까지 이에 대해 의심을 해 본 적이 없다. 공자가 말하는 인仁과는 꽤 차이가 있지만, 자로는 스승의 가르침 중에서 이 단순한 윤리관을 보강할 만한 것만을 선택해서 받아들인다. 교언영색巧言令色은 공손이 지나치고 앙심을 숨기고 그런 사람을 벗함은, 구丘 이를 부끄러워한다, 라든지, 생을 구하되 이로써 인을 해함이 없고 몸을 죽여 이로써 인을 이룬다, 라든지, 미친 자는 나아가 취하되 고집스러운 자는 이루지 못하는 바가 있다, 같은 것이 그것이다. 공자도 처음에는 이 구부러진 뿔을 바루려 하지 않았던 것은 아니지만, 나중에는 단념하고 그만두고 말았다. 좌우간, 이는 이것으로 한 마리의 멋들어진 소임에는 틀림없었으니까. 채찍질을 필요로 하는 제자도 있고, 고삐를 필요로 하는 제자도 있다. 웬만한 고삐 가지고는 제어할 수 없을 것 같은 자로의 성격적 결점이, 사실은 동시에 오히려 크게 쓸모 있는 것임을 알았으므로, 자로에게는 대체적인 방향 지시만 하면 좋을 것이라고 생각하고 있었다. 공경하되 예禮에 들지 않는 것을 야野라 하고, 용감하면서 예에 들지 않는 것을 역逆이라 한다, 라든지, 믿음을 즐기되 배움을 좋아하지 않으면 그 폐弊는 적賊이요, 곧음을 즐기고 배움을 좋아하지 않으면 그 폐는 교絞

[급함] 같은 말도, 결국은, 개인으로서의 자로에 대해서라기보다는, 말하자면 문도門徒의 고참격이라 할 자로를 향한 질책인 경우가 많았다. 자로라는 특수한 개인에게는 대체로 매력이 될 수 있는 것들이, 다른 문도 일반에게는 오히려 해가 되는 일이 많았기 때문이다.

6

진晉나라 위유魏楡 땅에서 돌이 말을 했다고 한다. 백성의 원성이 돌을 빌려서 말을 한 것이리라고 어떤 현자가 해석했다. 이미 쇠미해진 주周 왕실은 둘로 갈라져서 싸우고 있다. 열 개가 넘는 대국은 서로 결합도 하고 서로 싸우기도 하느라 전쟁이 멈추는 일이 없다. 제후齊侯 중 하나는 신하의 아내와 정을 통해, 밤마다 그 저택으로 잠행해 들어가던 끝에 그 남편의 손에 시해되고 만다. 초楚나라에서는 왕족 하나가, 병들어 있는 왕의 목을 졸라 왕위를 찬탈한다. 오吳나라에서는 발목을 잘린 죄수들이 왕을 습격했고, 진晉나라에서는 두 신하가 서로 아내를 바꾸었다. 이런 세상이었다.

노魯나라 소공昭公은 상경上卿인 계평자季平子를 치려다가 오히려 나라에서 쫓겨나, 망명 7년 만에 타국에서 죽었다. 망명 중에 귀국 이야기가 성사되어 가고 있었건만, 소공을 따르던 신하들이 귀국한 다음의 자신들의 운명이 걱정되어 공을 만류시키며 돌아가지 못하게 했던 것이다. 노나라는 계손季孫, 숙손叔孫, 맹손孟孫 세 사람의 천하였다가, 다시 계季씨의 신하 양호陽虎의 마음대로 조종되어 갔다.

그런데 그 책사 양호가 결국 자신의 책략에 걸려 넘어져 실각한 뒤, 급작스럽게 이 나라의 정계의 풍향이 바뀌었다. 뜻밖에도 공자가 중도中都의 재상으로 오르게 된다. 공평무사한 관리라든지 가렴주구를 생각하지 않는 정치가가 전혀 없었을 당시의 일이어서, 공자의 공정한 방침과 주도한 계획은 매우 짧은 기간에 경이적인 치적을 올렸다. 매우 경탄해 마지않은 주군인 정공定公이 물었다. 그대가 중도를 다스린 그 법을 가지고 노나라를 다스리면 어떻겠는가? 공자가 이에 답한다. 어찌 노나라뿐이겠습니까. 천하를 다스린다 해도 가可하지 않겠습니까. 애당초에 과장된 소리와는 인연이 먼 공자가 매우 공손한 말투로 찬찬히 이러한 엄청난 말을 했으므로, 정공은 더더욱 놀랐다. 그는 즉각 공자를 사공司空으로 올리고, 이어서 대사구大司寇로 승진시켜 재상의 일까지 겸하게 했다. 공자의 천거로 자로는 노나라의 내각 서기관장이라고 할 수 있는 계季씨의 신하宰가 된다. 공자의 내정 개혁안의 실행자로서 앞장서서 활동했음은 말할 것도 없다.

공자의 정책의 으뜸은 중앙 집권, 즉 노후魯侯의 권력 강화다. 그러기 위해서는 현재 노후보다도 세력을 가진 계, 숙, 맹이 세 문벌의 세력을 덜어내야 한다. 세 사람의 사성私城으로 백치百雉(두께 3길, 높이 1길)를 넘는 것으로 후郈, 비費, 성成의 세 곳이 있다. 우선 공자는 이것들을 치기로 했는데, 그 실행을 담당한 것이 자로였다.

자신이 한 일의 결과가 곧바로 확실하게 드러난다, 게다가 지금까지의 경험에는 없었을 정도로 거대한 규모로 나타나는 일은, 자로와 같은 인간으로서는 분명 유쾌한 일임에 틀림없었다. 특히, 기성 정치가들이 이루어 놓은 간악한 조직이나 관습을 하나하나 깨나가는 일은, 자로에게, 지금까지 알지 못했던 일종의 삶의 보람까지 느끼게 해 준다. 오랜 세월 동안의 포부를 실현하느라 생기 있고 바쁘게 일하는 공자의 얼굴을 보는 일도, 참으로 즐겁다. 공자의 눈에도, 제자의 한 사람으로서가 아니라 일개의 실행력 있는 정치가로서의 자로의 모습이 믿음직스럽게 비쳤다.

비費 성을 치려 했을 때, 거기에 대항해서 공산불추公山不狃라는 자가 비 사람을 이끌고 노나라 도읍을 습격했다. 무자대武子臺로 난을 피한 정공의 신변으로까지 반군의 화살이 미칠 정도로 한때 위태로웠지만, 공자의 적절한 판단과 지휘로 가까스로 무사할 수가 있었다. 자로는 다시금 스승의 실제적인 수완에 탄복한다. 공자의 정치가로서의 수완은 잘 알고 있고, 또 그의 개인적으로 강한 체력도 알고 있었지만, 실제 전투에서 이정도로 멋지게 지휘력을 발휘하리라고는 생각하지 못했던 것이다. 물론 자로 자신도 이때는 앞장서서 분투했다. 오랜만에 휘두르는 장검의 느낌도 나쁘지 않았다. 어쨌든 경서經書의 글자들을 파고들거나 옛 예법을 배우거나 하는 것보다도, 거친 현실과 맞싸우며 살아가는 편이 이 사나이의 성정에 들어맞는 모양이었다.

제齊나라와의 굴욕적인 강화를 위해, 정공이 공자를 거느리고 제나라 경공景公과 협곡夾谷 땅에서 만난 일이 있다. 그때 공자는 제나라의 무례를 나무라며, 경공을 비롯한 뭇 경卿과 대부들을 대놓고 질타했다. 전승국인 제나라 군신 일동이 덜덜 떨었다고 한다. 자로로 하여금 마음속으로부터의 쾌재를 부르게 하기에 충분한 사건이었지만, 이때 이래로, 강국인 제나라는 이웃 나라 재상으로서의 공자의 존재에 대해, 혹은 공자의 시정 아래 충실해져 가는 노나라 국력에, 두려움을 품기 시작했다. 고심 끝에, 그야말로 고대의 중국식 고육지책이 채택되었다. 즉, 제나라에서 노나라로 가무에 능한 미녀 일단—團을 보냈던 것이다. 이렇게 노후의 마음을 방탕에 젖게 해서 정공과 공자 사이를 이간질하려 했던 것이다. 그런데, 더욱이나 고대 중국식이었던 것은, 이 유치한 책략이 노나라 내 반공자파의 책동과 어울려서 너무나 빠르게 그 효과를 거두었다는 사실이다. 노후는 여자에 빠져서 더 이상 조정에 나오지 않게 되었다. 계환자季桓子 이하의 대관들까지도 이를 본받기 시작했다. 자로는 맨 먼저 분개하는 바람에 충돌을 일으켜 관직에서 물러났다. 공자는 자로처럼 얼른 단념을 못 하고, 더욱 가능한 힘껏 좋은 수단을 찾으려 했다. 자로는 공자가 속히 관직에서 물러나기만을 초조하게 바랐다. 스승이 신하로서의 절개를 더럽힐까 두려워한 것이 아니라, 그저 이 음탕한 분위기 속에 스승을 놓아두고 바라보는 것을 참을 수가 없었던 것이다.

끈질겼던 공자도 단념하지 않을 수 없게 되었을 때, 자로는 마음이 놓였다. 그러고는, 스승을 따라 기꺼이 노나라를 떠났다.

작곡가이면서 작사가이기도 했던 공자는, 점차로 멀어져 가는 도성을 되돌아보면서, 노래한다.

저 아름다운 여자들의 입 때문에 군자도 떠나야 하는구나.

저 아름다운 여자들의 속살거림 때문에 군자도 참담한 패배를 맛보는구나……

이렇게 해서, 이 뒤로 오랜 세월에 걸친 공자의 편력이 시작된다.

7

큰 의문이 하나 있다. 어렸을 때부터의 의문인데, 어른이 되고서도, 노인이 되어 가는 아직까지 납득할 수 없다는 점에는 변함이 없다. 그것은, 아무도 전혀 의심하지 않는 일이다. 사악한 것이 번영하고 올바른 것이 학대받는다는, 흔해빠진 사실에 대해서다.

이런 일에 부닥칠 때마다, 자로는 마음속으로부터 비분을 토하지 않을 수가 없었다. 어째서인가? 어째서 그런 것인가? 악은 한때 번성하더라도 결국에 가서는 그 응분의 벌을 받는다고 사람들은 말한다. 과연 그런 예도 있는지 모른다. 하지만, 그것도 인간이라는 존재가 결국에는 파멸로 끝난다는 일반적인 경우의 한 예가 아닌가. 선한 사람이 궁극적인 승리를 얻는다는 사례는, 옛날은 어땠는지 몰라도, 지금 세상에서는 거의 들어 본 일조차 없다. 왜인가? 왜인가? 큰 어린이, 자로로서는 이것만큼은 아무리 분개하고 분개해도 모자라는 것이다. 그는 발을 동동 구르는 심정으로, 하늘은 무엇인가 하고 생각한다. 하늘은 인간과 짐승 사이에 구별을 해 놓지 않는 것처럼, 선과 악 사이에 아무런 구별을 해 놓지 않는단 말인가. 정正이라느니 사邪라느니 하는 것은 필경 인간 사이에만 있는 임시적인 약속에 지나지 않는단 말인가. 자로가 이 문제를 가지고 공자에게 물으러 가면, 언제나 으레, 인간의 행복이라는 것의 진정한 존재 방식에 대해 이야기를 들을 뿐이다. 선을 행한 일의 보답은, 그렇다면 결국, 선을 행했다는 만족 말고는 없단 말인가? 스승 앞에서는 일단은 납득이 되는 듯한 기분이 들기는 하지만, 막상 물러나서 혼자 생각해 보면, 역시 아무래도 석연치 않은 점이 남는다. 그처럼 무리하게 해석한 뒤에 나오는 행복 따위 가지고는 도저히 승복할 수 없다. 누가 보더라도 트집 잡을 수 없는, 확실한 형태의 선한 보답이 의인에게 오지 않는다면, 도무지 재미가 없지 않은가.

하늘에 대한 이 불만을, 자로는 무엇보다도 스승의 운명에 대해서 느낀다. 거의 인간이라고는 생각할 수 없는 이 대재大才, 대덕大德이, 어째서 이러한 불우不遇를 감수해야 하는 것일까. 가정적으로도 혜택을 입지 못하고, 노년이 되어 방랑의 여행을 떠나지 않으면 안 되는 불운이 어째서 이 사람을 기다리고 있는 것일까. 어느 날 밤, "봉황새 이르지 않고, 하河는 그림을 내놓지 않으니,* 다 끝났구나" 하고 공자가 탄식했던 것은 천하 창생蒼生을 생각하고 한 소리였지만, 자로가 울었던 것은 천하 때문이 아니라 공자 한 사람 때문이었다.

이 사람과, 이 사람을 기다리는 세상을 보고 울었을 때부터, 자로의 마음은 굳어져 있었다. 혼탁한 세상의 온갖 침해로부터 이 사람을 지켜줄 방패가 되는 것. 정신적으로 이끌어지고 지켜지는 대신에, 세속적인 번잡스러운 오욕을 일체 자신의 한 몸으로 받아들이는 것. 분에 넘친 짓이지만 이것이 자신의 의무라고 생각했다. 학문도 재주도 자신은 후학의 여러 재사들보다 못할지도 모른다. 그러나, 일단 유사시에는 앞장 서서 스승을 위해 생명을 내던져야 하는 것은 어느 누구보다도 자신이어야 한다고 그는 깊이 믿고 있었다.

8

"여기에 아름다운 옥이 있습니다. 궤 속에 넣어 감출까요. 좋은 값에 팔까요?" 이렇게 자공이 말했을 때, 공자는 그 자리에서, 답했다. "이를 팔아야지. 이를 팔아야지. 나는 값을 기다리노라."

그럴 생각으로 공자는 천하 주유의 길에 나섰던 것이다. 따

---

* 논어論語에 나오는 말. 봉황은 순임금 때 날아온 적이 있다는 신령스러운 새로서 태평성세의 상징이다. 복희伏羲 때 황하에서 커다란 용마龍馬가 등에 팔괘八卦의 기원이 된 그림을 지고 나온 적이 있는데 이는 성왕聖王의 출현을 상징한다.

르던 제자들도 대부분은 물론 팔고 싶었지만, 자로는 꼭 팔아야 한다고는 생각하지 않았다. 권력의 자리에서 소신을 단행하는 시원한 마음은 이미 직전의 경험으로 알고 있지만, 그러자면 공자를 위에 모신다는 식의 특별한 조건이 절대로 필요하다. 그렇게 할 수 없다면, 오히려 "갈襪옷[허름한 옷]을 입고 옥을 품는" 삶이 바람직하다. 평생 공자의 호위견으로 끝나더라도, 조금도 후회가 없다. 세속적인 허영심이 없는 것은 아니지만, 어설픈 벼슬살이는 오히려 자신의 본분인 뇌락활달磊落豁達*을 해치는 것으로 생각하고 있다.

별의별 사람들이 공자를 따라 걸었다. 일을 척척 해내는 실무가인 염유冉有, 온후한 장자 민자건閔子騫, 천착穿鑿을 즐기는 고실가故實家인 자하子夏. 궤변파적 말을 즐기는 향수가享受家 재여宰予, 기골이 늠름한 강개가慷慨家인 공량유公良孺, 키가 9자 6치라는 공자의 반 정도밖에 되지 않는 우직한 자고子羔. 나이로 보나 관록으로 보나, 물론 자로가 그들의 우두머리격이다.

자로보다 22세나 어리지만, 자공子貢이라는 청년은 매우 뛰어난 재인才人이다. 공자가 늘 극찬을 하는 안회顏回보다도, 오히려 자공 쪽을 자로는 밀고 싶은 기분이었다. 공자에게서 그 강인한 생활력과, 또 그 정치성을 빼어 버린 듯한 안회라는 젊은이를, 자로는 그다지 탐탁하게 여기지 않았다. 그것은 결코

---

* 도량이 넓고 사소한 일에도 신경 쓰지 않는 성격을 뜻한다.

질투 때문이 아니다. (자공, 자장子張 등은 안연顏淵=顏回에 대한 스승의 엄청난 편애에, 도저히 이 질투를 금하지 못하는 모양이지만.) 자로는 나이 차이가 크고, 게다가 원래 그런 일에는 구애되지 않는 성품이었기 때문이다. 다만, 그로서는 안연의 수동적인 유연한 재능의 장점을 도무지 이해할 수 없는 것이다. 무엇보다도, 어딘가 활력이 결여되어 있는 듯한 게 마음에 들지 않는다. 이에 비할 때, 다소 경박하기는 하지만 항상 재기와 활기로 충만한 자공 쪽이, 자로의 성질과 맞았을 것이다. 이 젊은 이의 두뇌의 예리함에 놀라게 되는 것은 자로만이 아니다. 머리에 비해 아직 인간이 덜 되어 있다는 점은 누구나 알아차릴 수 있는 바이지만, 그러나, 그것은 나이 탓이다. 너무나 경박스러워 화를 내면서 일갈하는 적도 있지만, 대체로는, 후생가외後生可畏라는 느낌을 자로는 이 청년에게 품고 있다.

언젠가, 자공이 두세 동료들을 향해 다음과 같은 뜻의 말을 했다. ─부자夫子께서는 교변巧辯을 싫어하신다고 하지만, 그러나 부자 자신의 말씀이 너무나 교묘하다고 생각한다. 이는 경계를 요한다. 재여宰子의 교묘함과는, 전혀 다르다. 재여의 말 같은 것은, 교묘함이 너무나 두드러지기 때문에, 듣는 자에게 즐거움을 줄 수는 있겠지만, 신뢰는 주지 못한다. 그런 만큼 오히려 안전하다고 할 수가 있다. 부자의 경우는 전혀 다르다. 유창한 대신에, 절대로 남에게 의심을 품게 하지 않는 중후함을 갖추었고, 해학 대신에, 함축하는 바가 풍부한 비유를 가진 그 말씀은, 어느 누구도 거역할 수 없는 것이다. 물론, 부자께서 말씀하시는 바는 9분分 9리厘까지 언제나 오류가 없는 진리라고 생각한다. 또한 부자께서 행하는 바는 9분 9리까지 우리 가운데 어느 누구라도 이를 취해 모범으로 삼아야 할 것이다. 그럼에도, 나머지 1리—절대로 남에게 신뢰를 일으키는 부자夫子의 변설 중에서, 그 100분의 1이, 때로는, 부자의 성격의(그 성격 중에서, 절대 보편적 진리와 반드시 일치하지 않는 극히 작은 부분의) 변명으로 사용될 우려가 있다. 경계를 요하는 것은 이것이다. 이것은 어쩌면, 너무나 부자와 친숙해진 나머지 버릇없는 욕심에서 나온 말일지도 모른다. 실제로 후세 사람들이 부자를 성인이라고 숭상한들, 그것은 너무나 당연할 정도로 당연한 일이다. 부자처럼 완전에 가까운 사람을 나는 본 일이 없고, 또한 앞으로도 이런 사람은 쉽사리 나타나지 않을 터이기 때문에. 다만 내가 하고 싶은 말은, 그 부자께서도 역시 이러한 미소微小하기는 하지만 경계해야 할 점을 남겨 놓고 계시다는 사실이다. 안회처럼 부자와 비슷한 성품의 사내는, 자신이 느끼는 듯한 불만은 조금도 느끼지 않을 것이 틀림없다. 부자께서 종종 안회를 창찬하시는 것도, 결국은 이 성품 때문이 아닐까……

애송이 주제에 스승에 대한 비평 따위를 하다니 건방지다고 화가 나고, 또, 이런 소리를 하는 것은 필경 안연에 대한 질투라고 알고 있으면서도, 그럼에도 자로로서는 이 말 가운데, 우습게 여길 수만은 없는 것을 느꼈다. 기질의 차이라는 것에 대해서는, 분명 자로로서도 짚이는 데가 있었기 때문이다.

우리에게는 막연히밖에는 떠오르지 않는 것을 분명한 꼴로 표현하는 묘한 재능이, 이 건방진 애송이에게는 있는 모양이구나 하고, 자로는 감탄과 경멸을 동시에 느낀다.

자공이 공자에게 기묘한 질문을 한 일이 있다. "죽은 자는 아는 것이 있습니까? 아니면 아는 것이 없습니까?" 죽은 다음의 지각의 유무, 혹은 영혼의 멸·불멸에 대한 의문이다. 공자는 묘한 답변을 했다. "죽은 자에게 아는 것이 있다고 한다면, 그야말로 효자순손孝子順孫, 생을 방해함으로써 죽음으로 보내려 할까 두렵다. 죽은 자가 알지 못한다고 말하면, 그야말로 불효의 자식이 그 어버이를 버리고 장사지낼까 두렵다." 대체로 예상에서 어긋난 답변이어서 자공은 매우 불만스러웠다. 물론, 자공의 질문의 의미는 잘 알고 있었지만, 어디까지나 현실주의자, 일상생활중심주의자인 공자는, 이 뛰어난 제자의 관심의 방향을 바꾸고자 했던 것이다.

자공은 불만이었으므로, 자로에게 이 말을 했다. 자로는 별로 그런 문제에는 흥미가 없었지만, 죽음 그 자체보다도 스승의 사생관을 알고 싶은 마음이 약간 들었으므로, 언젠가 죽음에 대해 물었다.

"아직 생을 알지 못하는데, 어찌 죽음을 알 것인가." 이것이 공자의 답이었다.

정말 그래! 하고 자로는 매우 탄복했다. 그러나, 자공은 또다시 멋지게 허탕을 먹은 기분이었다. 그것은 그렇다. 하지만 내가 말하는 것은 그런 것이 아니다. 분명 그렇게 말하고 있는 자공의 표정이다.

위나라 영공靈公은 매우 의지가 약한 군주다. 현명함과 재주 없음을 식별하지 못할 정도로 어리석지는 않지만, 결국 쓴 간 언보다는 달콤한 아첨 소리에 좋아하고 만다. 위나라 국정을 좌우하는 것은 그의 후궁이었다.

부인인 남자南子는 이미 음탕한 행위로 소문이 났다. 아직 송나라 공녀公女였을 무렵, 배다른 오빠 조朝라는 유명한 미남과 정을 통하고 있었는데, 위후의 부인이 되고 나서도 송나라에 있던 조를 위나라로 불러 대부로 임명해 그와 추잡한 관계를 계속하고 있었다. 매우 재주가 있는 여자로서, 정치에 대한 일에까지 간섭을 하는데, 영공은 이 부인의 말이라면 안 들어주는 것이 없었다. 영공의 눈에 들고자 하는 자들은, 우선 남자에게 가는 것이 상례였다.

공자가 노나라에서 위나라로 들어갔을 때, 부름을 받아 영공에게는 알현했지만, 부인에게는 따로 인사하러 가지 않았다. 남자南子가 심술이 났다. 당장에 사람을 보내 공자에게 고하게 한다. 사방의 군자들로서, 임금과 형제처럼 되기를 원하는 자들은, 반드시 우리 소군小君(부인)을 본다. 우리 소군 보기를 원한다 운운.

공자도 어쩔 수 없이 인사하러 갔다. 남자는 치유絺帷(얇은 갈포로 된 휘장) 뒤에 앉아 공자를 본다. 공자의 북면계수北面稽首*의 예에 대해, 남자가 재배再拜로 응해, 부인의 몸에 달린 환패環佩가 부딪치는 소리가 났다고 한다.

공자가 공궁公宮에서 돌아오자, 자로가 노골적으로 불쾌한 얼굴을 하고 있었다. 그는, 공자가 남자 따위의 요구쯤은 묵살하기를 바라고 있었던 것이다. 설마하니 공자가 요부의 유혹에 빠질 것이라고는 생각하지 않는다. 그러나, 절대청정絶對淸淨일 터인 부자가 더러운 음녀淫女에게 고개를 숙였다는 것 자체가 벌써 마음에 들지 않는다. 아름다운 옥을 간직하고 있는 자라면 그 옥의 표면에 부정한 것의 그림자가 비치는 것조차 피해야 한다는 것이리라. 공자는 공자대로, 자로 안에서 상당히 솜씨 좋은 실제가와 이웃해서 살고 있는 커다란 아이가, 아무리 기다려도 도무지 노성老成할 줄 모르는 것을 보고서, 우습기도 하고, 곤란하기도 했다.

하루는, 영공에게서 공자에게 사자使者가 왔다. 수레로 함께 도성을 한 바퀴 돌면서 여러 이야기를 하자는 것이다. 공자는 흔쾌히 옷을 갈아입고 바로 나갔다.

이 키만 크고 멋대가리없는 할아범을, 영공이 자꾸만 현자라면서 존경하는 것이, 남자南子로서는 재미가 없었다. 자신을 빼놓고, 둘이서 도성을 한 바퀴 돈다는 것은 당치도 않은 일이다.

---

* '북면北面'은 왕좌가 남쪽을 향하고 있기 때문에 왕좌를 마주하고 북쪽을 향하여 앉는다는 뜻으로 신하가 앉는 자리에 있는 것을 말한다. '계수稽首'는 땅에 닿을 때까지 고개를 숙여 인사하는 것을 말한다. 즉 최고의 존경을 바치는 인사법을 말한다.

공자가 공을 배알하고, 막 밖으로 나와 함께 수레에 타려 했더니, 그곳에는 이미 성장盛裝으로 차려입은 남자 부인이 타고 있었다. 공자의 자리는 없다. 남자는 심술궂은 미소를 띠고 영공을 본다. 공자도 여기에는 불쾌해져서, 싸늘하게 영공의 모습을 살핀다. 영공은 면목 없다는 듯이 눈길을 돌렸지만, 그러나 남자에게는 아무런 소리도 하지 못한다. 잠자코 공자를 위해 다음 수레를 가리킨다.

두 대의 수레가 위나라 도성을 달린다. 앞선 네 바퀴 달린 호사스러운 마차에는 영공과 나란히 곱고 아리따운 남자 부인의 모습이 모란꽃처럼 빛난다. 뒤의 볼품없는 두 바퀴 달린 소달구지에는, 쓸쓸한 듯한 공자의 얼굴이 단정하게 정면을 바라보고 있다. 길가의 민중들 사이에서는 소곤거리는 조용한 탄성과 빈축嚬蹙의 소리가 인다.

군중들 사이에서 자로도 이 광경을 보았다. 영공에게서 사자가 왔을 때의 부자의 기뻐하는 모습을 보았던 만큼, 밸이 뒤틀리는 느낌이 드는 것이다. 무엇 때문인지 교성嬌聲을 지르며 남자南子가 눈앞을 지나간다. 저도 모르게 울컥해서, 그는 주먹을 부르쥐고 사람들을 밀치며 튀어 나가려고 한다. 등 뒤에서 만류하는 자가 있다. 이를 뿌리치려고 눈을 부릅뜨고 뒤돌아본다. 자약子若과 자정子正 두 사람이었다. 필사적으로 자로의 소매를 부여잡고 있는 두 사람의 눈에, 눈물이 배어 나와 있는 것을 자로는 보았다. 자로는, 가까스로 들어올렸던 주먹을 내렸다.

이튿날, 공자 일행은 위나라를 떠났다. "나, 아직도 덕을 즐겨하기를 색을 즐겨하듯 하는 자를 보지 못했다"라는 것이 그때의 공자의 탄성이었다.

10

섭공葉公 자고子高는 용을 매우 좋아했다. 거실에도 용을 조각하고 장막에도 용을 그리는 식으로, 일상 용 가운데서 눕고 일어나며 지냈다. 이를 들은 진짜배기 천룡天龍이 크게 기뻐하면서 하루는 섭공의 집에 내려와 자신의 애호자를 들여다보았다. 머리는 들창에서 기웃거리고 있고, 꼬리는 본당 마루에 뻗어 있는 엄청난 크기였다. 섭공은 이 모습을 보자 겁이 와락 나서 도망쳐 버렸다. 넋이 빠져 버리고 공포로 얼굴에 핏기가 가셨다고 하는, 칠칠치 못한 꼬락서니였다.

제후들은 공자의 현자라는 이름은 좋아했지만, 그 내용은 기꺼워하지 않는다. 모두가 섭공이 용을 대하는 식이었다. 실제의 공자는 그들에게는 너무나 지나치게 큰 것으로 보였다. 공자를 국빈으로 대우하고자 하는 나라는 있다. 공자의 제자 몇몇을 기용한 나라도 있다. 그러나, 공자의 정책을 실행하고자 하는 나라는 아무 데도 없었다. 광匡나라에서는 폭도들의 능욕을 받았고, 송나라에서는 간신들의 박해를 받았으며, 포蒲나라에서는 흉한兇漢의 습격을 받았다. 제후들의 경원敬遠과 어용학자의 질시와 정치가 무리들의 배척이, 공자를 기다리고 있는 모두였다.

그럼에도 여전히, 강론을 그치지 않고 수양을 게을리하지 않으면서, 공자와 제자들은 쉬지 않고 이 나라 저 나라 여행을 계속했다. "새는 곧잘 나무를 선택한다. 나무가 어찌 새를 선택할까"라는 등 기개는 매우 높지만, 그렇다고 세상에 대해 토라져 있는 것은 아니고, 어디까지나 쓰이기를 원하고 있는 것이다. 그리고, 우리가 쓰임을 받고자 하는 것은, 우리를 위한 것이 아니요 천하를 위해서, 도를 위해서라고 진심으로─참으로 어처구니없을 만큼 진정으로 그렇게 생각하고 있었다. 궁핍하면서도 언제나 밝고, 괴롭더라도 희망을 버리지 않는다. 실로 불가사의한 일행이었다.

일행이 부름을 받아 초楚나라 소왕昭王에게로 가고자 했을 때, 진陳나라, 채蔡나라의 대부들이 공모해서 폭도를 그러모아 공자 일행이 가는 길을 막게 했다. 공자가 초나라에 등용됨을 두려워해서 이를 방해하고자 했던 것이다. 폭도들의 습격을 받은 것은 이것이 처음이 아니었지만, 이때는 가장 곤궁에 빠졌다. 양식을 구할 방도가 끊겨, 일동이 익힌 음식을 먹지 못하게 된 지 이레째에 이르렀다. 이러니, 굶고, 피로해지고, 병자도 속출한다. 제자들의 곤비困憊와 공황恐惶 사이에서 공자는 홀로 기력이 조금도 쇠하지 않고, 평소와 마찬가지로 거문고를 켜고 노래하는 것을 그치지 않는다. 일행의 어려움을 보다 못한 자로가, 조금 안색이 바뀌어, 거문고를 켜고 노래하는 공자 곁으로 다가갔다. 그리고 물었다. 부자께서 노래를 함은 예에 맞는가라고. 공자는 답이 없다. 거문고를 켜는 손길도 멈추지도 않는다. 마침내 곡이 끝나고 나서 드디어 말했다.

"유由야. 내가 너에게 말한다. 군자가 음악을 즐김은 우쭐해지지 않기 위해서다. 소인이 음악을 즐김은 두려워하지 않기위해서다. 그게 누구의 자식이란 말이냐. 나를 알지 못하면서나를 따르는 자는."

자로는 순간 귀를 의심했다. 이 어려움 가운데서도 우쭐해지지 않기 위해서 음악을 한다고? 그러나, 바로 그 마음에 생각이 미치자, 그 순간 그는 기뻐졌고, 저도 모르게 도끼를 집어들고 춤을 추었다. 공자가 이에 맞추어 연주를 했고, 곡에 맞추어, 세 번이나 추었다. 곁에 있는 자들은 잠시 배고픔을 잊고피로를 잊고서, 이 무뚝뚝한 즉흥 춤에 빠졌다.

역시 이 어려움 속에서, 아직도 포위가 풀어질 것 같지 않은것을 보고서, 자로가 말했다. 군자도 궁해지는 일이 있습니까?하고. 스승이 평소에 하는 말대로라면, 군자는 궁해질 리가 없을 것이라고 생각했기 때문이다. 공자가 즉석에서 대답했다."궁해진다는 것은 도道에 궁해진다는 말이 아니냐. 이제, 구丘,인의仁義의 도를 품고 난세의 환란을 만났다. 어찌 궁하다고 할수 있겠느냐. 만약 그것이, 먹을 게 없어 몸이 초췌해지는 것을일러 궁하다고 한다면, 군자도 원래부터 궁하다. 하지만, 소인은 궁해지면 곧 문란해진다"라고. 그것이 다를 뿐이라는 것이다. 자로는 자기도 모르게 얼굴이 붉어졌다. 자신 안에 있는 소인을 지적받은 심정이었다. 궁해지는 것도 운명임을 알고, 큰환란에 닥쳐서도 전혀 흥분의 기색도 없는 공자의 모습을 보고는, 이게 바로 대용大勇이로구나 하고 감탄하지 않을 수가 없다. 지난날 자신의 긍지였던, 흰 칼날 앞에 접하면서도 눈 하나 꿈쩍하지 않는다는 식의 자신의 저급한 용勇이, 얼마나 비참하도록 조그만 일인지를 곱씹게 되었던 것이다.

11

허許에서 섭葉으로 가는 길에, 자로가 홀로 공자 일행보다 늦게 밭길을 걷고 있었는데, 갈대소쿠리를 진 한 노인을 만났다. 자로가 가볍게 절을 하고 나서, 부자夫子를 보지 않으셨나요, 하고 물었다. 노인은 멈추어 서서, "부자, 부자 하는데, 도대체 그대가 말하는 부자인가 하는 자를 내가 알 턱이 없지 않은가" 하고 퉁명스럽게 대답을 하고, 자로의 모습을 흘금 바라보고 나서, "보아하니, 사지를 놀리지 않고 실제의 일은 하지 않으면서 공리공론으로 날을 지새우는 사람 같구먼" 하고 경멸하듯이 웃는다. 그러고는 옆에 있는 밭으로 들어가 이쪽을 돌아보지도 않고 열심히 김을 매기 시작했다. 은자隱者의 하나일 것이라고 자로는 생각하고, 읍揖을 하고, 길에 서서 다음 말을 기다렸다. 노인은 잠자코 일을 하고 난 뒤 길로 나와, 자로를 데리고 자신의 집으로 갔다. 이미 날이 저물어 가고 있었던 것이다. 노인은 닭을 잡고 수수를 끓여 대접했고, 두 아들도 자로와 만나게 했다. 식후, 약간의 탁주에 취기가 돈 노인은 곁에 있는 거문고를 집어 연주했다. 두 아이가 그에 맞춰 노래한다.

잠잠湛湛하게* 이슬이 있네
햇볕이 없이는 마르지 않겠지
편하고 고요하게 이 밤에 마시세
취하지 않고는 돌아가지 않으리.

분명 가난한 살림임에도 불구하고, 참으로 넉넉한 여유가
온 집안에 넘치고 있다. 평온하고 충족한 세 부자의 얼굴에서
는, 때때로 어딘지 지적인 것이 번득이는 것도, 놓칠 수가 없
다.

연주를 하고 나서 노인이 자로를 향해 말한다. 뭍으로 가자
면 수레, 물로 가자면 배 이렇게 예로부터 정해져 있소. 이제는
뭍을 배로 가면 어떻겠소? 지금 세상에 주周나라 옛 법을 시행
하려 하는 것은, 마치 뭍을 배로 가자고 하는 것과 같지 않겠
소? 원숭이에게 주공周公의 옷을 입히면, 놀라서 찢어 버릴 것
이 뻔한데 말이지. 운운…… 자로가 공자의 문하생이라는 것을
알고 하는 말임이 분명하다. 노인은 또 말했다. "즐거움을 다하
고서야 비로소 뜻을 얻었다고 할 수 있소. 뜻을 얻는다는 것은
헌면軒冕**을 가리키는 말이 아니오"라고. 지극히 담연淡然한 것
이 이 노인의 이상인 모양이다. 자로로서는 이러한 둔세遁世 철
학은 처음이 아니다. 장저長沮, 걸닉桀溺이라는 두 사람도 만났
다. 초나라의 접여接輿라는 일부러 미친 체하는 사내도 만난 일

---

* '잠잠하게'는 이슬이 많은 모양을 가리킨다.
** 귀인이 타는 수레와 머리에 쓰는 관.

이 있다. 하지만 이처럼 그들의 생활 속에 들어가 하룻밤을 함께 지낸 일은 아직 없었다. 온화한 노인의 말과 유유자적을 즐거워하는 그의 모습을 접하는 가운데, 자로는, 이 또한 아름다운 삶의 방식임이 틀림없다며, 조금은 선망의 느낌을 가질 수밖에 없었다.

그러나, 그도 잠자코 상대방의 말에 끄덕이고만 있을 수는 없었다. "세상과 단절하고 사는 일도 원래 즐겁겠지만, 사람이 사람답게 산다는 것은 즐거움을 다하자는 데에 있는 것이 아닙니다. 구구하게 일신을 깨끗하게 하고자 해서 대륜大倫을 어지럽게 하는 것은 인간의 길이 아닙니다. 우리 또한, 지금 세상에서 도道가 이루어지지 않고 있다는 것은 이미 알고 있습니다. 지금 세상에서 도를 말한다는 것에 대한 위험도 알고 있습니다. 도가 없는 세상인 만큼, 위험을 무릅쓰고라도 도를 말할 필요가 있는 것이 아니겠습니까."

이튿날 아침, 자로는 노인의 집을 떠나 길을 재촉했다. 가는 길 내내 공자와 그 노인을 나란히 놓고 생각해 보았다. 그러면서, 자신을 온전히 할 길을 버리고 도를 위해 천하를 주유하고 있음을 생각하니, 갑자기, 지난밤에는 전혀 느끼지 못했던 증오를, 그 노인에 대해 느끼기 시작했다. 한낮이 가까이 되어, 겨우, 저 멀리 새파란 보리밭 가운데 나 있는 길에 한 무리의 사람 모습이 보였다. 그중에서도 두드러지게 키가 큰 공자의 모습을 보았을 때, 자로는 갑자기, 무엇인지 가슴을 옥죄어 오는 듯한 고통을 느꼈다.

12

송나라에서 진陳나라로 떠나는 나룻배 위에서, 자공과 재여宰予가 토론을 하고 있다. "집이 열 채밖에 안 되는 읍邑이라 하더라도 반드시 충직하고 믿을 만한 구丘 같은 인물은 있다. 하지만 구丘처럼 학문을 좋아하는 자는 없을 것이다"라는 스승의 말씀을 중심으로, 자공은, 이 말에도 불구하고 공자의 위대한 완성은 그 선천적인 소질의 비범함에서 비롯되는 것이라 했고, 재여는, 아니, 후천적인 자기 완성을 위한 노력 쪽이 더 크다고 말한다. 재여에 의하면, 공자의 능력과 제자들의 능력의 차는 양적인 것으로, 결코 질적인 그것은 아니다. 공자가 가지고 있는 것은 만인이 가지고 있는 것이다. 다만 그 하나하나를 공자는 끊임없는 각고刻苦로 지금의 거대한 것으로 완성했을 뿐이라고. 자공은, 그러나, 양적인 차이도 엄청나게 크면 결국 질적인 차이하고 다를 바가 없다고 한다. 게다가, 자기 완성을 위한 노력이 저렇게까지 지속될 수 있다는 것 자체가, 이미 선천적인 비범함의 움직일 수 없는 증거가 아닌가. 하지만, 무엇보다도 공자의 천재의 핵심이 되는 것은 무엇인가 하면, "그것은" 하고 자공이 말한다. "저 뛰어난 중용中庸에 대한 본능이다. 언제 어떤 경우에도 부자夫子의 진퇴를 아름답게 하는, 훌륭한 중용에 대한 본능이다"라고.

무슨 소리를 하고 있는 거야, 하고 곁에서 자로가 벌레를 씹은 듯한 얼굴이 된다. 말만 앞세우는 배알이 없는 작자들! 지금이 배가 뒤집어진다면, 그들은 얼마나 얼굴이 새파래질 것인

가. 무어니무어니 해도 일단 일이 벌어졌다 하면, 실제로 부자에게 도움이 될 수 있는 것은 바로 나야. 재주 있는 변설을 토로하고 있는 두 사람을 앞에 놓고, 교언巧言은 덕을 어지럽힌다는 말을 떠올렸고, 자랑스럽게 자신의 가슴속 한 조각 맑은 마음을 믿는 것이었다.

자로에게도, 그러나, 스승에 대한 불만이 아주 없는 것은 아니다.

진나라 영공靈公이 신하의 아내와 정을 통하고 나서 그 여인의 속옷을 입고 조례에 나와서 이를 자랑했을 때, 설야泄冶라는 신하가 이를 간하다가 죽음을 당했다. 약 백 년 전의 이 사건에 대해 제자 하나가 공자에게 물어본 일이 있다. 설야가 올바르게 간하다가 죽음을 당한 것은 명신 비간比干*의 경우와 다를 바가 없으니, 인仁이라 불러도 좋을까요라고. 공자가 답했다. 아니, 비간하고 주왕紂王의 경우는 혈연이기도 하고, 또 관직으로 보더라도 소사少師이다. 따라서 자신의 몸을 버려 가며 쟁간爭諫해서, 죽음을 당한 뒤에 주왕이 참회할 것을 기대한 것이다. 이는 인仁이라 해야 할 것이다. 설야는 영공과는 골육지간

---

* 비간은 상商의 주왕紂王에게 정치를 바로 잡을 것을 주장하다가 죽었다. 민간 설화에는 주왕은 화를 내며 "성인聖人의 심장에는 구멍이 일곱 개나 있다고 들었다"라며 진짜 그런지 확인하겠다며 비간의 심장을 꺼내도록 하였다고 전한다. 상나라의 정치는 더 이상 회생하기 어려운 상태로 빠져들고 기원전 1046년 주왕은 주周나라 무왕武王과의 목야牧野의 전투에서 패하고 자살하였고 이에 상나라는 망하고 주나라가 세워졌다.

도 아니고, 지위도 일개 대부大夫에 지나지 않는다. 임금이 올바르지 않고 한 국가가 올바르지 않다고 알았으면, 깨끗이 물러나면 될 것을, 제 주제도 알지 못하고, 일국의 음란을 바로잡고자 했다. 스스로 쓸데없이 생명을 버린 것이다. 인이라고 떠들 만한 것은 아니다.

그 제자는 그 말을 듣고 납득하고 물러났지만, 곁에 있던 자로로서는 도저히 납득할 수가 없었다. 당장에, 그는 이렇게 말했다. 인이니 불인이니 하는 것은 잠시 보류하겠습니다. 하지만 어찌됐든 일신의 위험을 잊고서 일국의 문란함을 바로잡으려 한 일에는, 지부지智不智를 초월한 훌륭한 것이 있는 게 아닐까요. 헛되이 목숨을 버렸다고만 할 수 없는 뭔가. 가령 그 결과야 어찌되었든.

"유由야, 너에게는, 그러한 소의小義 안에 깃들어 있는 훌륭함만 보이고, 그 이상은 모르는 것으로 보이는구나. 옛 선비는 나라에 도가 있으면 충성을 다해 이를 돕고, 나라에 도가 없으면 물러나 이를 피했다. 이러한 나아가고 물러섬을 아직 모르는 모양이구나. 시경詩經에 이르기를 백성에게 삿된 일이 많을 때에는 스스로 법규를 세우지 말라고 했다. 생각건대, 설야의 경우에 들어맞는 말 같구나."

"그렇다면" 하고 한참 생각한 뒤에 자로가 말했다. 결국 이 세상에서 가장 소중한 것은, 일신의 안전을 도모하는 일에 있는 것입니까? 몸을 버려서 의를 이루는 일에는 없는 것입니까? 한 인간의 나아감과 물러남의 적합하고 적합하지 않음이, 천하 창생의 안위보다도 중요한 것입니까? 왜냐하면, 지금의 설야가 만약에 눈앞의 난륜亂倫에 얼굴을 찌푸리고 물러났다면, 과연 그의 일신은 그것으로 좋을지도 모르지만, 진나라 백성들에게는 도대체 그것이 무슨 뜻이 있습니까? 오히려 소용없는 짓이라는 걸 알면서도 간하다 죽는 편이, 국민의 기풍에 끼치는 영향으로 보더라도 훨씬 의미가 있는 것이 아닐까요.

"그것은 일신의 보전만이 소중하다고 한 말이 아니다. 그렇다면 비간을 인仁의 사람이라고 칭송하지 않을 것이다. 다만, 생명은 도를 위해 버린다 하더라도, 버릴 때와 버릴 곳이 있다. 이를 헤아리기를 지智로써 하는 것은, 딱히 내 이익을 위한 것이 아니다. 서둘러 죽는 일만이 능사가 아니라는 것이다."

그런 말을 듣고 보면 일단 그럴싸하다는 마음이 들지만, 여전히 석연치 않은 것이 있다. 몸을 죽여 인을 이룬다殺身成仁고 하면서, 그러는 한편으로, 어딘지 명철보신明哲保身하는 것을 최상의 지智라고 생각하는 경향이, 때때로 스승의 말 속에서 느껴지는 것이다. 그것이 아무래도 마음에 걸리는 것이다. 다른 제자들이 전혀 이런 것을 느끼지 않는 것은, 명철보신주의가 그들에게는 본능으로서, 달라붙어 있기 때문이다. 그런 것 모두를 바탕으로 삼은 다음의, 인이요 의가 아니라면, 그들로서는 위험천만하기 이를 데 없는 것이 틀림없다.

자로가 납득하기 어렵다는 얼굴을 하고 물러나자, 그 뒷모습을 보면서 공자가 초연愀然해지면서 말했다. 나라에 도가 있을 때에도 곧기가 화살과 같고, 도가 없을 때 역시 화살과 같구나. 저 사내도 위나라 사어史魚* 같은 부류이군. 아마도, 편안한 죽음을 맞지는 못하겠구나, 라고.

초楚나라가 오吳나라를 쳤을 때, 공윤상양工尹商陽이라는 자가 오나라의 군사를 쫓고 있었는데, 동승하고 있던 왕자 기질棄疾에게 "왕의 사업입니다. 왕자께서 활을 잡아도 가합니다" 해서 비로소 활을 잡았고, "왕자여, 이를 쏘십시오"라고 권하는 바람에 한 사람을 쏘아 죽였다. 그러나 바로 활을 활주머니에 넣고 말았다. 다시 재촉을 받아 다시 활을 꺼냈고, 다시 두 사람을 쓰러뜨렸으나, 한 사람을 쏠 때마다 눈을 가렸다. 마침내 세 사람을 쓰러뜨리더니, "나의 지금의 신분으로서는, 이만하면 반명反命**하기에 족하겠군" 하고 수레를 되돌렸다.

이 이야기를 공자가 전해 듣고, "사람을 죽이는 가운데도, 또한 예가 있다" 하고 감탄했다. 자로에게는, 그러나, 이런 당치도 않은 이야기는 없다. 특히, "자신으로서는 세 명을 쓰러뜨리는 정도로 충분하다" 따위의 말 가운데, 그가 질색하는, 일신의 행동을 국가의 휴척休戚***보다 위에 놓는다는 생각이 확실하게 드러나 있어서, 화가 나는 것이다. 그는 분연히 공자에게

---

* 사어는 위나라의 대부였다. 당시 위나라 영공은 현자 거백옥蘧伯玉을 쓰지 않고 미자하彌子瑕를 중용했다. 사어는 종종 공에게 간언했으나 듣지 않자, 죽기 직전에 그 아들에게 명하여 말하기를 "나는 살아서 군주를 고칠 수 없으니, 죽음으로써 예를 이루려 하니, 시체를 창 밑에 두라"고 했다. 영공은 사어의 장례식에 참석하여 이상히 여겨 그 이유를 물었고, 사어의 유언을 알게 되었다. 영공은 잘못을 깨닫고 미자하 대신 거백옥을 등용했다고 한다. 공자는 "강직하구나 사어여, 이미 죽었으면서도 여전히 시체로 간언하는구나"라고 칭찬했다.

** 명령받은 사람이 결과를 보고함. 복명復命과 같은 뜻.

*** 기쁨과 슬픔.

달려든다. "신하의 절개, 군주의 큰 일을 당해서는, 오직 힘이 미치는 데까지 전력을 다하되, 죽음으로써 그쳐야 마땅합니다. 부자께서는 어찌 그를 선하다 하십니까?" 공자도 이 말에는 한 마디도 할 수 없었다. 웃으면서 대답한다. "옳은 말이다. 네가 하는 말은. 나는, 다만 그, 사람을 죽이는 일을 견딜 수 없는 마음을 취했을 뿐이다."

13

위나라에 드나들기를 네 번, 진나라에 머무르기를 3년, 조曹, 채蔡, 섭葉, 초楚로, 자로는 공자를 따라서 걸었다.

공자의 길을 실행에 옮겨 줄 제후가 나타날 것으로는, 이제는 바랄 수가 없었지만, 그러나, 이상하게도 더는 애를 태우지 않았다. 세상의 혼탁과 제후의 무능과 공자의 불우에 대한 분만과 초조를 여러 해 되풀이하고 난 다음, 이제야 겨우, 막연하게나마, 공자와 그를 따르는 자신들의 운명의 의미를 이해하게 되었던 모양이다. 그것은, 소극적으로 운명이려니 체념하는 기분과는 매우 멀다. 똑같은 운명이라 하더라도, "하나의 작은 나라에 한정되지 않고, 한 시대에 한정되지 않는, 천하 만대의 목탁"이라는 사명감에 눈을 떠 가는, 매우 적극적인 운명이다. 광匡나라 땅에서 폭도들에게 둘러싸였을 때 당당하게 공자가 말한 "하늘 아직 사문斯文*을 멸하지 않았는데 광나라 사람이 그것을 어찌할 것인가"라는 말이, 이제는 자로로서도 잘 이해되는 것이다. 어떠한 경우에도 절망하지 않고, 결코 현실을 경멸하지 않고, 주어진 범위에서 언제나 최선을 다한다는 스승의 지혜의 크기도 알겠고, 언제나 후세의 사람들이 보고 있음을 의식하고 있는 듯한 공자의 거조擧措의 의미도 비로소 고개가 끄덕여지는 것이다. 너무나 넘쳐나는 속된 재능의 방해를 받는 것인지, 명민한 자공에게는, 공자의 이 초시대적인 사명에 대한 자각이 모자란다. 소박하고 정직한 자로 쪽이, 그 단순하기 짝이 없는 스승에 대한 애정 때문이었을까, 오히려 공자라는 존재의 큰 의미를 깨달을 수 있었던 것 같다.

방랑의 세월이 거듭되는 가운데, 자로도 어느 새 50세가 되었다. 모난 곳圭角이 없어졌다고는 말할 수 없지만, 역시 인간의 중후한 맛이 더해졌다. 후세의 이른바 "만종萬鍾의 녹이 나에게 무슨 보탬이 되겠는가"라던 기골氣骨도, 형형한 그의 눈빛도, 말라빠진 떠돌이의 부질없는 자긍심으로부터 떠나, 이미 당당한 일가一家의 풍격을 지니게 되었다.

14

공자가 네 번째 위나라를 찾아갔을 때, 젊은 위후衛侯와 정경공숙어孔叔圉 등이 원하는 대로, 자로를 추천해서 이 나라를 섬

* 공자의 도와 학문.

기게 했다. 공자가 10여 년 만에 고국으로 맞아들여졌을 때에
도, 자로는 홀로 위나라에 머물렀다.

지난 10년간, 위는 남자南子 부인의 난행을 중심으로 끊임없
이 분쟁을 거듭하고 있었다. 우선 공숙수孔叔戌라는 자가 남자
를 배척하려 도모하다가 오히려 참언을 듣고서 노나라로 망명
했다. 이어서 영공靈公의 태자 괴외蒯聵도 의붓어머니 남자를
칼로 찔러 죽이려다 실패해서 진나라로 도망쳤다. 태자가 궐위
된 상태로 영공이 죽었다. 하는 수 없이 망명해 있는 태자의 어
린 아들 첩輒을 세워 그 뒤를 잇게 한다. 출공出公이 바로 그이
다. 도피한 전 태자 괴외는 진나라의 힘을 빌려 위의 서부로 침
입해서 호시탐탐 위후의 자리를 노린다. 이에 항거하는 현재의
위후인 출공은 그의 아들이고, 자리를 빼앗고자 노리는 자는
아버지다. 자로가 섬기게 된 위나라는 이런 형국이었다.

자로의 일은 공가孔家를 위해 재상으로서 포蒲의 땅을 다스
리는 일이다. 위나라 공가는, 노나라의 계손씨季孫氏에 해당하
는 명가로서, 당주 공숙어는 이름난 대부로서의 긍지가 대단하
다. 포蒲는 얼마 전 남자의 참언 때문에 망명한 공숙수의 옛 영
지였으므로, 따라서, 주인을 쫓아낸 현 정부에 대해 매사에 반
항적인 태도를 취하고 있다. 원래 인심이 흉흉한 고장이어서,
지난날 자로 자신도 공자를 따르다가 이 땅에서 폭도에게 습
격받은 일도 있다.

임지로 떠나기에 앞서, 자로는 공자에게 가서, "읍에 장사壯
士가 많아 다스리기 힘들다"는 소리를 듣고 있던 포蒲의 사정
을 말하며, 가르침을 구했다. 공자가 말한다. "공恭으로써 경敬

하면 용勇을 두려워할 것이 없고, 관寬으로써 정正하면 강强을 품을 것이요, 온溫으로써 단斷하면 간姦을 억제할 것이니라"고. 자로가 재배再拜하여 감사를 표하고 흔연히 임지로 갔다.

포에 도착하자 자로는 우선 그곳의 유력자, 반항분자 등을 불러, 이들과 속을 터놓고 대화를 했다. 그들을 길들이고자 하는 수단이 아니었다. 공자가 늘 말하는, "가르치지 않고 형벌을 주는 일은 옳지 못하다"는 것을 알고 있기 때문에, 우선 그들에게 자신의 뜻이 어디에 있는지를 밝혔던 것이다. 꾸미지 않는 솔직함이 이 거친 고장 사람들의 마음에 비쳤던 모양이다. 장사들은 모두 자로의 명쾌함과 활달함에 따랐다. 게다가 이 무렵이 되자, 이미 자로의 이름은 공문에서 가장 으뜸가는 쾌남이라고 천하에 알려져 있었다. "말 한마디로 옥獄을 진정시킬 수 있는 자는, 바로 유由가 아닐까"라고 한 공자의 추천의 말까지가, 부풀려지고 꼬리까지 붙어 가며 널리 알려져 있었던 것이다. 포의 장사들을 따르게 만든 것 중, 하나는 분명히 이런 평판이었다.

3년 후, 공자가 우연히 포 땅을 지나갔다. 우선 영내에 들어섰을 때. "좋도다, 유由야, 공경하고 미덥구나" 했다. 나아가 읍에 들어섰을 때, "좋구나, 유야, 충신忠信하고 너그럽구나"라고 말했다. 마침내 자로의 집에 들어가면서는 "좋구나, 유야, 명찰明察하고 단호하구나"라고 말했다. 말 고삐를 잡고 있던 자공이, 아직 자로를 보지도 않고서 이처럼 칭찬하는 까닭을 묻자, 공자가 대답했다. 이미 그 영역에 들어가 보니 논밭이 빠짐 없이 손질이 잘 되어 있고 초원이 펼쳐지고, 도랑들은 깊게 정비되어 있다. 다스리는 자를 공경하고 믿으므로, 백성들이 그 힘을 다하고 있기 때문이다. 그 읍에 들어가 보니, 민가의 담장이 완비되고 수목이 무성하다. 다스리는 자가 너그러우므로, 백성들이 그들이 할 일을 소홀히 하지 않기 때문이다. 마침내 그 마당에 이르러 보니, 매우 청한清閑하고, 아랫사람들이 어느 누구도 명을 어기는 자가 없다. 치자治者의 말이 명찰明察하고 단호하므로, 그 정政이 흐트러지지 않기 때문이다. 아직 유를 보지 않았지만, 속속들이 그의 다스림을 알 수 있지 않느냐라고.

15

노나라 애공哀公이 서쪽 큰 벌판에서 사냥을 하다가 기린麒麟을 잡았을 무렵, 자로는 일시 위나라에서 노나라로 돌아가 있었다. 소주小邾의 대부 역射이라는 자가 나라에 반기를 들었다가 노나라로 도망쳤다. 자로와 만난 적이 있는 이 사내는, "계로季路로 하여금 내가 필요하다고 하게 하면, 내가 맹세할 필요도 없다"고 말했다. 당시의 관습으로, 다른 나라에 망명한 자는, 그 생명의 보증을 그 나라에서 확약을 받고 나서야 비로소 편안히 지낼 수가 있었는데, 이 소주小邾의 대부는 "자로만 그 보증에 입회해 주면 노나라의 맹세 따위는 필요없다"는 것이다. 자로의 신信과 직直이 그만큼 세상에 알려져 있다는 것이다. 그런데, 자로는 그 신뢰를 단박에 거절했다. 어떤 사람이 말한다. 천 대의 병거兵車를 낼 정도의 대국의 맹세도 믿을 수 없으면서, 단 한 명의 말을 믿겠다고 말한다. 남자의 숙원이 이보다 더할 수가 없는데, 어찌해서 이를 수치로 삼았는가, 라고. 자로가 대답했다. 노나라가 소주小邾와의 사이에 일이 벌어졌을 때, 그 성하城下에서 죽으라고 한다면, 무슨 일인지를 묻지 않고 기꺼이 따르겠다. 그러나 역射이라는 사내는 나라를 팔아먹은 불충한 신하다. 만약 그의 보증을 하게 된다면, 스스로 매국노라고 시인하는 꼴이 되지 않겠는가. 내가 할 수 있는 일인지, 할 수 없는 일인지, 생각할 것까지도 없지 않은가!

자로를 잘 알고 있는 사람은, 이 이야기를 들었을 때, 자기도 몰래 미소를 지었다. 너무나도 그가 할 만한 일이고, 할 만한 말이었기 때문이다.

같은 해, 제齊나라 진항陳恒이 그 임금을 죽였다. 공자는 재계하기를 사흘 만에, 애공哀公 앞에 나아가, 의를 위해 제를 치자고 청했다. 이렇게 청하기를 세 번. 제나라의 강함을 두려워한 애공은 들으려 하지 않는다. 계손季孫에게 이를 고해 일을 도모하라고 한다. 계강자季康子가 이에 찬성할 리가 없는 것이다. 공자는 임금 앞에서 물러나, 사람들에게 말했다. "나는, 대부의 뒤를 따랐을 뿐이다. 그래서 굳이 말하지 않을 수 없었다." 소용이 없다는 것을 알고도 일단 말하지 않을 수 없는 자신의 지위였다는 것이다. (당시 공자는 국로國老의 대우를 받고 있었다.)

자로는 잠시 얼굴이 어두워졌다. 부자가 한 일은, 그저 모양새를 갖추기 위해서 한 것이 지나지 않았단 말인가. 모양새를 갖추기만 하면, 그것이 실행에 옮겨지지 않더라도 아무렇지도 않게 지낼 정도의 의분義憤이란 말인가?

가르침을 받아 온 지 40년이 가깝건만, 여전히, 이 간격은 어쩔 수 없는 것이다.

16

자로가 노나라에 와 있는 동안, 위나라에서는 정계의 대들보인 공숙어孔叔圉가 죽었다. 그 미망인으로, 망명 태자 괴외蒯聵의 누나에 해당하는 백희伯姬라는 여자 책사가 정치의 표면에 등장한다. 외아들 회悝가 아버지 어圉의 뒤를 이은 것으로 되어 있기는 하지만, 이는 명목에 지나지 않는다. 백희 쪽에서 본다면 지금의 위후 첩輒은 조카이고, 자리를 노리고 있는 전 태자는 동생이어서, 가깝기로 말하자면 다를 것이 없을 것 같지만, 애증과 이욕利慾의 복잡한 일들이 얽혀, 묘하게 동생만을 위해서 일을 꾸미려 한다. 남편이 죽은 후 매우 총애하고 있는 시중드는 소년에서 올라온 미청년 혼양부渾良夫를 사자로 해서, 아우 괴외 사이를 오가게 하면서, 몰래 현재의 위후를 축출하고자 꾀하고 있다.

자로가 다시 위로 돌아와 보니, 위후 부자의 싸움이 더욱 격화해서, 정변의 기운이 농후해지고 있음을 느낄 수 있었다.

주周의 소왕昭王 40년 윤12월 어느 날. 저녁 가까이 되어서 자로의 집으로 황급하게 뛰어든 사자가 있었다. 공가孔家의 노인 난녕欒寧에게서 온 것이다. "오늘, 전 태자 괴외가 도읍으로 잠입. 지금 공씨 저택으로 들어가 백희, 혼양부와 함께 당주當主인 공회를 위협하면서 자신을 위후로 추대하게 했다. 대세는 이미 움직이기 어렵다. 자신(난녕)은 이제 현 위후를 모시고 노나라로 피하려 한다. 뒷일을 잘 부탁한다"라는 것이다.

마침내 왔구나, 하고 자로는 생각했다. 좌우간, 자신의 직접적인 주인인 공회가 위협받았다는 소리를 듣고서는, 가만히 있을 수가 없다. 허겁지겁 칼을 집어들고, 그는 공궁公宮으로 달려간다.

바깥 문을 들어가려 하다가, 마침 안에서 나오는 요상한 사내와 부딪쳤다. 자고子羔였다. 공문孔門의 후배로, 자로의 추천으로 이 나라의 대부가 된, 정직하고, 소심한 사내다. 자고가 말한다. 안쪽 문은 이미 닫혀 버렸습니다. 자로. 아니, 좌우간 갈 수 있는 데까지는 가 보자. 자고. 하지만, 이미 소용이 없습니다. 오히려 화를 당할 수도 있습니다. 자로가 거친 목소리로 말한다. 공가公家의 녹을 먹는 몸이 아닌가. 어찌 화를 피하겠는가?

자고를 뿌리치고 내문內門 부근까지 오니, 과연 안에서 잠겨 있다. 쿵쿵 사납게 두들겼다. 들어오면 안 된다! 이렇게 안에서 외친다. 그 소리를 듣고서 자로가 호통을 쳤다. 공손감孔孫敢이군, 그 목소리는. 화를 피하기 위해 절개를 굽히는 따위의, 나는, 그런 인간이 아니다. 그 녹을 먹은 이상, 그 우환을 구해내야 하는 거야. 열어라! 열어라!

마침 안에서 사자들이 나왔으므로, 그와 엇갈려서 자로는 안으로 뛰어들었다.

보니, 넓은 뜰에 군중이 가득하다. 공회孔悝의 이름으로 새로운 위후가 옹립된다는 선언이 있다면서 급작스럽게 모아 놓은 신하들이다. 모두가 제각각 경악과 곤혹의 표정을 한 채 향배向背를 놓고 망설이는 것 같았다. 뜰에 면한 노대露臺 위에는 젊은 공회가 어머니 백희와 숙부인 괴외의 압박에, 일동을 향해 정변의 선언과 그 설명을 하라고, 강요받고 있는 상황이었다.

자로는 군중의 뒤에서 노대를 향해 큰 소리로 외쳤다. 공회를 잡아서 어쩌자는 것인가! 공회를 놓아주어라. 공회 한 사람을 죽인다 해도 정의파는 망하지 않는다!

자로로서는 우선 그의 주인을 구출하고 싶었던 것이다. 광장의 소란한 소리가 순간 멈추고, 일동이 자신 쪽을 돌아보고 있음을 알자, 이번에는 군중을 향해 선동을 시작했다. 태자는 소문난 겁쟁이다. 아래서 불을 놓아 대를 태워 버리면, 겁이 나서 공숙회를 놓아 줄 것이 틀림없다. 불을 지르자. 불을!

이미 어스름이 닥쳤는지라 뜰 여기저기에 화톳불이 피워져 있다. 이를 가리키면서 자로가 "불을! 불을!" 하고 외친다. "선대인 공숙문자孔叔文子(圉)의 은의를 느끼는 자들은 불을 들어 대를 태워라. 그리고 공숙을 구하라!"

대 위의 찬탈자들은 크게 놀라, 석걸石乞, 맹염盂黶 두 검사劍士에게 명해, 자로를 치라고 했다.

자로는 두 사람을 상대로 격하게 칼싸움을 벌였다. 왕년의 용자 자로도, 하지만, 나이는 이길 수 없다. 점차로 피로가 더 해지고, 호흡은 거칠어진다. 자로의 형세가 안 좋은 것을 본 군중은, 이때 겨우 기치旗幟를 분명히 했다. 욕설이 자로를 향해 쏟아지고, 무수한 돌과 막대기가 자로의 몸에 부딪쳤다. 적의 창끝이 뺨을 스쳤다. 영纓(관의 끈)이 끊어지고, 관이 떨어지려 한다. 왼손으로 그것을 지탱하려 하는 순간, 또 하나의 적의 검이 어깨를 파고든다. 피가 튀고, 자로는 쓰러지고, 관이 떨어진다. 쓰러지면서, 자로는 손을 뻗어 관을 집어 들었고, 똑바로 머리에 쓰고 재빨리 관의 끈을 묶었다. 적의 칼날 밑에서, 시뻘겋게 피를 뒤집어쓴 자로가, 마지막 힘을 다해 절규한다.

"보아라! 군자는, 관을, 바르게 하고서, 죽는 것이다!"

온몸이 생선회처럼 난자당하면서, 자로는 죽었다.

노나라에서 먼 위나라의 정변 소식을 들은 공자는 그 자리에서 "시柴(자고子羔)는 돌아올 것이다. 유由는 죽었구나" 하고 말했다. 과연 그 말대로 되었음을 알게 되었을 때, 이 늙은 성인은 우뚝 서서 잠시 눈을 감고 있었지만, 이윽고 산연潸然히 눈물을 흘렸다. 자로의 시체가 소금에 절여졌다는 말을 듣고는, 온 집안의 젓갈류를 모두 버리게 하고, 그 뒤로는, 소금을 일절 상 위에 올려놓지 못하게 했다고 한다. (1942.6)

이능 李陵

1

　한漢나라 무제武帝 천한天漢 2년 가을 9월, 기도위騎都尉 이능李陵은 보졸 5천을 이끌고, 변방 요새 차로장遮虜鄣을 떠나 북으로 향했다. 알타이산맥의 동남단이 고비 사막에 파묻히려 하는 경계의 모래와 자갈땅인 구릉 지대를 누비며 북행하기를 30일. 삭풍은 융의戎衣에 불어쳐 차갑고, 참으로 만 리까지 외로운 군대萬里孤軍가 왔구나 하는 감개가 깊다. 고비 사막 북쪽 준계산浚稽山 아래 이르러서야 군대는 드디어 멈추고 진영을 쳤다. 이미 흉노의 세력권 안에 깊이 진입해 있는 것이다. 가을이라 해도 북쪽 땅인 만큼, 목숙苜蓿도 말라 버리고, 느릅나무와 능수버들 잎도 이미 다 떨어져 있다. 나뭇잎은커녕, 나무 그 자체조차(숙영지 근처를 제외하고는), 좀처럼 보이지 않을 정도로, 오직 모

래와 바위와 돌무더기와, 물도 없는 강바닥뿐인 황량한 풍경이
었다. 아무리 보아도 인기척과 연기도 보이지 않고, 어쩌다가
찾아오는 것이라고는 황야에서 물을 구하느라 헤매고 있는 영
양羚羊 정도일 뿐이다. 우툴두툴하게 가을 하늘을 가로막는 먼
산꼭대기를 높다랗게 기러기의 행렬이 서둘러 날고 있는 것을
보면서도, 그러나, 어느 장졸將卒 하나 달콤한 고향에 대한 그
리움이 우러나는 자는 없다. 그 정도로, 그들의 위치는 위험하
기 짝이 없는 것이다.

기병을 주력으로 하는 흉노를 향해, 한 무리의 기마병도 없
이 보병만으로(말을 타고 있는 것은 능陵과 그의 막료 몇몇에 지
나지 않았다) 이렇게 오지 깊숙이까지 침입하는 것으로 보아,
무모하기 짝이 없다고 할 수밖에 없다. 그 보병이라는 것도 겨
우 5천이고, 후원하는 군대도 없는 데다, 게다가 이곳 준계산
은, 가장 가까운 한나라 요새가 있는 곳으로부터 자그마치 1천
5백 리(중국 리)*나 떨어져 있다. 통솔자 이능에 대한 절대적인
신뢰와 심복心服이 없이는 도저히 이어질 수가 없는 행군이었
다.

해마다 가을바람이 불기 시작하면 으레 한나라 북방에는,
호마胡馬에 채찍질을 하면서 사나운 침략자의 대부대가 나타난
다. 변방의 관리가 죽음을 당하고, 백성들이 잡혀 가고, 가축이
약탈당한다. 오원五原, 삭방朔方, 운중雲中, 상곡上谷, 안문雁門 같

---

* 중국의 1리는 우리나라와 비슷하게 약 400미터이다. 참고로 일본의 1리
  는 약 4킬로미터이다.

은 곳이 그 예년例年의 피해지다. 대장군 위청衛青, 표기장군驃騎將軍 곽거병霍去病의 무략에 의해 한때 사막 남쪽으로는 왕의 뜰이 없다는 소리를 듣던 원수元狩 이후 원정元鼎까지에 걸친 몇 해를 빼고는, 지난 30년 동안 빠짐없이 이 북변의 재앙은 계속되어 왔다. 곽거병이 죽고서 18년, 위청衛青이 몰沒하고서 7년. 착야후浞野侯 조파노趙破奴는 전군을 이끌고 포로가 되었고, 광록훈光祿勳 서자위徐自爲가 북방에 구축해 놓은 성벽도 순식간에 파괴되었다. 전군의 신뢰를 받기에 족한 장수라고는, 겨우 지난해 대원大宛을 원정해서 이름을 날린 이사장군貳師將軍 이광리李廣利가 있음에 불과하다.

그해 — 천한天漢 2년 여름 5월 — 흉노가 침략하기에 앞서, 이사장군이 3만 기騎의 장수로서 주천酒泉을 나갔다. 자꾸만 서쪽 변방을 엿보고 있는 흉노의 우현왕右賢王을 천산天山에서 쳐부수자는 것이었다. 무제武帝는 이능에게 명해 이 군대의 병참을 담당하게 하려 했다. 미앙궁未央宮의 무대전武臺殿으로 불려 간 이능은, 그러나, 극력 그 역할을 면제해 주기를 주청했다. 능陵은 비장군飛將軍이라고 불리던 명장 이광李廣의 손자. 일찍이 할아버지의 기운이 엿보인다는 소리를 듣는 기사騎射의 명수였고, 수년 전부터 기도위騎都尉로서 서쪽 변방의 주천, 장액張掖에 있으면서 활쏘기를 가르치며 병사들을 단련하고 있었던 것이다. 나이도 이제 마흔에 가까운 혈기 왕성한 그로서는, 병참을 맡는다는 것은 너무나 초라한 일이었음이 틀림없다. 신臣이 변경에서 기르고 있는 병사들은 전부 형초荊楚*의 일기당천의 용사인 만큼, 바라옵건대 그들 한 무리를 이끌고, 측면으로부터 흉노의 군대를 견제하고자 한다는 이능의 탄원에는, 무제도 고개를 끄덕이게 하는 바가 있었다. 그러나, 계속적으로 사방으로 파병을 해야 하므로, 공교롭게도, 능의 군대에 배당해 줄 기마의 여력이 없는 것이었다. 이능은 그래도 상관없다고 했다. 분명 무리라고 생각은 했지만, 병참 따위를 맡기보다는, 오히려 자신을 위해 목숨을 아끼지 않는 부하 5천과 더불어 위험을 무릅쓰는 쪽을 택하고 싶었던 것이다.

신 바라옵건대 소少를 가지고 중衆을 치고자 합니다라는 능의 말을, 화려한 것을 즐기는 무제는 매우 기뻐하며, 그 소원을 받아들였던 것이다. 이능은 서쪽 장액으로 돌아오자, 부하 병사들을 정비하고 나서 곧바로 북쪽을 향해 출발했다. 당시 거연居延에 주둔하고 있던 강노도위彊弩都尉 노박덕路博德이 조칙을 받고서, 능의 군사를 중도까지 마중 나왔다. 여기까지는 좋았지만, 그로부터가 시원찮게 되고 만다. 원래 이 노박덕이라는 사내는 이전부터 곽거병의 부하로 군에 있었고, 비리후邘離侯로까지 봉해졌으며, 특히 12년 전에는 복파伏波장군으로서 10만 대군을 이끌고 남월南越을 멸한 노장이다. 그 뒤, 법을 어겨서 후의 자리를 잃고 현재의 지위로 떨어져 서쪽 변방을 지키고 있다. 나이로 보더라도 이능하고는 아버지와 아들 정도로 차이가 난다. 지난날에는 후의 지위에 있던 그 노장이 이제 와서 젊은 이능 같은 후진에게 머리를 숙여야 한다는 일이 무엇보다

---

* 중국 남방의 양자강 중류 지역이다.

도 불쾌했던 것이다. 그는 능의 군대를 맞이하는 동시에, 도읍으로 사신을 보내 상주하게 했다. 바야흐로 가을인지라 말들이 살찐 이 마당에 적은 군사를 거느리고서는 기마전을 장기로 하는 그들의 예봉을 감당하기가 어렵다. 그러므로, 이능과 더불어 해를 넘기고, 봄을 기다려, 주천, 장액의 기마병 각 5천으로 출격하는 편이 득책이라고 믿는다는 상주문이다. 물론, 이능은 이 일을 알지 못한다. 무제는 이를 보자 매우 분노했다. 이능이 박덕과 의논한 끝에 올린 상서上書라고 생각했던 것이다. 내 앞에서는 그처럼 큰소리를 쳐 놓고서는, 막상 변방까지 가서는 갑자기 겁을 먹다니 무슨 일이냐는 것이다.

곧바로 사자가 도읍으로부터 박덕과 능에게로 달려온다. 이능은 소로써 중을 깨겠노라고 내 앞에서 큰소리를 쳤으므로, 그대는 이와 협력할 필요는 없다. 지금 흉노가 서하西河로 침입했다고 하니, 그대는 신속히 능을 남겨두고 서하로 달려가 적의 길을 차단하라는 것이 박덕에게로 온 조칙이었다. 이능에게로 온 조칙에는, 즉각 사막 북쪽으로 가서 동으로는 준계산으로부터 남쪽으로는 용륵수龍勒水 주변까지를 정찰 관망하고, 만약에 이상이 없다면 착야후浞野侯의 옛길을 따라 수항성受降城에 이르러 군사를 쉬게 하라는 것이다. 박덕하고 의논을 하고 올린 그 상서는 도대체 무엇이냐는 매서운 힐문도 곁들여 있었음을 말할 것도 없다. 적은 숫자의 군사를 가지고 적지를 배회하는 일이 얼마나 어려운 일인지는 별개로 하더라도, 여기서 지정된 수천 리의 길은, 기마를 갖추지 않은 군대로서는 매우 어려운 일이다. 도보에만 의존하는 행군 속도와, 인력에 의

322

한 수레의 견인력과, 겨울에 접어드는 호지胡地의 기후를 생각한다면, 이는 누구에게도 분명한 일이었다. 무제는 결코 용렬한 왕은 아니었지만, 똑같이 용렬한 왕이 아니었던 수나라 양제煬帝나 시황제始皇帝 등과 공통된 장점과 단점을 가지고 있었다. 더할 나위 없이 총애하는 이李 부인의 오라비인 이사貳師장군만 해도, 병력 부족 때문에 일단 대원에서 철수하려다가 황제의 역린을 건드려, 옥문관玉門關이 닫히고 말았다. 황제가 한번 말을 꺼내면, 어떤 일이 있어도 절대로 관철해야 한다. 그런마당에, 이능의 경우는, 애초에 스스로 청했던 역할이기도 하다. (그저 계절과 거리에 상당히 무리한 주문이 있을 뿐) 주저할 만한 이유는 어디에도 없었다. 그는, 이렇게, '기병을 동반하지 않은 북정北征'에 나섰던 것이다.

준계산 산간에는 열흘가량 머물렀다. 그사이, 날마다 척후병을 멀리까지 내보내서 적의 상황을 탐색한 것은 물론이고, 그 부근의 산천의 지형을 빠짐없이 그려서 도읍으로 보고해야 했다. 보고서는 휘하의 진보락陳步樂이라는 자가 몸에 지니고, 단신 도읍으로 가야 했다. 선택된 사자는, 이능에게 꾸벅 인사를 하고서, 열 마리도 되지 않는 말 가운데 한 마리에 올라타고서, 채찍질을 한 번 하고는 언덕을 내려갔다. 회색으로 건조해진 막막한 풍경 속으로, 그 모습이 점점 조그마하게 되어 가는 모습을, 이 한 무리의 군사들은 왠지 불안한 마음으로 지켜보았다.

열흘 동안, 준계산의 동서 30리 안에서는 호병胡兵도 볼 수 없었다.

그들에 앞서 여름에 천산으로 출격한 이사장군은 일단 우현 왕右賢王을 격파하고서, 돌아오는 길에 다른 흉노의 대군에 포위되어 참패했다. 한나라 병사는 열에 예닐곱은 쓰러지고, 장군의 일신까지도 위태로웠다고 한다. 그 소문은 그들의 귀에도 들어와 있다. 이광리를 격파한 그 적의 주력이 지금 어느 부근에 있는 것일까? 지금, 인우因杆장군 공손오公孫敖가 북쪽 변방에서 방어하고 있는(능과 일을 분담을 하고 있는 노박덕路博德은 이를 응원하러 가 있다) 적군은, 거리와 시간을 살펴볼 때, 아무래도 문제의 적의 주력 같다는 생각이 들지 않는 것이다. 천산天山으로부터 그처럼 빨리, 동쪽으로 4천 리나 되는 하남河南(오르도스) 땅까지 갈 수 있을 턱이 없기 때문이다. 아무래도 흉노의 주력은 지금, 능의 군사가 머물러 있는 곳으로부터 북쪽 질거수郅居水와의 사이에 머물러 있어야 한다는 계산이 나온다. 이능 자신 매일 앞산 꼭대기에 서서 사방을 바라보는데, 동쪽으로부터 남쪽에 걸쳐 막막하게 평평한 모랫벌만이 펼쳐져 있고, 서로부터 북에 걸쳐서는 수목이 드문 구릉성 산들이 이어져 있을 뿐, 가을의 구름 사이로 때때로 수리나 매 같은 새의 그림자를 보는 일은 있지만, 지상에는 하나의 호병胡兵도 보이지 않는 것이다.

산골짜기의 듬성듬성한 숲 밖에 병거를 배열해서 에워싸고, 그 안에 장막을 이어 놓은 진영이다. 밤이 되면, 기온이 뚝 떨어진다. 사졸士卒들은 얼마 안 되는 나무들을 꺾어 화톳불을 만들어 몸을 녹였다. 열흘이 지나자 달이 없어졌다. 공기가 건조한 탓인지, 별이 유독 아름답다. 거뭇거뭇한 산 그림자와 매우 가까이, 밤마다, 낭성狼星*이 창백한 빛을 비스듬히 비추고 있었다. 열흘 동안 아무 일도 없이 지낸 후, 내일이면 드디어 이곳을 떠나, 지정된 진로를 남동으로 향하고자 결정한 그날 밤의 일이다. 한 보초가 별생각 없이 이 반짝이는 낭성을 쳐다보고 있는데, 갑자기 그 별 바로 밑으로 매우 큰 주황색 별이 나타났다. 어라, 하고 생각하고 있는 사이, 그 낯선 커다란 별이 붉고 굵은 꼬리를 끌며 움직인다. 그에 이어서, 둘, 셋, 넷, 다섯, 똑같이 생긴 빛이 그 주위에 나타나서, 움직였다. 저도 몰래 보초가 소리를 지르려 했을 때, 그들 멀리 있는 빛들이 훅 일시에 꺼졌다. 마치 지금 본 것이 꿈이었던 것처럼.

보초의 보고를 들은 이능은, 전군에 명을 내려, 내일 새벽 즉시 전투를 위한 준비를 하게 했다. 밖으로 나가 일단 각 부서를 점검하고 나자, 다시 장막으로 들어가, 천둥처럼 코를 골며 푹 잠이 들었다.

이튿날 아침 이능이 눈을 떠 밖으로 나가 보니, 전군은 이미 지난밤의 명령대로 진형을 취하고서, 조용히 적을 기다리고 있었다. 모두가, 병거를 늘어놓은 바깥쪽으로 나가, 창과 방패를 잡은 자들이 앞 열에, 궁노를 손에 잡은 자들이 뒷 열에 배치되

* 낭성은 전통 별자리인 28수 가운데 정수井宿에 속하며, 천랑성天狼星이라고도 한다. 삼수參宿의 동남쪽에 있다. 하늘에서 가장 밝은 별이며, 서양 별자리인 큰개자리의 알파별 곧 '시리우스'라고 부르는 별이 바로 낭성이다. 이 별이 너무나 밝아서 옛 사람들은 하늘의 야전 사령관으로 침략을 주관한다고 생각했다.

어 있는 것이다. 이 골짜기를 끼고 있는 두 개의 산은 아직 새벽 어둠 속에서 쥐 죽은 듯 고요했지만, 여기저기 바위 그늘에는 무엇인가가 숨어 있는 듯한 기척이 어쩐지 감돌고 있다.

아침 햇살이 골짜기에 비춤과 동시에(흉노는, 단우單于가 먼저 아침 해를 예배한 뒤가 아니면 일을 도모하지 않았을 것이다) 지금까지 아무것도 보이지 않던 양쪽 산꼭대기로부터 사면에 걸쳐 무수한 사람 그림자가 일시에 들끓었다. 천지를 뒤흔드는 함성과 함께 호병胡兵은 산 밑으로 쇄도했다. 호병의 선두가 20보 거리에 다가왔을 때, 그때까지 조용히 있던 한의 진영에서 처음으로 북소리가 울렸다. 곧바로 천노千弩가 일제히 발사되고, 활 소리에 응해 수백의 호병이 일제히 쓰러졌다. 간발의 사이도 없이, 허둥거리는 뒤처진 호병을 향해, 한군漢軍 앞열의 창 든 자들이 덮친다. 흉노군은 완전히 궤멸해서, 산 위로 도망쳤다. 한군은 이를 추격해서 포로의 목을 벤 것이 수천.

산뜻한 승리이기는 했지만, 집념에 불타는 적이 이대로 물러날 리는 없다. 오늘의 적군만 해도 족히 3만은 되었을 것이다. 게다가, 산 위에 휘날리고 있는 기치로 볼 때 이는 분명 단우單于의 친위군이다. 단우가 있다는 것을 생각하면, 8만이나 10만의 후원군이 당연히 들이닥칠 것으로 각오해야 한다. 이능은 즉각 이곳을 물러나 남쪽으로 이동하기로 했다. 그것도, 여기서 남동 2천 리의 수항성受降城으로 가려던 전날까지의 예정을 바꾸어, 반 달 전에 왔던 그 길을 남쪽으로 잡아 하루바삐 거연새居延塞(이 역시 수백 리 떨어져 있지만)로 들어가고자 했던 것이다.

남쪽으로 가는 사흘째 되는 낮, 한군의 후방 저 멀리 북쪽 지평선에, 구름처럼 누런 먼지가 일어나는 것이 보였다. 흉노 기병의 추격이다. 이튿날에는 이미 8만의 호병이 기마의 쾌속을 이용해, 한군의 전후좌우를 빈틈없이 포위하고 있었다. 단, 며칠 전의 실패에 혼이 나, 지금 거리까지는 가까이 오지 않는다. 남으로 행진해 가는 한군을 멀리 에워싸고서, 말 위에서 멀리 화살을 쏘아대고 있는 것이다. 이능이 전군을 멈추게 해서, 전투의 체형을 만들면, 적은 말을 달려 멀리 물러나, 접전을 피한다. 다시 행군을 시작하면, 또 가까이 와서 화살을 쏜다. 행군 속도가 현저하게 느려지는 것은 말할 것도 없고, 사상자도 매일 확실하게 늘어 가는 것이다. 굶주리고 피곤해진 여행자의 뒤를 쫓는 광야의 이리처럼, 흉노의 군대는 이 전법을 계속 취해서 집념 깊게 쫓아온다. 조금씩 상처를 입게 하다가, 언젠가는 최후의 일격을 가하려고 그 기회를 엿보고 있는 것이다.

싸우며, 물러서며 남행하기를 다시 며칠, 어느 산골짜기에서 한군은 하루 휴양을 취했다. 부상자도 이미 상당한 수에 이른다. 이능은 전원을 점호해서, 피해 상황을 조사한 다음, 상처가 한 군데에 지나지 않는 자는 평소처럼 병기를 잡고 싸우게 했고, 두 곳을 다친 자는 계속 병거를 밀게 했고, 세 곳을 다친 자는 비로소 련輦*에 태워 옮기기로 했다. 수송력이 마땅치 않아 시체는 모두 광야에 버리는 수밖에 없었다. 이날 밤, 진중 시찰

---

* 두 사람이 수레를 끄는 모습을 형상화하고 있는 것에서 알 수 있듯이 사람의 손으로 밀거나 끄는 작은 수레를 가리킨다.

을 하다가, 이능은 우연히 한 보급수레 위에서 남자 옷을 입은 여인을 발견했다. 전군의 차량에 대해 하나하나 조사해 보았더니, 마찬가지로 10여 명의 여자를 찾아낼 수 있었다. 지난해 관동의 군도群盜가 일시에 도륙을 당했을 때, 그 처자 등이 쫓겨서 서쪽 변경으로 가서 살았다. 그들 과부 중 먹고살기가 힘들어, 변경 수비병의 아내가 되기도 하고, 혹은 그들을 상대로 창부 노릇을 하게 된 자가 적지 않았다. 병거 속에 숨어 이 멀리 사막 북쪽까지 따라온 것은 그런 자들이다. 이능은 군리軍吏에게 이들을 베라고 간단히 명했다. 그녀들을 데리고 온 병졸에 대해서는 한마디도 하지 않는다. 산간의 우묵한 땅으로 끌려간 여인들의 가냘픈 울음소리가 한동안 계속된 다음, 갑자기 그 소리가 밤의 어둠에 훅하고 삼켜진 듯이 하나씩 멈추어 가는 것을, 군막에 있는 장졸들은 모두 숙연하게 듣고 있었다.

이튿날 아침, 오랜만에 육박해 온 적을 맞아서 한나라 전군은 있는 힘껏 싸웠다. 적이 버리고 간 시체 3천여. 연일 이어진 집요한 게릴라 전술에 오래도록 꺾였던 사기가 갑자기 떨쳐 일어난 모양새다. 다음 날부터 다시, 원래의 용성龍城 길을 따라, 남쪽으로의 후퇴가 시작된다. 흉노는 다시금, 원래대로 멀리 포위하는 전술로 되돌아갔다. 닷새째, 한군은 모래벌판 속에서 발견된 소택지 중 하나로 들어갔다. 물은 반쯤 얼고, 뻘도 정강이가 빠질 정도의 깊이였고, 가도 가도 한없는 마른 갈대밭이 이어진다. 바람머리 쪽으로 돌아간 흉노의 일대가 여기에 불을 붙였다. 삭풍은 불꽃을 날뛰게 하고, 대낮의 하늘 아래 허옇게 광휘를 잃은 불은 엄청난 속도로 한군에게 다가온다. 이능은 바로 부근의 갈대에 맞불을 놓아, 간신히 이를 막았다. 불은 막았지만, 질척거리는 땅으로 병거를 몰고 가는 어려움이란 이루 말로 다할 수 없었다. 휴식의 땅도 없이 밤새도록 뻘 속을 걸어온 끝에, 이튿날 아침 간신히 구릉지에 당도한 순간, 앞질러서 매복해 있던 적의 주력의 습격을 당했다. 사람과 말이 마구 뒤엉켜 벌어지는 백병전이다. 기마대의 예리한 돌격을 피하기 위해, 이능은 수레를 버리고, 산기슭의 성기게 나무가 나 있는 숲으로 전투의 장소를 옮겼다. 숲속에서의 맹사猛射는 매우 효과가 있었다. 때마침 진두에 모습을 드러낸 단우와 그 친위대를 향해 한꺼번에 연노連弩를 난사하자, 단우의 백마는 앞다리를 높이 들고 우뚝 섰고, 청포를 입은 단우는 땅바닥에 냅다 내동댕이쳐졌다. 친위대의 두 기병이 말에서 내리지도 않고, 좌우에서 휙하고 단우를 들어 올리더니, 군대 전체가 즉각 이를 에워싸고 퇴각했다. 몇 시간의 난투 끝에 간신히 집요한 적을 격퇴했는데, 확실히 지금까지 없던 난전이었다. 남겨진 적의 시체는 또다시 수천이었지만, 한군도 천에 가까운 전사자를 냈다.

이날 붙잡은 포로의 입에서, 적군의 사정을 한 가닥 알 수 있었다. 포로의 말에 의하면, 단우는 한나라 병사의 강함에 경탄했고, 자신의 20배도 넘는 대군도 두려워하지 않고 매일처럼 남하해서 자신을 유인하는 것으로 보이는 것은, 어쩌면 어딘가 가까이에 복병이 있어서, 그것을 믿고 있는 것이 아닐까 의심하고 있는 모양이었다. 전날 밤의 의심을 단우가 간부 장수들에게 말하며, 한나라의 적은 숫자를 멸할 수 없어서야, 우리의 면목에 관계된다는 주전론主戰論이 대세가 되어, 이로부터 남쪽 40~50리는 산골짜기가 이어지는데, 그사이에 맹공을 퍼붓고, 다시 평지로 나가서 한바탕 싸우고도 처부수지 못한다면 그때는 군사를 북쪽으로 되돌리자는 것으로 결정되었다는 것이다. 이를 듣고서, 교위校尉 한연년韓延年 이하 한군 막료들의 머리에, 어쩌면 살 수도 있겠구나 하는 희망 같은 것이 희미하게 떠올랐다.

이튿날부터 호군의 공격은 맹렬하기 이를 데 없었다. 포로가 말했던 최후의 맹공이라는 것을 시작한 것이리라. 습격은 하루에 10여 회 되풀이되었다. 매서운 반격을 가해 가며 한군은 서서히 남쪽으로 이동해 간다. 사흘이 지나 평지로 나왔다. 평지전이 벌어지자, 배가된 기마대의 위력을 발휘해서 흉노는 저돌적으로 달려들어 한군을 압도하려 했지만, 결국, 다시금 2천의 시체를 남겨 놓은 채 퇴각했다. 포로의 말이 거짓이 아니라면, 이로써 호군은 추격을 끝낼 터였다. 기껏해야 일개 병졸이 한 말인 만큼, 그다지 신뢰할 수는 없어 보였지만, 그래도 막료 일동이 다소 안도의 한숨을 내쉬었던 것은 사실이다.

그날 밤, 한나라 군후軍候,* 관감管敢이라는 자가 진에서 벗어나 흉노 쪽으로 도망쳐 항복했다. 일찍이 도읍 장안長安의 불량배였던 사내로, 전날 밤 척후의 실수에 대해 교위校尉** 성안후城安侯인 한연년 때문에 많은 사람 앞에서 면박을 받고 채찍

---

* 칠품七品의 무관으로 약 1천 명 정도의 부대인 곡曲을 이끄는 하급 부대장인데 그 병력의 숫자가 반드시 명확한 것은 아니다.

질을 당했다. 그것에 앙심을 품고 행동에 나선 것이다. 며칠 전 계곡에서 칼 맞아 죽은 여인 중 하나가 그의 아내라고도 한다. 관감은 흉노의 포로가 진술한 말을 알고 있었다. 그래서, 호진胡陣으로 도망쳐 단우 앞에 끌려나가자, 복병이 두려워서 철수할 필요가 없다는 것을 역설했다. 한군에게는 후원군이 없다. 화살도 거의 떨어져 가고 있다. 부상자도 속출하고 행군이 지극히 곤란을 겪고 있다. 한군의 중심을 이루고 있는 것은 이 장군과 성안후 한연년이 이끄는 각 8백 명인데, 각각 황색과 백색 기치를 들고 있으므로, 내일 호군의 정예 기마병을 시켜 거기에 공격을 집중한다면, 나머지는 쉽게 궤멸될 것이라고 했다. 단우는 매우 기뻐하며 후하게 그를 대접하면서, 즉각 북방 철수 명령을 취소했다.

이튿날, 이능, 한연년은 어서 항복하라고 호통을 치면서, 호군의 최정예군은 황과 백의 기치를 노리고 덮쳤다. 그 기세에 한군은, 점차로 평지에서 서쪽 산지로 밀려간다. 마침내 큰길에서 훨씬 떨어진 산골짜기로 몰리고 말았다. 사방의 산꼭대기로부터 적은 화살을 비처럼 퍼부었다. 이에 응전을 하려 해도, 이제는 화살이 완전히 동이 나 버렸다. 차로장遮虜鄣을 떠날 때 각자 100개씩 가져온 50만 개의 화살이 다 사용된 것이다.

** 오품五品의 무관으로 상비군을 지휘하는 상급 부대장. 중국사 전반적으로 장군將軍이란 칭호는 평시에는 특별한 임무에 대해 내리는 임시직이었고 임무를 마치면 그 직위는 거둬졌다. 난세가 되면 무관의 지위에 인플레 현상이 일어나 장군의 칭호가 남발되고 군대의 규모도 작아지는 경향이 있었다.

화살뿐이 아니다. 전군의 칼과 창 같은 것들도 반은 꺾이고 상했다. 말 그대로 칼은 꺾이고 화살은 다했던 것이다. 그럼에도, 미늘창을 잃은 자는 수레의 바큇살을 잘라 이를 잡고, 군리軍吏는 척도尺刀를 손에 들고 방전防戰했다. 골짜기는 안으로 들어감에 따라 점점 좁아진다. 호군의 병사들은 그 절벽 위로부터 바위를 던지기 시작했다. 화살보다도 이쪽이 확실하게 한군의 사상자를 늘려 놓았다. 시체와 쌓인 돌무더기로 더는 전진이 불가능해지게 되었다.

그날 밤, 이능은 짧은 소매의 편의便衣 차림으로 아무도 따라오지 말라고 하고서 홀로 병영 밖으로 나갔다. 달이 산골짝을 비추어, 골짜기에 쌓여 있는 시체들을 비추었다. 준계산浚稽山의 진영을 떠날 때에는 밤이 어두웠었는데, 다시금 달이 밝아지기 시작했던 것이다. 달빛과 땅에 가득한 서리와 언덕의 사면은 물에 젖어 있는 듯이 보였다. 진영 속에 남아 있던 장졸들은, 이능의 복장으로 미루어 볼 때, 그가 단신 적진을 염탐하다가, 운수가 좋으면 단우를 찔러죽이고 자신도 죽으려는 게 틀림없다고 짐작했다. 이능은 좀처럼 돌아오지 않았다. 그들은 잠시 숨을 죽이고 한동안 바깥 분위기를 엿보았다. 멀리 산쪽 대기의 전진에서 풀잎피리胡笳 소리가 들려온다. 꽤 오래 지난 다음에 이능이 장막을 들치고 안으로 들어왔다.

틀렸어. 이렇게 한마디를 토해내듯이 말하더니, 걸상에 앉았다. 전군이 죽는 수밖에는 길이 없을 것 같군, 이렇게 잠시 지나서, 누구에게랄 것도 없이 말했다. 자리를 가득 채운 자들 중 입을 여는 자가 없다. 조금 지나 군리의 하나가 입을 열었는데,

지난해 착야후泥野侯 조파노趙破奴가 호군에게 생포되어, 몇 년 뒤에 한으로 도망쳐 왔을 때도, 무제는 그것을 벌하지 않았다는 것을 이야기했다. 이 선례를 보더라도, 적은 병사를 가지고, 이렇게까지 흉노를 떨게 만든 이능이고 보면, 설혹 도성으로 돌아간다 하더라도, 천자는 이를 대우해 주는 길을 아시리라는 것이다. 이능은 그 말을 가로막으며 이렇게 말한다. 능陵 한 사람에 대한 이야기는 잠시 미루어 두고. 좌우간, 지금 수십 개의 화살만 있으면 일단 포위를 벗어날 수도 있겠지만, 하나의 화살도 없는 이런 형편으로는, 내일 날이 밝으면 전군이 앉아서 붙잡힐 뿐. 다만, 오늘 밤 중에 포위를 뚫고 밖으로 나가, 각자 조수鳥獸처럼 흩어져 뛴다면, 그중에는 어쩌면 변방 요새에 도착해, 천자에게 이 상황을 보고할 수 있는 자도 있을지 모르겠다. 걱정되는 것은 현재의 지점은 제한산鞮汗山 북쪽의 산지임이 틀림없고, 거연居延까지는 앞으로 며칠의 길이므로, 성공 여부는 알 수 없지만, 좌우간 이제 와서는, 이 길 말고는 다른 길이 없지 않은가. 모든 장수와 막료들도 이 말에 고개를 끄덕였다. 전군의 장졸에게 각각 두 되의 식량과 한 개의 얼음조각을 나누어 주면서, 무작정, 차로장遮虜鄣을 향해 뛰라는 말이 전해졌다. 그러면서, 한편으로, 모든 한진漢陳의 정기旌旗를 꺾어 땅속에 묻은 다음, 무기와 병거 등 적에게 이용될 우려가 있는 것도 모두 부수었다. 한밤중에, 북을 울려 병사들을 일으켰다. 군고軍鼓 소리도 비참하게 잘 울리지 않는다. 이능은 한 교위와 더불어 말을 타고 장졸 십여 명을 이끌고 선두에 섰다. 이날 쫓겨 들어온 협곡 동쪽 입구를 돌파해 평지로 나가, 남쪽으로 달리려는 것이었다.

이른 달은 이미 졌다. 호병의 불의를 찔러, 좌우간 전군의 3분의 2는 예정대로 협곡 뒤쪽을 돌파했다. 그러나 곧 적의 기마병의 추격을 만났다. 보병은 대부분 죽거나 포로가 된 모양이었지만, 혼전을 틈타 적의 말을 빼앗은 수십 명은 그 말에 채찍질을 해가며 남쪽으로 달렸다. 적의 추격을 뿌리치고 밤눈에도 뿌옇게 보이는 흰 모래 위를 피할 수 있었던 부하의 수를 세어 보고, 분명 백이 넘는다는 것을 확인하자, 이능은 다시 협곡 입구의 수라장으로 되돌아갔다. 몸에는 여러 곳에 상처를 입었고, 스스로의 피와 적군의 피로 옷이 무겁게 젖어 있었다. 그와 나란히 있었던 한연년은 이미 적에 의해 쓰러져 전사해 있었다. 휘하를 잃고 전군을 잃고 난 이제 천자를 뵐 면목은 없다. 그는 창을 고쳐 잡고 나서, 다시금 난전 속으로 뛰어들었다. 어둠 가운데 적과 아군도 분간할 수 없는 난투 중에 이능의 말이 화살을 맞았는지 풀썩 앞으로 거꾸러진다. 그것과 어느 쪽이 더 빨랐을까, 앞에 있는 적을 찌르기 위해 미늘창을 끌어당긴 이능은, 돌연 등 뒤에서 육중한 타격을 후두부에 맞고 실신했다. 말에서 떨어진 그의 위에, 생포하기 위해 대비하고 있던 호병이 열 겹 스무 겹 둘러싸고 덤벼들었다.

2

9월에 북으로 떠난 5천의 한군은, 11월에 들어, 피폐하고 다

친 채 장수를 잃고 패잔병이 되어 변방 요새에 당도했다. 패보
는 바로 역전驛傳으로 장안의 도성에 도달했다.

무제는 의외로 화를 내지 않았다. 본군인 이광리의 대군조
차 참패했는데, 일개 지대支隊에 불과한 이능의 작은 군사에 대
해 큰 기대를 했을 리가 없기 때문이다. 그리고 그는 이능이 필
시 전사했을 것이 틀림없다고 생각했던 것이다. 다만, 앞서 이
능의 사자로서 사막 북쪽에서 '전선에 이상 없음, 사기 매우 왕
성'이라는 보고를 가져온 진보락陳步樂만큼은(그는 길보의 사자
로서 어여삐 여겨져 낭郎이 되어 그대로 도읍에 머물러 있었다)
일의 형편상 아무래도 자살하지 않을 수가 없었다. 애달픈 일
이지만, 이는 어쩔 수 없다.

이듬해, 천한天漢 3년 봄이 되어, 이능은 전사한 것이 아니다.
붙잡혀서 포로가 되었다는 확실한 보고가 도달했다. 무제는 비
로소 화를 냈다. 즉위한 지 40년여. 무제는 이미 예순에 가까웠
다. 기상의 격렬함은, 한창때를 넘는다. 신선神仙 이야기를 좋아
해서 방사 무격方士巫覡 따위를 믿던 그는, 그때까지 자신이 절
대적으로 존경하고 믿는 방사들에게 여러 번 속고 있었다. 한
나라의 위세가 절정에 있었던 50여 년 동안 군림한 이 대황제
는, 그 중년 이후로, 영혼의 세계로의 불안한 관심에 집요하게
매달려 있었다. 그런 만큼, 그 방면에 대한 실망은 그로서는 큰
타격이 되었다. 이러한 타격은, 활달하게 타고난 그의 마음에,
해를 거듭할수록 뭇 신하에 대한 어두운 의심을 심어 놓고 있
었다. 이채李蔡, 청곽青霍, 조주趙周 같은 승상이 된 자는 연달아
죽을죄로 몰렸다. 지금의 승상인 공손하孔孫賀 같은 경우는, 명

을 받게 되자, 자신의 운명이 두려워 주위의 시선도 아랑곳 않고 황제 앞에서 울었을 정도다. 경골한硬骨漢인 급암汲黯이 물러난 뒤로, 황제를 에워싸고 있는 것은, 간신이 아니면 가혹한 관리였다.

이제, 무제는 여러 중신을 불러서 이능에 대한 처치에 대해 의논했다. 이능의 몸은 도읍에 없지만, 그 죄의 결정에 따라, 그의 처자 권속, 재산 등에 대해 처분이 내려지는 것이다. 혹독한 관리로 이름난 한 정위廷尉가 늘 황제의 안색을 살피며 합법적으로 법을 굽혀 황제의 뜻에 영합하는 일에 능했다. 어떤 사람이 법의 권위를 말하면서 이를 나무랐더니, 거기에 답해 말한다. 전 주인이 옳다고 하는 것이 율律이 되고, 나중의 주인이 옳다고 하는 바가 영令이 된다. 지금의 군주의 뜻 말고 무슨 법이 있을 것인가, 라고. 뭇 신하들은 이 정위와 같은 부류였다. 승상 공손하, 어사대부御史大夫 두주杜周, 태상太常, 조제趙弟 이하, 누구 하나 황제의 진노를 무릅써 가면서까지 능을 위해 변호해 주려는 자는 없다. 그들은 이능의 매국적 행위를 놓고 온갖 욕설을 퍼붓는다. 능과 같은 변절자와 어깨를 나란히 하고 조정을 섬겼던 일이 부끄럽다고 말한다. 평소의 능의 행위 하나하나가 의심스러웠다는 데에 의견이 일치했다. 능의 사촌동생에 해당하는 이감李敢이 태자의 총애를 믿고 교만 방자하게 구는 일까지도, 능을 비방하는 소재가 되었다. 입을 꾹 닫고 의견을 말하지 않는 자가, 결국 능에 대해 최대의 호의를 가지고 있는 셈인데, 그 역시 몇몇 소수에 지나지 않았다.

오직 한 사람, 쓸쓸한 얼굴을 하고 이를 지켜보고 있는 사내가 있었다. 지금 격렬하게 이능을 참소하고 있는 것은, 몇 달 전 이능이 도읍을 떠날 때 술잔을 들어, 그의 장도를 축하한 사람들이 아닌가. 사막 북쪽으로부터 사자가 와서, 이능 군대의 건재를 전달했을 때, 과연 명장 이광李廣의 손자라며 고군분투를 칭찬한 것도 역시 같은 사람들이 아닌가. 아무렇지도 않게 지난날을 잊어버린 체할 수 있는 현관顯官이나, 그들의 아첨을 간파할 수 있을 정도로 총명하면서도 진실에 귀 기울이기를 싫어하는 군주가, 이 사내에게는 이상하게 여겨졌다. 아니, 이상한 것이 아니다. 인간이 그런 존재라는 것은 옛날부터 익히 알고는 있었지만, 그럼에도, 그것의 불쾌함은 다름이 없는 것이다. 하대부下大夫의 한 사람으로서 조정에 나와 있던 그 역시 하문을 받았다. 그때, 이 사내는 분명하게 이능을 칭찬했다. 말한다. 능의 평생을 보니, 부모를 모시면서는 효로, 선비들과 사귀면서는 신信으로, 언제나 몸을 돌보지 않고 국가의 위급에 목숨을 바치려는 것은 참으로 나라의 선비의 풍모가 있으니, 이제 불행하게도 한 번 패하기는 했으나, 제 몸을 온전히 하고, 처자를 보호하고자 하는 것만을 염원하는 간사한 자들이, 이런 능의 한 번의 실패를 놓고 과장해 왜곡함으로써 상上의 총명을 덮으려 하는 것은 유감스럽기 짝이 없다. 애초에 5천도 되지 않는 보졸步卒을 이끌고 깊이 적지로 들어가, 흉노 수만의 장수들을 바쁘게 뛰어다니게 해서 피로하게 만들고, 전전轉戰 천리, 화살이 다해 곤란하기 짝이 없는 지경에서도 전군이 빈 활을 당기고, 적의 칼날을 무릅쓰고 사투를 벌였다. 부하의 마음을 얻어 전투에 사력을 다하게 한 것, 예전의 명장名將이라 해도 여기에는 미치지 않을 것이다. 군이 패했다고는 하나, 그 선전善戰의 자취는 참으로 천하에 현창顯彰하기에 족하다. 생각하면, 그가 죽지 않고 포로로 항복했다는 것도, 은밀히 그 땅에서 무엇인가 한나라에 이바지하기를 기한 것이 아닐까……

줄지어 서 있는 군신들은 놀랐다. 이런 말을 할 수 있는 사람이 세상에 있을 거라고는 생각지 못했기 때문이다. 그들은 관자놀이를 움찔하는 무제의 얼굴을 두려워하며 올려다보았다. 그러고서, 자신들을 감히 제 몸을 온전히 하고, 처자를 보호하고자 하는 신하라 칭한 이 남자를 기다리는 것이 무엇일까를 생각하며, 싱긋이 웃는 것이다.

겁이라고는 없는 그 사내—태사령太史令 사마천司馬遷이 군주 앞에서 물러나자, 곧바로, '제 몸을 온전히 하고, 처자를 보호하고자 하는 신하' 하나가, 천遷과 이능 간의 친밀한 관계에 대해 무제의 귀에 들려주었다. 태사령은 까닭이 있어, 이사貳師 장군과 사이가 안 좋다, 천遷이 능을 칭찬하는 것은, 그렇게 해서, 이번에 능에 앞서 요새를 떠나서 공을 이루지 못한 이사장군을 모함하기 위해서라는 말을 하는 자도 나왔다. 좌우간, 고작 성력복사星曆卜祀를 관장하는 태사령의 몸으로, 너무나 불손한 태도라는 것이, 일동의 일치된 의견이었다. 이상하게도, 이능의 가족보다도 사마천 쪽이 먼저 벌을 받게 되었다. 이튿날, 그는 정위廷尉에게 맡겨졌다. 형은 궁宮으로 결정되었다.

중국에서 예로부터 내려진 육형肉刑으로서 주된 것은, 경黥(얼굴에 문신을 새김), 의劓(코를 벰), 비剕(발뒤꿈치를 벰), 궁宮(고환을 제거함)의 네 가지가 있다. 무제의 조부 문제文帝 때, 이

넷 가운데 셋까지는 폐지되었으나, 궁형만큼은 그대로 남겨졌다. 궁형이란 물론, 남자를 남자가 아니게 만드는 기괴한 형벌이다. 이를 부형腐刑이라고 하는 것은, 그 상처에서 썩은 내를 풍기기 때문이라고도 하고, 혹은, 썩은 나무가 열매를 맺지 못하듯 이러한 남자가 되기 때문이라고 하기도 한다. 이 형벌을 받은 자를 엄인閹人이라고 하는데, 궁정의 환관 대부분이 이것이었음은 말할 것도 없다. 다른 사람도 아니고 사마천이 이 형벌을 받은 것이다. 그러나, 후대의 우리가 『사기史記』의 저자로 알고 있는 사마천은 거대한 이름이지만, 당시의 태사령 사마천은 미미한 일개 문필의 관리에 지나지 않았다. 두뇌가 명석하다는 것은 확실하지만 그 두뇌에 너무나 자신감을 가진, 사교성이 없는 남자, 논리로는 결코 남에게 지지 않는 남자, 기껏해야 고집불통의 괴팍스러운 사람으로밖에는 알려져 있지 않았다. 그가 부형을 당했다고 해서 별로 놀란 사람은 없다.

사마씨는 원래 주周나라 사관史官이었다. 후에, 진晉나라에 들어갔고, 진秦을 섬겼으며, 한漢대가 되고서부터 4대째인 사마담司馬談이 무제를 섬기며, 건원建元 연간에 태사령이 되었다. 이 담이 천의 아버지다. 전문인 율律, 역曆, 역易 말고도 도가道家의 가르침에 정통하고 또 널리 유儒, 묵墨, 법法, 명名 같은 제가諸家의 설에도 통해 있었는데, 그 모든 것을 일가一家의 견식으로 모두를 자기의 것으로 삼고 있었다. 자신의 두뇌와 정신력에 대한 강한 자신감은 그대로 아들 천에게 이어져 내려간 것이다. 그가, 자식에게 베푼 최대의 교육은, 여러 학문을 전해 준 다음 해내海內의 대여행을 시킨 일이었다. 당시로서는 색다른 교육법이었지만, 이것이 후년의 역사가 사마천에게 기여한 바가 다대했음은 말할 것도 없다.

원봉元封 원년에 무제가 동쪽 태산에 올라가 하늘에 제사를 올렸을 때, 때마침 남주南周에서 병상에 누웠던 열혈남아 사마담은, 천자를 비롯한 한漢 가문의 봉건封建을 하는 경사스러운 때, 자기 혼자 이에 따라갈 수 없음을 한탄하고, 그 울분으로 인해 죽고 말았다. 고금을 일관하는 통사通史를 편술하는 것이 그의 일생의 염원이었는데, 그저 자료 수집만 해 놓고 끝나고 말았던 것이다. 그 임종 때의 광경은 아들 천의 필치로 상세하게 『사기』의 마지막 장에 묘사되어 있다. 그에 의하면 사마담은 자신이 이제 다시 일어나기가 어렵다는 것을 알자 천을 불러 그 손을 잡고, 간곡하게 수사修史의 필요성을 설명하면서, 내가 태사가 되고 나서도 이에 착수도 하지 못하고, 어진 임금과 충신들의 사적이 헛되이 땅속에 파묻히게 되어 한심스럽다며 울었다. "내가 죽고 나면 너는 반드시 태사가 되어야 한다. 태사가 되거든 내가 저술하고자 한 일을 잊지 말아라"라고 말하고, 이것이야말로 자신에 대한 최대의 효라면서, 너는 그것을 잊지 말라고 되풀이 말했을 때, 천은 고개를 떨구고 울면서 그 명령에 어긋나지 않겠노라고 맹세했던 것이다.

아버지가 죽고 나서 2년 뒤, 과연, 사마천은 태사령의 직책을 이었다. 아버지가 수집한 자료와, 궁정에 소장되어 있는 비책秘冊을 사용해, 곧바로 부자로 이어진 천직에 착수했는데, 임관 후의 그에게 맨 먼저 과해진 것은 역曆의 개정이라는 사업이었다. 이 사업에 몰두하기 만 4년. 태초太初 원년에 마침내 이를 완성하자, 곧바로 그는 『사기史記』 편찬에 착수했다. 천, 42세 때였다.

복안은 이미 서 있었다. 그 복안에 의한 사서의 형식은 종래의 어느 역사서하고도 비슷하지 않았다. 그는 도의적 비판의 규준으로서는 『춘추春秋』를 꼽았지만, 사실을 전하는 사서로서는 아무래도 아쉬움이 있었다. 좀 더 사실이 필요하다. 교훈보다도 사실이. 『좌전左傳』이나 『국어國語』를 보면, 과연 사실은 있다. 『좌전』의 교묘한 서사를 보자면 감탄이 절로 나올 수밖에 없다. 그러나, 그 사실을 이루고 있는 한 사람 한 사람에 대한 탐구가 없다. 사건에 나오는 그들의 모습에 대한 묘사는 선명하지만, 그러한 일을 하기에까지 이른 그들 한 사람 한 사람의 신원 조사가 결여되어 있는 것이, 사마천으로서는 불만이었다. 게다가 종래의 사서는 모두, 당대의 사람에게 지난날을 알게 하는 것이 주안점이 되어 있고, 미래의 사람들에게 당대를 알게 하기 위한 준비가 너무나 소홀했던 것이다. 요컨대, 사마천이 바라는 것은, 재래의 역사서에서는 얻을 수가 없었던 것들이다. 어떤 점에서 재래의 책이 불만스러웠는지는, 그 자신이 바라는 바를 써내고서야 판연해지는 것으로 여겨졌다. 그의 흉중에서 피어오르는 울적한 것들을 표현하자는 요구 쪽이, 재래의 사서에 대한 비판보다 앞섰다. 아니, 그의 비판은, 스스로 새로운 것을 창조한다는 형태로밖에는 드러날 수 없는 것들이다. 자신이 오래도록 머릿속에서 그려 왔던 구상이, 사史라고 할 수 있는 것인지, 그로서는 자신이 없었다. 그러나, 역사라고 할 수 있든 없든, 좌우간 그런 것들을 무엇보다 써 내지 않을 수 없는 것(세상 사람들을 위해서나, 후대를 위해서나, 무엇보다도 자기 자신을 위해서)이라는 점에 대해서는, 자신이 있었다. 그도 공자를 본받아, 서술을 하되 지어내지 않겠다는 방침을 취했지만, 공자의 그것과는 내용을 달리하는 술이부작述而不作이다. 사마천으로서는, 단순한 편년체의 사건 열거는 아직 '서술하다' 속에 들어가지 않는 것이었고, 또한, 후세 사람들이 사실 그 자체를 아는 일에 방해가 될 듯한, 너무나 도의적인 단안斷案은 오히려 "짓는作" 부류에 들어가는 것으로 여겨졌다.

한나라가 천하를 평정하고서 이미 5대 백 년, 시황제의 반문화 정책에 의해 인멸되거나 은닉되어 있던 서적들이 서서히 세상에 나오기 시작했고, 문文을 일으키고자 하는 기운이 왕성하게 느껴졌다. 한나라 조정만이 아니라, 시대가 역사의 출현을 요구하고 있을 때였다. 사마천 개인으로서는, 아버지의 유언에 의한 감격이 학식學殖, 관찰력, 필력의 충실과 더불어 바야흐로 혼연渾然한 것을 잉태해 내기 위해 발효해 가고 있었다. 그의 사업은 매우 기분 좋게 진행되었다. 오히려 너무나 쾌조여서 곤란할 지경이었다. 왜냐하면, 처음의 오제본기五帝本紀에서 하은주진夏殷周秦의 본기本紀 부근까지는, 그도 재료를 안배하면서 기술의 정확성을 엄밀하게 꾀하는 하나의 기사技師에 지나지 않았지만, 시황제를 거쳐, 항우項羽 본기에 들어갈 무렵이 되자, 그 기술가의 냉정성이 의심스러워졌다. 자칫 잘못하다가는, 항우가 그에게, 혹은 그가 항우로 빙의될 지경이 되었던 것이다.

항왕項王이 밤에 일어나 장막 안에서 술을 마셨다. 미인이 있었다. 이름은 우虞. 늘 총애를 받고 따랐다. 준마駿馬의 이름은 추騅, 늘 이것을 탄다. 이제 항왕이 비가강개悲歌慷慨하며 스스로 시를 지어 말하기를 "힘은 산을 뽑을 만하고, 기개는 세상을 뒤덮는다. 때가 이롭지 못하니 추騅가 나아가지 않는다. 추가 나아가지 않으니 어찌하랴. 우虞여, 우여, 그대를 어찌할꼬". 노래하기를 몇 곡, 미인이 여기에 화답한다. 항왕 눈물이 몇 줄 흐른다. 좌우의 사람들이 모두 울었고, 감히 쳐다보는 자가 없었다……

이래도 되는 것일까? 하고 사마천은 의심한다. 이처럼 열에 들뜬 듯한 문장으로 적어도 괜찮은 것일까? 그는 '짓는다'는 것을 극도로 경계했다. 자신의 사업은 '서술한다'로 그치는 것이다. 사실, 그는 서술했을 뿐이다. 하지만 이 얼마나 생기발랄한 서술 방식이란 말인가? 이상스러운 상상적 시각을 가진 자가 아니고서는 도저히 불가능한 기술記述이었다. 그는, 때로 '짓는' 것을 두려워한 나머지, 이미 써 놓은 부분을 다시 읽어 보고, 그것이 존재하기 때문에 역사상의 인물이 현실의 인물인 듯 약동하는 것으로 여겨지는 자구를 삭제한다. 그러자 분명 그 인물은 발랄한 호흡을 그친다. 이렇게 하면 '짓는' 것이 될 염려는 없게 된다. 그러나, (하고 사마천은 생각하니) 이래서야 항우가 항우가 아니게 되지 않는가. 항우를 비롯해 시황제도 초나라 장왕莊王도 모두 똑같은 인간이 되고 만다. 다른 인간을 같은 인간으로 기술하는 것이, 뭐가 '서술하다'인가? '서술하다'란, 다른 인간은 다른 인간으로서 이야기해야 할 것이 아닌가. 그런 생각이 들면, 역시 그는 삭제한 자구를 다시 살려

놓지 않을 수가 없다. 원래대로 고쳐 놓고서, 다시 한 번 읽어 보고서, 그는 겨우 안심한다. 아니, 그 자신만이 아니다. 거기에 기록된 역사상의 인물이, 항우와 번쾌樊噲나 범증范增이, 모두 가까스로 안심하고 각자의 자리에 안착하는 것으로 여겨진다.

상태가 좋을 때의 무제는 참으로 고매하고 활달하며 이해심이 있는 문교文敎의 보호자였고, 태사령이라는 직책이 수수하고 남의 눈에 뜨이지 않는 특수한 기능을 필요로 하는 것이었기 때문에, 관계에 으레 따르는, 붕당朋黨을 지어 주변을 비방하고 모함하는 것에 의한 지위(혹은 생명)의 불안정에서 벗어날 수가 있었다.

몇 해 동안, 사마천은 충실하고, 행복하다고 해도 좋은 나날을 보냈다. (당시 사람들이 생각하는 행복이란, 오늘날의 그것과, 매우 내용이 다른 것이었지만, 그것을 추구한다는 점에서는 다름이 없다.) 타협성은 없었지만, 어디까지나 밝고, 곧잘 논하고 노하고 웃으며 그중에서도 논적을 완벽할 정도로 설파하는 일을 장기로 삼고 있었다.

그랬는데, 몇 해 뒤, 갑자기, 이런 화를 당하게 되었던 것이다.

어두컴컴한 잠실蠶室 안에서 ──부형腐刑 시술 후 당분간은 바람을 쐬는 일을 피해야 하므로, 안에 불을 피우고 따뜻이 유지되는 밀폐된 암실을 만들어, 그곳에서 시술 후의 수형자를 며칠 동안 있게 해서, 몸을 보양하게 한다. 따뜻하고 어두운 곳이 누에를 치는 방과 비슷하다고 해서, 이를 잠실이라고 부르는 것이다— 뭐라 말로 표현할 수 없는 혼란으로 인해 그는 망연하게 벽에 기대었다. 격분보다도 앞서, 놀라움조차 느끼고 있었다. 참형을 당하는 일, 사약을 받는 일에 대해서라면, 그는 평소부터 각오가 되어 있었다. 형을 받아 죽는 자신의 모습이라면 상상해 볼 수도 있고, 무제의 기분을 거슬러 이능을 칭찬했을 때 자칫하다가는 죽음을 당하게 될지도 모른다는 우려도 자신에게는 있었던 것이다. 그런데, 그 많은 형벌 중에서도, 가장 추악한 궁형을 당하다니! 멍청하다면 멍청한 일이지만(왜냐하면 사형을 예기할 정도라면, 당연히 다른 온갖 형벌도 예상했어야 하므로) 그는 자신의 운명 가운데, 예기치 않은 죽음이 기다리고 있을지도 모른다고 생각하고 있기는 했지만, 이처럼 추한 것이 돌연 나타날 줄은, 전혀, 머리에 떠오르지도 않았던 것이다. 평소에, 그는, 인간에게는 각자에 어울리는 사건밖에는 일어나지 않는다는 일종의 확신 같은 것을 가지고 있었다. 이는 오래도록 사실史實을 다루고 있는 가운데 자연스럽게 형성된 생각이었다. 똑같은 역경이라 하더라도, 강개慷慨의 선비에게는 매우 통렬한 고통이, 연약한 자에게는 완만하고 음침하고 추한 고통이, 있다는 식이었다. 설혹 얼핏 어울리지 않는 듯이 보이더라도, 적어도 그 후의 대처 방식에 따라 그 운명은 그 인간에게 어울린다는 것을 알게 되는 것이라고. 사마천은 자신을 남자라고 믿고 있었다. 문필을 담당하는 관리이기는 하지만, 당대의 어떤 무인보다도 남자라고 확신하고 있었다. 자신뿐이 아니다. 이 것에 대해서만큼은, 아무리 그에게 호의를 갖지 않는 자까지도 인정하지 않을 수 없는 일이었다. 그래서, 그는 자신의 지론에 따라, 거열車裂의 형벌이라면 자신의 앞날에다 이를 그려 볼 수가 있었던 것이다. 그랬던 게 나이 오십에 가까운 몸으로, 이런 수치를 당하다니! 그는, 지금 자신이 잠실 안에 있다는 것이 꿈 같은 기분이 들었다. 꿈이라고 생각하고 싶었다. 그러나, 벽에 기대 감고 있던 눈을 뜨면, 어스름한 가운데, 생기가 없는, 영혼까지 빠져나간 듯한 얼굴을 한 사내가 서넛, 초라하게 축 늘어져 있거나 앉아 있거나 하는 광경이 눈에 들어왔다. 저 모습이, 바로 지금의 나라고 생각했을 때, 오열이라고도, 노호怒號라고도 할 수 없는 외침이 그의 목구멍을 찢고 나왔다.

통분과 번민을 거듭하는 며칠 동안, 때로는, 학자로서의 그의 습관으로부터 우러나는 사색이— 반성이 찾아왔다. 도대체, 이번의 사건에서, 무엇이—누가—누구의 어떤 점이 나빴던가 하는 생각이다. 일본의 군신도君臣道와는 근저부터 다른 이 나라의 일인 만큼, 당연히, 그는 먼저, 무제를 원망했다. 한때는 그 원망과 불만만으로, 다른 것은 일체 돌아볼 여유가 없었던 것이 사실이었다. 그러나, 얼마간의 광란의 시기가 지난 다음에는, 역사가로서의 그가, 눈을 뜨게 되었다. 유자儒者와는 달리, 선왕의 가치에도 역사가다운 할인을 할 줄 알고 있었던 그는, 후세의 제왕인 무제에 대한 평가에서도 사사로운 원한 때문에 잘못을 저지르는 일은 없었다. 뭐라 해도 무제는 대군주다. 그의 모든 결점에도 불구하고, 이 군주가 있는 한 한나라 천하는 미동도 하지 않는다. 고조高祖는 차치하고라도, 어진 군주인 문제文帝도, 명군인 경제景帝도, 이 군주에 비하면 역시 작다. 다만 큰 존재는, 그 결점까지도 크게 비쳐 온다는 것은, 이 것은 어쩔 수 없다. 사마천은 극도의 분노 중에서도 이 점은 잊 지 않고 있었다. 이번 일은 요컨대 하늘이 일으킨 질풍, 폭우, 벽력을 당한 것으로 받아들일 수밖에 없다는 생각이, 그를 한 층 절망적인 분노로 몰아갔지만, 한편으로는, 오히려 체념하 려고도 애를 쓴다. 원한이 오래도록 군주에게 향할 수 없게 되 니, 기세는, 군주 곁의 간신들에게로 향한다. 그들이 악하다. 분 명히 그렇다. 그러나, 이 악이라는 것이, 상당히 부차적인 악이 다. 게다가, 자긍심이 높은 그로서는, 그들 소인배는 원한의 대 상으로 삼기에도 모자라다는 생각이 든다. 그는, 이번만큼 호 인好人이라는 것에 대한 분노를 느낀 일이 없다. 이는 간신이나 혹리酷吏보다도 고약하다. 적어도 곁에서 보고 있기만 해도 화 가 난다. 양심적으로 안이하게 안심하고 있으면서 남에게도 안 심을 시키는 만큼, 좀 더 고약한 것이다. 변호도 하지 않고 반 박도 하지 않는다. 마음속에, 반성도 없고 자책도 없다. 승상인 공손하公孫賀 따위가, 그 대표적인 존재다. 똑같은 아부와 영합 을 했다 하더라도 두주杜周(최근 이 사내는 전임자 왕경王卿을 모 함해서 거뜬히 어사대부가 되었다) 같은 작자는 스스로가 그렇 다는 것을 알고 있을 것이 틀림없지만 이 호인인 승상으로 말 할 것 같으면, 그런 자각조차 없는 것이다. 스스로의 몸을 지키 고 처자식만 보살피는 신하 소리를 들었다 하더라도, 이런 상 대는 화도 내지 않을 것이다. 이런 자는 원망을 퍼부을 만한 가 치조차 없다.

사마천은 마지막으로 분노를 퍼부을 곳을 자신에게서 구하고자 한다. 실제로, 무엇인가에 대해 화를 내야 한다면, 결국 그것은 자기 자신을 빼놓고는 없는 것이다. 그런데, 나의 어디가 나빴던 것일까? 이능을 위해 변명한 것, 이것은 아무리 생각해 보아도 잘못되었다고 할 수는 없다. 방법적으로도 딱히 잘못했다고 생각되지 않는다. 아첨꾼으로 타락하는 것을 감수하지 않는 한, 그것은 그것대로 어찌할 수가 없다. 그렇다면, 스스로를 돌아봐서 가책을 느끼지 않는다면, 그 거리낌 없는 행위가 어떠한 결과를 초래하더라도, 선비된 자는 이를 감수해야 마땅할 것이다. 과연 그것은 일단 그럴 것이 틀림없다. 하지만, 지해肢解를 당하든, 요참腰斬을 당하든, 그런 것은 감수할 생각이었다. 그러나, 이 궁형은 ―그 결과 이렇게 되고 만 내 몸의 꼬락서니란 것은― 이것은 전혀 별개다. 똑같은 불구라도, 발뒤꿈치를 잘린다거나, 코를 베인다거나 하는 것과는 전혀 별개의 것이다. 선비인 자에게 가해질 형벌이 아니다. 이것만큼은, 신체의 이러한 상태는, 어느 각도에서 보더라도 완전한 악이다. 식언飾言의 여지는 없다. 그리고, 마음의 상처뿐이라면 때가 지나면서 고쳐질 수도 있겠지만, 내 몸의 이 추악한 현실은 죽을 때까지 계속되는 것이다. 동기야 어디에 있건, 이러한 결과를 초래한 것은, 결국 '나빴다'고 해야 할 것이다. 그러나, 어디가 나빴는가? 나의 어디가? 아무 데도 나쁘지 않았다. 나는 올바른 것밖에는 하지 않았다. 굳이 말한다면, 그저 '나 여기 있다'는 사실만이 나빴던 것이다.

　망연하게 허탈한 상태로 앉아 있는가 싶으면, 갑자기 튀어올라, 상처받은 짐승처럼 신음하면서 어둡고 따뜻한 방 안을 걷는다. 그런 동작을 무의식중에 되풀이하면서, 그의 생각 역시, 언제까지나 똑같은 곳을 빙글빙글 돌고 있을 뿐 귀결되는 곳을 알지 못하는 것이다.

자기도 모르게 벽에 머리를 찧어 피를 흘린 그 몇 번을 제외하면, 그는 스스로를 죽이려 시도하지 않았다. 죽고 싶었다. 죽을 수 있다면 얼마나 좋을까. 그보다도 훨씬 두려운 치욕이 그를 몰아대고 있었기 때문에 죽음을 두려워하는 기분은 전혀 없었다. 어째서 죽지 못했던가? 옥사獄舍 안에, 스스로를 죽일 도구가 없었기 때문이기도 했다. 그러나, 그 말고도 무엇인가가 그를 제지한다. 처음, 그는 그것이 무엇인지를 깨닫지 못했다. 그저 광란과 분노 가운데, 끊임없이 발작적으로 죽음의 유혹을 느꼈음에도 불구하고, 한편 그의 기분을 자살 쪽으로 향하지 못하게 하는 것이 있음을 막연하게 느끼고 있었다. 무엇을 잊어버렸는지 확실하지 않았으면서도, 좌우간 무엇인가를 잊어버린 것 같은 기분이 드는 일이 있다. 꼭 그런 느낌이었다.

허락을 받아 집으로 돌아가, 거기에서 근신하게 되고서, 비로소, 그는, 자신이 이 한 달 동안 광란에 휘말려서, 자신의 필생의 사업인 수사修史에 대해 까맣게 잊고 있었다는 것, 그러나, 표면적으로는 망각하고 있었음에도, 그 사업에 대한 무의식적인 관심이 그를 자살로부터 저지하는 역할을 은연중에 하고 있었음을 깨달았다.

10년 전 임종의 자리에서 자신의 손을 잡고 울면서 유언을 남긴 아버지의 비통한 말은, 지금도 귀에 선하다. 그러나, 이제 질통참담疾痛慘憺하기 그지없는 그의 마음속에 도사리고 그 역사 편찬의 사업을 생각나게 한 것은, 그의 아버지의 말만이 아니었다. 그것은 무엇보다도, 그 사업 자체였다. 일의 매력이라든지 일에 대한 정열이라는 즐거운 따위의 것이 아니다. 수사修史라는 사명의 자각임이 틀림없다 해도 조금도 의기양양하게 스스로에 대한 자긍심을 자각해서도 아니다. 매우 아집이 강한 사내였지만, 이번 일 때문에, 자신이 얼마나 보잘것없는 존재인지를 뼈저리게 자각하게 되었던 것이다. 이상이니, 포부니 하고 뻐기어 보았자, 어차피 자신은 소에게 밟히고 마는 길가의 벌레 같은 것에 지나지 않았던 것이다. '나'는 비참하게 밟혔지만, 수사修史라는 사업의 의의는 의심할 수가 없었다. 이처럼 비참한 신세가 되면서, 자신감도 자긍심도 잃어버리고 만 마당에, 그래도 이 세상에 살면서 이런 사업에 종사한다는 것은, 아무리 생각해도 쉬운 일이 아니었다. 그것은 거의, 아무리 귀찮더라도 마지막까지 그 관계 단절이 허용되지 않은 인간사와 같은 숙명적인 인연에 가까운 것이라고 그 자신에게는 느껴졌다. 좌우간 이 사업을 위해 나는 나를 죽일 수가 없다(그것도, 의무감 때문이 아니라, 좀 더 육체적인, 이 사업과의 연결에 의해서다)라는 것만은 확실해졌다.

당장의 맹목적인 짐승의 신음과 고통을 대신해서, 좀 더 의식적인, 인간의 고뇌가 시작되었다. 난처하게도, 자살을 할 수 없음이 분명해짐에 따라, 자살에 의해 다른 고뇌와 치욕으로부터 벗어날 길이 없다는 것이 점점 분명해져 왔다. 일개 장부丈夫인 태사령 사마천은 천한天漢 3년 봄에 죽었다. 그리고, 그 뒤에, 그가 써 남겨 놓은 역사를 계속하는 자는, 지각도 의식도 없는 하나의 글을 베끼는 기계에 지나지 않는다, ─스스로 그렇게 생각하는 것 외에 딴 길은 없었다. 억지로라도, 그는 그렇게 생각하고자 했다. 수사의 사업은 반드시 계속되어야 한다. 그것은 그로서는 절대였다. 수사의 사업이 계속되기 위해서는, 아무리 견디기 힘들더라도 살지 않아서는 안 된다. 살기 위해서는, 아무래도, 완전히 몸을 없는 것이라고 생각할 필요가 있었다.

다섯 달 후, 사마천은 다시 붓을 잡았다. 기쁨도 흥분도 없이, 오직 사업의 완성을 향한 의지에만 채찍질해 가며, 상처받은 다리를 질질 끌면서 목적지로 향하는 나그네처럼, 뚜벅뚜벅 원고를 이어 나간다. 이미 태사령의 직책은 면해져 있었다. 조금은 후회의 마음이 든 무제가, 얼마 뒤에 그를 중서령中書令으로 임명했지만, 관직 따위는 그에게 더 이상 아무런 의미도 없다. 이전의 논객 사마천은 일절 입을 열지 않았다. 웃거나 노하지도 않는다. 그러나, 결코 풀죽어 있는 모습은 아니었다. 오히려, 무슨 악령에라도 씌인 듯한 모습을, 사람들은 입을 꾹 다물고 있는 그의 풍모 속에서 알아볼 수 있었다. 밤에 잠자는 시간도 아끼며 그는 일을 계속했다. 한시바삐 일을 완성해서, 그런 다음 하루바삐 자살의 자유를 얻고자 애쓰고 있는 것으로 집안사람들은 생각했다.

처참한 노력을 1년가량 계속한 다음, 겨우, 삶에 대한 기쁨을 상실하고 난 다음에도, 표현을 하는 일에 대한 기쁨만큼은 살아남을 수 있다는 것을, 그는 발견했다. 그러나, 그 무렵이 되고서도 아직, 그의 완전한 침묵은 깨지지 않았고, 풍모에 깃들어 있는 무시무시한 형상도 전혀 누그러지지 않았다. 원고를 쓰고 있는 동안, 환관宦官이라든지 엄노閹奴*라는 글자를 써야 할 장면이 되면, 그는 자신도 모르게 신음을 흘렸다. 홀로 거실에 있을 때에도, 밤에, 침상 위에 누워 있을 때에도, 문득 이 굴욕의 생각이 떠오르려 하면, 금세 화들짝 인두에라도 닿은 것 같은 뜨거운 통증이 온몸을 휘젓는다. 그는 불식간에 벌떡 일어나, 기성奇聲을 발하고 신음하며 사방을 걷다가, 잠시 후 이를 악물고 자신을 진정시키고자 애를 쓰고는 하는 것이다.

3

난전 가운데 정신을 잃은 이능이 짐승의 기름으로 등을 밝히고 짐승의 똥으로 불을 지핀 단우單于의 장막 안에서 눈을 떴을 때, 그는 순간 결심을 했다. 스스로 목을 베어 수치를 면하거나, 아니면 일단은 적에게 순종하다가 기회를 엿보아 탈주한다—패전의 책임을 보상하기에 족한 활약을 선물로 들고서—는, 이 두 길밖에는 없는데, 이능은, 후자를 택하기로 마음을 정했던 것이다.

단우가 몸소 이능의 포박을 풀었다. 그 후의 대우도 정중하기 그지없었다. 저제후且鞮侯 단우는 선대인 구리호呴犁湖 단우

---

* 궁형을 받고 후궁에서 일하는 자로 환관과 거의 같은 뜻.

의 동생인데, 골격이 늠름하고, 큰 눈망울에다 붉은 수염을 한 중년의 위장부偉丈夫다. 여러 대의 단우를 따라 한나라와 싸워 왔지만, 아직 이능처럼 강한 적수를 만난 적이 없다고 정직하게 말하고, 능의 조부 이광의 이름을 끄집어내며 능의 선전을 칭찬했다. 호랑이를 때려잡고, 바위에 화살을 쏘아 꽂았다는 비장군飛將軍 이광의 명성은 지금까지도 호지胡地에 전해지고 있다. 능이 후대를 받는 것은, 그가 강한 자의 자손이고 그 자신도 강했기 때문이다. 먹을 것을 나눌 때에도 강한 자가 먼저 맛있는 것을 취하고 노약자에게 나머지를 준다는 것이 흉노의 풍습이다. 이곳에서는, 강한 자가 욕을 보는 일은 결코 없다. 항장降將인 이능은 하나의 궁려穹廬*와 수십 명의 시자侍者가 주어져 빈객賓客의 예로 대우받았다.

이능으로서는 기이한 생활이 시작되었다. 집은 융絨 장막의 궁려, 음식은 노린내 나는 양고기, 마실 것은 소나 양의 젖酪漿과 짐승의 젖과 유초주湩醴酒. 옷은 늑대와 양과 곰 가죽을 꿰매 만든 전구旃裘. 목축과 수렵과 약탈, 이 말고는 그들의 생활은 없다. 끝없이 펼쳐진 고원에도, 그러나, 강과 호수와 산들에 의한 경계가 있었는데, 단우의 직할지 말고는 좌현왕左賢王, 좌곡려왕左谷蠡王, 우현왕右賢王, 우곡려왕右谷蠡王 이하의 여러 왕후王侯의 영지로 나누어져 있고, 목축민의 이주는 그 각각의 경계 안에서만 할 수 있도록 한정되어 있는 것이다. 성곽도 없고 논

---

* 흉노의 집.

밭도 없는 나라. 촌락이 있기는 하지만, 그것은 계절에 따라 수초를 따라 자리가 바뀌곤 한다.

이능에게는 토지가 주어지지 않는다. 단우 휘하의 장수들과 함께 늘 단우를 따르고 있었다. 틈을 보아서 단우의 목이라도, 하고 이능은 노리고 있었지만, 좀처럼 기회는 오지 않는다. 설혹, 단우를 친다 하더라도, 그 목을 들고 탈출하기란, 엄청난 기회를 잡기 전에는 불가능했다. 이 땅에서 단우를 찔러 죽이고 자신도 죽어 가지고는, 흉노들은 자신의 불명예를 유야무야 파묻어 버릴 것이 틀림없으므로, 아마도 한나라에까지 알려지는 일은 없을 것이다. 이능은 참을성 있게, 그 불가능이라고 생각되는 기회가 오기를 기다렸다.

단우의 막하에는, 이능 말고도 한나라의 사람으로 항복한 사람이 몇 있었다. 그중 한 사람 위율衛律이라는 남자는 군인은 아니었으나, 정령왕丁靈王의 자리에 앉아 가장 중하게 단우를 섬기고 있다. 그의 아버지는 호인胡人이었지만, 까닭이 있어 위율은 한나라 도읍에서 태어나 자랐다. 무제를 섬기고 있었는데, 지난해 협률도위協律都尉 이연년李延年의 사건에 연좌되는 것이 두려워, 도망쳐서 흉노로 돌아온 것이다. 피가 피이니만큼 호인의 풍습에 금방 익숙해지고, 상당한 재주도 가지고 있고, 언제나 차제후且鞮侯 단우의 장막에 와서 모든 획책에 관여하고 있었다. 이능은 이 위율을 비롯해, 한인으로서 항복해 흉노에 있는 사람들과는 거의 말을 나누지 않았다. 그의 머릿속에 있는 계획에 대한 것을 함께할 만한 인물이 없다고 생각했기 때문이다. 그러고 보니, 다른 한인끼리의 사이에서도 또한, 서로 묘하게 거북함을 느끼는지, 서로가 친하게 사귀는 일이 없는 것 같았다.

한번은 단우가 이능을 불러 군략상의 가르침을 청한 적이 있다. 그것은 동호東胡에 대한 싸움이었으므로, 능은 쾌히 자신의 의견을 말했다. 다음번에 단우가 똑같은 의논을 했을 때, 그것은 한군漢軍에 대한 책략에 관해서였다. 이능은 분명하게 언짢은 표정을 한 채로 입을 열려 하지 않았다. 단우도 굳이 답변을 구하려 하지 않았다. 그로부터 한참 뒤에, 대代와 상군上郡을 약탈하는 군대의 한 장수로서 남행하기를 요구받았다. 이때에는 한나라에 대한 전쟁에는 나갈 수 없다고 분명하게 거절했다. 그 뒤로, 단우는 능에게 두 번 다시는 이런 요구를 하지 않았다. 대우는 여전히 달라지지 않는다. 달리 이용할 목적은 없고, 오직 선비를 대우하기 위해 선비를 대우하는 것으로밖에는 생각할 수가 없었다. 어쨌든 이 단우는 사내로군 하고 이능은 느꼈다.

단우의 맏아들 좌현왕이 묘하게 이능에게 호의를 표하기 시작했다. 호의라기보다는 존경이라는 편이 더 가깝다. 막 스무살을 넘긴, 거칠기는 하지만 용기가 있고 진지한 청년이다. 강한 자에 대한 찬미가, 참으로 순수하고 강렬했던 것이다. 처음 이능에게 와서 기사騎射를 가르쳐 달라고 했다. 기사라고는 했지만, 말타기騎는 능 못지않게 잘한다. 특히 안장 없는 말을 달리는 기술에 관해서는 능을 훨씬 능가하므로, 이능은 오직 사射만을 가르치기로 했다. 좌현왕은, 열성적인 제자가 되었다. 능의 할아버지 이광의 입신의 경지에 오른 활쏘기의 재주를 말할 때면, 번족蕃族 청년은 눈을 반짝거리며 열심히 듣는 것이었다. 둘은 곧잘 함께 사냥을 나갔다. 아주 적은 부하만을 데리고서 두 사람은 종횡으로 광야를 달리면서 여우와 늑대와 영양과 독수리와 꿩 따위를 쏘았다. 한번은 저녁 가까이 되어 화살이 거의 떨어져 가고 있던 두 사람이 —두 사람의 말은 부하들을 훨씬 앞지르고 있었으므로— 한 떼의 이리에게 둘러싸인 일이 있었다. 말을 채찍질해서 전속력으로 이리떼로부터 빠져 나왔지만, 그때 이능의 말 엉덩이에 덤벼든 한 마리를, 뒤에서 달리고 있던 청년 좌현왕이 만도蠻刀로 단칼에 몸통째 베었다. 나중에 살펴보니 두 사람의 말은 이리들에게 물려서 피투성이가 되어 있었다. 그렇게 하루를 보낸 다음, 밤에, 천막 안에서 오늘의 전리품을 뜨거운 국물 속에서 건져 후후 불어 가면서 먹었을 때, 이능은 불그림자로 얼굴이 달아오른 젊은 번왕藩王의 아들에게, 문득 우정 같은 것을 느끼기도 했다.

천한天漢 3년 가을에 흉노가 다시금 안문雁門을 침범했다. 이에 대항하기 위해 이듬해 4년, 한에서는 이사貳師장군 이광리李廣利에게 기마 6만, 보병 7만의 대군을 주면서 북방을 치게 했고, 보졸 1만을 거느린 강노도위強弩都尉 노박덕路博德으로 하여금 이를 돕게 했다. 나아가, 인우장군因杅將軍 공손오公孫敖는 기병 1만 3천을 이끌고 안문을, 유격 장군遊擊將軍 한설韓說은 보병 3만을 이끌고 오원五原을 각각 발진한다. 근래에 없는 대북벌이다. 단우는 이런 보고를 받자, 즉각 부녀자, 노유老幼, 가축들, 자재류를 모두 여오수余吾水(케룰렌 강) 북쪽으로 옮겨 놓고, 스스로 10만의 정예 기병을 이끌고 이광리와 노박덕의 군사를 강 남쪽의 대초원에서 맞아 싸웠다. 연이어 싸우기를 10여 일. 한군은 마침내 퇴각하지 않을 수 없게 되었다. 이능에게 사사師事한 젊은 좌현왕은, 따로 한 부대를 이끌고 동쪽으로 향해 인우장군을 맞아 이를 철저하게 격파했다. 한군의 좌익左翼을 맡았던 한설의 군사 역시 소득 없이 후퇴했다. 북정北征은 완전한 실패였다. 이능은 늘 그렇듯 한나라와의 싸움에는 진두에 나타나지 않고, 강 북쪽으로 물러나 있었는데, 좌현왕의 전적戰績을 은근히 걱정하고 있는 자신을 발견하고 깜짝 놀랐다. 물론, 전체로서는 한군의 성공과 흉노의 패전을 바라고 있었다는 점은 분명했지만, 아무래도 좌현왕만큼은 지지 않았으면 좋겠다고 생각하고 있었던 것 같다. 이능은 이를 깨닫고 매우 자책했다.

그 좌현왕에게 패한 공손오가 도읍으로 돌아와, 사졸을 많이 잃기만 하고 공이 없었다는 것 때문에 감옥에 갇혔을 때, 묘한 변명을 했다. 적의 포로가, 흉노군이 강한 것은, 한나라에서 항복한 이능 장군이 평소에 군사를 훈련시키고 군략을 내려 한군에 대비시켰기 때문이라고 말했다는 것이다. 그렇다고 해서 자신의 군대가 패전한 것에 대한 변명이 될 수는 없었으므로, 당연히 인우장군의 죄는 용서받지는 못했지만, 이를 들은 무제가, 이능에 대해 격노했음은 말할 것도 없다. 일단 용서받아 집에 돌아와 있던 이능의 일족은 다시 옥에 갇혔고, 이번에는, 능의 노모를 비롯, 아내, 아들, 동생에 이르기까지 모두 죽음을 당하고 말았다. 경박스러운 세상에서는 늘 그렇듯, 당시 농서隴西(이능의 집안은 농서 출신이다)의 사대부들은 모두 이李

가 집안을 배출한 것을 수치로 여겼다고 기록되어 있다.

이 소식이 이능의 귀에 들어간 것은 반년쯤 뒤의 일로, 변경에서 납치된 한나라 병졸의 입에서 들은 것이다. 이를 들었을 때, 이능은 벌떡 일어나 그 사내의 가슴팍을 붙잡고, 그를 심하게 흔들어 대면서, 사실 여부를 다시 한 번 확인했다. 분명히 그 말에 틀림이 없다는 것을 알자, 그는 이를 악물고, 자기도 모르게 양손에 힘을 주었다. 사내는 몸을 뒤틀며 괴로운 신음 소리를 흘렸다. 능의 손이 무의식중에 그의 목을 조르고 있었던 것이다. 능이 손을 놓자, 사내는 철퍼덕 땅에 쓰러졌다. 그 모습에 눈도 주지 않고서, 능은 장막 밖으로 튀어나갔다.

미친 듯이 그는 들판을 걸었다. 격심한 분노가 머릿속을 휘몰아쳤다. 노모와 어린 자식 생각을 하자 마음은 타들어가는 것 같았지만, 눈물은 한 방울도 나지 않는다. 너무나 강한 분노는 눈물을 고갈시켜 버리는 모양이었다.

이번 경우에 국한된 것은 아니다. 지금까지 우리 집안은 도대체 한나라로부터 어떤 대접을 받아 왔던가? 그는 조부 이광李廣의 최후를 떠올렸다. (능의 아버지, 당호當戶는 그가 태어나기 몇 달 전에 죽었다. 능은 말하자면 유복자다. 그래서, 소년 시절까지의 그를 교육하고 단련해 준 것은 유명한 이 할아버지였다.) 명장 이광은 여러 차례에 걸친 북벌에서 큰 공을 세우고서도, 간녕배奸佞輩들의 방해로 이렇다 할 은상恩賞을 받지 못했다. 부하의 여러 장수들이 차례차례 작위를 받거나 후侯로 봉해졌건만, 청렴한 이 장군만은 봉후封侯는커녕 시종 변함없이 청빈清貧을 감수하고 있을 수밖에 없었다. 마지막으로 그는 대장군 위청衛靑과 충돌하게 되었다. 사실 위청으로서는 이 노장을 감싸는 기분이 있기는 했지만, 그 막하에 있던 한 군리軍吏가 호랑이 같은 주군의 위세를 믿고 이광을 욕보였다. 격분한 늙은 명장은 그 자리에서 ―진영 가운데서 스스로 자신의 목을 쳤던 것이다. 할아버지의 죽음 이야기를 듣고 소리 내어 운 소년 시절의 자신을, 능은 지금까지도 확실하게 기억하고 있다……

능의 숙부(이광의 둘째아들) 이감李敢의 최후는 어떤가. 그는 장군의 비참한 죽음에 대해 위청을 원망하며, 스스로 대장군의 저택으로 가서 이를 욕되게 했다. 대장군의 조카인 표기장군驃騎將軍 곽거병霍去病이 이를 분하게 여겨, 감천궁甘泉宮의 수렵 때, 이감을 활로 쏘아 죽였다. 무제는 이를 알면서도, 표기장군을 감싸기 위해, 이감은 사슴뿔에 찔려 죽었다고 발표하게 한 것이다……

사마천의 경우와는 달리, 이능 쪽은 간단했다. 분노가 모든 것이었다. (억지로라도, 좀 더 일찍 왕년의 계획―단우의 목이라도 가지고 오랑캐땅을 벗어난다는―을 실천했으면 좋았을 것을 하는 후회를 제외하고는) 다만 그것을 어떻게 실현하는가가 문제일 뿐이다. 그는 아까 그 사내의 말 '호지胡地에서 이 장군이 군사를 가르치며 한나라에 대비하고 있다는 말을 들은 폐하가 격노해서 운운' 하는 말을 떠올렸다. 문득 짚이는 데가 있었다. 물론 그 자신은 그렇게 한 일은 없지만, 같은 한나라 항장降將으로 이서李緒라는 자가 있다. 원래, 새외도위塞外都尉로서 해후성奚侯城을 지키고 있던 사내인데, 이자가 흉노에게 항복한 뒤로는 늘 호군에게 군략을 가르치고 군사를 훈련하고 있었다.

실제로 반년 전의 전투 때에도 단우를 따라(문제의 공손오의 군대와는 아니지만) 한나라 군대와 싸웠다. 이것이었구나 하고 이능은 생각했다. 같은 이 장군이어서, 이서하고 혼동된 것이 틀림없다.

그날 밤, 그는 홀로, 이서의 장막으로 갔다. 한마디도 하지 않고, 한마디도 하게 하지 않는다. 그저 단칼에 이서는 쓰러졌다.

이튿날 아침, 이능은 단우 앞에 나아가 사정 이야기를 털어놓았다. 걱정할 것 없다고 단우는 말했다. 다만 어머니 대알大閼씨가 좀 귀찮게 되었군 ─왜냐하면, 상당한 노령이면서도, 단우의 어머니는 이서하고 치정 관계에 있었던 모양이다. 단우는 그것을 알고 있었던 것이다. 흉노의 관습에 의하면 아버지가 죽으면, 맏아들이 죽은 아버지의 처첩을 모두 그대로 받아들여 자신의 처첩으로 삼는데, 아무리 그렇다 해도 생모만큼은 이에 들어가지 않는다. 낳아 준 어머니에 대한 존경만은 극단적으로 남존여비인 그로서도 지니고 있는 모양이다. 잠시 동안 북방으로 가서 숨어 있으면 한다, 바람이 자고 난 다음 사람을 보내겠다고 덧붙였다. 그 말을 따라, 이능은 잠시 종자들을 데리고, 북서쪽 두함산兜銜山 기슭으로 몸을 피했다.

이윽고 문제의 대알씨가 병으로 죽고, 단우의 조정으로 불려왔을 때, 이능은 인간이 달라진 듯이 보였다. 왜냐하면, 지금까지는 한나라에 대한 군략에만큼은 결코 관여하지 않았던 그가, 자진해서 그 문제에 관해 이야기하겠다고 말을 꺼냈기 때문이다. 단우는 이 변화를 보고 매우 기뻐했다. 그는 능을 우교

왕右校王으로 임명하고, 자신의 딸 하나와 결혼하게 했다. 딸을 아내로 주겠다는 말은 이전부터 있어 왔지만, 지금까지 거절해 왔다. 그것을 이번에는 주저 않고 아내로 맞이했던 것이다. 마침 주천酒泉 장액張掖 부근을 약탈하기 위해 남으로 가는 한 군대가 있어서, 능은 자청해서 그 군대를 따라 갔다. 그러나, 남서로 잡아 놓은 진로가 어느 날 준계산 기슭을 지날 때, 과연 능의 마음은 어두워졌다. 지난날 이 땅에서 자신을 따라 전사한 부하들 생각을 하며, 그들의 뼈가 묻히고, 그들의 피가 스며든 그 모래 위를 걸으면서, 지금 자신의 신세를 생각하니, 그는 이미 남쪽으로 가서 한나라 군대와 싸울 용기가 나지 않았다. 병이 났다고 하고 그는 홀로 북쪽으로 말머리를 돌렸다.

이듬해, 태시太始 원년, 차제후且鞮侯 단우가 죽고, 능과 가까웠던 좌현왕이 뒤를 이었다. 호록고狐鹿姑 단우라는 것이 이 사람이다.

흉노의 우교왕인 이능의 마음은 아직도 확실하지 않다. 어머니와 처자식을 몰살당한 원한은 골수에 차 있지만, 스스로 군사를 이끌고 한나라와 싸울 수 없는 것은, 지난번의 경험으로도 분명했다. 다시는 한의 땅을 밟지 않겠노라고 맹세했지만, 이 흉노의 풍속에 녹아들어 평생 편안하게 지낼 수 있을지 어떤지는, 새 단우와의 우정을 놓고 생각해 보아도, 아무래도 아직 자신이 없는 것이다. 생각하기를 싫어하는 그는 울화가 치밀면, 언제나 홀로 준마를 타고 광야로 달려나간다. 새파란 가을 하늘 아래, 따각따각 말발굽 소리를 울려 가며 초원이고 구릉이고 가릴 것 없이 미친 듯이 말을 달리게 한다. 몇십 리를 달린 다음, 말도 사람도 피로해지면, 고원 속의 시냇물을 찾아서 내려가 말에게 물을 마시게 한다. 그러고는 풀밭에 벌렁 누워서 기분 좋은 피로감 가운데 황홀한 듯이 쳐다보는 창공의 맑음, 높이, 넓이. 아아, 나도 천지간의 한 톨에 지나지 않은 마당에, 한漢이니 호胡니 하는 것이 다 무엇인가 하는 마음이 일기도 한다. 한 차례 쉬고 나면 다시 말을 타고 말을 마구 달리게 한다. 하루 종일 말을 타고 피곤해져서 누런 구름에 빛나는 해가 떨어질 때쯤 되어 그는 막영幕營으로 돌아온다. 피로만이 그의 오직 유일한 구원인 것이다.

사마천이 능을 위해 변호를 하다가 벌을 받은 일을 전해 준 사람이 있었다. 이능은 그다지 고맙다거나 안됐다고 생각하지 않았다. 사마천과는 서로 얼굴을 알고 인사를 한 일은 있지만, 특별히 친교를 맺었다고 할 정도의 사이는 아니었다. 오히려, 까다롭게 따지기만 하는 귀찮은 작자 정도의 느낌밖에 없었던 것이다. 게다가 지금의 이능은 남의 불행을 실감하기에는, 너무나 자기 개인의 고통과 싸우기에 열중하고 있었다. 쓸데없는 짓이었다고까지는 생각하지 않았지만, 딱히 미안하다는 생각이 들지 않았던 것은 사실이다.

처음에는 한 묶음으로 야비하고 우스꽝스럽게만 비치던 호지胡地의 풍속이, 그러나, 그 땅의 실제의 풍토, 기후 등을 배경에 놓고 생각해 볼 때 결코 야비한 것도 불합리한 것도 아니라는 점이, 점차로 이능에게도 이해되었다. 두꺼운 가죽으로 된

호복胡服이 아니고서는 삭북朔北의 겨울은 이겨낼 수 없고, 육식이 아니면 이 땅의 한랭寒冷을 견디어낼 만한 정력을 저장할 도리가 없다. 고정된 집을 짓지 않는 것 역시 그들의 생활 형태에서 오는 필연으로서, 덮어놓고 저급하다고 폄하하는 것은 당치 않다. 한인의 풍습을 악착같이 유지하고자 했다가는, 호지의 자연 속에서의 삶은 하루도 지속할 수 없는 것이다.

지난날 선대先代인 차제후且鞮侯 단우가 한 말을 이능은 기억하고 있다. 한나라 인간이 두 마디째에는, 자기 나라를 예의의 나라라 하고, 흉노가 하는 짓을 금수禽獸에 가깝다고 보는 것을 나무라며, 단우는 말했다. 한인들이 말하는 예의란 무엇인가? 추한 것을 놓고 겉만 아름답게 꾸미는 허식虛飾을 말하는 것이 아닌가? 이익을 탐하고 질시하는 것, 한인과 호인 가운데 누가 더 심한가? 색에 빠지고 재물을 탐하는 것 또한 어느 쪽이 심한가? 꺼풀을 벗기고 보면 필경 아무런 차이도 없을 터. 다만 한인은 이를 속이며 꾸밀 줄을 알고, 우리는 그것을 모르는 거지, 라고. 한나라 초 이래의 골육상쟁의 내란이나 공신들의 배척과 모함의 예를 들며 이렇게 말했을 때, 이능은 거의 답변할 말을 찾을 수 없었다. 실제로, 무인인 그는 지금까지도, 번잡스러운 예의를 위한 예의에 대해 의문을 가진 일이 한두 번이 아니었기 때문이다. 분명히, 호속胡俗의 거칠고 정직한 쪽이, 아름다운 이름의 그림자에 감추어진 한인의 음험함보다 훨씬 바람직한 경우가 종종 있다고 생각했다. 제하諸夏*의 풍속을 올바른 것, 호속을 비천한 것으로 처음부터 정해 놓는 일은, 너무나 한인적인 편견이 아닐까, 이능도 점차로 그런 생각이 든다. 예컨대 지금까지 인간에게는 이름 말고도 자字가 있어야 한다고, 까닭도 없이 굳게 믿고 있었지만, 생각해 보니 자라는 것이 절대로 필요하다는 이유는 어디에도 없었던 것이다.

그의 아내는 매우 얌전한 여자였다. 아직도 남편 앞에 나오면, 머뭇거리며 제대로 말도 하지 못한다. 그러나, 그들 사이에서 난 사내아이는 조금도 아버지를 두려워하지 않고, 엉금엉금 이능의 무릎 위로 기어 올라온다. 그 아기의 얼굴을 들여다보면서, 수년 전 장안에 남겨 놓고 온 — 그리고 결국 어머니 할머니와 함께 죽임을 당한 — 아들의 모습이 떠오르자, 이능은 저도 몰래 무연憮然해지는 것이다.

능이 흉노에 잡혀오기도 전, 딱 그 1년 전부터, 한나라의 중랑장中郎將 소무蘇武가 호지에 붙들려 있었다.

원래 소무는 평화의 사절로서 포로 교환을 위해 파견되었다. 그런데, 그의 부사副使 아무개가 때마침 벌어진 흉노의 내분과 관여되는 바람에, 사절단 전원이 붙잡혀 있게 되었다. 단우는 그들을 죽이려 하지는 않고, 죽음으로 위협을 해서 이들을 항복하게 만들었다. 오직 소무 한 사람만은 항복을 하지 않을 뿐 아니라, 욕을 보지 않기 위해 스스로 검을 들어 자신의 가슴을 찔렀다. 쓰러진 소무를 다루는 호의胡醫의 치료법이라는 것이 매우 독특했다. 땅을 파서 구덩이를 만들어 온화熅火를

---

* 중국의 여러 나라들.

넣어, 그 위에 다친 자를 눕히고, 그 등을 밟아 피를 내게 했다고 『한서漢書』에는 기록되어 있다. 이 거친 치료 덕분에, 불행하게도 소무는 한나절 혼절한 뒤 다시 숨을 쉬게 되었다. 차제후且鞮侯 단우는 그에게 흠뻑 빠졌다. 수십 일 후 가까스로 소무의 몸이 회복되자, 그 근신 위율衛律을 시켜서 또다시 열심히 항복을 권했다. 위율은 소무의 철화鐵火와 같은 욕을 듣고, 완전히 창피를 당하고서 손을 뗐다. 그 후 소무가 구덩이 속에 유폐되어 있었을 때 전모旃毛를 눈雪에 더해 먹어 가며 굶주림을 견디어낸 이야기나, 결국은 북해(바이칼호) 부근의 인적 없는 곳으로 옮겨져 수양이 젖을 내게 되면 귀국을 허용하겠다는 말을 들은 이야기는, 절개를 지킨 19년간의 그의 이름과 함께, 너무나 유명하므로, 여기서는 말하지 않는다. 아무튼, 이능이 괴로움 속에서 여생을 호지에 묻기로 결국 결심하지 않을수 없게 되었을 무렵, 소무는, 이미 오래전부터 북해 변에서 홀로 양을 기르고 있었던 것이다.

이능에게 소무는 20년래의 벗이었다. 지난날 함께 시중侍中으로 근무한 일도 있다. 옹고집으로 융통성이 모자란 점은 있지만, 분명 드물게 보는 경골硬骨의 선비임에는 틀림없다고 능은 생각하고 있었다. 천한 원년에 소무가 북으로 떠난 지 얼마 안 되어, 소무의 노모가 병으로 죽었을 때도, 능은 양릉陽陵까지 조문을 보냈다. 소무의 아내가 남편이 두 번 다시 돌아올 가망이 없음을 알고, 다른 집으로 시집을 갔다는 소문을 들었던 것은, 능이 북정을 떠나기 직전의 일이었다. 그때, 능은 벗을 생각하며 그 아내의 부박함에 분노했다.

그러나, 뜻하지 않게 자신이 흉노에 항복하게 된 뒤에는, 더이상 소무를 만나고 싶지 않았다. 소무가 아득한 북방으로 옮겨져서 얼굴을 마주치지 않게 된 것을 오히려 잘됐다고 생각하고 있었다. 특히, 내 가족이 도륙을 당해 다시는 한나라로 돌아갈 마음이 없어진 후로는, 한층 이 '한나라에 대한 절개를 지킨 양치기'와의 만남을 피하고 싶었다.

호록고狐鹿姑 단우가 아버지의 뒤를 잇고 몇 년 뒤, 한때 소무가 생사불명이라는 소문이 전해졌다. 아버지 단우가 결국 항복시키지 못한 이 불굴의 한나라 사신의 존재를 떠올린 호록고 단우는, 소무의 안부를 확인하면서, 혹시 건재하다면 이제 다시 한 번 항복을 권고하라고 이능에게 부탁했다. 능이 무의 친구라는 말을 들었던 것이다. 어쩔 도리 없이 능은 북쪽으로 향했다.

고차수姑且水를 북으로 거슬러 올라가 질거수郅居水의 합류점으로부터 다시 북서쪽으로 삼림지대를 뚫고 나간다. 아직 여기저기 눈이 남아 있는 강가를 나아가기를 며칠, 마침내 북해의 푸른 물이 숲과 들 저쪽으로 보이기 시작할 무렵, 이 고장의 주민인 정령족丁靈族 안내인은 이능 일행을 한 채의 초라한 통나무집으로 안내했다. 오두막의 주인이 듣기 힘든 사람 목소리에 놀라, 활과 살을 손에 들고 밖으로 나왔다. 머리로부터 모피를 뒤집어쓴 수염투성이의 곰 같은 모습의 산사나이의 얼굴에서, 이능이 지난날의 이중구감移中廐監 소자경蘇子卿의 모습을 발견하고 나서도, 저쪽에서 이 호복을 입은 대관大官을 앞에 놓고 지난날의 기도위騎都尉 이소경李少卿이라고 인정하기까지는 한

참 시간이 걸렸다. 소무 쪽에서는 이능이 흉노를 섬기고 있다는 말을 전혀 듣지 못했던 것이다.

감동이, 능의 마음속에서 지금까지 무와의 만남을 피하게 만들고 있었던 것을 일순간에 압도했다. 두 사람 모두 처음에는 거의 아무 말도 할 수가 없었다.

능 일행의 궁려穹廬가 몇 개, 그 근처에 세워지고, 사람 없던 땅이 갑자기 북적거리기 시작했다. 준비해 온 술과 음식이 재빨리 집 안으로 옮겨졌고, 밤에는 진귀한 웃음소리가 숲의 조수鳥獸를 놀라게 만들었다. 체류는 며칠간 이어졌다.

자신이 호복을 입게 된 사정을 이야기하는 것은, 아무래도 괴로웠다. 그러나, 이능은 조금도 변명 같은 것은 섞지 않고 사실만을 말했다. 소무가 별일 아닌 듯이 말하는 그 수년간의 생활은 참으로 참담한 것이었던 모양이다. 몇 해인가 전에 흉노의 어간왕於靬王이 사냥을 하던 중 우연히 이곳을 지나다가 소무를 동정해서, 3년 동안 계속해서 의복과 식량 등을 보내 주었지만, 그 어간왕이 죽고 나자, 얼어붙은 땅에서 들쥐를 파내어 주린 배를 채워야 할 지경이었다고 한다. 그의 생사불명에 관한 소문은 그가 키우고 있던 가축들이 도둑들 때문에 한 마리도 남지 않고 사라져 버린 일이 잘못 전해진 듯하다. 능은 소무의 어머니가 죽은 것만큼은 알려주었지만, 아내가 자식을 버리고 다른 집으로 시집갔다는 말은 아무래도 할 수 없었다.

이 사내는 무엇을 위해 살아가고 있는 것일까, 이능은 의아했다. 아직도 한나라로 돌아갈 날을 기다리고 있는 것일까. 소무의 말투로 미루어 보건대, 이제 그런 기대는 조금도 하지 않는 모양이었다. 그렇다면 무엇 때문에 이런 참담한 나날을 견디고 있는 것일까? 단우에게 항복을 하겠다고 하면 중용될 것은 틀림없지만, 그렇게 할 소무가 아니라는 것은 애초에 알고 있는 바다. 능이 이상하게 생각하는 것은, 어째서 속히 스스로 생명을 끊지 않느냐는 뜻이었다. 이능 자신이 희망이 없는 생활을 자신의 손으로 단절할 수 없는 것은, 어느 사이에 이 땅에 뿌리를 내리고 만 갖가지 은애恩愛라든지 의리 때문이고, 또한 이제 와서 죽는다 해도, 한나라에 새삼스럽게 의리를 세우는 것이 되지도 않기 때문이다. 소무의 경우는 다르다. 그는 이 땅과는 아무런 연결도 없다. 한나라 조정에 대한 충신忠信이라는 점에서 생각한다면, 언제까지나 절모節旄*를 들고 광야에서 굶주리는 일과, 곧바로 그 절모를 태운 뒤 스스로 목을 베는 것 사이에 별 차이가 없을 것으로 여겨지는 것이다. 처음 잡혔을 때, 대뜸 자신의 가슴을 찌른 소무에게, 이제 와서 갑자기 죽음을 두려워하는 마음이 우러났을 것으로는 생각되지 않는다. 이능은, 젊을 때의 소무의 옹고집을 —우스꽝스러울 정도로 강한 옹고집을 떠올렸다. 단우는 영화榮華를 미끼로 극도로 곤궁해진 분위기에서 소무를 낚아 보려 시도한다. 미끼에 걸려드는 것은 말할 것도 없고, 고난을 견디지 못해 자살하는 일 또한, 단우에게 (혹은 그것으로 상징되는 운명에) 지는 것이 된다. 소무는 그렇게 생각하고 있는 것이 아닐까. 운명과 고집이 마

---

* 임금이 사자使者에게 주는 기旗.

주 버티고 있는 것 같은 소무의 모습이, 그러나, 이능에게는 웃어넘길 일로 여겨지지 않았다. 상상을 뛰어넘는 곤고困苦, 결핍, 혹한, 고독을, (게다가 앞으로 죽음에 이르기까지의 오랜 세월을) 태연히 웃어넘길 수 있는 것이 고집이라면, 이 고집이야말로 참으로 처참하고도 장대한 것이라고 해야 할 것이다.

옛날, 다소간 어른스럽지 못하다고 보았던 소무의 옹고집이, 이다지도 대단한 인내로까지 성장한 것을 보고서, 이능은 경탄했다. 게다가 이 사내는 자신의 행위가 한나라까지 알려지는 것을 기대하지 않았다. 자신이 다시 한나라에 받아들여지는 것은 말할 것도 없고, 자신이 이런 사람 없는 땅에서 딱하고 어려운 처지와 싸우고 있다는 것을 한은 물론이고 흉노의 단우에게조차 전해줄 것도 기대하지 않았다. 아무도 돌보는 이 없이 혼자서 죽어갈 것이 틀림없는 그 마지막 날에, 스스로가 뒤돌아보며 최후까지 운명을 웃어넘긴 것에 만족하며 죽겠다는 것이다. 어느 누구 하나 자신의 일을 알아주지 않아도 상관없다는 것이다. 이능은 지난날 선대 단우의 목을 노리면서도, 그 목적을 이룬다 하더라도, 자신이 그것을 가지고 흉노의 땅을 탈주하지 못하면, 모처럼의 행위가 헛되며, 이 사실이 한나라까지 알려지지 않을 것을 두려워해서, 결국 결행의 기회를 발견하지 못했다. 남에게 알려지지 않음을 우려하지 않는 소무를 앞에 두고, 그는 남몰래 식은땀이 나는 느낌이었다.

최초의 감동이 지나가고, 이틀, 사흘 지나는 동안, 이능의 마음속에도 역시 일종의 걸리는 것이 생겨나는 것을 어찌할 수가 없었다. 무슨 말을 하게 되건, 자신의 과거와 소무의 그것의 대비가 일일이 걸렸던 것이다. 소무는 의인, 자신은 매국노, 이렇게까지 확실하게 생각하는 것은 아니지만, 숲과 들판과 물 등의 침묵으로 다년간 단련된 소무의 엄중함 앞에서는 자신의 행위에 대한 유일한 변명이었던 지금까지의 고뇌쯤은 단숨에 압도됨을 느끼지 않을 수 없었다. 게다가, 그리 생각해서 그런지, 날이 지남에 따라, 소무가 자기를 대하는 태도 중, 무엇인가 부자가 가난한 자를 대할 때 같은 —자신의 우월함을 의식하고 상대방에게 관대하고자 하는 자의 태도를 느끼기 시작했다. 어디라고 확실히 집어서 말할 수는 없지만, 어쩌다가 그런 느낌이 느껴지곤 하는 것이다. 남루한 옷을 걸친 소무의 눈에, 때때로 떠오르는 연민의 빛을, 호화로운 초구貂裘를 걸친 우교왕 이능은 무엇보다 두려워했다.

열흘가량 머무른 후, 이능은 옛 벗과 헤어져, 초연하게 남으로 갔다. 식량 의복 등은 충분하게 숲속의 통나무집에 남겨 놓고 왔다.

이능은 단우가 부탁했던 항복 권고에 대해서는 끝내 입을 열지 않았다. 소무의 답은 물을 것도 없이 분명한 마당에, 새삼스럽게 그런 권고를 해서 소무뿐 아니라 자신까지도 부끄럽게 하는 것은 온당치 않다고 생각했기 때문이다.

남쪽으로 돌아와서도, 소무의 존재는 하루도 그의 머릿속에서 사라지지 않았다. 떠날 때의 소무의 모습은 오히려 한층 그의 앞에 우뚝하게 솟아 있는 것처럼 여겨졌다.

이능 자신, 흉노에 항복한 자기의 행위를 잘했다고 생각하고 있는 것은 아니지만, 자신이 고국에 이바지한 자취와, 그에 대한 고국의 보답을 생각해 볼 때, 아무리 무정한 비판자라 하더라도, 그 '부득이했다'는 점을 인정할 것이라고는 믿고 있었다. 그런데, 여기에 한 사내가 있어, 어떠한 '부득이한' 것으로 생각되는 사정을 앞에 하고서도, 단연코, 스스로에게 그것은 '부득이한 것이다'라는 사고방식을 허용하려 하지 않고 있는 것이다.

배고픔도, 추위도, 고독의 괴로움도, 조국의 냉담도, 자신의 쓰디쓴 절개가 어느 누구에게도 알려지지 않으리라는 거의 확정적인 사실도, 이 사내로서는, 평생의 절개를 꺾어야 할 정도로 부득이한 사정은 아니었던 것이다.

소무의 존재는, 그로서는, 숭고한 훈계요, 초조한 악몽이기도 했다. 때때로 그는 사람을 보내 소무의 안부를 묻게 하고, 식품, 소와 양, 융단을 보냈다. 소무를 보고 싶다는 마음과 피하고 싶다는 마음이 그의 안에서 늘 싸우고 있었다.

수년 후, 다시 한 번 이능은 북해 가의 통나무집을 찾았다. 그때 가는 도중에 운중雲中의 북방을 지키는 위병들을 만나, 그들의 입을 통해, 요즈음 한나라 변경에서는 태수 이하 관리와 백성 모두가 흰옷을 입고 있다는 말을 들었다. 백성 모두가 흰옷을 입었다면, 천자의 상喪임이 틀림없다. 이능은 무제가 붕어했다는 것을 알았다. 북해 가에 이르러 이 말을 알렸을 때, 소무는 남쪽을 향해 호곡號哭했다. 통곡하기를 수일, 마침내 피를 토하기에 이르렀다. 그 모습을 보면서, 이능은 점점 마음이 침통해졌다. 그는 물론 소무의 통곡의 진지함을 의심하는 것은 아니다. 그 순수하고 격심한 비탄에는 마음이 동하지 않을 수가 없다. 그러나, 자신으로서는 이제 한 방울의 눈물도 솟지 않는 것이다. 소무는, 이능처럼 일족이 도륙당하는 일은 없었지만, 그래도 그의 형은 천자의 행렬 때 소소한 교통사고를 일으키는 바람에, 그리고 또, 그의 아우는 어떤 범죄자를 붙잡지 못하는 바람에, 책임을 지고 자살로 내몰렸다. 아무리 생각해도 한나라 조정으로부터 후대되었다고는 하기 어려웠던 것이다. 그런 사실을 알고, 지금 눈앞에서 소무의 순수한 통곡을 보고 있는 동안에, 이전에는 그저 소무의 강렬한 고집이라고 보고 있던 것 가운데, 실은, 말로 할 수 없는 청렬淸冽하고 순수한 한나라 국토에 대한 애정(그런 것은 의라느니 절개라느니 하는 밖으로부터 강제된 것이 아니라, 억누르고자 해도 억누를 수 없는, 늘 펑펑 솟아오르는 가장 진실하고 자연스러운 애정)이 담겨 있음을, 이능은 처음으로 발견했다.

이능은 자신과 벗을 가로막고 있는 근본적인 것에 부딪쳐 내키지 않아도 자기 자신에 대한 어두운 회의로 내몰리지 않을 수가 없었다.

소무가 있는 곳을 떠나 남쪽으로 돌아와 보니, 마침, 한나라의 사자가 도착해 있었다. 무제의 죽음과 소제昭帝의 즉위를 알리면서 동시에 당분간의 우호 관계를 —언제나 1년도 계속되지 않는 우호 관계였지만— 맺기 위한 평화 사절이었다. 그 사신으로 온 것이, 우연히도 이능의 옛 벗과 농서隴西의 임입정任

立政 등 세 명이었다.

그해 2월 무제가 붕어하고, 겨우 8세의 태자 불능弗陵이 제위를 잇게 되자, 무제의 유언에 의해 시중 봉차도위奉車都尉 곽광霍光이 대사마 대장군大司馬大將軍으로서 정사를 보필하게 되었다. 곽광은 원래, 이능과 친했고, 좌장군이 된 상관걸上官桀 또한 능의 옛 친구였다. 이 두 사람 사이에 능을 불러들이자는 합의가 되었던 것이다. 이번 사신으로 일부러 능의 옛 친구가 선택된 것도 그 때문이었다.

단우 앞에서 사자들의 공적인 용무가 끝나자, 성대한 주연酒宴이 벌어진다. 여느 때 같았으면 위율衛律이 이런 경우 접대를 담당하지만, 이번에는 이능의 친구가 왔으므로 그도 이끌려 나와서 연회에 참여했다. 임입정은 능을 보고서도, 흉노의 대관들이 연석해 있는 앞에서 한나라로 돌아가자고 말할 수는 없다. 자리에서 떨어져 이능을 보고 눈짓을 했고, 잠시 자신의 도환刀環*을 만지작거리며 은근히 그 뜻을 전하고자 했다. 능은 그것을 보았다. 그쪽에서 전하고자 하는 뜻도 알아차렸다. 하지만, 어떤 몸짓으로 이에 응해야 할 것인지를 알 수가 없다.

공식 연회가 끝난 다음, 이능, 위율만이 남아 고기와 술과 박희博戲로 한의 사신을 대접했다. 그때 임입정이 능을 향해 말한다. 한나라에서는 지금 대사령大赦令이 내려져, 만민은 태평성대의 인정仁政을 즐기고 있다. 신제新帝는 아직 어리므로, 자

---

* 칼머리에 매단 옥玉 고리.

네의 옛 친구인 곽자맹霍子孟, 상관소숙上官少叔이 주상을 보필해 천하의 일을 다스리게 되었다고. 입정은, 위율을 보고 완전히 호인이 되어 버린 것으로 간주하고 ─실제 그렇기는 하지만─ 그 앞에서는 노골적으로 능을 설득하기를 삼갔다. 다만 곽광과 상관걸의 이름을 거론하면서 능의 마음을 돌리려 했던 것이다. 능은 묵묵히 대답하지 않는다. 잠시 입정을 빤히 바라보고 나서, 자신의 머리를 쓰다듬었다. 그 머리도 묶여 있는 것이 이미 중국풍이 아니다. 얼마 있다가 위율이 옷을 갈아입기 위해 자리에서 물러갔다. 비로소 격의 없는 말투로 입정이 능을 자字로 불렀다. 소경少卿아, 오래도록 얼마나 고생이 많았는가. 곽자맹과 상관소숙도 안부를 전해 달라더라. 그 두 사람의 안부에 대해 되묻는 능의 데면데면한 대답을 덮어씌우기라도 하듯, 입정이 다시 말했다. 소경아, 돌아가자. 부귀 따위는 부질없는 게 아니냐. 제발 아무 소리 말고 돌아가자. 소무한테서 막 돌아온 이능도 벗의 간절한 말에 마음이 움직이지 않는 것은 아니었다. 하지만, 생각해 볼 것도 없이, 그것은 이미 어떻게도 할 도리가 없는 일이었다. "돌아가기는 쉽지. 하지만, 다시 창피만 당할 뿐이 아니겠는가? 어떤가?" 이야기 도중에 위율이 자리로 돌아왔다. 두 사람은 입을 다물었다.

모임이 끝나고 헤어질 때, 임입정은 슬며시 능의 곁으로 다가가, 낮은 목소리로, 정말로 돌아갈 마음이 없느냐고 다시 한번 물었다. 능은 고개를 가로저었다. 장부가 거듭 창피를 당할 수는 없다고 답했다. 그 말투가 무척이나 기운이 없었던 것은, 위율에게 들릴까 두려웠기 때문은 아니다.

5년 뒤, 소제의 시원始元 6년 여름, 이대로 사람들에게 알려지지도 않은 채 북방에서 궁사窮死할 것으로 여겨졌던 소무가 우연히도 한나라에 돌아갈 수 있게 되었다. 한나라 천자가 상림원上林苑에서 얻은 기러기의 발에 소무의 백서帛書가 매달려 있더라는 저 유명한 이야기는, 물론, 소무의 죽음을 주장하는 단우를 설파하기 위해 만든 엉터리 이야기다. 19년 전 소무를 따라 호지胡地에 온 상혜常惠라는 자가 한나라 사신을 만나, 소무가 살아 있다는 것을 알렸고, 앞에 말한 백서 거짓말로 소무를 구출하기 위해 만든 말이었다. 즉각 북해 쪽으로 사신이 갔고, 소무는 단우의 뜰로 끌려 나왔다. 이능의 마음은 역시 동요했다. 다시 한나라로 돌아가게 되었든, 돌아가지 못하게 되었든 소무의 위대함에는 변함이 없었고, 따라서 능의 마음의 채찍도 그리 달라지는 것이 없지만, 그러나, 역시 하늘은 보고 있다는 생각이 이능을 뼈아프게 쳤다. 보고 있지 않은 것 같으면서도, 역시 하늘은 보고 있었다. 그는 숙연해지면서 두려웠다. 지금도, 자신의 과거를 결코 잘못되었다고 생각하지는 않지만, 여기에 소무라는 사내가 있어, 무리無理가 아니었을 터인 자신의 과거까지도 부끄러운 마음이 들게 만드는 일을 당당하게 해냈으며, 게다가, 그가 걸었던 길이 이제 온 천하에 칭찬받게 되었다는 사실은, 참으로 이능으로서는 뼈아팠다. 가슴을 쥐어뜯는 듯한 나약한 자신의 기분이 선망羨望이 아닐까 하고, 이능은 극도로 두려워했다.

헤어짐에 즈음해서, 이능은 벗을 위한 잔치를 벌였다. 하고 싶은 말은 산더미처럼 있었다. 하지만 결국 그것은, 호胡에 항복했을 때의 자신의 뜻이 어디에 있었던가 하는 것. 그 뜻을 행하기 전에 고국의 일족이 도륙되어, 이제는 돌아갈 이유도 없어졌다는 사정이 전부다. 그 말을 했다가는 넋두리가 되고 만다. 그는 한마디도 그에 관해서는 말하지 않았다. 다만, 주연이 한창일 때 참다 못해 일어나, 춤을 추고 노래했다.

徑萬里兮度沙幕
爲軍將兮奮匈奴
路窮絶兮矢刃摧
士衆滅兮名已隕
老母已死 雖欲報恩將安歸
만리를 가고 사막을 건너
임금을 위해 장군이 되어 흉노를 치네
길은 막히고 화살과 칼날은 꺾이고
무리는 궤멸하고 이름은 떨어졌네
노모는 이미 돌아가시고 보은하고자 하건만 언제 다시 돌아갈꼬.

노래를 하는 사이, 목소리가 떨리고 눈물이 뺨을 타고 흘렀다. 사내답지 않구나 하고 스스로를 나무랐지만, 어찌할 도리가 없었다.

소무는 19년 만에 조국으로 돌아갔다.

사마천은 그 뒤로도 부지런히 힘써 적어 나갔다.

이 세상에서 살기를 그만둔 그는 글 속의 인물하고만 살고 있었다. 현실 생활에서는 다시는 열릴 일이 없는 그의 입은 노중련魯仲連*의 혀를 빌려 비로소 열렬하게 불을 토하는 것이다. 혹은 오자서伍子胥가 되어 자신의 눈을 에어내게 하고, 혹은 인상여藺相如**가 되어 진秦나라 왕에게 호통을 치기도 하고, 혹은 연燕나라 태자 단丹이 되어 울면서 형가荊軻를 보내기도 했다. 초楚나라 굴원屈原의 울분을 기록하고, 그 바로 멱라수汨羅水에 몸을 던질 생각으로 지어 놓은 회사지부懷沙之賦를 길게 인용할 때, 사마천에게는 그 글이 아무래도 자기 자신의 작품인 듯한 기분이 들어 견딜 수가 없었다.

글을 쓰기 시작한 지 14년, 부형腐刑의 화를 당한 지 8년, 도읍에서는 무고巫蠱의 옥***이 일어나 여태자戾太子의 비극이 벌어지고 있을 무렵, 아버지와 아들이 지은 이 저술이 최초 구상한 대로 통사通史로 얼추 완성되었다. 여기에 증보, 개찬, 퇴고를 거듭하느라 다시 수년이 지나갔다. 사기史記 130권, 52만 6500자가 완성된 것은, 이미 무제의 붕어에 가까운 때였다.

열전列傳 제70 태사공자서太史公自序 마지막 붓을 놓았을 때, 사마천은 책상에 기댄 채 멍하니 앉아 있었다. 깊은 한숨이 배

---

* 중국 전국시대, 용기와 높은 절개로 이름난 제齊나라의 웅변가.

** 전국시대 조趙나라를 융성하게 한 장군.

*** 전한 정화 2년(기원전 91년) 무제 말기에 일어난 사건. 무고巫蠱라는 주술을 둘러싸고 전한의 수도 장안長安이 혼란에 빠졌고, 결국 황태자 유거가 봉기하기에 이르렀다. 무고옥巫蠱獄, 무고란巫蠱亂이라고도 한다.

밑바닥으로부터 올라왔다. 눈은 뜰 앞의 무성한 회화나무를 향하고 있었지만, 사실은 아무것도 보고 있지 않았다. 멍한 귀로, 그래도 그는 마당 어딘가에서 들려오는 한 마리 매미 소리에 귀 기울이고 있는 듯이 보였다. 기쁨이 있을 터인데도 기력이 빠진 막연한 쓸쓸함, 불안 쪽이 먼저 왔다.

완성한 저작품을 관官에 바치고, 아버지의 묘 앞에 그 보고를 할 때까지만 해도 아직 기운이 팽팽했지만, 그런 일을 끝내고 나자 갑자기 지독한 허탈 상태가 찾아왔다. 신령이 떨어져 나간 무당처럼, 몸도 마음도 푹 꺼지는 듯, 이제 60을 갓 넘긴 그가 갑자기 10년이나 나이를 더 먹은 듯이 늙었다. 무제의 붕어도, 소제昭帝의 즉위도, 지난날의 태사령 사마천의 알맹이가 빠져 버린 허물에게는 아무런 의미가 없는 것 같았다.

앞에서 말한 임입정 일행이 호지에서 이능을 방문하고, 다시 도성에 돌아왔을 때는, 사마천은 이미 이 세상에 없었다.

소무와 헤어진 후의 이능에 대해서는, 무엇 하나 정확한 기록이 남겨져 있지 않다. 원평元平 원년에 호지胡地에서 죽었다는 것 말고는.

그보다 일찍, 그와 가까웠던 호록고 단우의 죽음 뒤에, 그 아들 호연제壺衍鞮 단우의 시절이 되었는데, 그의 즉위와 관련해서 좌현왕, 우곡려왕右谷蠡王 사이에 내분이 있었고, 알閼씨와 위율 등과 대항을 하게 되어 이능도 본의 아니게, 그 분쟁에 말려들었을 것임은 상상하기 어렵지 않다.

『한서漢書』의 흉노전匈奴傳에는, 그 후, 이능이 호지에서 낳은 아들이 오적도위烏籍都尉를 옹립해서 단우로 삼았고, 호한사呼韓邪 단우와 대항했다가 결국 실패한 이야기가 기록되어 있다. 선제宣帝의 오봉五鳳 2년의 일이니까, 이능이 죽고서 꼭 18년째다. 이능의 아들이라고 했을 뿐, 이름은 나와 있지 않다.

(1942. 10)

요분록 妖氛錄

　말수가 적은, 매우 조심스러운 여자였다. 미인임에는 틀림없지만, 움직임이라곤 적은, 망석중이 같은 아름다움은, 때로는 바보처럼 보이는 일이 있다. 이 여자는 자기 때문에 야기되는 주변의 이런저런 일들에 대해 놀랍다는 듯이 눈을 부릅뜨고 바라보는 것 같았다. 그런 일들이, 자신 때문에 일어났다는 점을, 전혀 알아차리지 못하는 것처럼 보이기도 한다. 알아차렸으면서도 조금도 모른다는 듯이 가장하는 것인지도 모른다. 알아차린다 한들, 이를 자랑스럽게 기억하는 것인지, 곤혹스럽게 느끼고 있는 것인지, 어리석은 남자들을 비웃고 있는 것인지, 그것은 아무도 알 수가 없다. 다만, 그런 방자스러운 기색만큼은 조금도 겉으로 드러나지 않는 것이다.

　조형물 같은 조용한 얼굴에, 때로, 불쑥, 불타오르는 듯한 화려한 움직임을 보일 때가 있다. 눈처럼 희고 싸늘한 석탑 안에 갑자기 불을 켜 놓은 듯이, 귓불이 금방 피어올라, 홍옥색紅玉色으로 물들고, 칠흑의 눈동자는 요염한 빛을 띠며 촉촉해진다. 안에 불이 피어 있는 동안만은, 이 여자는 세상의 여자가 아니게 된다. 이런 때에 이 여자를 본 소수의 남자들만이, 세상의 범상하지 않은 어리석음에 정신을 차리지 못하게 되는 모양이다.

진陳나라 대부大夫 어숙御叔의 아내 하희夏姬*는 정鄭나라 목공穆公의 딸이다. 주周나라 정왕定王 원년에 아버지가 죽고, 그 뒤를 이은 오라비인 자만子蠻도 바로 이듬해 변사했다. 진나라의 영공靈公과 하희 사이의 관계는, 마침 그 무렵부터 계속되고 있던 터이므로 꽤 오래된 것이다. 황음荒淫에 빠진 군주의 강요

---

* 정목공鄭穆公의 딸 하희夏姬는 아름다운 미모에 행실이 음란했다. 진陳나라의 대부 하어숙夏御叔과 결혼하여 징서徵舒를 낳았다. 진영공陳靈公 14년 기원전 600년, 그녀는 진영공 및 진나라의 대부들인 공녕孔寧과 의행보儀行父 3인과 혼음을 해 하징서에게 치욕을 안겨주었다. 하징서가 노하여 영공을 살해하고 스스로 진나라 군주의 자리에 올랐다. 초장왕이 토벌군을 일으켜 하징서를 붙잡아 죽이고 하희를 초나라로 데려가 연윤連尹 양노襄老에게 주었다. 노년의 양노가 죽자 친정인 정나라로 돌아가 살던 하희를 사자로 갔던 무신巫臣이 취하여 부인으로 삼았다. 하희로 인해 초왕의 분노를 사지나 않을까 두려워한 무신은 하희를 데리고 진晉나라로 달아났다. 초왕은 무신의 종족을 멸족시켰다. 이에 원한을 품게 된 무신은 진나라에 초나라의 배후에 오吳나라의 존재가 있음을 알리고 오나라와 연합하여 초나라를 공격하라고 건의했다. 무신의 활약으로 중원의 선진 문물을 받아들여 국세가 신장된 오나라가 결국은 오자서伍子胥와 손무孫武를 등용하여 초나라를 파멸 일보 직전까지 몰고간 것은 하희로 인해 일어난 일이다. 열녀전에 '3명의 군주, 7명의 대부와 살았고, 제후와 대부들이 그녀를 서로 차지하기 위해 다투었으며, 그녀를 보면 넋이 빠져 미혹되지 않은 사람이 없었다'라고 했다.

에 의해 이렇게 된 것이 아니다. 애초에 이런 일은, 하희로서는 물이 낮은 곳으로 흐르듯이 자연히 이렇게 된 것이다. 흥분도 없고, 후회도 없이, 그저 어느 사이엔지 이렇게 되고 만 것이다. 남편인 어숙은, 전형적인 호인으로 심지가 굳은 사람이 아니었다. 슬슬 그런 점을 알아차리게 된 모양이지만, 알아차렸다 한들 어찌할 것도 없는 일이다. 하희는, 남편에게 미안함을 느끼는 것도 아니고, 그렇다고, 경멸을 느끼는 것도 아니었다. 그저, 이전보다 한층 남편을 상냥하게 대하게 되었다.

언젠가, 영공이 조정에 있을 때, 상경上卿 공녕孔寧과 의행보儀行父 등과 희롱을 하다가, 얼핏 그의 내복을 보여준 일이 있다. 요염한 여인네의 내복이었다. 두 사람은 흠칫했다. 공녕도 의행보도, 실은 그때, 그것과 똑같은 하희의 내복을 입고 있었기 때문이었다. 영공은 알고 있을까? 물론 두 사람은, 서로가 동지라는 것을 잘 알고 있다. 두 사람에게만 하희의 내복을 보여준 것으로 보아, 영공도 이미 두 사람의 일을 알고 있는 것이 아닐까? 주군主君의 희롱에, 아첨하는 웃음으로 응해도 괜찮을까, 어떨까. 두 사람은 겁에 질려 영공의 안색을 살폈다. 두 사람이 발견해 낸 것은, 저의가 없어 보이는, 그저 음란하기만 한, 우쭐거리는 웃는 얼굴이었다. 두 사람은 안도의 가슴을 쓸어내렸다. 며칠 뒤에는, 두 사람 모두 영공에게 그들의 요염한 내복을 보일 정도로까지, 대담해져 있었다.

설야洩冶라 하는 강직한 선비가 영공에게 직언했다. "공경公卿이 음란함을 보이면, 아랫사람들도 이를 본받을 염려가 있습니다. 또한, 우선 남 듣기에도 사나운 일이므로, 아무쪼록, 그런 일만은 삼가주십시오."

실제로, 당시의 진陳나라는 강국인 진晉과 초楚 사이에 끼여, 이쪽으로 붙으면, 저쪽의 침략을 받게 되는 형편이므로, 여자에게 미쳐 있을 형편이 아니었다. 영공도 "내가 고치겠다"고 사과하는 수밖에는 없었다. 그러나, 공녕과 의행보 두 사람이, 임금을 두려워하지 않는 신하는 제거해야 한다고 주장했다. 영공도 군이 제지하려 하지 않았다. 이튿날, 설야는 누군가의 칼에 찔려 쓰러졌다.

이윽고, 호인인 남편 어숙도 묘한 죽음을 당했다.

영공과 두 상경 사이에는 질투라는 것이 거의 없었다. 질투가 일어날 여지가 없을 정도로, 하희의 주변에서 피어나고 있던 분위기가 그들을 마비시키고 있었던 것이다.

세 명의 여색에 홀린 남자가, 어느 날, 하희의 집에서 술을 마시고 있었는데, 하희의 아들 징서徵舒가 앞을 지나갔다. 그 뒷모습을 보면서 영공이 행보에게 말했다. "징서는 그대를 닮았군!" 행보는 웃으면서 곧바로 응수했다. "당치도 않습니다. 주군을 쏙 닮았는데요." 청년 하징서는 두 사람의 말을 똑똑히 들었다. 아버지의 죽음에 대한 의혹, 어머니의 생활에 대한 울분, 자신의 운명에 대한 굴욕감, 이런 것들이 단번에 불이 되어, 그의 마음에서 활활 타 올랐다. 잔치가 끝나고 영공이 밖으로 나갔을 때, 느닷없이 화살 하나가 날아와 그의 가슴을 뚫었다. 멀리 떨어진 곳간의 어둠 속에서, 활활 타오르는 하징서의 눈이 내다보고 있었다. 절망적인 분노에 떨리고 있는 그의 손에는 이미, 두 번째 화살이 메겨져 있었다.

공녕과 의행보는 두렵고 당황해서 집으로 돌아가지 않고, 곧장 그 길로 초나라로 피했다.

당시의 관습으로, 한 나라에 난리가 일어나면, 이를 진압한다는 구실로, 반드시 다른 강국의 침략을 받는다. 진나라 영공이 시해되었다는 소식을 듣자, 초나라 장왕莊王은 곧바로 군사를 이끌고 진의 도읍으로 쳐들어왔다. 하징서는 붙잡혀서 율문栗門이라는 곳에서 거열형車裂刑을 당했다. 진나라 난리의 근원이 되었던 하희는, 처음부터 초나라 장수들의 호기심의 표적이 되었다. 독살스러운 요부妖婦의 용모를 상상하고 있었건만, 의외로 평범하고 차분한 여인을 발견하고, 실망한 자도 있었다. 자신의 행위에 대해서 아무런 책임도 없다는 듯 어린 아기와도 같이, 하희는 이 망국亡國의 소동 가운데, 오직 홀로 천진스럽다고 할 정도로 멀쩡했다. 혹형에 처해진 외아들의 운명에 대해서도 그다지 마음이 흔들리지 않는 듯한 모습으로, 연이어 눈앞에 나타나는 왕과 그 경대부卿大夫들 앞에, 얌전하게 눈을 내리깔고 있었다. 장왕은 개선할 때 하희를 데리고 돌아갔다. 그녀를 내전內殿으로 들이려 했던 것이다.

굴무屈巫, 자는 자령子靈, 바로 무신巫臣이라는 자가 이를 간諫했다. "불가합니다. 색을 탐하는 것을 음淫이라 하고, 음은 큰 죄입니다. 주서周書에 이르기를 '덕을 밝혀 벌을 삼간다'고 합니다. 주군, 이를 도모하십시오."(안 됩니다. 주군께서는 이번에 역신逆臣을 주살誅殺하고 대의를 바로잡는다는 명분으로 진나라로 군사를 보내셨습니다. 그랬는데, 만약에 하희를 받아들이게 되면, 음을 탐하기 위해 군사를 일으켰다는 말을 들어도 할 말이 없게 됩니다. 주서에도 "덕을 밝혀 벌을 삼간다"고 했습니다. 주군께서는, 바라옵건대 이를 도모하시기를.) 장왕은 호색가이기보다는 야심적인 정치가였으므로, 바로 무신의 간언을 받아들였다.

영윤令尹인 자반子反이 하희를 아내로 맞으려 했다. 다시금 무신이 제지했다. "하희는 상서롭지 못한 사람이 아닌가. 오라비를 요절시켰고, 남편을 죽게 했고, 임금을 시해하게 하고, 아들을 찢어져 죽게 만들고, 두 고관을 도망치게 했으며, 진陳나라를 멸망시킨 여자다. 이보다 더 상서롭지 못한 여자가 있을 수는 없다. 천하에 아름다운 부인은 많다. 굳이 저 여자에 매달릴 것은 없을 텐데." 묘한 허영 때문에, 자반은 어쩔 수 없이 단념했다. 결국 연윤連尹인 양로襄老에게 주어졌다. 하희는 순순히 양로의 아내가 되었다. 이 여자만큼 주어진 것에 순순히 따르는 자는 없다. 그러면서도, 어느덧, 스스로도 의식하지 못하고, 그 주어진 것을 엉망으로 만들고, 혼탁해지게 하는 것이다.

이듬해, 주周나라 정왕定王 10년, 진晉·초楚의 대군이 필邲 땅에서 싸워, 초나라가 대패했다. 이 전투에서 양로는 전사했고, 시체는 적이 가져가 버렸다.

양로의 아들 흑요黑要는 이미 늠름한 청년이었다. 남편의 죽음을 잊고, 아버지의 죽음을 잊고, 상복을 입은 하희와 흑요는 언제부터인지 요사스러운 즐거움에 빠지기 시작했다.

앞에서, 장왕과 자반을 간한 신공申公 무신이, 마침내 하희에게 접근해 왔다. 노련한 책모가답게, 그는 곧장 하희를 독점하려 하지 않았다. 무신은 막대한 재물을 뿌려, 그녀의 고국인 정鄭나라에 대해 계략을 세웠다. 그의 입장으로서는, 초나라에서 하희를 아내로 맞아들이는 것은 무리라는 것이 분명했던 것이다. 이윽고, 정나라에서 초나라로 통지가 왔다. 앞에 나온 초나라 연윤, 양로의 시체가 진나라에서 정나라로 보내지게 되었으니, 하희는 정나라로 와서 남편의 시신을 맞으라, 하는 것이었다. 이 일의 진위에 대해 다소 의심을 품고 있던 장왕은 무신을 불러서, 그의 의견을 물었다.

"참말인 듯합니다." 이렇게 무신은 답했다.

"진나라에서는, 필 땅의 전투에서 우리가 거둔 포로 가운데 지앵智罃이라는 자가 있는데 이자를 되찾고 싶어 합니다. 지앵의 아비는 진 제후의 총신이고, 또한 그 집안은 정나라에 지기知己를 많이 가지고 있으므로, 차제에 정나라를 징검다리 삼아, 우리나라와 포로 교환을 하자는 것이겠지요. 그래서, 그쪽에 잡혀 있는 우리의 공자公子 곡신穀臣과 양로의 시신을 돌려주려는 것으로 생각됩니다."

왕은 끄덕이고서, 하희를 정나라로 돌려보냈다. 진작부터 하희에게는, 무신의 뜻이 통해 있었다. 출발하면서, "남편의 시신을 얻지 못하면, 두 번 다시 돌아오지 않겠다"고 옆에 있던 사람들에게 말했다. "남편의 시신을 얻을 수 있을 것 같지 않으므로, 나는 다시 돌아오지 않겠다"는 뜻으로 받아들인 사람은 하나도 없었다. 새까만 상복으로 평상시의 요염함을 감싼 하희의 여장旅裝에는, 과연 망부의 시신을 찾으러 가는 미망인다운 갸륵한 모습이 엿보였다. 흑요하고는 아주 싱겁게 헤어졌다. 하희가 정나라에 도착하자, 이를 뒤쫓듯이 무신의 밀사가 정나라로 갔고, 하희를 데려가고 싶다는 뜻을 전했다. 정나라의 양공襄公은 이를 허락했다. 그러나, 아직 하희가 무신의 것이 되었다는 것은 아니다.

초나라 장왕이 죽고, 공왕共王의 시절이 되었다. 공왕은 제齊나라와 손잡고, 노魯나라를 치려 했고, 그 출사出師의 때를 알리기 위해 무신을 사신으로 제나라로 보내기로 했다. 무신은 가재家財를 남김없이 정리하고, 출발했다. 가는 도중, 신숙궤申叔跪라는 자가 이를 만나, 수상히 여기며 말했다. "삼군三軍의 두려움 속에, 음란한 기쁨의 기운이 떠돌다니 이상도 하구나." 무신은 정나라에 도착하자, 부사副使에게 폐물幣物을 들려서 초나라로 돌아가게 하고, 자신은 홀로, 하희를 데리고 떠났다. 하희는 그다지 크게 기뻐하는 모습도 보이지 않고, 따라갔다. 제齊나라로 들어가려 했는데, 마침, 제나라 군사가 안鞍의 전투에서 패한 시점이었으므로, 방향을 바꿔 진晉나라로 도망쳤다. 극지郤至라는 중신의 알선으로, 무신은 형刑의 대부로서 진나라를 섬기게 되었다.

하희를 아내로 맞으려다 무신의 제지를 받고, 결국 그 무신에게 여자를 빼앗기고 만 초나라의 자반子反은 이를 갈며 원통해했다. 그는 중폐重幣를 진나라로 보내, 백방으로 손을 써서, 무신의 벼슬살이의 길을 막고자 했지만, 소용이 없었다. 화가 난 끝에, 무신의 일족인 자염子閻, 자탕子蕩, 그리고 하희의 의붓아들에 해당하는 흑요를 참살하고, 그 재산을 빼앗았다. 그러고서도 아직 분이 풀리지 않는 모습이었다.

무신은 즉각 서신을 보내 이를 저주하고, 복수를 맹세했다. 그는 진나라 제후에게 청해, 스스로 오吳나라로 사신으로 가서, 진과 오가 손을 잡고 초나라를 협공하고자 했다. 초나라 남쪽 속국인 소巢와 서徐가 오나라의 침략을 받았고, 자반은 이를 막기 위해, 한 해에 일곱 번이나 왕명을 받을 만큼 분주해졌다. 몇 년 뒤, 언릉鄢陵에서의 패전의 책임을 지고 스스로 목을 베었다.

하희는, 무신의 첩실로, 결국 자리 잡은 것으로 보인다. 애써 자신을 억제하고, 하늘의 뜻에는 결코 거스르지 않는다. 이것이 지난날 진과 초 두 나라를 어지럽힌 요희妖姬로는, 도저히 보이지 않는다. 그러나 무신은 결코 마음을 놓지 않았다. 하희는 전부터 그런 여자인 것이다. 이 여자는 나이를 먹지 않는 것인지도 모른다. 이미 오십에 가까울 터인데, 피부는 처녀와 같은 윤기를 유지하고 있다. 이 불가사의한 젊음이, 이제는, 무신으로서는 골머리 아프도록 마음을 써야 하는 원인이었다. 비첩 동복婢妾僮僕에게 돈을 주며 남몰래 탐색을 시킨 일도 있었다. 그들의 보고는 언제나 하희의 정숙을 보증하는 것뿐이었다. 그들의 보고를 그대로 믿을 정도의 호인은 아니었지만, 은근한 감시를 그만둘 정도로는, 아직 초연한 처지가 아니다. 어떤 기분으로 저 여자를 뒤쫓았던가, 이미 그것이 신기할 뿐이다. 이전에 양로의 아들, 흑요와의 경우를 생각해 본다면, 무신으로서는, 이미 성인이 된 자식들에게도 의심의 눈을 향하지 않을 수가 없다. 한 아들 호용狐庸을 오래도록 오나라에 머물러 있게 한 이유 중 하나도, 이러한 고려 때문이다. 정숙한 하희가 집에 온 뒤로, 갑자기 삭막해진 주변을 둘러보면서, 그는 깜짝 놀랐다. 교묘한 술책으로 경쟁자를 따돌리고, 멋들어지게 손에 넣었다고 생각했건만, 손에 넣은 것은, 과연 어느 쪽이었을까? 자신은 더 이상 하희를 원하지 않는 것 같기만 하다. 그 무렵의 자신과, 지금의 자신은 전혀 딴판인 것이다. 오직 저 여자를 추구한다는 옛 의지의 방향만이, 그 자신에게서 독립해서, 습관으로서 남아 있고, 그것이 지금도 지배를 하고자 하고 있을 뿐이라고 생각하는 일도 있다. 그는 요즈음, 자신의 생명이 어느덧 내리막길을 서두르고 있다는 점을 인정하지 않을 수는 없다. 정신과 육체의 쇠약이 너무나 분명하게 의식되는 것이다. 언젠가, 저녁의 희미한 빛 가운데, 요염한 기운을 모두 토해낸 채 백여우처럼 단정하게 앉아 있는 하희의 모습을 옆에서 바라보았을 때, 얼마나 자신의 운명이 이것을 위해 비싼 대가를 치러야 했던가 하고 무신은 비로소 절실하게 느낄 수가 있었다. 저도 모르게 몸서리를 쳤다. 그러나, 다음 순간, 어째서인지는 알 수가 없지만, 뜻 모를 묘한 웃음이 치밀어 올랐다. 이런 바보 같은 춤을 춘(백여우 같은 하희 역시 알고 보면 조종된 것에 지나지 않는 것이다) 자신의 일생의 무의미함을 남의 일처럼 바라볼 수가 있었기 때문이다.

춤을 추도록 조종한 이의 마음이 자신에게 옮아오기라도 한 듯이, 그는 맥이 풀어진 채로 껄껄껄 웃기 시작했다.

(집필 시기 불명)

자전 自傳

두남 선생 斗南先生

1

구름바다 창망滄茫하구나 사도佐渡의 모래톱
낭군을 그리며 일일 여삼추如三秋의 쓸쓸함
49리 풍파 사납고
건너가고자 하건만 내 몸 자유롭지 못해

아하, 오라고 한들 갈 수가 있으랴 사도佐渡로, 하고 생각했
다. 제목을 보니 '희번죽지戱翻竹枝'라고 되어 있다.

그것은 그의 백부伯父의 시문집이었다. 백부는 재작년
(1930년) 여름에 세상을 떠났다. 그 유고가 정리되어 올해 봄,
분큐도文求堂에서 상재上梓된 것이다. 청나라 말의 석유碩儒로,
지금은 만주국에 있는 나진옥羅振玉 씨가 서문을 써 놓았다. 그

서문은 이렇다.

'나는 지난날 호강滬江에 우거寓居했다. 앞뒤 10년간 동방의 어질고 뛰어난 자, 호상滬上*에서 학문으로 뛰어난 자, 우정의 기쁨을 함께한 자가 없었다. 어느 날 동틀녘, 머리를 빗고 목욕을 마쳤을 때 매우 급하게 문 두드리는 소리가 있어 누각의 난간으로 보니 손님이었다. 두루미처럼 마르고 후리후리한 인물이 문 앞에 서 있었다. 허둥지둥 신을 거꾸로 신고 이를 맞이했다. 문 안으로 들어와 명함을 내밀었다. 일본 남자 나카지마 하지메中島端라 쓰였다. 품속의 필묵을 꺼내 나와 필담을 했다. 동아시아의 정세를 논하며 경각頃刻 10여 장을 썼다. 나는 깜짝 놀라 이에 경탄했다. 떠나기에 앞서 다시 보기를 약속하며 그가 머무는 곳을 물으니 풍양관豐陽館이라 했다. 이튿날 그곳으로 찾아갔더니 이미 떠나고 없었다……'

이것은 엄청 케케묵은 옛날 세계다. 하지만 '일본 남자 운운'의 명함이라느니, '매우 급하게 문 두드리는 소리'라느니, '마르고 후리후리한'이라느니, '이튿날 그곳으로 찾아갔더니 이미 떠나고 없었다'느니, 생전의 백부를 알고 있는 사람들에게는 그야말로 그 풍모를 방불케 하는 묘사이다. 산조三造는 이를 읽으면서 미소 짓지 않을 수가 없었다. 그는 이 책을 대학교와 고등학교 도서관에 기증하라고 집안 식구에게 부탁을 받고 있었다. 그렇지만 자신의 백부의 저서를, 그것도 전혀 무명인 일개

---

* 앞의 滬江과 마찬가지로 상해上海의 다른 이름.

한시객漢詩客에 지나지 않았던 백부의 시문집을 당당하게 도서 관으로 가져간다는 일에 대해서는 약간 겸연쩍음을 느끼지 않을 수가 없었다. 산조는 주저하고 또 주저하면서 좀처럼 가지고 갈 수가 없었다. 그리고 매일 책상 위에 펼쳐 놓고는 되풀이 해서 읽었다. 읽어 가는 사이에 고집스럽도록 강직해서, 곧잘 남을 나무라고 용서를 몰랐던 백부의 모습이 선명하게 떠올랐다. 나진옥 씨의 서문에는 또 이렇게 쓰여 있었다.

'듣자 하니 그는 결벽증이 있다. 평생 부인을 가까이하지 않았다. 유언으로, 내가 죽은 다음 신속히 화장火葬해서 뼛가루를 태평양에 뿌려라. 실로 귀신이 되어, 언젠가 병사를 이끌고 우리나라에 접근하는 자가 있으면, 가미카제神風가 되어 이를 막으리라고 했다. 가족은 삼가, 그 말을 따랐다……'

이것은 모두 사실이었다. 백부의 뼈는 친척 중 한 사람이 기선 위에서 유언대로, 구마노 앞바다熊野灘에 던졌던 것이다. 백부는 그렇게 해서 샤치호코* 같은 것이라도 되어서 미국의 군함을 먹어 버릴 작정이었던 것이다.

남에게는 같잖거나 우스꽝스럽게 보이는 이런 일들이(이러한 유언, 기타 숱한 기행과 기언이) 나중에 생각해 보면 우스꽝스럽기는 하지만, 백부와 마주하고 있는 경우에는 지극히 그

---

* 鯱. 몸은 물고기이고, 머리는 호랑이, 꼬리는 항상 하늘을 향하고 있고, 배와 등에는 날카로운 돌기가 나와 있는 상상 속의 동물이다. 보통 기와나, 나무, 돌 등으로 만들어 건물 장식에 많이 쓰이는데 나고야성의 것이 가장 유명하고 현재 나고야 시의 마스코트로 사용되고 있다.

럴싸해 보이는, 백부는 그런 노인이었다. 하지만 고등학교* 시절의 산조에게는 이러한 백부의 시대와 동떨어진 엄격함이 매우 마음에 들지 않는 고약한 것으로 보였다. 백부가 자신의 영혼의 밑바닥으로부터 조금도 자신을 속이는 일 없이 그것을 올바르다고 믿고서 그러한 언행을 하고 있을 것으로는 도저히 믿어지지가 않았던 것이다. 거기에는 그와 백부 사이에 도저히 메워질 수 없는 골이 있었다. 사실 그와 백부 사이에는 딱 반세기의 나이의 벽이 있었다. 타계했을 때 백부는 72세였고, 산조는 22세였다.

많은 친척들이 산조의 기질이 백부를 닮았다고 했다. 특히 사촌누님 한 분은, 그가 나이를 먹고서 백부처럼 되지 않았으면 좋겠다고 입버릇처럼 말했다. 그 말이 부분적으로 맞는다는 사실을 산조도 인정하지 않을 수가 없었다. 그리고 그만큼, 그에게는 백부의 차분하지 못한 성격이 ― 그 자신에게 가장 많이 전해진 듯한 부분 ― 씁쓸하게 여겨지는 것이었다. 그 백부 바로 밑의 동생― 즉, 산조에게는 역시 백부 ―의 극단적으로 무엇을 추구하지 않는 침착한 학구적 자세 쪽이 그로서는 훨씬 바람직스럽게 비쳤던 것이다. 그 둘째 백부는, 그처럼 고대 문자 등을 연구하면서 별달리 그 연구 성과를 세상으로부터 평가받고자 하지도 않았고, 도쿄 한복판에 있으면서도 머리를 우시와카마루牛若丸**처럼 동이고, 두 자 가까이나 흰 수

---

* 당시 고등학교는 지금의 대학교에, 대학교는 대학원에 해당한다.

염을 키우며 은자처럼 살고 있었다. 그 수염 백부(조카들은 그렇게 불렀다)의 차분함에 비해 큰 백부의 광조성狂躁性을 띤 준엄함이 그에게는 점잖지 못하게 비쳤던 것이다. 닮았다는 소리를 들을 때마다, 그는 늘 언짢게 생각했다. 백부는 어렸을 때부터 대단한 수재였다고 한다. 6세 때 글을 읽었고, 13세 때에 한시와 한문을 잘했다니까. 유학儒學의 준재였음이 틀림없다. 그럼에도 불구하고, 평생, 무엇인가 이렇다 할 만한 일도 해 놓지 않았고, 뜻을 펴지 못한 채 세상을 매도하고 사람들을 매도하면서 죽어갔던 것이다. 앞에 나온 유고 서문에도 나온 것처럼 백부는 결혼하지 않았다. 그것이 어떤 원인에서였는지를 산조는 알지 못한다. 백부는 또 노상, 산조로서는 무목적이라고밖에는 생각할 수 없는 여행을 되풀이했다. 중국에는 오래 가 있었다. 그것은 백부 자신이 말하는 것처럼 나라일을 걱정해서라기보다는, 그저 그 로맨티시즘과 이국 취향에 부추겨져서라고 말하는 편이 맞지 않을까 하고, 고등학교 시절의 산조는 생각했다. 이 방랑자벽癖은 백부의 평생 끊임없이 따라붙었던 것으로 보인다. 산조가 알고 있는 한 백부는 늘 이사를 하고 여행을 하고 있었다.

이 방황을 선호하는 기질이 자신에게도 매우 많이 전해져 있다는 것을 산조는 때때로 강하게 느끼지 않을 수가 없었다. 다만, 백부의 생활을 위한 경제적 방면은 오래도록 그로서는

** 헤이안 말기의 무장으로 가마쿠라 막부를 세우는 데 일등 공신이었던 미나모토노 요시츠네源義經의 아명.

수수께끼였다. 백부는 지난날 『지나支那 분할의 운명』이라는 책을 낸 적이 있는데, 그런 팔리지 않는 책에서 인세가 들어올 턱이 없었다. 먼 뒷날(그것은 백부의 만년이 되었을 때인데) 백부가 경제적으로는 거의 전적으로 남의 — 친구와 동생과 제자들 — 도움을 받고 있다는 사실을 알게 되었을 때, 산조는 우선 이 점에 대해 마음속으로 백부를 비난했다. 자신의 힘으로 제대로 생활도 할 수 없으면서 공연히 남을 매도한다는 것은 그다지 수긍할 수 없다고 생각했던 것이다. 나중에 생각해 보니 이런 비난은 대개는, 자신과 비슷한 정신의 유형에 대한 그 자신의 반사적 반발심에서 움터 나온 것 같기도 했다.

어쨌든 그는 자신이 닮았다는 이 백부의 정신적 특징의 하나하나에 대해, 일일이 심술궂은 비판의 눈을 돌리려 하고 있었다. 그것은 분명 일종의 자기 혐오였다. 고등학교 시절 어떤 시기의 그의 노력은 이 백부의 정신과 그 자신의 정신에 공통된 몇몇 혐오스러운 특질을 극복하는 일에 경주傾注되었다. 그러한 그의 의도는 부당한 것이 아니었음에도 불구하고 당시의 그의 백부에 대한 시각은 불충분하기도 하고 잘못되어 있었던 것 같았다. 즉, 백부의 기이한 언동은, 그것이 청년 산조로서는 우스꽝스러운 일이면서 혐오스러운 일이었던 것과 마찬가지 정도로, 그보다도 반세기 전에 태어난 백부 자신으로서는 지극히 자연스럽고도 순수한 것이었다는 점을 그는 전체적으로 이해할 수가 없었던 것이다. 백부는 말하자면, 옛날풍의 한학자 기질과 열광적인 우국지사 기질이 뒤섞인 정신, 동양에서도 점차로 그 그림자가 사라져가려 하는 이런 유형의, 그가 아는 한에서 가장 순수한 마지막 사람들 중 하나였던 것이다. 이런 점이 그 무렵의 그에게는 개념적으로밖에는, 즉 반밖에는 이해될수가 없었다.

2

그해 2월, 고등학교의 기념제 무렵, 혼고本鄕에 있는 그의 하숙집에 백부에게서 엽서가 왔다. 도네가와利根川 인근의 시골에서였다. 당분간 이곳에 있을 터이니, 토요일에서 일요일에걸쳐 장기라도 두러 오지 않겠느냐. 닭 정도는 대접해 주겠다는 것이다. 그것은 산조가 고등학교를 졸업하는 해였는데, 마침 그 직전에 그는 학교에서 축구를 하다가 얼굴을 차여서, 얼굴을 붕대로 감고 병원에 다니고 있었다. 실제로 어이없는 이야기이지만, 위에서 떨어지는 공을 헤딩하기 위해 머리를 숙이는 순간, 바로 그 공을 노렸던 발에 아래로부터 눈 근처를 냅다차였던 것이다. 안경의 유리가 산산이 부서지고, 순간 앗 하고감은 그의 눈꺼풀 뒤로 검붉은 소용돌이 같은 영상이 격렬하게 회전했다. 당했다! 생각하고 눈을 움직였다가는 눈 속이 찢어질지도 모른다고 생각하면서, 그래도 조금 시험 삼아 가늘게눈꺼풀을 열려 하자 피가 꽉 막아버렸고, 조금 움직이자 뚝 하고 피가 땅에 떨어졌다.

그래서 두 친구의 부축을 받아 바로 대학병원으로 갔다. 유리로 눈 가장자리가 베어졌을 뿐이고 다행히 눈 속에는 파편이 없었으므로, 상처 자국을 꿰맨 다음 2주만 통원하면 된다는 것이었다. 하지만 그런 상황이었으므로, 마침 그것을 좋은 핑계로 삼아 '부상을 당해서 유감스럽지만 갈 수 없음'의 뜻을 담아 답장을 했던 것이다. 그는 백부 앞에 있을 때면, 자신이 늙었을 때의 모습을 눈앞에서 보는 듯한 기분이 들어 백부의 행동 하나하나에 혐오감을 느낄 뿐 아니라, 때때로 터지는 백부의 짜증(그래서 백부는 '짜증 백부'라고 조카들에게 불리고 있었다)에 대해서도 익숙해져 있었지만 다소 두려워하고 있었다. 게다가 그 장기라는 것 또한 그보다도 한 수 반이나 강하면서 약자를 상대로 골탕 먹이는 것을 즐기는 투인 데다, 아무리 두어도 그만두자는 소리를 하지 않으므로 그에 대해서도 다소 진저리가 나지 않을 수 없었던 것이다.

그 편지에 답장으로 온 백부의 엽서에는, 재난은 언제 일어날지 모르니 사람은 항상 그것에 대해, 언제 당하더라도 꿈쩍하지 않을 정도의 마음가짐을 키워 둘 필요가 있다는 의미의 글이 쓰여 있었다. 그리고 그것으로 그는 한 달여 동안 백부에 대해 잊고 있었다. 그런데 3월 중순경, 다시금 불쑥 거칠고 아름답게 갈겨쓴 백부의 엽서가 날아왔다. 며칠 내로 너의 집에 가고 싶은데 형편이 어떠냐는 것이었다. 대학 입학시험이 사오일 있으면 끝나니까 그다음이 좋겠습니다만, 이라고 그는 답장을 썼다. 그런데, 그로부터 사흘 정도 지나 입학시험 중인 날에, 그날 시험을 마치고 하숙에서 책상 앞에 앉아 있는데 장지문을 여는 하녀의 목소리와 함께 그 뒤를 따라 고풍스러운 커다란 배스킷을 들고 백부가 들어왔다. 지금 산에 가는 길이라고 백부는 불쑥 말했다. 그로서는 무슨 이야기인지 전혀 이해할 수 없었다. 아마도 백부는 이미 이런 사정을 미리 그에게 보낸 편지로 알려주었다는 식으로 착각하고 있는 것이 틀림없다. 잘 들어보니, 사가미相模의 오야마大山에 머물 거라고 한다. 오야마의 어떤 신관神官에게 가서 한동안 요양을 하겠다는 것이었다. 백부는 그 2, 3년 전부터 때때로 장출혈 등을 하고 있었다. 그것을 일흔이 넘은 백부는 기력 하나로 의사에게 가 보지도 않은 채 버텨내고 있었다. 그 출혈이 요즘 들어 점점 심해진다는 것이다. 그처럼 몸이 약해졌으면, 매사에 부자유스러운 산 같은 데 들어박혀 있는 게 더 안 좋을 것이 분명하지만, 그런 소리를 했다가는 얼마나 기분을 상할지 알 수 없는 그 무렵의 백부였으므로 산조도 잠자코 있을 수밖에 없었다. 그리고 짐은 벌써 그쪽으로 보냈다고 백부는 말했다. 잠시 그런 이야기를 하던 중, 백부는 산조의 오른쪽 눈가에 남아 있는 상처 자국을 발견하고, 그가 다쳤다는 게 떠오른 듯 상태가 어떤지 물어봤다. 그런데 그 말에 대한 대답을 제대로 듣기도 전에, "지금 이발소에 다녀오겠다. 지금 오다가 보았으니까 장소는 알고 있어"라고 했다. 보니 아닌 게 아니라 수염이 — 흰색이 몽땅 누렇게 변해 있었는데 — 상당히 자라 있다. 머리카락은 그다지 성기지는 않고, 특히 양쪽 귀 언저리는 꽤 지저분하게 늘어져 있다. 장수의 징조 소리를 듣는 길게 툭 튀어나온 눈썹 아래 큰 눈이 우묵했다. 산조는 그 눈은 전부터 아름답다고 생각하고 있었다. 이 백부하고 그 바로 밑의 백부, 그 우시와카마루처럼 머리를 동여맨 은자와도 같은 수염의 백부, 이 두 노인의 눈은 각각 다른 분위기이지만 모두 동정童貞에게서만 볼 수 있는 청정한 기운이 감돌고 언제나 아름답게 맑은 것이다. 한쪽은 언제나 실현되지 못할 꿈을 꾸고 있는 인간의 눈이고, 또 다른 한쪽은 아주 진중하게 자연의 일부가 되어 버린 듯한 인간의 눈이다. 이 두 백부를 아울러 볼 때마다, 산조는 발자크의 『사촌형 퐁스』를 떠올리곤 한다. 물론 큰 백부는 퐁스보다 성미가 격하고, 작은 백부는 슈무케보다도 더 동양적인 체관諦觀을 더 많이 간직하고 있지만.

백부는 서둘러서 굴러 내려가듯 계단을 내려갔다. 따라가 보니 백부는 벌써 하숙의 게다를 신고 나가 버린 뒤였고, 입구에서 여주인과 하녀가 웃고 있었다.

한 시간쯤 뒤에 돌아온 백부는 아주 말끔해져 있었다. 상의의 앞깃은 제대로 맞춰져 있지 않았지만, 하카마袴는 단단히 매어져 있고, 오뚝한 콧날과 맑게 열린 눈은 그를 고상한 노인으로 보이게 만들었다. 얼굴의 피부도 막 세수를 한 뒤라, 노인다운 오점도 없이 노랗게 빛나 보인다. 두 사람은 다시 화롯가에 앉아서 한동안 이야기를 했다. 그들의 친척들에 대한 소식. 그 무렵 중국에서 온 천재적인 소년 기사 이야기. 신문 장기 이야기. 일본의 한시인漢詩人들 이야기. 중국의 정국 이야기. 그런 이야기 중 어쩌다가 공산주의 이야기가 나오자, 백부는 『자본론』의 원서를 누군가에게서 빌려다 달라고 했다. 또 시작하시는군 하고 그는 생각했다. 이처럼 실행력이 따르지 않는 동양의 장사壯士 같은 호언이 언제나 그를 화나게 만드는 것이다. 뭐, 마르크스가 정확한 독일어로 써 놓았다면 나도 읽을 수 있어, 하고 그의 표정을 읽었는지 백부는 그런 소리까지 덧붙였다. 그는 백부가 어서 이 대화를 끝내기를 바라면서 잠자코 부젓가락으로 재에다 글자를 쓰고 있을 수밖에 없었다. 그러다 갑자기 백부는 불쑥 생각났다는 듯이 "우산을 사다 주렴" 하고 말했다. 비가 오나요, 하고 물으면서 장지문을 열어 밖을 내다보려 하자, 지금은 오지 않지만 좌우간 필요한 것이니까, 하고 백부는 말했다. 그리고 지갑에서 50전 은화를 하나 꺼내더니, 어딘가에서 50전짜리 지우산을 봤으니까 그런 것을 하나 사오라고 말하며, 묘한 얼굴을 하고 있는 산조에게 그것을 건네는 것이었다. 산조는 하녀를 불러, 자신의 지갑에서 몰래 50전 은화를 두 개 꺼내 거기에 보태 지우산을 사오라고 부탁했다. 하녀는 곧바로 밖으로 나갔다가 곧 가느다란 감색 우산을 사가지고 왔다. 백부는 그것을, 갑자기 좁다란 다다미 4장 반의 방에서 펼쳐 보며, 그렇군, 도쿄는 요즈음 물가가 싸졌어, 하고 말했다.

이윽고 백부는 이제 오야마에 가야겠다고 했다. 몇 시 기차지요, 깜박 이렇게 물으려 했던 그는 백부가 결코 기차 시간 같은 걸 알아보지 않는 사람이라는 것을 얼핏 떠올렸다. 백부는 아무리 큰 여행을 하는 경우라도 시계 따위를 가지고 다닌 적이 없었다.

그는 도쿄역까지 배웅하려고 교복으로 갈아입기 시작했다. 백부는 그것을 기다리지 못하고, 그 커다란 배스킷을 들고 방밖으로 나가 서둘러 계단을 내려갔다. 그런데, 조금 전에 사 온우산을 잊어버렸다는 것을 깨달았는지, 계단 아래서 "산조 씨,

우산! 우산!" 하는 큰 소리가 났다. 그는 어리둥절했다. 지금까지 한 번도 백부는 그에게 '씨'라는 말을 붙여서 부른 일이 없었을 것이다. 언제나 산조, 산조, 하고 불렀던 것이다. 그는 그 백부의 호칭의 변화에서 백부의 기력 쇠퇴를 보았다기보다는, 어쩌면 백부의 정신 상태가 이상해진 것은 아닐까 하는 불안이 덜컥 들면서 우산을 들고 계단을 내려갔다.

밖으로 나오자 백부는 엔타쿠円タク*를 불렀다. 어차피 분큐도文求堂에 맡겨 둔 짐을 가져가야 하거든 하고 백부는 변명 같은 투로 말했다. 중국풍 문짝을 한 분큐도 뒷문에서 차를 세우자, 안에서 출판사 사람이 꽁꽁 동여맨 고리짝 하나를 차로 가져다주었다.

차가 도쿄역에 가까워졌을 무렵, 백부는 그를 향해 무엇인가 빠른 말투로 말했다. ―백부는 매우 알아듣기 힘든 빠른 말로 했는데, 되묻는 것은 아주 질색했다. ―그때도 산조는 백부가 하는 말을 잘 알아들을 수 없었으므로, 들리지 않는다는 시늉을 하며 백부의 얼굴을 쳐다보았다. 백부는 답답하다는 투로, 이번에는 오른손 집게손가락 하나, 왼손 집게손가락과 가운데손가락을 모아, 들어올려 보였다. 이 선문답 같은 동작으로 산조는 더더욱 무슨 소리인지 알 수 없게 되었지만, 좌우간

---

* '1엔 택시'의 약칭. 시내 어디를 가도 1엔 균일인 택시 요금 시스템으로 1924년 오사카에서 시작되어 전국으로 확대되었다. 불경기로 인해 거리에 따라 할인되는 경우도 많이 있었다. 1937년부터 거리에 따른 미터 요금제가 실시되어 실제로 1엔 균일 요금제 기간은 짧았지만 엔타쿠라는 이름은 그 뒤에도 한동안 택시의 통칭으로 사용되었다.

무의미하게 고개를 끄덕여 주었다. 백부는 그제야 겨우 편안한 얼굴로 돌아가 창밖으로 시선을 돌렸다. 역에 도착해서 조수에게 짐을 나르게 하고 있을 때, 문득 산조는 백부가 운전사에게 물어보지도 않고 1엔 20전 — 분명, 그것은 1엔 20전 — 지불하는 것을 보았다. 산조는 놀랐다(1930년 당시 택시는 시내 50전으로 정해져 있었다). 그제야 겨우 조금 전 손가락의 의미를 깨달았다. 오른쪽 하나는 1엔 — 엔타쿠라고 하는 이상, 택시비는 1엔일 것이라고 백부는 생각하고 있었던 것이다 — 왼손 두 손가락은 20전이었던 것이다. 산조도 이제 와서 그것을 말릴 수도 없어서 미소를 지으며 백부의 동작을 바라보기만 했다. 산조 따위에게 묻지 않더라도 이 대도시 교통기관의 관행쯤은 잘 알고 있지라는 듯한 자못 만족스러운 백부의 표정을. 아마도 백부는, 한 명이 추가될 때마다 20전 할증이라고 쓰인 것을 어디선가 보기라도 한 것일까.

그로부터 한 달쯤 지나 오야마에서 편지가 왔다. 몸의 컨디션이 점점 나빠진다는 것, 하루에 몇 번씩이나 장출혈이 있다는 말이 쓰여 있었다. 그러나 '빈사瀕死'라느니 '죽음이 가까워졌다'라느니 하는 자구字句가 그에게는 왠지 실감이 나지 않음과 동시에, 오히려 그런 말을 하는 백부의 몸 상태에 대해 낙관적인 기분을 안겨 주었고, 또, 묵는 곳의 대우가 나쁘다고 자꾸만 욕하고 있는 그 편지의 말투로 보더라도 백부의 기력이 쇠하지 않았음을 느낄 수 있었으므로 그는 그다지 신경도 쓰지 않고 있었다. 그런데 그로부터 보름쯤 지나 이번에는 엽서로 간단히, 산에서는 병을 요양할 수 없어서 오사카로 — 오사카에는 사촌누님이(백부에게는 조카) 있었다 — 가고 싶은데, 이제는 몸이 거의 말을 듣지 않으니 오사카까지 데려다주었으면 좋겠다, 늙은이의 마지막 부탁이라 생각하고 부디 당장 오야마로 와 주었으면 좋겠다, 이렇게 쓰인 글을 보았을 때 그는 매우 당혹스러웠다. 도대체 그런 병자를 오사카까지 모시고 가도 괜찮을까. 게다가, 대체 어쩌자고 백부는 오사카 같은 데로 가고 싶어졌단 말인가. 하기야 그 오사카의 사촌누님은 어렸을 때부터 백부에게 여러모로 신세를 졌고, 또 누님 자신, 남을 돌보아 주는 것을 좋아하는 성품이기는 하지만, 어찌 됐든 그곳은 누님 남편의 집이 아닌가. 게다가 그 매부에게 백부는 늘, 바보(이 말은 곧, 이 경우 한학의 소양이 없다는 뜻이 된다)라는 소리를 해 왔다. 그런 남자의 집으로 가겠다는 것이다. 이건 좀 이상한데 하고 산조는 생각했다. 먼저의 편지에는 놀라지 않았던 그도, 이 백부의 오사카행 결심에서는 백부의 병이 중태라는 움직일 수 없는 증거를 본 것 같은 생각이 들어 적잖이 당황했던 것이다. 하지만 어떻게든 오사카까지 가시게 하는 것은 안 된다고 생각했다. 병을 고칠 생각이라면 굳이 오사카까지 가지 않더라도, 자신의 동생이 — 산조로서는 이 역시 백부다 — 센조쿠洗足에 있는 것이다. 산조는 즉시 그 엽서를 가지고 센조쿠로 갔다. 센조쿠의 백부 역시 그와 같은 의견이었다. 자신의 집으로 오라고 권하기 위해, 그 백부는 다음 날 아침 오야마에 갔다. 하지만, 오후가 되어 빈손으로 돌아왔다. 어떻게 해서든(까닭도 없이) 오사카로 가겠다고 고집을 피운다는 것 같았다.

그렇게 말하기 시작한 이상 이제는 어쩔 도리가 없다고 말하면서, 센조쿠의 백부는 그에게 오사카행 여비를 주었다.

이튿날, 산조는 급행열차로 오야마에 갔다. 그 신관의 집은 금방 알 수 있었다. 안내받아 2층으로 가니, 백부는 방 한가운데에 깔려 있는 이불 위에서 일어나 낡아빠진 사방침에 기대어 앉아 있었다. 백부는 산조를 보자 매우 — 좀처럼 보인 적이 없을 정도로 — 반가운 얼굴을 했다. 그것이 왠지 산조를 불안하게 만들었다. 짐은 완전히 정리되어 있었다. 막 떠나려는 참에, 봉투에 넣어 둔 지폐 한 장이 그 봉투째 사라졌다는 말을 꺼냈다. 백부의 물건이 사라지는 것은 노상 있는 일이다. 그때만 해도 바로, 그 봉투가 방구석의 신문지 밑에서 나왔다. 하지만 그것은 반으로 찢어져 있었고, 안에는, 이 역시 찢어진 10엔짜리 지폐가 반만 들어 있었다. 백부가 휴지로 착각하고 스스로 찢어서 버린 게 분명했다. 나머지 반쪽은 아무리 찾아보아도 나타나지 않았다. 백부는 수색을 단념하려 했지만, 이 소리를 듣고 함께 찾기 시작한 그 신관의 식구들이 동의하지 않았다. 찾아내서 붙여 놓으면 쓸 수 있지 않느냐고 그 댁 안주인이 말하면서, 뒤꼍의 쓰레기장이나 그 곁에 있는 대나무숲까지 아이들을 보내서 찾게 했다. "발견될 리가 있나, 바보같이" 하고 백부는 노골적으로 불쾌한 얼굴로, 마치 남의 일이라도 되는 듯이 그들이 벌이는 소동을 나무랐다. 자기 자신의 실수에 대한 분노, 이에 더해 그 실수를 과장하는 듯한 엄청난 그들의 소동, 또한 자신의 금전에 대한 담담함을 그들이 전혀 이해하지 못하는 데 대한 불만 등으로 기분이 매우 상해서 백부는 그 집을 나왔다. 산 아래까지는 산조로서도 처음으로 보는 산가마를 탔다. 그리 강해 보이지 않는 서른 전후의 남자가 앞뒤에 한 명씩 지팡이를 들고, 때때로 어깨를 바꾸어 가면서, 돌계단을 힘겹게 내려갔고, 산조는 그 뒤를 따라 걸었다. 다 내려온 다음 이번에는 인력거를 탔다. 마츠다松田역에 도착했을 때는 벌써 날이 저물어 있었다.

마츠다역의 대합실에서 다음 하행열차를 기다리고 있는 동안, 백부는 여러 가지 이해할 수 없는 말을 꺼내서 산조를 난처하게 만들었다. 그때 백부는 신기하게도 여행 안내서를 가지고 있었는데(묵었던 집 신관이 신경을 써서 짐 속에 넣어 두었을 것이다), 그것으로 시간을 맞춰 보면서 "지금 떠나면 오사카는 내일 10시가 되겠군"이라고 했다. 그런데 산조가 보니, 아무리 따져도 7시였다. 그렇게 말했더니 백부는 매우 화를 내면서, 잘 보라고 했다. 아무리 보아도 마찬가지였다. 백부가 노선을 잘못 보고 있었던 것이다. 산조도 조금 불쾌해졌으므로, 빨간 연필로 확실하게 선을 그어서 백부가 잘못 보았음을 설명했다. 그러자 백부는 대답은 않고, 아이들처럼 뚱한 얼굴로 외면해 버렸다. 조금 있더니, 이번에는 여름밀감을 사오라고 했다. 산조가 사온 여름밀감은 맛이 없었다. "여름밀감 고르는 법도 모르는구나." 이렇게 정색을 하고 잔소리를 하면서도 백부는 우적우적 먹었다. 그리고 산조에게도 권했다. 설탕 없이는, 하고 신 것을 싫어하는 산조가 말하자, "그렇게 사치스러워서야 어떻게 하니. 요즘 젊은 것들은" 하고 다시 잔소리가 시작되었다. 평소 같았으면, 이런 소리를 꺼냈다가는 점점 더 젊은이들의 비웃음을 산다는 것을 알기 때문에 스스로 억제하고는 했는데, 병을 앓고 있어서 그런 고려도 잊어버린 모양이다. 산조도 화가 나서 분명하게 언짢은 얼굴을 보이며, 언제까지나 노랗고 희읍스레한 여름밀감을 먹지 않고 손바닥에 올려놓은 채 고집스럽게 말없이 있었다.

그러나, 마침내 차표를 끊고 구내로 들어가, 노천 플랫폼의 벤치에서 트렁크에 기대어 모포를 깔고 살포시 앉은 백부를 보았을 때 — 막 해가 지고 난 초여름의 하늘은 묘하게 환했다 — 산조는 분명하게 백부의 죽음이 가까이 왔음을 느꼈다. 모양 좋게 둥근 두개골이 노랗고 얇은 피부 밑으로 확실하게 보이는 것 같았고, 우묵한 눈은 조용히 닫혀 있고, 광대뼈 아래쪽이 푹 꺼지고, 끝이 노랗게 바랜 흰 수염이 마구 자라 있었다. 그리고 오른손은 반듯하게 바지 무릎 위에, 왼손은 가슴의 품속에 넣은 채로 잠자는 듯이 앉아 있는 백부의 모습 어딘가에 고요하고 어두운 기가 서려 있는 듯한 기분이 드는 것이었다. 그러나 그 죽음의 예감은 산조를 당황하게 하지도 않았고, 또 백부에 대한 마지막 애착을 느끼게 하지도 않았다. 묘하게 침착하고 또렷한 마음으로, 그는 희읍스름한 빛 가운데 떠오른 백부의 얼굴을 — 그 얼굴에 표류하고 있는 불식해 버릴 수 없는 불가사의한 고요한 그림자를 — 응시하는 것이었다. 그 그림자에는 도저히 저항할 수가 없다. 그것은 어떻게도 할 수 없는 정해진 일이야, 하고 그런 식의 압박당하는 듯한 기분을 막연히 느끼면서.

기차 안은, 자리는 넉넉하게 잡을 수 있었지만, 공교롭게도 그것은 화장실에 가까웠다. 백부는 그 점에 매우 신경이 쓰이는지, 다른 승객들이 그 문을 열어 놓은 채로 다닌다고 사정없이 매도했다. 산조는 담요를 펴고, 공기베개를 부풀려서 백부가 편히 잘 수 있게 해 놓았다. 백부는 유리창 쪽에 등을 대고, 발을 뻗고, 눈을 감았다. 갈색이 도는 열차의 전등 밑에서, 백부의 얼굴에도 어느새 아까의 묘한 '신경'은 싹 사라져 있었다. 다만 그 마른 얼굴의 주름진 모습과 때때로 꿈틀거리는 듯한 근육의 움직임에서, 그 얕은 잠 가운데에서도 백부가 고통을 참고 있다는 것을 알 수 있어서, 그것이 마주 앉아 있는 산조를 불편하게 만들었다. 백부의 고통스러운 잠든 얼굴을 보면서, 그러나 그는 오히려 이 백부의 지난날의 우스꽝스러운 비상식적인 실수 등을 떠올리고 있었다. 백부가 목욕탕에 갔다가, 여탕이라고 쓰인 것을 보고서 여기에는 남탕이 없다고 생각하고 돌아온 이야기. 그리고 산조의 여동생에게 과자집에 가서 캐러멜을 5엔어치나 사 준 이야기. 이런 것들을 딜컹덜컹 흔들리면서 떠올리고 있었다. 그 산조의 누이는 2년 전 네 살의 나이로 죽었다. 그것을 매우 슬퍼한 백부는 그때 이런 시를 지었다.

每我出門挽吾衣 翁翁此去復何時
今日睦兒出門去 千年万年終不歸*

무츠코睦子란 그 누이동생의 이름이다. 산조는 한시의 좋고 나쁨을 알지 못했다. 그래서 백부의 시 가운데 기억하고 있는 것은 거의 없지만, 이번에는 다음과 같은 게 있었음을 문득 떠올렸다. 그 농담 섞인 자조自嘲의 분위기가 그의 주의를 끈 것이었을까.

惡詩惡筆 自欺欺人 億千万劫 不免蛇身**

입 속에서 잠시 이를 읊조리면서, 산조는 저절로 불쾌하고 오싹한 느낌이 들었다. 왠지는 모르지만, 시 전체의 의미에서 아주 떨어져 나온 것 같은 '불면사신不免蛇身'이라는 말만이 산조에게 묘한 두려움을 주었던 것이다. 그 자신 역시 이 백부처럼, 평생토록 하는 일 없이 자조自嘲 속에서 생을 끝낼지도 모른다는 예감 때문은 아니었다. 그것은 좀 더 정체를 알 수 없는 기분 나쁜 불쾌함이었다. 눈을 감은 채 흔들거리고 있는 백부를 어두운 등불 밑에서 바라보면서, 그는 '이 세상에서는 농담으로 말한 것도 다른 세계에서는 결코 농담이 아니게 된다'라는 기분이 들었다.(그렇다고 그는 평소에 결코 다른 세계의 존재 따위는 믿고 있지 않았지만) 그러자 백부의 시에 나온 '사신蛇

---

* 내가 문을 나설 때마다 내 옷을 부여잡으며 할아버지, 할아버지 이제 가시면 언제 돌아와요 오늘 아기 무츠가 문을 나서는구나 천 년 만 년 끝내 돌아오지 않겠지
** 나쁜 시와 나쁜 글은 나를 속이고 남을 속이니 억천만겁 뱀 신세를 면할 길 없네

身'이라는 말이, '사신'이라는 문자가 그대로 살아나와 꿈틀꿈틀 몸통을 미끄러뜨리며 공간을 기어 다니는 것 같은 기분까지 드는 것이었다.

이튿날 아침, 오사카역에서 탄 택시 안에서 — 사촌 누님의 집은 야오八尾에 있었다 — 산조는 자신의 지갑을 들여다보았다. 엊저녁, 마츠다역에서 차표를 살 때, "잠깐, 내 표도 같이 사렴" 하는 백부의 부탁으로 대신 내준 돈에 대해서 백부는 아주 잊어버렸는지, 아직 아무 말이 없는 것이다. 차에 흔들려 복잡한 오사카 시내를 지나면서, 이 차비도 내야겠군 하고 그는 생각하고 있었다. 그렇게 되면 센조쿠의 백부에게서 받은 돈 가지고는 되돌아갈 기차삯이 모자랄지도 모르는 것이다. 어차피 사촌 누님에게 빌리면 되지만, 좌우간 요즘의 백부의 기억력에는 어이가 없었다. 게다가 농담으로라도 재촉 비슷한 소리를 했다가는 큰 소동이 날 터이므로, 참말이지 지독히 곤란한 처지에 빠졌군, 하고 산조는 생각했다. 차가 차츰 교외로 보이는 곳으로 나왔을 때, 하지만 백부는 갑자기 자신의 지갑을 꺼내더니 5엔짜리 지폐를 하나 꺼냈다. 분명히 이번에는 자신이 지불할 생각인 게 틀림없다. 산조는 그나마 다행이라고 생각했지만, 그래도 그렇지 지갑까지 꺼냈으면서 아직 엊저녁 기찻삯에 대해 생각하지 못한다는 것은 이상하다고 생각했다. 차는 이윽고 야오 쪽으로 들어갔고, 조금 있더니 백부는 거기서 차를 세우게 하고서, 아무래도 이 근처인 것 같으니까 내려서 보겠다고 했다. 산조는 초행길이고, 백부도 이제 겨우 두 번째인지라 확실하게 알지 못하는 것이다. 산조를 차 안에 남겨 놓고 혼자 내린 백부는 지폐를 한 장, 오른쪽 집게손가락과 가운데 손가락 사이에 끼운 채, 그다지 믿음직스럽지 않은 발걸음으로 한길로부터 쑥 들어간 골목길로 들어갔다. 그리고 막다른 곳의 격자문 위의 문패를 읽더니, 병자치고는 꽤 큰 소리로 "아, 여기다, 여기야"라고 말하며 그를 향해 손짓을 했다. 그러고는 그대로 — 지폐를 손가락 사이에 끼운 채 — 문을 열고 쑥 들어갔다. 어쩔 도리가 없었다. 산조는 쓴웃음을 지으며, 다시금 4엔 얼마의 택시비를 치렀다.

백부를 보내 놓고 산조는 무거운 짐을 내려놓은 기분이 들어, 곧바로 교토로 놀러 갔다. 교토에는 올봄, 교토대학에 들어간 고등학교 친구가 있었다. 이틀가량 그 친구의 하숙에서 묵으며 놀고 나서 야오의 누님 댁으로 돌아오자, 현관에 나온 누님이 조그만 소리로 그에게 말했다. 산짱이 말도 없이 놀러 가 버렸다고 매우 기분이 상하셨으니까, 어서 가서 얌전하게 사과하고 오라는 것이다. 어제는 상당히 기운이 왕성해서 도미회를 혼자서 3인분이나 잡수신 것은 좋았는데, 그 덕분에 어제저녁에는 여러 번씩이나 구토와 장출혈 같은 것이 있었다고 했다. 좌우간 의사를 가까이 오지 못하게 해서 누님도 난처한 모양이었다. 2층으로 올라가니, 과연 백부는 커다란 베개 속에서 얼굴을 이쪽으로 향하고 말없이 눈알을 굴리면서 나를 노려보았다. 그러고는 갑자기 청소를 하라고 했다. 그가 방 한쪽 구석에 걸려 있던 방비를 잡으려 했더니, 우선 자신이 누워 있는 이 부자리부터 청소해야 한다고 했다. 조그마한 종려棕櫚 빗자루로 이불 위를, 그러고서 방비로 그 방과 옆방까지, 결국 산조는 2층 전부를 청소해야 했다. 그것이 끝나자 아마 백부도 기분이 풀렸던 것 같았지만, 그래도 여전히 "너는 병자를 데려오기 위해 온 것인지, 자신이 놀기 위해 온 것인지 알 수가 없구나"등의 말을 했다. 그날 밤, 산조는 서둘러 도쿄로 돌아왔다.

3

2주 정도 뒤에, 백부는 야오의 매부와 더불어 도쿄로 돌아왔다. 무엇 때문에 오사카로 간 것인지 알 수가 없을 정도였다. 아마도 백부 역시 이미 죽음을 깨닫고 있었던 모양이다. 그리고 어차피 죽을 거면, 아무래도 자신이 태어난 도쿄에서 죽고 싶었을 것이다. 산조가 전화로 기별을 받고 곧바로 적십자병원으로 갔을 때, 백부는 그를 매우 기다리고 있었던 모양이었다. 평생토록 끝내 가정을 갖지 않았던 백부는 숱한 조카들 가운데서도 특히 산조를 사랑하고 있었던 것 같았다. 특히 그의 학교 성적이 비교적 좋은 점을 신뢰하고 있었던 것 같았다. 산조가 아직 중학 2학년생이었던 무렵, 똑같은 2학년생이었던 그의 사촌형 게이키치하고 둘이 백부 앞에서 장차 그들이 진학할 학교에 대해 이야기를 한 일이 있었다. 그때 둘 다 중학 4년에서 고등학교로 갈 예정이었고 그것과 관련된 이야기를 하고 있었는데, 이를 들은 백부가 옆에서 "산조는 4학년에서 올라갈 수 있겠지만, 게이키치는 안 될걸" 하고 말했다. 산조는 어린 마음에도 배려심이 모자라는 백부의 경솔함을 용서할 수 없었고, 마치 자신이 게이키치를 업신여기기라도 한 것처럼 '미안함'과 '부끄러움'을 느끼면서 한동안 얼굴을 들 수 없을 정도였다. 그로부터 약 2년 뒤, 안 될 것이라던 게이키치도 산조와 함께 4학년에서 고등학교로 올라갔을 때, 산조는 아직도 지난날의 백부의 무례를 뼈저리게 기억하고 있다가, 그에 대한 자신의 복수가 이루어진 것 같은 기쁨을 맛보았던 것이다.

적십자병원 병실에는 센조쿠의 백부와 시부야澁谷의 백부(이는 두 백부 사이의 백부였다. 그 무렵 멀리 대련大連에 가 있던 산조의 아버지는 10형제 가운데 일곱 번째였다)가 와 있었다. 물론 간호부와 간병인도 있었다. 산조가 들어가자 백부는 얼굴을 이쪽으로 향하고, 곧바로 그 무렵 메이지 신궁神宮 외원外苑에서 열리고 있던 극동 올림픽에 대해 그에게 물었다. 그리고 육상 경기에서 중국이 여전히 아무런 성적도 거두지 못했다는 것을 그의 입으로 확인하고서는, 그러면 그렇지 하는 듯한 말투로, "이런 일로라도, 역시 중국인은 철저하게 응징해 둘 필요가 있지" 하고 중얼거렸다. 그러고는 그날 신문의 중국 시국에 관한 기사를 산조에게 읽으라고 하고 귀 기울여 들었다. 백부는 사람에 대한 좋고 싫음이 심해서, 마음에 들지 않는 사람에게는 신문도 읽어 달라고 하지 않았다.

다음으로 산조가 받게 된 백부에 관한 소식은, 마침내 위암 때문에 도저히 가망이 없다는 사실을 백부 본인에게 알렸다는 것 — 그것은 훨씬 이전부터 알고 있었던 일이지만, 병자가 묻는 대로 그것을 전해도 좋을까를 놓고 의사가 친척들에게 의논했을 때, 백부의 평생의 기질로 미루어 볼 때 진실을 말해 주는 편이 오히려 차분하고 깨끗한 말년을 보낼 수 있을 것이라고 모두가 답했다는 것이다 — 그리고, 어차피 가망이 없다면 병원보다는, 해서 센조쿠의 집으로 옮겼다는 것이다. 그리고, 그 친척의 한 사람에게서 온 편지에는, '가망이 없다는 말을 선고받았을 때의 백부는, 실로 조용하게, 안색 하나 변하지 않았다'고 덧붙여져 있었다. 영웅의 최후라도 쓰는 듯한 그 말투에는 좀 겸연쩍었지만, 좌우간 산조는 곧장 센조쿠의 백부 댁으로 갔다. 그리고, 줄곧 그곳에 머무르면서 마지막까지 돌봐 드리기로 했다.

병세가 진전됨에 따라 사람에 대한 좋고 싫음이 점점 더 심해져서, 곁에서 돌보는 게 허락받은 사람은 산조 외에 너댓 명밖에 없었다. 그 너댓 명에게도, 백부는 끊임없이 잔소리를 계속했다. 시골에서 모처럼 병문안 온 산조의 고모 — 백부의 누이동생 — 같은 경우는, 무슨 마음에 들지 않는 일이 있었는지 병실로 들어오지 못하게 했다. 산조로서 가장 견디기 힘들었던 것은 백부가 간호부에게 야단을 치는 일이었다. 간호부는 백부의 낮은 소리로 하는 빠른 말을 알아듣지 못했던 것이다. 그런 것을 백부는, 조금도 자신이 무슨 말을 하든 듣지 않는 여자라고 야단을 쳤다. 언젠가는 산조를 향해 간호부의 면전에서, "간호부를 때려라. 때려도 괜찮아" 하고 분을 참을 수 없다는 눈초리로 쉬어터진 목소리를 억지로 짜내듯이 하며 소리를 쳤다.

말을 듣지 않는 상체를, 베개로부터 일으키려고 애를 쓰면서, 험악한 눈을 뜨고 쇠한 체력을 억지로 짜내 듯하며 욕설을 퍼붓는 백부의 모습은 비참했다. 그랬을 때, 첫 번째 간호부는 — 그 여자는 이틀 정도 있었지만 참지 못하고 돌아가 버렸다 — 뒤로 돌아서서 울기 시작했고, 두 번째 간호부는 뚱하니 화가 나서 딴 데를 쳐다봤다. 산조는 너무도 참담한 기분이 들었지만, 어떻게도 할 도리가 없었다.

병자의 고통은 매우 심한 모양이었다. 음식이라는 것을 전혀 목구멍으로 넘길 수가 없는 것이다. "뎀푸라가 먹고 싶다"고 백부가 말을 꺼냈다. 어디 걸 좋아하세요? 하고 묻자 "하시젠"이라고 했다. 친척 한 사람이 서둘러 신바시新橋까지 가서 사 왔다. 하지만, 겨우 손가락 끝 정도 먹고는 금세 토해 버렸다. 근 3주 가까이, 물 외의 다른 것은 아무것도 먹을 수 없어서, 흡사 아귀도餓鬼道에 들어선 몰골이었다. 타고난 기백으로 백부는 그것을, 눈을 감고 꾹 참으려고 애를 쓰는 것이었다. 때때로 참고 참은 기력의 틈새로, 희미한 신음 소리가 새어 나온다. 커다란 베개 속에서 머리를 꾸물꾸물 움직이고 있다. 몸에는 이제, 거의 살 같은 건 남아 있지 않다. 의식이 명료하므로 그만큼 고통이 심한 것이다. 핏줄만 보이는 양손의 손가락을 딱딱하게 경직시키고서, 그 손가락 끝으로 잠옷 깃에서 드러난 딱딱한 인후골과 흉골 언저리를 바들바들 떨면서 누른다. 그 가슴께가 호흡과 더불어 힘없이 오르내리는 것을 보자, 산조에게도 백부의 육체의 고통이 엄습해 오는 듯한 기분이 들었다.

마침내 백부는, 약으로 죽여 달라는 말을 하기 시작했다. 의

사는 그것은 안 된다고 했다. 그러나 고통을 가볍게 해주기 위해 죽을 때까지 약으로 수면 상태를 지속시켜 줄 수는 있다고 덧붙였다. 결국 그 방법을 취하기로 했다. 마침내 그 약을 먹기 직전, 산조는 백부의 곁으로 불려갔다. 곁에는 또 백부의 사촌 동생, 그리고 백부의 50년 지기이면서 제자이기도 한 노인이 있었다. 백부는 부축을 받고 간신히 이불 위에 일어나, 침구를 세 곳으로 높이 쌓아 올리게 해 거기에 의지해서 간신히 몸을 지탱했다. 백부는 곁에 있는 세 사람을 한 명 한 명 불러서 자리 위로 오게 했고, 그 손을 쥐면서 작별의 인사를 했다. 백부가 악수를 하는 것은 다소 드문 일이었지만, 아마도 그것이 그때의 백부로서는 가장 자연스러운 애정 표현법이었던 모양이다. 산조는 다른 두 사람의 악수를 바라보면서, 다소간의 곤혹감이 뒤섞인 놀람을 느꼈다. 마지막으로 그의 차례가 되었다. 그가 다가가자, 백부는 새하얗고 가느다랗고 딱딱한 손을 그의 손에 쥐어 주면서, 띄엄띄엄 "너에게도 여러모로 신세를 졌구나" 하고 말했다. 산조는 눈을 들어 백부의 얼굴을 보았다. 그러자, 조용하게 그를 바라보고 있는 백부의 시선과 마주쳤다. 그 눈빛의 고요한 아름다움에 매우 감동했고, 그는 자기도 모르게 백부의 손을 강하게 쥐었다. 알 수 없는 감동이 온몸을 떨게 하는 것을 그는 느꼈다.

그러고 나서 백부는 그 약을 먹고, 결국 잠들어 버렸다. 산조는 그날 밤 줄곧, 잠들어 있는 백부를 곁에서 지켜보았다. 한때의 감동이 지나가자, 그는 아까의 동작이, 그리고 그것으로 감동받은 자신이 조금 부끄럽다는 생각이 들었다. 그는 그것을 분하게 생각하고, 그 반동으로 이번에는 백부의 죽음에 대해 어디까지나 냉정한 관찰을 지속해야겠다고 마음을 굳혔다. 푸른 보자기로 전등을 덮었으므로, 방은 바다 밑바닥 같은 빛 가운데 침잠해 있다. 그 어스름 한가운데에 희미하게 떠오른 단정한 백부의 자는 얼굴에는, 더 이상 아까까지의 격심한 고통의 흔적은 볼 수 없었다. 그 자는 얼굴을 곁에서 바라보면서 그는 백부의 생애라든지, 자신과의 사이에 있었던 일이라든지, 또 병들기 전후의 사정 등을 곰곰이 되돌아보았다. 갑자기, 어떤 묘한 생각이 그에게 떠올랐다. '이렇게 백부가 자고 있는 곁에서, 백부의 성품 하나하나를 심술궂게 검토해 보아야겠다. 감정적이 되어 버리기 쉬운 주위 환경에서 나는 얼마나 객관적인 사고를 할 수 있는지 시험하기 위해서.' 그런 생각이 움터 나왔던 것이다. (젊음의 어떤 한 시기에는, 나중에 돌이켜보면 진땀이 날 수밖에 없는, 미숙한 정신적 의태擬態를 취하는 일이 있다. 이 경우도 분명히 그 하나였다.) 그런 아이다운 시도를 위해 그는 휴대용 소형 일기장을 꺼내, 어두운 조명 아래서 하나하나 다음과 같은 메모풍의 글을 적어 나가기 시작했다. 적어 나가는 사이에, 백부의 성품이라기보다도, 백부와 그 자신과의 정신적 유사성에 관한 두서없는 고찰 같은 것이 되어 갔다.

4

(1) 그의 의지(라고 산조는, 우선 썼다.)

자신이 지난날 그 밑에서 훈련받고 도야된 기율이 명하는 방향을 향해서는, 절대 맹목적으로 노력한다. 그 밖의 일에 대해서는 전혀 의지적인 노력을 시도하지 않는다. 얼핏 보기에 매우 공고한 것처럼 보이는 그의 의지도 그것의 구사 방식에서는 매우 보수적이며, 전혀 알지 못하는 정신 분야의 개척을 향해 그것이 사용되는 일은 결코 없다.

(2) 그의 감정

논리적 추론은 학문적 이해의 과정에서 다소 보이는 데 지나지 않고(실은 그것조차 매우 비약이 심한 것이지만), 그의 일상생활에서는 전혀 볼 수 없다. 행동의 동기는 전적으로 감정에서 비롯된다. 지극히 이성적이지 않다. 그 몰이성적인 감정의 강렬함은, 때로는 (본말전도적인) 집요하고 추악한 면모를 드러낸다. 그의 고집이 그것이다. 하지만 때로는, 그것은 아이와 같은 순수한 '몰이해'의 아름다움을 보이는 경우도 있다.

자기, 그리고 자기의 교양에 대한 강한 확신에도 불구하고, 또한 자신의 교양 이외에도 수많은 학문적 세계가 있음을 아는 까닭에, 그는 종종 (특히 청년들 앞에서) 그러한 세계에 대한 이해가 있음을 보이려 한다. — 대개의 경우 그것은 무익한 노력이고, 때로는 우스꽝스럽기까지 하다 — 게다가, 이 다른 세계를 이해하려는 노력은, 언제나, 오성적인, 개념적인, 학문적인 범위로만 국한되고, 감정적으로 다른 세계, 성격적으로 다른 인간의 세계로까지는 미치지 못하는 것이다. 이러한 이해를 보이고자 하는 노력이 — 새로운 시대에 홀로 뒤떨어지지 않고자 하는 초조함이 — 그의 표면으로 드러나는 가장 현저한 약점이다.

(여기까지 쓴 산조는, 끊이지 않고 자신에게 붙어 다니고 있는 기분이 — 자기 자신 속에 있는 것을 미워하고, 자신 안에 없는 것을 추구하고 있는 그의 기분이 — 백부에 대한 그의 시각에 매우 영향을 끼치고 있다는 점을 깨닫기 시작했다. 그는 자신 속에, 어떤 '결핍'이 있다는 것을 스스로 느끼고 있었다. 그리고 그것을 매우 혐오하고, 모든, 풍요함이 느껴지는(예리함 따위는 그 경우 없는 편이 좋았다) 것에 대한 강한 희구希求를 느끼고 있었다. 그 풍요함을 추구하는 산조의 기분이 백부 자신 속에서 — 그 인간 속에서, 그 언동의 하나하나 가운데서 발견되는 독수리와도 같은 '예리한 결핍'과 만나, 격렬하게 반발하는 것이리라. 그는 이런 것을 생각하면서 계속 써 나갔다.)

(3) 변덕

그의 감정도 의지도, 그 유교 윤리(라고만 할 수는 없다. 그 유교 도덕과, 그것으로부터 약간 비어져 나온, 그의 강렬한 자기중심적인 감정과의 혼합체이다)에 대한 복종 이외의 것에 대해서는, 질적으로는 매우 강렬하지만, 시간적으로는 지나치게 영속적이 아니다. 변덕쟁이인 것이다.

여기에는, 그의 어려서부터의 서재에서 쌓은 날카로운 정신이 크게 작용하고 있다. 그가 평생 이렇다 할 제대로 된 노작 하나 남겨 놓을 수 없었던 것은 바로 이 때문이다. 결코 그가 불우해서거나 다른 무엇 때문도 아니다. 자기의 재능에 대한 무반성적인 과신은 거의 골계滑稽에 가깝다. 때로 그것은 실패한 자의 지기 싫어하는 억지에서 나오는 의태擬態로 볼 수도 있었다. 젊은이 앞에서는 애써 새 시대에 대한 이해를 보이고자 하면서, 게다가 그 사물을 보는 시각의 어찌해 볼 도리가 없는 완고함에 있어서는, 완연히 일개 돈 키호테였다는 것은 비참한 일이었다. 게다가 그가 기억력과 해석적 사색력(즉 동양적 오성悟性)에서 매우 뛰어났고, 또한 그 기질은 최후까지, 제멋대로의, 그러나 몰이해沒利害적인 순수를 유지하고 있으며, 또한 그 기백의 강렬함이 여느 사람을 훨씬 능가했던 점이 한층 그를 비참하게 보이게 하는 것이다. 그것은 동양이 아직 근대의 침해를 받기 이전의, 어떤 뛰어난 정신 유형의 박물관적 표본이다……

(이러한 비판을 마음속에서 되풀이하면서, 산조는, 이렇게 생각하고 있는 자기 자신의 사물에 대한 시각이 너무나 뜨뜻미지근하고 고루한 것이라고 생각하지 않을 수가 없었다. 백부의 하나의 길에 대한 맹신을 가련하게 생각하는 — 어쩌면 부러워하는 — 것은, 동시에 스스로의 좌고우면하는 삶의 방식을 고백하는 것이 아닐까. 그렇다면 그 자신도 백부와 마찬가지로 새로운 시대정신의 예감만은 가지고 있으면서도, 결국 낡은 시대사조로부터 한 발짝도 내딛지 못하는 우스꽝스러운 존재가 되는 것은 아닐까. 단지 그것은 백부와 비해 볼 때, 딱 반세기 시대가 어긋나는 것에 지나지 않는다. 백부처럼 될 것이라고 말한 그의 사촌누님의 예언이 들어맞게 되는 것은 아닐까……)

그는 다소 분한 마음이 들어, 문장을 계속 적어 나갈 마음이 사라졌고, 이번에는 표 같은 것을 만들 생각으로, 일기장 한 가운데에 가로로 선을 긋고, 위에, 백부에게서 받은 것, 이라고 쓰고, 아래에, 백부와 반대되는 점이라고 썼다. 이렇게 해서 백부와 자신의 유사점과 차이점을 그곳에 적어 넣으려 했던 것이다.

백부에게서 받은 것으로서는, 우선 그 비논리적인 경향, 변덕, 현실성이 적은 이상주의적인 기질 등을 들 수 있다고 산조는 생각했다. 꿰뚫는 듯한 날카로운 견해를 가지고 있는 것 같으면서도, 알고 보면 상당히 무른 호인이라는 점 같은 것도 그중 하나일 것이다. 산조도 때로는 남에게서 기억력이 좋다는 소리를 듣는 일이 있는데, 이것도 백부에게서 물려받은 것인지도 모른다. 육체적으로 말하자면, 백부의 확실한 남성적인 풍모를 닮지 못한 것은 유감스러웠지만, 정수리가 지극히 동그란 점(누구나 대체로 둥근 모양을 하고 있지만, 의외로 우툴두툴하기도 하고, 위가 평평하기도 하고, 뒤쪽이 절벽이기도 한 것이다)만큼은 분명히 닮았다. 그러나 백부와 자신의 가장 공통된 점은 무엇일까. 어쩌면 둘 다, 작은 동물, 특히 고양이를 사랑하는 점이 그것일지도 모른다는 생각이 떠올랐다. 하나의 정경이 이제 산조의 눈앞에 떠오른다. 어느 여름날 저녁, 그는 아직 소학교 3학년생쯤이다. 저물어 가는 마당 한구석에서 그가 조그마한 삽으로 땅을 파고 있는 옆에서, 백부가 조그마한 칼로 흰 나무를 깎고 있다. 두 사람이 매우 예뻐하던 얼룩고양이가 어딘가에서 쥐약이라도 먹었는지, 그날 아침 밖에서 돌아와 보니, 노란 덩어리를 토하고는 결국 죽고 말았다. 그 무덤을 두 사람은 만들고 있는 것이다. 땅을 파고, 고양이의 사체를 묻고, 정성스럽게 흙을 덮고, 백부가 그 위에 나무 위패를 세운다. 노랗게 저물어 가는 하늘에 깔따구들이 무리 지어 나는 소리를 들으면서, 산조는 그 앞에 쪼그리고 앉아 합장을 한다. 백부는 그의 뒤에 서서, 손의 흙을 털면서 잠자코 그 모습을 보고 있다.

5

백부는 그날 밤 줄곧 잤다. 다음 날 낮 무렵, 잠시 눈을 떴지만 아무것도 알아보지 못하는 것 같았다. 공허하게 바라본 눈알을 한 바퀴 회전시키더니, 바로 다시, 눈을 감았다. 그리고 그대로 희미한 숨소리를 내면서 계속해서 잤다.

그날 밤 8시경, 산조가 욕조에 들어가 있었는데, 바로 바깥 복도를 식당(센조쿠의 백부 집은 반은 양풍洋風으로 지어져 있었다)으로부터 백부의 병실 쪽으로 쿵쾅거리며 가는 네댓 사람의 다급한 슬리퍼 소리가 들려왔다. 그는 '아차' 싶었지만, 어차피 수면 상태일 테니까 하고 생각해, 몸을 씻은 다음 복도로 나왔다. 병실에 들어서자, 낮의 자세 그대로 자고 있는 백부를 가운데 놓고, 그날 아침부터 이 집에 와 있던 네 명의 친척과 이 집의 가족들이 모두 아래를 바라보면서, 그가 장지문을 열었을 때도 아무도 뒤돌아보지 않았다. 그들 틈으로 끼어들어 자리를 잡고, 백부의 얼굴을 들여다보았다. 희미한 숨소리는 더는 들리지 않았다. 그는 잠시 바라보고 있었다. 아무런 감동도 일지 않았다. 돌연, 웃음소리 같은 짧고 높은 외침이, 그의 하나 걸러 옆 사람에게서 일어났다. 그것은 2, 3년 전 여학교를 졸업한 이 집의 딸이었다. 그녀는 손수건으로 얼굴을 감싸고 낮게 아래를 향한 채로 어깨 근처를 가늘게 떨고 있었다. 이 사촌누이가 약 사흘 전, 물을 마시게 하는 방법이 나쁘다고 호되게 백부에게 야단맞고 울었던 모습을 산조는 떠올렸다.

　관은 이튿날 아침 왔다. 그사이에 백부의 몸은 완전히 흰옷으로 갈아입혀져 있었다. 원래 몸집이 자그마한 백부의, 흰 수의를 입고 누워 있는 모습은 마치 아이 같았다. 그 자그마한 몸 상반신을 센조쿠의 백부가 안고, 아래를 간호부가 안아 나무로 된 관에 들여놓았을 때, 산조는 이처럼 조그맣고 여윈 백부가 이제부터 오직 홀로 관 속에 들어가 있어야 한다는 생각에 매우 안쓰러웠다. 그것은 애처롭다고밖에는 말할 수 없는 기분이었다. 조그마한 베개와 함께 묻혀서 조그맣게 누워 있는 백부를 보고 있는 동안, 그 하얗게 여윈 몸속이 점차로 투명해지고, 근육과 내장이 모두 사라져 버리고, 그 대신에 이루 표현할 수 없는 애처로움과 외로움이 그 속에 가득 차오를 것만 같았다. 존경을 받았을지는 몰라도 끝내 아무에게도 사랑받지 못하고, 고독한 방랑 가운데 평생을 보낸 백부의, 그 생애의 외로움과 허전함이 이제 이 관 속에 가득 차올라, 그것이 바싹바싹 산조에게로 흘러나오는 것처럼 느껴지는 것이었다. 오래전, 자신과 함께 고양이를 파묻었을 때의 백부의 모습이나, 어젯밤 약을 마시기 전에 "너에게도 여러모로 신세를 졌구나"라고 했을 때의 백부의 목소리가(낮고, 갈라진 목소리 그대로) 산조의 머릿속을 스쳐 지나갔다. 갑자기 뜨거운 것이 쿡 치밀어 올라, 당황해서 손을 갖다 댈 틈도 없이, 굵은 눈물 한 방울이 뚝 떨어졌다. 그는 스스로도 깜짝 놀라면서, 그리고 남이 볼까 부끄러워서 손등으로 열심히 닦았다. 하지만 닦아도 닦아도 눈물은 멈추지 않았다. 그는 자신의 방심에 화가 나, 고개를 숙인 채로 복도로 나와 게다를 신고 마당으로 내려갔다. 6월 중순으로, 마당 한구석에는 키 큰 분홍색과 하얀색의 스위트피가 아름답게 어우러져 피어 있었다. 꽃 앞에 서서, 산조는 잠시 눈물이 그치기를 기다렸다.

6

백부의 유고집 권말에 붙인 수염쟁이 백부의 발문跋文에 의하면, 죽은 백부는 '고집스럽게 곧잘 남을 나무라고, 사람을 용서할 줄 몰랐다. 사람에 따라서 용서하는 일도 없다. 대체로 이를 보고 미쳤다고 한다. 마침내 스스로를 두남광부斗南狂夫라 했다'고 적혀 있다. 따라서 그 유고집은 『두남존고斗南存藁』라는 제목이 붙여졌다. 이 『두남존고』를 앞에 놓고, 산조는 이를 도서관으로 가져가야 할 것인지를 놓고 계속해서 주저하고 있었다. (수염쟁이 백부로부터 이를 가지고 도쿄제국대학과 일고一高*의 도서관에 기증하라는 분부를 받은 것이다.) 도서관에 가져가

---

* 第一高等學校의 약칭으로 현재의 도쿄대 교양학부에 해당한다. 1886년 일본을 근대 국가로 건설하기 위해 필요한 인재를 육성하기 위해 창설되었다. '구제일고旧制一高'라고도 한다. 저자가 나온 학교이기도 하다.

서 기증하겠다고 할 때, 저자와 자신과의 관계를 묻지는 않을까. 그럴 때 '저의 백부가 쓴 것입니다' 하고 당당하게 답할 수 있을 것인가. 책의 내용의 가치라든지, 저자가 유명, 무명이라는 것과는 상관없이, 그저 '자신의 백부가 쓴 것을 득의양양하게 자신이 가지고 간다'는 일에는 뭔가 강요하는 듯한 뻔뻔함이 있는 것 같아서, 신경이 여린 산조에게는 참을 수가 없었던 것이다. 하지만 한편으로, 백부가 이름을 날리는 대가이기라도 했더라면, 의외로 자신은 의기양양해서 들고 갈 경박아輕薄兒가 아니었을까 생각되기도 했다. 산조는 여러모로 망설여졌다. 좌우간 이런 생각들이 다소간 병적이라는 것은 그 자신도 깨닫고 있다. 그러나 자기 본위의 허영적인 이러한 기분을 놓고, 죽은 백부에게 미안하다고 생각하지는 않는다. 다만 이 책의 기증을 그에게 부탁한 친척이나 집안사람들이 그의 이런 기분을 알게 된다면 엄청 질책할 것이라고 생각했다.

하지만 결국 그는 그 책을 도서관에 가져가기로 했다. 생전에 백부에게 거의 애정을 가진 일이 없었던 일에 대한 속죄 행위라는 기분도 조금은 작용했던 것이다. 실제로, 최근에도 백부에 대해 떠올리는 일이라고는, 대체로 백부로서는 심술궂은 일들뿐이었다. 죽기 약 한 달 전에 백부는 유언 같은 것을 미리 썼다. '勿葬, 勿墳, 勿碑.'(장례를 치르지 말 것, 묘를 쓰지 말 것, 비석을 세우지 말 것) 이것을 사후, 신문의 부고 기사로 내보냈을 때, '勿墳'이 오식으로 '勿憤'이 되어 있었다. 평생을 초조와 분만憤懣 속에서 지낸 백부의 유언이, 얄궂게도, '분노하지 말라'고 되어 있었다. 산조가 떠올리는 일이란 대체로 이런 심술궂은 일뿐이었다. 다만 1, 2년 전과 조금 달라진 것은, 겨우 요즈음 들어 그는 당시의 백부에 대한 자신의 비뚤어진 기분 가운데 '지나치게 아이 같은 성급한 자기 반성'과 '자신이 가장 싫어했던 빈곤함'을 볼 수 있게 된 것이다.

그는 가벼운 속죄의 기분으로『두남존고』를 대학교와 고등학교의 도서관에 가져가기로 했다. 다만 신경의 낭비를 방지하기 위해, 소포우편으로 보내려 했다. 도서관에 기증하는 일이 공덕功德이 될지 어떨지는 상당히 의문인데, 따위의 생각을 하면서 그는 포장지를 꺼내 소포를 만들기 시작했다.

* * *

위의 글은 1932년경, 딱히 창작을 할 생각도 없이, 하나의 사기私記로 생각하고 쓴 것이다. 하지만 10년이 지나자, 역시 세상도 달라지고 개인도 성장한다. 현재의 산조는 백부의 유작을 도서관에 기증하는 일을 주저한 당시의 심리적 이유가 이제는 너무나도 우스꽝스러운 수치로밖에는 비치지 않는다. 10년 전의 그는 자신이 백부를 조금도 사랑하지 않는다고 진심으로 그렇게 생각하고 있었다. 인간이란 어쩌면 그다지도 자기 자신의 마음이 어디에 있는지를 모르는 것일까 하고 새삼 놀라지 않을 수가 없다.

백부의 사후 7년이 되어 지나支那사변*이 일어났을 때, 산조는 처음으로 백부의 저서『지나 분할의 운명』을 들추어 보았다. 이 책은 우선 원세개袁世凱·손일선孫逸仙[손문]의 사람 월

단月旦으로부터 시작해, 중국의 민족성에 대해 통찰하고, 우리 국민의 그에 대한 과대평가적인 동정(이 책은 1912년 간행. 따라서 그 집필은 중화민국 혁명이 진행 중이었음을 상기해야 한다)을 비웃으며, 일전一轉해서 당시의 세계 정세, 그중에서도 구미 열강의 동아시아 침략의 기운을 지적하면서, '바야흐로 지나 분할의 기운이 이미 일어나, 지금도 꿋꿋하다. 우리 일본은 이에 대해 어찌해야 할 것인가. 전적으로 분할에 관여하지 않을 것인가, 적극적으로 나아가 분할에 관여할 것인가'라고 스스로 질문하고, 앞의 것이 우리 민족 발전의 폐쇄를 의미하는 것이라면 당연히 구미 제국과 어깨를 나란히 해 저울대를 중원中原으로 잡아 싸워야 할 것으로 보인다. 그러나, 이 일에 대해 궁극적으로 내다보건대, '황인종의 서로 잡아먹으려는 싸움'에 다름 아니며, '설혹 우리 일본이 백인들의 꼬리 노릇을 하며, 두세 성省을 가르고, 2, 3만 평방리里의 땅과 4, 5천만 명의 백성을 얻는다 하더라도, 이는 황인종의 쇠멸을 돕는 일과 다르지 않다. 그러고서 어찌 백인의 횡행을 막을 수 있으랴. 훗날 홀로 고립해서, 5개 주洲를 둘러볼 때 하나의 동종의 나라도 없이 하나의 순치脣齒가 서로 의지하고 도울 자 없이, 공연히 눈앞의 자잘한 작은 이익을 탐하다가 천 년에 벗어 버릴 수 없는 추한 이름을 날리게 된다면, 이 어찌 대동아시아大東 남아의 수치가 아니겠는가'라고 했다. 즉 분할에 대해서 이에 관여하

---

* 중일전쟁의 당시 호칭. 중국에 대해 '지나'라는 호칭이 현재는 '멸칭'이라고 해서 쓰지 않는 분위기지만 거기에 대한 이견도 있다.

는 일도 불리하고 관여하지 않는 것도 불리하다. 그렇다면, 이에 대처할 방법은 없다는 말인가. 왈, 있도다. 그것도 오직 하나. 즉, 일본 국력의 충실, 이것뿐이다. '만약에 우리가 절대絕大의 과단, 절대의 역량, 절대의 포부가 있다면 우리는 나아가 지나 민족 분할의 운명을 만회하는 일뿐. 4억 생령生靈을 수화도탄水火塗炭에서 구해내는 일뿐이다. 어쩌면 야마토大和 민족의 천직은 거의가 이로부터 비롯되는 게 아닐까.' 생각건대 '20세기의 최대의 문제는 그 거의가 황백 인종의 충돌이 아닐까.' 그러면서, '나에게는 나중에 들어온 백인을 동아시아로부터 몰아내야 한다는 절대의 이상이 있다. 그리고 우리의 덕, 우리의 능력이 이를 실행하기에 족하면,' 비로소 일본도 구원되고, 황인종도 구원될 것이라고 했다. 그리고 백부는 당시의 일본 국내 각 방면에 대해서, 언젠가 이 절대 실력을 갖출 만한 준비가 되어 있는가를 되돌아보고, 위로는 성천자聖天子를 모시고 있으면서 유군이무신有君而無臣을 한탄하고, 정치, 외교, 교육에 각각 그의 장기인 신랄한 비아냥을 던지며, 동아東亞 백년을 위해 국민 전반의 분기를 촉구하고 있었다.

지나사변에 앞서기를 21년, 일본의 인구 5천만, 세비 7억 엔 시대의 저작임을 생각하고, 그 논지가 대체로 정곡을 찌르고 있음에 대해 산조는 놀랐다. 좀 더 일찍 읽었으면 좋았을 것을 하고 생각했다. 어쩌면 생전의 백부에 대해 필요 이상의 반발을 느끼고 있었던 그 반동으로, 사후의 백부에 대해서 실제 이상의 평가를 하며 감탄한 것인지도 모른다.

대동아전쟁이 벌어지고, 하와이 해전이나 말레이 해전의 뉴스를 들었을 때에도, 산조가 맨 먼저 떠올린 것은 이 백부에 관해서였다. 10여 년 전, 귀신이 되어 우리를 침입하는 자를 방어하기 위해 구마노나다熊野灘 깊이 가라앉은 백부의 유골에 대해서였다. 샤치노코 같은 것이 되어 적의 군함을 먹어 버리겠노라는 의미의 와카和歌를 분명히 유필遺筆로 받아 놓았음을 기억해 내서, 온 집안을 뒤진 끝에 겨우 그것을 찾아냈다. 이미 습기 때문에 흐물흐물해진 연주황색 두 장으로 된 색종이에는, 빈사의 병자가 쓴 것으로는 생각되지 않는 웅혼한 필치로 다음과 같은 와카가 적혀 있었다.

나의 주검을 들에 묻지 말고 검은 파도 꿈틀거리는 바다 밑으로 던져라

샤치노코가 되어 구마노우라熊野浦로 오는 고래를 쳐 없애리라

(1933. 9)

호랑이 사냥虎狩

1

나는 호랑이 사냥 이야기를 할 생각이다. 호랑이 사냥이라
해도, 타라스콘의 영웅 타르타랭 씨*의 사자 사냥 같은 웃기는
것이 아니다. 진짜배기 호랑이 사냥이다. 장소는 조선의, 그것
도 경성에서 20리쯤밖에 떨어져 있지 않은 산중, 이렇게 말하
면, 요새 같은 시절에 그런 곳에 호랑이가 나온다는 게 말이 되
느냐며 웃겠지만, 어쨌든 지금으로부터 20년쯤 전에는 경성이
라고 해도, 그 근교인 동소문 밖의 히라야마平山 목장의 소나

---

* 타르타랭은 소설가 알퐁스 도데의 3부작 〈유쾌한 타르타랭〉, 〈알프스의
  타르타랭〉, 〈폴 타라스콩〉에 등장하는 타라스콩이 고향인 가상의 영웅이
  자 세계를 누비는 모험가이다.

말이 곧잘 밤중에 사라졌던 것이다. 하긴, 이것은 호랑이가 아니라, 늑대라는 이리의 일종에게 당하는 것이었지만, 좌우간 교외를 밤중에 혼자 돌아다니기에는 위험한 시절이었다. 다음과 같은 이야기도 있다.

동소문 밖 파출소에서 어느 날 밤 순사 하나가 책상에 앉아 있는데, 갑자기 무서운 소리를 내며 박박 유리문을 긁어 대는 것이 있다. 깜짝 놀라서 눈을 들어 보니, 그게 놀랍게도 호랑이였다는 것이다. 호랑이가 — 그것도 두 마리가, 뒷다리로 서서, 앞다리의 발톱으로, 냅다 박박 긁고 있었던 것이다. 순사는 안색이 창백해져, 잽싸게 방 안에 있던 몽둥이를 빗장 대신에 문에 대기도 하고, 모든 의자와 탁자를 문짝 내부에 겹쳐 쌓아 놓고, 입구의 버팀목으로 삼기도 하면서, 자신은 검을 빼든 채, 두려워 덜덜 떨었다고 한다. 하지만, 호랑이들은 한 시간가량 순사의 간을 서늘하게 만든 다음, 마침내 단념하고 어딘가로 가 버렸다는 것이다.

이 이야기를 경성일보京城日報*에서 읽었을 때, 나는 너무나 웃겨서 참을 수가 없었다. 평소에는 그처럼 으스대던 순사

---

* 1906년 9월 이토 히로부미가 한성신보와 대동신보를 합병해 창간했다. 처음에는 국한문판과 일본어판을 병행 발행했으나 1907년 4월부터 국한문판을 폐지했다. 1910년 한일합방 조약이 체결된 후에는 조선총독부의 기관지가 되었다. 조선일보, 동아일보 등 민간 신문과 비교해 그 규모와 영향력이 컸던 것으로 알려져 있다. 또한 일제강점기에는 일본인을 포함해 친일파로 분류되는 인물들이 주로 경성일보를 구독했다는 분석도 있다.

가 — 그 무렵의 조선은, 아직 순사가 으스댈 수 있는 시절이었다 — 그때 얼마나 당황해서 의자와 탁자와, 그 밖의 온갖 잡동사니들을 대청소를 할 때처럼 문짝 앞에 쌓아 올렸을까 생각해 보면, 소년인 나로서는 도저히 웃지 않고는 배길 수가 없었다. 게다가, 그 쳐들어왔다는 한 쌍의 호랑이라는 것이 — 뒷다리로 서서 박박 문을 긁어서 순사를 놀라게 만든 그 두 마리의 호랑이가, 도무지 나에게는 진짜 호랑이 같은 기분이 들지 않고, 위협을 당한 그 순사 자신처럼, 사벨*을 차고 장화라도 신고, 팽팽하게 기른 여덟 팔자 수염이라도 쓰다듬으면서, "야, 인마"라느니 뭐니 할 것 같은, 치기 가득한 옛날이야기에 나오는 호랑이처럼 여겨지기만 했던 것이다.

2

그런데, 호랑이 사냥 이야기 전에, 한 친구 이야기를 해 두지 않을 수가 없다. 그 친구의 이름은 조대환趙大煥이라고 했다. 이

---

* 서양식 칼을 말한다. 원형은 사라센 해적의 무기로, 이를 변형한 장검이 14세기부터 독일 지방에서 사용되었다고 하며, 1670년 프랑스의 루이 14세가 기병용 무기로 채택한 이후 유럽 각국에 보급되어 기병대 무기 및 고급 군인의 예복용 등으로 채택되었다. 구 일본군에서도 일본도보다 가볍고 한 손으로 다룰 수 있어 메이지 시대부터 지휘도, 기병용 무기로 채택했으며, 경찰관도 1882년 이후 휴대했으나 태평양 전쟁 이후 폐지되었다.

름으로 알 수 있는 것처럼, 그는 반도인半島人*이었다. 그의 어머니는 내지인이라고 모두가 말하고 있었다. 나는 그 말을 그의 입을 통해 직접 들은 것 같기도 하지만, 어쩌면 나 자신이 멋대로 그렇게 생각하고 있었던 것인지도 모른다. 그처럼 친하게 지냈으면서, 끝내 나는 그의 어머니를 본 적이 없었다. 좌우간 그는 일본어가 매우 능숙했다. 게다가, 소설 같은 것을 곧잘 읽고 있었으므로, 식민지에 살던 일본 소년들이 들어 본 적도 없는 에도마에江戸前**의 말까지 알고 있을 정도였다. 그래서, 얼핏 보고는 아무도 그를 반도인이라고 간파할 수 없었다.

조와 나는 소학교 5학년 때부터 친구였다. 그 5학년 2학기에 내가 내지로부터 용산의 소학교에 전학을 갔던 것이다. 아버지의 직업이나 무슨 사정 때문에 어렸을 때 여러 번 전학을 해 본 사람은 기억할 것이다. 다른 학교에 갔을 때의 처음 무렵만큼 싫은 일은 없다. 다른 관습, 다른 규칙, 다른 발음, 다른 책 읽기 방식. 게다가 이유도 없이 신참자를 곯려 주려는 심술궂은 수많은 눈. 정말이지 무엇을 하더라도 놀림을 받지 않을까, 쭈뼛쭈뼛하며 위축된 기분에 몰리고 만다. 용산의 소학교에 전학하고 이삼일 지난 어느 날, 그날도 읽기 시간에, 고지마 다카

---

* 일제 치하에서 당국은 한국인을 반도인, 일본인은 내지인內地人이라고 불렀다.

** 에도마에는 애초에 도쿄 만灣에서 잡은 어패류를 가리켰는데, 전용되어 '도쿄풍'을 뜻한다.

노리兒島高德* 이야기에서 벚나무에 써 놓은 시의 문구를 내가 읽기 시작하자, 모두가 왁자하니 웃어댔다. 얼굴이 빨개지면서 열심히 고쳐 읽으려 하면 할수록, 모두가 몸을 가누지 못할 정도로 웃었다. 결국에는 선생님까지 입가에 엷은 웃음을 띨 정도였다. 나는 정말이지 정나미가 떨어져서, 그 시간이 끝나자마자 정신없이 교실을 빠져 나가, 아직 친구들이 하나도 없는 운동장 한구석에 선 채로, 울고 싶은 마음으로 맥없이 하늘을 바라보고 있었다. 지금도 기억하고 있지만, 그날은 맹렬한 모래 먼지가 짙은 안개처럼 주위를 뒤덮고 있었고, 태양은 그 탁한 모래 먼지 속에서, 달처럼 엷은 황색 빛을 희미하게 흘리고 있었다. 나중에 안 사실이지만, 조선에서 만주에 걸쳐 1년에 대체로 한 번쯤은 이런 날이 있다. 즉, 몽골의 고비 사막에서 바람이 일어, 그 모래 먼지가 멀리까지 날아오는 것이다. 그날, 나는 처음으로 보는 그 엄청난 날씨에 어안이 벙벙해서, 운동장 경계에 있는 키 큰 미루나무 가지들이 그 안개 속으로 사라지는 광경을 바라보면서, 금세 서걱서걱 모래가 쌓이는 입으로부터, 쉴 새 없이 퉤퉤 침을 뱉고 있었다. 그러자 갑자기 곁에서, 기묘하게, 경직된, 놀리는 듯한 웃음과 더불어, "흠, 창피하니까, 공연히 침만 뱉고 있구나" 하는 소리가 들린다. 보니, 꽤 키가 크고, 마르고, 눈이 가늘고, 작은 코가 오뚝한 한 소년이, 심술이라기보다는 조소 가득한 웃음을 지으며 서 있었다. 과

---

* 가마쿠라鎌倉 말기의 무장武將.

연, 내가 침을 뱉고 있는 것은 분명히 공중의 먼지 탓이기는 했지만, 그 소리를 듣고 보니, 그리고 아까의 "하늘은 구천句踐*을 헛되이 하지 말라"의 창피와, 외톨이의 어색함 등, 분을 삭이기 위해 퉤퉤 필요 이상으로 침을 뱉고 있었던 것도 사실이었던 것 같다. 그것을 지적받은 나는, 아까의 두 배 세 배나 되는 창피를 단번에 느끼며, 욱해서, 앞뒤 생각도 하지 않고, 그 소년을 향해 울상을 지으며 덤벼들었다. 정직하게 말하자면, 나는 그 소년에게 이길 것으로 생각하고 덤벼든 것은 아니다. 몸이 작고 겁쟁이인 나는 그때까지 싸움을 해서 이긴 적이 없었다. 그래서 그때도, 어차피 질 각오로, 그리고 그런 이유로, 이미 반은 우는 얼굴로 덤벼들었던 것이다. 그런데, 놀랍게도, 내가 마구 얻어터질 것을 각오하고 눈을 감고 덤벼들었던 상대방이 뜻밖에도 약했다. 운동장 한구석의 기계체조 모래밭에 맞붙어서 쓰러진 채로 한동안 옥신각신하고 있는 사이, 나는 어렵지 않게 그를 깔아 눕힐 수 있었다. 나는 속으로 약간 이 결과에 놀라면서도, 아직 마음을 놓을 여유는 없어서, 정신없이 눈을 감은 상태에서 상대방의 가슴팍을 쥐어박고 있었다. 그런데, 이윽고, 상대방이 너무나 무저항 상태라는 것을 깨닫고, 눈을 번쩍 떠 보니, 내 손 밑에서 상대방의 가는 눈이, 진지한 건

---

* 구천(?~기원전 464년)은 중국 춘추시대 후기의 월越나라 군주. 책사 범려范蠡의 뒷받침으로 당시 화남의 강국이었던 오나라를 멸망시켰다. 춘추오패春秋五霸의 한 사람이다. 전체 인용은 고지마 다카노리가 벚꽃 줄기에 몰래 적어서 고다이고後醍醐 천황에게 바친 시구라고 한다.

지 웃고 있는 건지 알 수 없는 얄미운 표정을 하고 올려다보고 있었다. 나는 문득 왠지 모를 모욕감을 느끼고 급히 손을 느슨하게 하고, 바로 일어서서 그에게서 떨어졌다. 그러자 그도 이어서 일어나더니, 검은 나사복의 모래를 털면서, 내 쪽은 보지도 않고, 소동을 듣고 달려온 다른 소년들을 향해, 멋쩍은 듯이 눈꼬리를 찡그려 보였다. 나는 오히려 내 쪽이 진 것 같은 쑥스러운 느낌이 들어 묘한 기분으로 교실로 돌아갔다.

그로부터 이삼일 지나, 그 소년과 나는 학교에서 돌아오는 길을 함께 걷게 되었다. 그때 그는 자신의 이름이 조대환임을 나에게 알려주었다. 이름을 듣고서, 나는 얼결에 다시 물었다. 조선에 와 있으면서도, 자신과 같은 학급에 반도인이 있으리라는 것은 전혀 생각도 하지 못했고, 게다가 그 소년의 모습이 아무리 보아도 반도인으로는 여겨지지 않았던 것이다. 여러 번 되물은 끝에, 그의 성이 어쨌든 조趙라는 것을 알게 되었을 때, 나는 되풀이해서 물어본 일을 놓고 나쁜 짓을 했다고 생각했다. 아무래도 그 무렵 나는 조숙했던 모양이다. 나는 상대방에게, 자신이 반도인이라는 의식을 갖지 않도록 ─ 그때만이 아니라, 그 후 함께 놀게 되고서도 줄곧 ─ 신경을 썼다. 하지만, 그런 배려는 쓸데없는 짓이었던 모양이다. 왜냐하면, 조 쪽은 스스로 그것에 대해 전혀 신경을 쓰지 않는 것으로 보였기 때문이다. 당장, 스스로 나에게 그 이름을 말한 것을 보더라도, 그가 거기에 신경을 쓰지 않는다는 걸 알 수 있다고 나는 생각했다. 하지만 실제로는, 이것은, 나의 착각이라는 것을 알았다. 조는 사실은 이 점을 ─ 자신이 반도인이라는 것보다도, 자신의 친구들이 그런 점을 늘 의식해서, 은혜를 베풀 듯이 자기와 놀아 주고 있다는 점을 상당히 의식하고 있었던 것이다. 때로는, 그에게 그런 의식을 갖지 않게 하고자 하는 선생님과 우리의 배려가, 그를 어쩔 도리 없이 불쾌하게 했다. 즉 그는 스스로 이 일에 대해 의식하고 있기 때문에, 반대로 태도상으로는 조금도 거기에 구애되지 않는 듯한 태도를 보이고, 짐짓 자신의 이름을 이야기하기도 했던 것이다. 하지만 이런 사정을 내가 이해한 것은, 훨씬 뒷날의 일이다.

어쨌든, 그렇게 해서 우리 사이는 맺어졌다. 두 사람은 함께 소학교를 나왔고, 함께 경성의 중학교에 입학했으며, 매일 아침 함께 용산으로부터 전차로 통학하게 되었다.

3

그 무렵 ─이라는 것은 소학교 끝 무렵부터 중학교 초에 걸쳐서의 일인데, 그가 한 소녀를 흠모하고 있다는 것을 나는 알았다. 소학교의 우리 학급은 남녀 혼합반이었고, 그 소녀는 부반장이었다(반장은 남자 쪽에서 뽑았다). 키가 크고, 피부는 그리 희지 않은데, 머리숱이 풍성하고, 눈매가 갸름하고 아름다운 소녀였다. 반의 누군가가, 잡지 〈소녀구락부少女倶樂部〉 권두卷頭 그림의 카쇼華宵*인가 하는 삽화가의 그림을, 곧잘 이 소녀와 비교하곤 하는 말을 들은 일이 있었다. 조는 소학교 무렵부터 그 소녀를 좋아했던 모양인데, 이윽고 그 소녀 역시 용산으로부터 전차로 경성의 여학교에 다니게 되어, 오고 가는 전차 속에서 종종 얼굴을 마주치게 되면서부터, 한층 마음이 들뜨기 시작했던 것이다. 언젠가, 조는 진지하게 나에게 그 이야기를 한 일이 있었다. 처음에는 자신도 그 정도는 아니었는데, 연상의 친구 하나가 그 소녀의 아름다움을 칭찬하는 것을 듣고부터, 갑자기 참을 수 없게 그 소녀가 귀하고 아름답게 여겨졌다고, 그때 그는 그렇게 말했다. 입 밖에 내지는 않았지만, 신경질인 그가 이 일에 대해서도 또한, 새삼, 반도인이라느니 내지인이라느니 하는 문제로 끙끙 속앓이를 했을 것은 짐작하기 어렵지 않다.

나는 아직 또렷하게 기억하고 있다. 어느 겨울날 아침, 남대문역 환승하는 곳에서, 우연히 그 소녀에게서 (정말이지 그쪽도 어쩌다가, 문득 그럴 생각이 난 모양인데) 정면으로 인사를 받고, 당황해 거기에 응한 그의, 추위로 코끝이 발개진 얼굴을. 그리고 또 같은 무렵 역시 전차 안에서, 우리 두 사람과 그 소녀가 함께 탔을 때의 일을. 그때, 우리가 소녀가 앉아 있는 앞에 서 있는 동안, 옆 사람이 일어섰으므로, 그녀가 옆으로 옮겨 조를 위해서(그러나, 그것은 동시에 나를 위해서라고 생각할 수도 없지 않지만) 자리를 비워 주었는데, 그때의 조가, 얼마나 난처한 듯한, 그러면서도, 기뻐하는 듯한 표정이 되었던가……내가 어째서 이런 별것 아닌 일을 이처럼 또렷이 기억하고 있

---

* 다카바타케 카쇼高畠華宵(1888~1966).

는가 하면 —아니, 정말이지, 이런 일은 아무래도 좋은 것이지만— 그것은 물론, 나 자신 역시, 은근히 그 소녀에게 애타는 마음을 품고 있었기 때문이었다. 하지만, 이윽고, 그러한 그의, 아니 우리들의 가냘픈 연정은, 세월이 지나, 우리의 얼굴에 점차로 여드름이 피어나옴에 따라서, 어딘가로 사라지고 말았다. 우리 앞에 차례차례 튀어나오는 생의 불가사의 앞에서, 그 모습을 상실하고 말았다, 이렇게 말하는 편이, 좀 더 진실일 것이다. 이 무렵부터 우리는 점차로, 이 기괴하고 매력 넘치는 인생의 수많은 사실들에 대해 날카로운 호기심의 눈빛을 반짝이기 시작했다. 두 사람이 —물론, 어른을 따라서이기는 하지만, — 호랑이 사냥에 나선 것은 바로 이 무렵의 일이다. 하지만, 내친 김에, 순서는 바뀌고 말겠지만, 호랑이 사냥은 뒤로 돌리고, 그 후의 그에 대해서, 좀 더 이야기해 두어야 할 것 같다. 그 뒤의 그에 대해 떠오르는 것이라고는 두세 가지밖에는 없으니까.

4

원래, 그는 기묘한 일에 흥미를 가지는 사내로, 학교에서 하라는 일에 대해서는 조금도 열의를 보이지 않았다. 검도 시간 같은 경우에도 대개는 아프다고 핑계를 대로 견학을 하고, 제대로 방호면面을 쓰고 죽도竹刀를 휘두르고 있는 우리 쪽을, 그 가느다란 눈으로 조소를 띠고서 구경하고 있었는데, 어느 날 4교시째, 검도 수업이 끝나고, 아직 면도 벗지 않은 내 곁에 와서, 자신이 엊그제 미츠코시三越 백화점*에 가서 열대어를 구경하고 왔다는 이야기를 했다. 매우 흥분한 말투로, 그 아름다움을 이야기하며, 나에게도 꼭 가서 보라고, 자신도 함께, 다시 한 번 갈 테니, 라고 했다. 그날 방과 후 우리는 혼마치本町에 있는 미츠코시에 들렀다. 그것은 아마도, 일본 최초의 열대어 소개였을 것이다. 3층의 진열장 둘레 안으로 들어가니, 주변의 창가에는 쭉 수조가 배열되어 있고, 장내는 수족관과 같은 파르스름한 조명이었다. 조는 나를 우선, 창가 중앙에 있는 하나의 수조 앞으로 나를 데려갔다. 바깥의 하늘이 비쳐서 파랗게 투명한 물속에는 대여섯 가닥의 수초 사이를, 얇고 비단부채처럼 아름다운, 매우 납작한 물고기가 두 마리 조용히 헤엄치고 있었다. 마치, 넙치를, 세로로 세워 놓고 헤엄치게 하고 있는 것으로 보였다. 게다가, 그 몸통과 거의 같은 크기의 세모난 돛 같은 꼬리지느러미가 너무나도 멋지다. 움직일 때마다 비단벌레처럼 색깔이 변하는 회백색의 몸통에는, 화려한 넥타이의 무늬처럼, 적자색의 굵은 줄무늬가 여럿 선명하게 그어져 있다.

"어때!" 하고, 열심히 들여다보고 있는 내 곁에서 조가 의기양양하게 말했다.

유리의 두께 때문에 녹색으로 보이는 기포氣泡가 상승하는 행렬. 바닥에 깔린 가늘고 흰 모래. 거기에서 자라나 있는 폭이

---

* 현재의 명동 신세계 백화점이다. 이상의 『날개』 채만식의 『탁류』 박완서의 『나목』 등 미츠코시 백화점은 우리나라 문학작품의 배경으로 자주 등장했다.

좁다란 수조水藻, 그 사이로, 장식품 같은 꼬리지느러미를 소중하게 조용히 움직이며 헤엄치는 마름모꼴의 물고기. 이런 것을 열중해서 들여다보고 있는 사이, 나는 어느덧 물안경으로 남태평양의 바닷속이라도 들여다보고 있는 듯한 기분이었다. 하지만, 그러는 한편으로, 그때, 나에게는 조의 감격의 방식이, 너무 지나친 게 아닌가 생각되었다. 그의 '이국적인 미'에 대한 애호는 전부터 잘 알고 있었지만, 이 경우의 그의 감동에는 많은 과장이 들어 있음을 나는 발견했고, 그래서, 그 과장을 좀 뭉개 주어야겠다고 생각했다. 그래서, 한 바퀴 구경한 다음 미츠코시를 나와, 우리 둘이 혼마치 거리로 내려갔을 때, 나는 그에게 일부러 이렇게 말했다.

─그야, 예쁘지 않을 것은 없지만, 하지만, 일본의 금붕어도 저 정도는 아름다워.─

반응은 바로 나타났다. 입을 다문 채로 똑바로 나를 바라보는 그의 얼굴은, 그 여드름 자국투성이로, 늘 그렇듯 눈은 가늘고, 콧방울이 팽팽하고, 두툼한 입술인 그의 얼굴은, 나의, 섬세한 미를 이해하지 못하는 데 대한 연민의 웃음과, 또한, 그것보다도, 지금의 나의 심술궂고 시니컬한 태도에 대한 항의 같은 것들이 뒤섞인 복잡한 표정으로 금방 채워지고 말았던 것이다. 그 후 일주일쯤, 그는 나하고 말을 하지 않았던 것으로 기억하고 있다……

5

그와 나 사이의 교제에는, 좀 더 중요한 것이 많이 있었을 것이 틀림없는데, 하지만 나는 이러한 소소한 사건만을 이상하게도 또렷이 기억하고, 다른 일들은 대개 잊어버렸다. 인간의 기억이란 대체로 그런 것인 모양이다. 그래서, 그 밖에 내가 잘 기억하고 있는 일이라고 하면, 그렇다, 저 3학년 때의 겨울 연습을 하던 밤의 일이다.

그것은, 분명 11월도 끝나가는, 바람이 찬 날이었다. 그날, 3학년 이상의 학생은 한강 남쪽의 영등포라는 곳 근처에서 사격 연습을 했다. 척후斥候로 나갔을 때, 약간 높다란 언덕의 숲 사이로 아래를 내려다보니, 그곳에는 흰 모래벌판이 멀리까지 이어지고, 그 중간쯤을 둔한 칼날 색을 한 겨울의 강이 싸늘하게 흐르고 있다. 그리고 그 아득한 먼 곳 하늘에는, 눈에 익은 북한산의 울퉁불퉁한 바위가 청자색靑紫色으로 하늘의 풍경을 그려 놓고 있었다. 그런 헐벗은 겨울 경치 속을, 배낭의 가죽과 총의 기름 냄새, 그리고 화약 타는 냄새 등을 맡으며, 우리는 하루 종일 뛰어다녔다.

그날 밤은 한강 노량진의 모래밭에 천막을 치게 되었다. 우리는 피로한 다리를 질질 끌며, 총의 무게로 어깨 부근에 통증을 느끼면서, 걷기 힘든 강모래 위를 저벅저벅 걸어갔다. 야영지에 도착한 것은 4시경이었을 것이다. 막 천막을 칠 준비를 하려는 참에, 지금까지 개어 있던 하늘이 갑자기 흐려진다 싶더니, 후두둑 후두둑 커다란 우박이 무섭게 쏟아졌다. 매우 큰 우박이었다. 우리는 아픔에 못 이겨, 아직 치지도 않은, 모래 위에 펼쳐 놓았던 텐트 밑으로 앞다투어 기어들었다. 귀에, 텐트의 두꺼운 천을 때리는 우박 소리가 요란하게 울려댔다. 우박은 10분가량 내리다가 그쳤다. 텐트에서 고개를 내민 우리는 ― 그 하나의 텐트에 일고여덟 명이 고개를 들이밀고 있었다 ― 서로 얼굴을 마주 보며 한꺼번에 웃었다. 그때, 나는 조대환 역시 같은 텐트에서 막 고개를 빼내고 있는 친구라는 것을 발견했다. 그러나, 그는 웃고 있지 않았다. 불안한 듯 창백한 얼굴로 밑을 보고 있었다. 곁에 5학년생인 N이라는 자가 서 있었고, 뭔가 험악한 얼굴로 그를 나무라고 있었던 것이다. 일동이 허둥지둥 텐트 밑으로 기어들었을 때, 조가 팔꿈치로 그 상급생을 밀어 안경을 떨어뜨렸다는 것 같았다. 원래 우리 중학교에는 상급생이 매우 으스대는 관습이 있었다. 길에서 만났을 때의 경례는 말할 것도 없고, 그 외에도 매사에 상급생에게는 절대복종하게 되어 있었다. 그래서 나는, 그때도 조가 순순히 사과할 거라고 생각하고 있었다. 하지만, 의외로 ― 어쩌면 우리가 곁에서 보고 있었던 탓도 있었겠지만 ― 도무지 순순히 사과하지 않았다. 그는 고집스럽게 우뚝 서 있을 뿐이었다. N은 잠시 조를 밉살스럽다는 듯이 보고 있었지만, 우리 쪽을 한 번 보더니, 그대로 획 하고 돌아서서 가 버렸다.

사실은, 이때뿐이 아니라, 조는 이전부터 상급생들에게 찍혀 있었다. 우선, 조는 그들과 길에서 만나더라도, 경례를 별로 하지 않았다는 것이다. 이것은, 조가 근시임에도 불구하고 안경을 쓰지 않는다는 데 기인하는 일이 많았던 것 같았다. 하지만,

그렇지 않아도, 나이에 비해 조숙해서, 그들 상급생들의 건방진 행위에 대해 때때로 비웃음을 흘릴 수도 있을 정도였고, 게다가 그 무렵부터 가후荷風*의 소설을 탐독하고 있을 정도여서, 경파硬派**인 상급생의 눈으로 볼 때, 조금은 지나친 연파軟派였으니, 상급생들에게 찍히는 것도 당연했을 것이다. 조 자신의 말에 의하면, 어쩌면 두 번쯤 "건방진 놈, 고치지 않으면 때려줄 테다" 하고 위협을 당한 일도 있다고 한다. 특히, 이번 연습 이삼일 전에는, 학교 뒤 숭정전崇政殿이라는, 옛 이씨 왕조의 궁전터 앞으로 끌려가서, 자칫하면 얻어맞을 뻔했던 것을, 마침 교감이 지나가는 바람에 가까스로 면하게 되었다는 것이다. 조는 나에게 그 이야기를 하면서, 입가에는 특유의 조소의 표정을 띠고 있었는데, 그때 갑자기 진지한 태도로 이런 말을 했다. 자신은 결코 그들을 두려워하지도 않고, 또, 맞는 일을 무섭다고 생각하지 않지만, 그럼에도 불구하고, 그들 앞에 서면 떨린다는 것이다. 이 무슨 어처구니없는 일이냐 생각하지만, 저절로 몸이 부들부들 떨리는데, 이건 대체 어찌된 일일까, 하고 그때의 그는 진지한 얼굴로 나에게 물었다. 그는 언제나 남을 우습게 여기는 듯한 웃음을 띠고, 남이 속마음을 알아차릴까 늘 조심하고 있으면서도, 때로는, 무심코 이처럼 정직한 일면을

---

* 소설가·수필가인 나가이 가후永井荷風를 가리킴.

** 일반적으로 자신의 사상이나 주의, 의견 등을 강하게 주장하고 때로는 과격한 행동도 불사하는 사람을 가리키는 말. 특히 19세기 말부터 유행하는 복장이나 남녀교제 등을 연약함의 표현이라고 간주하고 '남자다움'을 표방하려는 청소년들을 가리키는 말로 쓰였다.

고백하는 것이다. 하긴, 그처럼 정직한 마음을 보여주고 나서는, 반드시, 곧바로 지금의 행위를 후회하는 듯한 얼굴로, 다시 원래의 냉소적인 표정으로 되돌아가곤 했지만.

상급생과의 사이에는 지금 이야기한 것과 같은 일이 전부터 있었으므로, 그래서 그는, 그때, 순순히 사과하지 못했던 것이리라. 그날 저녁, 천막을 친 다음에도, 그는 여전히 불안하고 침착하지 못한 표정을 하고 있었다.

수십 개의 천막이 강변에 쳐지고, 안에는 짚 같은 것을 깔아 준비를 마치자, 각각, 안에서 불을 피우기 시작했다. 처음에는 장작에서 연기가 피어나, 도무지 따뜻해지지 않았지만, 이윽고, 연기가 사라지자, 아침부터 배낭 속에서 딱딱하게 굳은 주먹밥 식사가 시작된다. 그것이 끝나자, 한 번 밖으로 나가 인원 점호. 그게 끝나고 각자의 천막으로 되돌아가, 모래 위에 깔아 놓은 짚 위에서 자게 된다. 텐트 밖에 선 보초는 한 시간 교대인데, 내 차례는 새벽 4시에서 5시까지였으므로, 그때까지는 푹 잘 수가 있다. 같은 천막 안에는 3학년생 5명과(그 안에는 조도 들어 있었다), 여기에 감독의 의미로 2명의 4학년생이 들어 있었다. 모두들 처음에는 좀처럼 잠을 이루지 못했다. 한가운데에 모래를 파서 만든 급조 화로를 에워싸고, 화톳불에 벌겋게 얼굴을 달구고서, 그래도 바깥에서, 밑에서부터 스며드는 추위에 외투의 깃을 세우고 목을 오므리고, 우리는 싱거운 잡담에 빠졌다. 그날, 우리의 교련 교관, 만년 소위님이 하마터면 낙마할 뻔한 이야기나, 행군 도중 민가의 뒤뜰에 잘못 들어가, 그 집 농부들과 싸운 이야기나, 척후로 나간 4년생이 빠져

나가, 몰래 주머니에 넣어 가져온 포켓 위스키를 마시고, 돌아와서, 엉터리 보고를 했다는 등 시시껄렁한 자랑 이야기 등을 하고 있는 사이, 결국 어느새, 소년다운, 지금 생각해 보면 참으로 천진스러운 음담으로 화제가 옮아갔다. 역시 1년 연장인 4학년생이 주로 그런 화제의 제공자였다. 우리는 눈을 반짝이며, 경험담인지, 아니면 그들의 상상인지 알 수 없는 상급생의 이야기에 귀 기울이며, 별것도 아닌 시시한 일 가지고도 왁자하니 환성을 올렸다. 그중에서 조대환 하나만은 별로 재미있지 않다는 얼굴을 하고 잠자코 있었다. 조라고 해서, 이런 종류의 이야기에 흥미를 갖지 않는 것은 아니다. 다만, 그는, 상급생의 별것도 아닌 이야기를 그처럼 우습다는 듯이 웃는 우리들의 태도 안에서 '비굴한 추종'을 발견하고, 그것을 씁쓰레하게 여기고 있는 것이 틀림없었다.

잡담에도 싫증이 나고, 낮의 피로도 있었으므로, 각자 추위를 막기 위해 서로 몸을 붙이면서 짚 위에 누웠다. 나도 누운 채로, 털 셔츠 석 장과, 그 위에 재킷과 상의와 외투를 겹쳐 입고도 추위에 잠시 떨고 있었는데, 그러면서도 어느덧 잠이 들었던 모양이다. 문득 뭔가 째지는 목소리를 들은 것 같아 깬 것은, 그로부터 두세 시간은 지난 뒤였을까. 그 순간 나는 뭔가 나쁜 일이 벌어진 것 같은 느낌이 들어, 잠시 귀를 기울이고 있었는데, 텐트 밖으로부터, 다시, 묘하게 째지는 목소리가 울려왔다. 그 목소리가 아무래도 조대환인 것 같다. 나는 정신이 번쩍 들어, 밤에 내 곁에서 자고 있던 그의 모습을 찾아보았다. 조는 그곳에 없었다. 아마도 보초 시간이 되어서 밖으로 나간 것일 테지. 하지만, 저, 묘하게 겁에 질린 목소리는? 그때, 이번에는 확실하게 겁먹은 그의 목소리가 천막 한 장 너머의 밖으로부터 들려왔다.

—그리 나쁘다고 생각하지 않습니다.

—뭐라고? 나쁘다고 생각하지 않아? —그러더니, 이번에는 다른 굵은 목소리가 덮어씌우듯 울려 왔다.

—건방지군, 이 자식!

그와 동시에, 분명히 철썩 따귀를 때리는 소리가, 그리고 다음으로는 총이 모래 위에 쓰러지는 듯한 소리와, 그리고 다시 몸을 세게 쥐어박는 듯한 둔탁한 소리가 두세 번, 그에 이어서 들렸다. 나는 순간 모든 것을 이해했다. 나에게는 안 좋은 일이 벌어질 것 같은 예감이 있었다. 평소부터 미움을 받고 있는 조이기도 하고, 게다가 낮의 사건이 있었으므로, 어쩌면 오늘 밤과 같은 기회에 당하지나 않을까 하고, 저녁부터 나는 그런 생각을 하고 있었다. 그것이 이제, 실제로 벌어지고 있는 것이다. 나는 천막 안에서 몸을 일으켰지만, 어떻게 할 도리도 없어서, 그저 가슴만 두근거리는 채로, 잠시 바깥의 분위기를 살피고 있었다. (다른 친구들은 모두 잘 자고 있었다.) 이윽고 밖에서는, 두세 명이 사라지는 기척이 난 다음에는 쥐 죽은 듯 고요해졌다. 나는 옷매무새를 고치고 나서 살짝 천막을 나가 보았다. 밖은 의외로 새하얀 달밤이었다. 그리고 텐트에서 좀 떨어진 곳에, 달빛을 받으며 새하얀 모래밭 위에, 오도카니 검게, 조그만 개처럼 한 소년이 쪼그린 채로, 얼굴을 숙인 채 움직이지 않고 있다. 총은 옆의 모래 위에 쓰러지고, 그 총검 끝이 반짝반짝 달빛에 빛나고 있었다. 나는 곁으로 가서 그를 내려다보며 "N이냐?" 하고 물었다. N이라는 것은 낮에 그와 실랑이를 벌인 5학년생의 이름이었다. 조는, 그러나, 얼굴을 아래로 향한 채, 질문에 답하지 않았다. 잠시 후, 갑자기 왁 하는 소리를 내며 몸을 차가운 모래 위에 내동댕이치더니, 등을 떨면서, 엉엉 소리를 높여 아기처럼 울기 시작했다. 나는 깜짝 놀랐다. 10미터쯤 거리에 옆 천막의 보초도 보고 있는 것이다. 하지만, 조의, 이런, 평소에 어울리지 않는 진솔한 통곡이 나를 감동시켰다. 나는 그를 부축해서 일으키려 했다. 그는 좀처럼 일어나지 않았다. 겨우 안아 일으킨 다음, 다른 천막의 보초들에게 보이지 않게 할 요량으로, 그를 끌고 강물 가까이로 데려갔다. 18, 9일 무렵의 달이 럭비공 비슷한 모양으로 싸늘한 하늘에 떠 있었다. 새하얀 모랫벌 위에는 삼각형의 천막이 죽 늘어서 있고, 그 천막 밖에는 각각 7, 8개의 총검이 서로 버티고 서 있다. 보초들은 새하얀 숨을 토하면서, 추운 듯이 총대를 받치고 서 있다. 우리는 그러한 천막의 무리에서 떨어져서 한강 본류 쪽으로 걸어갔다. 정신을 차리고 보니, 나는 어느 사이엔지 조의 총을(모래 위에 쓰러져 있던 것을 주워) 그 대신에 지고 있었다. 조는 장갑을 낀 양손을 축 늘어뜨리고 아래를 바라본 채 걷고 있었는데, 그때, 불쑥 ─역시 얼굴은 떨군 채로, 이런 말을 하기 시작했다. 그는 아직 울고 있었으므로, 그 목소리도, 오열 때문에 때때로 끊어졌지만, 그는 말했다. 마치 나를 나무라고 있는 투로.

─어떤 것일까. 도대체, 강하다느니, 약하다느니, 하는 건.─

이야기가 너무나 간단했기 때문에, 그가 하고자 하는 말이 어떤 건지 확실하게 알 수는 없었지만, 그 말투가 나를 감동시켰다. 평소의 그다운 점이 조금도 없었던 것이다.

—난 말이야, (하고, 여기서 한 번 그는 어린아이처럼 흐느끼고) 나는 말이야, 저따위 놈들에게 맞았다고 해서, 맞았다는 것쯤으로 졌다고 생각하지는 않아. 정말로. 그런데, 역시(여기서 다시 한 번 훌쩍이고) 역시 나는 분한 거야. 그런데, 분하면서도 대항하지 못하는 거야. 무서워서 맞싸울 수가 없었던 거야.—

여기까지 말하고 말을 끊었을 때, 나는 여기서 그가 다시 한 번 큰 목소리로 울기 시작하는 것이 아닐까 생각했다. 그 정도로 말투가 절박했다. 하지만, 그는 울지 않았다. 나는 그를 위한 적당한 위로의 말이 떠오르지 않는 것을 유감스럽게 생각하면서, 잠자코, 모래 위에 컴컴하게 비치고 있는 우리의 그림자를 보고 걸었다. 정말이지, 소학교 운동장 한쪽에서 나와 맞붙었을 때 이래로, 그는 겁쟁이였다.

—강하다느니, 약하다느니, 하는 건 어떤 걸까…… 정말이지. —하고, 그때, 그는 다시 한 번 그 말을 되풀이했다. 우리는 어느새 한강 본류 옆까지 와 있었다. 가까운 물가에는, 이미 일대에 얇은 얼음이 얼어 있었고, 본류 가운데의, 힘차게 흐르고 있는 부분에도, 상당히 큰 얼음 덩이가 몇 개 떠 있었다. 물이 드러나 있는 곳은 아름답게 달빛에 빛나고 있었지만, 얼음이 있는 부분은, 달빛이 간유리처럼 지워져 있다. 이제, 일주일 안에는 완전히 얼겠군. 이런 생각들을 하면서 수면을 바라보고 있던 나는, 이때 문득 그가 아까 내뱉은 말을 떠올렸고, 그 숨

겨진 의미를 발견한 것 같아, 화들짝 놀랐다. "강하다느니, 약하다느니 하는 건 대체 어떤 걸까"라는 조의 말은 —그러자, 그때 나는 문득 깨달았다는 느낌이 들었다— 오로지 현재의 그 일개인의 경우에 대한 감개만이 아닌 게 아닐까, 하고, 그때, 나는 그렇게 생각했던 것이다. 물론, 지금 생각해보면, 이는 나의 지나친 생각이었을지도 모른다. 조숙하다고는 해도, 기껏 중학 3년생의 말에, 그런 의미로까지 생각하려 한 것은, 아무래도 그를 과대평가한 것으로 생각되기도 한다. 하지만, 평소 자신의 태생 따위에는 신경을 쓰지 않는 것처럼 보이면서, 실은 매우 신경을 쓰고 있던 조이고, 또한, 상급생이 괴롭히는 이유 중 일부를 그런 점으로 돌리고 있는 듯한 그를, 잘 알고 있었던 나였던 만큼, 내가 그때 그런 식으로 생각한 것도, 딱히 무리라고 할 수는 없었다. 그렇게 생각하고서, 다시, 나와 나란히 있는 조의 풀죽은 모습을 보고 있자니, 그렇지 않아도 위로의 말에 궁해 있던 나는 새삼스럽게 뭐라 말을 해야 할지 알 수 없게 되었고, 그저 묵묵히 수면을 바라볼 뿐이었다. 하지만, 그럼에도 나는 왠지 마음속으로는 기뻤다. 저 비아냥쟁이, 젠체하는 조가, 평소의 외출용 허물을 싹 벗어버리고, —앞에서도 말했던 것처럼, 지금까지만 해도 그런 일이 아주 없었던 것은 아니지만, 오늘 밤처럼 정직한 격함을 가지고 나를 놀라게 한 적은 없었다— 벌거벗은, 겁쟁이의, 그리고 내지인이 아닌, 반도인의, 그를 보여준 것이, 나에게 만족을 준 것이다. 우리는 그러고서 잠시 추운 강 벌판에 선 채로, 달이 비춰 주고 있는, 강 맞은편의 용산으로부터 뚝섬과 청량리에 걸친 허연 야경을 바라보고 있었다……

이 야영한 날 밤의 사건 말고는, 그에 대해 떠오르는 일이라 곤 딱히 없다. 왜냐하면 그로부터 얼마 뒤(아직 우리가 4학년 이 되기 전에) 그는 돌연, 참으로 돌연히, 나에게조차 한마디 예 고도 없이, 학교에서 모습을 감추고 말았기 때문이다. 말할 것 도 없이, 나는 곧장 그의 집을 찾아가 보았다. 그의 가족은 물 론 그곳에 있었다. 오직 그만이 없는 것이다. 중국 쪽으로 잠시 갔다는 그의 아버지의 불완전한 일본어 답변 말고는, 아무런 실마리도 얻을 수 없었다. 나는 무척 화가 났다. 미리 무엇이든 한마디쯤 인사를 해도 되었을 터이니 말이다. 나는, 그의 실종 의 원인을 여러모로 생각해 보고자 했지만 소용이 없었다. 저 야영의 밤 사건이 직접적인 동기가 되었던 것일까. 그 정도 일 만으로, 학교를 그만둘 정도의 이유가 된다고는 생각할 수 없 었지만, 아무래도 조금은 관계가 있을 것 같다는 생각도 들었 다. 그렇게 생각하니, 점점 더, 그가 말한 '강함, 약함' 운운의 말이 의미 있는 것으로 생각되는 것이었다.

이윽고, 그에 관한 여러 가지 소문이 전해졌다. 그가 어떤 종류의 운동에 가담해서 활약하고 있다는 소문을 한차례 나 는 들었다. 다음으로는, 그가 상해로 가서 타락했다는 이야기 도 ― 이것은 약간 나중의 일인데 ― 들었다. 그중 어느 것이 든 가능성이 있을 것으로 생각되기도 했고, 또한 동시에, 양쪽 모두 근거 없는 말이라는 생각이 들기도 했다. 이렇게 해서, 중 학교를 마치자 곧장 도쿄로 가고 만 나는, 그 후 묘연한 그의 소식을 듣지 못했던 것이다.

6

호랑이 사냥 이야기를 한다고 해 놓고서, 아무래도 약간 곁
길로 빠진 것 같다. 그럼, 이쯤에서, 드디어 본래의 이야기로
되돌아가야겠다. 그런데, 이 호랑이 사냥 이야기라는 것은, 앞
에서도 말한 바처럼, 조가 행방을 감추기 약 2년 전의 정월, 즉
나와 조가, 바로 그, 눈이 갸름하고 아름다운 소학교 시절의 부
반장을 언제랄 것도 없이 점차로 잊어가려 하고 있을 무렵의
일이다.

어느 날 학교가 끝나고, 여느 때와 마찬가지로 조와 둘이서
전차 정류장까지 갔을 때, 그는 나에게, 흥미로운 이야기가 있
으니 다음 정류장까지 걸어가자고 했다. 그렇게 해서, 그때, 걸
어가면서, 나에게 호랑이 사냥에 가고 싶지 않으냐고 했다. 이
번 토요일에 그의 아버지가 호랑이 사냥을 하러 가는데, 그때
그도 데려가기로 했다는 것이다. 그래서, 나라면, 전부터 이름
도 알고 있으므로, 그의 아버지도 허락할 게 틀림없으니, 함께
가지 않겠느냐는 것이다. 나는, 호랑이 사냥 같은 건 그때까지
생각해 본 적이 없었던 만큼, 그때 잠시, 놀란 듯한, 그의 말이
진실인지 어떤지를 의심하는 듯한 눈초리로 그를 쳐다보았던
모양이다. 정말이지, 호랑이라는 것이 동물원이나 어린이 잡지
의 삽화 말고는, 내 근처에, 현실로서 — 게다가 내가 좋다고
만 하면, 앞으로 삼사일 안에 — 나타나게 된다는 따위의 이야
기는, 그야말로 꿈에도 생각할 수 없는 일이었기 때문이다. 그
래서, 나는 우선, 그가 나를 속이고 있는 것이 아니라는 점을

재삼 — 그가 약간 기분이 상해질 정도로 — 확인을 하고 나서, 그렇다면 그 장소, 같이 갈 사람, 비용 등을 물었다. 그러고서, 결국은, 그의 아버지가 승낙하신다면 — 이라기보다는, 꼭 부탁할 테니, 무리를 해서라도 데려가 달라고 내가 말했음은 말할 것도 없다.

그의 아버지는 원래 오래된 훌륭한 집안의 신사로, 한국 시절에는 상당한 관직에 있었던 모양이다. 그리고 관직에서 물러난 지금도, 이른바 양반으로서, 그 경제적인 풍요는 자식의 옷차림으로도 짐작할 수 있었다. 다만 조는 — 자신의 집안에서의, 반도인으로서의 생활을 보여주기 싫었던 모양이다 — 자신의 집에 놀러 가는 걸 싫어했으므로, 나는 끝내 그의 집에, 그 소재는 알고 있었지만, 가 본 적은 없었고, 따라서 그의 아버지도 알지 못했다. 호랑이 사냥은 해마다 간다고 하는데, 조 대환을 데려가는 것은 올해가 처음이라는 것이다. 그래서, 그도 흥분해 있었다. 그날, 두 사람은 전차를 내려서 헤어질 때까지, 이 모험의 예상에 대해, 특히, 어느 정도까지 우리가 위험에 처하게 될까 하는 점에 대해서 서로 여러 가지 이야기를 했다.

그런데, 그와 헤어져서 집에 돌아와, 부모의 얼굴을 보고서야, 나는 멍청하게도, 비로소, 이 모험의 최초에 가로놓여 있는 거대한 장애를 발견하지 않으면 안 되었다. 어떻게 하면 나는 양친의 허락을 얻을 수 있을까? 곤란은 우선 거기에 있었다. 원래, 우리 집에서는, 아버지는 스스로 노상 일선융화日鮮融和 같은 말을 하고 있으면서도, 내가 조와 친하게 사귀고 있는 것을 그다지 기뻐하지 않았다. 더군다나 호랑이 사냥 같은 위험한 곳으로, 그런 친구와 함께 보낸다는 것은, 애시당초 허락해 주지 않을 것이 뻔하다. 여러모로 생각한 끝에, 나는 다음과 같은 수단을 취해야겠다고 결심했다. 중학교 근처의 서대문에, 나의 친척— 나의 사촌누나가 결혼한 집안 —이 있다. 토요일 오후, 그곳에 놀러 간다고 하고서 집을 나와, 그때, 어쩌면 자고 올지도 모른다고 말해 두는 것이다. 우리 집에도 그 친척 집에도 전화는 없었고 —적어도, 이것으로 그날 밤만큼은 완전히 속일 수가 있다. 물론, 나중에 들통날 것은 뻔하지만, 그때에는 아무리 혼이 나도 좋다. 좌우간 그날 밤만은 적당히 속이고 가 버리자고 나는 생각했다. 진귀한 경험을 얻기 위해서는 부모의 꾸중쯤은 개의치 않을 정도의 어린 향락가였던 것이다.

이튿날 아침, 학교에 가서, 조에게, 그의 아버지가 승낙하셨느냐고 묻자, 그는 화가 난 것 같은 얼굴로 "당연하지" 하고 답했다. 그날부터 우리는 학교 수업 따위는 전혀 귀에 들어오지 않았다. 조는 나에게 그가 아버지에게서 들은 많은 이야기들을 들려주었다. 호랑이는 밤이 아니면 먹이를 구하러 나오지 않는다는 것, 표범은 나무에 오를 줄 알지만, 호랑이는 오르지 못한다는 것, 우리가 가고자 하는 곳은, 호랑이뿐 아니라 표범도 나올지 모른다는 것, 그 밖에, 총은 레밍턴을 쓴다거나, 윈체스터로 한다거나, 마치 자신이 옛날부터 알고 있었다는 듯한 투로, 여러 가지 예비지식을 알려주었다. 나도 평소 같았으면, "뭐야, 들은 것을 옮기는 주제에" 하고 쏴 주었을 터이지만, 무엇보다도 그 모험의 예상으로 정신없이 기뻐하던 차이므로, 기꺼이 그의 아는 체하는 말을 경청했다.

금요일 방과 후, 나는 혼자서(이것은 조에게도 비밀로 하고) 창경원에 갔다. 창경원이라는 것은 옛 이씨 왕조의 어원御苑으로, 지금은 동물원이 되어 있는 곳이다. 나는 호랑이 우리 앞으로 가서, 서성거렸다. 스팀이 틀어져 있는 우리 안에 나에게서 1미터도 되지 않는 거리에, 호랑이는 얌전하게 앞다리를 가지런히 하고 누워, 눈을 가늘게 뜨고 있었다. 잠들어 있는 것은 아닌 모양이지만, 곁으로 다가온 내 쪽으로는 눈길도 주려 하지 않는다. 나는 가능한 한 그에게 가까이 가서, 자세하게 관찰했다. 분명 송아지 정도는 될 것처럼 솟아오른 등의 살. 등줄기는 짙고, 복부로 향함에 따라, 엷어지고 있다. 그 누런 바탕색을, 선명하게 물들이며 흐르는 검은 줄무늬. 눈 위와 귀 끝에 나 있는 흰 털. 몸체에 어울리는 크기로 튼튼하게 생긴 그 머리와 턱. 거기에는 사자에게서 볼 수 있는 장식풍인 엄청난 크기가 아니라, 그야말로 실용적인 영맹獰猛함이 느껴졌다. 이러한 짐승이, 이윽고 산속에서 나의 눈 앞으로 뛰어나올 것을 생각하니, 절로 가슴이 두근거리는 것을 막을 수가 없었다. 잠시 관찰하고 있던 나는 지금까지 깨닫지 못하고 있었던 것을 발견했다. 그것은, 호랑이의 뺨과 턱 아래가 희다는 것이다. 그리고 또, 그의 코끝이 새까맣고, 고양이의 그것처럼 매우 부드러워 보여, 내가 손을 뻗어 만져 보고 싶어지게 생겼다는 것도 나를 기쁘게 했다. 나는 그런 발견에 만족해서 떠나려 했다. 하지만, 내가 이곳에 서 있던 한 시간 동안, 이 짐승은 나에게 눈길한 번도 주지 않았다. 나는 모욕을 받은 기분이 들어, 마지막에는, 짐승이 으르렁거리는 것 같은 소리를 내, 그의 주의를 끌려 해봤다. 하지만 소용이 없었다. 그는 그 가늘게 닫은 눈을 뜨려 하지조차 않았다.

　마침내 토요일이 되었다. 4교시의 수학이 끝나기를 학수고 대하다가, 나는 서둘러 집으로 돌아왔다. 그리고 점심밥을 먹 고서, 여느 때보다 두 장 더 셔츠를 껴입고, 두건이랑 귀마개랑 방한 준비를 충분히 갖춘 다음, 미리 계획을 세운 대로 "친척 집에 가서 자고 올지도 모른다"고 말하고 밖으로 나왔다. 4시 기차에는 좀 일렀지만, 집에서 얌전히 기다릴 수가 없었던 것 이다. 약속한 남대문역의 1, 2등 대합실에 가 보니, 하지만, 벌 써 조는 와 있었다. 늘 입던 제복이 아니라, 스키복 같은, 위에 서 아래까지 까만색의 따뜻해 보이는 차림이다. 그의 아버지 와, 그 친구도 곧 온다고 한다. 둘이 한동안 이야기를 하는 동 안, 대합실 입구에, 사냥 복장에 다리에는 각반을 차고, 큰 엽 총을 어깨에 멘 두 신사가 나타났다. 그것을 보자, 조는 이쪽 에서 잠깐 손을 들었고, 그들이 곁에 왔을 때, 그 키가 큰, 수염 이 없는 쪽을 향해, 나를 "나카야마中山 군"이라고 소개했다. 그 것이 처음으로 보는 그의 아버지였다. 오십은 좀 못 미치는, 훌 륭한 체격의, 혈색이 좋은, 아들을 닮아 눈이 가는 아저씨였다. 내가 잠자코 고개를 수그리자, 그쪽에서는 미소로 이에 답했 다. 말을 하지 않은 것은, 아들인 조가 미리 말했던 것처럼, 일 본어를 그리 잘하지 못하기 때문임이 틀림없다. 또 한 사람의, 갈색 수염을 기른, 이쪽은 얼핏 보기에도 내지인이 아니라는 것을 알 수 있는 남자에게도 나는 살짝 고개를 숙였다. 그 남자도 잠자코 이에 응했고, 조의 조선어 설명을 들으면서, 내 얼굴을 내려다보고 미소 지었다.

발차는 4시 정각. 일행은 나까지 쳐서 네 명 말고도, 또 한 사람, 이는 어느 쪽의 하인인지 알 수 없는데, 주인들의 방한구와 식량과 탄약 등을 짊어진 남자가 따라 왔다.

기차에 타고 나서도, 나란히 자리를 잡은 조와 나는 둘이서만 이야기를 계속했고, 어른들하고는 거의 말을 하지 않았다. 조는 내 앞에서 조선어를 쓰는 것을 그리 좋아하지 않는 것 같았다. 때때로 맞은편에서 주는 아버지의 주의 같은 말에도 아주 간단히 대답할 뿐이었다.

겨울의 해는 기차 안에서 완전히 저물고 말았다. 철도가 산지로 들어감에 따라, 창밖으로는 눈이 쌓여 있다는 것을 알았다. 기차가 목적지인 역— 그것은 사리원 못 미처의 무슨 역이었던 것 같은데, 그게 지금 도저히 생각나지 않는다. 하나하나의 정경 같은 것은 매우 선명히 기억하고 있지만, 묘하게도, 그 역의 이름은 잊어버렸다 —에 닿았을 때는 이미 7시가 넘어 있었다. 등불이 어두운, 낮은 목조의 조그마한 역 앞에 내렸을 때, 검은 하늘에서 눈 위를 쓰다듬고 오는 바람이, 엉겁결에 우리의 목을 움츠러들게 했다. 역 앞에도 도무지 인가 같은 것은 없다. 횡하니 터져 있는 벌판 저쪽으로는 달도 없는 별하늘에 거뭇거뭇하게 산 같은 것의 그림자가 솟아 있을 뿐이다. 외가닥 길을 한참 간 곳에서, 우리는 오른쪽에 오도카니 서 있던 한 채의 나지막한 조선 가옥 앞에 섰다. 문을 두들기자, 금방 안에서 열리면서, 노란빛이 눈 위로 흘렀다. 모두가 들어갔으므로, 나도 낮은 입구를 통해 등을 굽히고 들어갔다.

집 안은 모두 기름종이를 깐 온돌로 되어 있었는데, 갑자기 따뜻한 기운이 훅 덮쳤다. 안에는 칠팔 명의 조선인이 담배를 피우면서 이야기를 하고 있었는데, 이쪽을 향해 일제히 인사를 했다. 그 안에서 이 집 주인인 듯한 붉은 수염의 남자가 나와, 잠시 조의 아버지와 무슨 이야기인가를 하고 나서, 안으로 들어갔다. 이야기는 미리 되어 있었던 듯, 이윽고 차를 한 잔씩 마시고 나서, 두 명의 전문 사냥꾼과 대여섯 명의 몰이꾼이 — 사냥꾼과 몰이꾼은 같은 차림을 하고 있어서, 분간하기 어려웠지만, 나는 조의 주의로, 그들이 가지고 있는 총의 크기로 그것을 구별할 수 있었다 — 우리를 따라 밖으로 나왔다. 밖에는 개도 네 마리가량 기다리고 있었다.

흰 눈빛을 받고 있는 좁은 시골길을 2킬로미터쯤 가자, 길은 마침내 산으로 들어선다. 나무가 듬성듬성 난 숲 사이, 아직 새로운 눈을 짚신으로 꾹꾹 밟으며 몰이꾼들이 맨 먼저 올라간다. 이를 앞서거니 뒤서거니 하면서, 개가 — 눈의 빛으로 털색은 뚜렷하지 않지만, 그다지 대형견은 아니다 — 곁길로 가기도 하다가, 여기저기 나무뿌리와 바위 냄새를 맡으며 부지런히 달려간다. 우리는 그로부터 좀 떨어져 한 덩이가 되어, 그들의 발자취 위를 밟아 나아간다. 당장에라도 호랑이가 뛰어나오지 않을까, 덤벼들면 어떻게 할까, 이렇게 가슴을 두근거리면서, 나는, 더는 조와도 불필요한 대화를 하지 않고 묵묵히 계속 걸었다. 위로 올라갈수록 길은 점점 험해진다. 결국에는 길이 없어지고, 뾰족한 나무뿌리와 툭 튀어나온 바위 모서리를 넘어서 올라가게 된다. 추위가 매섭다. 콧속이 얼어, 단단해진다. 두건을 뒤집어쓰고 귀에는 모피를 대고 있지만, 역시 귀가 떨어져 나갈 듯이 아프다. 바람이 때때로 나뭇가지를 울려 댈 때마다 화들짝 놀란다. 쳐다보니 엉성한 나목의 가지 사이로 별이 선명하게 빛나고 있다. 이러한 산길이 대략 세 시간이나 계속되었을까. 작은 산등성이 같은 큰 바위 뿌리를 한 바퀴 돌아, 이미 어지간히 피로해진 우리는, 그때, 작은 개활지로 나왔다. 그러자, 우리보다 조금 전에 그곳에 도착해 있던 몰이꾼들이, 우리의 모습을 보고서 손을 들어 신호를 하는 것이다. 모두 그쪽으로 뛰었다. 나도 정신이 번쩍 들어, 뒤처지지 않게 달려갔다. 그들 중 한 사람이 가리키는 곳을 보니, 과연, 눈 위에는 또렷하게 직경 7, 8치나 될 것 같은, 고양이의 그것을 꼭 닮은 발자국이 찍혀 있었다. 그리고 그 발자국은 조금씩 간격을 두고, 우리가 온 방향과는 직각으로 공터를 가로질러, 숲에서 숲으로 이어져 있다. 게다가, 몰이꾼 한 사람의 말을 조가 통역해 준 바에 따르면, 이 발자국은 불과 조금 전에 생겼다는 것이다. 조도 나도 극도의 흥분과 공포 때문에 말도 할 수 없게 되었다. 일행은 잠시 그 발자국을 따라서, 나무들 사이를, 앞뒤로 빈틈없이 주의를 기울이며 나아갔다. 이윽고 그 발자국이 또 하나의 개활지로 이끌어 주었을 때, 우리는 그 숲 가에, 수많은 나목裸木과 어울린 두 그루의 소나무 거목을 발견했다. 안내인들은 잠시 그 양쪽을 비교하고는, 이윽고, 그 구불구불한 쪽으로 타고 올라가더니, 등에 지고 온 막대기와 판자와 돗자리 등을, 그 가지와 가지 사이에 붙여서, 금방 거기에 즉석 관람석 같은 것을 만들어 놓았다. 지면에서 4미터쯤 높이였을 것이다. 그 안에 짚을 깔아 놓고, 거기서 우리는 기다리는 것이다. 호랑이는 갔던 길을 반드시 되돌아온다고 한다. 그래서, 그 소나무 가지 사이에서 그렇게 기다리고 있다가 호랑이가 돌아올 때를 기다렸다가 쏜다는 것이다. 세 개의 구부러진 굵은 가지 사이에 쳐 놓은 그 관망대는 그런대로 꽤 넓어서, 앞에 이야기한 우리 네 명 말고도, 두 명의 엽사도 거기에 들어올 수가 있었다. 나는 그곳에 올라가면서, 이젠, 적어도 뒤로부터 호랑이가 덤벼들 염려는 없겠구나 생각해, 안도했다. 우리들이 올라가 버리자, 몰이꾼들은 개를 데리고 각각 총을 어깨에 메고, 관솔을 준비해서, 숲속 어디론가 사라졌다.

시간이 점차로 흐른다. 희읍스름한 눈빛으로 땅 위는 상당히 밝게 보인다. 우리의 눈 아래는 50평쯤 되는 개활지이고, 그 주위로는 죽 나무가 성긴 숲이 이어져 있다. 잎이 지지 않고 있는 나무라고는, 우리가 올라와 있는 나무와, 그 옆의 소나무 말고는 별로 없는 것 같다. 그 나목의 줄기가 흰 지상에 거뭇거뭇하게 교차되어 보인다. 때때로 큰 바람이 불어치면, 숲은 한꺼번에 시끄러운 소리를 내다가, 이윽고 바람이 잦아듦에 따라, 그 소리도 난바다의 울림처럼 점차로 희미해지면서, 싸늘한 하늘 어딘가로 사라져 버린다. 소나무 가지와 잎 사이로 쳐다보는 별빛은 우리를 위협이라도 하듯 날카롭다.

파수꾼처럼 이렇게 한참 있는 동안에, 아까의 공포감은 대부분 사라졌다. 하지만, 그 대신에 이번에는 한기가 사정없이

들이닥쳤다. 털양말을 신은 발끝으로부터, 추위라고도, 통증이라고도 할 수 없는 감각이 점차로 올라온다. 어른들은 어른들끼리 이야기를 나누고 있는데, 나는 때때로 들려오는 '호랑이'라는 말 말고는 다른 말은 전혀 알아들을 수가 없다. 나도, 억지로라도 기운을 돋워 볼 요량으로 캐러멜을 먹으면서, 덜덜 떨면서 조와 이야기를 시작했다. 조는 나에게, 지난해 이 부근에서 호랑이의 습격을 받은 조선인 이야기를 했다. 호랑이의 앞발의 일격으로 그 사내의 얼굴에서 턱에 걸쳐 얼굴의 반이 에어져 나갔다는 것이다. 분명 아버지에게서 전해 들었을 것이 틀림없는 이 이야기를, 조는 마치 자신이 눈앞에서 보고 오기라도 한 듯, 흥분해서 이야기했다. 그 말투는, 마치 그가, 그런 참극이 지금 당장 눈앞에서 벌어지기를 간절히 바라는 듯한 것이었다. 그리고 실은 나도 그 이야기를 들으면서, 나에게 위험이 따르지 않는 범위에서, 그런 일이 벌어졌으면 좋겠다는 기대를 은근히 하고 있었던 것이다.

하지만, 두 시간을 기다려도, 세 시간을 기다려도, 도통 호랑이 비슷한 것의 기색도 보이지 않는다. 앞으로 두 시간만 지나면 동이 틀 것이다. 조의 부친의 말에 의하면, 이렇게 호랑이 사냥을 하러 오더라도, 대뜸 새로 난 발자국을 발견한다는 것은 어지간히 운수가 좋은 편이고, 대개는 이삼일 산기슭의 농가에 머물러 있어야 한다고 하니까, 어쩌면, 오늘 밤은 나오지 않는 것이 아닐까. 그렇다면, 학교나 집의 사정 때문에 머무를 수 없는 나는, 아무것도 보지 못한 채 돌아가지 않으면 안 된다. 그렇게 된다면, 조는 대체 어떻게 할 생각일까. 아버지와 함께 호랑이가 나올 때까지 이곳에 며칠이고 머무를 생각일까. 나 혼자 돌아가야 한다면 재미없겠는데…… 그런 생각을 하게 되자, 저녁때부터의 긴장도 점차로 풀어진다.

조는 그때, 가지고 온 가방 안에서 바나나를 하나 꺼내서 나에게도 노나주었다. 그 차가운 바나나를 먹으며, 나는 묘한 생각을 했다. 이제 와서 생각해 보면, 참으로 우스꽝스러운 이야기지만, 그때 나는 진지하게, 이 바나나 껍질을 밑에 뿌려서, 호랑이가 미끄러지게 해야겠다는 생각을 했던 것이다. 물론 나도, 틀림없이 호랑이가 바나나 껍질 때문에 미끄러지고, 그 바람에 쉽사리 총에 맞게 되리라고 확신한 것은 아니었지만, 그러나, 그런 일이 전혀 있지 말라는 법도 없지 않을까 정도의 기대를 했다. 그리고 먹고 난 바나나 껍질을 가능한 한 멀리, 호랑이가 지나갈 것이 틀림없다고 생각되는 방향으로 던졌다. 남이 알면 웃을 거라고 생각했으므로, 이 생각은 조에게도 말하지 않았지만.

그런데, 바나나는 없어졌지만, 호랑이는 좀처럼 나오지 않는다. 기대가 어그러진 데서 오는 실망과, 긴장의 이완으로, 나는 약간 졸리기 시작했다. 찬 바람에 떨면서도, 그래도 나는 꾸벅꾸벅거리기 시작했다. 그러자, 조의 옆에 있던 조의 아버지가 나의 어깨를 가볍게 두드리며, 서투른 일본말로, 웃어 가면서, "호랑이보다는 감기가 더 무섭단다" 하고 주의를 주었다. 나는 바로 미소로, 그 주의에 응했다. 하지만, 또 얼마 안 있어, 꾸벅꾸벅하기 시작했던 모양이다. 그러고서, 얼마나 시간이 지났을까. 나는 꿈속에서, 아까 조에게 들은 이야기의, 조선 사람이 호랑이에게 습격당하는 광경을 보고 있었던 것 같다……

그런데, 그런 일이, 어떻게 해서 일어난 것일까. 나는 안타깝게도 그것을 알지 못한다. 다만, 날카로운 공포의 외침이 귀를 찔러 퍼뜩 정신이 들었을 때, 나는 보았다. 바로 눈 아래에, 우리 소나무 가지에서 30미터도 떨어지지 않은 곳에, 꿈속의 그것과 똑같은 광경을 보았다. 한 마리 흑황색의 짐승이 우리에게 그 측면을 보여주면서 눈 위에 허리를 낮추고서 서 있다. 그리고 그 앞에는, 그로부터 3, 4미터쯤 떨어진 곳에, 몰이꾼인 듯한 남자 하나가, 옆에 총을 내동댕이치고, 양팔을 뒤로 짚고, 다리를 앞으로 내민 채 앉은뱅이 같은 모습으로 쓰러져서, 눈만이 넋이 나간 듯 호랑이 쪽을 바라보고 있다. 호랑이는 — 보통 상상하듯이 다리를 쭈그려 나란히 하고, 덤벼드는 그런 자세가 아니라 — 고양이가 장난을 치는 듯이 오른쪽 앞발을 들어, 툭 치는 듯한 모습으로 앞으로 나가려 하고 있다. 나는 깜짝 놀라면서도, 아직 꿈의 계속이라도 보고 있는 심정으로, 눈을 비비고, 다시 한 번 살펴보려 했다. 한데, 그때였다. 내 귓가에서 빵하고 사나운 총소리가 일어났고, 빵 빵 빵 하고 계속해서 세 발의 총소리가 이어서 일어났다. 화약 타는 냄새가 갑자기 코를 찔렀다. 앞으로 나가려던 호랑이는, 그대로 크게 입을 벌리고 울부짖으며 뒷발로 조금 일어났지만, 바로, 쿵 하고 쓰러졌다. 그것은 — 내가 눈을 뜨고 나서, 총성이 울리고, 호랑이가 서서, 다시 쓰러지기까지는, 겨우 10초 사이의 일이었을 것이다. 나는 어안이 벙벙해서, 멀리 있는 영상이라도 보고 있는 듯한 기분으로, 멍하니 바라보고 있었다.

바로 어른들은 나무에서 내려갔다. 우리도 따라서 내려갔다. 눈 위에서는, 짐승도 그 앞에 쓰러져 있는 사람도 모두 움직이지 않는다. 우리는 처음에는 막대기 끝으로, 쓰러져 있는 호랑이의 몸을 쿡쿡 찔러 보았다. 움직일 기색이 없으므로, 겨우 안심하고, 모두 그 사체에 다가가 보았다. 그 근처의 눈 위를 새로운 피가 새빨갛게 물들이고 있었다. 얼굴을 옆으로 향하고 쓰러져 있는 호랑이의 길이는 몸통만도 150센티미터 이상은 되었을 것이다. 그때에는 이미 점차로 먼동이 트고 있어서, 주위의 나뭇가지 색도 그런대로 알아볼 수 있을 무렵이었으므로, 눈 위에 나동그라져 있는 누런 색에 검은 줄무늬는 말할 수 없이 아름다웠다. 다만, 등판 언저리의 생각보다 검은색이 나에게는 의외로 여겨졌다. 나는 조와 서로 얼굴을 마주 보며, 훅 숨을 내쉬고, 더는 위험이 없으리라는 것을 알고 있었으면서도, 아직 겁을 먹은 채로, 바로 직전까지만 해도 아무리 두꺼운 가죽이라 하더라도 단숨에 찢을 수가 있었을 날카로운 발톱과 집고양이와 쏙 닮은 하얀 입수염 등을 살짝 건드려 보기도 했다.

한편, 쓰러져 있는 사람 쪽은 어땠는가 하면, 너무나 겁에 질린 나머지 정신을 잃고 있을 뿐 전혀 다친 곳은 없었다. 나중에 듣자니, 이 남자는 역시 몰이꾼의 하나로, 호랑이를 찾기 위해 우리 쪽으로 왔던 것인데, 그 개활지에서 잠시 소변을 보고 있을 때에, 불쑥 호랑이가 나왔다는 것이었다.

나를 놀라게 만든 것은 그때의 조대환의 태도였다. 그는 그 정신을 잃고 있는 남자에게로 가더니, 발로 거칠게 그 몸을 걸어차면서 나에게 이렇게 말했던 것이다.

─쳇! 다치지도 않았어.─

그것이 결코 농담으로 한 말이 아니라, 자못 이 남자가 무사한 것이 못마땅한, 즉 자신이 전부터 기대하고 있었던 것 같은 참극의 희생자가 되지 않은 것에 대해 화라도 난 듯이 들렸던 것이다. 그리고 곁에서 보고 있던 그의 아버지도, 아들이 그 몰이꾼을 발로 차고 있는 것을 말릴 생각도 하지 않았다. 문득 나는, 그들 몸에 흐르고 있는 이 땅의 호족豪族의 피를 본 것처럼 느꼈다. 그리고 조대환이 기절한 남자를 못마땅한 듯이 내려다보고 있는 그 눈과 눈 부근에 떠돌고 있는 각박한 표정을 보면서, 나는 언젠가 강담講談인가 어딘가에서 읽은 일이 있는 '유종의 미를 거두지 못할 상相'이란 이런 것을 가리키는 것이 아닐까, 하고 생각했다.

이윽고, 다른 몰이꾼들도 총소리를 듣고 모여들었다. 그들은 호랑이의 사지를 둘씩 묶고, 거기에 굵은 막대기를 넣어 거꾸로 매달고서, 이제는 환해진 산길을 내려갔다. 정거장까지 내려온 우리는 잠시 쉰 다음 ─호랑이는 나중에 화물로 운반하기로 하고─ 바로 그다음 오전 기차로 경성으로 돌아왔다. 기대에 비해 결말이 너무나 간단하게 끝나는 바람에 좀 허전한 마음이 들기는 했지만 ─특히 꾸벅꾸벅 졸아서, 호랑이가 나오는 장면을 보지 못한 것이 유감스러웠지만, 어찌됐든 나는 자신이 한바탕 모험을 했다는 생각에 만족하며 집으로 돌아갔다.

일주일쯤 지나, 서대문 친척 집에서, 내 거짓말이 들통이 났을 때, 아버지한테 엄청 혼이 난 것은 말할 것도 없다.

7

자, 이렇게 해서 가까스로 호랑이 사냥 이야기는 끝난 셈이다. 그런데, 이 호랑이 사냥으로부터 2년쯤 지나, 그 사격 연습의 밤에서 얼마 안 있어, 그가 친구인 나에게도 아무 말도 없이 모습을 감추고 만 것은, 앞에서 말한 대로다. 그러고부터 현재까지 15, 6년, 전혀 그를 만나지 못한 것이다. 아니, 그렇게 말하면 거짓말이 된다. 실은 나는 그와 만났다. 게다가, 그것은 바로 얼마 전의 일이다. 그 일이 있었기 때문에, 나도 이런 이야기를 할 생각이 난 것이지만, 그러나 그 만남의 방식이 매우 기묘한 것이어서, 과연 만났다고 할 수 있을지 어떨지. 그 이야기는 이렇다.

약 사흘 전 오후, 친구의 부탁을 받고 어떤 책을 찾기 위해 혼고本鄕 거리의 책방들을 뒤지고 있던 나는, 상당히 눈의 피로를 느끼면서, 아카몬赤門* 앞에서 산초메三丁目 쪽으로 걷고 있었다. 마침 점심시간이었으므로, 대학생과 고등학교의 학생과 그 밖의 학생들이 줄줄이 거리에 가득 있었다. 내가 산초메 근

---

* 도쿄대학의 남서쪽, 혼고 거리로 나 있는 문. 정문은 아니지만 도쿄대학의 상징이라고 할 수 있는 건조물로 도쿄대학의 통칭으로 사용되기도 한다.

처의 야부소바*로 꺾어지는 곳까지 갔을 때, 그 인파 속에, 한 명의 키가 큰 ─ 그 군중 속에서 우뚝 머리만 나와 있는 듯이 보일 정도이므로, 어지간히 키가 컸음이 틀림없다 ─ 마른 체구의 서른쯤 된, 로이드 안경을 낀 남자가 우뚝 서 있는 것이 내 눈을 끌었다. 그 남자는 키만 남보다 훌쩍 큰 것이 아니라, 그 풍채가, 또한 상당히 남의 눈을 끌기에 족한 것이었다. 오래된 양갱 색깔의 테를 한, 훌쩍 늘어진 중절모자를 뒤로 젖혀 쓴 밑에 커다란 로이드 안경─ 그것도 한쪽 줄弦이 없어서 끈으로 대신하고 있는 ─을 번쩍이며, 때가 낀 와이셔츠는 단추가 둘이나 떨어져 있다. 지저분한 긴 얼굴에는, 허옇게 마른 입술 주변에 제대로 간수하지 않은 수염이 성기게 나 있어서, 그것이 얼빠진 표정을 만들어 주고 있기는 한데, 그러나, 한편으로, 그 사이가 좁은 눈썹 주변에는 뭔가 마음을 놓을 수 없게 만드는 것이 있는 것 같다. 말하자면, 시골뜨기의 얼굴과, 소매치기의 얼굴을 합쳐 놓은 것 같은 생김새다. 걸어온 나는 약 10미터나 앞에서부터, 이미, 군중 속에서, 기다란 몸을 주체하지 못하는 듯한 이상한 풍채의 남자를 발견해서, 그것을 주시하고 있었다. 그러자, 저쪽에서도 아무래도 나를 보고 있었던 것 같았지만, 내가 바로 2미터 정도까지 다가갔을 때, 그 남자의 찌푸린 듯이 보이던 미간에서, 뭔가 약간의 표정의 온화함 같은 것이 나타났다. 그리고, 그, 눈에 보이지 않을 정도의 어렴풋한

---

* 야부藪는 에도 시대부터 있었던 소바 노포로 '사라시나更科', '스나바砂場'와 함께 소바 3대 명가의 하나로 꼽힌다.

부드러움이 순식간에 얼굴 가득 퍼졌다 싶었는데, 갑자기 그의 눈이(물론, 미소 하나 띠지 않았지만) 나를 향해, 마치 옛 친구를 알아볼 때처럼, 끄덕해 보였던 것이다. 나는 깜짝 놀랐다. 그리고 앞뒤를 돌아보며, 그 윙크가 나를 향한 것임을 확인하자, 나는 내 기억의 구석구석을 서둘러 샅샅이 뒤지기 시작했다. 그러는 동안에도, 한편으로, 눈은 상대방에게서 벗어나지 않고, 의아하다는 듯 계속 응시하고 있었는데, 그러다가, 내 마음의 한구석에서, 확실하게는 알 수는 없는, 무엇인가 매우 오랫동안 잊어버리고 있었던 것이 발견된 것 같은 느낌이 들었다. 그리고, 그 정체 모를 어떤 느낌이 점차로 퍼져 나갔을 때, 나의 눈은 이미, 그의 눈길에 응답하기 위한 인사를 하고 있었던 것이다. 그때는 이미 내게, 이 남자가 내 옛 친구의 하나라는 것이 확실했다. 다만 그것이 누구였는지만 의문으로 남아 있었던 것에 지나지 않았다.

상대방은 내가 인사하는 것을 보더니, 이쪽에서도 그쪽을 기억해 낸 것으로 생각한 모양인지, 내 쪽으로 다가왔다. 하지만, 딱히 말을 건네는 것도 아니고, 웃음 띤 얼굴을 보이는 것도 아니고, 잠자코 나와 나란히, 자신이 지금 온 길을 반대로 걷기 시작했다. 나 역시 잠자코, 그가 누구인지를, 열심히 기억해 내려고 애쓰고 있었다.

대여섯 발짝 걸었을 때, 그 남자는 나에게 쉰 목소리로, ― 내 기억에는, 어디에도, 그런 목소리는 없었다 ― "담배 하나 주게" 하고 말했다. 나는 주머니를 뒤져, 반쯤 빈 바트* 갑을 그의 앞에 내밀었다. 그는 그것을 받아 들고, 한쪽 손을 자기의 옷주머니에 쑤셔넣는가 싶더니, 갑자기 묘한 표정을 지으며, 그 바트 갑을 바라보고, 또 내 얼굴을 바라본다. 잠시 그렇게 바보 같은 얼굴을 하고, 바트와 나를 비교해 본 다음, 그는 잠자코, 내가 준 바트 갑을 그대로 나에게 돌려주려 했다. 나는 잠자코 그것을 받으면서도, 왠지, 여우에게 홀리기라도 한 듯한 납득이 가지 않는 기분과, 또, 약간, 놀림이라도 받은 듯한 화가 나는 기분이 뒤섞여, 그의 얼굴을 쳐다보았다. 그러자, 그는, 그때 비로소, 엷은 웃음 같은 것을 입가에 지으면서 혼잣말처럼 이렇게 말했다.

　—말로 기억을 하고 있다가는, 곧잘 이런 실수를 한단 말이야.—

　물론, 나로서는 무슨 소리인지, 이해가 되지 않았다. 하지만, 이번에는 그가, 매우 흥미 있는 일을 이야기하듯, 조바심이라도 나는 듯한 투로, 그 설명을 시작했다.

　그의 설명에 의하면, 그가 나에게서 바트를 받아들고 나서, 성냥을 꺼내기 위해 오른손을 옷주머니에 넣었을 때, 그는 거기에 역시 똑같은 담배갑이 있는 것을 알았다는 것이다. 그때, 그는 퍼뜩, 자신이 구하고 있는 것은 담배가 아니라 성냥이라는 것을 깨달았다. 그래서 그는, 자신이 어째서 이런 멍청한 잘

---

* 1906년 출시된 담배로 표면에 'GOLDEN BAT'로 적혀 있으나 '바트'로 통칭되었다. 아쿠타가와 류노스케, 다자이 오사무, 나카하라 추야 등 작가 중에 애호자가 많아 작품 속에 그 이름이 등장하는 경우가 많았다. 2019년 10월 홋카이도를 제외하고는 판매가 종료되었다.

못을 저질렀는지를 생각해 보았다. 단순히 착각이라고 하면, 그뿐이지만, 그렇다면 그 착각은 어디에서 온 걸까. 그것을 여러모로 생각한 끝에, 그는 이렇게 결론지었다. 즉, 그것은, 그의 기억이 모두 언어에 기대고 있었기 때문이라고. 그는 비로소 자신에게 성냥이 없다는 것을 발견했을 때, 누군가와 만나면 성냥을 빌리려 생각하고 있다가, 그 생각을 말로, '나는 다른 사람에게 성냥을 빌려야겠다'라는 말로, 기억에 담아 놓았다. 성냥이 정말로 필요하다는 실제적인 요구의 기분으로서, 전신적 요구의 감각— 이상한 말이지만, 이 경우 이렇게 말하면, 잘 이해가 될 거야, 하고, 그는 그때, 그렇게 덧붙였다 —으로서 기억 속에 보존해 놓지 않았다. 이것이 그 착각의 근원이라는 것이다. 감각이나 감정이었더라면, 흐릿해지는 일이 있을 수는 있지만, 혼동하는 일이 없었을 터이지만, 말과 문자의 기억은 정확한 대신에, 자칫하면, 당치도 않은 것으로 둔갑하는 일이 있다. 그의 기억 속의 '성냥'이라는 말, 혹은 문자는, 어느새 그와 관계가 있는 '담배'라는 말, 혹은 문자로 치환되고 말았다는 것이다…… 그는 그렇게 설명했다. 그것이, 이 발견이 너무나 재미있어 견딜 수가 없다는 말투였고, 거기다가 마지막으로, 이런 습관은 모두 개념만으로 사물을 생각하게 되어 버린 지식인의 통폐라는 뜻밖의 결론까지 덧붙였다.

실토하자면, 나는 그가 말하는 동안, 그 자신은 매우 흥미를 느끼고 있는 듯한 이 문제의 설명에, 그다지 귀를 기울이고 있지 않았다. 다만, 그 침착성을 잃은 듯한 빠른 말투를 들으면서, 분명 이것은(목소리는 다르지만) 내 기억의 어딘가에 간직

되어 있는 누군가의 버릇이야, 라고 생각하면서, 열심히, 그가 누구였던가를 기억해 내려 하고 있었다. 하지만, 마치, 아주 쉬운 글자가 얼른 떠오르지 않을 때처럼, 이제 완전히 알겠다는 듯한 기분이 들면서도, 소용돌이 바깥쪽을 흐르는 물때와도 같이, 빙글빙글 문제의 주변만을 돌고 있을 뿐, 좀처럼 그 중심으로 뛰어들지 못하고 있는 것이다.

그러는 사이, 우리는 혼고 산초메 정류장까지 왔다. 그가 거기서 멈췄으므로, 나도 그를 따라 멈췄다. 그는 전차를 타려는 것인지도 모른다. 우리는 나란히 선 채로, 별생각도 없이 앞에 있는 약국의 진열창을 바라보고 있었다. 그는 거기에서 무엇인가를 발견한 듯, 성큼성큼 그 창 앞으로 걸어갔다. 나도 그를 따라가서 들여다보았다. 그것은 새로 발매되기 시작한 성기구의 광고였는데, 견본 같은 것이 검은 천 위에 나열되어 있었다. 그는 그 앞에 서서, 미소를 띠며 잠시 들여다보았다. 그런 그를, 나는 곁에 서서 바라보았다. 그러자, 그때 저 능글거리는 엷은 웃음을 곁에서 바라보았을 때, 돌연, 나는 모든 게 생각났다. 그때까지 나의 머릿속에서 소용돌이 주변의 먼지처럼 빙빙 돌던 나의 기억이, 그때 훌쩍 소용돌이의 중심으로 뛰어들었던 것이다. 비아냥거리는 듯 입술을 뒤튼 저 엷은 웃음. 안경을 끼고는 있었지만, 그 안에서 들여다보는 가느다란 눈. 호인 같은 얼굴과 시의猜疑가 뒤섞인 그 눈초리. ― 오, 그것이 그 이외의 누구일 수 있단 말인가. 호랑이에게 죽을 뻔한 몰이꾼을 걷어차며 못마땅한 듯이 내려다보고 있던 그 이외의 누구의 눈초리일 수가 있단 말인가. 그 순간, 단번에 나는, 호랑이 사냥과 열대어와 사격 연습 등을 혼란스럽게 떠올리면서, 이 남자가 그렸다는 것을 발견하는 데에, 왜 그리도 시간이 걸렸을까, 스스로도 어처구니가 없었다. 그리고 나는 이제야 마음속으로부터의 기쁨을 가지고, 뒤에서 그의 어깨를 툭 치려 했다. 그런데 그때, 마사고마치眞砂町 쪽으로부터 온 한 대의 전차가 정거장에 섰다. 그것을 본 그는, 내 손이 아직 그의 키 큰 어깨에 도달하기 전에, 그리고, 나의 동작을 전혀 알아차리지도 못하고, 허둥지둥 몸을 날려, 그 전차 쪽으로 뛰어갔다. 그리고, 훌쩍 올라타고서는, 운전수 옆에서 이쪽을 향해 오른손을 살짝 들어 인사를 했고, 그대로, 기다란 몸을 꺾듯이 하며 안으로 들어가버렸다. 전차는 바로 움직이기 시작했다. 이렇게 해서, 나는 십 몇 년 만에 만난 내 친구 조대환을, 조대환으로서의 한마디 대화도 나누지 못한 채, 다시금 대도쿄의 혼잡 속에서 잃어버리고 만 것이다. (1934. 2)

과거장 過去帳

카멜레온 일기かめれおん日記

蟲有虺者. 一身兩口, 爭相齕也. 遂相食, 因自殺. 一韓非子
벌레 중에 우虺라는 것이 있는데, 몸 하나에 입이 둘이더라,
서로가 싸우며 씹더니 마침내 서로 먹었고, 이렇게 해서 자살
했다. -『한비자』

1

생물 교실에서 직원실로 돌아오는데, 도중에 복도에서 등
뒤로부터 누군가 "선생님" 하고 불러세웠다.

뒤돌아보니, 학생 중 하나— 얼굴은 분명히 알고 있지만, 이
름이 얼른 떠오르지 않는다 —가 내 앞으로 와서, 무엇인지 잘
알아들을 수 없는 말을 하면서 다섯 치쯤의, 뚜껑이 없는, 과자

상자 같은 것을 내밀었다. 상자 속에는 솜이 깔려 있고, 그 위에 검푸른 도마뱀 같은 묘한 형태를 한 것이 놓여 있다.

"뭐냐? 응? 카멜레온? 응? 카멜레온 아니냐. 살아 있니?"

생각지도 않은 것의 출현에 얼떨떨해져서, 내가 계속해서 묻자, 학생은 "네" 하고 고개를 끄덕이고, 얼굴을 붉히면서 설명했다. 친척인 선원이 카이로인가 어딘가에서 받아온 것이라는데, 진귀한 것이니 학교에 가지고 가야 하지 않겠느냐고 누가 말해서, 생물 교사인 나에게 가지고 온 것이라고 한다.

"호, 그거 참." 고맙다는 소리도 하지 않고, 나는 그 상자를 받아 들고, 용을 닮은 조그만 괴물을 바라보았다. 도마뱀보다도 훨씬 입체적인 느낌이고, 머리가 크고, 꼬리를 길게 말고, 추위 때문에 기운이 없는 모양이지만, 그럼에도, 새파란 앞다리로 진지하게 솜을 밟고 있다.

학생은 나에게 카멜레온을 건네자, 그 이상 내 앞에 서 있기가 부끄러운 듯, 꾸뻑 고개를 숙이고 가 버렸다.

교직원실로 가지고 간 후에야, 비로소, 어떻게 사육해야 할지 곤란한 마음이 들었다. 학교에는 온실이 없다. 우선, 화로 옆의 화분에 심어져 있는 후박나무 가지에 앉게 했다. 처음에는 꼼짝 않고 있었지만, 좀 있더니, 곁에 있는 화로의 온기로 기운이 났는지, 조금씩 움직이기 시작했다. 눈구멍은 매우 컸지만, 눈알이 바깥쪽을 내다보는 구멍이 아주 작고, 그 조그만 구멍이 빙글빙글 이리저리 돌면서, 그 깊숙한 곳에서 낯선 풍경을 살피고 있는 모양이었다. 후박나무 가지에서 잎 쪽으로 기어가더니 체중 때문에 미끄러질 뻔하자, 잎 가장자리를 발가락으로 잡고 지탱하려 하지만, 결국 머리부터 떨어지고 만다. 몇 번이나 화분의 흙과 바닥 등에 떨어진다. 떨어질 때마다, 자신의 실책을 조소嘲笑받아 화를 내는 아이처럼 진지한 얼굴로 일어나(등에 나 있는 장식품처럼 삐죽삐죽한 것들이 근엄하고 진지한 외관을 하고 있다), 아무렇게나 걷기 시작한다.

직원들은 모두 진귀한 것을 보고자 몰려왔다. 대개는, 뭡니까 하고 신기한 듯이 물어본다. 국한문 노교사는 무슨 착각을 했는지, "그건 듣자니 화류병花柳病약이 되는 것이라지요. 그늘에 말려, 달여서 말이죠"라는 등을 말했다.

누군가가 어디선지 파리를 잡아서 날개 하나를 떼어내고 손바닥에 올려 그 앞에 내밀었다. 카멜레온의 입에서 획 하고 붉은색 고기막대기가 튀어나왔다. 혀끝에 파리가 달라붙는 동시에, 벌써 입은 닫혀 있다.

결국 이 생물을 어떻게 다루어야 할지, 다른 생물 교사들과 의논한다. 어차피 오래는 살지 못하겠지만, 카나리아 새장 같은 것이라도 만들어서, 가능한 한 따뜻한 곳에 두고, 이대로 학교에서 키워 보지요. 먹이는, 학생들에게 철 지난 파리라도 잡아오게 하면, 어떻게 되겠지요, 하는 말이 나온다. 그러나, 좌우간 그 간단한 설비가 완성될 때까지는, 밤의 추위와 고양이 등의 습격이 우려되어서, 내가 아파트에서 키우기로 했다.

그날 밤, 나는 방 안의 스토브에 평소보다 많은 석탄을 넣었다. 얼마 전에 죽은 앵무새의 조롱을 내려, 그 안에 솜을 깐 다음, 카멜레온을 넣었다. 물을 마시는지 어쩐지 알 수가 없지만,

어쨌든, 새의 물그릇도 안에 넣어 주었다.

우스꽝스럽게도, 나는 적잖이 기쁘고, 흥분해 있었다. 추위 등으로 얼마 못 가 죽겠지 하는 생각만이 나를 어두워지게 만들었다. 어차피 오래 살지 못한다면, 학교에서 키울 게 아니라, 내 집에 두고 싶다고 생각했다. 동물원에 기증할까도 생각해 보았지만, 어쩐지 내놓기가 아깝다. 마치 나 개인이 받기라도 한 것처럼, 나는 느끼고 있었던 것이다.

오랫동안 내 안에 잠들어 있던 이국 취향이, 이 진기한 작은 동물의 뜻밖의 출현과 더불어, 다시 눈을 떴다. 일찍이 오가사와라小笠原 제도諸島에 가서 놀았을 때의 바다 빛깔, 열대 나무의 두툼한 잎의 윤기, 번들거리도록 눈부신 하늘. 원색적인 선명하고 화려한 색채와, 타오르는 빛과 열기. 진기한 이국적인 것에 대한 젊은 날의 감흥이 불현듯 발랄하게 피어났다. 바깥은 진눈깨비가 내릴 듯한 풍경이었지만, 나는 오랜만에 가슴이 부풀어 오르는 기분이었다.

스토브 가까이 조롱을 두고, 방 귀퉁이에 있던 고무나무와 사이를 띄어서 화분을 나란히 놓았다. 나는 새장 입구를 열어 놓았다. 어차피 방에서 나갈 염려는 없고, 때로는 나뭇가지에 앉고 싶어 할 것이라고 생각했기 때문이다.

2

아침에 일어나 보니, 카멜레온은 고무나무 따위에는 앉지 않고, 책상 밑에 떨어져 있던 책 위에 앉아서, 조그만 눈구멍으로 이쪽을 보고 있었다. 생각한 것보다 건강해 보인다. 하긴 지난 밤은 방을 상당히 따뜻하게 해 놓아서, 너무 건조해졌는지, 내 쪽이 약간 목이 아팠다. 카멜레온이 올라가 있던 책은 쇼펜하우어의 『*Parerga und Paralipomena*』.*

근무일이 아니지만, 카멜레온에 관한 일 때문에 오후에 학교에 간다. 간밤에 생각한 것처럼, 설비가 없는 한 학교에 두어도 마찬가지이므로, 우리 집에서 키워야겠다고 생각했던 것이다. 설마하니 학교에서 한 마리 카멜레온 때문에 온실을 만들어 줄 리는 없을 것이다.

학교에 가서 그에 대한 허락을 구하자, 교장을 비롯한 다른 직원들은 이미 대부분 어제의 일을 잊어버린 듯한 말투였다. "아아, 그 어제의 벌레 말입니까!" 나 혼자, 그 조그만 파충류의 출현에 기뻐 날뛰었을 뿐인 것이다.

학생들에게로 가서, 어제 부탁해 놓은 파리를 받는다. 예상밖으로, 파리들이 아직 남아 있었다. 큰 성냥갑 하나 가득 받아왔다. 이것으로 이삼일분의 먹이는 될 것이다.

---

* 『여록과 보유』. 아르투어 쇼펜하우어가 1851년에 출판한 책이다. 두 권으로 된 이 철학적 수상집은 그의 나이 30세 때의 주저 『의지와 표상으로서의 세계』의 주석이다. 1844년부터 6년간에 걸쳐 쓰였는데 당시 무명에 가깝던 그는 그것을 출판해 줄 출판사를 찾는 데 애쓰지 않으면 안 되었다. 그러나 이 책이 출판되자 국내외에서 점차 주목을 끌게 되어 1854년에는 리하르트 바그너가 〈니벨룽겐의 반지〉를 쇼펜하우어에게 바쳤고, 70세의 탄생일에는 유럽 각국에서 축사가 쇄도했다.

파리를 가지고 돌아가려 하고 있는데, 뒤에서 국어 선생인 요시다吉田가 따라오면서, 마침 자기도 퇴근한다고 해서 함께 걷기 시작한다. 뭔가 이야기하고 싶어서 견딜 수 없는 것이 있는 모양이다. M 베이커리로 가서 차를 마시면서 한 시간 동안 이야기를 한다.

나와 거의 동년배인데, 정말이지 이 사내만큼 정력이 넘쳐 나고 노골적일 정도로 실용적이며, 남의 눈치 보지 않고 물질적이며, 회의懷疑, 수치, '쑥스러움'이라는 기분과 인연이 먼 인간을 나는 알지 못한다. 피로할 줄을 모르는 일꾼, 유능한 사무가. 방법론의 대가. (본질론 따위는 악마에게나 줘 버려라!) 언제나 용기가 넘치고 편견으로 가득하며, 온갖 일에 용맹정진하는 사내. 운동회, 전람회, 학예회, 교우회 잡지 편집, 그 말고도 무엇이든 그가 혼자서 해결해 버린다. 추상이라는 것은 그에게는 무의미와 같은 뜻이다.

올 정월, 어떤 학급 클래스회에서 학생들 서너 명이 밀감과 과자를 사러 나갔다. 학교 앞은 산지에서 내려오는 언덕이 되어 있는데, 그 언덕의 중간쯤에서, 보자기를 가지고 물건을 사러 나간 학생들이 올라오다가 한 학생이 들고 있던 보자기가 풀려, 안에서 밀감이 흘러 떨어졌다. 둘, 셋, 넷…… 일곱, 여덟, 꽤 가파른 언덕배기였으므로, 선명한 색의 밀감이 속속 굴러떨어졌다. 그 학생은 뜻밖의 실수로 얼굴을 붉히고, 보자기를 고쳐 매는 것이 고작이었으므로, 굴러가는 밀감을 쫓아갈 수가 없었다. 학교 이외의 사람들도 길에는 상당히 있었으므로, 좀 창피한 마음도 들었을 것이다. 마침, 언덕 위에 서 있던 요시다는 이를 보자, 맹렬한 기세로 뛰어 내려가기 시작했다. 돌멩이를 걷어차고, 자갈에 미끄러질 듯하기도 하고, 넘어질 뻔하기도 하면서, 도중에 서 있는 학생을 밀쳐 가면서, 단신의 그는 몸을 바짝 낮추고서 밀감을 쫓아갔다. 한 번 넘어졌지만 금방 일어나서, 흙먼지도 털지 않고 다시 달려서, 결국 열대여섯 개의 밀감을 전부 주워서, 길 한쪽에 있는 도랑에 떨어지는 것을 막았던 것이다. 학생들도 길 가는 사람들도 멍하니 서서, 그의 맹렬한 기세를 지켜보았다. 요시다는 밀감을 손에 들고 주머니에 넣으면서 "모두를 멍하니 보고 있으면 어떻게 해" 하고 학생들을 나무라면서 올라왔다. 그의 얼굴이 붉어졌던 것은 단순히 뛰었기 때문이 아니었다. 결코, 그가 수줍어서도 아니다. 참으로, 이 사내야말로, 나의, 모범으로 삼아야 할 인물이라고 그때, 나는 절실하게 생각했다. 이 사내는 언제나, 인간은 — 혹은 생물은 — 이래야 한다, 이렇게 나에게 가르쳐 주었던 것이다. 고등소학생적인 인물이라고 그를 평한 사람이 있다. 소학교의 고등과 학생은, 중학생처럼 건방지지 않고, 참으로 잘 활동하는 것이, 중학생보다 얼마나 더 쓸모가 있는지 모른다는 것이다. 어설픈 대학생보다도, 발랄한 고등소학생 쪽이 훨씬 훌륭하다고, 나도 생각한다.

이야기를 하면서, 요시다는 안주머니에서 한 장의 종이를 꺼내 내 앞에 펼쳤다. 내가 그것을 보는 것은 오늘 벌써 두 번째다. 그것은 이 학교의 직원들의 봉급표인데(사립학교이므로, 직원록에 명시되어 있지 않다) 그가 어디엔가 물어서 꼼꼼하게 기록해 놓은 것이다. 또한, 전년도의 보너스 추정액까지, 적혀 있다. 그는 이런 것을 알아내는 일에 명수로서, 또한 그것을 스스로도 자랑스럽게 생각하고 있다. 자신과 교제를 하는 모든 인간에 대해, 그는 일일이 흥신소적인 방법으로 신원조사를 하고 있는 모양이다. 특히 자신이 반감을 가진 사람에 대해서는, 집요할 정도로 철저하게 조사해서 그들의 흠을 호벼 내는 것이다. 그 봉급표에서, 그보다도 부당하게 봉급이 많은 교사의 이름 옆에는, 붉은색으로 줄이 그어져 있다. 그는 그것을 이 사람 저 사람에게 보이면서, 간사이關西 사투리로 누누이 불평을 늘어놓는 것이다.

"가사의 T는, 여자인데도 나보다 엄청 많이 받잖아요. 처음 교섭을 어찌하느냐 하나로, 이렇게도 저렇게도 결정이 되는 겁니다. 정해진 표준은 없는 거지요, 엉터리야, 완전히."

전에 한 번 이 표를 보여주었을 때에도, 똑같은 말로, T라는 가사 교사 이야기를 하고 있었다. 지금 보니, T의 이름 위에만, 붉은 연필과 아울러 푸른 연필로도 연하게 여러 번 줄이 그어져 있다.

"그래서, 너무 엉터리라, 나, 교장한테 가서 따졌지요. 좌우간 나는 교육을 받은 연한도 기니까, 심장이 강하다는 소리를 듣게 될지도 모르겠지만, 얼마가 되었든 좋으니 T 씨보다는 많게 해 주십시오 했지요. 그랬더니, 그렇군요. 맞는 말이니, 그렇다면, T 씨보다 3엔 많게 하겠습니다, 하는 거예요. 3엔이래요. 그래도 지금보다는, 나은 편이지만."

요시다는 그 봉급표를 앞에 펼쳐 놓은 채 계속해서 직원들 하나하나에 대해, 그 경력이라든지 가정적 사정 등을 이야기하기 시작했다. 여교사 중, 누구하고 누구는 여자 사범학교를 나온 것으로 되어 있지만, 실은 임시 교원 양성소를 나왔을 뿐이라는 것. 국어 주임을 하고 있는 N이 월급을 2개월분 가불받고 있다는 것, 미술의 노교사 H가 표구집, 그림 재료집 등과 학생 사이에서 상당한 돈을 챙기고 있다는 것, 영어의 S가 음악의 여교사와 요즈음 곧잘 함께 다니고 있다는 소문 등. 남의 비밀을 알고 있는 일이 요시다로서는 더할 수 없이 만족스럽다는 말투다. 그의 말에 의하면, 그는 오늘, 주임인 N과 뭔가 말다툼을 한 모양이고, 그 말고도 또 체육 선생하고도 말다툼을 한 모양이었다. 이것은 무엇 때문인지, 지난달 열린 운동회 프로그램의 진행에 관해, 요시다와 체육 교사들 사이에서, 당시, 의견 충돌이 있었는데, 이것이 아직 응어리가 풀어지지 않았던 모양이다. 요시다라는 사내는, 일에 몰리지 않으면 위산과다인 위장이 소화할 만한 것을 갖지 못했을 때의 상태처럼 되므로, 좌우간 다른 사람과의 사이에 마찰을 일으키곤 하는 모양이다.

한 시간가량 그의 이야기를 듣고 나서, 그다지 유쾌하지 않은 기분이 되어, 파리가 들어 있는 성냥갑을 들고 집으로 왔다.

밤, 바깥에 나와 별생각 없이 동쪽 하늘을 올려다보았을 때, 나는 엉겁결에 "아" 하고 소리를 냈다. 느릅나무의 큰 가지들 사이로, 봄 이래로 반년 만에 오리온이 돋아오르는 모습을 보았기 때문이다. 파랗고 조그만 밀감이 나오기 시작하면, 삼성參 토님이 보인단다, 하고 어렸을 때 할머니가 곧잘 말하던 것이 떠오른다. 오리온의 위로는 마차부자리의 카펠라나, 붉은 알데

바란이나, 유리에 얼어붙은 물방울 같은 묘성昴星 등이 선명하게 모습을 드러내고 있다. 항성들뿐이 아니다. 남쪽 하늘 높이, 왼쪽으로부터 거의 똑같은 간격으로 늘어서 있는 것은 토성과 목성과 화성일 것이다. 특히 목성의 하얗게 빛나는 밝기는, 찬란하게, 그야말로 주변을 쓸어내는 듯하다.

꽤 싸늘하기는 하지만, 바람이 없는 고요한 밤이었다. 세 개의 행성을 쳐다보면서, 나는, 괴테의 『시와 진실』의 첫머리를 떠올리고 있었다. 그곳에는 이 시인이 태어난 날의 상서로움으로 가득한 별자리의 배치가, 자신의 위대함에 대한 자신 넘치는 필치로 기록되어 있다. 고등학교의 이과 3학년 때, 제2외국어의 교과서로 이 책이 사용되었고, 이 첫머리의 대목을 번역해서 읽는 것을 내가 맡았기 때문에 확실하게 기억하고 있는 것이다. 갑자기, 교과서에 쓰인 그 책의 녹색의 표지, 거기에 금빛으로 박은 표제標題의 문자. 그것을 처음으로 잡았을 때의 인쇄 잉크의 냄새 등, 그리고, 독일어 교사의 풍모나, 그 목소리, 그리고 당시의 급우들의 일들까지 선명하게 머리에 떠올랐다.

청춘에 대한 향수로 뜨거워진 가슴으로, 나는 방으로 돌아왔다. 책장과 책 상자들을 뒤져서, 아직 남아 있을 터인, 예전에 사용했던 『시와 진실』을 찾아보았지만 찾을 수가 없었다. 어질러져 있던 책들 사이에 앉아, 잠시, 젊음에 대한 애석함과, 우정에 대한 기갈 때문에, 가만히 있을 수 없을 것 같은, 쓸쓸하다, 라고 말하는 정도 외에는 뭐라 말할 수 없는 기분이었다.

이삼일 전에도 이런 일이 있었다. 어떤 낱말을 찾기 위해 영일사전을 펄럭펄럭 펼치다가, 우연히 펼쳐진 Opera라는 글자가 눈에 들어왔을 때, 나는 순간 번쩍하고 무엇인가 밝고 화려한 젊음이 내 앞을 지나가는 듯한 기분이 들었다. 시골의 어두운 논길에서, 둑 위를 지나가고 있는 밝은 밤기차의 창문들을 바라보듯이, 지금까지 아득히 잊어버리고 있던 화려한 꿈의 한 조각이, 머나먼 세계에서 다가와 살짝 앞을 지나가고 있는 듯한 기분이 들었다. 내가 아직 학생일 무렵, 당시는 영화관이 아니었던 제국극장帝國劇場에 해마다 3월경이 되면 러시아와 이탈리아에서 가극단이 와서 연주를 했다. 카르멘과 리골레토와 라 보엠과 보리스 고두노프 등, 나의 금전 사정이 허락하는 한 보러 갔었다. 밝은 조명 속에서, 여배우들의 젊은 목소리가 상쾌하게 울리며 나를 취하게 했다. 우연히 눈에 들어온 Opera라는, 단지 다섯 개의 글자가, 잃어버린, 머나먼, 화려한 세계의 향기로운 공기를 슬쩍 맡게 해, 잠시 나를 혼란스럽게 했다. 필요한 단어를 찾는 것도 잊고, 나는 Opera라는 글자를 바라본 채, 잠시 멍하니 있었다.

회고적이 된다는 것은 몸이 쇠약해졌기 때문이라고 사람들은 말한다. 나도 그렇게 생각한다. 그러나, 무엇보다도, 현재 정열을 쏟을 일거리를(혹은, 생활을) 갖고 있지 않다는 것이 가장 큰 원인임에 틀림없다.

실제로, 요즈음 자신의 삶의 방식의 비참함과, 한심함. 우물거리고, 안으로만 파고들고, 맺힌 마음이 풀리지 않고, 나와 내 몸을 씹고, 주눅 들고, 그러면서도, 얄팍한 시니시즘만큼은 남아 있는 것이다. 이런 내가 아니었는데, 대체 어쩌다가, 그리고, 언제부터, 이런 식이 되고 말았을까? 아무튼, 정신이 들어 보니, 이미 이런 이상한 존재가 되어 버린 것이다. 좋다, 나쁘다, 같은 것이 아니다. 굳이 말하자면 난처하다는 것이다. 좌우간, 나는 주변의 건강한 사람들과 같지 않다. 물론, 긍지를 가지고 말하는 게 아니다. 그 반대다. 불안과 초조를 가지고 하는 말이다.

사물을 느끼는 방식, 마음이 쓰이는 방향이 아무래도 다르다. 모두들 현실 속에서 살고 있다. 나는 그렇지 않다. 개구리의 알처럼 우무 속에 웅크리고 있는 것이다. 현실과 자신 사이를 우무 같은, 시력을 굴절시키는 것을 사이에 두고 보고 있는 것이다. 직접적으로 그 자체에 대해 느낄 수가 없다. 처음에는 이를 지적 장식이라고 생각하며, 곤란해하면서도 자찬하고 있었던 적이 있다. 그러나, 아무래도 그렇지 않은 모양이다. 좀 더 근본적이고 선천적인, 어떤 능력의 결여 때문인 모양이다. 그것도 하나의 능력이 아니라, 몇 가지 능력의 결여이다. 예컨대, 개인을 개인답게 하는, 가장 보편적인 의미에서의 공리주의가 나에게는 결여되어 있는 것 같다. 또, 사물을 하나의 계열 — 어떤 목적을 향해 배열된 —로서 이해하는 능력이 나에게는 없다. 하나하나를 각각 독립한 것으로 다루고 만다. 하루 하면 그 하루를, 장래의 어떤 계획을 위한 하루로 생각할 수가 없다. 그것 자신의 독립된 가치를 지닌 하루가 아니면 안 되는 것이다. 그리고 또, 사물(자기 자신도 포함해서)의 안쪽으로 직접 들어갈 수가 없어, 우선 밖으로부터, 그것에 대해 위치 측정을 시도한다. 전체에서의 그 위치, 큰 것과 대비시킨 그 가치 등을 측정해 보는 것만으로 실망해 버리고, 직접 그 속으로는 들어가지 않는 것이다. sub specie aeternitatis[영원이라는 관점 아래에서] 본다, 이렇게 말해 보았자, 별로 철인哲人인 체하는 것은 아니다. 그렇기는커녕, 가장 평범한 무상관無常觀을 가지고 본다. 즉, 매사를 (제 분수도 모르고서) 영원과 대비시켜서 생각하기 때문에, 먼저 그 무의미함을 느끼고 마는 것이다. 실제적인 대처법을 강구하기 이전에, 그 사물의 궁극의 무의미성을 생각해서(제대로 말하자면 느끼는 것이다. 사리가 아니라, 아아 허망하다는 뱃속으로부터의 느낌) 모든 노력을 포기해 버리는 것이다.

생각해 보면, 대체로, 지금까지의 삶의 방식이, 얼마나 무의미한 것이었던가. 정신의 통일과 집중을 방해하는 일에만 소비된 반생이라 할 수 있다. 좌우간 나는 자신을 잠들게 하고, 자신이 가지고 있는 것을 소멸시키는 일에만 힘을 써 온 셈이다.

일찍이 자신에게도 다소간은 감각이 괜찮았던 시절에는, 나는 그것에만 쏠릴까 두려워해서, 자신이 원하지도 않는 무미건조한 개념의 덩어리를 생각함으로써 감각을 둔화시키고자 애썼다. 그렇게 해서, 결국, 모든 개념이 회색이라는 것을 깨달았을 때, 그리고, 자신이 고심한 결과 제거하기에 성공한 것이, 어떻게 황금 같은 녹색이 되어 있었던가를 깨달았을 때는, 이미 그것을 되돌려 놓을 방법을 상실하고 있었던 것이다. 내가 일찍이, 꽤 확실한 기억력을 지니고 있었을 무렵, 나는 그것을 경멸했다. 기억력밖에는 가지고 있지 못한 인간은, 덧셈밖에는 할 줄 모르는 인간과 같다고 했고, 자신의 이 능력을 박멸하려 했다. 이는 상당히 무리한 일이었다. 그래서, 적어도, 그것을 이용하는 일만은 피하려 했다. 그런데, 인간 생활의 수많은 귀한 부분이, 가장 기초적인 의미에서 정신의 이런 능력 덕이라는 것을, 몸으로 깨닫게 된 지금에 와서는, 이미 (다양한 약품의 과도한 흡입과 복용 등에 의해) 나에게는 그것이 상실되어 있는 것이다.

지금도 그렇지만, 이전부터 나는, 밤이면, 잠자리에 들고서도 좀처럼 잠들지 못했다. 이는 주로, 지난 10년간 하룻밤이라도 복용을 하지 않고서는 견딜 수 없는 천식의 진정제 탓인데, 결국 수면 시간은 2시간이나 3시간 정도고, 그 반면에 낮에는 하루 종일 멍해 있는 것이다. 잠자리에 들고부터 눈이 말똥말똥해지는데, 나는 그래도 억지로 잠을 자야 한다고 생각해, 아마도 나의 하루 가운데 가장 머리가 맑은 몇 시간을, 자야겠다는 소극적이고 헛된 노력을 위해 소비해 버린다. 제대로라면 그럴 때야말로, 다양한 사상의 맹아萌芽 같은 것이, 콸콸 분출하는 듯한 기분이 들 것이다. 그러나, 그런 것에 대해 사고를 집중하기 시작하다가는 밤새도록 흥분 때문에 잘 수 없을 거야, 그랬다가는 또, 내일 발작을 일으킬 거야, 하고, 나는 기를 쓰고, 그러한 단편적인 사유의 싹을 하나하나 꺾어 나간다. 정말이지 나는 얼마나 많은 사색의 씨앗을 침상의 어둠 속에서 무참히 짓밟아 버렸던가. 물론, 나는 사상가도 과학자도 아니므로, 나에게 불쑥불쑥 떠올랐던 발상이나 단편적인 생각들이 모두 훌륭한 것이었다는 말을 하는 게 아니다. 그렇지만 처음에는 아주 시시한 것이었더라도, 그 뒤의 발전 여하에 의해, 의외로 재미있는 것이 될 수도 있음은, 물질계에서도 정신계에서도 수없이 볼 수 있는 것이 아닌가. 어둠 속에서 나에게 참살당한 무수한 생각들(그것들은 높은 곳으로 바람에 불려 올라가는 무수한 민들레 씨앗처럼, 어둠 속으로 날아올라, 다시는 돌아오지 않는다) 중에는, 그런 것들이 조금쯤은 섞여 있지 않았을까 하는 생각은, 지나친 자화자찬일까?

이렇게, 몇 년 동안 이처럼, 내 정신이 발랄해지려 할 때면, 그것을 잠들게 하기 위해 애쓰고, 그것이 졸려서 몽롱해 있을 때에만, 그것을 작동시키려 했다. 아니, 정신을 전혀 작동시키지 않아야겠다고 애썼다. (무엇을 위해? 몸을 위해. 그래서 몸은 좋아졌는가? 어째서, 어째서. 조금도 좋아지지는 않았다.) 나는 이 어리석은 기획에 성공했다. 진짜 수면도, 진짜 각성도 나로부터 상실되었다. 나의 정신은 이제는 다시 작동될 힘을 잃어버렸고, 완전히 잠들고, 찌들고, 썩었다. 정신의 통조림, 썩은 통조림, 미라. 화석.

이처럼 완전하게 빛나는 성공이 또 있을까.

3

지난밤, 취침할 무렵부터 조금씩 가슴이 괴로웠는데, 한밤중에 바로 그 발작이 엄습해 일어난다. 아드레날린을 한 방 맞고, 아침까지 침상에 앉아 있다. 호흡곤란은 조금 가라앉았지만, 두통이 심하다. 아침이 되어서도 아직 불안한지라, 에페드린 8정錠을 복용한다. 아침은 먹지 않았다. 숨이 차서 누울 수가 없다. 종일토록 의자에 앉아 책상에 엎드려, 카멜레온의 새장을 앞에 놓고서, 한 손으로 턱을 받치고 바라본다.

카멜레온도 기운이 없다. 새장 속 홰에 앉아, 조그만 눈구멍으로 이쪽을 보고 있다. 움직이지 않는다. 명상자의 풍모 있도다. 꼬리를 마는 방식이 재미있다. 나무를 잡고 있는 손가락은, 앞은 셋, 뒤는 둘이다. 몸의 색은 그리 변화하지 않는 것 같다. 아주 다른 환경으로 끌려오는 바람에, 이에 대응하는 색소의 준비가 안 된 것일까?

바라보고 있는 동안에, 사물이 점차로, sub specie chameleonis[카멜레온의 관점으로] 보여 오는 것 같다. 인간으로서는 상식으로 통하고 있는 것들이, 하나하나 불가사의하고 의심스러운 것으로 여겨진다. 두통은 여전히 멈출 줄 모르고, 대체로는 둔통이지만, 때로는 쿡쿡 쑤신다.

두통 사이사이에 조각조각 떠오르는 단상斷想.

나라는 사람은, 내가 생각하고 있는 정도로, 내가 아니다. 나를 대신해서 습관이나 환경 등이 행동하고 있는 것이다. 게다가, 유전이라든가, 인류라는 생물의 일반적 습성이라는 것을 생각해 보면, 나라고 하는 특수한 것은 없어지고 말 것만 같다. 이것은 말할 것도 없는 일이지만, 그러나 보통 몰아적沒我的으로 행동하는 경우, 이런 일을 의식하고 있는 사람은 없다. 그런데 나처럼, 온 힘을 기울일 만한 일거리를 갖지 못한 인간에게는, 이런 것이 자꾸만 의식되어서 견딜 수가 없다. 결국에 가서는 뭐가 뭔지 알 수 없게 되어 버린다.

나라는 것은, 나를 이루고 있는 물질적인 요소(여러 가지 도구들)와, 그것을 조종하는 것으로 이루어진 기계인형처럼 자꾸만 생각된다. 얼마 전, 하품을 하려다가, 문득, 이 동작도, 나의 조종수의 조작인 것으로 느껴져서, 깜짝 놀라 쭉 펴려던 팔을 내려놓았다.

한 달 전쯤, 내 몸 안의 여러 기관의 하나하나에 대해, (신체 모형도와 동물 해부 때의 일을 떠올리면서) 그것이 있는 것 부근을 눌러 보고는, 그 크기, 형태, 색, 축축한 정도, 부드러움 등을, 눈을 감고 상상해 보았다. 이전에도 이런 경험이 없지는 않았지만, 그것은 내장 일반, 위 일반, 장 일반을 자신의 몸속 있을 만한 장소로 상상해 보았을 뿐으로, 매우 추상적인 상상 방식이었다. 그러나 이번에는, 뭐랄까, 직접, 나라는 개인을 형성하고 있는 나의 위, 나의 장, 나의 폐(말하자면, 개성을 가진 그들 기관)를, 확실하게 그 색, 축축한 정도, 감촉을 가지고, 그 작동하고 있는 모습 그대로를 생각해 보았다. (회색의 물렁물렁하게 늘어진 주머니, 추한 관들, 그로테스크한 펌프 등.) 그것도 지금까지와는 달리, 꽤 오랫동안 ― 거의 한나절 ― 계속했다. 그러자, 나라는 인간의 육체를 이루고 있는 각 부분에 주의가 미쳐 감에 따라, 점차로, 나라는 인간의 소재所在를 알 수 없게 되었다. 나는 도대체 어디에 있는 것인가? 이것은 딱히, 내가 대뇌의 생리에 대해 잘 알지 못하기 때문에, 혹은, 자의식에 대한 고찰이 없어서, 이러한 유치한 의문이 나온 것은 아니리라. 좀 더 훨씬 육체적인(전신全身적인) 의혹인 것이다.

그날 이래로 이런 상상에 빠지게 되고, 그것이 버릇이 되어, 무엇인가에 정신이 팔려 있을 때 말고는, 내 몸 안의 기관들의 존재를 생생하게 의식하게 되었다. 아무래도 불건강한 습관이라고 생각하지만, 어쩔 도리가 없다. 대체로, 의사는 이런 경험을 가지고 있는 것일까? 그들은 자신들의 육체에 대해서도, 환자들의 그것과 똑같이 생각할 뿐, 자신의 개성의 형성에 관여하고 있는 자신의 위, 자신의 폐를, 하시라도 자신의 피부 밑에 의식하고 있는 것은 아니지 않을까.

몸을 둘로 절단하면, 곧바로, 잘린 각 부분이 서로 싸우기 시작하는 벌레가 있다는데, 자신도 그런 벌레가 된 듯한 기분이 든다. 그렇다기보다는, 아직 잘리기도 전부터, 온몸이 여럿으로 갈라져서 싸움을 시작하는 것이다. 밖을 향해 나갈 대상이 없을 때는, 나 자신을 씹고, 괴롭히는 수밖에는, 방법이 없는 것이다.

내가 무엇인가에 관해 상상할 때에는, 언제나 최악의 경우를 생각한다. 거기에는, 실제의 결과가 상상했던 것보다 좋았을 때 안도하고 작고 비루한 기쁨을 느낀다는, 지극히 소심한 책략도 깃들어 있는 것 같다. 내가 남의 집을 방문하려 할 때면, 나는 먼저 그가 집에 없을 경우를 생각해서, 집에 없더라도 낙심하지 않도록 자신을 다독여 놓는다. 그리고 또, 집에 있더라도, 어떤 바쁜 사정이라든지 손님이 와 있는 경우, 또는, 그가 어떤 이유로(가령, 어떤 상상할 수 없는 이유가 되었든) 나에 대해 언짢은 얼굴을 보여주는 경우, 그 외에도 다양한 의외의 경우를 상정해서, 그런 경우에도 결코 낙심하지 않도록 스스로를 납득시키고 나서, 나서는 것이다.

매사에 대해서도 이와 마찬가지로, 결국에는, 실망하지 않기 위해, 처음부터 희망을 갖지 말아야지 하고 결심하게 되었다. 낙담하지 않기 위해 처음부터 욕망을 갖지 않고, 성공하지 않을 것이라는 예상에서, 전혀 노력을 하려 하지도 않고, 망신을 당하거나 언짢은 상황에 처하고 싶지 않아서, 남 앞에 나가지 않으려 하고, 내가 부탁을 받았을 경우의 곤혹을 과대하게 유추해서는, 자신이 타인에게 뭔가 부탁한다는 일을 전혀 할 수 없게 되어 버렸다. 외부를 향한 기관을 모두 닫고, 마치 캐낸 겨울의 구근류球根類처럼 되고자 했다. 그것을 만졌다가는, 외부로부터의 어떠한 애정도, 순식간에 싸늘한 얼음 방울이 되어 얼어붙을 것만 같은 돌이 되자고 나는 생각했다.

　나, 이제 돌이 되련다 돌이 되어 싸늘한 바다로 가라앉으리
　얼음비 내리고 도깨비불 피어나는 겨울밤에 나는 돌이 된다 검은 조약돌이
　눈을 감으니 얼음 위로 바람이 부는데 나는 돌이 되어 굴러간다
　썩은 생선의 눈에는 빛이 없네 돌이 될 날을 기다리며 내가 있노라

たまきはる* 목숨을 쓸쓸히 바라보네 차가운 별 위에서 나
홀로

지금까지 와카和歌를 지어 본 일이 없는 내가, 이런 묘한 글
을 써 놓고는, 스스로 구근球根의 노래라고 웃는 것이다.

어항 속의 금붕어. 자신의 위치를 알고, 자기와 자기 세계의
하찮음과 좁음을 잘 알고 있는 절망적인 금붕어.
절망하면서도, 자신과 좁은 자신의 세계를 사랑하지 않고는
못 견디는 금붕어.

어렸을 때 나는, 세계는 나를 뺀 모든 것이 여우가 변신한 것
이 아닐까 의심해 본 일이 있다. 부모까지 포함해서, 세계의 모
든 것이 나를 속이기 위해 존재하는 것이 아닐까. 그리고, 언젠
가는 어떤 서슬에 이 마술이 풀리는 순간이 오는 것이 아닐까
하고.
지금이라고 해서 그렇게 생각할 수 없는 것은 아니다. 그런
것을 늘 그렇게 생각할 수 없게 해 주는 것이, 바로 상식이라

---

* たまきはる(타마키와루). 일본 와카和歌에 사용되는 수사법으로 '마쿠
라고토바枕詞'라는 것이 50개가량 있는데 그중 하나. '명命' 등과 관련되
어 쓰인다. 뜻이 있는 것이 아니어서 번역은 할 수 없고, 다음 말을 어조적
으로 꾸며 준다. 일종의 전주곡 같은 것으로 생각하면 좋을 것 같다. 여기
서는 바로 다음의 いのち(목숨)를 꾸미는데, 이 いのち는 '생명'뿐 아니라
'운명'으로 해석할 수도 있다.

든지 관습 같은 것이리라. 하지만, 이런 것 역시 나처럼 세상에서 떨어져 있는 자에게는, 더 이상, 그다지 강한 힘을 갖지 못한다. 조명의 변화와 더불어 무대의 느낌이 싹 일변하듯이, 세계는, 스위치를 한 번 누르기만 해도, 그러한 행복한(?) 세계가 될 수도 있고, 또 똑같은 스위치 한 번 누르는 동작으로, 황량하고 구원이라곤 없는 것이 될 수도 있다. 나로서는 그 스위치가 왕왕, 호흡 곤란의 유무이고, 염산코카인과 디우레틴 약효의 정도, 날씨의 개고 흐림, 옛 벗으로부터의 소식 유무 등이다.

거대한 — 때로는 불가해한 — 것 안에(조직, 관습, 질서) 편안하게 몸을 두고 있는 안이함.

그런 것들로부터, 훌쩍 떨어져 있는 자유로운 인간의 괴로움.

그러한 자유인은, 자신 안에서 인류 발전의 역사를 다시 한 번 되돌아보지 않을 수 없다. 여느 인간들은 관습에 무반성적으로 따른다. 특수한 자유인은, 관습을 점검해 보고서, 그것이 성립되기에 이른 필연성을 실감하지 않는 한, 이에 따르려 하지 않는다, 말하자면, 그는, 인간이 그 관습을 형성하기까지의 몇백 년인가의 과정을, 일단 자기 안에서 심리적으로 경험해 보지 않고서는 마음이 개운하지 않은 것이다.

나 자신의 성정도, 경향으로는, 이 비슷한 것을 가지고 있는 것 같다. 그러한 특수한 사람들에게 왕왕 엿보이는 우수한 독창적인 사고력만은 결여된 채로.

친구 하나가 '원교근공遠交近攻의 책策'이라고 평한 하나의 경향. 열심히 파리의 지도를 만들기도 하면서 머릿속에서는 미지의 파리의 지리에 그런대로 정통해 있으면서도, 이미 2년째 살고 있는 이 항구도시의 이름난 경마장에도, 혼자서는 갈 수가 없었다. 생물 교사이면서도 생물에 대해서는 별로 알지 못하고, 고어古語 공부에 매달리거나, 철학에 가까운 것들을 집적거리는 것이다. 그러면서도, 어느 것 하나 제대로 자신의 것으로 만들어 놓지 못하는 엉성함. 정말이지, 내가 사물을 바라보는 방식이라 해 보았자, 얼마만큼이나 진정한 자신의 것이 있을까. 이솝 우화에 나오는 멋쟁이 까마귀. 레오파르디*의 깃을 조금, 쇼펜하우어의 깃을 조금. 루크레티우스의 깃을 조금. 장자莊子와 열자列子의 깃을 조금. 몽테뉴의 깃을 조금. 이 무슨 추악한 새란 말인가.

(생각해 보건대, 원래부터 세계에 대해 달콤한 생각을 하고 있는 인간이 아니라면, 염세관을 품을 까닭도 없고, 자화자찬이나, 자신의 응석을 받아주고 있는 사람이 아니라면, 그처럼 몇 시간씩이나 '자기에 대한 성찰' '자기 가책'을 되풀이할 리가 없다. 그러므로, 나처럼 항상 이런 나쁜 버릇에 빠져 있는 자는, 대단한 응석받이에 자화자찬의 견본일 것이다. 실제로 그럴 것이 틀림없다. 정말이지, 나, 나, 하면서, 얼마나 내가, 잘났다는 것인가. 그처럼,

---

* Giacomo Leopardi(1798~1837)를 가리킨다. 레오파르디는 나츠메 소세키를 비롯해 메이지 시대 이후 일본 근대 작가들에게 큰 영향을 끼쳤다.

항상 나에 관해 생각하고 있다니.)

4

오늘도 근무가 없는 날. 화, 수, 목 이렇게 3일, 쉬는 날이 이어지는 것이다. 간밤에는 조금 잘 수 있었다. 발작에 대한 염려(거의 공포라 해도 된다)도 우선 사라진다. 나의 약인 마행감석탕麻杏甘石湯의 분량을 조금만 늘리면 될 것 같다. 둔중한 두통은 여전히 사라지지 않는다. 오전 중에 약간의 토악질.

카멜레온은 그저께부터 파리를 12~13마리밖에는 먹지 않는다. 홰에서 내려와, 솜 위에 웅크리고 있다. 추울 것이다. 이래서는 오래 버티지 못할 것 같다. 영 어쩔 수 없으면 동물원으로 가져가야겠다. 뒷다리에 조그마한 흑갈색 상처가 나 있다. 학교에서 바닥에 떨어졌을 때 난 상처일까. 등에 난 삐죽삐죽한 모양은 핸드백 주둥이에 사용되는 지퍼 비슷하다.

오늘도 오전 중 줄곧, 이 작은 파충류를 앞에 놓고, 멍하니 턱을 괴고 있었다. 조금 졸리다. 간밤에 전혀 자지 못한 날보다. 그나마 한두 시간 잠잘 수 있었던 날 쪽이 졸린 것이다. 꾸벅꾸벅하다 정신이 번쩍 든 순간, 눈앞의 카멜레온의 얼굴이 루이 주베*가 연기한 중세의 건방진 승려로 보인다. 카멜레온과 도롱이벌레와의 대화라는 레오파르디풍의 글을 써 보고 싶어진다. 도롱이벌레의 형이상학적 의혹, 카멜레온의 향락적 역설. ……등등…… 그렇다고 물론 정말로 쓰는 것은 아니다. 글이라는 것은, 아무래도 힘들다. 글자 하나하나를 쓰고 있는 시간의 답답함. 그 사이에, 막 떠오른 착상 대부분은 사라져 버리고, 머리를 스쳐 간 것 중에서 가장 시시껄렁한 잔재만이 종이 위에 남을 뿐이다.

오후, 문득 페이지를 넘기던 어떤 책에, 나의 정신 상태를 더할 나위 없이 적절하게 설명해 주는 표현을 발견했다.

—인간의 분수라는 것의 불승인不承認. 거기서 오는 무기력. 삐딱한 이상理想의 향수. 마음이 상했을 때의 자존심. 무한을 얼핏 엿보고, 꿈꾸고, 그것과 비교하기 위해, 자신도 그리고 사물도 진지하게 생각하지 않는다…… 자신의 무기력감. 주변 사정을 타파할 힘도, 강요할 힘도, 안배할 힘도 없이, 사정이 자신이 원하는 식으로 되어 있지 않을 때에는 손을 내밀지 않으려 한다. 스스로 하나의 목적을 정하고, 희망을 가지고, 싸워 나갈 수 있다는 것은, 불가능한, 당치도 않은 것으로 여겨진다.—

나는 책을 덮었다. 이것은 무서운 책이다. 이 얼마나 명확하게 나를 잘 설명해 주는가!

어떻게든 하지 않으면 안 된다. 이런 상태로는 옴짝달싹할

---

* Louis Jouvet(1887~1951). 프랑스의 배우, 무대 감독.

수가 없다. 이대로 가다가는, 산 채로 흐지부지다. 점차로 나는, 나라는 개인성을 희박하게 해 나가다가, 결국에는, 나라는 개인이 사라지고, 인간 일반으로 돌아가고 말 것만 같다. 말도 안 된다. 좀 더 아집을 가지고! 아욕我慾을! 배타적으로 하나의 일에 빠져드는 것이 유일한 구원이다. 아미엘*의 포乾物가 되지 말자. 스스로 자신의 존재 방식을 객관적으로 보고자 하는, 자연을 거스르는 불손한 짓은 그만두자. 무반성으로, 뻔뻔스럽게 (그것이 자연에 대한 공순恭順이다) 거칠거칠한 상식을 숭상하고, 맹목적인 생명의 의지만을 따르라.

저녁때, 요시다가 찾아왔다. 매우 격앙된 모습이다. 이전부터 그와의 사이에 옥신각신이 줄곧 끊이지 않았던 체육 교사가, 오늘 "잠시 좀 봅시다" 해서, 요시다를 실내체육관의 한 방으로 불러들여, 난폭한 말로 그를 나무라며, 협박적인 태도로 나왔다고 한다. 분개한 요시다가 곧바로 교장실에 이 이야기를 했는데, 교장도 물론 체육 교사의 난폭함을 비난하기는 했지만, 그래도, 은근히, 싸운 자는 둘 다 벌을 받는다는 생각을 비치는 바람에, 그는 매우 불만이었던 것이다. "그만둬도 좋아"라는 말을 되풀이하고 있다. 분명, 이전에도 두세 번, 이런 일 때문에 "그만두겠다"고 떠들어대며, 직원 모두에게 그 소리를 하고 다녔지만, 결국 그만두지 않았다. 시간이 지나자 시침 뚝

---

* 철학자, 시인, 비평가인 Henri Frédéric Amiel(1821~1881)을 가리키는 것으로 보인다.

떼고 있었다. 그저 화가 났다 하면, 모두에게 떠들어 대고, 거듭거듭 푸념하면서, 자기의 정당성과 상대방의 부당성을 인정받지 않고서는 마음이 풀리지 않는 것이다. 하지만, 그는 아무리 화가 났을 때에도, 결코 자신에게 손해가 될 만한 일(치고받는다거나, 사직을 한다거나)은 하지 않는다. 오늘도, 그저, 내 아파트가 학교 가까이 있었기 때문에, 들러서, 자신과는 그리 친하지도 않지만, 한 사람이라도 많은 사람들에게 자신의 정당성을 인정받고 싶었을 뿐이다. 그만둘 염려는 절대로 없다. 너무 떠들어 대고 나면, 나중에 수습하기가 곤란하고, 쑥스러운 지경에 처할지 모른다는 걱정도 그에게는 없다. 머쓱해진다는 일을 그는 모르기 때문이다. 다만, 어떤 경우에도, 눈에 보이는 손해만큼은 입지 않겠다는 식으로 행동하는 것은, 그에게 배어 있는 본능일 것이다.

한바탕 분통을 터뜨리고 나서야, 좀 마음이 풀렸다는 태도로, 이번에는, 어제 한 선배의 소개로, 현縣의 학무부장을 만나러 갔던 이야기를 하기 시작했다. 학무부장이 매우 환대해 주면서, 또 놀러 오라고 어깨를 두드릴 정도로 대해 주었다는 것, 그래서 앞으로도 종종 찾아갈 생각을 하고 있다는 것, 이 학무부장님(그는 님 자를 붙이면서, 이러한 고관에게 진심 어린 존경심을 갖지 않는 인간의 존재는 상상도 할 수 없는 모양이다)의 지위는 종從×위位, 훈勳×등等*이고, 아직 젊은 만큼 크게 출세할 것이고, 이 사람의 장인이 내각의 모 고관이라는 등, 황송하기 짝이 없다는 듯한 말투로 이야기했다. 완전히, 조금 전의 비분悲憤을 까맣게 잊어버린 듯한 행복한 얼굴이었다.

요시다가 가고 난 뒤, 행복이라는 것에 대해 잠시 생각해 본다. 열이 올라서 떠들어 대고 자신의 입장을 이해받는 일이, 그에게는 행복이요, 관리와 가까워지는 일이 그에게는 최대의 기쁨인 것이다. 그것을 비웃을 자격이 나에게는 없다. 비웃는다 한들, 그렇다면, 나에게는 어떤 행복이 있다는 것인가. "세상 사람들은 희희낙락하며, 큰 소를 잡아 잔치를 벌인 것 같고, 봄에 누각에 올라 들떠 있는 것 같구나. 나 홀로 두려워하며, 마치 웃지 않는 아기와 같고, 피곤해져도 돌아갈 곳이 없는 것과 같구나. 세상 사람들은 밝은 것 같은데, 나만 홀로 어두운 것 같고, 세상 사람들은 환히 아는 듯한데, 나만 홀로 번민하는구나……"** 학무부장에 관해 기쁨의 눈물을 흘리는 요시다의 모습이, 갑자기, 비아냥도 아니고 반어反語도 아니고, 참으로 더없이 부럽게 생각되었다.

밤, 잠자리에 들어, 아까의 요시다의, 협박 운운이라는 말을 떠올리면서, 맞서려는 마음은 엄청 세면서도 완력이 없는 요시다가, 그때 어떤 태도를 취했을까 생각해 보면서 우스워졌다. 나 같았으면 어땠을까 하고 생각해 보았다.

---

* 위계는 율령제에 근거한 것으로 조선의 품계제와 비슷하며 훈등勳等이란 공훈에 대해 수여하는 훈장이다. 일본에서는 율령제도가 생긴 당시에는 훈위勳位라고 불렸으며, 훈1등 이하 훈12등까지 12등급이 있었다. 메이지 시대에는 8등급으로 조정되었으며 21세기 들어 숫자로 표현하는 등급으로서의 훈장은 폐지되었다.

** 『도덕경道德經』 제20장.

참으로 창피한 이야기지만, 나는, 폭력, 즉 완력에 대해서는 전혀 대처해야 할 방법을 모른다. 물론, 거기에 굴복해서 상대방의 요구를 받아들이는 따위의 짓은 오기로라도 하지 않겠지만, 예컨대 얻어맞는 경우, 어떤 태도로 나가는 게 좋을까. 나는 완력이 없으므로 되받아칠 수는 없다. 입으로 상대방의 잘못을 외쳐 댄다? 그런 경우에 내가 처한 처지의 비참함, 그런 여자 같은 비참한 요설饒舌은 질색이다. 그럴 거라면, 아예 초연하게 상대방을 묵살하는 편이 낫다. 하지만 그런 경우에도 역시, 졌음을 순순히 인정하기 싫은 약자의 허세가 (곁에서 보고 있는 사람에게는 상관이 없겠지만) 나 자신에게 의식되어 썩 훌륭하다고 생각할 수는 없다. 그렇다기보다도, 나는 남과 폭력적인 관계에 빠진다는 것, 그것만으로, 이미, 심중의 엄청난 소란과 동요에서 벗어날 수 없다. 폭력에 대한 공포는 동물적 본능이라든가, 폭력은 실제로 무의미한 것이라든가, 폭력을 사용하는 자에 대한 경멸이라든가, 그런 따위의 논의는 이런 경우 서푼의 가치도 없으며, 내 몸은 떨리고, 내 마음은 그저 이미 까닭도 없이 울상을 짓고 있는 것이다. 폭력의 침해(완력만이 아니라, 뜻밖의 야비한 악의, 오해 등도 여기에 넣을 수 있다)를 이겨낼 정도의 힘을 갖추고 있는 일은 나쁘지 않겠지만, 상대방에게 대항할 수 있는 완력, 권력을 갖고 있지 않으면서, (혹은, 가지고 있으면서도, 이를 사용하지 않고) 오직 정신적인 힘만 가지고 유유히 훌륭히 대처할 수 있는 사람이 있다면, 존경해도 좋다고 생각한다. 어떤 방법으로 그렇게 할 수 있는지, 나로서는 상상도 할 수 없다. 여러 유명한 인물을 생각해 봐도,

그러한 사회적 배경을 다 벗겨낸 다음 폭력 앞에 노출되었을 경우에 훌륭하게 대처할 만한 사람은 좀처럼 떠오르지 않는 것 같다.

5

카멜레온은 점차로 쇠약해지는 모양으로, 뒷다리의 상처도, 그리 생각해서 그런지 어제보다 커진 것 같다. 몸통이 붕어 따위보다도 얇을 정도이고, 가느다란 늑골의 배열이 밖에서도 보이고, 때때로 목 근처를 볼록하게 만드는 것도 왠지 추운 것 같아서 안쓰럽다. 역시 동물원에 데려가야겠다고 결심한다. 동물원은 좋아하는 장소지만, 기부한다든지, 맡긴다든지 하는 이야기가 되면, 결국 도쿄시의 관리가 나와서, 서류를 작성하게 할 게 아닌가. 관리와, 관청의 수속만큼, 골치 아픈 것은 없다. 실제로는 간단하다고 남들이 말하는 경우에도, 관청에 대한 신고라든지 수속 같은 것에 대해서는, 나에게는 아예 처음부터 귀찮은 것으로 느껴지고, 도무지 고려해 볼 기분도 들지 않는 것이다. 하는 수 없이, 도쿄에서 통근하는 지리 교사 Y 군에게 부탁해서 우에노上野 동물원에 가져가도록 부탁할 생각이다. 학교 쪽에서는 이미 이런 벌레 따위는 잊고 있을 터이므로, 허락을 받을 필요도 없을 것이다. 원래대로, 솜을 깐 상자에 넣어, 상자 뚜껑에 숨 쉬기 위한 구멍을 뚫어서, 학교로 가져간다. 금요일이므로, 근무가 있는 날이다.

Y군을 만나, 사정 이야기를 하고 부탁한다. 그러겠다고 한다. 오늘 돌아가는 길에 곧장 우에노로 가겠다고 말한다.

점심시간에, 식사를 마치고 나서 잠시 직원실에 있었는데, 복도에서 뭔 일인지 학생들이 떠들기 시작한다 싶더니, 이윽고 문이 열리고, 작년 봄 결혼하기 위해 사직한 음악 교사가, 아기를 안고 들어왔다. "어머낫" 하고, 이를 본 여자 교사들은 일제히 소리를 질렀다. 결혼해서 간사이關西로 가 있었는데, 남편이 도쿄로 오게 되어 그를 따라왔다는 것이다. 그런데, 그때부터, 이 먼 곳으로부터 온 손님을 대하는 그녀들의, 특히 노처녀들의 거동, 표정, 즉 겉으로 드러나는 그녀들의 심리적 동요는 매우 흥미로운 것이었다. 『적과 흑』의 작자의 필치를 가지고도, 아마 그것을 묘사하는 데는 곤란함을 느낄 것 같았다. 선망, 질시, 자신의 앞날에 대한 불안, 신 포도*와도 같은 애달픈 긍지, 요컨대 이런 것 모두를 하나로 합친 것 같은 막연한 울렁거림. 그녀들은 저마다 아기(참으로 살갗이 희고, 귀엽고 통통하다)의 귀여움을 찬탄하면서, 남성으로서는 상상도 할 수 없는 탐욕스러운 눈길로, 행복해 보이는 젊은 엄마를, 1년 전과는 아주 달라져 버린 머리 스타일을, 아주 딴판으로 화사해진 그 복장을(학교에 근무할 때에는 양복이었는데, 지금은 전통복이다) ─ 그리고, 이 모든 것으로부터 읽어낼 수 있을 만한 생활의 비밀을

---

* 이솝 우화의 「여우와 신 포도」를 가리킨다.

마구 찾아내려 한다. 아기를 빼앗아 안고, 어르면서 그 얼굴을 들여다보는 눈길로 말하자면, 아이들 일반에 대해 부인네들이 지닌 애정과는 전혀 다른 뜨거움으로 활활 타오르고, 복제를 통해서 원화를 상상하고자 하는 화가의 눈길이라 하더라도, 도저히 이 열렬함에는 미치지 못할 것이다.

30분가량 이야기를 하고서 돌아간 이 젊은 어머니와 흰색의 사내 아기는, 노처녀들에게 악마가 스쳐 지나간 것 같은 신기한 작용을 남겨 놓고 갔다. 오후 내내, 줄곧, 독신 여교사들의 들뜬 태도는, 좌우간 이런 일에 대해서는 둔감한 나와 같은 자의 눈에도 확실하게 눈에 들어왔다. 인간의 심리적 동요가 기압에 어떤 영향을 끼친다면, 오후의 직원실의 이 아지랑이 같은 분위기는 틀림없이 청우계晴雨計 상에 커다란 변화를 끼쳤을 것으로 생각되었다. 노처녀들은 수년 전부터 같은 직원실의 같은 책상 앞에 앉고, 같은 교실에서 같은 사항들을 학생들에게 설명해 들려주고 있다. 내년도, 그다음 해도, 아마도 역시 그다음 해에도, 신들의 속성의 하나인 '절대 불변성'을 가지고 그것을 되풀이할 것이다. 그러는 동안 그녀들 가운데 있었던, 아주 근소한 귀한 것들도 점차 돌처럼 굳어 갈 것이고, 마침내는, 남자라고도 여자라고도 할 수 없는, 남자의 나쁜 점과 여자의 나쁜 점을 아울러 구비한 괴물, 그러면서도 스스로는, 남자의 좋은 점과 여자의 좋은 점 양쪽을 가지고 있노라고 자처하는 괴물로 변해 버린다.

오늘 직원실을 찾아온 젊은 엄마, 아까의 음악 선생은, 지난해 내가 이 학교에 온 지 한 달 만에 교직을 물러났다. 그 무렵의 선생으로서의 그녀와, 오늘의 어머니로서의 그녀를 비교해 볼 때, — 음악 선생이라는 것은, 다른 학과와는 달리 훨씬 자유롭고 화려한, 교사 냄새가 나지 않는 존재이지만 — 그럼에도 오늘 쪽이 1년 전보다 얼마나 즐거워 보이고 밝고, 젊어 보였는가.

교사라는 직업이 부지불식간에 몸에 배게 하는 딱딱함, 결점을 드러내지 않는 일을 최고선으로 믿는 습관에서 우러나는 비굴한 윤리관. 진보적인 것에 대한 불감증. 그런 것들이 물때처럼 어느새 쌓이는 것이다. "학교 선생이, 학생이 아닌 한 사람의 어른과 이야기를 할 때에는, 릴리퍼트에서 돌아온 걸리버처럼, 이해력의 표준을 환산하느라 죽어난다"고 램은 말한다. 이해력만 그렇다면, 이렇게 다행스러운 일은 없다.

6

카멜레온의 조롱鳥籠에는, 이미 카멜레온은 없다. 솜이 그전처럼 깔려 있고, 홰도 그대로 매달려 있다.

지난봄부터, 1년 반 정도 사이에, 이 조롱에 세 종의 동물이 살았다. 처음에는, 검은 눈의 주변을 흰색으로 두른, 보기만 해도 장난꾸러기 같은 노란 잉꼬 한 쌍이었다. 1년 가까이 있었는데, 한 마리가 병(?)으로 죽는 바람에, 나머지도 다른 사람에게 주고 말았다. 다음은, 날개가 남색이고 가슴이 진홍색인 앵무다. 이것은 아주 훌륭하게 생겼는데, 홰에 앉아서 꾸벅꾸벅조는 모습 등에는, 상당히 차분한 맛이 있어서, 창부의 의상을 걸친 철학자다, 라고 생각하며 좋아하고 있었는데, 결국 모이 주는 것을 잊어서 죽게 하고 말았다. 마지막이 카멜레온인데, 이것은 닷새만 있다가, 동물원으로 가 버렸다. 쓸쓸하다고 할 정도는 아니지만, 그리 유쾌한 기분은 아니다.

수업이 없는 날이었지만, Y 군에게 어제 부탁한 일이 어떻게 되었는지 알기 위해 학교에 갔다. Y 군의 말에 의하면, 동물원에서도 매우 기뻐하며 받아 주었다고. "매우 큰 카멜레온이군요. 여기에 있는 것은 거의 이것의 반쯤밖에 되지 않거든요" 하더란다. 또한, 죽을 경우에는 박제용으로 학교에 보내 주겠다는 다짐을 받고 왔다는 것이다. Y 군에게 고맙다는 말을 하고 돌아오려 했더니, "저녁부터 난킨마치南京町*에서 K 군을 위한 축하 모임이 있는데, 오시지 않겠습니까?"라고 말한다. 가겠다는 취지의 답을 하고 학교를 나왔다.

K 군은 약 2주 전, 영어의 고등교원 검정시험에 합격했던 것이다. 지난번 카멜레온을 받은 날, K 군이 담임하고 있는 학생 두세 명이, 친절하게도 다음과 같은 말을 나에게 해 주었다. 그들의 말에 의하면, 그 전전날부터 점심시간에, K 군이 담임하고 있는 학급으로 가서, "어제 날짜 ○○신문 가나가와神奈川판

---

* 원문의 '南京町'는 효고현에 있는 '난킨마치'를 가리키는 것이 아니라 저자가 교원 생활을 했던 요코하마에 있던 중화가中華街를 가리킨다. 현재 요코하마 중화가는 동아시아 최대의 차이나타운이다.

에 좀 보고 싶은 게 있는데, 너희 중에 집에 그 신문이 있거든 가져와 주지 않겠니"라고 했다는 것이다. 그래서 학급의 누군 가가, 집에서 그 날짜 가나가와판을 가져와서 보았더니, 그곳 에는, 작기는 했지만, 'Y 여학교의 K 교사 장하게도 고검高檢에 합격'이라는 기사가 나와 있었다는 것이다. "그걸 일부러 우리 한테 알려주기 위해 가져오게 한 거라니까요, 정떨어져서, 정 말." 이렇게 학생 중 하나는 건방진 소리를 했다. 아무리 젊기 로서니, 설마, 하고 생각하지만, 그러고 보니, 그런 바보 같은 짓도 마다하지 않을 정도로 K 군은 좋아서 어쩔 줄을 몰랐던 것이다.(우쭐해하면서 시험 광경을 모두에게 이야기하고 다녔고, 갑자기, 여학교 교사 따위는 시시해서, 따위의 말을 뇌까리는 등)

인간은 아무리 시간이 지나도 좀처럼 성인成人이 되지 못하 는 존재라고 생각한다. 아니 그보다도, 수염이 나고 주름이 져 도, 결국, 유치하다는 점에서는 어디까지나 아이여서, 그저, 찌 푸린 얼굴을 하거나, 젠체하거나, 유치한 동기에 대단한 이유 를 붙여 보기도 하거나, 그런 일이 몸에 밴 것에 지나지 않는 게 아닐까. 아무도 칭찬해 주지 않는다고 울상을 짓는다든지, 친구들에게 무의미한 심술을 부려 본다든지, 교활한 짓을 하려 다가 붙잡힌다든지, 전부 아이들의 말로 번역할 수 있는 일들 뿐이다. 그러므로 K 군의 사랑스러운 자기선전 같은 것은, 오 히려 정직해서 좋다고 생각한다.

귀로에, 언덕 위쪽으로 둘러가 본다.

아직 10시경. 아주 엷은 안개가 끼어서, 태양은 하늘에 걸려 있지만, 똑바로 바라보아도 그다지 눈이 부시지 않다. 간유리를 통해 보이듯 밝은 안개 바닥에, 사방의 풍경이 부옇게 가라앉아 있다. 엊저녁부터 계속해서, 바람이 조금도 없다. 사방의 흰 안개 속에 무엇인가 훈훈한 것이 느껴지기도 한다.

주머니가 무겁게 느껴져 만져 보니 책이 들어 있다. 꺼내 보니 루크레티우스다. 오늘 아침 입은 윗도리는 오래도록 입지 않았던 것이니까, 이 책도 언제 주머니에 넣고서 다녔는지 기억이 없다.

그리스도교회의 담쟁이덩굴 잎이 대부분 떨어지고, 줄기만 정맥처럼 벽면에 붙어 있는 것이 보인다. 코스모스가 둘, 울타리를 따라 쪼그라져 가면서 피어 남아 있다. 바다는 안개가 끼어서 확실하게 보이지는 않지만, 거대한 선박의 그림자만큼은 알아볼 수 있다. 때때로 부욱 부욱 하는 기적 소리가 울려 온다.

다이칸자카代官坂 아래쪽으로부터 검은 옷을 입은 천주교 수녀들이 천천히 올라오고 있다. 가까이 다가왔을 때 보니, 안경을 끼고 코가 무척 못생긴 여자였다.

외국인묘지에 당도한다. 흰 십자가와 묘비들이 모여 있는 경사면 저쪽으로 조토쿠인增德院의 두 그루 은행나무가 보인다. 겨울이 되면, 벌거벗은 나뭇가지들이 수수한 자갈색으로 뻗은 것이, 빅토르 위고 같은 오래된 프랑스인의 볼수염을 거꾸로 한 것 같은 모양으로 보이지만, 지금은 아직 잎도 조금은 남아 있어서, 그런 분위기는 아니다.

입구의 인도인 문지기에게 꾸벅 인사를 하고, 묘지 안으로 들어간다. 익숙한 작은 길들을 잠시 걸어, 조지 스위드모어 씨의 비석 앞에 앉는다. 주머니에서 루크레티우스를 꺼낸다. 딱히 읽으려는 것도 아니고, 무릎에 놓은 채, 저 밑으로 펼쳐져 있는 엷은 안개 속의 거리와 항구를 바라본다.

지난해 딱 이맘때, 역시 안개 낀 아침, 이 똑같은 장소에 앉아서 거리와 항구를 내려다본 일이 있었다. 나는 막 그 일을 떠올렸다. 그것이 왠지 이삼일 전의 일처럼 여겨졌다. 그렇다기보다는, 지금도 그때부터 계속해서 똑같은 풍경을 바라보고 있는 듯한 이상한 기분이 들었다. 내 마음에 때때로 떠오르는 상상— 생의 마지막에 반드시 느끼게 될, 자신의 일생의 짧음과 허망함(참으로 육체적인, 그 감각)을 직접 상상해 보는 버릇이, 나에게는 있다 —이, 다시 문득 내 마음을 스쳐 갔다. 1년 전이 현재와 전혀 구별되지 않는 듯이 여겨지는 지금의 느낌이, 죽을 때의 그것과 비슷한 것이 아닐까 생각되었기 때문이다. 비탈길을 뛰어내려가는 사람처럼, 섰다가는 넘어질 터이므로 하는 수 없이 계속 뛰어간다. 그런 것이 인간의 생애다, 이렇게 말한 것은 누구였을까.

조금 떨어진 곳에 아주 작은 십자가가 서 있고, 그 앞에는 제라늄이 화분째 심어져 있다. 십자가 아래, 책을 펼쳐 놓은 모양의 흰 돌에, TAKE THY REST[편히 쉬기를]라고 새겨져 있고, 생후 5개월이라는 아기의 이름이 기록되어 있다. 남향 경사면의 따뜻함으로 제라늄은 아직도 선명한 붉은 꽃을 매달고 있다.

이러한 아름다운 묘지에 오면 오히려 죽음의 어두움이라는 것은 생각하기 어려워진다. 묘비, 비명, 꽃다발, 기도, 애가 등,

죽음의 형식적인 반면만이, 아름답고 애달픈 무대 위의 일처럼, 떠오르는 것이다.

에우리피데스의 작품 중 한 대목. 히폴뤼토스의 계모 파이드라가 불륜의 애정 때문에 괴로워하며 누워 있는 곁에서, 그녀의 유모가, 아직 그 이유도 알지 못한 채, 그녀를 위로하고 있다.

"인간의 생활이라는 것은, 고통으로 가득한 것입니다. 그 불행에는 쉼이라는 것이 없습니다. 하지만, 괴로운 인간의 이 생활보다 훨씬 유쾌한 것이 혹시 있다 하더라도, 어둠이 그것을 에워싸서, 우리의 눈으로부터 가려져 있습니다. 게다가 이 지상의 존재라는 것은 찬란한 듯이 보이므로, 우리는 미치광이처럼 그것에 집착하는 것입니다. 왜냐하면, 우리는 다른 생활을 알지 못하고, 지하에서 벌어지고 있는 일에 대해서는 아무것도 아는 바가 없으니까요."

이런 말을 떠올리면서, 주위의 묘소들을 둘러보니, 죽은 자들의 애달픈 집착이, "바라는 바 있으나 희망이 없구나" 하고 토해내는 그들의 숨결이, 몇백인지도 모를 묘소 구석구석에서, 흰 안개가 되어 피어오르고, 그렇게 주위를 채워 놓고 있는 것으로 느껴진다.

루크레티우스를 끝내 펼쳐보지 않은 채, 나는 자리에서 일어선다. 바다 위 뿌연 회색 속으로부터, 기적 소리가 쉴 없이 들려온다. 경사진 오솔길을 나는 천천히 내려가기 시작한다.

(1936. 12)

낭질기 狼疾記

養其一指, 而失其肩背, 而不知也, 則爲狼疾人也. ─孟子─
한 손가락을 보살피면서 그 어깨와 등을 잃는데도 알지 못
한다면, 늑대처럼 성급한 사람이 된다. ─『맹자』

1

스크린 위에는 남양 토착민들의 생활이 비쳐지고 있었다.
눈이 가늘고, 입술이 두툼하고, 코가 찌부러진 토착민 여자들
이, 허리에 조그만 헝겊 조각만 둘렀을 뿐, 유방을 덜렁거리면
서, 앞에 놓인 접시 같은 것에서, 무엇인가를 열심히 집어먹고
있다. 쌀밥인 것 같다. 벌거숭이 사내아이가 달려 나온다. 그
아이도 그 쌀을 집어서 입에 넣는다. 입 안 가득 씹으면서 눈부

신 듯 이쪽을 향한 얼굴에는, 눈 위와 입 주위에 곪아 문드러진 종기가 나 있다. 사내아이는 다시 저쪽을 향하고 먹기 시작한다.

그것이 사라지고, 축제인지 무엇인지 북적거리는 장면으로 바뀐다. 둥둥둥둥 북소리가 멀어졌다 가까워졌다 하면서 들려온다. 마주 향한 남녀의 열이 일제히 엉덩이를 흔들어 대면서, 거기에 맞추어 움직이기 시작한다. 모래땅에 내리쬐는 열대의 태양의 강도는, 화면의 하얀 빛으로, 그렇게 확실히 상상할 수 있다. 큰북이 울린다. 거칠기 짝이 없는 남성 합창이 거기에 뒤섞여 들려 온다. 엉덩이가 흔들리고, 허리에 두른 헝겊 조각이 사각사각 흔들린다. 춤에서 좀 떨어져 있는 노인들의 중심에, 추장으로 보이는 남자가 책상다리로 앉아 있다. 깡마르고, 광대뼈가 튀어나온 노인인데, 목에 염주 같은 장식을 여러 개 두르고 있다. 촬영된다는 것을 의식해서인지, 묘하게 침착성이 없는, 이 야만의 땅에서의 자신감을 완전히 상실한 듯한 눈초리로, 춤을 바라보고 있다. 때때로 생각났다는 듯이 난폭한 비약과 환성과 북소리의 강타가 따르는 것 말고는, 언제까지나 똑같은 단조로운 춤을, 가물거리는 눈으로 조용히 바라보고 있다.

보고 있는 사이, 산조三造는 오래도록 잊고 있었던 기묘한 불안이, 어느새 그의 안으로 스며들어 와 있음을 느꼈다.

꽤 오래전의 일이다. 그 무렵 산조는 이런 원시적 야만인의 생활 기록을 읽기도 하고, 그 사진을 보거나 할 때마다, 자신도 그들의 한 사람으로서 태어날 수는 없었던 것일까, 하고 생각했던 것이다. 분명히, 이렇게 그 무렵의 그는 생각했다. 분명히 자신도 그들 야만인의 하나로 태어날 수도 있지 않았을까. 그래서 휘황한 열대의 태양 아래에서, 유물론도 유마거사維摩居士도, 무상명법無上命法도, 그리고 인류의 역사도, 태양계의 구조도, 모든 것을 알지 못한 채로 일생을 마칠 수도 있지 않았을까? 이런 생각은, 운명의 불확실성에 대해, 묘하게 산조를 불안하게 했다. '마찬가지로 나는' 하고 그는 생각을 계속한다. '나는, 지금의 인간과는 다른, 더 높은 존재— 그것이 다른 유성 위에 사는 것이든, 아니면 우리 눈에 보이지 않는 존재이든, 혹은 시대를 달리한, 인류가 절멸한 뒤의 지구상에 나오는 것이든 —로 태어나는 일도 가능했던 것이 아닐까? 그에 대한 정답을 알지 못하기 때문에, 우리가 공포의 감정을 가지고 우연이라고 부르고 있는 것이, 아주 조금 그 동작을 바꾸기만 했더라면, 그런 일이 자신에게 일어나지 않는다고 누가 말할 수 있을 것인가. 그리고 만약에, 자신이 그러한 존재로 태어났더라면, 지금의 나로서는 볼 수도 들을 수도, 혹은 생각할 수도 없을 것 같은, 온갖 것을 보고, 듣고, 생각할 수가 있었을 것이다.' 이렇게 생각하는 일은 그로서는 견디지 못할 만큼 두려운 일이었다. 동시에, 참을 수 없을 만큼 화가 나는 일이었다. 이 세상에는 내가 볼 수도, 들을 수도, 생각할 수도(경험적으로가 아니라 능력상) 없는 것이 있을 수가 있다. 내가 다른 존재였더라면 생각할 수가 있었을 것을, 내가 지금의 존재인 까닭에 생각할 수도 없다. 이렇게 생각하니, 막막한 불안 가운데 있으면서도, 당시의 산조는, 일종의 굴욕과 비슷한 것을 느끼는 것이었다.

스크린에서는 아까의 춤 장면이 사라지고 밀림의 풍경으로 바뀌었다. 팔과 꼬리가 긴 새까만 원숭이 여러 마리가 나뭇가지에서 나뭇가지로 뛰어 건너가고 있다. 살짝 멈춰 서서 이쪽을 바라본 그 원숭이 한 마리는, 눈가에 흰 테가 있어서, 안경을 쓰고 있는 것처럼 보인다. 부리가 2피트는 될 것 같은 새가 고약한 소리를 지르고 나뭇가지에서 날아오른다.

산조의 생각은 다시 '존재의 불확실성'으로 되돌아간다.

그가 처음으로 이런 불안감을 느끼기 시작한 것은, 아직 중학생 때였다. 마치, 글자라는 것이 이상하다고 생각하게 되자 — 그 글자를 한 부분 한 부분으로 분해하면서, 도대체 이 글자는 제대로 된 것일까 생각하기 시작하면, 점차로 그것이 의심스러워지고, 점점 더, 그 필연성이 상실되는 것으로 느껴지듯 — 그의 주위의 것들은 신경을 써서 보면 볼수록, 불확실한 존재로 여겨져서 견딜 수가 없었다. 그것이 지금 존재하는 것처럼 되어 있어야 할 이유가 어디에 있는가? 좀 더 아주 다른 것이어도 괜찮을 터인데 말이다. 게다가, 지금 있는 그대로의 존재는 가능한 중에서도 가장 추악한 것이 아닐까? 이런 기분이 줄기차게 중학생인 그에게 따라다녔던 것이다. 자신의 아버지에 대해 생각해 보더라도, 저 눈과 저 입과(그 눈과 입과 코를 다른 것과 따로 떼어서 하나하나 찬찬히 살펴볼 때, 특히 기이하게 느껴지는 것이었는데) 그 밖에도, 저렇게 생긴 모든 것을 갖춘 한 남자가, 어째서 자신의 아버지이고, 자신과 그 남자가 가까운 관계로 이어져야 했던 것일까, 하고 깜짝 놀라서, 아버지의 얼굴을 다시 보게 되는 일이 종종 있었다. 어째서 이렇게 되었어야 했단 말인가. 다른 남자여서는 안 되었던 것일까?…… 주위의 모든 것에 대해서, 산조는 매사에 이런 불신감을 가지고 있었다. 자신을 에워싸고 있는 모든 것들은, 어쩌면 이다지도 필연성이 결여되어 있는 것일까. 세계는, 정말이지 어쩌면 이다지도 우연스러운 가상假象의 집합이란 말인가! 그는 초조하게 언제나 이런 생각만 하고 있었다. 때로 무엇인지 이해할 수 있을 것 같은 기분이 들지 않는 것도 아니었다. 그것은, 즉 그 경우 그 우연이 —처음부터 끝까지 우연이라는 것이 결국 오직 하나의 필연이 아닐까, 하는 소년다운 애매한 생각이었다. 그것으로 간단히 해답이 주어진 기분이 드는 일도 있었다. 그렇지 않은 때도 있었다. 그렇지 않은 편이 훨씬 많았다. 어린 사색은 초조한 안타까움을 느끼면서, 필연이라는 말의 주변을 자꾸만 맴돌다가는 되돌아오곤 했다.

영화는 고풍스러운 증기선이 강변이 나지막한 강을 내려가고 있는 장면을 보여주고 있었다. 만지蠻地의 탐험을 마친 백인 일행이 철수하는 장면인 모양이다.

그것도 사라지고, 마지막 자막도 사라지자, 환하게 전등불이 들어왔다.

영화관을 나서자, 산조는 이른 저녁밥을 먹기 위해, 근처의 양식집으로 들어갔다.

테이블에 요리를 놓고 종업원이 떠날 때, 테이블 둘을 건넌 저쪽에서 한 남자가 식사를 하는 것이 눈에 띄었다. 그 남자의 (그는 이쪽으로 왼쪽 옆얼굴을 보이고 있었다) 목덜미 아래 기묘하게 불그스름한 것이 부풀어 있었다. 너무나 크고, 또 너무나 당당하게 빛나고 있어서, 처음에는 착각이 아닐까 하고 자세히 살펴보았는데, 분명 그것은 커다란 혹이 틀림없었다. 번쩍번쩍 빛나는 주먹만 한 살덩이가 칼라와 귀 사이에 솟아나 있는 것이다. 이 남자의 옆모습과 목덜미께의 검붉게 털구멍이 보이는 피부와는 아주 딴판으로, 갓 씻어 놓은 토마토 껍질처럼 팽팽한 적동색赤銅色이다. 이 남자의 의지를 유린하며, 그에게서 아예 독립된 심술 고약한 존재라도 되듯, 그 짙은 감청색 양복 칼라와 짧게 깎은 거친 머리카락 사이에 버티고 있는 살덩이―숙주宿主가 잠들어 있는 동안에도, 그것만큼은 홀로 깨어 있으면서 웃고 있는 듯한 추하고 집요한 기생자의 모습이, 왠지 산조에게는 그리스 비극에 나오는 심술궂은 신들의 이야기를 떠올리게 했다. 이럴 때, 그는 언제나, 정체를 알 수 없는 불쾌감과 불안감으로, 인간의 자유의지가 미칠 수 있는 범위의 좁음(혹은 없음)을 생각하지 않을 수가 없다. 우리는 우리 의지가 아닌 어떤 알 수가 없는 것에 의해 태어난다. 우리는 그 똑같은 불가지不可知한 것 때문에 죽어간다. 당장, 우리는 오늘 밤, 어떤 무엇인가에 의해 우리의 의지를 초월한 수면이라는 불가사의하기 짝이 없는 상태에 빠진다…… 그때 문득, 아무런 연관도 없이, 그는 로마 황제 비텔리우스의 이야기를 떠올렸다. 탐식가인 황제는 배가 불러서 식사를 그 이상 할 수 없음을 한탄해서, 배가 가득 차면 독특한 방법으로 스스로 토해내 위를 비운 다음에 다시 식탁에 앉았다는 것이다. 어쩌다가 이런 어이없는 이야기가 떠올랐던 것일까?

식당의 흰 벽에는 커다란 전기시계가 걸려 있다. 노랗고 긴 초침이 전등 빛을 반사시키면서, 기분 나쁜 생물처럼 회전하고 있다. 사정없이 생명을 새겨 나가는 냉철함으로, 빙글빙글 쉬지 않고 움직인다. 그 아래에서는 중년의 혹사내가 열심히 입을 움직거리고, 그에 따라 목의 살덩이도 조금씩 움직이는 듯한 기분이 든다.

산조는, 식욕이 싹 사라져서, 반쯤 남긴 채로, 일어섰다.

수로를 따라 난 길로 아파트를 향해 그는 돌아간다. 집집마다 거리에도 등불이 들어오기 시작했지만, 아직 덜 어두워진 텅 빈 하늘 저쪽으로, 교회의 첨탑과 색다른 박공博栱을 가진 산둥성이의 고대高臺의 실루엣이 떠올라 있다. 밀물인 듯, 강가에 매여 있는 지저분한 배들의 복부에 쓰레기가 찰싹찰싹 모여 있다. 물 위에는 명암이 깜박이는 을씨년스러운 빛이 떠다니고 있는 것 같다. 희미한 그림자가 그곳으로부터 피어오르고, 피어오른 다음 소리도 없이 꺼져 가는 것이다.

기척은 느껴지면서도 모습을 드러내지 않는 미행자에게 쫓기고 있는 것 같은 기분으로, 그는 홀로 강가를 걸어간다.

소학교 4학년 무렵이었을까. 폐병이라도 앓는 사람처럼 바짝 마르고, 머리가 긴 담임 교사가, 하루는 어쩌다가, 지구의 운명이라는 것에 대해 이야기한 일이 있었다. 어떻게 지구가 냉각되고, 인류가 절멸하는가, 우리의 존재가 얼마나 무의미한 것인가를, 그 교사는 심술궂은 집요함으로 거듭거듭, 어린 산조 등에게 말했던 것이다. 나중에 생각해 보아도, 그것은 분명, 어린 마음에 공포를 주고자 하는 기학증嗜虐症적인 목적으로, 그 독액을, 그 후 어떠한 저항소抵抗素도 완화제도 보급하는 일 없이, 주사注射했던 것이다. 산조는 무서웠다. 아마도 얼굴이 새파래져서 들었을 게 틀림없다. 지구가 냉각된다든지, 인류가 멸망하는 것은, 그래도 참을 수가 있다. 하지만, 그런 다음 태양까지도 사라진다고 한다. 태양도 식어 버리고, 사라져서, 캄캄한 공간을 그저 빙글빙글, 아무도 보는 이 없이 검고 차가운 별들이 돌게 되고 만다. 그것을 생각하면, 그는 견딜 수가 없었다. 그렇다면 우리는 무엇을 위해 살고 있는 것인가. 나는 죽더라도, 지구와 우주는 이대로 지속되기 때문에 안심하고, 인간의 하나로서 죽어 갈 수가 있다. 그런데, 지금, 선생님의 말에 의하면, 우리가 태어난 것도, 인간이라는 것도, 우주라는 것도, 아무런 의미가 없는 것이 아닌가. 그로부터 한동안, 11세인 산조는 신경쇠약이 되고 말았다. 아버지에게도, 친척인 나이 많은 형에게도, 그는 이 일에 대해 진지하게 물어보았다. 그러자 그들은 모두 웃으면서, 그러나, 이론적으로는, 대체로 그것을 승인하고 있는 게 아닌가. 어째서, 그것을 무서워하지 않는 것일까? 어떻게 그처럼 안심하고 있을 수 있을까? 5천 년이나

1만 년 사이에 그런 일이 일어나지는 않거든, 이런 말을 하면서 어떻게 안심할 수 있단 말인가? 산조는 알 수가 없었다. 그에게, 이것은 자신 한 사람의 생사의 문제가 아니었다. 인간이나 우주에 대한 신뢰의 문제였다. 그래서, 몇만 년 후의 일이라고 해서, 웃고 있을 수는 없었던 것이다.

그 무렵, 그는 한 마리의 개를 사랑하고 있었다. 지구가 차가워져 버릴 때, 가령 자신이 그것을 겪게 된다면, 마지막으로 얼음이 꽉 찬 대지에 구덩이를 파서, 그 개와 함께 그곳으로 들어가 서로 껴안고 죽어야겠지, 하고 그 광경을 잠자리에 든 뒤에 곧잘 상상해 보기도 했다. 그러자, 신기하게도 공포가 사라지고, 개의 사랑스러움과 그 체온 등이 아련히 떠오르는 것이었다. 그러나, 대개는 밤, 잠자리에 든 다음 가만히 눈을 감고, 인류가 없어진 다음의 무의미한, 새까만, 무한한 시간의 흐름을 상상하면서, 두려움을 견디지 못해, 저도 모르게 앗 하고 크게 소리를 지르고 벌떡 일어나는 일이 많았다. 그 때문에, 몇 번씩이나 아버지에게 꾸중을 들었던 것이다.

밤, 전찻길을 걸어가다가 문득 이 공포가 닥칠 때가 있다. 그러면, 지금까지 들려온 전차의 울림도 들리지 않게 되고, 스쳐지나가는 인파도 눈에 보이지 않게 되면서, 고요해진 세상 한가운데에, 오직 홀로 오도카니 있는 기분이 든다. 그럴 때, 그가 밟고 있는 대지는, 평소의 평평한 지면이 아니라, 사람들이 모두 죽어 버린, 싸늘하게 식은 둥그런 유성遊星의 표면인 것이다. 병약하고, 되바라지고, 신경쇠약에 걸린 11세의 소년은, '모두 멸망한다, 모두 식는다, 모두 무의미하다'고 생각하면서,

참으로, 공포 때문에 진땀이 나는 심정으로, 잠시 그곳에 우뚝 서 버린다. 그러다가, 문득 정신을 차려 보면, 자기 주변에는 역시 사람들이 오가고, 전등이 환하게 밝고, 전차가 움직이고, 자동차가 달리고 있다. 아아, 살았다, 하고 그는 안도하는 것이다. 이런 일은 항상 있는 일이었다. (주 1) (주 2)

어렸을 때 탈이 났던 음식을 평생토록 싫어하듯이, 이러한, 인류나 우리 유성遊星에 대한 단순한 불신이, 어느덧 관념으로서가 아니라, 감각으로서, 그의 육체 안에 자리 잡아 버린 것이 아닐까, 하고 산조는 생각한다. 지금도, 공기가 축축한 오후의 낮잠에서 깨어난 순간 등이면, 어떻게 해 볼 수 없는, 이유를 알 수 없는, 두려움, 따분함이 덮쳐온다. 그럴 때면, 그는 언제나 옛날의 되바라진 소학생의 공포를 떠올리지 않을 수가 없다. 개념의 풋내 나는 허물을 실생활의 착종錯綜 가운에 벗어 던졌다고 생각된 뒤에도, 여전히 지난날의 불안한 기분만이, 그것이 오롯이 홀로 떨어져서 언제까지나 남아 있다.

남미의 구아나코는 태고적, 지구의 빙하시대에, 위험에 처했을 때에도 그곳만큼은 안전한 어떤 피난처를 가지고 있었다. 지구가 지금의 세대가 되어, 그들을 엄습하는 위험의 성질도 달라진 뒤, 지난날의 피난처도 더는 의미를 갖지 못하게 되었음에도 불구하고, 신대륙에 있는 구아나코는, 죽음이나 위험을 예견했을 경우에는, 모두들 예전 그들의 조상의 피난처가 있었던 곳을 향해 도피하려 한다. 산조의 불안도 어쩌면 이런 류의 전대의 잔존물인지도 모른다. 그러나, 이 어쩔 도리가 없는 막연한 불안이, 종종 그의 생활의 주조저음主調低音이 될 우려가 있다. 인생의 온갖 사상事象의 밑바닥에는 눈에 보이지 않는 어두운 흐름이 있고, 그것이 생의 나아갈 길을 전후좌우로 한정하고 있어서, 거리의 밑에서 흐르는 하수처럼, 때때로 약간의 틈으로부터 희미하게 헛된 음향을 들려주는 듯이 산조는 생각했다. 그가 아직 다소 건강하고, 육체적인 감각에 취해 있을 때에도, 지금처럼 소극적으로 홀로 사는 생활을 영위하고 있을 때에도, 늘, 이 저류의 작은 울림이 파스칼풍의 반주가 되어, 어디선가 들려왔던 것이다. 이것이 조금이라도 들리는 한, 모든 행복도 명예도 제한이 붙은 명예, 행복에 지나지 않는다.

정말이지, 이 음향을 의식하지 않기 위해, 그는 얼마나 노력을 했을까. 마음에도 없는 설교를 몇 번씩이나 자신에게 들려주었던 것일까.

"우리는 최상의 음식이 아니면 먹지 않을까? 최상의 의복이 아니면 입지 않을까? 최상의 유성이 아니면 도저히 살 수가 없다고 생각할 정도로 우리가 사치스럽지가 않다면, 지금 우리에게 주어져 있는 것 중에서도 그런대로 좋은 곳이 발견될 것이 아닌가⋯⋯" 운운.

"간단한 옵티미즘으로의 길을 가르쳐 주지. 천재와 재주 없는 자, 건강한 자와 허약자, 부호와 빈민 사이의 차이라는 것은, 태어난 자와 생이 주어지지 않은 자와의 차이하고는 비교할 수도 없지 않은가 하는 생각은 어떤가." 운운.

"이 세상에서 훌륭한 생활을 완전히 다 산다면, 신은 다음 세계를 약속할 의무를 가진다고 말한 멋진 남자를 보면 된다."⋯⋯운운.

"너는 행복하지 않아서는 안 될지어다라고 누가 정했는가? 일체는, 행복에 대한 의지의 폐기와 더불어 시작한다." 운운.

그 외에도, 지드의 『지상의 양식』이라든지, 체스터튼의 낙천적 에세이 등이, 얼마나 가냘픈 목소리로 그를 설득하고자 했던가. 그러나, 그는 남의 가르침을 받거나, 강요당하거나 한 것이 아닌, 자기 자신의, 마음속으로부터 납득이 가는, '실재에 대한 평가'를 가지고 싶었던 것이다. 구불텅한 논리를 짚어 보고, 과연, 나의 존재는 행복한 거야, 이렇게, 자신을 설득해야만 하는 행복의 방식은 참을 수가 없었던 것이다.

때로는 아주 드물게, 기쁘고 들뜬 순간이 없었던 것은 아니다. 생이란, 컴컴하고 텅 빈, 무한의 시간과 공간 사이를 삽시간에 내달리는 섬광으로 여겨지며, 주위의 어둠이 어두우면 어두울수록, 그리고 번득이는 순간이 짧으면 짧을수록, 그 빛의 아름다운, 고귀함이 더해지는 것이다, 이렇게 진실인 양 믿는 일도, 더러 있다. 그러나, 변전變轉하기 쉬운 그의 기분은 다음 순간에는 바로 쓰디쓴 환멸의 구렁텅이로 빠지고, 평소보다도 한층 비참하고 따분함 가운데서 스스로를 발견하는 것이 보통이다. 그러므로, 결국에는, 그처럼 정신이 한창 들떠 있는 중에도, 나중에 올 환멸의 쓴맛을 경계해서, 지금의 상쾌한 기쁨을 억제하고자 노력하게까지 되었다.

그런데, 이제, 강가를 따라 걸으면서, 신기하게도, 산조 내부에 도사린 빈약한 상식가가, 그 자신의 이러한 어이없는 비상식을 비웃으며, 경계하고 있다. "웃기지 마. 나이값도 못하고,

아직도 그런 하찮은 생각을 하고 있는 거야. 좀 더 중대한, 좀 더 직접적인 문제가 많잖아. 이 얼마나 비현실적이고, 하잘것 없고, 사치스러운 어리석음 속에 빠져 있는 거야. 그것은 사람들이 이미 아주 옛적에 졸업해 버린 일들, 어쩌면, 너무나 어리석은 일이어서, 아예 처음부터 상대도 하지 않은 일 중의 하나인 거 아냐? 조금은 창피하게 생각하라고." "정말로, 사람들은 이미 이 문제를 졸업한 것일까?" 이렇게 그의 내부에 있는 또 하나의 인간이 반문한다.

"전혀 해결될 가망이 없는 문제는 애초부터 상대하지 않는다는 일반의 습관은 매우 괜찮은 것이야. 이 습관의 혜택을 받고 있는 사람은 다행이지. 사실, 수많은 사람들은 이런 바보같은 불안과 의혹 따위를 느끼지 않아. 그렇다면 이런 것을 늘 느끼는 인간은 불구인지도 몰라. 절름발이가 절름발을 숨기듯, 나도 이 정신적인 이상異常을 감추어야 할까? 그런데, 도대체, 그 정상이라느니 이상이라느니 진실이라느니 허위라느니 하는 것들은, 뭐야? 필경, 통계상의 문제에 지나지 않는 게 아닐까. 아니, 그런 것은 아무래도 좋아. 무엇보다 중요한 것은, 나의 성격상, 아무리 남들이 웃는다 하더라도, 이런 일종의 형이상학적이라 해도 좋을 불안이 다른 모든 문제에 우선한다는 사실이야. 이것만큼은 어쩔 도리가 없어. 이 점이 석연치 않는 한, 나로서는, 모든 인간계의 현상은 제한이 붙어 있는 의미밖에는 갖지 못하니까. 그런데, 이에 대해 예로부터 나온 숱한 해답은, 결국 이것의 해결이 불가능하다는 것을 너무나 분명하게 증명하고 있어. 그러고 보면, 나의 영혼의 안정을 위한 유일한 필요사항은 '형이상학적 미몽의 형이상학적 포기'라는 것이 돼. 그것은 나도 지나칠 정도로 알고 있는 바야. 그런데도, 어쩔 도리가 없어. 내가 이런 우스꽝스러운 일에 대한 탐욕을 가지고(그러나 철학자적인 냉철한 사색은 결여되어) 태어났다는 것이야말로, 유일한 두말할 것 없는 소여所與야. 결국 각 사람은 각자 나름대로 그 소질을 전개하는 수밖에는 없어. 유치하다고 비웃음을 사지나 않을까 신경을 쓰거나, 자신을 향해 자기변호를 하거나 하는 편이 훨씬 우스운 거야. 여자나 술로 망가지는 남자가 있듯, 형이상학적 탐욕 때문에 몸을 그르치는 남자도 있을 거 아냐. 여자에 빠져 일생을 망치는 남자와 비해 볼 때, 숫자상으로는 비교가 되지 않겠지만, 인식론의 입구에서 걸려 넘어져 어찌할 바를 모르는 사내도 분명 있는 거야. 전자는 기꺼이 문학의 소재로 다뤄지는데, 어째서 후자는 문학에서 다루어지지 않는 것일까. 이상해서일까. 그러나, 정상이 아니었던 카사노바는 그처럼 독자를 많이 가지고 있잖아."

갈팡질팡하는 자기변호를 하는 가운데, 문득, 그는 뒤러의 〈멜랑코리아〉라는 판화를, 혼란 가운데 망연히 앉아 있는 천사의 절망을 떠올렸다. 이미 사방은 컴컴하고, 언덕 위의 교회당 그림자도 분간할 수가 없다. 그가 걷고 있는 바로 곁을, 목선이 한 척, 소리도 없이 지나간다. 뱃고물의 등불이 물 위에 꼬리를 끌고, 배는 미끄러지듯이 다리 밑을 왼쪽으로 꺾어 나간다. 그 움직임에 이끌리듯, 그의 사고의 끈도 곁길로 빠지기 시작한다.

"필경, 나는 나의 어리석음과 거취를 같이하는 수밖에 없잖

아. 모든 것이 말로 표현되고, 생각된 다음에야 결국, 사람은 자신의 성정이 가리키는 바를 따르는 거야. 그런 논의, 사고와는 관계없이, 말이야. 그리고 그 뒤의 노력은, 모두, 그 성정이 결정한 선택의 저스티피케이션에만 쏟아 부어질 것이다. 생각하기에 따라서는, 예로부터 지금에 이르는 온갖 사상이란, 각 사상가가 각각 자기의 성정을 향해서 이룩한 저스티피케이션 이외의 것일 수 없지 않을까……"

(주 1)이 되바라진 가련한 소년은, 그 뒤, 두 개의 서로 다른 희구希求를 놓고 격렬하게 고뇌했다. '모든 사리(혹은 제1원리)를 알고 싶다'는 욕망과, '가능한 한 많은 사물이(혹은 그 사물의 원인이) 자기의 이해를 넘어선 저쪽에 있으면 좋겠다'는 앞의 것과는 정반대의 기묘한 바람이었다. 전자는 누구에게나 있는, 성인의 말로 하자면, '자신을 신으로 삼고 싶은' 욕망이었지만, 후자는 '이 세상을 절대로 신뢰하기에 합당한 확고한 것으로 믿고 싶다'는, 즉, 이 세계의 불확실성, 서글픔에 대한 공포에서 움터 나온 강한 희구였다. '나처럼 미미한 존재가 모든 것을 이해할 수 있는 따위의 세계라면, 그 안에서 살기가 아무래도 불안하다. 나 같은 것은 그 한 조각조차 이해할 수 없는 거대하고 확고한 존재에 몸을 맡기고 싶다'는, 사소한 자의 공포로부터 나온, 될 대로 되라는 식의 강한 바람이었다. 이런 바람에도 불구하고, 그는 성장함에 따라, 첫 번째 소망의 실현은 고사하고, 그보다 더 강한 둘째 소망의 실현 또한 바랄 수 없는 것임을 확실하게 ―너무나 무섭도록 분명하게 알게 되었다.

세계도, 인간의 영위도, 이 소년이 바라는 정도로, 그다지 확고한 것은 아니다. 그것은 소학교 선생님에게 들은 세계 멸망설을 열역학의 제2법칙이라는 말로 치환해 보아도 똑같은 것이고, 그러한 단순한 과학에 의한 세계 고찰을 무시한, 아주 다른 측면에서의 세계 평가에 의해서도 또한 마찬가지라고 그는 생각하게 되었다. 즉, 머릿속에서만 만들어진 소년의 허무관에, 이제는, 실제로 몸 주변에 대한 관찰에서 온 직접적인 무상관이 더해진 것이다. 휘하 수만의 군세를 바라보면서, 백 년 후에는 이 중에 한 사람도 살아남아 있지 않을 것임을 생각하고서 울음을 터뜨렸다는 페르시아의 왕처럼, 이 소년은, 이제는, 자신의 주위의 모든 것에 대해 '한정된 존재의 표지'를 인정하고서 가슴이 찔리듯 아픈 것이었다. 물체에 대해서만이 아니다. 특히, 어떠한 진정한 사랑이라도, 그것이 다른 지극히 시시한 것들과 마찬가지로 허무하게 사라져 간다는 것에, 그는 몸이 타들어가는 듯한 격심한 슬픔, 쓸쓸함을 느꼈다. ―(다시 몇 해인가 지나, 이번에는, 반대로, 어떠한 어리석고 누추한 일에 대해서도, 숭고한 사물과 마찬가지로, 존재의 권리를 가지고, 어떠한 추한 보수도 받지 않고, 아름다운 것들과 조금도 다름없이, 그 존재를 다해 간다는 데 대해, 마음이 싸늘해지는 듯한 무참한 감동을 느꼈지만.)―

(주 2) 이상하게도, 소학생이었던 무렵의 그는, 전체적인 인류의 멸망 따위의 생각에 묻혀서, 개인으로서의 자신의 죽음이라는 것에 대해서는, 그다지 직접적인 두려움을 느끼지 않았다. 그것을 느끼게 된 것은 훨씬 뒤의 일, 중학생이 된 후의

일이다. 중학교에 들어가면서부터 부쩍 몸이 약해진 그는, 취침 후, 눈을 감고는, '죽음이라는 것'을, 추상적인 죽음의 개념이 아니라, 병약한 자신에게 오래지 않아 찾아올 것이 틀림없는(참으로 그 무렵, 그는 수명이 짧을 것이 틀림없음을 확신하고 있었다) 직접적인 죽음을 생각했다. 자신의 임종 때의 기분을 생각해 보고, 그 순간부터 뒤돌아보는 느낌이었을, 일생의 짧음에 대한 느낌(그것은 20년이 되었건, 2백 년이 되었건 같은 짧음이게 마련이다)을 그는 상상해 본다. 아아, 정말로, 이 얼마나 짧은 시간일까 하고, 과시적으로가 아니라, 아주 절실하게, 마음속으로부터의 미덥지 않음으로, 그렇게 생각할 것이 틀림없다. 자신도 세속의 사람들과 마찬가지로, 그 순간까지는, 무아지경으로, 거대한 존재 안에서의 자신의 위치 따위는 전혀 깨닫지 못한 채, 악착같이 세상일에 번뇌하며 지내고(아니, 그 도중에서, 한 번이나 두 번쯤은, 붐비는 인파 속에 우뚝 서서 사색하는 사내처럼, 퍼뜩 자신의 참 위치를 깨닫는 일이 있을지도 모른다), 그리고 그 마지막 순간에 이르러, 비로소 아차 하겠지, 아차 하고 나서, 그런데, 그러고는, 어찌 되는 것일까?…… 그런 어처구니없는 일을 상상해 보는 것만으로도, 정면으로 이것에 대해 생각할 기력이 사라져, 대청소를 하루 연기하고 게으름을 부리는 안일함으로, 하루하루, 그것과의 직면을 두려워하며 피하고 있는 것이었다. (그러면서도, 그는 "아직 생을 모르거늘, 어찌 죽음을 알리요" 하고 탄식하는 소질을 타고난 인간도 있지 않았던가 하고 생각했던 것이다.) 말하자면, 마치 소설을 읽을 때, 도중의 가련한 사건 —주인공이 구박을 받는 등의— 따위는 읽기가 괴로워 마구 뛰어넘기고 앞을 읽는다든지, 결말을 알려고, 책의 뒤쪽 페이지를 뒤적이는 근기가 없는 독자처럼 —그런 사람들에게는 경과라든지 경로라는 것은 아무래도 좋은 것이다. 그저 결과만이 필요한 것이지만— 결국, 기껏해야 결말 부분만을 듣고 싶어 했던 것이다. (누구에게? 신에게?) "도대체 우리의 영혼은 불멸입니까? 아니면, 육체와 더불어 멸망하는 것입니까?" 불멸이라는 답을 얻었다 해서 구원받았다고는 생각하지 않지만(이라기보다, 죽음을 싫어하는 마음속에는, 자아의 멸망에 대한 두려움 말고도, 현재 자신의 존재 양식에 대한 애착이 크게 포함되어 있을 것으로 생각되지만, 그것을 확실히 확인하는 것은 그로서는 불가능했다) 어찌되었든 '나'라는 것이 없어진다는 일은 참을 수 없고, 게다가, (이것은 제2차적인 것이지만) 인간 누구나가, 이러한 공포를 맛보지 않으면 안 되게 만들어졌다는 사실이 아무리 보아도 불쾌하게 여겨졌던 것이다. '영원히 사는 일에 대한 두려움'? 그것은 또, 다른 이야기다. 우리는 지금 그런 일을 생각할 필요는 없다. 게다가, 그것은 말하자면, 돈을 사용할 방도를 놓고 고민하는 거부들의 사치가 아닌가, 하고 당시의 산조는, 생각했다.

2

주머니 속에서 꺼낸 방의 열쇠가, 손바닥에 서늘한 감촉을 줄 정도의 날씨가 되어 있었다.

어두운 방으로 들어가 전등을 켜고, 우선 밖으로 향한 창문을 열어서 공기를 바꾼다. 그러고는, 구석에 매달아 놓은 앵무새의 조롱을 들여다보고 먹이가 아직 있는지 살핀 다음 옷도 갈아입지 않고, 침대 위에 벌렁 쓰러지고, 양 손바닥을 머리 아래에 받치고 눕는다.

그다지 피로할 일이 없는데, 지독한 피로가 느껴진다. 오늘 하루 무엇을 했지? 아무것도 한 건 없다. 아침에 늦게 일어나, 아침 겸 점심을 아래층 식당에서 마친 다음 읽고 싶지도 않은 책을 억지로 사전을 찾아가며 10페이지쯤 읽고서, 독서에 싫증이 나, 친척집 아이의 죽음에 조문 편지를 보내야 한다고 생각하고, 쓰려 했지만, 도저히 써지지 않는다. 결국 편지는 그만두고, 밖으로 나가 영화관에 들어갔고, 그리고 돌아왔을 뿐이다. 이 얼마나 시시한 하루! 내일은? 내일은 금요일. 근무가 있는 날이다. 그렇게 생각하니, 오히려 왠지 살았다는 기분이 드는 것이 스스로도 지긋지긋하다.

시세時勢에 적응하기에는 너무나 게으른, 사람들과 교제를 하기에는 너무나 겁 많은, 일개 가난한 서생. 직업으로 말한다면, 한 주에 이틀 출근하는, 여학교의 생물 강사. 수업에 그다지 열심도 아니고, 그렇다고 특별히 게으른 것도 아니다. 가르친다기보다도, 소녀들과 접촉하면서, 여기에 '상냥한 경멸'을 느끼는 데에 흥미를 느끼고, 그리고 은근히 스피노자를 본받아, 여학생들의 성행性行에 대해 냉소적인 정리定理와 그 계系를 모아 놓은 기하학 책을 만들까, 등을 생각하고 있다. (예컨대, 정리 18. 여학생은 공평을 가장 싫어한다. 증명. 그녀들은 언제나 자신에게 유리한 불공평만을 사랑하기 때문. 같은 것.) 결국, 학교에 나가는 이틀은 자신의 생활 중에서 그다지 중요하지 않다고, 이 사내는 생각하고 싶어 하지만, 요즈음은, 그것이 좀처럼 그렇게 되지는 않고, 때로는, 학교가, 라기보다도 소녀들이, 자신의 생활 가운데 상당히 큰 자리를 차지하고 있는 것 같다는 점에 생각이 미쳐 깜짝 놀라는 일이 있다.

학교를 졸업하고 2년째, 아버지의 죽음으로 딸린 가족이라고는 전혀 없게 된 산조가, 그때 물려받은 약간의 자산을 바탕으로 해서 이후의 생활 설계를 했다. 그 설계에 따라서 그때 자신이 안이하게 들어갈 뻔했던 구덩이는, 어찌 그리, 꾸물거리고, 축 늘어지고, 한심스럽도록 너절한 것이었던가. 지금의 산조로서는 화가 나고 화가 나서 못 견딜 정도다.

그때, 자신에게 가능한 길로서 두 가지 삶의 길을 생각했다. 하나는 이른바, 출세— 명성이나 지위를 얻는 것 —를 일생의 목적으로 삼아 분투하는 삶이다. 애초에, 실업가라든지 정치가라든지, 그런 것은, 산조 자신의 성질을 보더라도, 그리고 그가 연마한 학문의 종류로 보더라도, 고려의 대상이 될 수 없다. 결국은, 학문의 세계에서의 명예 획득이 되겠는데, 그렇더라도, 장래의 어떤 목적(거기에 도달하기 전에 자신이 죽어 버릴지도 모른다)을 위해서, 현재의 하루하루의 생활을 희생하는 삶의 방식이라는 점에서는, 변함이 없는 것이다. 또 하나의 방식은, 명성의 획득이라든지 일의 성취라든지 하는 것을 전혀 생각하지 않은 채, 하루하루의 생활을, 그때그때 충족시켜 간다고 하는 방식. 다만, 그 곰팡이가 피어날 것 같은 진부한 유럽식 향수주의에, 약간의 동양 문인풍의 비꼬인 쓸쓸함을 가미한, 지극히 (지금 생각하면) 우물쭈물 주눅이 든 삶의 방식이다.

아무튼, 산조는 제2의 생활을 선택했다. 지금 와서 생각해 보면, 이를 선택하게 만든 것은, 필경 그의 허약한 몸이었을 것이다. 천식과 약한 위와 축농증으로 늘 고생하고 있는 그의 몸이, 자신의 생명이 길지 않으리라는 것을 알고, 제1의 삶의 방식의 괴로움을 기피했을 것이다. 지금에 이르기까지 고쳐지지 않는, 그의 '겁 많은 자존심' 역시, 이 길을 택하게 한 것 가운데 하나일 게 틀림없다. 남 앞에 나서기를 매우 부끄러워하는 주제에, 자신을 높인다는 점에서는 결코 남에게 지지 않는 그의 성벽性癖이, 재능 부족을 남의 눈앞과 자신의 앞에까지 드러내 놓을지도 모르는 첫째 삶의 방식을 자연스럽게 거부했을 것이다. 아무튼, 산조는 둘째 삶의 방식을 택했다. 그리고, 그로부터 2년 후의, 지금의 삶은 어떤가? 이 볼품없게 꾸며 놓은 독신자의 주거의, 가을밤의 무미건조함은? 벽에 걸려 있는 칙칙한 색깔의 복제품들도 이제는 쳐다보기도 싫다. 레코드 박스에도 베토벤의 만년의 콰르텟만은 갖추어 놓고 있지만, 새삼스럽게 틀어 볼 생각도 나지 않는다. 오가사와라小笠原 여행에서 가지고 온 큰 거북의 등딱지도 이제는 여행의 유혹을 속삭이지 않는다. 벽의 책장에는 그가 공부한 학과와는 매우 계통이 다른 볼테르와 몽테뉴가 헛되이 먼지를 뒤집어쓴 채 늘어서 있다. 앵무새라든지 노란 잉꼬에게 모이를 주는 일조차 귀찮다. 침대 위에 드러누운 산조는 그저 멍하니 있는 것이다. 몸도 마음도 심지가 빠져나간 것 같은 상황이다. 나날의 생활의 무내용함이 그의 내부에 동굴을 파 놓은 것일까. 그것은 조금 전 기억으로부터 환기시킨, 저 바닥을 알 수 없는 불안과는 전혀 다르다. 무기력해지고, 불안도 고통도 느끼지 못하게 된 듯한 마비 상태다.

흐릿해진 그의 의식의 한구석에, 그러나, 내일 등교하는 학교의 소녀들의 분위기가, 그것만이 그의 가사假死 상태의 생활 가운데서도, 유일한 생물인 듯이, 밝게 떠오른다. 하나하나를 보면 추하기도 하고 비열하기도 하고 어리석기도 한 소녀들이 자신의 생활 속에서 접촉할 수 있는 유일한 살아 있는 존재란 말인가? 풍요해지고자 예정해 놓았을 터인 나날들이 어찌 이처럼 궁핍하고 허무하단 말인가. 인간은 결국, 집착하고, 미치고, 추구할 대상 없이는 살아갈 수 없는 것일까. 자신도 역시, 세상이 — 갈채하고, 증오하고, 질시하고, 아부하는 세상이 — 필요한 것일까. 예를 들어, 하고 그는 생각하지 않을 수가 없다. 예를 들어, 지난주 근무하고 있는 학교에서 국한문의 노교사가 근작이라면서 칠언절구七言絶句를 직원실 여러 사람에게 낭독해 들려주었을 때, 조상 전래의 유가儒家에서 자라난 자신이 반농담으로 그 운韻을 이어받아 즉석에서 화답해 주었다. 그것의 교졸巧拙보다도, 분야가 다른 젊은 생물 교사가 그런 일을 해 보여서, 노선생이 매우 놀랐고, 호인스러운 과장된 몸짓으로 칭찬을 해 주었는데, 그때, 정말이지, 나는 — 존대한 나의 자존심은 — 얼마나 보잘것없이 작은 기쁨으로 들떴던가! 실제로, 그 노교사의 칭찬의 말 한마디 한마디까지 똑똑히 기억하고 있을 정도로, 기뻐하지 않았던가. 바이닝거*에 의하면, 여자는, 일생 동안 자신을 향해 쏟아진 칭찬의 말을 모두 기억하는 존재인 것 같은데, 아무래도 이것은 여자에 한정된 것이 아닌 것 같다. 그러고 보니, 나는 지난 몇 년 몇 개월 동안, 자신을 향해 나온 찬사를 하나도 듣지 못했다. 자신이 갈구하던 것이, 이런 별것도 아닌 것이었단 말인가. 그렇다면, 그처럼 조그만 허영심을 충족시키고 싶어 하는 네가, 어째서, 이처럼 세상과 동떨어진 생활을 선택했단 말이냐. 오뒤세이아와, 루크레티우스와, 모시정전毛詩鄭箋**과, 그것조차도 소화해 내기 어려울 정도의, 글자 그대로 '스몰 라틴 앤드 레스 그리크small Latin and less Greek', 그 정도면 생활에 족하다고 생각하던 나는, 얼마나 인간이라는 것에 무지했던 것일까! 두번천杜樊川***도 세자르 프랑크도 스피노자도 채울 수 없는 구멍이, 하나의 찬사, 하나의 아유阿諛로 대번에 채워진다는, 인간적인, 너무나 인간적인 사실에, (그리고, 자신처럼 우둔하게 태어난 서치書癡에게까지 이런 사실이 적용된다는 것에) 산조는 새삼 놀라는 것이다.

아직 자기에는 너무 이르다. 게다가, 어차피 잠자리에 든들,

---

* 오스트리아의 유대계 철학자 오토 바이닝거(Otto Weininger, 1880-1903)를 가리킨다.

** 모시毛詩는 시경詩經의 별칭. 정전鄭箋은 정현鄭玄이 쓴 모시毛詩의 주해서.

*** 당나라 시인이자 산문가 두목杜牧.

언제나와 마찬가지로, 두세 시간은 자지 못할 것이 뻔하다. 산조는 하릴없이 몸을 일으켜, 침대 가에 앉은 채로, 멍하니 방 안을 바라본다. 이삼일 전, 책상 서랍을 마구 뒤졌더니, 종이 부스러기에 뒤섞여 센코하나비* 봉지가 나왔다. 여름이 끝나갈 때 넣어 놓고는 잊고 있었던 것인데, 아직 안에 꽃불이 몇 개 남아 있었다. 그것을 그때 그대로, 책상 서랍에 처박아 놓았다는 것을, 지금, 그는 언뜻 떠올렸다. 그는 일어나 서랍에서 그것을 꺼냈다. 꽃불을 꺼내 보니, 아직, 그리 습기를 먹은 것 같지는 않다. 그는 전등을 끄고, 성냥을 켠다. 어둠 속에 가늘고, 단단하고, 광휘가 없는, 빛의 선이 달렸고, 솔잎이, 단풍이, 피었다가는, 금세, 사라진다. 화약의 냄새가 코로 스며들고, 순간 답답하기 그지없던 그의 마음은, 계절에 어긋난, 이 섬세한 아름다움에 소박한 감동을 느끼고 있었다. 너무나 참담하고, 위축되고, 쓸쓸한 감동을.

3

　조용한 생물 표본실 안. 악어와 큰 박쥐의 박제, 오리너구리의 모형 등 사이에서 산조는 홀로 책을 읽고 있다. 탁자 위에는 다음 광물 시간에 사용될 표본과 도구들이 너저분하게 늘어

---

* 지노 끝에 화약을 비벼 넣은 작은 불꽃놀이용 꽃불.

서 있다. 알코올램프, 막자사발, 도가니, 시험관, 파르스름한 형석螢石, 감람석, 희고 반투명한 중정석重晶石과 방해석方解石, 단정한 등축결정等軸結晶을 보이는 석류석, 결정면을 번득이고 있는 황동광…… 그리 밝지 않은 방에, 천장의 창으로부터 비쳐들어오는 광선이, 단정한 결정체들 위에 떨어져, 오래 사용하지 않은 표본의 엷은 먼지조차 떠올려 보이고 있다. 그들 무언의 돌들 사이에 앉아서, 그 아름다운 결정과 반듯한 벽개劈開면을 보고 있노라면, 뭔가 차갑고, 투철한, 소리 없는, 자연의 의지, 자연의 지혜를 만나는 기분이 든다. 꽤 소란스러운 직원실을 마다하고, 산조는 늘, 이 차가운 돌들과 죽은 동식물 속으로 도망쳐 와서, 마음 놓고 독서를 하기로 하고 있다.

지금 그가 읽고 있는 것은 프란츠 카프카라는 사내의 「구멍」이라는 소설이다. 소설이라고는 했는데, 하지만, 어쩌면 그리도 기묘한 소설인가. 그 주인공인 '나'라는 것이 두더지인지 족제비인지, 좌우간 그런 류의 것임은 틀림없는데, 그게 끝내 밝혀지지 않는다. 그 내가 지하에, 온갖 지능을 쥐어짜 자신의 서식처 ― 구멍을 판다. 상상할 수 있는 최대한의 적과 재해에 대해, 용의주도한 주의를 기울여 안전을 기하는 것인데, 그러면서도 늘 극도로 소심하게 방비가 불완전한 것이 아닐까 두려워하지 않을 수 없다. 특히 나를 둘러싼 거대한 '미지未知'에 대한 공포와, 그 앞에 섰을 때의 나 자신의 무력함이, 나를 끊임없이 협박 관념에 빠뜨린다. '내가 위협받고 있는 것은 외부의 적만이 아니다. 대지 밑바닥에도 적이 있는 것이다. 나는 그 적을 볼 수는 없지만, 전설은, 이에 대해 이야기하고 있고, 나도 확실하게 그 존재를 믿는다. 그들은 땅 내부 깊은 곳에 서식하는 것들이다. 전설에서조차도 그들의 형상을 그릴 수가 없다. 그들에게 희생당하는 것들도, 거의 그들을 보지 못한 채 쓰러지는 것이다. 그들은 온다. 그들의 발톱 소리를(그 발톱 소리야말로 그들의 본체이다), 너는, 너의 바로 밑 땅속에서 듣는다. 그리고 그때에는 이미 너는 사라져 버린 것이다. 제 집에 있다고 해서 안심할 수는 없다. 오히려, 너는 그들의 집에 있는 셈이다.' 거의 숙명론적인 공포에 그 나는 몰리고 있는 것이다. 열병 환자를 엄습하는 악마 같은 것이, 이 구덩이에 서식하는 조그만 동물의 공포 불안을 통해 안개처럼 떠돌고 있다. 이 작자는 언제나 이런 기묘한 소설만 쓴다. 읽어 나가는 가운데, 꿈속에서 정체를 알 수 없는 것 때문에 위협받고 있는 듯한 기분이 아무래도 달라붙는 것이다.

그때, 입구의 문에 노크 소리가 나고서 얼굴을 들이민 것은, 서무실의 M 씨였다. 들어오더니, "편지가 왔거든요" 그렇게 말하고 탁자 위에 봉투를 놓았다. 서무실과 이 표본실은 꽤 떨어져 있으므로, 일부러 가지고 왔다는 것은, 이야기의 상대를 찾으러 왔을 것이 틀림없다. 나이는 오십이 넘은, 마르지는 않았지만 키가 작은, 그러나 용모는 매우 기괴하게 생긴 인물이다. 코가 빨갛고, 딸기처럼 점점이 털구멍이 보이고, 그 코가 얼굴의 다른 부분과는 아무 연관도 없이 오똑 얼굴 한가운데에 튀어나와 있으며, 도토리처럼 둥근 눈알이 깊이 파고든 위를, 매우 굵고 검은 눈썹이 너무나 눈과 달라붙어 나 있는 것이다. 두툼하고, 흑인식으로 뒤틀려 오른 입술 주변에는 외딴섬처럼 콧수염이 나 있다. 게다가, 물들인 머리는(벗어진 곳은 전혀 없지만,) 부분적으로 숱이 짙은 곳과 성긴 데가 있는 것이, 한 그루씩 다른 곳에서 이식한 것처럼 보이는데, 그게 또 짧으면서도, 석가님의 그것처럼 매우 곱슬거리는 것이다.

직원실 사람들은 모두 이 M 씨를 우습게 여기고 있는 모양이었다. 이 사람의 이름이 나올 때마다 빙긋 웃지 않는 이가 없다. 아닌 게 아니라, 성품도 우둔한 듯, 말도 "그러한, 것이, 겠지요"처럼 한마디 한마디 천천히 자신의 발음을 자신의 귀로 확인하고 나서 다음 발음을 하는 식으로 이어 나간다. 벌써 20년이나 이 학교에 근무하고 있는 모양인데, 그 근무 연수보다도, 그동안에 몇 명의 아내가 죽거나, 도망친 일로 더 유명하다. 게다가, 또 하나, 직원이 되었든 학생이 되었든 구별 없이, 젊은 여자를 보면 누가 되었든 얼른 손을 잡는 버릇이 있다는 것도 모두에게 알려져 있다. 별로 악의가 있어서가 아니라(악의를 가질 정도로 머리가 돌아갈 리가 없다고, 일반에게 알려져 있다) 그저, 억제할 수가 없어서, 쓱 하고 잡게 되는 모양이다. 몇 번씩이나 비명이 질러지고, 꼬집히고, 쨰려봄을 당하지만, 전혀 느끼는 바가 없고, 혹 느끼더라도 다음번에는 잊어버리는 것인지도 모른다. 그러면서도 용케 잘리지 않고 있는데, 저런 상관이어서 문제가 없는 것이겠지요, 하고 웃는 직원도 있다.

이 M 씨가 아무도 상대를 해 주지 않는 탓인지, 주에 이틀밖에는 출근하지 않는 산조를 붙잡고, 자꾸만 이런저런 이야기를 하고 싶어 하는 것이다. 나는 프랑스어를 하거든요, 했지만, 들어 보니, 그것은 라디오의 초등 강의를 한두 번 들었을 뿐인 것 같았다. 하지만 본인은 별로 떠벌이기 위해 하고 있는 말이 아니고, 정말로 그것만으로 프랑스어를 하고 있다고 생각하는 것이다. 이런 식으로 M 씨는 독일어도 한시漢詩도 와카和歌도 모두 할 줄 안다고 생각하는 것이다. 이런 이야기를 들으면서, 산조는 M 씨의 둔한 눈빛 속에서 무엇인가 흉포한 것이 도사리고 있음을 깨닫는 적이 있다. 막다른 곳으로 쫓긴 약자가 갑자기 공세로 나올 때와 같은 자포자기적인 것이 있는 듯한 기분이 든다.

편지를 건네고 나서도, 과연, M 씨는 돌아갈 생각도 하지 않고, 악어의 박제 밑에 앉아서, 늘 하는 식의 느린 말투로 이야기를 시작했다. 그러다가, 어떤 계기였는지, 그의 지금의(그보다 20세나 아래의) 아내 이야기가 나왔고, 그는 진지하게 자신과 결혼하기 전의 그녀의 내력 등을 이야기하기 시작했다. 이것은 좀 이상한데, 하고 생각하고 있었는데, M 씨는 보자기(지금까지 나는 깨닫지 못하고 있었는데, 이것을 일부러 보여주기 위해 M 씨는 나에게 왔던 것이다)를 펼쳐, 그 안에서 두툼한 책 한 권을 꺼내 탁자 위에 놓았다. 표지를 보니, 엷은 보랏빛 천 양장에 흰 종이가 붙여져 있고, 거기에 『일본 명부전名婦傳』이라고 쓰여 있었다.

"집사람에 대한 것이 여기 실려 있습니다." 이렇게 M 씨는 느릿느릿 말하고 나서, 기쁜 듯이 싱긋 웃었다.

"?" 산조는 처음에는 도무지 이해할 수가 없었지만, 좌우간 M 씨가 펼쳐 준 곳— 자작나무로 된, 여자아이들이 좋아할 만한 책갈피에 꽂는 서표가 끼워져 있다 ―을 보니, 과연, 한 페이지가 상하 2단으로 나뉘어져 있고, 그 윗단에 고딕체로 그의 아내의 이름이 적혀 있다. 이어서 생년월일과 태어난 곳과 졸업한 학교 같은 것이 있고, M 씨와 결혼하고 나서는 정숙하고 내조의 공이 적지 않다 운운……이라고 되어 있었고, 이번에는 기묘하게도, 일전一轉해서 남편인 M 씨 자신의 전기로 바뀌어, 그의 경력을 비롯해, 성정이 온후하다느니, 성인군자라 할 것이라느니, 조사弔辭에 나올 만한 문구가 나열되어 있었다.

그제야 겨우 산조는 모든 것을 이해할 수가 있었다. 일종의 사기 출판 같은 것에 M 씨는 걸려들었던 것이다. 즉,『일본 명부전』이라는 책에 귀하의 부인의 기사를 싣고 싶다는 등으로 추어올려 놓고, 천하의 우부우부愚夫愚婦들에게서 상당한 돈을 쥐어짜, 같잖은 책을 만든 다음 이를 다시 비싸게 판다는, 전혀 말도 되지 않는 사기에 걸려든 것이 틀림없었다. 게다가 M 씨는 속았다는 생각은 전혀 하지 않은 채, 의기양양하게 사람들에게 이를 보여주고 다니는 모양이다. 게다가 이 문장은 분명 M 씨 자신이 집필한 것이다.

페이지를 넘겨 앞쪽을 보니, 놀랍게도, 무라사키 시키부紫式部,* 세이쇼나곤淸少納言** 같은 거물들이 죽 나와 있는데, 역시 M 부인과 같은 구조로, 각각 한 페이지의 반씩 다루어져 있다.

---

* 헤이안平安 중기 여류 작가로『겐지 이야기源氏物語』를 남김.
** 헤이안 중기 무라사키 시키부와 같은 시기에 살았던 여류 문인. 일본 문학의 고전『마쿠라노소시枕草子』를 남김.

산조는 눈을 들어 M 씨를 쳐다보았다. 산조의 어이없다는 얼굴을 감탄의 표정으로 받아들였는지, M 씨는 감출 길 없는 기쁜 얼굴로 코를 씰룩거리고 있다. (그가 웃자, 누런 이가 드러나고, 그와 더불어, 그의 붉은 코가 — 과장도 꾸미는 말도 아니고 — 글자 그대로, 씰룩씰룩 움직이는 것이다.) 산조는 얼른 눈을 내리깔았다. 참을 수가 없었다. 희극? 그런지도 모른다. 하지만, 이것은 참으로, 뭐라 말로 표현할 수 없는 인간 희극 아닌가? 강장동물적 희극? 산조는 장 위의 조그마한 카멜레온의 모형으로 시선을 돌리면서, 멍하니, 그런 단어를 생각했다.

4

그날 밤, M 씨에 이끌려서, 산조가 오뎅집으로 들어간 것은, 생각해 보면, 참으로 신기한 사건이었다. 우선, M 씨가 술을 마신다는 소리도 처음 들었고, 하물며 밖에서 마신다는 일은 좀처럼 상상도 할 수 없는 일로, 더더구나 산조를 불러낸다는 것은 참으로 의외의 일이었다. M 씨로서는, 아내에 대한 상세한 이야기까지 할 정도로 친해진(그렇게, 그는 생각하고 있을 게 틀림없다) 산조에게, 어떤 형태로든 호의를 표시해야 한다고 생각했을 것이 틀림없다. 아무도 상대를 해 주지 않는 사내가, 어쩌다 남이 진지하게 대해 주었다고 생각해 얻은 기쁨이, 그를 자극해, 오뎅집으로 가자는 따위의, 그로서는 파천황破天荒적인 행동으로 나서게 한 것이리라. M 씨의 제안에 응한 산조의 기분도, 어떤 것이었는지 통 알 수가 없는 것이었다. 지병인 천식 때문에 술은 거의 끊은 상태였고, M 씨 같은 정체를 알 수 없는 인물하고 지금까지 진지하게 이야기를 한 일도 없었다. 그러니 그날 밤 M 씨와 마주 앉게 된 것은, M 씨의 느릿느릿하고 약간 기분 나쁜, 그러면서도 집요한 권유를 거절하지 못했다기보다는, 『명부전』 때문에 도발된, 이 사내에 대한 심술궂은 호기심 때문이었는지도 모른다.

별로 술을 잘 마시지 않는 산조에게, 그다지 억지로 권하는 것도 아니고, 혼자서 잔을 거듭하고 있는 사이, M 씨의 그 붉은 코는 점점 더 붉어져 기름기로 번들거리기까지 했고, 그러면서도 노상 누런 이를 드러내고 계속 히죽거리고 있다. 그리고, 늘 그렇듯, 분명하지 않은 말투로 천천히 천천히 아직도 마누라타령을 계속하고 있다. 꽤 아슬아슬한 이야기를, 실로 소박한 표현으로, 누누이 이어간다. 당사자로서는 딱히 그것이 아슬아슬한 이야기라는 자각이 없이, 그저 이야기하지 않을 수가 없어서 저절로 이야기하고 있는 모양이다. 규방閨房 안에서의 이야기에 대해, 무엇인가, 지금의 아내에게 유감스러운 점이 있다고 말하고는, 종잡을 수 없는 말투로 이를 지루하게 늘어놓고서, "매우 유감스러운 일입니다" 하고 공손한 말투로, 제삼자에 대한 이야기를 하듯 하는 것이다. 도대체 무슨 속셈으로 이런 이야기를 하는 것일까, 하고, 산조는 잠시 이 사내의 얼굴을 쳐다보았지만, 결국, 종잡을 수 없는, 미끈덕거리는 듯한 웃음에 의해 공허하게 내쳐지고 마는 것이었다. 이런 이야기를 들을 때에는 도대체 어떤 포즈를 취하고, 어떤 표정을 지어야 좋을지, 산조는 매우 당혹스럽고, 어색함을 감추기 위해 억지로 잔을 드는 것이었다.

정신이 들어 보니, 산조 앞의 새하얀 사기그릇 위에, 언제 왔는지, 그야말로 눈이 번쩍 뜨일 정도로 선명한 초록색을 띤 여치 한 마리가 오도카니 앉아, 조용히 촉각觸角을 움직이고 있다. 그 똑바로 뻗은 멋진 날개라니. 하얗고 강한 전등 빛 아래서, 참으로 접시까지 물들어 버릴 것 같은 녹색이다. 그 백색과 녹색을 응시하면서, 산조는 계속 M 씨의 부인 이야기를 듣고 있었다.

듣고 있는 동안, 늘 품고 있던 이 인간에 대한 바보스럽다는 생각은 사라지고, 일종의 언짢은 공포와, 이상한 울화(M 씨에 대한 직접적인 노여움은 아니다. 또한, 현재 처해 있는 자신의 위치에 대한 울화하고는 좀 다르다)가 뒤섞인 묘한 기분에 휩싸였다.

부지중에 산조도 꽤 마셨던지, 한동안은 상대의 이야기가 도통 귀에 들어오지 않았지만, 그러고 있는 사이에 뭔가 이야기의 방식이 달라진 것 같은 것을 문득 느끼고 보니, M 씨는 어느새 아내의 이야기는 관두고, '어떤 다른 사건'에 대해 이야기하고 있다. 어떤 다른 사건에 대해서라고 말한 것은, 그것이 지금까지의 M 씨의 화제하고는 전혀 딴판이어서, (물론 처음에는 무슨 소리인지 전혀 뜻이 통하지 않았다가, 듣고 있는 중에 차차 알게 된 바에 의하면) 매우 놀랍게도 일종의 추상적인 감상,

말하자면 그의 인생관의 한 조각 같은 것이었다. 하지만, 그 표현은 평소와 마찬가지로 도를 넘어선 얼빠진 것이었고, 그 발성은 애매하면서 완만하고, 또한 몇 번이고 같은 말을 되풀이하는지라, 도무지 이해하기가 힘들었다. 그러나, 참을성 있게 듣고서 그 뜻을 파악해서, 그것을 보통의 말로 바꾸어 보면, 그때 M 씨가 피력한 감회는 대체로 다음과 같은 것이었다.

　—인생이라는 것은, 나선형 계단을 올라가는 것과 같다. 하나의 풍경의 전망이 있고, 다시 한 바퀴 돌아서 올라가면 다시금 똑같은 풍경의 전망과 맞닥뜨리게 된다. 최초의 풍경과 두 번째 그것은 거의 같지만, 그래도 약간이나마, 두 번째의 그것이 조금 멀리까지 보이는 것이다. 두 번째 전망대까지 도달해 있는 인간에게는 그 미소한 차이가 이해되지만, 아직 첫 번째 장소에 있는 인간은 그것을 이해하지 못한다. 두 번째 장소에 있는 인간도, 자신과 아주 똑같은 전망밖에는 가질 수 없다고 생각하고 있는 것이다. 실제로, 하는 소리만 듣고 있으면, 두 사람 사이에는 거의 차이가 없으니까.—

　나선 계단이라고 하는 대신에, 빙글빙글 돌아서 올라가는 것이 있지요, 그게, 저, 높은 탑 같은 데 올라갈 때 계단이 되고 말이죠. 빙글빙글 돌아서 올라가면서, 줄곧 주변의 경치가 보이는 것 같은, 손잡이가 붙어 있기도 하고 있는, 점점 올라가지요, 이런 식의 표현을 몇 번이고 되풀이해서 들려줄 정도인데, 이하以下 이런 식으로 엄청나게 빙빙 말을 돌려서, 위와 같은 말을 하는데도 약 30분은 걸리는 것이다. 광석 안에서 어떤 귀한 금속을 추출하듯, 그것을 잘 해석하면 분명히 위와 같은 뜻이 되는 것이다. 왠지 몽테뉴라도 할 만한 소리로 여겨져, 산조는 이전과는 다른 의미에서 M 씨의 얼굴을 다시 쳐다보았을 정도인데, M 씨는 독서가가 아니므로 결코 책 같은 데서 이런 생각을 주워 담고 온 것은 아니다. 50년의 생애의 느릿한 관찰에서 태어난, 그 자신의 감상이 틀림없다. 이런 말을 내뱉을 만한 지혜의 흔적이라곤 엿보이지 않는 M 씨의 얼굴을 살펴보면서, 산조는 다음과 같이 생각했다.

모두가 이 사내를 우습게 알고 있지만, 우리가, 만약에 이 남자의 아둔한 표현을 이해해 줄 만한 인내심을 갖는다면, 지금 이 사내가 토해낸 감상 정도의 사상은, 늘 그가 하는 말 여기저기서 발견해 낼 수 있지 않았을까. 다만, 우리 쪽에서 그것을 발견해 낼 능력과 끈기가 없었던 게 아닐까. 게다가 그 둔중하고 난해한 말을 제대로 곱씹고 있는 중에는, 우리에게도, 이 사내의 우매함에 대한 필연성이 —'어째서 그가 언제나 이다지도, 남의 눈에는 우매하게 보이는 듯한 행동을 하지 않으면 안 되는 것일까'에 대한 심리적 필연성이 확실하게 이해되는 것이 아닐까. 그렇게만 된다면, 결국, M 씨가 M 씨가 아니어서는 안 될 필연과, 우리가 우리여야 할 필연성 사이에는 — 혹은, 괴테가 괴테이지 않으면 안 될 필연성 사이에 — 가치의 상하를 붙이는 일이, (적어도 주관적으로는) 불가능하다고 느끼게 될 것이다.

당장, M 씨는 조금 전의 감상 가운데, 분명히, 자신을 위의 계단에까지 도달해 있는 자로 간주했고, 그를 조롱하는 우리를, '아래쪽 계단에 있으면서 위쪽 계단에 있는 자를 우습게 여기려는 제 분수도 모르는 자'라고 여기고 있는 것이 틀림없다. 우리의 가치 판단의 표준을 절대라고 생각하는 것은, 우리의 자만에 지나지 않는 것이 아닐까. (이 M 씨의 예를, 유추類推의 선에 따라 조금만 이동시켜서 생각해 보면) 마찬가지로, 우리가 만약에 개나 고양이나, 그러한 짐승의 말이나 기타 표현법을 이해하는 능력을 가진다면, 우리에게도, 그들 동물들의 생활 형태의 필연성을, 저절로 이해할 수가 있고, 또 그들이 우리보다도 훨씬 우수한 예지와 사상을 가지고 있음을 발견해 내지 말라는 법도 없을 것이다. 우리는, 우리가 인간이기 때문에, 라는 간단한 이유로, 인간의 지혜를 최고의 것이라고 자만하고 있을 뿐이 아닐까……

취기가 돈 머리로는, 사물을 생각하는 일이 귀찮아지게 마련이고, 결국에 가 닿는 곳은, 늘 하듯 '이그노라무스 이그노라비무스'*다. 산조는 뭔가에 쫓기기라도 하듯, 허겁지겁 연거푸 서너 잔을 비웠다. 여치는 이미 어디론가 사라져 버렸다. M 씨도 어지간히 취한 듯, 눈을 감고, 그러나, 아직 입 속으로는 무엇인가 중얼거리면서, 뒤에 있는 기둥에 몸을 기대고 있다.

5

---

* Ignoramus et ignorabimus. '우리는 모르고 (영원히) 모를 것이다'라는 의미로 인간 인식의 한계를 주장한 라틴어 표어이다.

흥, 아직 서른도 되지 않은 주제에, 저 새침한 침착성은 뭐란 말인가. 이제부터 공연히 무슈 베르제레나 제롬 코와냐르* 스승처럼 굴 것은 없지 않은가. 세속을 초월한 고고함이라느니, 정신적 향수享受 생활이라느니, 이렇게 뽐내고 있다가는, 그야말로 웃음거리가 될 테지. 행동 능력이 없기 때문에, 세상에서 외톨이로 남겨져 있을 뿐이 아닌가. 세속적인 활동 능력이 없다는 것은, 거기에, 결코 세속적인 욕망까지도 없다는 것은 아니니까 말이지. 비속한 욕망으로 가득 차 있는 주제에, 그것을 획득할 만한 실행력이 없다고 해서, 공연스레 고상한 척하는 따위의 짓은 악취미다. 궁지에 몰린 고립 따위는 조금도 비장하거나 한 것이 아니다. 게다가, 또 하나. 세속적인 재능이 없다는 것은, 결코, 정신적인 일에 재능이 있다는 이야기가 되는 것은 아니니까. 결코. 대체로, 향수적 생활이라는 것이, 애당초에 생활 무능력자의 최후의, 그럴듯한 은신처란 말이다. 뭐라고? '인생은 아무것도 하지 않기에는 너무 길지만, 무엇인가를 하기에는 너무 짧다'? 무슨 건방진 소리를 하고 있는 거야. 너무 긴지, 너무 짧은지, 좌우간 그것은 해 보고 나서 할 소리라고. 아무것도 알지도 못하면서, 아무런 노력도 하지 않고서, 공연히 깨달은 듯한 소리를 하는 것은 아주 나쁜 버릇이라구. 그게 진짜 건방이란 것이다. 네가 어려서부터 품어 왔다는 '존재에 대한 의혹'이란 것도, 상당히 우스운 것이지만, 좋았어, 그

---

* 둘 다 아나톨 프랑스의 소설 제목이자 주인공의 이름이다.

에 대해 답해 주지. 잘 들어. 인간이란 건 말이야, 시간이라든지, 공간이라든지, 수라든지, 그러한 관념 속에서가 아니면 아무 생각도 할 수 없도록 만들어져 있어. 그래서 그런 형식을 초월한 것에 대해서는 아무것도 알지 못하게 되어 있어. 신이라든지, 초자연이라든지, 그런 것의 존재가, (그리고 비존재가) 이론적으로 증명되지 못하는 것은 그래서지. 너의 경우도, 마찬가지야. 너의 정신이 그런 의혹을 품도록 생겨 먹었기 때문에, 그런 의혹을 품고, 또한, 그 해결을 얻지 못하는 것처럼, 너의 (즉, 인간의) 정신이 생겨 먹었기 때문에, 너는 그 해결을 얻지 못하는 거야. 그게 다야. 바보같기는.

애초에, '세계란'이라든지 '인생이란'이라든지, 그런 거창한 말투는 그만두는 게 좋을 거야. 무엇보다, 부끄럽다는 생각이 들잖아. 다소간이라도 취미가 윗선인 섬세함을 가진 사내라면, 부끄러워서, 그런 말투는 도저히 쓸 수 없어. 게다가 세상은(벌써 이런 말을 쓰는 것은 조금 그렇지만, 너에게 들려주기 위해서는 어쩔 도리가 없군) 그따위 개념으로는 결코, 크게도, 깊게도 아름답게도 될 수 없는 거야. 반대로 세부의 디테일을 깊이 관찰하고, 거기에 적극적으로 작용함으로써, 세계는 무한히 확대되는 거지. 이 비밀을 터득하지 않고서는, 건방지게 어엿한 페시미스트인 체할 자격은 없는 거야. 누구든 인간이 제대로 되고 나면, 그처럼 일일이, 세속이라느니, 그 컨벤션[관습]이라느니를 경멸하는 게 아냐. 오히려, 그 속에서, 가장 뛰어난 지혜를 발견해 내는 거야. 얼핏 바라보기만 한 그대로의 인생의 사실만 가지고는 아무런 신기할 것이 없는 일도, 거기에 어떤 것을 가공하고, 그것을 일정한 방식에 따라 다룰 때, 순식간에, 의미가 있는 흥미로운 것이 되는 경우가 있거든. 이것이 인생에는 컨벤션이 필요한 이유야. 물론 여기에만 몰두해 버리는 것은 어리석기 짝이 없는 짓인데, 얼핏 보기만 하고 절망하거나 경멸하는 짓은 바보 같은 이야기야. 초등 대수代數의 완전평방이란 것을 알고 있겠지? 그 방정식을 알지 못하면 잘 풀리지 않을 것 같은 방정식이, 그것 하나로 해결되어 버려. 그처럼, 인생에 주어진 사실에 대해서도, 일단 방정식의 양변에 b/2a의 제곱을 더해서 풀기 쉽게 의미 있는 것으로 만드는 기술을 익혀야 되겠지. 회의懷疑는 그런 다음에 해도 충분한 거야.

좌우간 되풀이해서 말해 두지만, 저 같잖은, 깨달았다는 듯한, 시건방진 말투만큼은 그만두었으면 좋겠군. 정말이지, 너보다도 이쪽이 창피해서 쥐구멍에 들어가고 싶어져. 엊그제만 해도 그렇잖아. 동료인 독신자들하고 결혼에 대해 이야기했을 때의 너의 말투는 뭐야? 뭐랬더라. 그래, 그래, "아무리 재미있는 작품이라 하더라도, 그것을 교실에서 텍스트로 쓰게 되면, 순간 시시해져 버리는 것과 마찬가지로, 아무리 좋은 여자라 하더라도, 마누라로 삼고 보면, 바로 그 순간 별 볼 일 없는 여자가 되고 마는 거야"였지? 그 말을 의기양양하게 말할 때의 너의 얄팍하고, 우쭐한 얼굴을 떠올리고, 네 나이와 경험을 아울러 생각해 볼 때, 참으로 나는, 창피를 넘어 소름이 쪽 끼쳤단 말이다. 정말이지. 또, 있어. 할 말은 아직도 있다고. 역겨울 정도로 젠체하는 주제에, 게다가, 너는 지저분한 호색가이기도 하잖아. 다 알고 있어. 언제였지, 해안 공원에 학생 둘을 데리고 놀러 간 일 말이야. 그때 너희들이 풀밭에 앉아서 쉬고 있었을 때, 역시 근처에서 쉬고 있던 노동자풍의 사내가 두세 명, 분명히 일부러 들리게 하려는 목소리로 외설스러운 이야기를 하고 있었지. 그때 너의 태도와 눈빛이 어땠니! 난처해져서, 딴 데를 보고 못 들은 체하고 있었지. 하지만, 도저히 그 소리를 듣지 않을 수 없는 소녀들 쪽을, 너는, 또, 얼마나 음험한 눈초리로(게다가 곁눈질로) 바라보았던 거야! 정말이지.

뭐, 내가 딱히 인간의 타고난 본능을 경멸하려는 것은 아니야. 호색가, 크게 상관없어. 그러나, 호색가라면 호색가답게, 어째서 당당하게 호색가처럼 굴지 않는 거냐고. 젠체한 포즈랑, 교묘한 저스티피케이션의 그늘에 호색가 근성을 감추려 하는 것이, 꼴불견이라는 거야. 슬플 때는 울고, 분할 때는 발을 구르고, 아무리 천덕스러운 웃음거리라도, 우습다고 생각되면 입을 크게 벌리고 웃으면 되는 거야. 세상에 대한 체면 따위는 문제로 삼지 않는다는 소리를 해 놓고서, 결국 자신의 동작의 효과를 너는 가장 신경 쓰고 있는 거잖아. 하긴, 너 자신이 걱정할 뿐, 세상은 너 따위는 조금도 신경 쓰지 않으니까, 결국, 너는, 자신에게 보여주기 위해 스스로 여러 가지 동작을 신경질적으로 연출하고 있는 셈이지. 참으로, 엄청 복잡한 바보, 제어하기 어려운 서투른 배우야. 너라는 사내는……

정신을 차리고 보니, 산조는 어떤 가게의 쇼윈도 앞의 난간을 붙잡고, 유리창에 이마를 붙이고 위태위태하게 몸을 지탱하면서, 반쯤 자고 있었던 모양이다. 쇼윈도의 조명에 눈을 꿈벅이면서 살펴보니, 그것은 목걸이나 팔찌 같은, 그런 진주 제품만을 파는 상점이다. 오뎅집 앞에서 M 씨와 헤어져, 그러고는 어슬렁어슬렁 어느덧, 벤텐도리弁天通라는 이 항구마을 특유의 외국인 상대의 상점가까지 걸어온 모양이다. 뒤돌아 거리를 바라보니, 다른 상점들은 대개 문을 닫고, 지나가는 사람도 없이 조용한데, 이 점포만큼은 어찌된 셈인지 아직 열려 있는 모양이다. 눈앞의 장식창 속에서는 진주들이, 검은 벨벳의 포근한 받침 위에, 깊숙하게 빛을 머금으며 조용히 자리 잡고 있다. 전등의 조명으로, 하얀 알 하나하나가 각각 유백색으로 윤기를 지우기도 하고, 엷고 파란 희미한 그림자를 머금고서, 늘어서 있다. 산조는 술이 깨는 눈으로, 놀란 듯이 이를 바라보았다. 그러고서 창가를 떠나, 한동안 M 씨의 일도, 조금 전의 자기 가책에 대해서도 잊어버리고서, 인기척 없는 거리를 정처 없이 걸었다.   (1936. 11)

습작 習作

시모다의 여자 下田の女

1

"나는 도시에서 사랑을 했죠. 콜레라의 세균을 닮은 센코하 나비 같은 사랑을 한 겁니다. 그렇지만 그 결과는 너무나 참담했습니다. 나는 너무 둔했던 겁니다. 여자는 너무나 예리했고요. 나는 칵테일을 열 잔 마시고 싶었습니다. 여자는 그보다는 위스키 한 잔을 원했던 거고요. 그래서 여자는 나를 알게 되고 나서 열흘째에는 어느덧 다른 남자의 목에 팔을 내던졌습니다. 게다가 나는…… 아, 이 불쌍한 나는…… 그래요. 마침내 신경 쇠약에 걸리고 만 겁니다. 그리고 도시의 너무나 창백한 피부를 견딜 수가 없어서 — 도시가 때로 붉게 보이는 것은 그 피부 때문이 아니라, 순전히 그 위에 생긴 빨간 부스럼 탓입니다 — 나는 결국 도망쳐 이 남쪽 나라로 온 거지요."

나는 처음 본 여자에게 그렇게 말했다.

멋진 저녁이었다.

이 나라의 공기는 벌새의 깃털처럼 가볍고 달콤하며 간지러 웠다. 거리에 오직 하나뿐인 이 카페를 에워싸고 있는 보라색 빛 속에는 풍성하게 부풀어오른 여자의 살 냄새가 미지근하게 가라앉아 있었다. 여자는 잠시 동안 아래를 향하고 있었다.

하지만, 갑자기, 여름날 아침의 고원과 같은 쾌활함으로 웃 기 시작했다.

"호호호호호호호호호호."

나는 잠자코 여자의 얼굴을 보았다.

잠시 후 다시 여자는 불쑥 말했다.

"저…… 친구가 돼 주지 않으시겠어요? 좀 더 사이 좋은 친 구요."

"친구?"

"네, 그래요. 친구요, 그냥 친구 말이에요."

여자의 눈의 미소가 바로 내 눈 속으로 녹아들었다. 나는 이 번에는 주저하지 않고 대답했다.

"그럽시다. 아니, 꼭 좀 그래 주십시오."

그래서 우리는, 컵을 탁 마주쳤다. 그 투명한 녹색의 액체 속 에도 보라색 빛이 비처럼 내리쏟아졌다. 그리고 우리는 친구가 되었다.

2

그 이튿날 낮 나는 항구 쪽으로 거리를 걸어갔다.

이 항구마을은 새하얀 햇빛과 복숭아빛 하늘 아래 환하게 빛나고 있었다. 그 하얀 햇빛 속에 여자의 동그란 얼굴이 장미처럼 웃고 있었다. 꽃잎 같은 입술은, 나를 발견하자마자 재잘거리기 시작했다.

"어머나, 겨우 찾았네요."

여자의 눈은 나의 눈을 바라보았다.

그러더니 여자의 입이 매끄럽게 말하기 시작했다.

"당신은 내가 싫은 거지요. 난 잘 알고 있어요. 하지만, 그렇다고, 그쪽이 우리 집에 와서는 안 된다는 이유는 되지 않겠지요."

나는 뭐가 뭔지 알 수 없게 되었다.

"혹시, 이유가 된다 해도 무슨 상관이겠어요. 그게 어때서요. 그쪽에서는 나한테, 도시 이야기를 해 주셨지요. 그래서 나도 당신한테, 이 거리의 여자 얘기를 해 드리고 싶은 거예요. 여러 재미있는 얘기가 있거든요. 그러니 지금 바로 우리 집으로 오세요. 아니, 오지 않으면 안 돼요."

여자는 어리둥절한 나를 집으로 데려가서, 이곳 여자의 이야기를 했다.

* * *

이 항구의 어느 여인을 도쿄의 한 학생이 사랑했다.

여자는 긴 머리카락을 가지고 있었다.

남자는 파리한 얼굴색을 하고 있었다. 그는 병 때문에 학교를 그만두고 한 달가량 이곳에서 정양하고 있는 중이었다.

어느 날 밤 그는 여자와 함께 바닷가를 거닐었다.

그것은 소녀 잡지라도 읽고 있는 여학생의 눈처럼 센티멘털한 밤이었다. 하얀 안개가 4월의 바다와 꽃향기를 머금고 흘러왔다. 그 안개를 차갑게 볼에 느끼며, 남자는 얼굴을 벌겋게 달궈 가며 걸어갔다. 거의 스치듯 걷고 있는 여자의 풍만한 육체에서 발산하는 강렬한 향기가 그에게는 감당하기에 힘들었다. 그는 때때로 머리카락을 쥐어뜯었다. 피울 줄도 모르는 담배를 마구 피웠다. 그리고 혼잣말처럼 말했다.

"아, 도대체 나는 어떻게 그리 패기가 없는 걸까."

"어머, ……무슨 일이세요." 여자의 비둘기 같은 눈이 놀란 체하며 쳐다보았다.

"그래요. 나는…… 나는……"

청년은 갑자기 모래 위에 무릎을 꿇었다.

"약 한 달 전, 당신을 그 가게에서 본 뒤로 일을 할 수 없게 되어 버렸습니다. 책을 읽고 있으면, 책 속에 글자 대신에 당신의 그 흑수정 같은 눈동자가 나타나는 겁니다. 하늘을 바라보고 있으면 파란색 가운데 당신의 복숭아빛 얼굴이 웃음 짓고 있는 겁니다. 그리고 지금까지 한 달 동안 나는 밤에도 거의 잘 수가 없었습니다. 그리고……"

청년은 아마도 그가 도쿄에 있을 때 영화 속에서 보았을 러브신을 그대로 하려고 했다. 하지만, 그는 너무나 지나치게 열중해 있었다.

그는 입술을 떨었다.

눈은 자비를 비는 듯이 여자를 쳐다보고 있었다. 그는 손을 여자 쪽으로 뻗었다.

그의 심장은 병아리처럼 뛰고 있었다.

여자는 청년이 내뻗은 손을 손가락 끝으로 살짝 튕기면서 냉랭하게 웃었다.

"호호호호, 대단한 소동이네요."

"당신은, ……당신은." 청년은 마침내 몸을 내던졌다.

"나는, 당신을 사랑하고 있는 게 아닌가요. 게다가 게다가 당신은 어쩌면 그렇게 지독한……"

"어머나, 그랬군요. 그건 참으로, 감사해요. 참으로 당신같이 학문도 있고 잘생긴 훌륭한 분은, 나는 어쩐지 아까운 것 같아요."

남자의 눈동자는 아침 물고기처럼 빛나기 시작했다.

"네? 그럼, 당신은 정말로."

남자는 자칫 환희의 눈물에 잠기려 했다.

하지만, 여자는 다시 재미있다는 듯이 웃었다.

"네. 하지만 말이죠. 대체 당신은 돈, 얼마쯤 내놓으실 생각?"

모래 위에 쓰러진 남자를 뒤로 하고, 환등과 같은 안개 속을 여자는 조용히 사라졌다.

＊ ＊ ＊

다음 날 아침 여자는 청년에게 편지를 썼다.

"나의 귀여운 도련님.

어젯밤은 매우 실례. 어서 도쿄로 돌아가세요.

이 고장은 포근하답니다. 이 고장의 여자는 차갑고 시시한 '마음과 마음의 사랑'보다 포근한 '몸과 몸의 사랑' 쪽을 좋아합니다. 당신은 희고 화사한 얼굴을 하고 있지요. 하지만 나는 그보다는 굵직하고 늠름한 팔에 안기고 싶은 겁니다. 금방이라도 터질 것 같은, 든든한 가슴에 얼굴을 파묻고 싶은 겁니다.

게다가 당신은 매우 센티멘털하더군요. 하지만, 나는 좀 더남자다운 강한 사람이 좋아요. 나는 감상적인 남자는 딱 질색이에요. 재치 없는 남자도 질색이고요. 그리고 연애는 성욕 이상의 것 같은 소리를 하는 사람도 아주 싫어요.

당신은, 처음에, 내 이름을 물었지요. 하지만, 어째서 그런 짓을 하는 거죠. 사랑을 하는 데는 딱히 이름이고 뭐고 필요 없는 거 아닌가요. 저, 그래서 낙심하고 말았죠.

그리고 어젯밤, 내가 당신한테, 돈을 얼마나 줄 거냐고 놀렸더니, 당신은 울상을 지으며 쓰러져 버렸지요. 그때, 왜 웃으면서 나를 꼭 껴안아 주지 않은 거예요. 어째서 내 입술에 뽀뽀해 주지 않은 거예요. 그랬으면 나, 그때 당신 것이 되고 말았을 텐데. 나도 정이 떨어지고 말았어요. 너무나 바보스러웠으니까…… 죄송……

그럼, 내 귀여운 ─ 아니 불쌍한 ─ 도련님. 안녕. 도쿄에 돌아가서 새로운 연인이라도 찾으세요. 그런데, 당신은 늘 용기를 가지지 않으면 안 돼요. 연애에는 언제나 개와 같은 용기와 돼지 같은 뻔뻔함, 그리고 하나 더, 돈이 필요한 것이니까요."

* * *

이 이야기가 끝나고 나서 여자는 말했다.

"이런 이야기, 별로 재미있지도 않았지요. 하지만 이 여자, 당신의 연인이었던 사람하고 닮지 않았나요?"

나는 잠자코 고개를 끄덕였다.

여자는 바로 두 번째 이야기를 시작했다.

* * *

남자의 얼굴은 썩은 소고기의 빛을 띠고 있었다.

남자는 역시 도쿄의 상인이었다.

부근의 Y 온천에 보양차 온 김에, 경치가 좋은 이 항구마을에 들른 것이었다.

40대 남자의 사랑에는 붉은 돼지의 냄새가 난다.

남자의 집요한 육욕은 이 거리의 한 여인을 술집의 안쪽 방으로 끌어들였다.

어질러진 술자리에 술기운으로 벌게진 남자의 얼굴이 기분 나쁘게 웃었다.

여자는 모르는 체하고 있었다.

남자는 부러 지갑을 건드려 소리를 냈다. 남자의 손은 음흉하게 여자의 손을 쥐었다.

"감사합니다."

여자는 돼지 같은 남자의 눈길을 피하면서 얄궂은 미소를 입가에 띠며 말했다.

"하지만, 저는 살을 베어 파는 여자가 아니에요."

하지만 그는 멈추지 않았다. 눈이 교미기의 개처럼 충혈되었다. 그는 손을 내뻗어 여자의 목을 끌어당기려 했다.

"그만두세요."

여자는 분연히 남자의 손에 일격을 가하고 일어섰다.

"저는 분해요. 당신 같은 남자가 있다는 건 여성으로서는 하나의 모욕이에요. 당신은 도대체 여자를 무엇이라고 생각하고 있는 거예요. 여자는 남자의 성욕을 충족시키는 기계가 아니에요. 여자에게는 마음이 있어요. 남자가 가진 것보다 훨씬 깨끗하고 따뜻한 마음이 있어요. 그래서, 나는 사랑은 했지만, 당신처럼 더러운 사람은 몰랐던 겁니다."

여기까지 말하고서 여자는 조금 냉정을 되찾았다.

"그래요. 당신은 사랑 같은 건 모르시겠지요. 당신의 흐린 눈과 더러운 입술은 당신이 사랑을 모른다는 것을 얘기해 주고 있어요. 당신은 육욕은 알고 있어도 사랑은 모르는 겁니다. 한 여자가 한 남자를 사랑한다. 진심으로 사랑한다. 아 얼마나, 그것은 멋진 일일까요."

그녀는 ― 감상적인 소녀가 하는 것처럼 ― 손을 가슴에 대고, 조금 위쪽을 바라보면서 이야기를 계속했다. 남자는 어안이 벙벙해 듣고 있었다.

"나는 당신 같은 뻔뻔스러운 아저씨는 질색이에요. 좀 더 젊고 잘생긴 도련님이 좋아요. 세상일에 대해서는 아무것도 모르는 도련님, 그런 분하고 사랑을 해 보고 싶어요. 당신은 나보다 훨씬 연세가 들었지요. 하지만 나는 당신에게 한 가지 가르쳐 드릴 게 있어요. 일생에 한 번쯤은 진지한 사랑을 해 보세요. 그러면 비로소, 정말로 인생이란 살 만한 가치가 있다는 것을 알게 될 거예요. 당신처럼 육욕밖에는 알지 못하는 사람에게는 진정한 행복 같은 것은 알 수 있을 턱이 없으니까요."

그렇게 내뱉고 나서 여자는 갑자기 방에서 뛰쳐나갔다. …………

* * *

이 지극히 평범한 이야기를 끝내고 나서, 여자는 나에게 말했다.

"이번 이야기는 앞의 이야기보다 더 시시했지요. 하지만, 저기 만약에……"

여자는 잠시 뜸을 들이다가 다시 말했다.

"처음 여자와 이번 이야기의 여자가 완전히 같은 사람이라고 하면, 당신은 어떻게 생각하시겠어요?"

나의 놀란 얼굴을 보고서 여자는 이어서 말했다.

"그리고요, 또 지금 말한 이 두 여자라는 게 모두 내 이야기라면 어떠세요?"

나는 여자의 얼굴을 바라보았다.

"호호호호호, 놀라지 않으셔도 돼요. 하지만, 이건 모두 둘 다 나의 얘기예요. 게다가 그 두 명의 남자는 아직 이곳에 남아 있거든요."

3

──저는 당신이 좋아요. 당신은 나를 사랑하지 않으니까요. 하지만 나도 당신을 사랑하지는 않아요. 사랑 같은 것은 자신에 대한 최대의 모독이거든요. 어제의 이야기는 모두 진짜예요. 하지만 그리 이상할 것은 없지요. 여자도 딱히 하나의 틀에 주조해 만들어진 건 아니니까요. 때에 따라서는 그것은 강해지기도 하는 거죠. 하지만 또 때로는 나는 역시 여자라고 곰곰 생각하는 일도 있어요. 이중인격 같은 어려운 말은 나는 몰라요. 그저 나는 때와 장소에 따라서 카멜레온처럼 색이 변할 뿐이에요. 당신의 눈에는 나의 색, 뭐로 보이죠? 빨간색? 까만색? 파란색? 초록색? 아니면 흰색? 설마 분홍색으로 보인 적은 없겠지요? 하지만 내일은 그 분홍색으로 보여드릴지도 모르니 꼭 오세요. 아침 10시. S 공원으로요.

* * *

약속한 10시. 나는 이 항구에서 가장 전망 좋은 S 공원에서 여자와 만났다.

하얬다. 엄청 하얬다. 우선 하늘이 하얗게 안개가 껴 있었다. 다음으로 바다도 하얗게 빛나고 있었다. 모든 것이 4월의 투명한 은빛 하늘 밑에서 하얗게, 속삭임을 교환하고 있었다.

"당신은, 내일 벌써 도쿄로 돌아가신다지요?" 여자는 내 안경테를 바라보면서 물었다. 나는 잠자코 고개를 끄덕였다.

둘 다 잠시 아무 말도 하지 않았다.

얼마 있다가 여자는 생각난 듯이 웃기 시작했다.

"호호호호호, 나답지 않은 소리를 하고 말았네. 저기요. 더 높은 곳으로 가지 않을래요?"

그래서 두 사람은 옛날 포대 터까지 올라갔다. 그 돌담 위에서는 보랏빛으로 반짝이는 도마뱀의 꼬리가 하얀 햇빛 아래에서 남국적인 난무亂舞를 계속하고 있었다. 아주 잠시, 손으로 차양을 하고 바다 쪽을 바라보고 있던 여자는 갑자기 외치기 시작했다.

"어머 저 배예요. 틀림없이 그럴 거예요."

"뭐가?"

"두 사람이 타고 돌아가는 게."

"그 두 사람 말이야?"

"네."

"두 사람 다 오늘 돌아가는 거야?"

"그래요. 두 사람 모두 오늘 M 호로 떠난다고 말했거든요."

두 사람이라고 하는 것은 여자가 이야기한 상인과 학생이었다. 여자는 우스워 참을 수 없는 모양이었다.

"두 사람이 배 안에서 터놓고 이야기들을 하면 재미있을 텐데 말이죠. 두 사람 모두 표정이 재미있을 거예요."

도마뱀의 꼬리는 이미 난무를 그만두고 축 늘어져 돌 위에 누워 있었다. 정오에 가까운 뜨거운 햇볕을 받은 나무들의 녹색은 노란색을 강하게 공중으로 반사하고 있었다. 여자는 중얼거리듯 말했다.

"하지만, 저, 그 장사꾼은 상관없지만, 학생은 조금 불쌍하다는 기분이 들어요…… 네, 좀 불쌍했지요."

문득 나는 봄날의 공기의 경쾌함을 이용해서 공상을 했다…… 학생과 상인이 부자간이었다면, 그리고 내가 그 두 사람의 친구였다면, 그랬으면 나는 여자를 도쿄로 데리고 돌아가 두 사람에게 자랑스럽게 보여주는 거다. 그러면 아버지와 아들은 서로 어떤 표정을 지을까. 나한테 무어라고 인사를 할까……

하지만, 이 공상은 여자의 손의 부드러운 촉감이 얇은 옷을 통해 내 어깨에 느껴지는 바람에 금방 깨지고 말았다.

"있잖아요, 오늘의 저 어떤 느낌이 드세요?"

여자는 어리광을 부리는 페르시아고양이의 눈동자로 나를 바라보았다.

"글쎄. 오늘은 매우 얌전한 것 같은데…… 그렇군…… 어제의 편지처럼 분홍빛으로 보이지 않는 것도 아닌데."

"어머? 정말요?" 여자는 봄날 목장의 새끼양처럼 신나게 뛰었다.

"그럼. 그러니까⋯⋯" 나는 과감히 말을 꺼냈다.

"그래서, 뭐예요?"

"그래서 이렇게 하는 거지."

나는 갑자기 여자를 안으려 했다.

"안 돼."

여자는 얼른 내 손을 뿌리치고 아래쪽으로 뛰기 시작했다. 잠시 뒤 아래쪽에서 여자의 상쾌한 웃음소리가 들려 왔다.

"호호호호호호호호."

그것은 포플러 잎사귀들이 부딪히는 듯한 신선한 웃음이었다. 그것을 들으니 나도 왠지 갑자기 유쾌해졌다.

"아하하하하하하하."

두 사람의 높은 웃음소리가 얽히고설키면서, 하얀 공기 속으로 사라져 갔다.

* * *

이상은 내가 여행길에 만난 한 여자의 이야기입니다. 너무나 인상이 희한해서 나는 처음에는 뭐랄까 꿈이라도 꾸었던 게 아닐까 하는 기분이 들었습니다. 하지만 이것이 꿈도 아무것도 아니라는 증거로, 내가 도쿄에 돌아온 지 사흘쯤 지나서 여자에게서 편지가 온 것입니다. 게다가 그 편지에는 '도쿄의 봄은 어때요?'라느니 '당신도 안녕히'라느니 '요전의 일은 정말 꿈 같았지요.'라느니, 그녀답지 않은 소리만 쓰여 있는 겁니다. 그래서 나는 처음에는 좀 어안이 벙벙했지요. 하지만 잘 생각해 보면 여자의 이런 여린 기분을 이해할 수 없는 것도 아닙니다.

하지만, 만약에 내가 누군가에게 그 설명을 요구받는다면 나는 지금 말한 그녀의 편지 한 대목으로 대답하겠습니다.

"여자도 딱히 하나의 틀에 주조해 만들어진 건 아니니까요. 때에 따라서는 그것은 강해지기도 하는 거죠. 하지만 또 때로는 나는 역시 여자라고 곰곰 생각하는 일도 있어요."

(1927. 11)

어떤 생활 ある生活

1

　——이게 내 폐란 말이지. 썩고, 잠식되고, 그리고 소리도 없이 무너져 가고 있는 내 폐란 말인가.——

　뢴트겐으로 찍힌 자신의 폐를, 그는 어두운 전등빛 아래 바라보고 있었습니다. 그의 폐는 하얀 이끼가 붙어 있는 소나무 껍질처럼, 잠식되고 부패한 해삼처럼, 무너져 가고 있었습니다.

　——이게 내 폐야. 내 생명이야, 내 생활이다.——

　그는 느닷없이 그 사진을 집어서 난로 속에 던져 넣었습니다. 그의 폐는 인燐처럼 파란 불꽃을 내며, 잠시, 불타다가, 이윽고, 검은 유리처럼 잠잠해졌습니다. 그때, 문득, 그는 낮에 읽었던 누군가의 시를 불현듯 떠올렸습니다.

……지금, 밤에, 어디선가에서 웃고 있는,
이유도 없이 밤에 웃고 있는 사람은,
나를 비웃는 것이다,

지금 세상의 어딘가로 걷고 있는
이유 없이 걷고 있는 사람은,
나에게 걸어오는 것이다.

지금 세상의 어딘가에서 죽는,
이유 없이 세상 속에서 죽는 사람은,
나를 응시하고 있다……

그는 돌연, 그저 넓은, 그러나 파도도 없이, 조용히, 싸늘한 하얀 바다를 눈앞에 보는 듯한 기분이 들었습니다. 그리고, 그 위를 흘러가는, 소리 없는 죽음과 같은 흰색에 자신도 모르게 전율했습니다.

——이 얼마나 무서운가. 이런 때에 그녀가 오면 좋을 텐데.——

그렇게 생각하면서 그는, 창문을 통해, 저 멀리 아래쪽에서 싸늘한 밤의 불빛 아래, 아련히 붉게 상기된 거리들을 바라보았습니다.

* * *

여자는 언제나, 마차를 타고 이 언덕 위까지 올라옵니다. 눈 내리는 밤에도, 반드시 그녀는 러시아인의 쌍두마차를 타고 그가 있는 곳으로 옵니다. 이 북쪽 마을 위에 한들한들 떨어지는 가루눈 속을, 우선 찌링찌링 말방울이 울리고 이어서 러시아인 마부가 휘두르는 채찍이 금속성으로 울립니다. 곧이어 문을 여닫는 소리가 고요한 온 집안을 놀라게 하고, 그런 다음 성급한 계단 올라가는 발소리가 들리고 나면, 이윽고 다갈색 모피하고 똑같은 색의 모자로 감싸인 여자의 모습이 방 안으로 들어옵니다.

——쓸쓸했죠? 그렇죠, 마사키,——

여자는 그렇게 말하면서, 조금 몸을 굽혀, 침대에 누워 있는 그의 입술에 입맞춤을 합니다.

——안 돼. 병이 옮는다구.

그러자 여자는 대답을 하지 않습니다. 그리고 으레 창밖을 보면서 다른 얘기를 시작합니다.

——무척 싸늘해요. 바깥은. 하지만 아가씨들은 키타이스카야 거리*를 많이 걸어다니고 있어요. 마치, 얼음 속을 헤엄치고 있는 금붕어처럼.——

---

* 흑룡강성 하얼빈 시에 있던 번화가.

2

그의 생활은 확실히 둘로 갈라져 있었습니다. 하나는 혼자 있을 때, 또 하나는 그녀와 함께 있을 때입니다. 오도카니 혼자 누워 있을 때 그의 생활의 불은 완전히 꺼져 있었습니다. 그는 자신의 해삼 같은 폐를 생각하고, 그의 말라비틀어진 죽음을 생각함으로써 초조해지고 두려워졌습니다. 하지만 그녀가 그의 곁에 있을 때, 그의 생활의 불은 희미하나마 피식 불꽃을 튀기며 불타올랐습니다. 그가 그 다가올 죽음을 잊을 수 있는 것은, 이때뿐이었습니다.

이렇게, 그의 생활은 서로 침범하는 일이 없는 두 개의 면을 유지한 채, 이 회색의 12월의 하늘 아래 계속되어 나갔습니다.

* * *

중가리*의 얼음 위에는, 썰매를 탄 러시아인의 붉은 수염에 고드름이 매달리고, 북만주의 겨울은 점차로 반짝거리는 철사처럼 뾰족해져 갔습니다. 밤마다 그의 방 창문 밑을 중국 소녀가 서투른 호궁胡弓을 울리며 지나갔습니다. 그것을 듣고 있으면 그 역시 방랑의 여행길에서 병든 누구나가 느끼게 되는 참을 수 없는 향수가 엄습하기 시작했습니다. 그의 눈앞에는 푸

---

* 중국 북동 지방을 흐르는 송화松花강의 러시아명.

르스름한 일본의 풍물이 떠오르는 것이었습니다. 하지만, 자신에게 바짝 다가선 죽음에 대해 생각할 때, 고향의 환영도 어느덧 깨져 버리는 것이었습니다.

그는 요즈음 자주 자려 할 때 라셀* 소리에 귀를 기울였습니다.

——저런 소리를 내면서 내 폐가 망가지는 거야.——

오래된 도랑에서 솟아 나오는 가스 같은 소리가 그가 숨을 깊이 쉴 때마다 가슴 밑바닥으로부터 들려옵니다.

——Z Z Z U……Z Z U Z Z……——

사람을 친 수레바퀴의 삐걱거리는 소리처럼, 단속적으로 일어나는 소리를 들으면서, 그는 그의 폐의 기포 하나하나를 물어 깨뜨리고 싶은 자포자기적인 욕망에 내몰렸습니다.

——어떻게 해야 되는 거야. 스스로 자신의 몸이 죽어가는 것을 가만히 보고만 있으라는 것인가.——

그는 머리카락을 쥐어뜯으면서 침상 위를 오락가락합니다.

* * *

그래도 소피아는, 매일 밤 추위로 발개진 볼을, 마차에 실어서 가지고 왔습니다. 그래서 그는 간신히 그의 초조를 달랠 수가 있었습니다.

---

* Rasselgeräusch. 호흡기에 이상이 있을 때 들리는 폐의 잡음.

——어때? 거리는 춥지?

——네, 무척 추워요. 귀가 떨어져 나가는 것 같아요.

그러고서 그녀는 마을의 사건을 보고합니다.

——아까요, 거리의 카페에서 일본인하고 러시아인이 싸우고 있었어요. 둘 다 술에 취해 있었어요. 이런 추위에 양쪽 모두 찢어진 상의를 입고 있었지요. 어느 쪽이 나쁜지 알 수 없었지만, 저는 왠지 양쪽 다 불쌍하게 여겨졌어요.——

더 이상 할 말이 없어지면, 으레 그는 그녀의 신상에 대해 물었습니다. 실제로, 그는 그녀에 대해서 아무것도 알지 못했습니다. 그녀가 그런 말을 피했기 때문입니다.

——소냐, 당신은 도대체 어떤 사람이지, 소냐의 집안은 어때? 소냐는 역시 여기서 태어났어?

그러면 그녀의 대답은 언제나 이렇습니다.

——아무러면 어때요. 그런 건. 저는 그저, 당신의 여행길에 우연히 튀어나온 여자잖아요. 그걸로 충분해요.——

그래도 그는 더욱 집요하게 묻는다.

——하지만 어떻게든 당신에 대해 알고 싶어. 나에 관해서는 모두 얘기했잖아.

그러면 그녀는 조금 눈썹을 찡그립니다.

——이제 그런 얘기는 그만둬요. 알았죠? 그런 것보다, 뭔가 축음기라도 틀게요.

그리고 일어나서 레코드를 틀러 갑니다. 차이코프스키의 'Serenade Melancholic.'

그것은, 기다란 줄을 지어, 눈 내린 시베리아의 광야를 겁에 질려 방황하면서 걷는 죄수들의 발소리입니다. 불쾌한 얼굴의 노인이 페치카 곁에서, 죽을 후루룩거리며 이야기하는 대략적인, 하지만 어딘지 어두운 그늘이 있는 속삭임입니다. 우울쟁이. 슬라브 민족의 우울입니다.

다음으로 그녀는 같은 음악가의 '1812년의 프렐류드'를 틀었습니다. 그것을 들으면서 그는 문득 이번 여름, 키타야스카야 거리의 어느 카페에서 한 러시아 노파가 많은 군중과 함께 이 레코드를 들으면서, 마지막에 나오는 원래의 러시아 국가의 멜로디가 나오는 곳에 이르자 열광적으로 "우라——"*를 외치던 광경을 떠올렸습니다.

——그래, 그 노파는 러시아인이었지. 그리고 소냐도 역시, 그렇지 않은가. 저 레코드를 저렇게 사랑하고 있는 그녀도……

그는 문득, 이 사실을 떠올리지 않을 수 없었습니다. 그것은 매우 그의 마음을 아프게 했습니다.

그는 갑자기 그녀를 불렀습니다.

——소냐. 그거 말고, 다른 건 없어?

——아, 그래요, —— 그녀는 바로 그의 기분을 알아차린 모양입니다. 그리고 그것을 바로 껐습니다.

——미안해요. 정말로. 저는 알아차리지 못했어요. 미안해요. 불쌍해라, ……

---

* 러시아어로 "만세".

3

——이 분말로 내 폐가 고정되기 전에, 내 폐는 그 둔한 움직임을 그치고 말 것이 틀림없어.——

그런 것을 생각하면서, 그는 스스로 칼슘 흡입*을 시행했습니다. 안개 같은 흰 가루가 들어갈 때마다, 그렇게 생각해서 그런지, 그의 가슴은 참을 수 없는 가려움을 느꼈습니다.

그는 이미, 진작에 단념하고 있을 터였습니다. 이젠 결코 의학적 치료 따위는 하지 않으리라고 결심하고 있을 터였습니다. 하건만, 그런 결심에도 불구하고, 때로 그는 더욱 칼슘의 흡입에 매달리려 하는 것이었습니다.

라셀 소리를 들을 때마다 그는 생각합니다.

——어째서 빨리 죽어 버리지 않는 거야.

하지만 밤, 창문의 커튼을 열고 거리의 밝은 불빛을 바라볼 때면 그는 생각합니다.

——싫어. 아무래도 죽는 것은 싫어.

* * *

그는 요즈음 곧잘 이상한 꿈을 꿉니다. 그 꿈속에서 그 자신이 하나의 유성이 되어 무한한 우주로 추락하는 것입니다. 그

---

* 멸균 클로르칼슘액을 정맥주사로 놓는 것으로 결핵, 천식 등의 치료에 사용되었다.

럴 때면 그는 크게 소리를 지르면서, 누군가에게 매달리고자 합니다. 하지만, 아무것도 손에 닿는 것은 없습니다. 그저 엄청난 속도로, 그 자신은 하얗게 연소하면서, 무한의 추락을 계속하는 것입니다.

* * *

겨울은 점점 그 시퍼런 칼과 같은 추위를 더해 나갔습니다. 시베리아에서 불어오는 바람이 엄청난 기세로 아카시아의 마른 나무숲을 울리면서, 집집의 유리창을 떨게 하면서 투명하게 팽팽한 북만주의 하늘로 빠져나갑니다.

그는 점차로 매사에 흥미를 잃게 되었습니다. 책을 읽지 않게 되고, 밖을 내다보는 일도 드물어지고, 숙소의 사람들과 이야기하는 일도 거의 없게 되었습니다. 다만 그녀 ― 소냐만큼은 ― 그래요. 그의 감정은 이제 소냐에게만, 마지막 희미한 불꽃을 태우는 듯이 보였습니다. 하지만, 그 불꽃이라 한들, 그의 전 생활을 ― 그의 질병까지도 ― 태울 정도로 강렬한 것은 아니었습니다.

* * *

어느 밤, 그는 평소처럼 그녀에게 물어보았습니다.

――정말 얘기해 주지 않을 테야. 당신의 옛 얘기를,

――또요? 이젠 싫어요, 그런 똑같은 이야기만,

──하지만 상관없잖아, 두 번 다시 묻지 않을 테니,

──그만두세요. 그만두지 않으면, 좋아하는 마사키가 싫어
지고 말 테니까. 그보다, 바깥이라도 구경하세요. 달이 떠 있어
요.

그는 고개를 들어 바깥을 보았습니다. 유리창을 통해, 거리
맞은편의 한 언덕 위에는 러시아의 사원이 얼어붙은 청백한
어스름 속을 검은 얼음덩어리처럼 우뚝 서 있었습니다. 그리고
그 위에는 다갈색의 현월弦月*이 홀로 떨고 있었습니다.

──있잖아── 하고, 그는 언제나 그가 그녀의 고귀한 용
모로부터 상상하고 있던 것을 그녀에게 얘기해 보았습니다.

──나는 때때로 이런 것을 생각하고 있어. 당신은 어떤 옛
귀족의 딸이 아닐까. 그러다가 본국에서 쫓겨나 이렇게 흘러온
게 아닐까. 난, 자꾸만 그런 생각이 들어 견딜 수가 없는데……

그때 말없이 바깥을 바라보고 있는 그녀의 옆얼굴에서 어떤
감정의 움직임을 그는 발견했습니다.

4

그로부터 얼마 안 있어, 그녀는 어째서인지 그에게 점차로
오지 않게 되었습니다. 하지만 그는 그것을 더 이상 쓸쓸하다

---

* 상현 또는 하현의 달.

고도 생각하지 않게 되었습니다. 오히려 그것을 쓸쓸하다고도 생각하지 않게 된 자신의 기분을 쓸쓸하게 여기는 것이었습니다. 그녀에 대한 불꽃도 점차로 꺼지려 하고 있었던 것입니다.

——아니, 그녀뿐이 아니야. 하숙집의 주부도, 하녀도, 창문도 난로도, 세상의 모든 것들이 나와 상관없는 것처럼 보인다. 내가 죽더라도 그런 것들은 여전히 존재할 것이다. 그렇게 생각하니 너무도 견딜 수가 없어져서, 조금 전까지만 해도 그런 것들을 때려 부수고 싶다고 생각했다. 하지만 이제는, 그 정도의 기력조차 없어졌다. 온갖 초조함 뒤에 오직 시꺼멓고 꿀쩍꿀쩍한 인생의 침전물만이 나에게 남은 것 같다. 모든 감정이 내게는 완전히 화석이 돼 버린 것처럼 보인다……

그런 것들을 그는 마치 남의 일이라도 생각하는 것처럼 멍하니 천장을 쳐다보면서 생각하고 있었습니다.

문득 정신을 차리고 보니, 바람이 불기 시작한 모양입니다. 유리가 덜그럭덜그럭 소리를 내고, 커튼 앞 꽃병에 꽂아 놓은 조화造花의 그림자가 살짝 흔들리고 있었습니다. 그는 별생각 없이 몸을 일으켜 머리맡의 우유병을 집으려 했습니다. 그 순간이었습니다. 갑자기 머리가 빙빙 돌고 눈앞이 일시에 하얗게 빛나기 시작한다 싶더니, 갑자기 가슴 속에 불쾌한 근질근질함과 비린내를 느끼며, 쿵 하고 쓰러지면서, 시뻘건 덩어리를 토해 냈습니다.

(1927. 11)

싸움 喧嘩

1

오카네로서는 아들인 데이키치가 복막염인가로 늘 빈들거리고 있는 것이 못마땅했다. 사실 누워서 담소하고 있는 얼굴이나 말투에는 조금도 병자다운 점이 없었기 때문이다.

그래서, 언제나 데이키치에 관한 것 때문에, 이 집에는 싸움이 일어나는 것이었다. 어부 집안에 맏아들로 태어난 자가 이렇게 놀고 있어서는 집안이 지탱될 턱이 없다. 무엇보다, 죽은 데이키치의 아버지— 오카네의 남편 —에게 미안하다. 그런 말로, 오카네는 뒹굴거리고 있는 데이키치에게 끊임없이 되풀이하는 것이었다.

그러면, 그 소리를 듣고 데이키치 대신에, 아내인 토리가 화를 내는 것이다.

병자는 어쩔 수가 없다. 데이키치 대신에 자신이 이렇게 매일 어딘가에 날품팔이로 나서고 있지 않은가. 병자한테 그렇게 딱딱거리면 점점 더 병을 악화시킬 뿐이다.

하지만 기가 센 오카네에게는 이 며느리의 말도 비위에 거슬렸다. 토리가 자신이 일한다는 걸 생색내는 것처럼 여겨졌기 때문이었다.

데이키치는 병이라고는 하지만, 보기에는 어디가 어떻게 나쁜지를 알 수가 없다. 이런 자를 놀게 두는 것은 비경제적이다. 그것은 뭐, 그렇다 치고, 토리는 자신이 일하러 나가는 것을 매우 자랑스러워하고 있는 모양이지만, 자신 역시 대체로 어딘가에서 식모로 벌이를 하고 있지 않은가.

그렇게 말하면서, 오카네는 며느리에게 대든다. 그런 장면에 데이키치의 할머니가 나타나서 며느리 편을 들며 오카네를 야단친다. 오카네는 점점 더 화가 치솟는다. 그런 가운데 데이키치의 막내 누이로 열두 살이 되는 사토가 돌아와서, 건방지게 오라비를 동정한다. 오카네는 화가 나서 사토를 때린다. 며느리가 그것을 말린다. 사토가 울기 시작한다…… 이런 싸움이 종종 되풀이되는 것이었다.

그날도, 그런 싸움이었다.

오카네도 그날은 날품을 팔러 증기선에 장작을 실으러 나갔다가, 조금 늦게 돌아왔다. 그리고 밥을 먹고 나서 다다미 위에 기다랗게 눕고는 거의 습관적으로, 그날의 일이 힘들었다는 것을 투덜투덜 말하기 시작했다. 그러고 나서 자신이 이제 젊었을 때처럼 일할 수 없게 되었다는 것, 그리고 그런 마당에 데이키치가 한심스럽게 여겨진다는 말까지 불쑥 말하고 말았다. 그러자, 평소 같았으면 얌전하게 입 다물고 있는 데이키치가 그때는 어떻게 되었는지, 부어오른 것 같은 검푸른 얼굴을 쳐들고는 화가 난다는 듯이 말한 것이다.

—나도 뭐 사치를 부리려고 누워 있는 게 아녜요.

어머니는 조금 놀라면서도, 하지만 못마땅하다는 듯이 데이키치의 얼굴을 쳐다보았다. 좌우간 잠자코 물러설 수는 없다.

—뭐라고. 사치가 아니라고. 뭐가 사치가 아니야, 사치이고말고. 그 정도 가지고 병이란 말이냐.

이번에는 곁에 있던 며느리가 가만있지 않는다.

—병자한테 일하라는 건 무리잖아요. 어머님도 너무하세요. 의사 선생님한테 한번 보러 갔을 때 말하셨어요. 꼼짝하지 말고 있지 않으면 안 된다고요.

—의사가 뭔데. 의사 말 다 듣다가는 일할 수 있는 사람은 하나도 없어. 첫째로 의사한테 간 게 잘못이야. 사치를 하면 끝이 없어.

그러자, 어느새 집에 들어온 할머니가 한마디 했다.

—너도 부모라면, 좀 더 데이키치를 귀애해 주어도 좋지 않겠니. 토리도 일하고 있고, 굶고 사는 것도 아니니까 데이키치 하나쯤 누워 있어도 괜찮지 않니.

—그거야, 어머님이 너무 응석을 받아 주기 때문이에요. 저 정도의 병쯤은 갯가로 나가면 금방 나을 텐데, 꾸물꾸물 누워 있으니까 더 나빠지는 거예요……

이렇게 말하다 말고 오카네는, 그때 문득, 방 한쪽 구석으로 들어온 아이 사토를 발견했다. 그녀는 어머니의 화가 난 얼굴을 보고 "또야" 하는 얼굴로 심술궂은 싸늘한 웃음을 띠고 흘금흘금 방 안을 보고 있었다. 오카네는 그 눈초리를 발견하자 울컥해서, 무서운 눈으로 사토를 노려보았다. 사토는 한껏 몸을 웅크리고는 얼굴을 딴 데로 돌려 버렸다.

누워 있는 데이키치를 옆에 두고, 한동안 말싸움이 며느리와 시어머니와 조모祖母 사이에서 오갔다. 오카네는 얼굴이 시뻘게져서 두 사람을 꾸짖었다. 두 사람은 오카네한테 인정머리 없는 사람이라고 했다.

— 모두들 빈둥빈둥 놀게 돼서 이 집을 망하게 할 셈인가요. 그렇게라도 된다면 죽은 애들 아버지한테 미안하지요.

— 그렇다면 애야, 만약에 데이키치를 죽게 하면 더욱 미안하지 않겠니. 아니면, 네 자식이 죽어도 좋단 말이냐.

— 좋아요, 좋다구요. — 매우 격해진 오카네는 금방이라도 울음을 터뜨릴 것 같으면서도 계속했다.

— 모두 죽어버리는 게 나아요. 정말이지 나 혼자 걱정을 하고 있으면 모두 덤벼들어서 나를 못살게 굴고……

잠시 침묵이 이어진 뒤, 역시 눈에 눈물을 띤 며느리가 불쑥 이런 말을 했다.

— 어머님은 시샘하는 거 아닌가요. 저랑 남편의 사이가 좋아서 질투하는 게 아닌가요. 아니라면, 이런 소리를 늘 할 턱이 없지요. 정말이지 그 연세에……

이 말을 듣고, 오카네는 말문이 막히고 말았다. 당장에라도 떨어질 것 같은 눈물을 참으면서 며느리와 시어머니는 한동안 서로 노려보고 있었다.

* * *

그날 밤, 오카네는 좀처럼 잠들 수가 없었다. 오카네가 남편을 잃고 나서, 줄곧 어떤 정부情夫를 가지고 있었다는 것, 그리고 그 남자를 이번 봄, 다른 젊은 여자에게 빼앗기고 말았다는 것…… 그것은 이 마을에서는 모르는 사람이 없었다. 오카네는 아까 며느리가 그 일을 빗대어 말한 것이라고 생각했다.

—얼마나 밉살스러운 며느리냐. — 쫓아내고 싶지만, 데이키치도 할머니도 마음에 들어 하고 있으니 방법이 없었다. 정말이지 때려죽이고 싶다…… 그런 생각을 하면서, 이불 속에서 이를 깨물었다.

2

이튿날 아침, 오카네는 누구보다도 일찍 눈을 떴다. 그러자 금세 간밤의 싸움이 생각났다. 하지만 근본이 악하지 않은 그녀인지라, 간밤의 격심한 분노는 대부분 사라져 버렸다. 그러나, 분한 것은 분한 것이다. 게다가, 어젯밤 그처럼 화를 내고서, 이제 와서 아무것도 하지 않고 죽치고 있다는 것은 체면이 안 서지 않는가. 그래서 뭔가 어떻게든 하지 않으면 안 되겠다고 생각했다. 그래서 그녀는 옷 입은 그대로, 살그머니 사람들이 알아차리지 못하게 밖으로 나온 것이다. 어디 한번 어딘가에 숨어서 애를 태우게 해야겠다.

아직 바다 위는 조금 컴컴했다. 사람도 별로 다니지 않았다. 바닷가로부터 산 쪽으로 향하면서, 그녀는 다시 한 번 어떻게 골려줄까 생각했다. 아무튼 속이 상하니까, 잠시 집에 돌아가지 않고 있어야지. 그리고 그녀는 좌우간, 사람의 눈에 띄지 않게 산속의 솔밭으로 들어갔다. 그 숲속에서 약 한 시간, 전날 밤의 일 등을 떠올리면서 멍하니 있는데, 그러는 사이에 드디어 해가 솟아올랐다. 소나무 사이를 통해 아래를 내려다보니, 이슬에 젖은 선로가 막 떠오른 햇빛을 받아 빛나며 시퍼렇게 이어져 있었다. 도쿄로 가는 철도였다. 도쿄에는 그녀가 어렸을 때부터 키운 조카딸이 있다. 오카네는 그곳에 가서 이삼일 묵고 와 집안사람들을 놀라게 해 줘야겠다고 생각했다. 하지만 생각해 보니, 돈을 한 푼도 안 가지고 집을 뛰쳐나온 것이다. 도쿄에 간다는 건 말도 안 된다. 게다가 집안사람들은 다 일어났을 테니까, 이젠 돈을 가지러 돌아갈 수도 없다.

어쩔 수 없이, 오카네는 솔밭에서 나와 북쪽으로 어슬렁어슬렁 걷기 시작했다. 그리고, 이윽고 다이교지大行寺라는 절에 도달했다. 아침 불공은 이미 끝난 듯, 본당에는 등불이 켜 있고 휑뎅그렁했다. 그녀는 그 뜰 한쪽에 서서 시간을 보냈다. 새로운 돌비석 옆에 무성한 수국水菊이 이제 곧 꽃을 피우려 하고 있었다. 그 둘레에 오래된 솔도파率堵坡가 대여섯 개 서 있었고, 그 위로 우람하게 솟은 느티나무 가지 사이로 오전의 햇빛이 하늘하늘 명암의 얼룩을 떨어뜨리고 있었다. 그것을 보고 있는 중에 언뜻, 그녀는 자신이 전에 하녀로 일한 적이 있는 어떤 도쿄 사람의 집에 가 볼까 하는 생각이 떠올랐다. 그녀가 자주 들락거리고 했으므로, 그 집이라면 약간의 돈을 빌려줄지도 몰랐다. 그리고, 그 돈으로 도쿄에 갈 수 있을지도 모른다.

하지만 그녀가 절을 나와, 목적지로 삼은 집에 와서 문을 열었을 때, 그곳의 하녀가 나와 빙글빙글 웃으면서 이렇게 말했다.

─오카네 씨, 어젯밤 싸웠다며. 할머니가 아까 여기 와서 말하더라. 오늘 아침 일찍 오카네가 어딘가로 나갔는데 혹시 여기 오지 않았냐고. 그러고는, 어딘가로 기차로 가면 안 되니까 돈을 빌려주지 말라고.

오카네는 황급히 그 집을 나왔다. 이 얼마나 비겁한 작자인가. 이런 곳까지도 앞질러 와 버리다니. 오카네는 마구 화를 내면서 정처 없이 들판을 헤맸다. 숨막힐 듯한 풀내음이었다. 여기저기, 아직 조그만 수수의 잎 위에 6월에 가까운 햇빛이 강하게 비추고 있었다. 참으로 시간 가는 것이 더뎠다. 그녀는 방금 온 길을 되돌아갔다. 그리고 다시 돌아갔다. 그렇게 그 길을 대여섯 번 왕복하고 있는 동안 참을 수 없이 배고픔을 느끼기 시작했다. 이제는 그럭저럭 정오였다. 아침부터 아무것도 먹지 못한 것이다. 아무튼 돈을 가지고 오지 않은 것이 뼈아팠다. 그렇다고 새삼스럽게 집으로 돌아갈 수도 없다. 하는 수 없이 어딘가 아는 사람의 집에 가서 뭘 좀 먹어야겠다고 생각했다. 좌우간 바닷가로는 ─ 자신의 집 식구가 본다면 웃을 테니까 ─ 갈 수가 없었다. 그래서, 이번에도 역시 그녀가 예전에 일했던 집을 생각해 내서 그곳에 가기로 했다. 하지만 가 보니, 그 집에서는 점심식사가 끝나 있었다. 게다가 그녀가 그 집을 들락거릴 때도 그곳에서는 대체로 밥을 같이 먹지 않는 게 관습이었으므로, 결국 오카네는 점심을 먹을 수가 없었다. 매우 실망했지만, 어쩔 수 없다. 누가 집 같은 데 돌아갈쏘냐.

시간을 보내기 위해, 그녀는 긴 시간 그곳에서 수다를 늘어놓았다. 그러자, 그러는 동안 소금 센베이가 나왔다. 그러자 그녀는 그 집 안주인이 놀랄 정도로 빨리 과자를 깨물어 먹기 시작했다.

—엄청 입에 맞네 보네— 하고 놀려댔지만, 그녀로서는 웃을 수가 없었다.

센베이를 먹고 나서, 이번의 새 촌장님 얘기, 올해 피서객 전망, 곧 있을 축제 이야기 등을 하면서, 가능한 한 시간을 끌다가 그 집을 나온 것은 5시경이었다.

이제는 집에 돌아가야겠다고도 생각했지만, 그녀 속의 또 하나의 기분이 그렇게 하도록 만들지 않았다. 아무리 배가 고프다지만, 돌아가는 일은 엄청 속상한 일이었다. 하지만 빈 속은 자꾸만 그녀의 마음을 약하게 만들려 하고 있었다. 그래서 그녀는 전날 밤의 말다툼을 생각해 냄으로써, 그 분노를 다시 새롭게 하도록 노력하지 않으면 안 되었다. 돌아가면 저 작자들한테 진 게 되는 거야. 그렇게 생각하고, 오카네는 다시 아침에 올라간 산 쪽으로 향했다. 그리고 솔밭 속의 풀 위에 드러누웠다. 물론 배는 무척 고팠다. 하지만, 이렇게 되면 오기가 있지. 실컷 걱정하게 만드는 거다…… 그러는 가운데, 어젯밤 이래의 수면 부족으로 어느덧 꾸벅꾸벅 졸기 시작했다.

* * *

눈이 떠진 것은 8시경이었다. 그때 그녀가 맨 먼저 느낀 것은 묵직한 아랫배의 아픔이었다. 배가 극도로 고플 때 누구나 느끼는 이상한 복부의 느낌이었다. 실제로, 이제는 오기고 뭐고 없었다. 재빨리 일어나더니, 냅다 서둘러 산을 내려가기 시작했다. 다리에 좀 맥이 빠져 있었다. 길은 캄캄했다. 바다에는 어화漁火가 많이 늘어서 있는 것이 보였다. 소나무 뿌리에 걸리기도 하고, 돌에 넘어지기도 하면서 그녀가 간신히 집에 돌아간 것은 이미 9시 가까이 되었을 것이다. 아무렇게나 마른 대나무들을 세워 놓은 울타리에서 살짝 안을 들여다보니, 어두운 전등 아래 토리가 할머니와 이야기를 하면서 무엇인가를 끄적거리고 있는 모양이었다.

—집이 좋아서 돌아온 게 아니야. 배가 고프니까 할 수 없었던 거지. 며느리나 어머님한테 진 게 아니야. — 그렇게 자신에게 다짐하면서 오카네는 살그머니 뒤꼍으로 들어갔다. 신발 소리에 안에 있던 두 사람은 흘금 이쪽을 보았다. 두 사람 다 잠자코 있었다. 등피가 조금 깨져 나간 5촉짜리 전등 아래, 의기양양한 네 개의 눈이 싸늘하게 빛났다. 오카네는 그것을 보지 못한 척하고 허둥지둥 부엌으로 뛰어들어 잽싸게 냄비 뚜껑을 열어 보았다. 전갱이 조린 것이 서넛 뒹굴고 있었다. 밥통에도 그녀가 먹을 만큼은 들어 있었다.

—돌아올 게 틀림없다고 생각하고, 남겨둔 거군. 젠장, 졌어.—

이 생각이 조금 그녀를 불쾌하게 했다. 하지만, 지금은 그따위 소리를 하고 있을 때가 아니었다. 오카네는 왼손으로는 밥을 집어 먹고, 오른손으로는 조그만 전쟁이를 집어들어 대가리부터 오도독오도독 씹기 시작했다. (1928. 11)

고사리 · 대나무 · 노인蕨 · 竹 · 老人

1

도쿄의 티끌과 먼지 가운데 오래 살고 있던 나는, 이 고장의
온화한 풍경이 매우 반가웠던 것입니다.

"약간 좋은 기분에 치우쳐 있는 걸까" 하고 나는 스스로에
게 쓴웃음을 지었습니다.

"마치, 어린애 같군. 이래서야."

그리고, 얼떨결에 한 달 반쯤 그곳에서 지내게 되었습니다

2

아마기天城의 산자락이 두 갈래 능선이 되어 완만하게 남쪽

으로 뻗어 나가고 있는 사이를, 계류溪流가 가느다랗게 흐르고 있고, 그 흐름을 따라 있는 이곳은 작은 온천장입니다. 아마기天城의 터널을 남쪽으로 빠지면, 이윽고 시모다下田 가도를 따라, 밀감이 잘 열리는 가느다랗고 조그만 마을 ― 그 길에서 꺾어져 대나무가 무성한 개울 쪽으로 대여섯 걸음 내려가면, 어느새 그곳은 물가에 '내탕內湯'이라고 쓴 헌등軒燈을 내건 세 채의 온천 여관이 되어 있는 것입니다.

내가 묵고 있던 곳도 물론 그중의 하나인데, 밤에 문득 눈이 떠지면 "이런, 비가 오나" 하고 헷갈릴 정도로, 계곡에 가까운 집입니다.

이 계곡에서는 은어가 잡힙니다. 곧잘 마을 사람들은 바위에 걸터앉아, 기다란 장대 끝의 실을 계류를 따라 조용히 움직이고 있습니다. 때때로 수면으로부터 튀어나온 새 나이프 같은 은어가 반짝, 하며 그 배로 햇빛을 되쏘는 것입니다.

산은 숙소 앞으로도 뒤로도 몇 겹이나 이어져 달리고 있습니다. 가장 남쪽의 산은 대부분 잔디나 마른 풀이고, 군데군데 들쭉날쭉하게 깎은 머리처럼 삼나무가 몰려 있습니다. 그 옆에 있는 산은 완전히 식림植林한 삼나무로, 아래쪽에서는 대나무숲이 바람에 살랑거리고 있습니다. 이런 것들이 점점 높아지면서 북으로 뻗어 나가면 아마기가 되는 것입니다. 푸른 보리, 하얀 뽕나무, 그곳만은 불이라도 붙은 것처럼 환하게 밝아 보이는 유채꽃밭 같은 것이 군데군데 울창한 나무를 가진 농사꾼의 집들과 더불어, 이들 산의 중턱 부근까지 군데군데 보입니다.

이 산과 골짜기 사이를 달리고 있는 가도는, 마을의 남쪽 끝에서 둘로 갈라집니다. 그 갈래길의, 어느새 잎을 잔뜩 매단 외가닥 벚나무 노목 밑에는 나무판으로 된 이정표가 서 있습니다.

'오른쪽 시모다下田 50리, 왼쪽 야츠谷津 30리'

가도를 따라 고풍스러운 관청이 있습니다. 시퍼렇게 페인트를 칠해 놓은 우체국이 있습니다. 표고버섯 같은 것을 매달아 놓은 과자집도 있습니다. 덮밥류의 메뉴표를 바깥 유리에 써붙여 놓은 음식점도 있습니다. 이 길을 매일 몇 번인가, 슈젠지修善寺로부터 시모다를 오가는 자동차가 멋스러운 경적소리를 골짜기마다 울리면서 흰 먼지를 피우며 다니고 있습니다.

나는 곧잘 산 쪽을 돌아다녔습니다. 그리고 내가 알지 못하는 여러 풀과 나무를 발견했습니다. 이렇게 말은 했지만, 실은 그때까지 풀의 이름 같은 것은 거의 몰랐습니다. 어떤 때는 하얀 민들레의 털을 조그만 꽃받침에 감싼 것 같은 게 잔뜩 몰려 있는 것을 발견해서, 마침 그곳을 지나가던 한 소학생으로 보이는 여자아이에게 물어보았습니다.

그러자 그 아이는 기가 막히다는 얼굴을 하면서 말했습니다.

"뭐야, 머위꽃 아냐. 이런 것도, 모르나."

그것은 머위의 꽃이었던 것입니다. 나는 잎사귀만 알고, 꽃은 몰랐던 겁니다.

어느 날 나는 숙소 뒤의 산길에서 고비와 작년에 시들어 버린 참억새들 사이에서 흰 털에 감싸인 조그만 주먹을 발견했습니다. 그것이 고사리라는 것은 나도 금방 알았습니다. 잘 살펴보니, 그 일대에는 그 갈색을 띤 하얀 낙타 같은 털을 머리부터 발까지 뒤집어쓴 조그만 놈들이 여기저기에 삐죽삐죽 고개를 들고 있었습니다.

그때부터 나는 매일 그곳에 가서, 그들이 자라는 모습을 흐뭇하게 지켜보았습니다.

그들도 아직 조그마할 때에는 머리부터 완전히 털을 뒤집어쓰고, 수줍은 듯이 모두가 한 곳에 모여 고개를 숙인 채, 뭔가 소근소근 얘기를 하고 있는 겁니다. 그런데 그 녀석들도 조금 있으면 갑자기 코브라처럼 고개를 쳐들고, 마치 눈이라도 붙어 있는 것처럼 사방을 살펴보기 시작합니다. 그리고 그 털모자의 옆구리가 조금 엷어지면서 벗겨지면, 과연 그곳에서 조그만 푸른 눈이 나옵니다. 그런데 그 눈알이 점점 커져서, 마침내 겨울 모자 밑으로 튀어나오면, 이번에는 여러 겹으로 움츠린 앵무새의 부리 비슷한 아기 잎사귀가 눈치를 살피며 기어 나오는 것입니다. 그리고 그 무렵이면 어느새 아래쪽 모직 스타킹도 완전히 벗겨져, 연갈색을 띤 고무파이프 같은 건강한 다리가 완전히 나타나는 것입니다. 그로부터 하루가 지나면, 그 아기 잎사귀도 기분 좋게 손발을 뻗기 시작하고, 앵무새의 부리는 어느새 가느다란 녹색의 입자로 된 낙안落雁* 형상이 되고, 그 낙안도 녹색뿐인 줄 알았는데, 곧 그 속에서 연분홍 실 같은 가는 줄기가 보이기 시작하는 것입니다. 그 가는 줄기가 발과 마찬가지로 튼튼한 고무관이 될 무렵이면, 이미 그것은 완전히 당당한 고사리가 되어 있는 것입니다. 그렇게 해서 온화한 바람에 흔들리면서, 봄날의 산길에 오만하게 몸을 뒤로 젖히는 것입니다……

그들의 성장을 보고 있던 나는 기쁜 마음에 도쿄의 친구에게 편지를 써 보냈습니다.

─자네는, ─ 죽 도쿄에서만 자란 자네는 ─ 고사리의 원시적 상태를 모를 테지? 실로 유쾌한 녀석이네. 고사리란 놈은! 묘하게 삐기면서도, 여간 부끄럼을 타는 게 아니라네. 어디 한번 쥐어뜯어서, 파이프로라도 써 볼까 생각은 하지만, 아니지, 그보다는 이 녀석은 놀이 상대로 삼는 편이 더 좋아. 새끼 고양이라도 데려가서, 하얀 털에 싸인 아기고사리하고 장난을 치게 한다면……

3

밤이 되면 마을 사람들은 골짜기 쪽으로 내려가서, 나무다

---

* 줄지어 땅에 내려앉으려는 기러기.

리를 건너, 이 여관의 탕에 들어가기 위해 옵니다, 딱히 돈을 내는 것도 아니고, 여관 주인하고 사이가 좋은 사람들이 놀이 겸해서 오는 겁니다. 나도 함께 탕을 이용하면서 점차로 사람들의 이름을 알게 되었습니다. 과자집의 분ㄨ 씨, 장신구집 로쿠ㅊ 씨와 그 안사람(여기서는 남자도 여자도 함께 탕에 들어갑니다) 이웃의 농부 히사ㅅ 씨. 이 히사 씨는 이상한 말을 해서 사람을 웃기면서도, 자신도 그 까닭을 몰라서 싱글싱글 웃고 있는 사람입니다.

"그야 들리지 않네요, 덴베에伝兵衛 씨"* 등, 탕에서 머리만 내놓고 흥얼거리고 있는 것은 항상 옷집의 기치베吉兵衛 씨입니다.

그러한 목욕객들 사이에, 진茊 씨라는 오십대 중반으로 보이는 농부가 섞여 있었습니다.

진 씨의 집은 마을 외곽의 산 입구 쪽에 있었습니다. 뒤쪽에 대나무 숲을 가진 괜찮게 사는 농가인데, 산울타리를 통해 안쪽의 명자자무 꽃이 하얗게 피어 있는 것이 보였습니다. 내가 두 번째로 진 씨를 본 것은, 어느 날 산책을 하다가 그 집 앞을 지날 때였습니다. 산울타리 사이로 들여다보니 마침 진 씨가 담배를 피우면서 툇마루 끝에 걸터앉아서 아이들이 노는 것을 바라보고 있는 참이었습니다. 외출에서 돌아온 듯 맨발에다 쪽

---

* 조루리淨瑠璃(음곡에 맞추어 낭창하는 예이야기)의 한 작품에 나오는 구절.

빛 작업복을 입고, 낫을 발치에 놓은 채 멍하니 뜰의 한구석을 바라보고 있습니다. 두 아이는 한구석의 여름밀감나무 밑에서, 뭔가 흙장난을 하고 있었습니다. 마침 저녁때라 석양이 비스듬하게 진 씨의 얼굴을 비추어, 그의 아주 온화한 눈매와 반백의 머리를 뚜렷이 부각시키고 있었습니다. 나는 문득, 어떤 낡아 빠진 책의 수채화 삽화를 떠올렸습니다. 그 책은 분명 영국의 시집으로, 그 삽화에는 역시 한 노인이 파이프로 담배를 피우면서 멍하니 마당을 바라보며 의자에 앉아 있는 것입니다. 그 노인은 하늘색 두건을 쓰고, 빨간 조끼를 입고, 문가에 내놓은 울퉁불퉁한 나무의자에 걸터앉아, 커다랗고 구부정한 파이프를 물고서, 꽃인지 뭔지를 바라보고 있습니다. 그리고 그 그림 밑에는 'Old Kasper's work was done'이라고 쓰여 있었습니다. 그것이 어떤 시의 삽화였는지 이제는 전혀 기억할 수 없습니다. 그러나 지금 이 진 씨의 얼굴에 드러난 기분 좋은 휴식을 보았을 때, 나는 그 삽화와 다음의 일련의 시구를 금세 떠올렸습니다.

It was a summer evening,
Old Kasper's work was done.

'좋은 얼굴이로군' 하고 생각했던 것입니다. '저렇게 평안한 얼굴은 도시에서는 볼 수 없지.' 나는 참으로 기뻐했습니다. 그래서 숙소로 돌아가자 여자 종업원 하나를 붙잡고, 그에 대해서 물어보았습니다. 그녀의 집이 진 씨네 집 옆이었기 때문에 그녀는 진 씨에 대해서 잘 알고 있었습니다.

진 씨는 별로 일을 할 필요도 없을 정도로 부자라고 했습니다. 10년 전쯤 가을에 아내를 여의었다고 합니다. 산후의 회복이 좋지 않아 죽은 그 아내는 그때의 아기까지 합쳐, 하타치를 필두로 다섯 아이를 남기고 간 것입니다. 하지만 그는, 그 후 (많은 사람의 권유에도 불구하고) 결코 후처를 맞아들이지 않았습니다. 그 자신이 계모의 손에 자랐으므로 자신은 잘 알고 있다는 것입니다. 그리고, (밭일은 장남에게 맡기고) 남자 혼자서 어린 자식들을 키워 왔던 것입니다. 지금은 벌써 장남은 S 시에서 장사를 하고 있고, 장녀는 시집을 갔으며, 차남도 형 밑에서 일을 돕고 있고, 그의 곁에 남아 있는 것은 끝의 두 아이뿐입니다. 아내가 남겨 놓고 간 그 갓난아기도 이제는 열 살이 되어 학교를 다니고 있었습니다. 처음에는 "뭐, 언제까지 그럴 수 있겠어" 하고 웃고 있던 사람들도, 이제는 아주 탄복하고 있는 모양입니다……

그런 이야기를 여종업원은 띄엄띄엄 이야기해 주었습니다.

4

어느 날, 오랜만에 비가 조금 뿌린 오후에 여관에서 우산을 빌려, 계곡을 따라 난 자갈길을 걸어 보았습니다.

대체로 이 고장의 풍경은 모두 담색淡色입니다. 이 골짜기의 물빛부터, 엷은 청색의 돌부터, 산들의 마른 풀부터, 대나무부터, 그 사이를 언뜻언뜻 내비치는 벚꽃부터—그렇지, 제비꽃의 색깔까지가 여기서는 도쿄 부근과 비해 볼 때 매우 옅어서 거의 하늘색에 가깝고, 그 속에 살그머니 보랏빛 정맥을 내비치고 있는 것입니다. 그런데, 그것이 오늘은 비에 씻겨서 갑자기 생생하게 선명한 색으로 변해 있었습니다.

비는, 하지만, 조금 걸어가고 있는 사이에 아주 그쳐 버렸습니다. 우산을 접고 위를 보니, 구름이 서둘러 남쪽으로 도망치는 뒤쪽으로 푸른 하늘이 얼굴을 드러내고, 햇빛이 어느새 동쪽 산 위를 비추고 있었습니다.

그곳은 개울 물로부터 6미터 가까이 높게 돌담을 쌓아 놓은 곳으로, 아래쪽의 물은 빗물로 흐려져 있지만 않았어도, 은어도 아닌 조그만 얼룩말과 닮은 물고기가 활발하게 움직이고 있는 것이 보이는 것입니다.

나는 그곳의 흰동백 곁에서 잠시 계곡 전체를 내다보고 있었습니다. (동백도, 빨간 동백이 잔뜩 피어 있는 것은 왠지 싸구려 고시마키*라도 보는 것처럼 저속해 보여 나는 싫어하는데, 그러나 이 흰 꽃이 아주 조금 검게 빛나는 잎 사이에서 비죽 내보이는 것은 꽤 괜찮습니다. 안에 빨간 줄이 있는 흰 사탕을 막대 끝에 말아 놓은 것을 어렸을 때 곧잘 시골에서 먹곤 했는데, 이 흰 동백은 왠지 색이고 모양이고 냄새까지 그 과자하고 비슷한 것 같습니다.) 주변은 이미 환해져서, 이 협곡 전체는 단풍과 감과 소나

---

* 腰卷き. 여성이 일본 전통 의상을 입을 때 속옷으로 허리에서 다리에 걸쳐 피부를 감싸는 천.

무의 새싹 냄새와 잎사귀에 매달린 물방울로 가득 차 있습니다. 비파의 새잎은 지난해의 짙은 녹색과 뒤섞여서 젊은 당나귀의 귀처럼 빳빳이 선 엷은 갈색을, 방금 새어나온 엷은 햇빛 속에 반짝이고 있습니다. 벚나무의 아직 엿 색깔을 하고 있는 여린 잎과 무거운 듯이 아래쪽을 보고 있는 꽃잎 하나하나에도 잔뜩 이슬이 매달려 있어 금방이라도 떨어질 것 같습니다. 그것을 마침내 환해진 연푸른 하늘을 배경으로 아래쪽에서 쳐다보면 그 물방울에까지 발그레한 분홍 꽃잎의 하양이 스며나온 것처럼 보이는 것입니다. 나는 기분이 좋아져서, 약간은 축축한 새싹의 향기를 폐 깊숙이까지 들이마셨습니다.

물에서 약 2미터 위, 내가 지금 서 있는 곳으로부터 4미터쯤 아래에 4평가량의 평평한 땅이 있고, 그곳에서도 온천물이 솟아 나오고 있습니다. 그 샘의 둘레에 통나무를 세우고, 그 위에 거적과 녹슨 낡은 함석을 씌워 놓아, 매우 간단한 욕탕이 되어 있었습니다. 딱히 누구의 소유랄 것도 없이 마을 사람들이 마음대로 사용하러 옵니다.

내가 열심히 그 위에서 골짜기를 내려다보고 있는데, 아무래도 그 아래의 함석과 거적 사이에서 사람의 목소리가 나는 것 같았습니다. '아, 누군가, 들어가 있구나.' 그렇게 생각하고 보고 있으려니, 잠시 후 뭔가 매우 힘찬 외침 소리와 함께 발가벗은 젊은 여성 두 명이 그 안에서 튀어나왔습니다. "호" 하고 나는 가볍게 외치고 나도 몰래 쳐다보았습니다.

그녀들이 목욕하고 있는 동안 하늘이 활짝 개어서 밝아진 것이 기뻐서 나도 몰래 환성을 올린 것이 틀림없습니다, 그녀들은 물가까지 뛰어가서 잠시 물을 내려다보고 서 있었습니다. 뒤에서 보아 잘 알 수 없지만, 양쪽 모두 열예닐곱 살의 아가씨 인 듯합니다. 게다가 그들은 몸에 실오라기 하나도 걸치지 않고 있는 것입니다. 한동안 골짜기의 밝음을 바라보고 있던 그들 중 한 명은 내가 위에서 보고 있다는 것도 모르고 뭔가 체조 같은 것을 시작했습니다. 체조라고 해야 그저 손을 흔들고 발을 움직이는 것이지만, 그 모습이 매우 즐거운 것 같았습니다. 그러자, 이어서 나머지 한 명도 그것을 흉내 내어, 손을 움직이면서 우스꽝스러운 모습으로 뛰어다녔습니다. 탄력 있는 신체가 주위의 녹색을 반영해서 한층 희게 보입니다. 하지만, 이윽고 갑자기 둘 모두 동시에 그것을 멈추더니 이번에는 서로 얼굴을 마주 보고, 참으로 지금 자신들이 한 짓이 우습다는 투로 웃음보를 터뜨렸습니다.

"아하하하하하하."

"하하하하하하하."

비가 그친 협곡의 하얀 공기 속에 건강해 보이는 전라의 소녀의 몸이 명랑하게 웃고 있다. 암사슴처럼 건강하게, 비 맞은 양배추처럼 신선하게……

보고 있던 나까지도 자신도 모르게 양손을 흔들어 대면서 까딱하면 환성을 지를 뻔했습니다.

실제로 이 마을은 이런 재미있는 곳입니다.

5

나는 그날 저녁에 본 진 씨의 얼굴을 잊지 않았습니다.

'노후의 고요한 경지.' 그런 말도 생각해 보았습니다. '오십 줄에 노후라니 좀 안됐나.' 이렇게 생각해 보기도 했습니다.

'어쨌든 다음에 만나게 되면 이쪽에서 말을 걸어 봐야지.' 이렇게도 생각하고 있었습니다.

그런데, 그렁저렁하는 사이 이상하게 되어 버렸습니다. 무슨 일이냐 하면, ……그로부터 한참 뒤, 어느 날, 내가 방에서 잡지를 읽고 있는데, 장지 밖 복도에서 여종업원들이 뭔가 소곤소곤 이야기하는 것을 들은 것입니다. 더더구나 때때로 "진 씨"의 이름이 들리는 겁니다. 그래서 나는 나가서 자세히 물어보았습니다.

"네" 하고 여종업원은 약간 주저하면서 대답했습니다. "진 씨 이야기입니다."

이야기는 의외였습니다. 10년을 홀로 지낸 진 씨가, 요즈음 들어서 오미츠ぉ光라는 여자와 수상쩍다는 소문이 있다는 것입니다. 아무래도 그 소문이 진짜 같다는 것입니다.

―오미츠?

―네, 덴키치 씨의 아내입니다. 게다가 덴키치 씨는 폐병으로 현재 건강이 위태롭거든요.

오미츠라는 여자는 4, 5년 전 남쪽 지방에서 이 마을로 흘러들어온 사람으로 2, 3년 전에 덴키치라는 자신보다 연하인 이 고장의 농부를 남편으로 맞았다는 것입니다.

—오미츠(라고 이름을 막 부르고) 쪽이 나쁜 게 틀림없어요. 아마 진 씨를 꼬셨을 거예요.—라고(내 앞에서는 사투리를 쓰지 않습니다) 여종업원은 그렇게 말했습니다.

—말도 안 돼. 우선 최근에 그런 말은 전혀 없었잖아.

—네, 저도 어제 들었습니다. 뭐, 바로 얼마 전부터 그렇게 된 거랍니다. 덴키치 씨의 병 때문에 진 씨한테 돈을 꾸러 갔을 때부터 시작되었다니까요.

—맞아, 그러고 보니, 요즘 진 씨는 욕탕에도 나타나지 않는 것 같던데요……

설마! 하고 나는 생각했습니다. 저 안온한 Old Kasper가! 아이들 때문에 후처를 얻지 않았다는 진 씨가!

그런데 그로부터 4, 5일 지난 어느 날 저녁때의 일입니다. 저녁 식사 후의 산책을 하고 있던 나는 또 진 씨의 집 뒤를 지나갔습니다. 그리고 별생각 없이 엉성한 대나무 숲을 통해 그 집 뒤뜰을 들여다보았을 때였습니다. 한 여자가 손에 간장병 같은 것을 들고 뒷문으로 그 집에 들어갔습니다. 물론 순간 그 여종업원이 말한 것을 떠올렸지만, 그런 것치고는 그 여자의 모습이 아무래도 차분하고 게다가 병을 들고 온 것입니다. 그래서 '간장이 떨어져서 근처의 여자가 빌리려고 온 거군' 하고 생각하며 보고 있는데 잠시 뒤 그 여자는 원래의 빈 병을 들고 나온 것입니다. 그러자, 그 뒤를 허둥지둥 진 씨가 달려나왔습니다. 그리고, "기다려" 하고 부르고는 그 병을 여자에게서 낚아채 땅바닥에 내던지고는, 여자의 어깨를 꽉 잡고 짐승처럼 거칠게 숨을 내쉬면서 옆의 창고 속으로 여자의 몸을 (자신의 몸과 함께) 던져 넣은 것입니다⋯⋯

나는 갑자기 명치를 쿵 얻어맞은 것 같은 기분이었습니다. 그리고 부리나케 산을 뛰어 내려가 버렸습니다.

10년의 조용한 고독 후, 이처럼 단시일 사이에(내가 여기 온 것은 아직 3주밖에 되지 않았습니다) 이 정도의 변화가 한 노인 위에 생긴 것을 나는 생각해 보았습니다. 그러고서, 앞으로 당연히 일어날 게 틀림없는 마을 사람들의 험담과 배척에 대해서 생각해 보았습니다. 더구나 상대가 빈사의 병자의 아내라니.

'여기에도, 또.' 실제로 그런 느낌이었습니다. '이젠, 될 수 있는 한 진 씨를 보지 말도록 하자'는 생각까지 들었습니다.

6

일주일 정도 지난 어느 비 오는 날의 오후, 편지를 부치러 나갔던 나는 돌아오는 길에 조촐한 장례 행렬이 산 쪽으로부터 조용히 내려오는 것을 보았습니다. 관을 따라서 서른대여섯으로 보이는 여자가 고개를 숙인 채 걷고 있었습니다. 가도의 축축하게 젖은 모래에 유리의 조각들이 조그맣게 빛나고 있는 것을 밟으면서, 보기 드물게 가문家紋을 달고 있는 회장자會葬者가 네댓 명. 쓸쓸한 장례식이었습니다. 장례 행렬은 가랑비에 젖으면서 가도를 300미터 정도 나아가자, 왼쪽으로 꺾어져 묘지 쪽으로 향해 갔습니다.

결국 오미츠의 남편이 죽은 것입니다.

가도까지 구경하러 와 있던 여관의 여종업원은 지방 사투리를 쓰며, 혼잣말처럼 말했습니다.

─지금쯤 진 씨 울고 있을 게라.

그리고 잠시 간격을 두고 한심하다는 듯이 중얼거렸습니다.

─참으로 그처럼 좋은 사람이 어떻게 된 게라.

7

얼마 동안, 나는 진 씨에 관한 이야기를 들으려 하지 않았습니다. 내 안의 Old Kasper의 그림이 자꾸만 무너져 가는 것이 싫었던 것입니다. 하늘색 두건과 빨간 조끼의 늙은 농부가 치정癡情에 미쳐서 기름 낀 붉은 얼굴의 할아버지로 변하려는 것이 싫었던 것입니다.

그래서 나는 매일 그 뒷산에 올라가서는, 담배를 피우면서 졸졸 흐르는 물소리를 듣기도 하고, 멍하니 안개 낀 하늘을 흐르는 구름을 쳐다보기도 하면서 놀며 지냈습니다.

그러는 동안, 백량금이라는 나무의 남천축 닮은 하얀 열매나 나한백의 가는 잎사귀, 그리고 또 몸이 희고 날개만 검은 조그만 산새도 점차로 신기하지 않게 되었습니다. 새빨간 단풍의 눈, 노란 가루를 뿌린 것 같은 감의 새싹, 히메삼나무, 명자나무, 유자, 고비, 염교, 그리고 그 고사리 등에도 아주 익숙해졌습니다. 산에서 바라보는 소학교 운동장의 기계체조라든지 푸른 늑목肋木이나 목마 등의 한가한 배치도, 하얗게 부풀어 오른 구름 아래서 따뜻한 느낌으로 노랗게 빛나는 산의 경사면의 여름밀감의 동그란 모양도, 하얀 흙벽으로 만든 광 앞에서 애 보는 아이가 해바라기를 하고 있는 것을 우편배달부가 뭐라고 놀리고서 다시 바쁜 듯이 지나가는 시골다운 광경도, 나는 그런 것들에 슬슬 싫증이 나게 되었습니다.

그래서 요즈음은 대나무숲에 들어가는 것을 익혔습니다. 옹색한 숲속에서, 억지로 자리를 만들어 뒹굴고 있으면서 왠지 신학기 소학교 교과서의 새 인쇄 잉크의 냄새를 떠올리는 것입니다.

노란 해그림자가 가느다란 잎들 사이로 자잘하게 흔들려 움직이는 것이 재미있어서 나는 양손에 하나씩 대나무를 쥐고 그것을 힘껏 흔들었습니다. 조그만 조릿대를 꺾어서 그것으로 마구 그 근처를 두들겨 댔습니다. 누군가가 벤 흔적을 발견해서, 그 벤 자리에서 속의 얇은 종이를 벗겨 입에 대고, 부부 울려 보기도 했습니다. 실제로 활짝 갠 하늘 아래서 싱싱한 대나무를 힘껏 휘둘러 그 획획거리는 소리를 듣고 있노라면, 커다란 목소리로 노래라도 부르고 싶은 기분이 드는 것입니다.

어느 갠 날 낮에, 늘 하던 대로 조릿대를 하나 꺾어 숲속에서 휘두르고 있는데, 어디선지 악대의 소리가 들려왔습니다.

"연기도 안 보이고, 구름도 없이"* 노래는 의심할 것도 없이 그 가락입니다. 1910년까지 태어난 일본인이라면 누구나가 알고 있을 것이 틀림없는, 저 군국주의의 노래입니다.

'어 뭘까' 하고 생각하고 있는데, 계곡 하나 너머 아래쪽의 가도를, 남쪽 방향에서 조그만 악대가 올라오고 있었습니다. 나팔과 피리와 북, 고작 그뿐이고, 뒤에 기치旗幟를 든 동자승이 두 명 따라오고 있습니다. 10리 아래쪽 Y 마을의 클럽에 분명 오늘 저녁쯤 상영하는 활동사진 광고에 틀림없습니다.

"연기도 안 보이고, 구름도 없이……" 곡조는 계속해서 같은 구절을 반복하고 있습니다. 가까이 다가옴에 따라 나팔수의 시뻘게진 얼굴과, 기치의 글씨까지 똑똑히 보이기 시작했습니다. 모두가 지저분한 학생복인데도 금빛 장식실로 테를 두른 것을 입고서, 으스대는 걸음걸이로 하얀 먼지를 피우면서 행진해 옵니다. 뚱뚱한 나팔수는 시뻘겋게 볼을 부풀리고 한 구절을 끝낼 때마다 의기양양하게 박자를 넣으면서 마을로 들어왔습니다. 나는 숲속에서 고개를 내밀어 잠시 동안 위쪽에서 그것을 듣고 있었습니다.

이윽고 그들은 다시 흰 먼지를 피우며, 산을 따라 난 길로 꺾어 멀어졌습니다. 하지만 나팔 소리는 여전히, 아직도, 저 한가롭고 단조로운 가락을 언제까지나 산 저쪽에서 희미하게 울려대고 있습니다.

"연기도 안 보이고, 구름도 없이…… 거울 같은 황해는……"

나는 대나무 숲으로 다시 고개를 집어넣고 벌렁 누워서, 가

---

* 〈용감한 수병〉이라는 군가의 한 구절.

느다란 잎 사이로 반짝반짝 빛나는 하늘을 쳐다보면서, 아이 같은 기분으로 그 소리를 듣고 있었습니다. ……이것은 또 참 으로 어처구니없게도, 나는 어느새 그 노래를 조그만 목소리 로, 입 속에서 되풀이하고 있었던 것입니다. 이 바보 같고 무의 미한 군국주의의 노래를……

8

늘 진 씨의 일에는 신경을 쓰고 있으면서도, 그 후 한동안 그 의 얼굴을 보지 못했습니다.

그런데, (이번에는 좀 더 남쪽 지방에서 놀다 올 생각으로) 치 약과 수건 등을 사려고 가도로 나갔을 때, 나는 뜻하지 않게 오 랜만에 진 씨의 얼굴을 보았습니다. 그때 그는 허둥지둥 마을 의 병원— 그래봐야 'K 촌 의원'이라고 얇은 판자에 검게 쓴 관청 같은 건물이지만 —으로 들어갔던 것입니다.

누가 아픈가 하고 생각하면서 숙소로 돌아온 나는 다음 날 아침 그 여종업원에게 물어보았습니다. 그랬더니 그의 아이가 아프다는 것이었습니다. 갓난아기 때부터 그가 혼자서 키워 온 그 막내아이가 그제부터 급성폐렴인가로 위독하다는 것입니 다. 내 안의 Old Kasper의 조용한 모습은 다시 마구 엉망으로 짓밟히고 말았습니다. 아무래도 나는 그의 긴 일생 중에서 사 건이 가장 많은 한 달 동안 와 있었던 모양입니다. 더 이상 나 는 차마 눈 뜨고 볼 수 없을 것 같다는 심정이었습니다.

9

이튿날, 나는 남쪽으로 떠났습니다.

그리고 지금까지의 산속의 옅은 색과는 달리, 엄청 색채가 강한 풍경을 — 기름진 바다, 검푸르게 울창한 섬들, 강한 햇빛 속에 검붉게 빛나는 절벽들을 — 보았습니다.

10

도쿄로 돌아가는 길에, 다시 저 산속의 온천장에서 하루 머물게 된 것은 그로부터 2주 정도 뒤였습니다.

그날 산책하고 있던 나는 거기서 다시 한 번 쪽빛 작업복을 입은 진 씨의 모습을 발견했습니다.

소학교 뒤쪽의 계곡으로 내려가는 곳에 벗나무가 늘어선 곳이 있었습니다. 내가 보고 있는 줄도 모르고, 진 씨는 이제 잎사귀만 남은 그 나무들 아래를 멍하니 오락가락하고 있었습니다. 어딘지 다소 생기가 없는 모습으로, 생각하는 것도 아니고 뭔가 지나간 일이라도 회상하고 있다는 기분으로 거닐고 있었습니다. 오래된 표현이지만, 일시에 10년이나 나이를 먹은 것처럼 보이는 것입니다. 오래도록 손질을 하지 않은 듯, 깨빛이라고도 희다고도 노랗다고도 할 수 없는 지저분한 수염이 턱을 뒤덮고, 험하게 튀어나온 광대뼈 근처에는 더러운 뻘 같은 것이 눌어붙어 있습니다…… 그리고, 그 눈은 — 온화하게 아이들이 노는 모습을 바라보고 있던 그 눈은 — 맞아요, 그 눈에도 이제는 눈곱이 잔뜩 끼어, 지금 벚나무 잎 사이로 반짝반짝 비쳐 오는 5월의 강한 햇빛을 감당할 수 없다는 듯이 씀벅거리고 있는 것입니다.

"아이가 잘못되었구나." 나는 바로 그렇게 생각했습니다. 그래서 숙소에 돌아와 여종업원에게 물어보았습니다.

—네, 맞아요. 손님이 떠나시고 나서 곧 료(良)짱은(하고 그 아이의 이름을 말하고) 죽었답니다. — 그렇게 여종업원은 대답했습니다.

—하지만, 그뿐이 아니에요. 여자가 — 오미츠가 사라진 거예요.

—허, 어쩌다가?

—그 여자가, 오미츠란 년이, 석 달 전쯤에 타지에서 굴러 들어온 떠돌이하고 손을 잡고 어딘가로 도망쳐버린 거예요. (그러고는 참으로 밉살스럽다는 듯이) 정말이지, 자기 남편이 앓아누워 있는 동안 진 씨를 그 대신에 써먹고는, 남편이 죽자 그 돈을 가지고 건달하고 줄행랑을 친 거죠.

* * *

이튿날, 아마기 고개를 넘어 도쿄로 돌아왔습니다.

도쿄의 하숙 2층으로 돌아와서 바라볼 수 있는 것이라곤 다시금 음울한 매연과 먼지 따위가 하늘 아래 퍼진 오밀조밀한 더러운 집들이었습니다. 이렇게 해서 우울해지면 나는 곧잘 창가에 기대서 담배를 피우면서 밝았던 이즈伊豆의 풍경을 떠올리는 것입니다.

여름밀감, 고사리, 대나무, 구름, 밭, 계곡.

"그리고," 하고 나는 계속합니다. "저 Old Kasper는."

나는 문득 다시 우울해져서, 담배꽁초를 옆집 지붕에 내던지고, 퉤 하고 침을 뱉고서는 진 씨의 일을 생각하는 것입니다. 그 생애의 불행에 마침 우연히 내가 마주쳤던 그 노인에 관해서. 그러면서도, 직접적으로는 한 번도 이야기를 나눈 일이 없는 그 노인에 관해서. (1929. 6)

순사가 있는 풍경 巡査の居る風景

-1923년의 어느 스케치 1923年の一つのスケッチ

1

포석鋪石이 깔려 있는 길바닥에는 얼어붙은 고양이 사체가 굴딱지처럼 달라붙어 있었다. 그 위를 붉은 감율甘栗 광고가 바람에 갈가리 찢겨 미친 듯이 휘날렸다.

길모퉁이에는 포장마차 대여섯 개가 한데 모여 부지런히 흰 김을 토해내고 있었다. 검붉고 딴딴해진 젖통을 너저분한 두루마기 위로 내놓은 여인이 하나, 그 앞에 서서 김을 불어 가면서, 새빨간 고춧가루를 끼얹은 우동을 후루룩거리고 있었다.

서署에서 돌아가려던 순사인 조교영趙敎英은 전차를 기다리면서, 이를 멍하니 바라보고 있었다. 그의 앞을 연누런색 옷을 입은 중국인 둘이 멜대를 어깨에 이고서 지나갔다. 그들의 소쿠리 안에는 팔다 남은 무가 하얗게 빛나고 있었다. 슬슬 밀물처럼 사람들이 붐비기 시작할 무렵이었다. 엷은 얼음이 깔린 듯한 저녁 하늘 아래서, 프랑스 교회의 종이 싸늘하고도 싸늘하게 울리기 시작했다.

조교영은 춥다는 듯이 코를 훌쩍거리고 나서, 제복의 옷깃을 다시 매만진 뒤, 전선의 파란 불꽃을 올려다보았다. 그 전차가 떠나고 난 뒤의 레일 위를 키 큰 남자 하나가 성큼성큼 걸어왔다. 그가 있는 서의 과장이었다. 그가 깊숙이 허리를 굽혀 경례를 하자, 그 사나이는 손을 슬쩍 들고 나서, 다시 인파 속으로 섞여 들어가버렸다.

전차에 타자, 직업상으로 무료인 그는 언제나 그랬던 것처럼 운전수대臺에 서서 양손을 바지 주머니에 쑤셔 넣은 채, 유리에 기댔다. 그는 전차에 탈 때마다 으레 한 일본 중학생을 떠올리곤 한다. ……어느 여름날 아침이었다. 서로 출근하는 길에 그가 여느 때처럼 운전수대에 서 있었는데, 등교 중인 그 중학생이 탔던 것이다. 그리고 아마도 시원한 바람을 쐬고 싶었는지, 그 중학생은 운전수대에 서서, 안으로 들어가지 않았다. 하지만, 원래 승객이 서 있으면 안 되는 곳이어서, 운전에 방해가 된다며, 운전수는 중학생에게 안으로 들어가라고 했던 것이다. 그런데 그는 오만하게 운전수에게 대들었다.

"이봐, 저 사람을" 하고, 중학생은 거기에 서 있던 순사인 그를 가리키며,

"저 사람을 안으로 들여보내지 않는다면, 나도 싫어."—(물론, 그 운전수도 조선인이었던 것이다.)— 그러고는 당혹스러워

하는 운전수와 순사의 얼굴을 재미있다는 듯이 교대로 바라보면서 그곳에 계속 서 있었던 것이다…… 그는 지금도 그 중학생의 눈빛을 떠올리면서 불쾌하게 생각했다.

전차 안은 혼잡했다. 스케이트를 매달고 있는 학생. 코가 새빨개져 있는 회사원풍의 남자, 보따리를 안고 있는 아줌마. 아기를 엉덩이 위로 업고 있는 어머니, 두툼한 갈색 모피에 목덜미를 파묻고 있는 양반兩班들.

잠시 뒤, 갑자기 그 안에서 무슨 말다툼을 하는 소리가 들려왔다. 승객의 시선은, 일제히 그쪽으로 향했다. 쳐다보니, 앉아 있는 허술한 차림의 한 일본인 여자와, 그 앞의 손잡이를 잡고 있던 흰 한복을 입은 학생인 듯한 청년이 말다툼을 하고 있었다.

—기껏, 친절하게 앉으세요, 라고 해 주었더니.

이렇게 여자는 불평스럽게 말하고 있었던 것이다.

—하지만, 여보*라니요. 여보란 게 도대체 뭐냐구요,

—그래서, 여보상이라고 말했잖아요.

—그 소리가 그 소리지. 여보라니.

—언제 여보라고 했어요. 여보상이라고 했지.

여자로서는 아무것도 이해할 수가 없었던 것이다. 그리고 괴이하다는 표정으로, 다른 사람들의 양해를 얻고 싶었는지 주

---

* 일제 강점기 때 일본인들의 조선인에 대한 멸칭으로 사용되었다.

변을 훑어보면서,

―여보상, 자리가 비어 있으니, 앉으세요, 이렇게 친절하게 말해 주었는데 왜 화를 내고 그러는 건지.

전차 안에서는 여기저기서 실소가 들렸다. 청년은 이제 체념하고, 잠자코 이 무지한 여자를 노려보았다. 교영은 다시금 우울해졌다. 어째서 이 청년은 그런 말싸움을 한 것일까. 이 온건한 항의자는 자신이 타인이라는 것을 왜 그처럼 영광스러운 것으로 생각하는 것일까. 어째서 자신이 자신임을 부끄러워해야 하는 걸까. ……그는 그날 오후의 사건을 떠올렸다.

그날 오후, 부회府會 의원의 선거 연설을 감시하기 위해, 그는 같은 서의 타카키高木라는 일본인 순사와 함께 회장會場인 한 유치원으로 갔다. 몇몇 내지인內地人* 후보의 연설에 이어 유일한 조선인 후보의 연설이 시작되었다. 상업회의소의 장도 지낸 일이 있는, 내지인 사이에서도 상당히 인망이 있는 이 후보자는 능숙한 일본어로 자신의 포부를 피력하고 있었다. 그런데, 한창 연설이 진행되는 도중에, 맨 앞에 있던 청중의 하나가 일어서서, "닥쳐라, 여보인 주제에" 하고 외쳤던 것이다. 스무 살도 되지 않은 후줄근한 차림의 어린 사내였다. 다카키 순사는 대뜸 그 작자의 목덜미를 붙잡아서 회의장 밖으로 끌어내 버렸다. 그러자, 그때 그 후보는 한층 목소리를 높이 하며 외쳤다.

---

* 일제 강점기에 조선에 거주하던 일본 사람을 조선인과 구별해서 부르던 호칭.

—나는 방금, 매우 유감스러운 말을 들었습니다. 그러나, 나는 우리 또한 영광스러운 일본인임을 어디까지나 믿고 있는 바입니다.

　그러자 금세, 회장의 한쪽 구석에서 열렬한 박수가 일어났던 것이다……

　그는 지금 그때의 광경을 떠올렸다. 그리고 그 후보를 이 청년과 비교해 보았다. 그러고 난 뒤 다시 한 번 일본이라는 나라를 생각해 보았다. 조선이라는 민족을 생각해 보았다. 나 자신이라는 것에 대해서도 생각해 보았다. 그리고, 자신의 직업을, 그리고, 지금 그곳으로 돌아가고자 하고 있는 아내와 하나인 자식을 떠올렸다.

　사실 그의 기분은 요즈음 '무엇인가를 잃어버렸을 때 사람이 느끼는' 그 어딘지 모르게 허둥거리는 상태에 있었다. 다할 도리가 없는 의무의 압박감이 언제나 머리 어딘가에 둔중하게 자리 잡고 있는 듯한 느낌이기도 했다. 그러나 그 둔중한 압력이 어디로부터 오는가 하는 점에 대해서는, 그는 그것을 물으려 하지 않았다. 아니, 그것이 무서웠던 것이다. 스스로 자신을 자각하는 것이 두려웠던 것이다. 스스로 자신을 자극하는 일이 두려웠던 것이다.

　그렇다면, 어째서 두려운 것일까? 어째서?

　그 답으로서, 그는 파리한 얼굴을 한 그의 처자식을 든다. 그가 자신의 직업을 상실하게 된다면, 그들은 어찌될 것인가. 그러나 '그래, 그렇기는 하지. 하지만, 그것뿐일까. 공포의 원인이 그것뿐일까?' 하는 질문을 받는다면……

그는 오싹해서 목을 움츠리고서, 허둥지둥 유리창 너머로 이 거리 저 거리에서 흔들거리고 있는 등불과, 그 안에서 헤엄치고 있는 인파의 혼잡을 바라보았다. 석간夕刊을 알리는 종소리. 자동차의 경적. 얼어붙은 포장도로를 비추는 밝은 등불, 그 위를 미끄러지는 털옷의 무리. 어두운 거리 모퉁이에서 서성거리는 붉은 수염의 지게꾼, 소가 달려 있지 않은 분뇨수레, 쓰레기수레……

전차는 창경원 앞에서 내렸다.

골목에서는 강한 아세틸렌의 빛에, 폐병을 앓는 점쟁이의 얼굴이 어둠 속에서 떠올랐다. 헌책방 한구석에서 손을 부들부들 떨어 가면서, 노인이 목소리를 높여 언문諺文을 읽고 있었다.

길모퉁이를 하나 돌자, 갑자기 그는 맞은편에서 오던 한 남자에게 절을 받았다. 그도 앵무새처럼 고개를 숙이고 난 뒤 보니, 해달깃이 달린 외투를 입은 훌륭한 신사였다.

— 좀 여쭤보겠습니다만 — 하고, 그 사람은 매우 공손한 말투로, ××씨— 총독부의 고관 —의 주소를 물었던 것이다. (××씨 댁에 간다면 이 사람도 고관인지 모른다.) 신사로부터 그런 공손한 말투를 들은 일이 없는 그는, 조금 얼떨떨해하면서 그 ××씨의 집을 가르쳐 주었다. 그의 답을 듣자, 다시 한 번 공손하게 머리를 숙이고는 가리킨 쪽으로 방향을 꺾어 갔다……

그런데, 그때였다. 그는 어떤 일대 발견을 해서 깜짝 놀랐던 것이다.

　—나는, 나는 지금 나도 알지 못하는 가운데 기뻐하고 있지 않았던가 —그는 흠칫하면서 스스로에게 물어보았다.

　—저 일본 신사로부터 정중하게 대접을 받아서 아주 조금이기는 했지만 기뻐졌던 것이다. 마치 어린아이가 어른에게서 조금이라도 진지하게 상대로 인정을 받으면 매우 좋아하는 것처럼, 나도 지금 무의식중에 기뻐하고 있었던 것이다…… 이제 더는 아까의 그 청년조차도 웃어 줄 수가 없었다. 부회 의원에 관해서도 말할 처지가 아니었다.

　—이건 나 한 사람의 문제가 아니다. 우리 민족은 예전부터 이런 성질을 지니도록 역사적으로 훈련되어 온 거다. —

　문득 곁을 보니, 남자 하나가 길바닥에 쭈그리고 앉아 오줌을 누고 있었다. 그는 문득 '서서 누기'를 할 줄 모르는 이 반도 사람들의 풍습을 생각해 보았다.

　—이 별것도 아닌 습관 속에도 영원히 비굴해질 우리들의 정신이 숨겨져 있을지도 모르겠군. —그는 그런 것들을 멍하니 생각해 보았다.

2

　구릿빛 태양은 그 얼어붙은 12월의 궤도를 따라, 떨면서 벌겋게 보이는 민둥산들로 지고 있었다. 북한산은 잿빛 하늘에 파르스름하게 톱니 모양으로 얼어붙어 있는 듯이 보였다. 그

꼭대기로부터 바람이 광선처럼 날아와 날카롭게 사람들의 뺨을 에었다. 정말이지 뼈도 부서져 버릴 듯이 추웠다.

매일 아침, 몇 명의 길 가다 쓰러져 죽은 사람이 남대문 아래서 발견되었다. 그들 가운데 어떤 이는 손을 뻗어 문 벽의 말라 빠진 칡덩굴을 움켜잡은 채 죽어 있었다.

어떤 이는 보랏빛 반점이 돋은 얼굴을 들고서, 졸린 듯이 쓰러져 있었다.

한강의 얼음 위에서는 할아버지들이 얼음에 구멍을 내고, 기다란 장죽으로 연기를 뿜어 가면서 춥다는 듯이 잉어를 뒤지고 있었다. 그 기슭의 숲에서는 가난한 사람들이 온돌에 지필 장작을 마구 훔쳐가고 있었다. 푸르스름한 산처럼 가득 실은 얼음을 끌고가는 소의 턱에는 침이 고드름이 되어 매달려 있었다.

눈은 그다지 내리지 않았다. 도로는 단단히 얼어붙어 있었다. 그 길 위를 다양한 발들이 미끄러지고, 자빠지면서 걷고 있었다.

조선인의 배船처럼 생긴 나막신. 일본 아가씨의 반짝거리는 조리草履, 중국인의 곰의 발 같은 털신. 호오바朴齒,* 반짝반짝거리는 조선 귀족 학생의 구두. 원산元山으로부터 도망쳐 온 백색 러시아인**의 굽 높은 붉은 구두. 그리고 다리도 어지간히 내뻗은 지게꾼의 넝마 같은 신. 드물게는 앉은뱅이 거지의 무릎

---

* 후박나무로 굽을 만든 일본 나막신.

** 러시아 혁명 후 소비에트 정권에 저항해 망명한 러시아인을 말한다.

아래가 잘린 대퇴부. 그 발은 추위 때문에, 거리에서 벌겋게 부어올라 있었다.

1923년. 겨울이 지저분하게 얼어 있었다.

모든 것이 지저분했다. 그리고 지저분한 채로 얼어붙어 있었다. 특히 S 문 밖의 골목들에서는 그것이 더욱 심했다.

중국인의 아편과 마늘 냄새, 조선인의 싸구려 담배와 고추가 섞인 냄새, 빈대와 이가 찌부러진 냄새, 길바닥에 버려진 돼지의 내장과 고양이의 생가죽 냄새, 그런 것들이 그 냄새를 유지한 채, 이 언저리에 얼어붙어 있는 듯이 보였다.

하지만 아침만은 그런대로 공기도 어느 정도 맑았다. 밤이 지나 먼동이 트며 말라빠진 아카시아의 가지에서 까치가 울기 시작하는 무렵이 되면, 조금은 상쾌한 호흡도 할 수 있었다. 언제나 그 무렵이 되면, 이 골목에서 많은 남자들이 멍하니 그러면서도 추운 듯이 손을 비비며 돌아가고는 했다.

그곳에는 온갖 여자들이 모여 있었다. 김동련金東蓮도 그런 여자 중의 하나였다. 그녀는 아직 신참이어서 친구가 없었다. 그래도 그녀하고 사이가 좋았던 것은 복미福美라는 여자뿐이었다. 성은 아무도 알지 못했다. 그 여자는 늘 지독하게 파리한 얼굴을 — 그녀들은 모두 그랬지만, 특히 — 하고 있었다.

"저 사람은 상당히 훌륭한 사람이란다"하고 그 여자에 대해 이웃 할머니가 그녀들에게 이야기하고 있었다. 하지만, 어떻게, 훌륭하다는 것인지 아무도 몰랐고, 그녀 또한 말하려 하지 않았다. 그리고 으레 4시경이 되면 매일 팔뚝을 걷어올리고 주사를 맞았다.

동련에게는, 어떻게, 이 여자에게 그런 돈이 들어오는지 신기했다. 그래서 언젠가 물어보았다. 그러자 그녀는 슬픈 듯이 웃으면서 말했다.

—너 따위는, 아직 풋내기니까, 나처럼 벌 수 있겠니.—

3

한강 인도교 위를 포차砲車가 덜그럭거리며 기세 좋게 달려갔다. 영등포의 모래 위에서는, 용산龍山사단의 병사들의 총검이 푸른 얼음에 비치며 싸늘하게 겨울 해를 받아 빛나고 있었다. 밤이면 밤마다 연습을 위한 야영野營이 모래 위에 쳐지고, 화톳불이 벌겋게 타올랐다.

노루를 짊어진 학생들의 한 무리가 거리 위를 미끄러지며 달려갔다. 쇼윈도 안에는 토우土偶 지하여장군의 붉은 얼굴이 엄중하게 웃고 있었다. 반 이상 완성된 조선신사神社*를 짓는 망치 소리가 건조한 하늘 아래서 높이 울려 퍼졌다.

---

* 일제 강점기에 경성부의 남산에 세워졌다. 1920년 기공되었고 1925년 조선신궁으로 명칭이 바뀌었다. 여의도 면적의 두 배에 가까운 43만 제곱미터의 대지 위에 15개의 건물이 있었다. 태평양전쟁 종전 다음 날인 8월 16일 일본인들이 해체했고 각종 신물을 일본으로 보낸 뒤 10월 7일 남은 시설은 소각했다.

고등보통학교의 교정에서는, 새로 내지에서 부임해 온 교장이, 엄숙하게 종순從順의 덕을 이야기하고 있었다.(지금까지 있었던 내지의 중학교에서, 그가 교칙의 하나로서 독립자존의 정신을 이야기해 온 일을, 조금은 쑥스럽게 떠올리면서)

보통학교*의 일본 역사 시간, 젊은 교사는 조금은 곤혹스러워하면서, 조심스럽게 정한의 역征韓の役** 이야기를 했다.

—이렇게 해서, 히데요시秀吉는 조선에 침공한 것입니다.

하지만, 아동들 사이에서는 마치, 어딘가, 다른 나라 이야기이기라도 한 것처럼 둔한 반향이 앵무새처럼 되울려 나올 뿐이었다.

—그렇게 해서 히데요시는 조선에 침공한 것입니다.

—그렇게 해서 히데요시는 조선에 침공한 것입니다.

* * *

---

* 보통학교는 1906년부터 1938년까지 한반도에 설치된 조선인 대상의 초등교육기관이다. 대한제국 말기에 제도가 정해졌고, 한일합방 이후에도 조선교육령으로 계승되었다. 재조선 일본인 아동을 대상으로 한 초등교육기관이 소학교령에 따라 내지에 준하는 소학교였던 반면, 보통학교는 조선인 아동을 대상으로 했다. 그러나 1938년 조선교육령 개정으로 보통학교도 소학교령에 의거한 소학교로 개편되었고, 1941년 국민학교령이 제정되면서 국민학교로 바뀌었다. 또한 보통학교를 졸업한 조선인 학생을 받아들인 중등교육기관으로 남학생 대상의 고등보통학교와 여학생 대상의 여자 고등보통학교가 설치되었는데 각각 내지인이 다니는 중학교와 고등여학교에 대응하는 것이었다.

** 도요토미 히데요시가 벌인 임진왜란을 가리킨다.

그날 오후는 싸늘하게 맑았다.

말라빠진 갈색 가시만 남은 아카시아들이 북풍 속에서 울며 흔들렸다.

남대문역 앞에는 군중이 바람을 맞으며 늘어서 있었다. 그들은 하나같이 역의 입구에 시선을 집중하고 있었다. 자동차는 기세 좋게 그 승차구로 달려가 마중 나온 고관들을 토해냈다.

—총독이 돌아오신 거야.

—총독이 도쿄에서 돌아오신 거야.

경관은 허리에 찬 검을 절그럭거리면서 엄중하게 그 일대를 경계하고 있었다. 조교영도 그들 사이에 섞여서 사람들의 배후에서 그 부근을 둘러보고 있었다. 그는 바람에 실려 날려온 신문지를 바닥이 갈라진 구두로 밟으면서, 언젠가 본 일이 있는 총독의 백발의 동안童顏을 떠올렸다. 이 총독은 지금까지의 총독들과 마찬가지로 군인 출신이었지만, 지금까지의 누구보다도 가장 평판이 좋은 모양이었다. 조선 사람 중에서도 마음으로부터 따르고 있는 자들이 상당히 있다는 것이다. 한데……

그때 두툼한 검은 외투에 싸인 뚱뚱한 총독의 붙임성 있는 동안이 역 출구에서 나타났다. 그러자 마중 나온 관리들은 일제히 기계처럼 머리를 숙였다. 총독은 의연하게 그에 답례하고 준비된 자동차에 올라탔다. 이어서, 매우 깡마르고 빈약한 체구의 정무총감*도 다음 차에 올라탔다. 그리고 곧장 두 대의 차는 세브란스 병원 귀퉁이를 돌아 남대문 방향으로 미끄러져 나갔다.

그런데 그때였다. 갑자기 군중 속에서 흰옷에 사냥모를 쓴 남자가 튀어나오는가 싶더니, 갑자기 권총을 든 손을 뻗어서 앞차를 향해 방아쇠를 당겼다. 총알은 나오지 않았다. 남자는 당황해서 두 번째로 방아쇠를 당겼다. 이번에는 엄청난 음향과 더불어 탄환이 뒤쪽 차의 유리창을 깨고 비스듬히 차 안을 가로질러 작렬했다. 이를 알아차린 두 대의 자동차는 급히 속력을 내어, 질주해 사라졌다.

한순간, 군중은 멍하니, 이 사건을 바라보았다. 다음 순간, 경관들은 본능적으로 이 폭한 주변으로 달려갔다. 하지만, 흉한兇漢은 아직 권총을 가지고 있었다. 그들은 흉한과 대치했다. 흉한은 24, 5세쯤으로 보이는 마른 체형의 청년이었다. 그 역시 권총을 움켜쥔 채 핏발이 선 눈으로 잠시 경관 쪽을 노려보고 있었다. 하지만 돌연 모자를 벗어 땅바닥에 힘껏 내던지고 나서 껄껄껄 자조적으로 웃기 시작하더니, 갑자기 손에 들고 있던 무기를 군중 속으로 내던졌다. 군중은 쫙하고 피했다. 경관들도 저도 몰래 흠칫하면서 몸을 피하고, 내던져진 권총을 보았다. ……하지만 그들은 이미 덤벼들어 흉한을 제압하고 있었다. 그는 조금도 저항하지 않았다. 파리한 얼굴로 약간 미세하게 떨리는 입가에 비웃는 듯한 미소를 띠면서 그는 경관들을 바라보았다. 창백한 이마에는 엉클어진 머리카락이 길게 늘어져 있었다. 눈에서는 이미 허둥거림과 흥분의 자취가 사라지

---

* 조선 총독 밑에 두었던 친임관으로, 총독에 이은 이인자의 지위. 군권을 제외한 행정-입법-사법의 실무를 총괄하며, 주로 관료와 정치인이 임명되었다.

고, 절망한 침착과 연민의 조소가 떠올라 있을 뿐이었다.

그의 팔을 붙잡고 있던 조교영은 도저히 그 눈빛을 견뎌내기가 어려웠다. 그 범인의 눈은 분명하게 말을 하고 있었던 것이다. 교영은 평소에 느끼고 있던, 저 압박감이 20배의 무게를 가지고 자신을 밀어붙이고 있음을 느꼈다.

붙잡힌 것은 누구인가.

붙잡은 것은 누구인가.

4

손님을 끌기 위한 여자가 네댓 명, 바른 분이 벗겨져 나간 얼굴을 떨면서, 아까의 골목 벽에 기대어 있었다. 굴절된 가로등의 불빛 속에서, 세워 놓은 토관의 그림자가 말없이 죄수들처럼 늘어서 있었다.

―이봐요, 어때? 잠깐.

―안 돼, 안 돼.

남자는 바지 주머니에 손을 넣고 흔들어 보이며 웃었다. 털실 두건을 모자처럼 뒤집어쓴 그 청년의 얼굴이, 바쁜 발걸음으로 가로등불 속에서 사라졌다. 인기척이 사라지자, 아주 고요해진 공기 속으로, 어딘가에서 벽이 갈라지는 소리가 쩍 하고 울려 왔다.

* * *

—나 말이야? 아무것도 아니야, 남편이 죽고 기댈 데도 없는데, 이것 말고 할 일도 없으니 어쩔 도리가 없잖아.

—남편은, 무얼 했는데.

—종로에서 모피를 팔았지.

매춘부인 김동련의 방에서는, 온돌의 장판지 위에 깔아 놓은 얇고 구저분한 이불 밑에 다리를 밀어넣고, 피부가 하얀 직공풍風의 남자가 이야기하고 있었다.

—그런데, 언제, 죽은 거야?

—이번 가을이야. 아주 갑자기.

—뭐야, 병이었어?

—병도 아니고 아무것도 아니고, 지진이야. 진재震災로 싹 당한 거지.*

남자는 손을 뻗더니, 술병을 움켜잡고 꿀꺽 한 모금 마셨다.

—그럼, 뭐야. 당신 남편은 그때 일본에 가 있었던 거야?

—맞아, 여름에. 장사로 볼일이 있다면서, 친구하고 함께, 그것도, 금방 돌아오겠다고 하고는 도쿄에 갔거든. 그랬는데, 바로, 그렇게 된 거지. 그리고 그것을 마지막으로 안 돌아온 거지.

남자는 갑자기 움찔하고 눈을 들어 그녀의 얼굴을 보았다.

---

* 1923년 9월 1일 관동 대지진을 암시하고 있다. 당시 '한국인들이 집에다 불을 지르고 우물에 독을 풀어 넣었다'는 유언비어가 급속히 퍼졌고 매스컴이 이를 확산시키는 보도를 해서 수많은 한국인들이 린치를 당하고 학살당했다.

그리고, 잠시의 침묵 뒤에, 그는 갑자기 날카롭게 말했다.

　—이봐, 그럼, 아무것도 모르는구나.

　—응? 뭐를?

　—네 남편은 틀림없이, ……가엾어라.

　한 시간 후 동련은 혼자서 얇은 이불을 뒤집어쓰고 어둠 속에서 울고 있었다. 그녀의 눈앞에는 허둥지둥 도망치고 있는 불빛에 비추어진 남편의 피 칠갑을 한 얼굴이 어른거렸다.

　"너무 떠들어 대면 안 돼. 무서운 이야기야." 떠날 때 한 남자의 말이 머리 한쪽에서 어렴풋이 떠올랐다.

　몇 시간 후, 겨우 동이 튼 회색 포장도로를 동련은 미친 듯이 뛰어다니고 있었다. 그리고 지나치는 사람들에게 외쳤다.

　—모두들 알고 있어? 지진 때 벌어진 일을?

　그녀는 목소리를 높여 간밤에 들은 이야기를 사람들에게 들려주었다. 그녀의 머리카락은 흐트러지고, 눈에는 핏발이 서고, 게다가 이 추위에 잠옷 한 장뿐이었다. 지나가던 사람들은 그 모습에 어처구니없어하며 그녀의 주변으로 몰려들었다.

　—그래서 말이야, 놈들은 전부, 그걸 감추고 있는 거라구요. 정말이지 그놈들은.

　마침내 순사가 와서 그녀를 붙잡았다.

　—이봐, 조용히 하지 못하겠어, 조용히.

　그녀는 그 순사에게 마구 매달리더니, 갑자기 슬픔이 북받쳐 올라서, 눈물을 뚝뚝 떨어뜨리면서 외쳤다.

—뭐야, 당신도, 같은 조선 사람이면서, 당신도, 당신도……

그녀가 형무소로 가버린 뒤에도, S 문 바깥의 골목에서는 여전히 시커먼 생활이 부패한 상태로 계속되었다.

춥다기보다는 아렸다. 몸 안에서 심장 말고는 모두 얼어 죽은 것 같은 기분이었다. 길가에는 내버린 생선의 아가미가 붉게 문드러져 있고, 그늘의 눈이 쌓인 곳 위에는 생생한 돼지 대가리가 마구 물어뜯혀 있었다. 집 안에서는 사람들이 도랑에서 피어오르는 가스 같은 부추와 마늘로 썩은 공기를 그들의 불건강한 허파로 호흡하며, 간신히 살아가고 있었다.

모든 것이 변함이 없었다.

매일 4시경이 되면, 동련의 친구였던 복미가 여느 때처럼 푸른 팔뚝을 걷어 올리고 주사를 맞았다. 그럴 때면 그녀는 어디론지 사라져버린 동련의 일을 희미하게 떠올리는 것이었다. 그리고 밤이 되면, 으레, 넝마 같은 옷을 입은 젊은 일본인이 바이올린으로, 기름이 다 말라버린 수레바퀴가 삐걱거리는 듯한 소리를 내며 지나갔다.

새벽이 되자, 아직 어두컴컴한 가운데, 곧잘 이곳으로 오는 키 큰 중국인이 이 골목에서 나갔다.

—겁나는 별이로군.

그는 아직 어두운 하늘을 쳐다보며, 그렇게 말했다. 그러고는 호주머니에 손을 쑤셔넣어 돈을 찾아보았다.

—흥, 겁나는 별이야.

다시 한 번 무의미하게 되풀이하더니, 그는 다시 얼어붙은 길을, 구두 소리를 높다랗게 울리며, 비틀거리면서 돌아갔다.

5

조교영은 멍하니, 어두운 옛 미국 영사관 앞을 걷고 있었다. 그는 생각이랄 것도 없이, 어젯밤 이래의 일들을 생각하고 있었다.

……어젯밤 집에 돌아갔다가, 다시 급하게 서장으로부터의 호출이 있었던 것이다. 그는 서둘러 서로 가서, 쭈뼛쭈뼛 서장실로 들어갔다. 서장은 잠자코 그에게 한 장의 종이와, 일당 계산을 한 급료 봉투를 건넸다. 아하, 올 게 왔군. 4, 5일 전, 휘문 고등보통학교 학생들과 K 중학교 학생들 여럿이 패싸움을 벌였다. 그 징계에 대해 그는 과장과 조금 말다툼을 했던 것이다.

그는 잠자코 그 종이쪽지를 받아 들고 밖으로 나왔다. 그러고는 (집으로 돌아가지 않고) 가로등 속을 잠시 방황하고는, 그 돈을 거머쥐고 건들건들, S 문 바깥의 갈보집으로 들어갔다. 그리고 오늘 밤의 지금이 되어서야 겨우 나왔던 것이다……

그는 이제 그것을 먼 옛일처럼 떠올렸다.

엷은 안개가 낮게 깔려 있었다. 가로등 빛이 가로수의 가지를 통해, 얼룩무늬가 되어 포장도로에 떨어졌다.

'도대체, 어쩌라는 거야' 하고, 그는 혼탁해진 머리 한구석에서 무언가 남의 일이라도 생각하는 듯이 생각했다.

'그들은 어떻게 되는 거지?' 아내의 창백한 얼굴이 눈앞에서 어른거리기 시작했다.

그러고는 문득, 그는 그가 알고 있는 뒷골목의 어느 2층집의 한 방을 떠올렸다.

그곳에는 허름한 의자 대여섯 개와 수제 테이블이 하나 놓여 있다. 테이블 위에는 양초가 두 자루 서 있다. 양초의 빛은 그곳에 모인 동지들의 얼굴을 희미하게 비추고 있다. 붉은 얼굴로 탁자를 두들기는 자. 머리를 쥐어뜯으며 생각에 빠져 있는 자. 잠자코 종이 위에 연필로 열심히 뭔가를 적고 있는 자. 모두가 앞날의 희망에 불타오르고 있는 것이다. 이윽고 그들 사이에서는 소곤소곤 의논하는 소리가 들려온다. "경성—상해—도쿄" "⋯⋯⋯⋯⋯" ⋯⋯⋯⋯⋯

그는 멍하니 이런 꼴을 그려 보았다. 그리고 자기 자신의 비참함을 그것과 비교해 보았다.

"좌우간 어떻게든 하지 않으면 안 돼. 좌우간."

정신을 차리고 보니 어느새 식산殖産은행 옆에 와 있었다. 싸늘한 문이 닫혀 있는 이 큰 석조 건축물의 기둥 뒤에는 지게꾼의 무리가 자신들의 지게를 옆으로 내동댕이친 채 돌덩이처럼 잠들어 있었다.

"이봐, 이봐." 그는 담배 냄새가 자욱한 그들 가운데로 몸을 내던지며, 그들 중의 한 사람을 흔들어 깨우려 했다.

"⋯⋯⋯⋯" 무엇인지 알 수 없는 소리를 하면서, 그 지게꾼은 눈곱투성이인 눈을 졸리다는 듯이 잠깐 뜨는가 싶더니, 금방 다시 닫아버렸다. 귀찮다는 듯이 깡마른 손을 움직여서, 교영의 손을 밀치고 나서 한 번 돌아눕더니, 하얀 백선白癬으로 뒤덮인 그의 입에서 기다란 담뱃대가 툭하고 포장도로에 떨어졌다.

"너는, 너희들은." 갑자기 무엇이라 말할 수 없는 묘한 감격이 그의 마음 가운데 용솟음쳐 나왔다. 그는 부르르 몸을 떨고서, 그들의 넝마들 사이에 고개를 파묻고 울기 시작했다.

"너희들은, 너희들은, 이 반도는…… 이 민족은……"

(1929. 6)

D 시의 7월 서경 (1)D市七月叙景(一)

1

"모자!"

"지팡이!"

"이봐, 빨리빨리 안 할 거야."

그런 소리를 내뱉는 동안에도 조그만 딸꾹질이 쉴 새 없이 위장 아래에서 튀어나와 그의 말을 방해하는 것이었다. 별로 급할 것도 없건만 그는 계속 안달복달하며 부인과 식모 등을 들볶았다. 이러한 성급함은 그 정도 되는 대총재大總裁의 태도로서는 어울리지 않는다는 것을 깨닫고는 있었지만, 이 경우의 이런 의식은 오히려 그를 한층 더 안달하게 하는 것이었다. 그는 그 딸꾹질을 위 안쪽에 가둬 놓을 생각으로, 꿀꺽 강하게 침을 삼켰다.

그런데 현관 앞에 대기하고 있던 자동차에 올라타 쿠션에 쿵 엉덩이를 내리는 순간, 다시금 집요한 횡격막의 경련이 그의 온몸에 대충격을 주는 것이었다. 그는 속상하다는 듯이 혀를 차더니, 단번에 울화통을 폭발시켜 운전사에게 호통을 쳤다.

"빨리 좀 못 하나. 빨리."

자동차는 한 번 뒤로 몸을 빼는 시늉을 한 다음에 횡하니 새하얀 포장도로를 향해 달리기 시작했다.

이처럼 지독한 딸꾹질도 보기 드문 것이었다. 그 때문에 그는 어제부터 식사도 수면도 만족스럽게 취하지 못했다. 무엇보다, 어젯밤이 큰일이었다. 전날 낮 무렵부터 불쑥 시작된 딸꾹질이 이상하게도 멈추지를 않는 것이었다. 대개의 딸꾹질이라면 5분이나 10분이면 그칠 텐데 이번 경우에는 열 시간이나 계속된 것이다. 정말이지, 남만주의 임금님*도 ─ 실제로 그는 임금님인 게 틀림없었다. 관동주關東州**만의 행정권을 갖고 있는 것에 불과한 관동청장 따위의 위세는 도저히 그의 발밑에도 미치지 못했다 ─ 이 통렬한 온몸에 미치는 진동에는 아주 혼이 나고 말았다. 그래도 간신히 그날 저녁 무렵이 되자, 그럭저럭 가라앉은 모양이었다. 그도 안심했고, 집안사람들도 휴,

---

* 뒤에 나오는 'M 사 총재'의 지위를 빗대어 하는 말이다.

** 현재의 중국 요동 반도 남단. 대련大連 시 일대를 포함해 일본이 조차租
借했던 지역의 명칭이다.

하고 안도의 한숨을 내쉬었다. 그랬는데, 그날 밤중이 되어 다시금 저 가공할 횡격막의 경련이 돌연 그의 안면安眠을 방해했던 것이다. 그래서 온 집안이 큰 소동에 휩싸였다. 부인도 식모도 졸린 눈을 비벼 가며 어찌할 바를 모르고 움직였다. 의사도 두들겨 깨워서, 허둥지둥 달려왔다. 의사는 그에게 '××키니네'라고 하는 하얀 약을 마시게 했다. 하지만 딸꾹질은 좀처럼 멎지 않았다. 누군가가 감의 꼭지 달인 것이 좋다고 했다. 급사가 멀리까지 심부름을 달려가 간신히 감 꼭지 말린 것을 사 왔다. 곧바로 그것을 달여 마셨지만 도저히 멈출 기미가 없었다. 잔혹하고 기묘한 이 발작은 거의 60초마다 그를 습격해, 그의 신경을 겁주고 그의 온몸의 근육에 진동을 일으켰다. 너무나 빈번해서, 끝내는 위장의 어딘가에 동통疼痛까지 느끼게 되었다. 무엇보다 그처럼 빈번하게 딸꾹질이 나오니 도저히 잘 수가 없는 것이다. 그는 화를 내며 공연스레 하녀들에게 야단을 쳤다. 잔심부름을 하는 어느 하녀한테는 '딸꾹질'이란 말을 재미있다는 듯이 발음했다고 해서 느닷없이 호통을 쳤다. 이런 식으로 지난밤은, 그 넓은 사택 안의 사람들이 하나도 빠짐없이 철야를 당했던 것이다.

차는 대련大連의 러시아 거리에서 시키시마敷島 광장 방향으로 나갔다.

그는 조금 넥타이를 누르면서 졸린 듯한 눈을 슴벅거리면서 유리창 너머로 바깥을 내다보았다.

정오 가까운 바깥 햇볕이 잠이 모자라는 그의 눈에 부셨다.

쨍쨍 내리쬐는 햇살이 하얀 포장도로의 반사와 더불어 아카시아 가로수 잎을 시들게 하고 있었다. 그 아래서 쉬고 있는 황포차黃布車*에서는 입을 벌린 채로 차부가 뒤로 푹 기대어 자고 있었다.

그는 ― M 사** 총재인 Y 씨(회사이지만 이곳에서는 사장이라고 하지 않는다)는 ― 삐질삐질 이마에서 솟아 나오는 땀을 손수건으로 닦으면서, 한 손으로는 겁쟁이처럼 명치 부근을 눌러 보았다.

계단을 올라가 총재실에 들어가려 하자, 앞의 방에서 S 이사가 나와 공손히 머리를 숙였다. 그리고 서둘러 그에게 말했다.

"아무래도 K 시보時報는, 안 되겠는데요."

"뭐?"

"아무래도, 저 중대 사건***에 대해서 또 과장해서 쓰고 있는 모양입니다."

S 이사가 하는 말에 의하면, 그 중국 신문은 큼지막하게 제목으로 유명한 작년의 사건에 대해서 썼는데, 그 밑에 또다시 그 타도 일본 제국주의를 덧붙여 놓았다는 것이다.

---

* 인력거를 가리키는 중국에서의 호칭.

** 남만주철도주식회사, 약칭 만철이 모델이다. 만철은 1906년 설립된 반관반민의 국책 회사로 식민지 지배기구의 일익을 담당했다.

*** 1928년 관동군의 모략에 의한 장작림張作霖 폭살 사건을 가리킨다. 당시 진상을 숨긴 일본 정부가 '만주의 모 중대 사건'이라고 불렀다. 봉천奉天 사건이라고도 한다.

"바보같이! 그런 일이." 총재는 당황해서 불이라도 끄려는 듯이 손을 휘저으면서 말했다. 그는 이런 연극에는 익숙했다. 너무나 익숙해 있기 때문에, 직장 동료끼리의 편한 자리에서도, 그만, 습관적으로 연극을 하고 마는 것이다.

그는 S 이사에게 물었다.

"벌써 관동청關東廳 쪽에서는 무슨 조치가 있었을 테지."

"네, 분명, 그럴 겁니다. 하지만 어찌 되었든, 말도 안 되는 걸 쓰는 놈이 있군요."

"응, 아주 곤란한 밥통 같은 놈이 있군그래."

방으로 들어가자, 그는 우선 오른손을 명치 부근에 대어 보았다. 아까부터 딸꾹질이 조금씩 가라앉은 모양이었다. 그는 흠칫거리며 손가락으로 위장 위쪽을 슬며시 눌러 보았다. 아무래도, 아무렇지도 않은 모양이다. 그는 휴, 하고 안도의 한숨을 쉬고 나서 처음으로 의자에 앉았다. 오랫동안 빠지지 않던 가시가 시원하게 빠진 기분이었다. 그는 손을 뻗어서 탁자 위의 여송연을 들어 끝을 자르고 성냥을 그었다.

딸꾹질이 그치자 이번에는 비로소 더위를 깨닫게 되었다. 정말이지 바람 한 점 없는 날이다. 창문으로 내려다보는 도로의 아스팔트는 녹을 것처럼 보인다. 어느새 땀으로 축축해진 와이셔츠를 바지 위로 빼놓고, 그는 방 한가운데의 얼음기둥* 과 선풍기 사이에 의자를 끌어 놓았다. 그리고, 반듯하게 접혀

---

* 여름에 실내 기온을 내려가게 하기 위해 놓은 각주형 얼음.

있던 탁자 위의 조간신문을 무릎 위에 펼쳤다.

'포크라니차 부근에서의 로중露中 항쟁' '왕정정王正廷* 씨의 일본에 대한 변명' '북만北滿 일본인의 철수' 'M사선社線과 병행하는 중국 철도 부설 계획' 그리고 마지막으로, 일찍이 유례가 없을 정도로 인기가 없었던 T 내각— 그것은 그를 현재의 이 지위에 앉게 했다 —의 와해에 따른 후속 내각의 신속한 성립.

죽 전체를 훑어보고 나서, 그는 나이에 비해 꽤 때깔이 좋은 뺨과 이마의 기름땀을 손수건으로 닦았다. 그리고 다시 한 번 재확인하듯 한 손을 명치에 대고 상태를 살펴보았다. 문제없다! 분명 문제가 없었다. 그는 해방된 어린아이처럼 기뻐져서 크게 기지개를 켰다. 그러자 여송연의 재가 융단 위에 떨어졌다. 그는 종을 울렸다. 급사가 들어와 공손하게 고개를 숙였다. 그가 손가락으로 가리키자, 소년은 재빨리 그 재를 쓸어냈다. 그리고 고개 숙여 인사하고서 나가려 했다.

"이봐, 잠깐." 그는 불러 세우고 덧붙였다.

"M 군을 불러 줘."

"넷" 하고 소년은 다시 한 번 인사를 하고 왼쪽 발꿈치를 중심으로 뱅그르르 뒤로 돌아 나갔다. 그러자 금세, 비서인 M 씨의 안경을 껴서 사람 좋아 보이는 얼굴이 문간에 나타났다. 그리고 인사를 하고 손을 비비면서, "정말이지, 더워서 못 살겠네요" 하고 혼잣말처럼 말했다.

---

* 당시 중국국민당 정부의 외교부장.

"자네! 그 원고는 다 되어 있겠지."

"네, 대체로 정리되었습니다. 한번 봐 주시기 바랍니다."

M 씨는 주머니에서 소형 원고지를 끄집어냈다. 그것을 받아 들자 총재는 느긋하게 끄덕였다.

"아, 고맙네. 이젠 됐어."

M 씨는 황송하다는 몸짓으로 나갔다.

총재는 원고를 읽기 시작했다.

─사원 여러분. 오늘 여러분에게 모이시기를 원한 것은, 이번 정변政變으로 제가 곧 현직을 사퇴할 결심을 했다는 것을 여러분에게 말씀드리고, 더불어 재임 중에 여러분이 불초 본인에 대해 보여주신 신뢰와 정려精勵에 대해 심심한 감사의 뜻을 표하고 싶어서입니다.─

이것은 그의 사임 인사의 초고였다. 그는 평소부터 그의 이름을 불후不朽의 것으로 만들기 위해, 한번 훌륭한 연설을 남겨 두어야겠다고 생각하고 있었다. 그래서, 그는 벌써 일주일 전부터, 가능한 한 장중하고 당당한 퇴임사를 만들라고 이 초고를 M 비서에게 부탁해 두었던 것이다.

─여러분. 오늘날 일본 경제의 정체 상태와 사회적 불안을 구제할 수 있는 것은 만몽滿蒙의 산업적 개발을 최첨경으로 하는 것입니다. 더구나, 이 대사업의 근간을 이루고 있는 게 우리 M 사라는 것이 나의 오랜 확신이었으므로, 나는 응분의 각오와 기대를 가지고 이 땅에 부임했던 것입니다. 그러나 실제로 직접 사업社業을 살펴보았더니, 나는 유감스럽게도 우리 회사의 영업 방식이 이른바 반관반민의 조직이었던 까닭에, 자

칫 관료식 통폐에 빠지고, 사원 여러분의 기분 또한, 이것을 내지內地에 비하면 약간 이완된 상태로 보았으므로, 취임 벽두에 우선 실무화, 경제화를 강조하면서, 작년도의 예산에 비해 합계 6백만 엔에 이르는 대삭감을 단행해서 사내의 반성을 요구했던 것입니다.—

거기에 이어서 그의 취임 이후의 사업이 나열되어 있는 것이었다.

'꽤 훌륭한 문장이로군. 실로 당당하단 말이야' 하고 그는 읽으면서 생각했다. 그리고 문득, 작년 봄 총선거 때 S 정당의 활동을 떠올리면서 입가에 주름을 지으며, 싱긋 웃었다. 그는 더 읽어 나갔다. 초고는 꽤 길었다. 때로는 그가 전혀 모르는 그의 사업까지 쓰여 있는 곳도 있었다.

—또 제유製油에 있어서는, 제1기의 '오일 세일'*은 이미 착수했지만, 제2기의 계획으로서는 저온건류乾溜와 석탄 액화의 방법을 연구 중이었고, 이제는 이것들도 이미, 어지간히 구체적인 단계에 있는 것입니다. 특히 석탄의 액화는 국가의 경제 정책상 중대한 의미를 가지는 것이며, 1톤의 석탄을 반 톤의 기름으로 만드는 것이므로 나라의 수요량인 150만 톤을 만들기 위해서는 300만 톤의 석탄을 사용하면 충분하므로, 무순撫

---

* '석유를 함유한 광물을 건류乾溜해서 석유를 채취하는 방법.' 치쿠마 출판사판 나카지마 아츠시 전집에 나오는 각주 설명인데 이것이 올바른 단어인지에 대해서는 언급이 없다. 이 단어의 위의 설명에 대한 용례가 없고 현재 사어로 구글링으로도 확인이 안 되는 만큼 저자가 불명확한 단어를 사용했을 가능성도 있어 보인다.

_順 같은 탄갱을 가진다는 것은 참으로 일본에 주어진 천혜의 자원으로 보아야 할 것입니다.—

이런 사실은 그가 전혀 모르는 것이었다. 그러고 보니, 한번 이런 보고를 받은 일이 있다고 하면 그런 것 같기도 하다는 생각이 들지 않는 것은 아니지만, 아마도 그가 바로 잊어버리고 있는 것이겠지. 아무튼 이런 식으로 그가 모르는 일이 그의 재임 중의 공적으로 마구 신문에서 떠들어지고 M 사의 역사에 남을 것을 생각하면, 그는 갑자기 아이 같은 만족감을 느끼는 것이었다. 그는 번들거리는 코끝에 배어나온 땀방울을 손등으로 문지르고 나서, 만족감을 가지고 단숨에 읽어 내려갔다.

—중요한 것은 근거 없는 소극론이나 비관론이나 퇴영주의는 버리지 않으면 안 됩니다. 그리고 우리나라 정세는 밖에서나 안에서나 어디까지나 적극적인 방침으로 일관할 각오를 필요로 하는 것입니다.

끝으로, 제가 여러분에게 희망하고 싶은 것 하나는 우리 M 사의 국가적 사명과 국제적 지위에 대해 여러분이 한층 자각해서, 우리 회사의 만몽滿蒙에서의 특수 사명을 완수하도록 노력하는 일입니다. 즉, 바야흐로 중국은 국민 혁명 진행의 도상에 있으며, 소비에트 러시아의 국정도 전혀 안정되어 있다고 말할 수가 없습니다. 이 불안한 양국 사이에 끼어 있는 만몽의 땅은 마치 대전大戰 전의 발칸 반도처럼 국제 평화에 대한 위협의 중심지대가 되어 있다고 해도 과언이 아닌 것입니다. 바야흐로 양국은 동지나東支那 철도 문제를 중심으로 해서 위태위태하게 간과干戈를 교환하려* 하고 있습니다. 우리는 제국을 위해, 세계 평화를 위해, 나아가 이 땅의 치안과 질서 유지를 책임져야 합니다. 국민적 통일과 이권의 회수에 열중하는 나머지, 자칫 배타적이 되곤 하는 중국 국민 및 동삼성東三省** 관민의 언동에 대해서는 여러분이 제대로 선진국민다운 긍지를 가지고 어디까지나 관용을 베풂과 더불어, 그 분수를 알지 못하는 교오驕傲의 태도에 대해서는 깊이 이를 다잡아서 우리가 지켜야 할 권익을 단단히 지키고, 중국 국민이 열강에 신의를 저버리는 일을 피하지 않으면 안 됩니다.('멋져, 정말이지 멋져' 하고 여기서 그는 매우매우 감탄했다.)

또 소비에트 러시아에 대해서, 여러분은 그 국체國體를 달리하고 국책國策을 하나로 하지 못하는 까닭을 충분히 자각하면서, 나아가 이와 서로 제휴해서 북만주와 시베리아에 경륜經綸을 행할 것을 꾀하지 않으면 안 됩니다. 열국과 협동하여 러시아, 중국 양국을 도우면서 만몽 및 시베리아의 풍부한 자원을 개발하는 일이 우리나라의 영구 중요 정책임은 논의를 기다릴 필요도 없는 것입니다.—

다 읽고 나자, 상당히 피곤해진 그는 의자의 등에 기대고 커다랗게 하품을 했다.

대단한 연설이야. 사원들도 모두 감탄할 것이 틀림없어.

게다가 딸꾹질이 멎었다는 것은 그에게, 참으로, 좋은 영향

---

* '싸우려' '전쟁을 벌이려'라는 의미.

** 흑룡강성黑龍江省, 길림성吉林省, 봉천성奉天(현재의 요녕遼寧)省.

을 주고 있었다. 바로 얼마 전까지 고통을 당했던 재난도, 그는 이미 언제 그랬더냐 싶게 잊어버리고 있었다. 그는 대단히 기분이 좋았다. 그 증거로 그는, 지금 콧날을 벌름거리고, 콧구멍을 확대시키고, 피곤해진 눈을 감은 채, 기분 좋게 심호흡을 하고 있는 것이다. 어젯밤의 소동이 떠오르자, 그는 너무나 기가 막혀서, 갑자기 웃기 시작했다.

"아니, 진짜, 감쪽지까지 마시지 않았냐구. 하하하하하."

새 여송연에 불을 붙이고 일어나서는 양손을 뒤로 잡고, 재난이 지난 다음의 평화로운 기분을 곰곰 음미하면서, 방 안을 이쪽저쪽 걷기 시작했다. 그러자 그때, 문에서 노크 소리가 들리더니 급사가 머리를 숙이면서 들어왔다.

"저, 시의 진정위원 분이 오셨는데요."

"아니, 안 돼 안 돼. 그런 사람은" 하고 그는 거지라도 쫓아내는 것처럼 오른손을 세게 흔들더니, 때마침 바로 같은 문으로 들어온 M 비서관을 붙잡고 말했다.

"자네. 또 왔다는군. 지난번 작자가. 영 어쩔 수가 없군. D 유원지를 민간에게 불하하라는 거야."

그 D라는 것은, 지금은 M사에서 관리하며 입장료를 받고 있는 작은 공원인데, 약 한 달 전부터 그것을 일반에게 개방하라는 운동이 이 시에서 일어나고 있었다. 그것을 말하는 것이었다.

"일반 민중에게 개방하라지만, 자네. 저걸 보라고. 저걸" 하고, 그때 총재는 M 씨를 향해 창문의 아득히 아래쪽 보도를 가리켰다. 그 보도 한쪽 구석에는 반나체에 모자조차 쓰지 않은 쿨리*의 누렇고 힘없는 얼굴이 둘 뒹굴고 있다. 이 눈부신 7월의 햇빛이 직사하는 아래, 한 명은 완전히 녹초가 되어 자고 있는 모양이다. 또 한 명은 쉴 새 없이 파리를 쫓으면서, 누렇게 너무 익은 참외를 씹고 있다.

"자네. 저거야. 자네." 그는 눈썹을 찡그리고 주먹으로 탁자를 두드리면서 계속해서 M 씨에게 말했다.

"아무리 민간에게 넘겨줘도, 금세 놈들에게 점령되고 말거든. 모두 쿨리들의 잠자리가 되는 거야. 조금도 민중에게 도움이 되거나 하지 않는다고, 자네."

그가 거기까지 계속해서 말했을 때, 바로 그때였다. 그는, 아차 싶었다. 그리고 당황해서 명치 부근을 눌렀다. 하지만, 이미 늦었다. 다시금, 저 가공할 횡격막의 경련이, 몇 시간 전의 공포의 기억까지 동반하고서 다시, 돌연, 그의 온몸에 급격한 진동震動을 야기시켰던 것이다.

2

"아직, 안 돼. 손을 움직이면."

해수욕복 입은 다섯 살가량의 사내아이는, 아주 진지하게, 모래 위에 내뻗은 이 역시 오렌지색 해수욕복 차림의 누나의

---

* 육체노동에 종사하는 중국인 노동자.

손에 모래를 끼얹어 굳히고 있었다.

"안 돼. 안 돼. 무너져 버리잖아."

조그마한 누나는 웃기 시작했다. 동생은 하지만, 매우 진지하게, 균열이 생긴 터널을 황급하게 고쳐 다졌다.

"자, 이제 됐어, 살짝이야. 아주 살짝 해야 돼."

누나는 조심조심 모래에 파묻힌 오른손을 빼냈다. 터널은 그런대로 무너지지 않은 모양이었다. 꼼짝 않고 숨을 멈추고서 쪼그리고 앉아 보고 있던 동생은 크게 안도의 한숨을 내쉬고는 9미터쯤 저쪽에 서서 바다를 바라보고 있는 형한테 소리쳤다.

"형. 이것 봐. 만들어졌어. 자 봐."

형이라고 불린 19세 정도의 신체가 큰 청년은 잠깐 그쪽을 돌아보았지만, 형답게 조금 점잔 뺀 미소를 의젓하게 보이고는, 다시 바다 쪽을 바라보기 시작했다.

활짝 갠 날씨였다. 바다에도 하늘에도 하나 가득 금빛으로 빛나는 무수한 미립자가 약동하면서 충만해 있었다. 높게 걸려 있는 하늘은 멀리 수평선 가까이에서 툭 튀어오른 유리 같은 수증기층을 보여주고, 그 밑으로 반짝반짝해 눈에 따가운 대낮의 바다가 세세하게 요동치는 잔주름을 짓고 있었다. 아직 점심 직후였으므로, 바다에 들어가 있는 사람은 적었다. 그러나 모래 위에는 초록과 주황의 밝은 윗도리를 입은 러시아 아가씨 서너 명이 벌써 양산을 빙글빙글 돌리며 걷고 있었다. 터질 듯 희고 매끄러운 그녀들의 발뒤꿈치가 축축하고 빛나는 모래 위를 밟을 때마다, 그 밟힌 곳만은 모래가 갑자기 다져져서 수

증기가 얼른 빠져 나가, 갑자기 조그맣게 물기 없는 하얀 모래 섬이 생기는 것이었다.

"토루徹짱." 형이 돌아보면서 말했다.

"아버지는 너무 늦는구나. 어떻게 된 걸까."

"응" 하고 동생이 대답하고 속눈썹이 긴 눈을 형 쪽으로 향했다. 그때, 옆을 보고 있던 조그만 누나가 동생의 어깨를 쿡 치며 탈의장 쪽을 가리켰다. "봐."

"아, 아빠다, 아빠다아─" 하고 엄청 크게 소리를 지르면서 남자아이는 냅다 그쪽으로 뛰어갔다.

"아빠다, 아빠다, 아빠다."

이 응석쟁이 막내둥이는 있는 힘을 다해 아버지의 몸에 달려들었고, 간신히 안아 올려져 목덜미에 매달렸다.

"좀 빨리, 빨리요. 모두 기다렸단 말이에요. 나도 아주 오래 기다렸어요."

"아, 미안" 하고 아버지는 가볍게 소년의 머리를 두드렸다. "알겠니, 토루짱도 고기를 잡는 거야."

"아, 게쯤은, 문제없어요."

물가에서 중국인 뱃사공이 담배를 피우면서 기다리고 있었다. 탈 때가 되었을 때, 모두들 잊고 있던 것을 생각해냈다.

"저기, 토루짱, 큰 쪽의 미끼를 가져다주지 않을래. 부엌에 놓고 왔거든. 얼마나 토루짱이 빠른지 지켜볼 테니까, 뛰어가서 가져와."

"응, 긴 물고기지."

소년은 재빨리 모래밭을 뛰어서, 탈의장 발 뒤로 해서 집 쪽으로 꺾어졌다. 여자아이 같은 머리카락이 펄럭펄럭 흔들렸다.

이윽고 다시 뛰어 돌아온 소년은 갈치 한 마리를 어깨에 지고 있었다.

"야, 고마워, 고마워. 정말 빠르네, 토루짱은."

사내아이가 뛰어들자 배는 모래를 씹으며 움직이기 시작했다.

난바다로 상당히 나가자, 배를 세우고, 준비를 시작했다. 물고기를 잘게 잘라, 그것을 실 끝에 동여매는 것이다. 각자, 실 끝을 잡고, 물속에 그것을 던져넣자, 천천히 팽이처럼 돌면서, 어두운 청색 속으로 사라져 갔다. 조그만 사내아이까지도, 역시 실 끝을 쥐고 뱃전에서 물 속을 들여다보았다.

익숙한 청년의 실에는 금방 게가 걸렸다. 그는 신중하게 실을 감아올리면서 오른손으로 곁에 있던 채그물을 잡았다. 그리고 미끼인 물고기살을 문 채 물밑 30센티미터쯤, 사태를 깨달을 때까지 올라온 놈을 싹 하고 그 그물로 재빨리 건졌다. 어설프게 버둥거리면서 백자색白紫色 배를 하고 검은 털이 난 커다란 놈이 건져 올려졌다.

"야, 잡혔다, 잡혔다." 동생은 기뻐하면서, 그 거품을 내뿜고 있는 전리품의 등을 조심조심 찔러 보았다.

뱃사공과 나란히 뱃전에 기댄 아버지는 파도에 흔들리는 것을 아련히 느끼면서, 자신도 실을 늘어뜨린 채 멍하니 아이들을 바라보고 있었다.

장남의 우람한 체격과 햇볕에 그은 옆얼굴이 그를 미소 짓게 했다. 이 아이는 이제 내년에는 시의 중학교를 졸업한다. 아직 물어보지는 않았지만 어차피 도쿄 근처의 고등학교라도 시험칠 생각이겠지 하고, 모든 것을 본인에게 맡겨놓고 있는 그는 생각하고 있었다. 형 곁에는 자신들의 낚시는 단념한 두 명의 작은 오누이가 형의 실을 바라보고 있었다. 둘 다 똑같이 단발머리이고, 똑같이 해에 그을었으며, 똑같이 호기심에 가득 찬 눈을 반짝이고 있다.

그는 문득, 이곳에 없는 차남이 걱정되기 시작했다. 그 아이는 엊저녁부터 열이 조금 나서, 어머니를 따라 D 시의 단골 병원에 간 것이다. 결코 아이들을 야단치지 않기로 하고 있는 그의 집에서는 아이들이 모두 쑥쑥 잘 자랐지만, 그런 만큼 조금이라도 아팠다 하면 엄청난 응석을 부린다. 다 큰 녀석까지도 '엄마'가 병원에 데려가지 않으면 안 되는 것이다. 그의 주거지인 M 사의 사택은 물론 D 시내에 있지만, 여름 내내 그는 교외의 이 외국인이 많은 해수욕장 가까이에 집을 빌리고 있었다. 그래서 누군가 아프면 일부러 D 시까지 가지 않으면 안 되는 것이다. 차남은 형과 달리, 매우 약한 아이였다……

"뭐야, 안 되지 않니. 이 녀석."
"맞아, 토루짱이 나쁜 거야. 잔뜩 떠들면서 들여다보는걸."
고물에서는 남동생이 두 사람에게 잔소리를 듣고 있었다. 사내아이가 너무나 떠들었기 때문에 수면 가까이까지 올라온 게가 놀라서 도망쳐 버린 게 틀림없었다.

스무 마리나 잡자 배를 돌리기로 했다. 뭍에 오르자, 아직도 많은 사람들이 헤엄치고 있는 것을 뒤로 하고 그들은 집에 돌아갔다. 빨간 지붕에도, 녹회색의 깔쭉깔쭉한 벽도 온통 담쟁이덩굴로 시퍼렇게 덮여 있고, 파리를 막는 자잘한 망이 쳐져 있는 여름철만 사용하는 조그만 임대별장이었다. 현관문을 열자, 병원에 간 차남도 어머니와 함께 뛰어나왔다.

"뭐래?" 그는 아내에게 물었다.

"아무것도 아니었어요. 가는 도중에 벌써 나아 버렸대요." 그녀는, 그 남자아이의 어깨를 가볍게 두드리며 웃었다. "병원에서 재 보았더니, 7도도 안 되더라구요."

그리고, 그래도 받아왔다는 노란색 물약 병을 보여주었다.

"그거 잘됐군." 그도 안심하면서 말했다.

그 아이는 아직, 기분상 핼쑥한 얼굴을 하고서 아래쪽을 보고 수줍게 웃었다. 병원에 간 것이 뭔가 자신의 실책이기라도 한 것처럼.

그러자 맨 밑의 동생까지도 우쭐해져서 아버지의 흉내를 내듯 말했다.

"뭐야. 아무것도 아니었단 말이야."

병자는 조금 기분이 나빠져서, 옆눈으로 동생을 노려보았다.

아이들이 다시, 모두 바깥으로 뛰어나가자. 그는 수영복 차림인 채로 대바구니를 가지고 뒤꼍 모래땅 밭으로 나갔다. 석양 가운데 검붉은 달리아의 커다란 송이가 푹 고개를 숙이고 있었다. 그는 토마토의 밭이랑으로 들어가서 크고 새빨갛게 익은 것을 열댓 개 땄다. 올해는 여느 해에는 보기 힘든 대풍년인 모양이었다. 도저히 집 식구만으로 다 먹을 수 없을 것 같아서 얼마 전부터 계속해서 이웃의 외국인들한테 가져다주고 있었다.

따온 토마토 바구니를 부엌에 두고 그는 이번에는 발가벗고 욕실로 들어가, 새하얀 사기 욕조에 뛰어들었다.

욕탕 바로 밖에서는 아이들이 이웃인 러시아 남자아이하고 돌멩이를 차며 놀고 있는 듯 웃음소리가 들려왔다. 부엌에서는 아내가 부지런히 중국인 소년을 부려 가며 저녁밥 준비를 하고 있는 모양이었다. 그는 이러한 저녁때의 가정적인 소음이 좋았다. 그는 탕에 몸을 담그고 가만히 있으면서 한동안 바깥의 분위기에 귀를 기울였다.

그는 어느새 이미 대략 15년 전 도쿄에서의 생활을 떠올리고 있었다. 아버지가 없어 가난했던 그는(지금도 그리 넉넉하지는 않다) 지금의 아내의 집에서 학비를 대주어 간신히 고등 전문학교를 나오자, 곧바로 정석대로 하급 회사원 생활을 했다. 차가 지나갈 때마다 덜컹덜컹 흔들리는 뒷골목의 컴컴한 셋집, 치수가 맞지 않는 장지문, 찢어진 맹장지, 뒤꼍 빨래 말리는 장대에 걸려 있는 기저귀. 그런 가운데서, 그는 아내를 얻고, 첫딸을 낳았고, 곧 그 아이를 잃었다. 그리고 지금의 장남이 태어나자 곧 지인의 주선으로, 이 힘든 생활에서 도망치듯 만주로 간 것이다. 생활은 예상 이상으로 편했다. 수입은 내지內地의 거의 두 배였다. 그는 그 이래로 이 M 사를 떠나지 않았다. 그리고 지금은 이곳 사원 클럽의 서기장을 맡고 있었다. 내지에서 평생 아무리 일한들 도저히 지금의 자기 정도의 생활은 할 수 없었을 텐데, 하고 그 자신 때때로 매우 만족하며 생각할 정도였다. 그러나, 줄곧 불편한 생활에 익숙해진 자는 행복한 생활로 접어들고서도 이런 행복이 정말로 자신에게 어울리는 것인지 어떤지 겁쟁이처럼 의심해 보는 것이다. 그리고 더 우스운 것은 그러한 행복을 보증하기 위해, 때때로 자잘한 걱정거리나 고생을 필요로 하기도 하는 것이다. 그래서, 이런 경우에는, 때때로 아이의 병이라든지, 입학시험의 성적이라든지, 아니면 뒤켠 토마토의 해마다의 산출량이라든지, 그런 것들이 그때의 소용에 닿는 것이다. 종종 아이들이 잠들고 난 밤에, 이제는 상당한 잔주름과 뺨이 늘어지기 시작하는 아내가, 그와의 대화가 잠시 끊어질 때, 휴 하고 한숨을 내쉴 때가 있었다. 그것은 안심의 한숨인 게 틀림없었다. 그럭저럭 간신히 올 데까지 무사히 와서 안심했다는 투의 한숨이었다. 그녀는 그것을 남편에게 보인 것을 부끄럽게 여기고, 공연히, 쑥스러운 듯이 그것을 감추려 했다. 하지만 또 금세, 그 의미도 없는 아이스러움을 깨닫고, 다시 그와 얼굴을 마주 보고 미소짓는 것이었다.

"…………"

"…………"

그는 그 미소에서, 언제나 솜털 같은 것을 느꼈다.

이처럼 만주는 그로서는 극락이었다. 그럼에도 불구하고 그는, 아이들이 좀 더 성장하는 것을 기다려, 일본으로 돌아가려 하고 있는 것이다. 아직 일본을 모르는 아이들에게 그들의 아버지가 태어난 나라를 보여 주기 위해서, 아마도雨戸*라는 것,

아즈마야阿屋,** 츠키야마築山***라는 것을 보여주기 위해서, 그리고 노년에는 아무래도 그의 고향의 밀감과 개울과 먼바다의 조촐한 풍경 가운데 조그마한 집이라도 짓고 살고 싶다는 그 자신의 일본인다운 소망을 위해서……

그가 욕탕에서 나오자 조금 있다 저녁 시간이 되었다. 막둥이는 보이에게 몇 번씩이나 불려가고 나서, 겨우 땀 범벅이 되어서 돌아왔다. 식탁에는 낮에 잡은 게가 빨갛게 쪄져 늘어서 있었다.

그의 집은 크리스천이었다. 그래서 식사 전에 간단한 기도가 있었다. 기도하는 동안 막내까지 불편한 듯이 고개를 숙이고, 때때로 눈을 치며 형제들 쪽을 보고는 그들의 무릎을 쿡 찔렀다.

해가 떨어진 마당에는 백일홍의 나무결이 푸른 빛을 띠고, 창가에는 시네라리아가 향기를 풍겨 참으로 계절에 어울리는 조용한 저녁이었다.

기도가 끝나자, 막내아이는 얼른 앞접시의 게의 등딱지를 능숙하게 벗기기 시작했다. 그리고 콧등에 노란 게의 내장을 묻힌 채, 어머니에게 낮에 있었던 게 낚시 이야기를 시작했다. 한동안, 누나도 형도 잠자코 게의 다리를 잘랐다. 맏아들은 어

---

* 비를 막기 위한 덧문.
** 정원 등에 놓는 휴식용 정자. 기둥뿐이고 벽은 없다.
*** 정원에 약간 높게 산을 본떠 쌓아 올린 것.

머니에게 오늘 밤의 납량納涼 영화 상영회 이야기를 알렸다.

"어디서 하니?"

"풀장 옆이래요, 노천이지요." 그리고, 막내 쪽을 향해,

"토루쨩은, 어때? 갈래?"

"응, 엄마가 간다면."

그런데 조금 있더니, 이 아이는 뭔가 대단한 발견을 했다는 듯 큰 목소리로 아버지를 향해 엄청난 말을 꺼냈다.

"아빠, 아빠. 저기, 말이나 개의 꼬리는 뒤에 달려 있잖아요, 그죠." 소년은 손에 든 게다리를 내려놓고서 아주 진지하게 묻는 것이었다. "어째서 우리들의 꼬리는 앞에 붙어 있는 거예요? 응?"

의아한 듯한, 모두의 눈과 눈이 서로 마주쳤다. 다음 순간에는, 조그만 그 질문자를 남겨놓고 식탁 둘레에 왁자하니 웃음보가 터졌다.

마침 그때, 창가에서 또렷한 일본어로 "곰방와" 소리가 나면서 이웃집 붉은 수염의 러시아인 얼굴이 나타났다. 그는 이 광경을 보고 놀라며, 까닭도 모르고 덩달아 웃었다. 그리고 모두가 웃음을 그치기를 기다렸다가, 주로 장남을 향해 말했다.

"저녁이 끝나거든, 오세요. 브리지 게임을 할 거니까."

그렇게 말하고는, 사람 좋아 보이는 그 붉은 얼굴은 다시 한 번 절을 하고 창문에서 사라졌다. 그러자 다시, 그 놀란 듯한 얼굴이 우스웠다고 해서 일단 끊어졌던 웃음소리가 다시 한 번 일어났다.

그것이 한바탕 계속되었다.

3

항구는 오후의 햇살에 헐떡이고 있었다.

잔교棧橋에 댄 네 척의 낡은 화물선, 그리고 그 곁에 커다란 푸른 굴뚝의 영국 여객선. 그 스카퍼 홀*에서 콸콸 바다로 떨어지는 회색의 배수, 부두의 2층에서 해치 위로 기웃하고 들여다보고 있는 소형 기중기. 먼지와 쓰레기 범벅 속에 매여서 삭아가고 있는 몇몇 삼판.** 인접한 러시아 부두에서 얼떨결에 잘못 들어온 한 척의 정크,*** 그 돛대 위에 매달린 빨갛고 조그만 삼색기. 바람이 전혀 없는 이 풍경의 바다에, 바다는 맹렬하게 햇빛을 되쏘아서 기름처럼 무겁게 괴어 있었다.

광차鑛車의 레일을 피해서, 부두 창고의 그늘에 쿨리가 이삼십 명이나 죽은 듯이 누워 있었다. 모두 허리부터 위로는 아예 벗고 있었다. 근처의 땅바닥에는 그들이 먹고 버린 참외가 게워 놓은 토사물처럼 달라붙어 있었다.

그중에, 딱 한 사람 일어나 있는 남자가 있었다. 그는 오른손으로는 참외 조각을 들고 먹으며, 왼손으로는 가슴 언저리를 벅벅 긁었다. 그리고 창고 철문에 기대서 아까부터 멍하니 육지 쪽을 바라보고 있었다.

부두 사무소의 7층 빌딩 곁에는 이 역시 마찬가지로 7층은

---

* 갑판 위 양쪽에 마련된 배수구.

** 중국이나 동남아시아의 강이나 항구에서 사용하는 평저선平底船.

*** 중국의 연해, 하천 등에서 화물이나 승객을 운반하는 소형 범선.

되어 보이는 방대한 건물의 철골이 비계에 떠받쳐져서 높다랗게 지어지고 있었다. 그 골조 위에서는 쇠망치 소리가 날카롭게 공중에 울리고, 금속 도구들이 작게 햇빛에 빛났다. 그 곁에는 노爐가 하얗게 작열했고, 비계에 선 두 사람이 그 속에서 뻘건 쇳조각을 집어내 그것을 공중에 비쳐 보고는 다시 노 속에 집어넣었다. 노에서는 사이를 두고, 노란 연기와 함께 눈부신 햇빛에 아주 광망光芒을 상실하고, 그저 붉은색으로 늘었다 줄었다 하는 불꽃의 혀가 팔랑팔랑 흔들려 나왔다. 그것을 아래쪽에서 쳐다보고 있으면 아예 눈이 멀 것 같은 무더위였다.

이 건물 바로 아래서는, 웃옷을 벗어 어깨에 걸친 점원풍의 일본인이 중국 상인을 상대로 뭔가 흥정을 하고 있는 모양이었다. 그들 옆에는 커다란 저울이 놓여 있고, 철재가 높게 쌓여 있었다.

잠시 뒤, 부두 사무소 입구의 유리문이 안으로부터 열리고, 상당히 키가 큰 쿨리가 한 명 기운 없이 나왔다. 그는, 그래도 신통하게, 찢어져 있기는 했지만 상의를 입고 있었다. 그는 자신의 뾰족한 광대뼈를 주먹으로 두드리면서 참외를 먹고 있는 남자 쪽으로 걸어갔다.

참외를 먹고 있던 남자는 둔탁한 누런 눈을 들어 그 남자를 쳐다보았다.

"?"

"글렀어. 도저히."

"어디나 다?"

"응, 그러니 벽산장碧山莊에 가 보라는 거야."

"바보 같은 소리! 거기서 일을 줄 것 같으면, 누가 이런 데까지 온다고."

두 사람은 서로의 낙심한 눈을 마주 보았다. 그리고, 키가 큰쪽도 다른 한 사람과 나란히 맨땅 위에 앉았다. 그는 발밑에 있는 반 정도 길이의 담배꽁초를 발견해서 주워들었지만, 성냥이 없어서 소중한 듯이 그것을 바지 주머니에 집어넣었다.

"그래서, 어쩔 셈이야? 너."

"몰라. 어떻게 될지 나도 몰라."

두 사람은 축 늘어져서 한동안 움직이지 않았다. 그들의 눈앞을 광차가 느릿느릿 굴러가고 있었다. 거리 쪽에서는 먼지 냄새와 전차 울리는 소리가 흘러왔다.

"이봐, 어딘가로 가자."

"……"

"이런 데에 있어 봤자 별수 없잖아."

한 사람은 귀찮다는 듯이 기지개를 켜고, 목구멍으로부터 가슴으로 흘린 참외즙을 손바닥으로 닦고 그것을 아까운 듯이 핥고 나서, 겨우 일어났다. 두 사람은 나란히 시내 쪽으로 걷기 시작했다.

하얗게 쥐죽은 듯 고요한 타르 마카담 도로*에, 가로수는 모두 시들고, 그 양쪽에는 엄청난 마차 인력거의 무리가 있었다. 말은 땀으로 온몸의 털을 적신 채 헐떡이고, 차부는 자신의 수

---

* 대련 시 곳곳에 설치된 광장을 중심으로 방사상으로 뻗어 대대적으로 정비된 도로.

레 안에 벌렁 누워서 자고 있었다.

걸으면서 한 사람이 다시 한 번 걱정스럽게 물었다.

"너, 어쩔 셈이야? 정말로."

"몰라. 어떻게 되겠지."

"영구_{營口}*에라도 가 볼까. 걸어서. 거기라면 조금은 나을지도 모르지."

한 사람은 그 말에는 대답하지 않고, 언짢은 얼굴을 하고 묵묵히 계속 걸었다.

이 지방의 주요 공업 제품인 콩깻묵과 콩기름이 요즘 들어, 외국의 그것에 압도당해 왔다는 것. 특히 독일의 선박 등은 직접 이 항구에서 콩째 그대로 싣고 본국 공장으로 가져가 버린다는 것. 그리고 무엇보다도 비료로서의 콩깻묵이 요새는 이미 질소 비료로 대체되었다는 것. 이런 것을 그들이 알 리가 없다. 7월에 들어서면서, 이 D 시내에서 차례로 문을 닫아 마지막까지 버티고 있던 S 유방_{油房}이 어제 아침 문을 닫게 되었을 때, 그들은 전혀 어떻게 할 바를 몰랐다. 그들은 재빨리 사하구_{沙河}口의 철도 공장과 유리 공장에 가 보았다. 그러나 자리가 비어 있을 턱이 없었다. 그들은 그래서 항구로 왔다. 그러나 지금은 1년 중에서 가장 일이 없는 때였다. 6월부터 10월까지, ― 이것이 이 항구에서 말하는 한산한 시기였다.

두 사람은 건들건들 노천시장 쪽으로 걸었다.

---

* 만주의 요하_{遼河} 근처에 위치한 항구도시.

시장의 여기저기에서는, 마술사와 곡예사 등이 염천하炎天下에 손님을 부르고 있었다. 청룡도와 조그만 기旗를 가지고 혼자서 재주를 부리는 수염투성이의 덩치 큰 남자. 보기 드물게 변발을 하고 있는 교활해 보이는 얼굴의 마술사. 7, 8세의 아이를 부리며 목이 쉬도록 야단치고 있는 곡예사. 그들의 얼굴은 땀에 젖고, 눈은 태양의 직사광선에 벌겋게 충혈되어 있었다. 곡예사는 아이를 하늘을 향하도록 모래 위에 쓰러뜨렸다. 그리고, 몸을 완전히 새우처럼 굽혀, 머리와 발끝을 등에서 맞추도록 시켰다. 그리고 자신은 한쪽 발을 그 아이의 활같이 휜 배위에 대고 밟으면서 구경꾼에게 돈을 요구하는 것이었다. 소년의 머리카락은 모래에 쓸리고, 그 눈은 땀에 절고, 뺨은 돌멩이에 베여서 피가 나고 있었다. 곡예사가 발에 힘을 넣어 복부를 밟을 때마다 소년은 조그마한 비명을 질렀다. 손님이 던지는 돈이 적을 때에는, 곡예사는 그 험악한 눈초리를 심술궂게 번득이면서 한층 더 세게 소년을 밟는 것이었다.

이 부근에 특히 많은 매춘부들도, 흰 분으로 얼룩진 뺨을 하고서 그것을 바라보고 있었다. 곡예사의 외설스러운 너스레가 나올 때마다, 그녀들은 재미있다는 듯이 망가진 잇몸을 드러내며 웃었다.

두 사람의 쿨리도 잠시 동안 그것을 보고 있었다. 그리고 이번에는 지독하게 찌든 지린내가 나는 좁은 골목으로 꺾어졌다.

"유리 공장 쪽으로 가 볼까? 어때? 한 번 더."

한쪽은, 만사가 귀찮다는 듯이 대답했다.

"응, 하지만, 나는 지쳤어. 이젠."

두 사람은, 그래서, 포석鋪石 위에 앉았다.

바로 앞이 2층짜리 파란 칠이 벗겨진 약 장사의 건물로, 치질이나 성병 약 광고 옆에, 깨진 유리에 넣은 질환의 국부 모형이 나열되어 있었다. 불그스름하게 살색을 하고, 군데군데 황갈색으로 문드러진 그 모형 아래에 사람들이 모여서 신기한 듯이 쳐다보고 있었다. 상인과 직장인과 쿨리와 매춘부와 한쪽 눈이 서너 치나 툭 튀어나와 있는 거지와. 그들은 잡은 돼지의 피와 쇠파리와 시퍼렇게 썩어 마른 시궁창과 누렁과 빨강의 그은 간판들 사이를 느릿느릿 덥다는 듯이 걸었다. 길가에는 '상해대희장上海大戲場'이라고 인쇄된 연극 광고지 밑에서, 허연 돼지 창자를 늘였다 줄였다 하며 열심히 빨고 있는 남자가 있었다. 그것을 보면서, 축 늘어진 두 사람의 쿨리는 서로, 다른 생각들을 하고 있었다. 한 사람은 엊저녁 남은 돈을 털어 산 여자의 살갗을 멍하니 떠올리고 있었다. 그 여자의 살갗은 이처럼 희고 탄력이 있었는데…… 또 한 사람은 그런 생각을 할 여유도 없었다. 그는 어제의 일을 생각해 보았다. 도대체 나는 어떻게 되는 것일까. 또 지난번처럼, 사흘 동안, 먹지도 마시지도 못하고, 결국 경찰서 앞에서 일부러 난동을 부려 간신히 유치장에서 밥을 얻어먹게 된대서야 정말이지 견딜 수 없는데……

마침 그때, 뒤쪽에 있는 집의 문이 열리고, 주방 안에서 뜨거운 내장 튀김의 냄새가 그들의 후각을 엄습했다. 그들은 갑자기 허기를 느꼈다. 생각해 보니, 오늘은 아침부터 무엇 하나 먹은 게 없다.

한 사람은 마침내 일어나더니 말했다.

"가자. 들어가자구."

그러나 한 사람은 약간 주저하면서 주머니에 손을 넣어 보였다. 하지만 그것은 곧 저지되었다.

"바보, 어떻게 되겠지. 일단 먹고 나면."

입구에 잔뜩 돼지들을 매달아 놓은 주점의 의자에 앉자 두 사람은 바로 벌겋게 고춧가루를 끼얹은 우동을 걸신들린 듯이 먹었다. 그러고는 내장 튀긴 것을 마구 입에 넣기 시작했다. 고량주 잔을 손에 들었을 무렵에는, 그들은 무척이나 기분이 좋아져 있었다.

두 사람 바로 앞에 보이는 주방에서는, 지금 도마 위에 막 잡은 고양이의 사체가 놓여 있었다. (고양이라 해도 이 부근에서는 귀중히 여기는 식재료였다.)

요리사는 우선 고양이의 경동맥을 잘랐다. 피가 기세 좋게 뿜어나왔다. 그러고서 그는, 그 피범벅인 고양이의 배를 교묘한 손놀림으로 주무르기 시작했다. 그리고 한바탕 피를 옆에 있는 통 속에 다 짜내고 나자 이번에는 식칼의 끝을 고양이의 아래턱에 넣고 그것을 쭉 복부를 통해 꼬리까지 베고, 고기가 붙은 꼬리뼈를 쳐 내고 가죽과 살 사이를 익숙한 솜씨로 두세 번 칼질을 하자 어느새 헐렁한 가죽과 새빨간 고기조각으로 나눠져 버렸다. 그러고 나서 사지의 관절을 잘라내고 흉벽 속으로 손가락을 집어넣어 폐를 떼어내서 창자와 함께 그것을 통 속에 던져 넣고 나서 물로 한 차례 씻자, 벌써 훌륭한 식용

육이 만들어진 것이었다.

두 사람의 쿨리는 고량주를 마시면서 감탄하며 이를 보고 있었다. 그들은 벌써 기분이 좋아져 있었다. 오랜만에 알코올이 온몸에 도는 게 기뻤던 것이다. 그들은 점차로 기분이 거나해졌다. 그들은 일에 대해서도 잊어버렸다. 내일의 끼니에 관해서도 잊어버렸다. 현재 돈도 없이 음식을 먹고 있다는 것도 잊어버렸다. 그리고, 이 고양이를 요리하는 것을 보고 있는 중에, 문득 그들의 마음속에는 뭔가 매우 난폭한 짓을 해 보고 싶다는 욕망이 일어난 것이었다. 이 잔인한 기분 좋은 흥분은 살벌한 요리가 진행됨에 따라서 점점 더 고양되어 갔다.

마침내 그들 중 한 명은 참을 수 없게 되었다. 그는 제정신을 잃고 일어섰다. 그리고 요리사가 안에 들어가 있는 사이에 조리대로 가서, 시뻘건 피가 흐르는 고양이 고기를 움켜잡더니 펄펄 끓고 있는 가마솥 탕 속에 힘껏 던져넣었다. 뜨거운 물이 사방으로 튀고, 고기는 금세 붉은색에서 갈색으로 변해 갔다. 그는 그것을 기분 좋은 듯이 바라보았다.

그런데 그때였다. 그는 뒤쪽에서 커다란 분노의 목소리와 더불어, 귀 부근에 쾅하는 큰 타격을 느꼈다. 비틀거리면서 돌아본 그는, 거기에서 요리사의 수염으로 덮인 얼굴을 보았다.

"뭐하는 짓이야."

그는, 지지 않고, 거기에 덤벼들었다. 그러자 지금까지 걸터앉아 고량주를 마시고 있던 쿨리까지 나와서, 친구를 도와 요리사에게 달려들었다. 그렇게 해서 일대 싸움이 벌어졌다. 솥은 뒤집히고, 냄비는 굴러떨어지고, 간장병이 깨졌다. 그러는 동안 안으로부터, 두세 명의 젊은이와 함께, 붉은 얼굴에 펑퍼 짐하게 살찐 이 가게의 주인도 가세했다. 결국, 두 명의 쿨리는 흠씬 두들겨맞았다. 주인은 타격과 취기로 축 늘어져 쓰러져 있는 그들을 내려다보며 온갖 욕설을 퍼부었다.

"개자식들! 뭔 수작이야. 돈이나 내놓고 썩 꺼져."

그리고, 그는 두 사람의 안주머니에 손을 디밀어 돈을 찾아 보았다. 돈이 없자, 또 하나의 안주머니를 뒤집어 보았다. 거기에도 없었다. 그리고 두 사람을 발가벗겨 봐야 아무것도 나오지 않는다는 것을 알자 주인은 그 붉은 얼굴을 더욱 벌겋게 하며 소리쳤다.

"꺼져! 이 엉터리 같은 놈들."

그는 있는 힘껏 두 사람의 허리를 걷어찼다. 두 명은 맥없이 바닥에 나뒹굴었다. 주인은 그것을 쫓아가서, 두 사람의 목덜미를 양손으로 움켜잡고는 입구로부터 눈이 부신 큰길 쪽으로 힘껏 내동댕이쳤다.

내동댕이쳐진 두 사람은 내동댕이쳐진 그 자세대로 포개져서 쓰러진 채 움직이지 않았다. 그들은 기분이 좋아져 있었다. 얻어맞은 여기저기의 아픔만 빼놓는다면, 모든 것이 만족스러웠다. 배는 부르지, 알코올은 적당히 온몸을 돌고 있지. 대체 이 이상의 무엇이 필요하다는 말인가?

7월 오후의 해가 지글지글 그들 위를 내리쬐고 있었다. 사람들이 슬금슬금 그들의 둘레에 몰려들기 시작했다.

두 사람은 흰 먼지와 그들 자신의 얼굴에서 흐르고 있는 피 냄새를 맡으면서, 아주 기분 좋게 겹쳐진 채, 깊은 잠에 빠져들었다.　　　　　　　　　　　　　　　　　　(1930. 1)

풀장 옆에서 プウルの傍で

1

그라운드에서는 럭비 선수들이 연습을 하고 있었다. 그들은 검은 바탕에 노란색 줄무늬 유니폼을 입고 있었다. 그것은 어쩐지 꿀벌과 같은 느낌을 주었다. 한 명 한 명 공을 패스하면서 열 명가량 옆으로 늘어선 선수들이 일제히 그라운드를 달리기 시작하면서, 스윙패스 연습을 시작했다. 그러더니 다시 대형이 밀집해 드리블 연습으로 넘어가기도 했다. 햇빛은 비스듬하게 언덕 위에 있는 옛 한국 시절 프랑스 영사관의 붉은 건물 위로 기울어지고 있었다. 아직 해가 지기에는 시간이 있었다.

그라운드로 이어진 언덕을 조금 올라가면, 거기에는 작은 풀장이 있었다. 산조三造가 이 중학교의 학생이었을 무렵, 그곳은 분명 파밭이었다. 교련을 마치고 총기 기름과 가죽이 뒤섞인 냄새를 맡으면서 총기고 쪽으로 돌아갈 때 그는 늘 그 자리에 가늘고 푸른 파가 심어져 있는 것을 본 것 같았다. 그것이 이제는 풀장이 되어 있다. 아주 최근에 만든 것이 틀림없었다. 가로 25미터 세로 10미터의 조그만 풀이었다. 주위에는 죽 동글동글한 돌이 깔려 있었다. 물은 그리 깨끗하지 않았다. 코스의 부표는 모두 꺼내져 돌 위에 기다랗게 늘어져 있었다. 새까만 얼굴을 한, 산조보다 훨씬 큰 중학생이 한 명 서 있었다. 위는 해수욕복이고, 아래는 교복 바지를 입고 있었다. 산조가 다가가자, 그 소년은 살짝 고개를 숙였다.

"선배님이세요?"

"응" 하고 대답하고서 산조는 좀 멋쩍은 기분을 느꼈다.

"이제 수구水球 연습도 끝났으니까, 수영하셔도 좋습니다."

그, 무뚝뚝한, 어딘지 군대식으로 들리는 말투가, 산조에게 자신의 예전 이 학교에서의 생활의 냄새를 살짝 풍기게 했다. 그는 대답을 작게 입속에서 웅얼거리면서, 그래도 상의의 단추를 풀기 시작했다. 그의 창백한 마른 신체를 그 중학생한테 보이는 게 창피했으므로, 옷을 벗자마자 곧바로 물로 뛰어들었다. 물은 미지근했고, 그리고 의외로 얕았다. 그가 딱 서 있을 정도였다. 이처럼 설 수 있을 정도의 곳에서 수구 연습을 할 수 있을까. 그는 그 말을 하려고, 위에 있는 조금 전 그 중학생의 모습을 찾았다. 소년은, 하지만, 이미 없었다. 럭비 구경이라도 하러 갔겠지. 산조는 벌렁 누워서 물 위에 떴다. 그는 깊이 숨을 들이마셨다. 하늘은 파랬다. 슬슬 저물 무렵의 투명한 남색이 더해지고, 그 한구석에 노랗게 해에 물든 조그만 구름이 한 조각 떠 있었다. 그는 후웃 하고 숨을 내쉬었다. 미지근한 물이 귀 언저리를 찰랑찰랑 소리를 내며 간지럽혔다. 그는 가만히 눈을 감았다. 아직도 몸이 덜컹덜컹 흔들리고 있는 것 같았다. 지난 일주일가량 기차에 계속 흔들려 온 그 느낌이 아직 남아 있었다. 만주 여행으로부터의 귀로로 조선을 잡은 산조는 8년 만에 경성 땅을 밟은 것이다. 그리고 가장 먼저 자신이 4년의 세월을 보낸 중학교 교정을 찾아 본 것이다.

엊그제 대낮, 봉천奉天역의 대합실은 견딜 수 없이 뜨거웠다. 뜨거운 공기 속을 은파리가 귀찮을 정도로 날고 있었다. 복숭아나무 밑에, 앞머리를 늘어뜨린 중국 미녀가 서 있는 삐라를, 14~15세 정도로 보이는 러시아 소년이 쳐다보고 있었다. 그의 머리카락은 아름다운 금발이고 반바지 밑으로 보이는 정강이는 가늘게 쭉 뻗었다. 그것은 왠지 남색男色을 생각나게 하는 아름다움이었다. 그 삐라에 쓰여 있는 한문이 무엇을 뜻하는지는, 그 러시아 소년도, 산조도 알 수가 없었다. 다만 그 종이의 제일 밑에는 커다랗게 가로로 MUKDEN이라고 쓰여 있었다. 그것만큼은 소년도 읽을 수 있었는지, "무크덴" "무크덴"이라고 누구에게랄 것도 없이 소년은 큰 소리로 되풀이했다. 그러고 나서 문득 뒤를 돌아다봤고, 산조의 시선과 마주치자 자신의 혼잣말을 누가 나무라기라도 한 듯이 서둘러 눈길을 돌렸다. 아름다운, 거지 같은 회색의 눈이었다.

산조와 나란히 붉은 원피스를 입고 검은 바탕에 속이 비쳐 보이는 모자를 쓴 16~17세 정도의 소녀가 혼자 앉아 있었다. 중국의 부자인 듯한 노인과 중년의 러시아 여자가 산조와 마주 보는 의자에 나란히 앉아 있었다. 두 사람 모두 뚱뚱하고, 똑같이 콧등에 땀이 솟아나 있었다. 갑자기 러시아 여자 쪽이 일어서서 이쪽으로 오더니, 산조 옆의 소녀를 향해 영어로 시간을 물었다. 소녀는 난처한 얼굴로 묘하게 얼빠진 웃음을 지었는데, 그러면서도 어쨌든 질문의 의미는 알아들은 모양이었다. 그녀는 대답 대신에 자신의 손목시계를 상대방에게 보였다. 상대방은 그것에 만족한 듯, "쌩큐"라고 말하고 돌아갔다. 소녀는 산조 쪽을 보더니, 얼굴을 붉히면서 멋쩍은 미소를 보이려 했다. 산조는 옆을 바라보았다. 그 벽에는 '小心爾的東西'라고 쓰인 종이가 꾀죄죄하게 붙어 있었다. 권총 케이스를 찬 일본 헌병이 때때로 입구에서 안쪽을 들여다보러 왔다.

돌연, 물이 코로 조금 들어왔다. 코끝이 찌르는 듯 아팠다. 그는 바닥에 발을 딛고 서서 세게 코를 잡았다. 그러고서 다시 헤엄치기 시작했다. 한 번 왕복을 하고는, 원래의 자리로 돌아와 다시 뒤로 돌아누워서 물에 떠 있었다. 멀리서 종소리가 들렸다. 기숙사의 저녁 식사 종 치고는 좀 이른 것 같았다. 하늘에는 조금 전 보았던 노란 조그만 구름이 보이지 않았다. 잠자리가 휙, 그의 바로 얼굴 위를 스쳐 지나갔다.

산조의 기억 속에서, 엊그제 통과한 봉천과 8년 전 그가 이 중학교의 학생이던 시절에 수학여행을 갔을 때의 봉천이 뒤섞여 있었다. 역의 식당에서, 누런 가사袈裟를 입은 일본의 늙은 스님이 이제 막 깎은 새파란 머리를 한 아기 스님을 데리고 능숙하게 나이프와 포크를 다루면서 비프스테이크를 먹고 있었다. 그것은 그저께의 일이었나. 아니면 8년 전의 기억인가. 그런 것을 생각하는 일조차, 그로서는 귀찮았다. 그는 눈을 감고서 방금 전까지 물가의 아카시아 잎 사이를 스쳐 희미하게 지던 저녁의 해그림자가 이때, 쓱 지면서, 주변이 어슴푸레한 푸른 그림자 속으로 들어가는 것을, 감은 눈꺼풀 안에서 어렴풋이 느끼면서 물 위에 떠 있었다.

그 수학여행은 중학생인 그들로서는, 상당한 용돈을 가지고 집에서 떨어져 자유로이 행동할 수 있는 거의 최초의 기회였다. 그들은 설레고 들떠 있었다. 여행의 앞길마다, 그들에 비해 볼 때 아주 조금의 자신들의 우월을 그들에게 항상 보이고 싶어 하는 선배들이 있었다. 그들은 후배 소년들을 데리고 식당과 술집을 돌아다녔다. 다양한 형태의, 다양한 색채의 라벨을 붙인 술병들이 어둑어둑한 선반에 진열되어 있고, 그 앞에 검붉게 빛나는 소시지가 매달려 있기도 하다. 그리고 그 아래에, 검은 갈색 수염 속으로 커다란 파이프를 찔러넣은, 망명 중인 백계 러시아인인 듯한 붉은 얼굴의 할아버지가 회색 상의를 입고 있다. 그런 이국적인 술집 풍경이 중학생인 산조에게는 참을 수 없는 매력이었다. 그하고는 얘기도 하지 않고 선배만 상대로 하고 있는 러시아 여자의 짙고 검은 속눈썹과 초록색으로 깊이 패인 눈, 겨드랑이 냄새가 물씬 나는 어깨와 드러난 여인의 팔에 난 은록색의 털 등을 얼마나 소년다운 흥분을 가지고 그는 바라보았던가. 대단한 모험이라도 한 듯한 기분으로 밖으로 나왔을 때, 그의 흥분한 눈에 초여름의 별이 너무도 아름다웠다. 그 무렵 그들 사이에서는 '해부'라는 성적인 장난이 유행하고 있었다. 술과 흥분으로 취한 얼굴을 감추고 몰래 숙소로 돌아오면, 그 장난으로 큰 소란을 피웠다. 그것을 두려워한 소년은 여행 중 기차 안에서도 시렁 위에 올라가서 잤다. 교사들도 하는 수 없이 묵인하고 쓴웃음을 지었다. "선생님도 해 주자" 하고 누군가가 말했다. "그만둬. 더럽기만 하단 말이야" 하고 누군가가 대답하자 모두가 웃었다. 봉천을 떠나는 밤은 아름다운 저녁이었다. 역전에 집합하기 조금 전, 그는 가장 친했던 친구와 단둘이서 뒷골목의 레스토랑으로 들어갔다. 참으로 맛있는 비프스테이크였다. 피가 뚝뚝 흐르고, 두께가 3센티미터는 넘는 것 같았다. 레스토랑을 나가자, 밖은 몹시 늦은 해질녘이었다. 역 앞에서 바로 이어지는 벌판이 넓게 펼쳐져 있고, 하늘은 아직 밝았다. 교사가 부는 집합 시간을 알리는 피리 소리가 휑뎅그렁한 역전의 광장에 슬픈 듯이 울렸다.

2

누군지 풀 가장자리를 걷다가 돌멩이를 걷어찬 모양으로, 퐁당 하는 조그만 소리가 그의 발끝 저쪽에서 들려왔다. 그러더니, 가슴에 팔짱을 낀 채 떠서 멍하니 하늘을 향하고 있던 그의 시선 한구석을 가늘고 긴 장대의 그림자가 지나갔다. 퍼뜩 고개를 돌려 보니, 그것은 장대높이뛰기의 폴이었다. 어깨 부근에서 소매가 잘린 유니폼을 입은 키가 큰 한 소년이 그것을 젊어지고 풀 가장자리를 따라 지나가고 있었다. 그 뒤로 또 한 명, 안경을 낀 키 작은 소년이 양손에 원반을 하나씩 들고 따라가고 있다. 산조는 그가 중학 4학년 때, 어떤 기회에 어울리지도 않게 장대높이뛰기의 명인이 되고 싶어서, 혼자서 연습을 시작한 일을 기억해 냈다. 그 경기의 폼의 아름다움이 변덕스러운 그를 매혹시킨 것이었으리라. 남들의 비웃음을 살까봐 그는 누구에게도 배우려 하지는 않았다. 혼자서, 몰래 집의 빨래 너는 장대를 꺼내서, 사람이 없는 틈을 타 가까이 있는 소학교 운동장에서 연습했던 것이다. 물론 친구에게도 아무에게도 말은 하지 않았다. 3미터 가까이 뛸 수 있게 된 다음에 모두를 놀라게 해 줄 생각이었다. 그러나 결국, 대나무 장대의 가시에 몇 번 손바닥을 찔리고 난 다음, 그의 폴 볼트는 2미터쯤에서 정지하고 말았다.

그 무렵 그는 하모니카 부는 법을 익혔다. 저녁이 되면 그 금속의 차가운 촉감을 기뻐하면서, 식민지의 신개척지 같은 변두리 2층 창문에서 붉은색 하늘을 바라보면서 하모니카를 불었다. 그는 열일곱 살이었다. 한 마리의 검은 고양이를 빼놓고는 그는 아무도 사랑하지 않았고, 또 누구에게서도 사랑받지 못했던 것 같다. 그것은 중학교 4학년 때 봉천 여행을 다녀와서 얼마 뒤의 일이었다.

산조는 그를 낳고 죽은 여인을 알지 못했다. 첫 번째 계모는 그가 소학교를 마칠 무렵, 갓 태어난 여자아이를 남기고 죽었다. 열일곱이 된 그해 봄, 두 번째 계모가 그의 집에 왔다. 처음 산조는 그 여자에 대해, 묘한 불안과 신기함을 느끼고 있었다. 하지만 결국, 그 여자의 오사카ㅊ阪 사투리를, 그리고 젊게 꾸미고 있어서 더욱 눈에 뜨이는 그 용모의 추함을 몹시 미워하기 시작했다. 그리고 그의 아버지가 그에게는 여태까지 보인 일이 없는 웃는 얼굴을 그 새어머니에게 보였다는 것 때문에, 그는 마찬가지로 아버지도 경멸하고 미워했다. 그 무렵 다섯 살쯤이었던 배다른 여동생에 대해서는, 그 자신과 비슷한 그녀의 미운 얼굴 때문에 미워했다. 마지막으로 그는 자기 자신을 ― 그 미운 용모를 ― 가장 미워하고 싫어했다. 근시여서 슴벅거리고, 찌부러질 듯한 눈과, 낮고 앞쪽만 인사치레처럼 위를 향하고 있는 코, 코보다 툭 튀어나와 있는 입, 누렇고 커다란 들쭉날쭉한 이, 그것들 하나하나를 그는 매일 거울을 보면서 저주했다. 게다가 그 푸르둥둥하고 버석버석한 얼굴에는 여기저기에 여드름이 삐죽삐죽 튀어나와 있었다. 때때로 화가 난 그는, 아직 농익지 않은 여드름을 억지로 쥐어짜, 피고름이 나오게 하기도 했다.

어느 날 아침, 아버지가 새어머니가 만든 된장국을 칭찬하는 것을 듣고, 산조는 낯빛이 변했다. 지금까지 아버지는 된장국 같은 건 조금도 좋아하지 않는다는 것을 산조는 잘 알고 있었다. 그는 자신이 부끄러운 꼴이라도 당한 것 같아서 얼른 젓가락을 내려놓고, 차도 마시지 않고, 가방을 들고 밖으로 튀어나갔다. 이제 가족 누구와도 말하지 않겠다고 그는 다짐했다. 가족과 말을 주고받고 나중에 후회나 수치를 느끼지 않은 적이 없다고 그는 생각했다.

밤이 되면 그는 소학교 시절부터 기르던 커다란 검은 고양이를 안고 잤다. 그 새까만 짐승의 목이 고롱고롱 울리는 소리를 들으면서 그 부드러운 털의 감촉을 목덜미나 턱에 느끼며 그는 매일 밤 잠자리에 들었다. 그럴 때만 그는 육신에 대한 경멸이나 증오를 간신히 잊어버릴 수가 있었다. 결심한 대로 그는 결코 가족과 말을 하지 않았다. 그는 어떻게 해서든 그들의 파렴치에 대해 벌을 주어야겠다고 생각했다. 그 하나로서, 그는 자신의 학교 성적을 떨어뜨려야겠다고 생각했다. 그는 이상하게도 학교 성적만은 좋았다. 아버지는 그것을 남에게 자랑했다. 그것까지도 그는 화가 났다. 아버지가 그를 학교에 보내는 것은 이 작은 허영심 때문이라고 그는 생각했다. 게다가 이 아버지의 외모가 ― 특히 단이 져 있는 코의 생김새, 그리고 또 그 말을 더듬는 버릇이 고스란히 자신에게 유전된 것이 참을 수 없이 불쾌했다. 아버지가 눈앞에서, 자신의 추함을 드러내고 있는 것 같아 견딜 수가 없었다.

하지만 이 모든 주위의 압박 상황에도 불구하고 산조 내면의 청춘은 점차 그 싹을 틔우고 있었다. 때로는 주체할 수 없는 폭발적인 힘이, 춤추고 날뛰고 싶은 충동이 그의 온몸을 채우기도 했다. 이것은 산조만이 아니었다. 그의 친구들도 모두 마찬가지였다. 그들은 그들의 몸에 넘치는 그 힘을 어떻게 해야 할지 모르고 있었다. 그 활력은 엄청난 장난과 난폭함으로 흘러갔다. 그들은 이유도 없이 상대방에게 덤벼들어 숨을 씨근거리면서 쓰러뜨리기도 하고, 교실에서 갑자기 큰 소리를 질러 신임 교사를 놀라게 하기도 했다. 공중전화의 수화기를 자르고 대신에 돌을 매달아 놓고 온 소년도 있었다. 그 소년은 또, 밤에 물리 실험실에 숨어 들어가 망원경이랑 필름 따위를 훔쳐내 모두에게 나눠주었다. 6월이 되자, 학교 뒷산에는 버찌가 영글었다. 소년들은 점심 시간에 그것을 따러 가서 모두들 보랏빛 입술로 돌아왔다. 파친코 구슬로 참새를 떨어뜨려서 직접 털을 뽑고, 학교 옆 중국집에서 구워 달래서 그것을 먹으면서 교실로 들어온 녀석도 있었다. 어떻게 구했는지 한 아이가 춘화春畫를 가지고 왔다. 반 전체가 금세 들끓었다. 점심의 휴식 시간에도 아무도 밖에 나가지 않았다. 그림은 차례로 돌려졌다. 소년들은 숨을 가쁘게 쉬면서, 그 모습을 남이 알아차리는 것을 부끄러워하지도 않고 열심히 그것을 들여다보면서 침을 꿀꺽 삼켰다. 한 소년이 — 그는 얼굴 위에 얇고 투명한 왁스를 입히고 그 위에 하얀 가루를 뿌린 것 같은 고운 살결을 가진 소년이었는데 — 돈지갑을 책상 위에 놓고, 눈꼬리를 붉게 물들이며 쑥스러운 듯한 웃음을 띠고서도 작심한 듯이 말했다.

"팔지 않을래? 3엔 정도 있는데."

그 그림을 가져온 소년은, 하지만 능글맞게 웃으면서 좀처럼 그러자고 하지 않았다.

그 무렵 그들은, 승냥이라는 별명을 가진, 소위 출신 군사 교관 말고는 어떤 교사도 무서워하지 않았다. 그들이 무서워하는 것은 오직 상급생들— 그래 봐야, 이제 겨우 5학년밖에 없었지만 —의 제재밖에 없었다.

집에서는 굳게 자신의 껍질 속에 틀어박혀 있던 산조도, 학교에 오면 자연히 주위에 동화되어서 딴 사람처럼 쾌활해졌다.

그는 겨우 그 무렵부터 공부를 게을리 하는 법을 배웠다. 이것은 그의 계획인 '성적 떨어뜨리기' 때문에도 필요했다. 그는 몇몇 친구들과 함께 점심시간에 뒷산의 으슥한 곳으로 가서, 몰래 담배 피우는 연습을 했다. 그들 중 한 명은 아주 능숙하게, 담배연기로 둥그런 원을 만들 수가 있었다. 그것이 뭔가 훌륭한 일인 것처럼 — 즉, 그 친구가 다른 소년들보다도 어른이라는 증거이기라도 한 것처럼, 그들은 생각했다.

바로, 그보다 조금 전부터, 그는 부자연스러운 성행위를 알게 되었다. 누구에게 배운 것도 아니고, 어느 날 밤 잠자리에 들고 나서 문득 알게 된 것이었다. 그것이 무엇인지 처음에는 알지 못했다. 다만, 그것은 한없는 쾌락이었다. 나중에 그 의미를 알고 난 다음에도, 그리고 그것을 한 뒤에는 반드시 부끄러움과 자기 혐오에 시달리게 되고서도 그는 그 유혹에서 빠져나올 수가 없었다. 때로 그는 대낮에, 한길에서, 그 욕망에 대한 격렬한 충동을 느낄 때가 있었다. 자연히 호흡이 거칠어지고, 모든 관절 언저리에서 맥박이 심하게 쳤다. 그것과 싸우는 그의 표정은, 보기 싫게, 일그러졌다. 그럴 때 그가 올려다본 여름 하늘은 반짝반짝 푸르고 기름져 보여 참을 수 없게 눈이 부셨다. 그는 도서관에서 여러 가지 사전을 꺼내, 외설스러운 의미를 가진 단어들을 찾아 그 뜻풀이를 보면서 은근한 흥분을 느꼈다. 그는 또 헌책방 같은 데서 그 방면의 그림이 든 해설서를 열심히 서서 읽기도 했다. 그것이 그로서는 무엇보다도 내심으로부터 갈망하던 지식이었을 뿐 아니라, 그것에 대해서 조금이라도 더 많이 이해하는 것이 그들 사이에서 우위를 보이는 것이기도 했다.

그들의 학교는 학생들의 영화 관람을 금지하고 있었다. 그래서 그 금기를 어기고 활동사진관에 가는 것이 그들 사이에서 자랑거리가 되었다. 오후의 수업을 빼먹고 그들은 종종 활동사진관에 갔다. 그도 물론, 그중의 한 명이었다. 영화가 재미있어서라기보다도 금기를 깼다는 의식이 그들에게 만족감을 준 것이 틀림없었다. 그 학교는 옛 조선의 궁터에 서 있었다. 담쟁이덩굴로 뒤덮인 낡은 성벽을 따라 몰래 학교를 빠져나오기도 하고, 여름 한낮의 강한 햇빛 아래에서 강렬한 색채의 그림 간판을 쳐다보는 기분이, 소년다운, 은근한 모험심을 불러일으키기도 했다. 하지만 그것들 못지않게 참을 수 없이 그의 마음을 흔든 것은 밤거리의 등불이었다. 밤이 되어 거리의 등불이 켜지기 시작하면, 도저히 그는 가만히 있을 수가 없었다. 그는 얼굴의 여드름이 신경 쓰여 몰래 계모의 로션을 바르기도 하고서 어슬렁어슬렁 거리로 나갔다. 뭔가 공기 중에 가슴을 부풀게 해 주는 것이라도 들어 있는 것 같았다. 쇼윈도의 장식도, 광고등도, 조선인의 야시장 점포도, 등불 아래에서는 모두 아름답게 보였다. 그런 밤, 젊은 여자가 스쳐 지나갈 때의 달콤한 분 향기는 소년 산조를 엄청난 공상으로 내몰았다. 하지만 친구와 만나더라도, 돈이 없는 그들에게는 결국 별 대단한 일을 할 수는 없었다. 최고의 호사는 카페에라도 들어가서, 모두가 한 병의 맥주를 마시는 것이었다. 그것도 나이 많은 여종업원이 곁에 오거나 하면, 묘하게 모두들 어색하게 입을 꾹 다물었다.

물 위에 가볍게 떠 있던 그의 마음을 회상이 조용하게 기분 좋게 흔들었다. 그는 눈을 살짝 떠서 바로 위로 펼쳐진 저녁 하늘을 보았다. 소년 시절의 푸른 하늘은 지금 올려다보는 하늘보다 향긋한 윤기가 있지 않았을까? 공기에도 좀 더 화사하고 가벼운 냄새가 있었던 게 아닐까? 생각났다는 듯이 불어오는 바람이, 때때로 젖은 얼굴을 기분 좋게 쓰다듬고 갔다. 산조는 여행의 피로로 인한 나른함과 귀향의 정서가 뒤섞인 새콤달콤한 기분으로 물 위에서 크게 기지개를 켜는 것이었다.

중학 4년생인 그는 집착이라 할 정도로 그의 검은 고양이를 귀애했다. 그는 자신이 씹은 것을 고양이에게 입으로 주고는 했다. 일주일쯤, 그 검은 고양이가 실종되었을 때만큼 그가 순수한 불안과 절망에 빠진 것을 그의 가족은 본 적이 없었다. 그것은 이미 늙은 고양이로 지난날에는 아름다웠던 새까만 털도 지저분해져 윤기를 잃고 있었다. 게다가 곧잘 감기에 걸려 재채기를 하기도 하고 콧물을 흘리기도 했다. 그래서 집의 식구들은 모두 그 고양이를 몹시 싫어했다. 그것이 또한 그에게는 고양이를 애처롭게 여기게 하는 하나의 이유가 되기도 했다. 그가 학교에서 돌아올 때쯤이면, 검은 고양이는 언제나 개처럼 대문까지 나와 그를 기다리고 있었다. 그가 안아 올리면 그 고양이는, 우무 속에 식물의 씨를 넣은 것 같은, 풀잎이 든 수정*

---

* 녹색 또는 갈색의 바늘 모양의 결정질 광물을 함유하고 있어 잔디가 들어 있는 것처럼 보이는 결정체.

을 닮은 눈동자로 산조를 향해 아양 떠는 목소리로 호소하는 것이었다.

하루는 산조가 여동생과 식모와 저녁밥을 먹고 있는데, 아버지와 새어머니가 밖에서 돌아왔다. 그들은 함께 무엇인가 보러 갔다가 돌아오는 길에 밥도 먹고 왔다고 했다. 그 말을 들으면서 그는 묘하게 기분이 삐딱해지는 것을 느꼈다. 어째서 누이동생을 데려가 주지 않은 거야, 하고, 그는 누이동생을 사랑하고 있지 않았음에도 불구하고, 순간 그렇게 생각했다. 분명히 질투라고 그는 스스로도 깨달았고, 그렇게 깨달은 만큼 더화가 났다. 그들은 선물이라면서, 꼬치구이의 상자를 산조에게 주었다. 그게 또 이유도 없이 그의 기분을 반발하게 했다. 그는 쓸쓸한 얼굴로 그것을 한 입 먹었다. 그리고 나머지를 탁자 밑에 있던 고양이에게 주었다. 갑자기 아버지가 조용히 일어섰다. 그리고 가르릉거리며 먹고 있는 고양이를 걷어찼고, 산조의 옷깃을 왼손으로 움켜잡더니, 오른손으로 그의 머리를 세대 네 대 연거푸 때렸다. 그러고 나서야 아버지는 분노에 떨리는 목소리로 더듬거리며 외쳤다.

"무슨 짓을 하는 거냐. 기껏 사다 주었더니."

산조는 잠자코 있었다. 아버지는 다시 한 번 되풀이했다. 아들은 보기 싫게 얼굴을 일그러뜨리며 억지로 웃었다.

"일단 받은 이상, 그때부터는 어떻게 처분을 하건 제 마음대로 아닙니까?"

격한 분노가 다시 그의 아버지를 사로잡았다. 아버지는 주먹이 아플 정도로 심하게 아들의 머리를 때렸다. 때리고 있는 동안 점차로 병적인 흉포함이 더해지고 있다는 것이 얻어맞고 있는 산조에게까지 느껴졌다. 그는, 그러나, 조금도 막으려 하지 않았다. 오히려 얻어맞는 것을 즐기는 듯한 기분마저 마음 한구석에 있었다. 그는 맞는 것보다도, 아버지가 그의 고양이를 걷어찬 것에 분노를 느끼고 있었다. 분명, 이것은 고양이가 관계된 일은 아닌 것이다. 새어머니는 어안이 벙벙해서 말리는 것도 잊고 있었다. 늙은 하녀도 마찬가지였다. 고양이는 마당으로 도망쳤고, 여동생은 눈물을 글썽이며 떨고 있었다.

이윽고, 그의 아버지는 때리던 손을 멈췄다. 그리고 잠시 망연히, 산조를 내려다보며 서 있었다. 마치 꿈에서 깬 것 같은 모습이었다. 산조는, 일부러 냉정하게, 아버지의 얼굴을 쳐다보았다. 그 시선을 만나자, 아버지는 당황한 기색을 역력히 보이며 눈을 돌렸다. 이제 그의 아버지야말로 완전한 패배자였다. 아들은 아들대로 심술궂게 생각하고 있었다. 이래도 아버지는 언제나처럼 '부모가 자식을 야단치는 것은 아이를 사랑하기 때문이다'라고 말할 수 있을까. 자신의 감정에 치우쳐 자식을 때리는 것은 아니라고, 말할 수 있을까.

그리고 그로부터 한참이 지난 뒤에야 비로소 그의 마음속에 '아버지와 아들이라는 관계 앞에서는 어떠한 인격도 무시된다'는 사실에 대한 순수한 분노가 서서히 싹트기 시작했다.

추억이 이번에는 쓸쓸하게 그의 마음을 씹었다. 갑자기 그는 물 위에서 몸을 뒤집어 얼굴을 물에 담그고는 발을 버둥거리며 크롤로 헤엄치기 시작했다. 15미터도 가기 전에 호흡을 할 수 없게 되었다. 그는 얼굴을 들어 바닥에 발을 대고 서 보았다. 그러자 물로 흐려진 안경 앞에, 어느새 나타났는지 여자애 같은 노란 모습이 보였다. 안경 유리에 묻은 물방울을 닦고 자세히 보니 지저분한 누런 조선옷을 입은 여자아이가 풀 가장자리에서 한 간가량 떨어진 곳에서 그의 우스꽝스러운 헤엄을 지켜보고 있었다. 나이는 열한두 살쯤일 것이다. 땋아서 늘어뜨린 머리끝을 빨갛고 가는 리본으로 매고 있었다. 산조는 입 속으로 자칫, '계집애'라고 말하려 했다. 계집애라는 것은 '여자아이'라는 의미의 조선어였다. '아직은, 그래도 조선어를 조금은 기억하고 있군' 하는 생각이 그를 미소 짓게 했다.

그의 집에서도 예전에 누이동생이 아기였던 시절에 이 정도 나이의 조선 소녀를 고용한 적이 있었다. 그때, 그는 소녀를 '계집애'로 부르기도 하고, '간난아'라고 부르기도 했다. 간난이도 계집애와 같은 의미의 말이었다.

노란 옷을 입은 소녀는 산조가 바라보자 난처한 듯이 뒤를 돌아보더니 무슨 말인지 그가 알 수 없는 말로 불렀다. 그러자 저쪽 나무 그늘에서, 세 살쯤의 발가숭이 사내아이가 아장아장 걸어 나왔다. 무엇보다도 먼저 툭 튀어나온 커다란 배꼽이 그를 실소하게 만들었다. 소녀는 사내아이의 머리를 툭 하고 가볍게 두들기고는 그 손을 잡고 멀리 가 버렸다. 그 더러운 여자아이의 뒷모습이 그에게 그의 첫 번째 요염한 경험을 떠올리게 했다.

어느 날 밤, 산조는 한 친구와 함께 거리를 걷고 있었다. 그 친구는 춘화를 사겠다고 했던 아름다운 소년이었다. 갓 목욕을 마치고 나온 발그레한 소년의 얼굴에는 작은 뾰루지가 하나, 색칠한 것같이 빨갛게, 그 입술 옆에 나 있었다. 그것이 이상하게 성적 욕망을 자극하는 아름다움이었다. 산조는 집에 돌아가고 싶지 않았다. 돌아가면 매일 밤 귀가가 늦은 그에 대해 절망적으로 슬퍼하는 듯한 아버지의 얼굴과 쭈뼛쭈뼛 난처한 듯한 계모의 얼굴이 기다리고 있을 뿐이었다. 아버지는 더 이상 그를 때리지 않았다. 그런 만큼 아버지의 슬픈 듯한 얼굴을 보는 것이 그는 싫었다. 그는 가능하다면 언제까지나 걷고 싶었다. 길은 한길에서 벗어나며 언덕이어서 오르막길을 올랐다. 그것이 어떤 장소로 이끌어 가는 길인지를 그도 친구도 어렴풋이 알고 있었다. 산조는 문득 서서 친구의 얼굴을 바라보았다. 친구도 그를 바라보았다. 두 사람은 별 의미도 없이 미소 지었다. 순간 그들의 눈빛에 의심과 망설임과 호기심이 뒤섞여 나타났다. 다음 순간 두 사람은 다시 한 번 서로에게 미소 짓고 잠자코 다시 언덕을 오르기 시작했다. 유카타 차림의 그 친구는 얼굴의 뾰루지를 신경 쓰면서. 아직 교복 차림인 산조는 주머니 속에 붉은색의 베르테르 총서를 넣고서. 그 책은 『폴과 비르지니』였다.

그런 동네가 그쪽에 있다는 것은 알고 있었지만, 그곳에 발을 들여놓는 것은 그들로서는 처음이었다. 아카시아 가로수가 이어진 어두운 언덕을 다 올라가자 이미 그곳에는 그런 가게들이 밝게 늘어서 있었다. 산조는 갑자기 가슴이 두근거리는 것을 느꼈다. 이런 경험이 처음이 아니라는 것을 보이고 싶은 서로의 허세 때문에, 둘은 말없이, 어림짐작으로, 어둑한 노지露地로 들어섰다. 흙으로 낮게 지어진 조선 가옥의 문간마다 새하얗게 덕지덕지 칠한 여자들이 네댓 명씩 서 있었다. 그 여자들은 모두 조선인이었다. 그 부근의 처마에 단 등불은, 모두 고풍스러운 푸른 가스등을 사용하고 있었다. 그 흰 불빛 아래 빨간색, 녹색, 노란색 등 다양한 그녀들의 두루마기 색이 슬쩍슬쩍 눈에 비쳐 올 뿐, 그 한 사람 한 사람의 얼굴은 전혀 그로서는 구별할 수가 없었다.

여자들은 두 사람을 보자, 서투른 일본말로 불렀다. "아간나사이, 안타(올라오세요, 당신)"라든가, 그저 "안타, 안타"라든가, 때로는 "혼토니, 이로오토코다네(아주, 멋진 남자네)"라든가 하는, 그런 짧은 말이었다. 그 마지막 말이 분명히 그의 친구한테만 향해서 한 말임을 깨닫자, 산조는 그런 흥분 가운데 있으면서도 희미한 불쾌감을 느꼈다. 여자들은 끝내는 달려나와서 집요하게 그들을 붙들고 놓지 않았다. 그들은 완전히 당황했다. 그의 친구는 유카타 소매를 펄렁이며 먼저 도망치기 시작했다. 한발 늦은 산조는, 그래도 여자들을 뿌리치고 친구의 뒤를 쫓았다. 어지간히 당황했던지 친구는 한참 멀리까지 도망친 듯했다. 산조로서는 구불구불한 골목길 안에서 방향을 알 수가 없었다. 하지만 아무튼 처마등이 끝나는 듯한 곳까지 왔으므로, 이젠 됐다고 생각했다. 하지만 그 모서리를 돌자, 뜻밖에도 또 조그맣고 낮은 흙문이 있었고, 창백한 가스등이 켜져 있었다. 그리고 그 아래 한 사람 — 이번에는 단 한 명의 여자가서 있었다. 거기까지 오자 어떻게 된 서슬인지, 싱긋하고 산조는 그때 웃었다. 그것이 잘못이었다. 여자도 미소로 답했다. 그리고 뚜벅뚜벅 다가와, 조그만 손으로 단단히 붙잡고서, 다시 한 번 웃으면서 일본말로, "이키마쇼(가요)"라고 했다. 그는 반사적으로 그 손을 뿌리쳤다. 여자는 의외로 약해서 비틀거렸지만 그의 교복 상의를 붙잡은 손은 놓지 않았다. 산조는 다시 한 번 여자를 세게 밀치고 몸을 뒤로 뺐다. 찌직 하며 천이 찢어지는 소리가 났다. 그의 상의 단추가 두세 개 흙 위로 굴렀다. 그 기세에 여자는 놀라서 손을 놓으며, 용서를 비는 듯한 여자다운 표정을 지었다. 그러나 곧이어 이번에는 재빨리 그 단추를 주웠다. "단추를 돌려줘요." 그는 손을 내밀면서 말했다. 여자는 기쁜 듯이 웃으면서 고개를 가로저었다. "돌려 달라고" 하고 그는 불끈하면서 다시 한 번 말했다. 여자는 다시 웃으며 단추를 보이고는, 뒤쪽의 집을 가리키면서 서투른 말투로 말했다. "아간나사이."

산조는 잠시 여자를 노려보았다. 여자는 집으로 들어갈 것 같은 시늉을 해 보였다. 그는 정말로 화가 났다.

"필요 없어. 그런 거. 마음대로 해."

그는 그렇게 말하고, 뒤돌아서서 걷기 시작했다. 그리고 여자 쪽은 뒤돌아보지도 않고, 잰걸음으로 친구의 뒤를 쫓았다.

그의 친구는 그 골목의 한 모퉁이에 서 있었다. 두 사람은 나란히 조금 전에 올라온 한적한 언덕을 내려가기 시작했다. 그들은 서로에게 자신의 낭패한 모습을 보여주게 된 것이 부끄러운 듯 거의 말도 하지 않고 계속 걸었다. 그들이 50미터나 왔을까 생각했을 때, 뒤에서 타박타박 잰걸음으로 뛰어오는 발소리가 들렸다. 산조는 뒤돌아보았다. 뜻밖에도 방금 전의 그 여자였다. 여자는 큰 눈으로 산조의 얼굴을 똑바로 보면서 가까이 왔다. "단추" 하고 여자는 말했다. 그러고는, 아까의 단추 세 개를, 조그만 손바닥을 펴서 그의 앞에 내밀면서, "고멘나사이(미안해요)"라고 말했다. 달려왔는지 숨을 가쁘게 몰아쉬고 있었다. 그곳은 언덕의 중간쯤으로, 아카시아 가로수가 조금 끊어지고 어두운 가로등이 서 있는 곳이었다. 그는 이번에야말로, 침착하게 상대방을 바라볼 수 있었다.

여자는 자그마했다. 아직 아이일 것이라고 그는 생각했다. 눈썹도 가늘고, 코도 가늘고, 입술도 엷고, 귀도 살이 없고, 작았지만 커다란 조선인답지 않은 둥글둥글한 눈매가 딴에는 그 얼굴을 화려하게 해 주고 있었다. 두루마기는 엷은 붉은색으로, 오른쪽 허리 부근에서 커다랗게 나비매듭으로 묶여 있었다. 싸구려인 듯 번들거리는 저고리 소매에서 가녀린 자그만 손이 나와 있었다.

단추를 건네주기 위해 여자는 산조의 손을 요구했다. 그는 손을 내밀었다. 소녀는 단추를 놓고, 그대로 자신의 손을 그의 손 속에 넣고 쥐게 했다. 보드랍고 촉촉한 감촉이었다. 소녀는 그 자세 그대로 가만히 똑바로 산조의 눈을 쳐다보며 말했다.

"키나사이(오세요)."

그것은 조금도 교태가 섞인 태도가 아니었다. 당연한 것을 청구하는 것 같은 태도였다. 산조는 묘한 혼란을 — 아까의 것과는 다른 종류의 혼란을 느꼈다. 그는 그의 손 안에 있는 소녀의 조그맣고 부드러운 손을 강하게 쥐고, "사요나라(안녕)" 하고 말했다. "사요나라, 이야(안녕, 싫어)." 바로 소녀는, 그렇게 반사적으로 대답하고 그의 손을 꼭 쥐었다. 살짝 고개를 한쪽으로 기울이고, 검은 눈동자로 그를 올려다보는 그 표정에, 그때, 처음으로 교태 같은 것이 나타났다. 산조는 고개를 젓고, 다시 한 번 "사요나라" 하고 말했다. 그러고는 돌려받은 단추를 바지 주머니에 넣고 20미터쯤 떨어져 기다리고 있던 친구쪽으로 걷기 시작했다. 둘이 나란히 언덕을 내려가기 시작했을 때, 간신히 평소의 평정심을 되찾은 태도로 친구는 산조의 등을 세게 두들기면서, ─ 그러나, 그답게 여성적으로 ─ 웃었다.

"잘하는데. 노련하구나. 너는."

그는, 그러면서, 자신도 그 찢어진 소매를 보이며 우습다는 듯이 또 웃었다. 서른 걸음쯤 걷다 뒤를 돌아보니, 아까 그 가로등 밑에, 아직, 그 소녀가 서 있는 모습이 조그맣게 보였다. 언덕을 내려가 내지인 동네의 큰길이 나오자 친구는 이제 집에 가겠다고 했다.

"너도, 이제 집에 갈 거지?"

"응" 하고, 산조는 답했다.

친구하고 헤어지고 나서, 그러나, 그는 집으로 돌아가지 않았다. 그는 주머니에서 지갑을 꺼내 그 안을 헤아려 보고는, 다시 지갑을 집어넣었다. 그리고 자신의 흥분과 두근거림을 진정시키기 위해 유독 큰 걸음으로, 조금 전 내려온 언덕길을 다시 오르기 시작했다.

그 방은 천장이 낮은, 한 평 반 정도의 온돌방이었다. 방바닥에는 적갈색 장판지가 발라져 있었다. 안뜰을 향해 네모난 작은 창문이 열려 있고, 장지 대신에 푸른 주렴이 드리워져 있었다. 방 안에는 아무런 장식도 없었다. 한구석에 이불요가 쌓여 있고, 그 옆에 빨간 칠이 벗겨진 경대가 있었다. 노랑과 빨강과 초록의, 칙칙한 색깔의, 그것만은 새것인 경대 덮개가 거기에 걸쳐져 있었다. 그것은 참으로 조선인다운 취향이었다. 그 거울 옆에, 앞머리를 늘어뜨린 일본 아이 인형이 놓여 있었다. 그것이 이 방의 유일한 장식품이었다. 소녀는 그를 데리고 방에 들어오자 딱딱한 바닥 위에 철썩 앉아서 거울을 들여다보고 연지를 입술에 발랐다. 그리고 뒤를 돌아보고 서 있는 산조를 향해 '앉으라'는 듯한 손시늉을 하면서 조선어로 무엇인가 말했다. 앉으려 해도, 딱딱한 온돌 바닥에는 방석도 없었다. 그는 하는 수 없이, 바닥과 마찬가지로 종이를 바른 벽에 기대서 쪼그렸다. 그는 처음 "얼마요" 하고 물었다. 그것은 그가 알고 있는 몇 안 되는 조선말 중 하나였다. "이쿠라, 카마와나이(얼마, 상관없어)" 하고 반대로 소녀가 일본말로 대답했다. 그러고는 잠시 생각하더니 다시, "야스이요(싸요)" 하고 덧붙였다. 연약한 체격과 생김새의 한 소녀가 부드러운 표정을 지으면서 이상한 일본말을 하는 것이 그에게 묘한 기분을 느끼게 했다. 떠듬거리는 말투는 떠듬거리는 말투대로 아름다움이 드러나는 경우도 있지만, 남자가 쓸 만한 거친 말이나, 저속한 문구를, 그렇다는 것을 모르고 말하는 것은 그녀의 표정과 어울리지 않는 우스꽝스러움을 느끼게 했다.

그녀는 일어나서 이불을 깔기 시작했다. 그녀는 여전히 그가 돌아가지나 않을까 두려워하는 것 같았다. 그는 오늘 밤 손님은 자신뿐이냐고 물었다. "히토리데나이. 타쿠상(혼자가 아니야. 많아)" 하고 여자는 대답했다. 그건 아무래도 그가 원한 대답이 아니고, 이 집에는 그녀의 동료가 더 있다는 의미인 것 같았다. 그는 단념하고 질문을 그만두었다. 자리를 깔고 나서 여자는 그를 질문하는 듯한 눈으로 쳐다보았다. 그는 자신의 의도를 전달하느라 애를 썼다. 그는 그저 이러한 곳을 보러 온 것뿐이다. 그러니까, 그는 그냥 잘 테니까, 그녀도 그냥 자면 된다. 이런 의미를 그는 그가 아는 조선말을 일본말과 섞어 가며 설명하려 했다. 그러나, 그것은 결국 아무런 소용이 없었다. 무슨 소리인지 도무지 알 수 없는 말을 기를 쓰고 떠들어 대고 있는 손님을 앞에 두고 여자는 아주 당혹스러워했다. 결국 그는 잠자리를 가리키며 말했다.

"좌우간, 당신은 자란 말이야."

간신히 그것만은 알아들은 것 같았다. 그녀는 시키는 대로, 완전히 시키는 대로, 옷도 벗지 않고 벌렁 이불 위에 드러누웠다. 그는 그녀를 등지고 방 구석의 어두운 전등 밑에 앉아 주머니에서 『폴과 비르지니』를 꺼냈다. 바깥의 처마등은 가스등인데, 실내는 전등이었다. 그는 윗도리를 벗고 그 슬픈 사랑 이야기를 이어서 읽으려 했다. 정신이 산만해서, 똑같은 곳을 여러 번 읽어 보아도 좀처럼 문장의 뜻을 알 수가 없었다. 그래도 그는 계속 읽는 척하고 있었다. 서늘한 밤바람이 주렴 바깥으로부터 들어왔다. 잠시 있자니까, 뒤에서 여자가 부스럭거리며 일어났다. 그는 모르는 척하고 책을 읽는 시늉을 했다. 여자는 그의 옆에 와서 앉았다. 그는 그래도 모르는 체했다. 잠시 뒤, "아카이홍(빨간책)" 하고, 여자가 혼잣말처럼 말했다. 산조는 그제야 고개를 들어 여자를 보았다. 여자는 어떻게 해야 할지 당혹스러워하는 얼굴이었다. "자라고" 하고 그는 다시 잠자리를 가리키며 말했다. 여자는 점점 난처한 듯, 울음과 웃음이 섞인 듯한 표정을 지었다. 그녀에게는 도무지 손님의 마음을 이해할 수 없었던 것이다. 그녀는 어이없다는 듯, 곤혹스럽기 짝이 없는 미소를 띠고 옆으로 고개를 돌리면서, 아양을 떨어도 괜찮을지 손님의 안색을 살폈다. "자라니까" 하고 다시 한번, 이번에는 약간 거친 말투로 그는 말했다. 그녀는 겁먹은 듯이 물러나 앉았다. 그가 기분이 나쁠 때, 그의 비위라도 맞추려는 듯이 구는 그의 검은 고양이의 눈빛이 지금의 이 여자의 표정과 비슷했다. 갑자기 그는 상의 안주머니에서 지갑을 꺼내, 50전 은화 네 개를 꺼내 그것을 그녀의 경대 위에 놓았다. 그녀는 더욱 겁먹은 듯이 산조와 은화를 번갈아 보면서 돈을 집으려 하지 않았다. 그는 문득 그녀가 측은해져서 상냥한 말투로 말했다.

"괜찮아. 화내는 게 아니야. 괜찮으니까 돈을 받고, 당신 혼자 자면 되는 거야."

여자는 여전히 의아한 표정을 짓고 있었다. 그것을 보고 있으려니, 점차로, 이번에는 다시 화가 날 것 같아서, 그는 여자는 아랑곳 않고 『폴과 비르지니』를 읽기 시작했다. 같은 대목을 몇 번이나 몇 번이나 되풀이해 읽었다. 그러는 동안 여자는 일어나서, 이번에는 정말로 몸매무새를 다듬고 잠자리에 드는 것 같았다.

풀장 위로 불어오는 바람이 슬슬 차가워지는 것 같다. 반쯤 물 밖으로 몸을 내놓고 있던 산조는 재채기를 한 번 하고는 이제 나가야겠다고 생각했다. 일부러 철제 사다리 쪽으로 가지 않고, 물에서 60센티미터가량 높은 가장자리를 짚고 올라가려 했더니, 피곤해서 그런지 이상하게 팔에 힘이 들어가지 않았다. 간신히 올라갔나 싶었을 때. 벽 모서리에 팔꿈치가 조금 긁혔다. 처음에는 조금 하얗게 된 피부 겉면이 점차로 복숭아빛을 띠더니, 새빨간 핏방울이 한 점으로부터 부풀다가 점차로 커지더니, 결국 실처럼 되어 똑 하고 흙 위로 떨어졌다. 그는 남의 일인 것처럼 그 광경이 예쁘다고 생각했다.

마른 수건으로 몸을 훔치면서, 그는 바로 눈앞의 배나무 가지에 까치 한 마리가 앉아서 이쪽을 보고 있는 것을 알았다. 부리가 검고, 가슴이 흰, 그리고 양 날개가 보라색인 조선 까치였다. 내지에 있으면서 오래도록 이 새를 보지 못했던 그로서는 실로 몇 년 만이었다. 산조는 수건을 흔들어 쫓는 시늉을 해 보았다. 하지만 좀처럼 도망가지 않았다. 그는 슬슬 그 배나무 쪽으로 걸어갔다. 산조가 그 나무에 3미터쯤 남겨놓았을 때 까치는 짧고 탁한 울음소리를 남기고 날아가 버렸다.

그 최초의 모험이(혹은 모험 미수가) 어떻게 해서 누설되었는지, 산조로서는 알 수가 없었다. 사흘쯤 지난 어느 점심시간에, 두 명의 5학년생이 산조를 억지로 뒷산으로 데리고 갔다. 두 사람 모두 비교적 경파로, 정의파로 간주되고 있는 학생이었다. 그들은 모두 덩치가 크고 완력이 셌다. 산조는 하는 수 없이 그들을 따라갔다. 학교 뒤에는 옛 궁터가 남아 있었다. 황색의 칠이 벗겨진 높은 지붕 밑에 '숭정전崇政殿'이라고 쓰인 현판이 정면을 향하고 있었다. 지붕의 처마에는 봉황과 사자 등 기괴한 모습을 한 기와가 늘어서 있었다. 안에는 언제나, 학교의 망가진 의자와 책상이 놓여 있었다. 용 무늬를 새긴 오래된 돌계단을 올라가, 상급생들은 산조를 그 숭정전 뒤쪽으로 데리고 갔다. 풋풋한 냄새가 갑자기 코를 찔렀다. 돌담을 가릴 정도로 무성하게 여름 잡초가 자라고 있었다. 벚나무 잎 틈으로 6월의 햇빛이 따갑게 내리쬐고 있었다.

"공부 좀 잘한다고 너무 건방진 짓을 하지 마라"고 5학년생의 하나가 그에게 말했다. 다른 한 명은 아무 말도 하지 않았다. 산조는 아무런 변명도 하지 않았다. 그는 분명히 두려움에 휩싸여 있었다. 기껏해야 얻어맞는 것뿐이야, 그렇게 생각하고 침착해지려 했다. 그럼에도 불구하고 저절로 심장의 고동이 높아지고, 안색이 파래지는 것을 그는 느꼈다. 그리고 시선만은 돌리지 않고, 강하게 그중 한 명을 바라보고 있었다. "안경 벗어" 하고 그가 바라보고 있지 않았던 한 명이 말했다. 때릴 때 안경이 망가지지 않게, 라는 것이었다. 산조는 지독한 근시여서 두꺼운 안경을 쓰고 있었다. 그는 심하게 위협받고 있음에도 불구하고, 시키는 대로 안경을 벗는 것은 기개가 없는 행동이라고 생각했다. 그래서 잠자코 두 명의 상급생을 계속 노려

보고 있었다. 갑자기 한 명의 손이 뻗더니 그의 안경테를 잡았다. 이를 막으려던 산조는 그 순간 오른쪽 뺨을 냅다 맞아서 안경을 떨어뜨렸다. 화가 난 그는 정신없이 그들에게 덤벼들었다. 바로 그는 풀밭 위에 내동댕이쳐졌다. 일어나려 하자 두 명이 올라타고 마구 때렸다. 적당히 때리고 나자 두 명은 말없이 돌아갔다.

산조는 풀밭 위에 쓰러진 채 얼마 동안 꼼짝 않고 있었다. 조금도 아프지는 않았다. 눈물 한 방울이 그의 눈에서 풀밭 위로 떨어졌다. 나는 기개가 없는 남자야, 하고 그는 생각했다. 적어도 자진해서 안경을 벗지 않았다는 것만이 조금이나마 그의 자존심을 위로했다. 문득 자신이 무슨 신통력이라도 얻어서 방금 전의 두 명을 마구 괴롭히는 장면을 그는 머릿속에서 공상해 보았다. 그 공상 속에서 그는 손오공처럼 온갖 요술을 써서 그들을 괴롭혔다. 공상은 한동안 계속되었다. 그러다가 공상에서 깨자, 또다시 새로운 분노가 솟구쳤다. 완력이 없다는 것이 현재의 그에게 얼마나 치명적인지를 그는 생각해 보았다. 그 앞에서는, 학교의 성적 같은 것은 아무런 가치도 없는 것이었다. 그것은 참으로 분통 터지는 일이었다. 더구나 그것은 그로서는, 어떻게 해볼 도리가 없는 일이었다. 눈물이 다시 그의 뺨을 타고 흘렀다. 안경은 그의 얼굴 바로 앞에 떨어져 있었다. 그는 등이 햇볕에 따뜻해지는 것을 느꼈다. 돌담 사이에서 도마뱀이 쪼르르 기어나와 그의 코 앞까지 오더니, 신기하다는 듯 그 조그만 눈동자를 동글동글 움직이면서 그를 쳐다보았다. 그러고는 다시 무성한 풀숲 사이로 들어갔다. 강렬한 풀냄새와 흙내에 얼굴을 파묻은 채, 그는 한참 동안 울었다……

3

럭비 선수들은 이미 모두 철수해 그라운드에는 아무도 없었다. 두 개의 막대기에 가로로 나무를 질러 놓은 골만이 쓸쓸하게 남아 있었다. 해는 이미 져서, 옛 프랑스 영사관과 그 숲의 검은 실루엣이 또렷이 노란 하늘을 물들이고 있었다. 바깥의 전차길과 운동장을 차단하고 있는 울타리로 옛 성벽이 이용되고 있었다. 멀리 운동장 모퉁이의 입구도 역시 붉은색과 노란색을 칠한 옛 조선의 궁전 문이었다. 그 문을 통해 조선인이 기다란 장죽을 물고서, 물통을 들고 들어왔다. 문 안쪽에 샘이 솟고 있어 그들은 그 물을 뜨러 오는 것이었다. 몇 년 전, 여름 교련 수업으로 지친 산조는 종종 그 물을 손으로 퍼서 마시고는 했다.

하늘의 색깔은 점차로 검은색을 띤 감색紺色으로 변해 가고 있었다. 풀에는 세 명의 중학생이 나란히 수영을 하고 있었다. 수영 선수라도 되는지 모두 산뜻한 수영 솜씨였다. 그들은 참으로 좋은 체격을 하고 있었다. 그 새까만 몸을, 똑바로 뻗은 다리를, 근육이 불거진 어깨를, 산조는 더할 나위 없이 부럽게 생각했다. 그는 자신의 하얀 팔을 바라보면서 그들에 대해 열등감을 느끼지 않을 수 없었다. 바로 몇 년 전, 상급생에게 얻어맞았을 때 느낀 저 '육체에의 굴복'과 '정신에의 멸시'를 그

는 다시금 새삼스럽게 느꼈다.   (1932. 8)

빛과 바람과 꿈

1

1884년 5월의 어느 늦은 밤, 35세의 로버트 루이스 스티븐 슨은, 남프랑스 이에르의 객사에서 갑자기 심하게 객혈을 했다. 급히 달려온 아내를 향해, 그는 종이에 연필로 이렇게 써 보였다. '겁낼 것 없어. 이게 죽음이라면, 편한 것이지.' 피가 입을 막아, 말을 할 수 없었던 것이다.

그 뒤로, 그는 건강한 땅을 찾아 전전하지 않으면 안 되게 되었다. 영국 남부의 휴양지 본머스에서 3년을 지낸 뒤, 콜로라도에서의 생활을 시도해 보는 것이 어떻겠느냐는 의사의 권유에 따라서, 대서양을 건넜다. 미국도 시원치 않아서, 이번에는 남태평양행을 시도했다. 70톤의 스쿠너는 마르케사스·파우모투·타히티·하와이·길버트를 거친 1년 반의 항해 끝에,

1889년 말에 사모아의 아피아 항에 도착했다. 해상의 생활은 쾌적했고, 섬들의 기후는 만족스러웠다. 스스로 '기침과 뼈에 지나지 않는다'고 말한 스티븐슨의 몸도, 우선 소강상태를 유지할 수 있었다. 그는 이곳에서 살아야겠다고 마음먹고, 아피아 시 외곽에 4백 에이커 남짓한 땅을 사들였다. 물론, 아직은 이곳에서 생을 마감하려 한 것은 아니다. 실제로, 이듬해 2월, 사들인 땅의 개간과 건축을 잠시 남의 손에 맡기고서, 자신은 시드니로 떠났다. 그곳에서 배편을 기다렸다가, 일단 영국으로 돌아갈 작정이었던 것이다.

그러나 그는 결국, 영국에 있는 한 친구에게 다음과 같은 편지를 쓰지 않으면 안 되었다. '……사실을 말하자면, 나는 이제 한 번밖에는 영국으로 돌아가는 일이 없으리라고 생각하네. 그리고 그 한 번이란 죽었을 때겠지. 열대지방에 있을 때에만 겨우 건강하네. 아열대인 이곳(뉴칼레도니아)에서조차도 나는 금세 감기에 걸리네. 시드니에서는 결국 객혈을 하고 말았지. 안개가 자욱한 영국에 돌아가는 것은 이제 생각할 수도 없네…… 나는 슬퍼하고 있는 것일까? 영국에 있는 칠팔 명, 미국에 있는 한두 명의 친구들을 만날 수 없게 된 것, 그것이 슬플 뿐일세. 그것만 빼면, 오히려 사모아 쪽이 더 낫네. 바다와 섬들과 토착민들, 섬의 생활과 기후가 나를 참으로 행복하게 해 주겠지. 나는 이 유배 생활을 결코 불행이라고 생각하지 않네……'

그해 11월, 그는 마침내 건강을 되찾아서 사모아로 돌아갔다. 그가 사들인 땅에는 토착민 목수가 지은 가건물이 세워져 있었다. 본관 건축은 백인 목수가 아니면 할 수 없는 일이었다. 그것이 완공될 때까지, 스티븐슨과 그의 아내 파니는 가건물에서 지내면서 직접 토착민들을 감독하며 개간에 나섰다. 그곳은 아피아 시에서 남쪽으로 3마일, 휴화산 바에아의 산중턱으로, 다섯 개의 계류와 세 개의 폭포와 그 밖에 몇 개의 협곡 절벽을 포함하는 6백 피트에서 1천 3백 피트 높이의 고원 지대다. 토착민들은 이곳을 바일리마라고 불렀다. 다섯 개의 강이라는 뜻이다. 울창한 열대림과 망망대해의 남태평양을 조망할 수 있는 이 땅에서, 자신의 힘으로 하나하나 생활의 기초를 쌓아 가는 것은 스티븐슨에게는 어릴 적 모형 정원 놀이 비슷한 기쁨이었다. 자신의 생활이 자신의 손에 의해 가장 직접적으로 지탱되고 있다는 데 대한 의식 — 그 부지에 스스로 말뚝 하나를 박아 넣은 집에 살고, 자신이 톱을 가지고 그것을 만드는 데 일조한 의자에 앉고, 자신이 괭이질을 한 밭의 야채와 과일을 늘 먹는 일 — 이것은 어렸을 때 처음으로 스스로의 힘으로 만든 수공품을 탁자 위에 놓고 바라보았을 때의 신선한 자존심을 소생시켜 주었다. 이 가건물을 이루고 있는 통나무와 판자도, 또, 나날의 음식도 다 근원이 알려져 있다는 것 — 즉 이 나무들은 모두 자신의 산에서 잘라내어 자신의 눈앞에서 대패질을 한 것이고, 이들 음식물의 출처도 확실히 알 수 있다는 (이 오렌지는 어느 나무에서 땄고, 이 바나나는 어느 밭에서 난 것인지 등) 것. 이 또한, 어릴 때 어머니가 만든 음식이 아니면 안심하고 먹을 수 없었던 스티븐슨에게, 무엇인가 즐거운 마음의 여유를 주는 것이었다.

그는 이제 로빈슨 크루소, 혹은 월트 휘트먼의 생활을 실험해 가고 있다. '태양과 대지와 생물을 사랑하고, 부를 경멸하고, 달라는 자에게는 주고, 백인 문명을 하나의 커다란 편견으로 간주하고, 교육받지 못했지만 힘이 넘쳐나는 사람들과 더불어 활보하고, 밝은 풍광 속에서, 노동으로 땀이 밴 피부 밑에서의 혈액의 순환을 기쁘게 느끼고, 남이 비웃으면 어쩌나 하는 걱정을 잊어버리고, 진실로 생각하는 것만을 말하고, 진정으로 원하는 일만 한다.' 이것이 그의 새로운 삶이었다.

2

1890년 12월 ×일

5시 기상. 아름다운 비둘기색 새벽. 그것이 서서히 밝은 황금빛으로 바뀌려 하고 있다. 아득한 북쪽, 숲과 거리 저쪽에, 거울 같은 바다가 빛난다. 다만 환초環礁 바깥쪽은 여전히 노도의 물보라가 하얗게 날리고 있는 모양이다. 귀를 기울이면, 확실히 그 소리가 땅울림처럼 들려온다.

6시 조금 전 아침 식사. 오렌지 한 개. 계란 두 개. 먹으면서 베란다 아래를 무심히 보고 있는데, 바로 밑의 밭에서 옥수수 두세 그루가 엄청 흔들리고 있다. 저런 하고 지켜보는 가운데, 한 그루가 쓰러진다 싶더니, 잎사귀 덤불 속으로 쓱하고 숨어버렸다. 얼른 내려가 밭으로 들어가자, 새끼돼지 두 마리가 허둥거리며 도망쳤다.

돼지의 장난질은 정말 대책이 없다. 유럽의 돼지처럼 문명 때문에 거세된 것들과는 영 딴판이다. 그야말로 야성적이고 활력적이고 우람하고, 아름답다고 말해도 좋을지 모르겠다. 나는 지금까지 돼지는 헤엄을 못 치는 줄로만 알고 있었는데, 웬걸, 남양南洋의 돼지는 훌륭하게 헤엄을 친다. 커다란 암퇘지가 5백 야드나 헤엄치는 것을 나는 똑똑히 보았다. 그들은 영리해서, 코코넛의 열매를 양달에 말려서 깨는 방법을 터득하고 있다. 사나운 놈은 때로 새끼양을 습격해서 물어 죽이기도 한다. 파니는 요즈음 매일 돼지 단속에 골머리를 썩고 있는 모양이다.

6시부터 9시까지는 일. 엊그제 이래의 『남양 소식』*의 한 장章을 완성했다. 바로 풀을 베러 나간다. 토착민 젊은이들이 네 조로 갈라져서 밭일과 길 닦기 작업을 하고 있다. 도끼 소리, 연기 냄새. 헨리 시멜레의 감독 아래 일은 잘 진척되고 있는 모양이다. 헨리는 원래 사바이이 섬 추장의 아들이지만, 유럽의 어디에 내놓아도 부끄럽지 않은 훌륭한 청년이다.

산울타리 속의 쿠이쿠이(혹은 투이투이)가 무성하게 자라고 있는 것을 발견해 퇴치에 돌입한다. 이 풀이야말로 우리의 최대의 적이다. 무섭도록 민감한 식물. 교활한 지각 ─ 바람에 하늘거리는 다른 풀잎이 건드리면 아무런 반응을 보이지 않지

---

* In the South Seas. 1896년 발표된 남태평양에 관한 에세이집.

만 사람이 조금만 건드려도 금세 잎을 닫아 버린다. 오그라들고는 족제비처럼 물어뜯으려 하는 식물, 굴이 바위에 달라붙는 것처럼, 뿌리로 집요하게 흙과 다른 식물 뿌리에 엉겨 붙는다. 쿠이쿠이를 퇴치하고 나서, 이제는 야생의 라임 차례. 가시와 탄력이 있는 흡반 때문에 손에 많은 생채기가 났다.

10시 30분, 베란다에서 부 하고 소라고둥 부는 소리가 들린다. 점심 — 냉육, 아보카도 페어, 비스킷, 적포도주.

식사 후, 시詩를 정리하려 했지만, 여의치가 않다. 플라지올레토를 분다. 1시부터 또 밖에 나가 바이틀링거 강가로 통하는 길을 만드는 작업을 한다. 도끼를 들고 홀로 밀림에 들어간다. 머리 위에는, 겹겹이 쌓인 거목, 거목. 그 잎사귀들 사이로 때때로 하얗게, 거의 은의 반점과도 같이 빛나 보이는 하늘. 지상에도 여기저기 쓰러진 거목들이 길을 막고 있다. 기어오르고, 매달리고, 엉겨붙고, 올가미를 만드는 칡덩굴류의 범람. 총총히 솟아오르는 난초류. 독기 어린 촉수를 내뻗는 양치류. 거대한 토란. 물기가 많은 어린 나무의 줄기는 도끼 한번 휘두르면 시원하게 잘린다. 그러나 나긋나긋한 묵은 가지는 좀처럼 잘리지 않는다.

고요하다. 내가 휘두르는 도끼 소리 외에는 아무 소리도 들리지 않는다. 호화로운 이 녹색 세계는 얼마나 쓸쓸한가! 백주의 거대한 침묵은 얼마나 무서운가!

돌연 멀리서 어떤 둔탁한 소리와 함께 짧고 새된 웃음소리가 들려왔다. 등골이 오싹하면서 소름이 돋았다. 처음 나온 소리는 어떤 나무의 영혼의 소리였을까? 웃음소리는 새의 소리?

이 부근의 새는 묘하게도 인간 비슷한 소리를 낸다. 해질녘의 바에아 산은 어린아이의 환성 비슷한, 날카로운 새들의 울음소리로 채워진다. 하지만 지금의 소리는 그것과도 좀 다르다. 결국 소리의 정체는 확인하지 못했다.

돌아오는 길에, 문득 하나의 작품 구상이 떠올랐다. 이 밀림을 배경으로 한 멜로드라마다. 탄환처럼 그 생각이(그리고, 그중의 장면 하나가) 나를 관통했다. 잘 정리될지는 모르지만, 좌우간 나는 이 발상을 잠시 내 머리 한구석에 담아놓기로 한다. 암탉이 알을 깔 때처럼.

5시, 저녁, 비프스튜, 바나나 구이, 파인애플을 넣은 클라레트.*

식사 후 헨리에게 영어를 가르친다. 아니 그보다는 사모아어와의 교환 수업이다. 헨리가 매일매일, 이 우울한 저녁 공부를 어떻게 견딜지 걱정이다. (오늘은 영어지만, 내일은 초등수학이다.) 향락적인 폴리네시아인 중에서도 특히 쾌활한 것이 그들 사모아인인데, 사모아인은 스스로 강제하는 것을 좋아하지 않는다. 그들이 좋아하는 것은, 노래와 춤과 예쁜 옷(그들은 남해의 댄디[멋쟁이]다)과 수영과 카바 술이다. 그리고, 담소와 연설과 마랑가 ─ 이것은, 젊은이가 많이 모여서, 마을에서 마을로 며칠씩 여행을 계속하며 노는 것을 말한다. 방문한 마을에서는 반드시 그들을 카바 술과 춤으로 환대해야 한다. 사모

---

* claret. 프랑스 보르도산 고급 적포도주.

아인의 바닥 모를 쾌활함은, 그들의 원래 언어에 '빚' 혹은 '빌리다'라는 낱말이 없다는 것에서도 알 수 있다. 요즈음 사용되고 있는 것은 타히티어에서 차용한 것이다. 사모아인은 원래 빌린다는 골치 아픈 짓을 하지 않고 그냥 받기 때문에, 따라서 빌린다는 말도 없는 것이다. 받는다 — 청하다 — 강제로 청하다 같은 말이라면 참으로 많이 있다. 받는 것도 종류에 따라서 — 생선이라든지, 타로감자라든지, 거북이라든지, 거적때기라든지 그런 것에 따라서 '받는다'는 말이 여러 가지로 구별된다. 또 하나 한가로운 예는 기묘한 죄수복을 입고 도로공사에 동원된 토착민 죄수들이 있는 곳에, 일요일의 화려한 옷차림을 한 죄수들의 일족이 음식을 가지고 놀러 가서, 한창 공사중인 도로 한복판에 거적때기를 깔고, 죄수들과 함께 하루 종일 먹고 마시며 즐겁게 지내는 것이다. 이 얼마나 어처구니없는 밝음인가! 그런데, 우리의 헨리 시멜레 군은 이러한 그들 종족 일반과는 어딘지 다르다. 그 자리로 국한되지 않는 것, 조직적인 것을 추구하는 경향이 이 청년에게는 있다. 폴리네시아인으로서는 이색적이다. 그와 비해 백인이기는 하지만, 요리사인 폴 등은 훨씬 지적으로 뒤떨어져 있다. 가축을 돌보는 라파엘레를 보면, 그는 또 전형적인 사모아인이다. 원래 사모아인은 체격이 좋은데, 라파엘레도 6피트 4인치 정도는 될 것이다. 몸뚱이는 큰데 영 의욕이라고는 없어, 가련한 느림뱅이 같은 인물이다. 헤라클레스 같고 아킬레스 같은 거인이 응석쟁이의 말투로, 나를 보고 '파파, 파파'라고 부르니 견딜 수가 없다. 그는 유령을 몹시 무서워한다. 저녁에 혼자서 바나나밭에 가지 못한다. (일반적으로, 폴리네시아인이 '그는 사람이다'라고 했을 때, 그것은 '그가 유령이 아니라, 살아 있는 인간이다'라는 의미다.) 이삼일 전, 라파엘레가 재미있는 이야기를 했다. 그의 친구 하나가 죽은 아버지의 영을 보았다는 것이다. 어느 날 저녁, 그 남자가 죽은 지 20일가량 되는 아버지의 무덤 앞에 서 있었다. 문득 정신을 차리고 보니, 어느새, 한 마리의 눈처럼 흰 학이 산호 부스러기 위에 서 있었다. 저것이 바로 아버지의 영혼이구나, 이렇게 생각하면서 보고 있는 가운데 학의 숫자가 불어났고 그중에는 검은 학도 섞여 있었다. 그러던 중 어느 순간 그들의 모습이 사라지고, 그 대신 무덤 위에 이번에는 흰 고양이 한 마리가 나타났다. 이윽고 흰 고양이 주변에, 회색, 얼룩, 검정, 온갖 색깔의 고양이들이 환각처럼 소리도 없이, 울음소리 한 번 내지 않고 슬금슬금 다가왔다. 그러다가 그들의 모습도 주위의 어둠 속으로 녹듯이 사라져버렸다. 학이 된 아버지의 모습을 보았다고 그 사나이는 굳게 믿고 있다…… 어쩌고 저쩌고.

12월 ××일

오전 중, 능경稜鏡 나침반을 빌려와서 작업에 달려든다. 이 기계를 나는 1871년 이래 만져 본 일이 없고, 또, 그에 대해 생각한 일도 없었지만, 좌우간, 삼각형을 다섯 개 그렸다. 에든버러 대학 공대 졸업생이라는 긍지를 새로이 한다. 하지만, 나는 얼마나 게으른 학생이었던가! 브래키 교수와 테이트 교수를 문득 떠올렸다.

오후에는 다시, 식물들의 생생한 생명력과의 무언의 투쟁. 이렇게 도끼와 낫을 휘둘러 6펜스어치의 일을 하고 나면 나의 마음은 자기만족으로 부풀어 오르지만, 집 안에서 책상에 앉아 20파운드를 벌어도 어리석은 양심은 자신의 나태와 시간 낭비를 애석해한다. 이것은 도대체 왜 그럴까.

일하다가 문득 생각했다. 나는 행복한가? 하지만 행복이란 것은 알 수가 없다. 그것은 자의식 이전의 것이다. 쾌락이라면 지금도 알고 있다. 여러 가지 형태의 많은 쾌락을. (어느 것 하나도 완전한 것은 아니지만.) 그 많은 쾌락 중 나는 '열대림의 정적 속에서 오직 홀로 도끼를 휘두르는' 이 벌목 작업을 높은 위치에 올려놓는다. 참으로, '노래처럼, 열정처럼' 이 작업은 나를 매료시킨다. 현재의 삶을 다른 어떤 환경과도 바꾸고 싶지 않다. 그러면서도 한편으로 솔직하게 말하면, 나는 지금 어떤 강한 혐오의 마음으로, 끊임없이 오싹해하고 있는 것이다. 본질적으로 어울리지 않는 환경 가운데 군이 몸을 던진 자가 느끼지 않으면 안 되는 육체적 혐오라는 것일까. 신경을 역으로 쓰다듬는 난폭한 잔혹함이 언제나 나의 마음을 억누른다. 꿈틀거리고, 휘감겨 오는 것의 혐오스러움. 주위의 적막함과 신비함의 미신적인 섬뜩함. 나 자신의 황폐한 느낌. 끊임없는 살육의 잔혹함. 식물들의 생명이 내 손끝을 통해 느껴지고, 그들의 몸부림이 나에게는 탄원처럼 사무친다. 피에 범벅이 된 것 같은 자신을 느낀다.

파니의 중이염. 아직도 아픈 모양이다.

목수의 말이 계란 40개를 짓밟았다. 엊저녁에는 우리 집 말이 탈출해서 이웃(이라지만 상당히 떨어져 있다)의 농경지에 큰 구멍을 냈다고 한다.

몸 상태는 매우 좋지만, 육체노동이 좀 지나쳤던 모양이다. 밤에 모기장 밑의 침대에 누우면 등줄기가 치통처럼 아프다. 감은 눈꺼풀 뒤에서 나는 요즈음 매일 밤 확실히 한없이 생생한 잡초더미, 그 한 가닥 한 가닥을 본다. 그러니까, 나는 녹초가 되어 누운 채로 몇 시간이나 낮의 노동의 정신적 복창을 하고 있는 셈이다. 꿈속에서도 나는 억센 식물들의 덩굴을 잡아당기고, 쐐기풀의 가시에 시달리며, 시트론의 바늘에 찔리고, 벌한테는 불처럼 계속 찔린다. 발밑에는 미끌미끌한 진흙, 도저히 뽑히지 않는 뿌리, 가공할 더위, 갑자기 불어오는 미풍, 가까운 숲에서 들려오는 새소리, 누군가가 장난스럽게 내 이름을 부르는 소리, 웃음소리, 휘파람 신호…… 대체로 낮의 삶을 꿈속에서, 한 번 더, 다시 하는 것이다.

12월 ××일

지난밤 새끼돼지 세 마리를 도둑맞았다.

오늘 아침 거구의 라파엘레가 쭈뼛거리며 우리 앞에 나타났으므로, 이 일에 대해 묻고, 떠본다. 완전히 애들 속이다. 단, 이것은 파니가 했는데 나는 그다지 이런 것을 좋아하지 않는다. 우선 라파엘레를 앞에 앉히고 나서, 나는 좀 떨어져서 그의 앞에 서고, 양팔을 뻗어 양쪽 집게손가락으로 라파엘레의 양쪽 눈을 가리키면서 서서히 다가간다. 이쪽의 이상한 동작에 라파엘레는 이미 겁에 질려 손가락이 다가가자 눈을 감아 버린다. 그때, 왼쪽 집게손가락과 엄지손가락을 벌려 그의 양쪽 눈꺼풀에 대고, 오른손은 라파엘레의 등 뒤로 돌려, 머리와 등을 가볍게 두드린다. 라파엘레는 양쪽 눈에 대고 있는 것은 좌우의 집게손가락이라고 믿고 있다. 파니는 오른손을 빼고 원래의 자세로 돌아가, 라파엘레에게 눈을 뜨게 한다. 라파엘레는 이상한 얼굴을 하고, 아까 머리 뒤를 만진 것이 무엇이냐고 묻는다 "나에게 붙어 있는 마물魔物이야" 하고 파니가 말한다. "나는 나의 마물을 부른 거야. 이젠 염려 마. 돼지 도둑은 마물이 붙잡아 줄 테니까."

30분 후, 라파엘레는 걱정스러운 얼굴로 다시 우리에게 온다. 방금 전의 마물 이야기가 진짜냐고 묻는다.

"진짜지. 훔쳐간 사내가 오늘 밤 잠을 자면, 마물도 그곳에 자러 갈 거야. 바로 그 남자는 병이 걸리겠지. 돼지를 훔친 대가를 톡톡히 치를 거야."

유령 신자인 거구의 사나이는 점점 불안한 얼굴이 된다. 그가 범인이라고는 생각하지 않지만, 범인을 알고 있는 것만큼은 확실한 것 같다. 그리고, 아마도 오늘 밤쯤 그 새끼돼지의 향연에 참여하리라는 것도. 다만 라파엘레에게는 그게 그리 즐거운 식사는 아닐 것이다.

지난번, 숲에서 떠올린 그 이야기, 아무래도 머릿속에서 상당히 발효된 것 같다. 제목은 '울파누아의 고원림'이라고 붙일

까 생각한다. 울은 숲. 파누아는 토지. 아름다운 사모아어다. 이
것을 작품 속의 섬의 이름으로 쓸 생각이다. 아직 쓰지 않은 작
품 중의 여러 가지 장면이 종이연극의 그림처럼 차례차례 잇
따라 떠오른다. 매우 좋은 서사시가 될지도 모르겠다. 영 별 볼
일 없는 달짝지근한 멜로드라마로 떨어질 위험성도 다분히 있
을 것 같다. 무엇인가 전기라도 품고 있는 것 같은 지경으로,
지금 집필 중인 『남양 소식』과 같은 기행문 따위를 느긋이 쓰
고 있을 수 없게 된다. 수필이나 시(물론 나의 시는 심심풀이 오
락용 시라서 얘깃거리도 되지 않지만)를 쓰고 있을 때는, 결코,
이런 흥분에 시달리는 일은 결코 없다.

저녁때, 거목의 가지와 산의 뒤편으로 장엄한 석양이 펼쳐
진다. 이윽고 저지대와 바다 저편으로부터 보름달이 솟아오르
자 이 지역에서는 보기 드문 추위가 시작되었다. 아무도 잠을
이룰 수 없다. 모두 일어나서 덮을 이불을 찾는다. 몇 시쯤이었
을까. ─밖은 대낮같이 밝았다. 달은 바로 바에아 산 꼭대기에
있었다. 정확히 서쪽이다. 새들은 기묘하게 조용하다. 집 뒤편
의 숲도 추위에 떨고 있는 듯이 보였다.

60도(화씨) 아래로 내려갔을 게 틀림없다.

3

1891년 새해가 밝아오자, 옛집인 본머스의 스켈리보어장莊

에서 가재도구 일체를 챙겨서 로이드가 왔다. 로이드는 파니의 아들인데, 벌써 스물다섯이 되었다.

15년 전 퐁텐블로의 숲에서 스티븐슨이 처음으로 파니와 만났을 때, 그녀는 이미 20세 가까운 딸과 9세가 되는 사내아이의 어머니였다. 딸은 이소벨, 사내아이는 로이드라고 했다. 파니는 당시 호적상으로는 아직 미국인 오즈본의 아내였지만, 남편과 헤어진 지 오래되어 유럽으로 건너가, 잡지 기자 등을 하면서 혼자 두 아이를 키우고 있었다.

그로부터 3년 후, 스티븐슨은 당시 캘리포니아에 돌아와 있던 파니를 따라 대서양을 건넜다. 아버지에게는 쫓겨난 것이나 마찬가지였고, 친구들의 간절한 권고(그들은 모두 스티븐슨의 몸을 걱정하고 있었다)를 물리치고, 최악의 건강 상태와 그에 못지않은 최악의 경제 상태에서 그는 출발했다. 이렇게 해서 캘리포니아주에 도착했을 때는 거의 빈사瀕死 상태였다. 그러나, 어쨌든 어떻게든 버텨내고 살아남은 그는 이듬해 파니의 전남편과의 이혼이 성립되기를 기다렸다가 마침내 결혼했다. 그때 파니는 스티븐슨보다 11세 위인 42세. 전년도에 딸인 이소벨이 스트롱 부인이 되어 장남을 낳았으므로, 그녀는 이미 할머니가 되어 있었다.

이렇게 세상의 온갖 쓴맛을 본 중년의 아메리카 여성과 도련님으로 자라나서 제멋대로이고 천재적인 젊은 스코틀랜드인의 결혼생활이 시작되었다. 남편의 병약함과 아내의 나이는, 그러나 두 사람을 이윽고 부부라기보다는 오히려 예술가와 그 매니저 같은 관계로 바꿔 버렸다. 스티븐슨에게 결여되어 있는 실용주의적 재능을 다분히 갖추고 있던 파니는, 그의 매니저로서 분명 뛰어났다. 하지만 때로는 지나치게 뛰어나다는 느낌이 없지도 않았다. 특히 그녀가 매니저의 자리를 뛰어넘어 비평가의 영역으로 들어가려 했을 때에.

사실 스티븐슨의 원고는 반드시 한 번은 파니의 교열을 거치지 않으면 안 되었다. 사흘 밤을 꼬박 새워 써낸 『지킬 박사와 하이드 씨』의 초고를 스토브 안에 처넣게 한 것은 파니였다. 결혼 이전의 연애시를 단호하게 말려서 출판하지 못하게한 것도, 그녀였다. 본머스에 있을 무렵, 남편의 몸 상태 때문이라고는 해도 오랜 친구들을 일체 병실에 들여보내지 않은것도, 그녀였다. 여기에는 스티븐슨의 친구들도 매우 기분이상했다. 직설적인 성격의 W. E. 헨리(가리발디 장군을 시인으로만든 것 같은 사나이다)가 맨 먼저 분개했다. 무엇 때문에 저 까무잡잡한 매의 눈을 한 아메리카 여자가 주제넘게 군다는 말인가. 저 여자 때문에 스티븐슨은 완전히 변하고 말았어, 라고.이 호쾌한 붉은 수염의 시인도 자기의 작품 속에서라면, 우정이 가정과 아내 때문에 받을 수밖에 없는 변화를 충분히 냉정하게 관찰할 수 있었을 텐데, 지금 실제로 눈앞에서 가장 매력적인 친구를 한 여자 때문에 빼앗기는 것에 대해서는 참을 수가 없었던 것이다. 스티븐슨 쪽에서도 분명 파니의 재능에 대해서 조금 오산한 부분이 있었다. 조금 영리한 부인이라면 누구나가 본능적으로 갖추고 있을 남성 심리에 대한 예리한 통찰과, 또 그 저널리즘적인 재능을, 예술적인 비평 능력이라고지나치게 높게 평가한 면이 분명 있었다. 나중에 그도 그런 오판을 깨닫고 때로는 심복할 수 없는 아내의 비평(이라기보다도 간섭이라 해도 좋을, 강한 것)에 질리지 않을 수 없었다. '강철처럼 진지하고, 칼날처럼 강직한 아내'라고, 어떤 오행희시 limerick에서 그는 파니 앞에 두 손을 들었다.

의붓아들 로이드는, 의붓아버지와 살고 있는 동안, 언제부터인지 자신도 소설을 쓸 줄 알게 되었다. 이 청년도 어머니를 닮아서 저널리즘적인 재능을 많이 가지고 있는 것 같았다. 아들이 쓴 것을 의붓아버지가 가필加筆하고, 그것을 어머니가 비평한다는, 묘한 가족관계가 형성되었다. 지금까지 부자의 합작품이 하나 만들어져 있었는데, 이번에 바일리마에서 함께 살게 되면서 『썰물』이라는 새로운 공동 작품의 계획이 세워졌다.

4월이 되자, 마침내 저택이 완성되었다. 잔디와 히비스커스로 둘러싸인 짙은 녹색의 목조 2층 붉은 지붕의 집은 현지인들의 눈을 깜짝 놀라게 했다. 스티브론 씨, 혹은 스트레븐 씨(그의 이름을 정확히 발음할 줄 아는 토착민은 적었다) 혹은 투시탈라(이야기꾼을 뜻하는 현지어)가 부호이고 대추장이라는 것은 이미 의심의 여지가 없는 것으로 그들에게는 여겨졌다 그의 호방(?)한 저택의 소문은 곧 카누를 타고, 멀리 피지, 통가 제도까지 퍼져나갔다.

이윽고 스코틀랜드에서 스티븐슨의 노모가 와서 함께 살게 되었다. 그와 동시에 로이드의 누이 이소벨 스트롱 부인이 장남 오스틴을 데리고 바일리마에 합류했다.

스티븐슨의 건강은 보기 드물게 호전되어서, 벌목이나 말타기에도 그리 피로해지지 않게 되었다. 원고 집필은, 아침마다 5시간가량. 건축비로 3천 파운드나 쓴 그는 싫어도 마구 써나가지 않을 수 없었다.

4

1891년 5월 ×일

자신의 영토(및 그 주변) 내 탐험. 바이틀링거 유역 쪽은 전날 가 보았으므로, 오늘은 바에아 강의 상류를 살핀다.

우거진 숲속을 대강 가늠하며 동쪽으로 향한다. 드디어 강변으로 나온다. 처음에 강바닥은 말라 있다. 잭(말)을 데려왔는데, 강바닥 위에 나무들이 낮게 빽빽이 자라 있어 말이 지나갈 수 없으므로, 숲속의 나무에 매어 놓는다. 말라붙은 강줄기를 따라 올라가는 동안, 계곡이 좁아지고 군데군데 동굴이 있기도 했는데, 쓰러져서 가로놓인 나무 밑을 몸을 굽히지 않고 밑으로 지나갈 수가 있었다.

북쪽으로 급하게 꺾어진다. 물소리가 들렸다. 잠시 후, 우뚝 가로막은 암벽에 가 닿는다. 물이 그 벽면을 주렴처럼 얇게 흐르고 있다. 그 물은 곧 지하로 흘러들어 보이지 않는다. 암벽을 기어오를 수 없을 것 같아 나무를 따라 옆의 등성이로 올라간다. 풋풋한 풀 냄새가 진동하고, 덥다. 미모사의 꽃, 양치류의 촉수. 온몸의 맥박이 격렬하게 고동친다. 순간 무슨 소리가 난 것 같아서 귀를 기울인다. 분명 물레방아가 돌아가는 것 같은 소리가 났다. 그것도 거대한 물레방아가 바로 발밑에서 쿵 하고 울리는 것 같은, 혹은 먼 곳의 우레 같은 소리가 두세 차례. 그리고 그 소리가 커질 때마다 조용한 산 전체가 흔들리는 것처럼 느껴졌다. 지진이다.

다시, 물길을 따라간다. 이번에는 물이 많다. 엄청 차갑고 맑은 물. 협죽도, 시트론, 판다누스, 오렌지. 그런 나무들의 둥근 천장 밑을 잠시 가니 다시 물이 없어진다. 지하의 용암 동굴 통로로 스며드는 것이다. 나는 그 동굴 위를 걷는다. 아무리 나아가도 나무들에 파묻힌 우물 바닥에서 좀처럼 빠져나오지 못한다. 어지간히 간 다음에야 점차로 덤불이 옅어지고, 하늘이 잎사귀 사이로 비쳐 보이기 시작한다.

문득, 소 울음소리가 들린다. 분명 내가 소유한 소임에 틀림없겠지만 저쪽에서는 주인을 알아보지 못하니 매우 위험하다. 잠시 멈춰 서서 상황을 살펴보고 조심해서 지나간다. 잠시 앞으로 나가자 엄청난 용암 언덕에 다다른다. 얕고 아름다운 폭포가 떨어지고 있다. 밑에 있는 물속에서 손가락만 한 물고기 그림자가 휙휙 달린다. 가재도 있는 모양이다. 썩어 쓰러져 반쯤 물에 잠긴 거목의 동굴, 계류 바닥의 단층암이 신기하게 루비처럼 빨갛다.

이윽고 다시 강바닥은 말라버렸고, 드디어 바에아 산의 험준한 사면을 올라간다. 강바닥 같은 것도 없어지고, 산 정상에 가까운 대지臺地로 나선다. 잠시 방황하다가 대지가 동쪽 대협곡으로 빠지는 곳에, 한 그루의 멋진 거목을 발견했다. 용수榕

樹다. 높이가 2백 피트는 될 것 같다. 거대한 줄기와 그 수를 알수 없는 기근氣根들은 지구를 짊어진 아틀라스처럼, 괴상한 새가 날개를 펼친 것처럼 큰 가지들의 무리를 받쳐주고, 한편 가지들의 능선에는 양치류와 난蘭류가 각각 또 하나의 숲처럼 무성하다. 나뭇가지들의 무리는 하나의 말할 수 없이 큰 돔을 이루고 있다. 그것은 층층이 솟아올라, 환한 서쪽 하늘(이미 저녁에 가까워져 있었다)을 향해 드높이 마주 서 있고, 동쪽으로는 몇 마일에 달하는 계곡과 들판에 걸쳐 넓게 퍼진 그 그림자의 거대함! 참으로 호탕한 구경거리였다.

시간이 꽤 되었으므로 서둘러 귀로에 올랐다. 말을 매어 놓은 곳까지 와 보니, 잭은 반광란의 상태다. 혼자서 숲속에 한나절 동안 버려진 공포 때문인 것 같다. 토착민들이 바에아 산에는 아이투 파피네라는 여괴女怪가 나온다고 했으니 잭이 그것을 봤는지도 모르겠다. 몇 번씩이나 잭에게 발길질을 당할 뻔하다가 간신히 달래서 데리고 돌아왔다.

5월 ×일

오후, 벨(이소벨)의 피아노에 맞춰 플라지올레토를 불었다 클랙스톤 스승 내방. 「병 속의 악마Bottle Imp」를 사모아어로 번역해서, 오·레·살·오·사모아 지誌에 실렸으면 한다고. 기꺼이 승낙. 자신의 단편 중에서도, 무척 예전의 「목 돌아간 재닛」이나 이 우화 같은 게 작자가 가장 좋아하는 것이다. 남태평양을 무대로 한 것이니까, 의외로 토착민들도 좋아할지도 모른다. 이것으로 마침내 나는 그들의 투시탈라(이야기꾼)가 되는 것이다.

밤, 자리에 눕자, 빗소리. 바다 멀리 희미한 번개.

5월 ×일

거리로 내려갔다. 거의 하루 종일 환율 시세로 시끌시끌. 은 가격의 등락은 이 땅에서 대단히 큰 문제다.

오후, 항구에 정박 중인 선박들에 조기가 게양됐다. 토착민 여자를 아내로 맞고, 사메소니라는 이름으로 섬사람들에게 친근하게 다가갔던 해밀턴 선장이 죽은 것이다.

저녁때, 미국 영사관 쪽으로 걸어가 보았다. 보름달의 아름다운 밤. 마마우투의 모퉁이를 돌았을 때 앞쪽에서 찬송가 합창 소리가 들렸다. 상가喪家의 발코니에 많은 여자들(토착민)이 와서 노래하고 있는 것이었다. 미망인이 된 메리(역시 사모아인)가 집 입구의 의자에 앉아 있었다. 나와 알고 지내는 그녀는, 나에게 들어오라 해서 자신의 곁에 앉게 했다. 실내의 탁자 위에, 시트에 싸여 누워 있는 고인의 유해를 보았다. 찬송가가 끝나고 나서 토착민 목사가 일어서서 이야기를 시작했다. 긴 이야기였다. 등불빛이 문과 창문에서 흘러나오고 있었다. 갈색의 소녀들이 내 근처에 많이 앉아 있었다. 엄청 찌는 더위였다. 목사의 이야기가 끝나자, 메리는 나를 안으로 안내했다. 고인의 손가락이 가슴 위에 깍지를 끼고 있고, 그의 죽은 얼굴은 평온했다. 당장에라도 무슨 말인가 할 것만 같았다. 이처럼 생생하고 아름답게 납을 세공한 듯한 얼굴을 일찍이 나는 본 적이 없다.

인사를 하고 나는 밖으로 나왔다. 달은 밝았고, 오렌지 향이 어디선가 풍기고 있었다. 이미 이 세상의 싸움을 끝내고 이런 아름다운 열대의 밤, 처녀들의 노래에 에워싸여서 고요히 잠들어 있는 고인에 대해 일종의 감미로운 선망의 감정을 나는 느꼈다.

5월 ××일

『남양 소식』은 편집자 및 독자에게 불만이라고 한다. 왈, "남양 연구의 자료 수집, 혹은 과학적 관찰이라면, 다른 사람도 있을 터. 독자가 R·L·S 씨에게 바라는 바는, 원래 그 아름다운 필치에 의한 남해의 기이한 모험시冒險詩에 있으리라." 말도 안 된다. 내가 그 원고를 쓸 때 머리에 떠올랐던 모델은 18세기풍의 기행문, 필자의 주관과 정서를 억누르고 즉물적인 관찰로 일관한 그런 방식이었다. 『보물섬』의 작가는 언제까지고 해적과 파묻힌 보물 이야기를 쓰면 되는 것이고, 남태평양의 식민 사정이나, 토착민의 인구 감소 현상이나, 포교 상태에 대해 고찰할 자격이 없다는 것일까? 참을 수 없는 것은 파니까지도 아메리카 편집자와 같은 의견이라는 것이다. '정확精確한 관찰보다도, 화려하고 재미있는 이야기를 써야'라는 것이다.

대체로 나는 요즈음 들어 지금까지의 나의 극채색 묘사가 점점 싫증 나기 시작했다. 최근의 나의 문체는 다음 두 가지를 지향하고 있다. 1. 쓸데없는 형용사 없애기 2. 시각적 묘사에 대한 선전포고. 〈뉴욕 선〉 지의 편집자도, 파니도, 로이드도 아직 이런 점을 이해하지 못하고 있다.

『난파선*The Wrecker*』은 순조롭게 진척되고 있다. 로이드 말고도 이소벨이라는 한층 꼼꼼한 필기자가 늘었다는 것은 큰 도움이 된다.

가축을 책임지고 있는 라파엘레에게 현재의 가축 수를 물어보니, 젖소 세 마리, 송아지가 암수 각각 한 마리, 말 여덟 마리, (여기까지는 들을 것도 없이 알고 있다) 돼지가 서른 마리 남짓, 오리와 닭은 도처에서 출몰하므로 무수하다고 할 수밖에 없고, 그 밖에 따로 엄청나게 많은 들고양이들이 득실거리고 있다고 한다. 들고양이는 가축인가?

5월 ××일

마을에 섬을 순회하는 서커스가 왔다고 해서, 온 가족이 함께 보러 갔다. 한낮의 큰 천막 아래서, 토착민 남녀들의 소란스러움 가운데, 뜨뜻미지근한 바람을 맞으며 곡예를 구경한다. 이것이 우리한테는 유일한 극장이다. 우리의 프로스페로는 공을 타는 검은 곰이고, 미란다*는 말 등에서 난무하면서 불의 고리를 빠져나온다.

저녁때, 귀가. 왠지 마음이 편치가 않다.

6월 ×일

지난밤 8시경 로이드와 내 방에 있는데, 미타이엘레(열두 살

---

* 앞의 프로스페로와 함께 셰익스피어의 『템페스트』에 등장하는 인물.

이 되는 소년 심부름꾼)가 와서, 함께 자고 있는 파탈리세(최근, 야외 노동에서 실내 급사로 승격한 열대여섯 살의 소년, 왈리스 섬에서 왔는데 영어는 전혀 못 하고, 사모아어도 다섯 단어밖에는 모른다)가 갑자기 이상한 소리를 해서 기분이 나쁘다고 말했다. 어떻게 해서든 "이제부터 숲속에 있는 우리 가족을 만나러 가겠다"며 말려도 듣지 않는다는 것이다. "숲속에 그 아이의 집이 있니?" 하고 묻자, "있기는요" 하고 미타이엘레가 말한다. 곧바로 로이드와 함께 그들의 침실로 가 보았다. 파탈리세는 잠들어 있는 것처럼 보였지만, 뭔가 잠꼬대를 하고 있다. 때때로 놀란 쥐와 같은 소리를 내고 있다. 몸을 만져 보니 차갑다. 맥박은 빠르지 않다. 숨을 쉴 때마다 복부가 크게 오르내린다. 갑자기 그는 일어나 고개를 낮게 숙이고, 앞으로 고꾸라지는 자세로 문을 향해 뛰었다.(그래 봐야 그 동작은 그리 빠르지 않고, 태엽이 느슨해진 기계 장난감처럼 묘하게 느릿느릿했다) 로이드와 내가 그를 붙잡아서 침대에 눕혔다. 잠시 뒤 다시 도망치려 했다. 이번에는 너무 격렬해서 어쩔 수 없이 전부 달려들어 그를 침대에 (시트와 밧줄로) 묶어 놓았다. 파탈리세는 그렇게 진압된 채로 때때로 무엇인가 중얼거리고, 때로는 화난 아이처럼 울었다. 그의 말은 "파아모레모레(제발)"가 되풀이되는 것 말고도 "우리 가족이 부르고 있어요"라고도 말하고 있는 것 같다. 그러는 동안 앨릭 소년과 라파엘레와 사베아가 왔다. 사베아는 파탈리세하고 같은 섬에서 태어났으므로 자유로이 대화를 할 수 있었다. 우리는 그들에게 뒷일을 맡기고 방으로 돌아왔다.

갑자기, 앨릭이 나를 불렀다. 서둘러 달려가 보니, 파탈리세는 결박을 완전히 풀고, 거한 라파엘레에게 붙잡혀 있다. 필사의 저항이다. 다섯 명이 제압하려 했지만, 광인은 힘이 엄청났다. 로이드와 내가 한쪽 다리에 올라탔지만, 두 사람 다 2피트나 튕겨져 나갔다. 새벽 1시경에야 겨우 제압해서, 쇠침대의 다리에 손목과 발목을 잡아맸다. 기분은 좋지 않지만 어쩔 도리가 없다. 그 뒤로도 발작은 더더욱 심해지는 모양이었다. 마치 라이더 해거드의 세계다. (그 해거드의 동생이 토지관리위원으로서 아피아의 거리에 살고 있다.)

라파엘레가 "광인의 상태가 매우 나쁘니까, 자신의 집에 대대로 내려오는 비약秘藥을 가져오겠다"고 하며 나갔다. 이윽고 특이하게 생긴 나뭇잎 몇 장을 가져와, 이것을 씹어서 미친 소년의 눈에 붙이고, 귀에 그 즙을 몇 방울 떨어뜨리고(햄릿의 장면?) 콧구멍에도 쑤셔넣었다. 2시경 광인은 깊은 잠에 빠졌다. 그러고서 아침까지 발작이 없었던 것 같다. 오늘 아침 라파엘레에게 들으니, "그 약은 어떻게 사용하느냐에 따라, 한 집안을 몰살시키는 것쯤은 문제없이 할 수 있는 독극약이어서, 간밤에는 과하게 작용하지 않을까 걱정했다. 자기 말고도 또 한 사람, 이 섬에서 이 비법을 알고 있는 자가 있다. 그것은 여자인데, 그 여자는 이것을 나쁜 목적으로 사용한 일이 있다"고 한다.

입항 중인 군함의 의사가 오늘 아침 와 주었는데, 파탈리세를 진찰하고 나서 이상이 없다고 한다. 소년은 일을 해야 한다며 말리는 것도 듣지 않고, 아침 식사 때 모두의 앞으로 와서, 간밤의 일에 대한 사죄의 뜻인지, 집안의 모든 사람에게 키스를 했다. 이 광란의 키스에는 모두가 적잖이 진저리를 쳤다. 그러나, 토착민들은 모두 파탈리세의 잠꼬대를 믿고 있다. 파탈리세 집안의 죽은 일족 다수가 숲속에서 침실로 와서, 소년을 유명계幽冥界로 부른 것이었다고. 또, 최근 죽은 파탈리세의 형이 그날 오후 숲속에서 소년을 만나, 그의 이마를 때린 것이 틀림없다고 한다. 또한, 우리는 죽은 자의 영과 간밤에 밤새도록 싸웠고, 마침내 그 영들은 결국 패배하여 어두운 밤(그곳이 그들이 사는 곳이다)으로 도망치지 않을 수 없었다고 한다.

6월 ×일

콜빈이 사진을 보내왔다. 파니(감상적인 눈물과는 아주 거리가 먼)가 생각지도 않게 눈물을 흘렸다.

친구! 세상에, 지금의 나에게, 얼마나 그것이 결여되어 있단 말인가! (여러 가지 의미에서)대등하게 대화할 수 있는 친구. 공통의 과거를 가진 친구. 대화 도중에 머리말이나 각주가 필요 없는 친구. 격의 없이 이야기를 하면서도, 마음속으로는 존경하지 않을 수 없는 친구. 이 쾌적한 기후와 활동적인 나날 가운데 부족한 것은 그것뿐이다. 콜빈, 벅스터, W. E. 헨리, 고스, 조금 나중에 헨리 제임스, 생각해 보면, 내 청춘은 풍부한 우정의 축복을 받았다. 모두들 나보다 훌륭한 친구들이었다. 헨리와 티격태격했던 게 지금 가장 뼈아픈 회한으로 떠오른다. 이치를 따지자면 이쪽이 틀렸다고는 조금도 생각하지 않는다. 하지만 이치 같은 것은 문제가 아니다. 거대한 구레나룻의 덥수룩한 수염에 불그레한 얼굴의 다리는 하나인 그 사나이와 창백하고 말라빠진 내가 함께 가을의 스코틀랜드를 여행했을 때의 저 이십대의 강건한 환희를 생각해 보라. 그 사나이의 웃음소리, '얼굴과 횡격막만 웃는 게 아니라, 머리에서 발뒤꿈치까지 온몸으로 웃는 웃음'이 지금도 들려오는 것 같다. 불가사의한 사나이였다, 그 사나이는. 그 남자와 이야기를 나누다 보면, 세상에는 불가능한 게 없다는 생각이 든다. 이야기하는 동안 어느덧, 이쪽까지도 부호富豪고, 천재고, 왕자이며, 램프를 손에 넣은 알라딘이 된 듯한 기분이 들고는 했다……

옛 추억의 그리운 얼굴 하나하나가 눈앞에 떠오르는 것을 어쩔 수 없다, 쓸데없는 감상을 피하기 위해 일로 도피한다. 어제부터 시작한 사모아 분쟁의 역사, 혹은 사모아에서의 백인 횡포사다.

그러나, 영국과 스코틀랜드를 떠난 지, 벌써, 꼭 4년이 되었다.

5

사모아에서는 예로부터 지방 자치제가 지극히 견고하고, 명목상으로는 왕국이지만, 왕은 거의 정치상의 실권은 갖지 않는다. 실제의 정치는 모두 각 지방의 포노(회의)에 의해 결정된다. 왕위는 세습되지 않는다. 또한 반드시 존재해야 하는 것도 아니다. 예로부터 이 제도諸島에는 그 보유자에게 왕의 자격을 부여할 수 있는 다섯 개의 명예로운 칭호가 있다. 각 지방의 대추장으로서 이 다섯 개의 칭호 모두, 혹은 과반수를(인망에 의해, 혹은 공적에 의해) 얻은 자는 추대되어 왕위에 오른다. 그러나 보통 다섯 개의 칭호를 한 사람이 모두 겸하는 일은 극히 드물어, 대부분 왕 이외에 하나 혹은 두 개의 칭호를 보유한 자가 있는 것이 보통이다. 그래서 왕은 끊임없이 다른 왕위 청구권 보유자의 존재에 위협받지 않을 수 없다. 이러한 상태는 필연적으로 그 안에 내란 분쟁의 씨앗을 가지고 있다고 할 수 있다.

— J. B. 스테어『사모아 지지地誌』

1881년, 다섯 개의 칭호 가운데 '말리에토아' '나토아이텔레' '타마소알리'를 가진 대추장 라우페파가 추대되어 왕위에 앉았다. '투이아아나'의 칭호를 가진 타마세세와 또 하나의 칭호 '투이아투아'를 가진 마타파는 교대로 부왕이 되기로 정해졌고, 먼저 타마세세가 부왕이 되었다.

이 무렵부터 백인들의 내정 간섭이 심해졌다. 이전에는 포노(회의)와 그 실권자 트라팔레(대지주)들이 왕을 조종하고 있었는데, 이제는 아피아 거리에 사는 극히 소수의 백인이 이를 대신하게 된 것이다. 원래 아피아에는 영국, 미국, 독일 세 나라가 각각 영사를 두고 있다. 하지만 가장 큰 권력을 가진 것은 영사들이 아니라 독일인이 경영하는 남해척식상회였다. 섬의 무역상들 사이에서, 이 회사는 그야말로 소인국의 걸리버였다. 지난날에는 이 회사의 지배인이 독일 영사를 겸했던 적도 있고, 그 후 자국의 영사(이 사람은 젊은 인도주의자로 회사의 토착민 노동자 학대에 반대했으므로)와 충돌해서 그를 그만두게 한 일도 있다. 아피아의 서쪽 물리누우 곳에서부터 그 부근 일대의 광대한 토지가 독일 상회의 농장인데, 이곳에서 커피, 코코아, 파인애플 등을 재배하고 있었다. 천 명 가까운 노동자는 주로 사모아보다도 더 미개한 섬들, 혹은 아프리카에서, 노예처럼 끌려온 자들이다.

가혹한 노동이 강제되고, 백인 감독에게 채찍질당하는 흑색인 갈색인의 비명이 매일 들렸다. 탈주자가 줄을 이었고, 그리고 그들 대다수는 붙잡히고 더러는 죽음을 당했다. 한편 아득한 까마득히 오래전부터 식인의 풍습을 잊어버린 이 섬에 기괴한 소문이 퍼졌다. 외부에서 온 피부가 검은 인간이 섬사람의 아이를 잡아먹는다는 것이다. 사모아인의 피부는 옅은 검은색 내지 갈색이므로, 아프리카의 흑인이 무섭게 보였을 것이다.

도민의, 독일 상회에 대한 반감이 점차로 높아졌다. 아름답게 정리된 상회의 농장은 토착민의 눈에는 공원처럼 비쳤고, 그곳에 자유롭게 들어갈 수 없다는 것은 놀이를 좋아하는 그들에게 부당한 모욕으로 생각되었다. 어렵게 고생해서 많은 파인애플을 수확했는데, 그것을 자신들이 먹지도 못하고 배에 실어 다른 곳으로 가져가는 것은 대부분의 토착민에게는 그야말로 말도 안 되는 난센스였다.

밤에 농장에 몰래 들어가 밭을 못 쓰게 만드는 것, 이것이 유행이 되었다. 이는 로빈 후드적인 의협 행위로 간주되어 섬사람들의 갈채를 받았다. 물론 상회도 가만히 있지 않았다. 범인을 붙잡자 바로 상회 안의 사설 감옥에 처넣었을 뿐 아니라, 이 사건을 역이용해 독일 영사와 손을 잡고 라우페파 왕을 윽박질러 배상을 받아낸 것은 물론, 협박을 통해 독단적인 세법(백인, 특히 독일인에게 유리한)에 서명하게 만들었다. 왕을 비롯한 섬사람들은 이 압박에 견딜 수가 없게 되었다. 그들은 영국에 기대 보려 했다. 그리고 참으로 어처구니없게도 왕, 부왕 이하 각 대추장의 결의로 '사모아의 지배권을 영국에 위탁하고 싶다'는 뜻을 전달하려 했다. 호랑이 대신 늑대를 택하겠다는 이 논의는 곧바로 독일 측으로 새어 나갔다. 격노한 독일 상회와 독일 영사는 즉시 라우페파를 물리누우 왕궁에서 쫓아내고, 대신 기존의 부왕 타마세세를 세우려 했다. 일설에는 타마세세가 독일과 결탁해 왕을 배반했다고 한다. 좌우간 영미 두 나라는 독일의 방침에 반대했다. 분쟁이 계속되고, 결국, 독일은(비스마르크류의 방식이다) 군함 다섯 척을 아피아에 입항시키고, 그 위협하에 쿠데타를 감행했다. 타마세세는 왕이 되고, 라우페파는 남쪽 산지 깊숙한 곳으로 도피했다. 섬사람들은 새 왕에 불복했지만, 각지의 폭동도 독일 군함의 포화 앞에 침묵하지 않을 수 없었다.

독일 병사들의 추적을 피해 숲에서 숲으로 몸을 피하고 있던 전 왕 라우페파에게 어느 날 밤 그의 심복인 한 추장이 사신을 보내왔다. '내일 아침 중으로 귀하가 독일군 진영에 출두하지 않으면, 더욱 큰 재앙이 이 섬에 일어날 것이다'라는 내용이었다. 의지가 약한 남자이기는 했지만 그래도, 이 섬의 귀족에 걸맞은 한 가닥 도의심을 잃지 않고 있던 라우페파는 바로 자기 희생을 각오했다. 그날 밤중에 그는 아피아 거리로 나가, 비밀리에 전의 부왕 후보였던 마타파를 만나 그에게 뒷일을 부탁했다. 마타파는 라우페파에 대한 독일의 요구를 알고 있었다. 라우페파는 아주 잠시 독일 군함을 타고 어디론가로 끌려가야 한다. 단, 함상에서는 전 왕으로서 최대한의 예우를 해줄 것이라고 독일 함장이 보증했다는 말을 마타파는 덧붙였다. 라우페파는 믿지 않았다. 그는 각오하고 있었다. 자신은 두 번 다시 사모아의 땅을 밟지 못할 것이라고. 그는 모든 사모아인에게 보내는 이별의 말을 적어 마타파에게 건넸다. 두 사람은 눈물을 흘리며 헤어졌고, 라우페파는 독일 영사관에 출두했다. 그날 오후, 그는 독일 함선 비스마르크 호에 실려 어디론가로 떠났다. 그의 작별의 말은 슬픈 것이었다.

"……나의 섬들과 나의 모든 사모아인에 대한 사랑 때문에, 나는 독일 정부 앞에 스스로를 내던진다. 그들은 그들이 원하는 대로 나를 대우할 것이다. 나는 귀한 사모아의 피가, 나 때문에 더 흐르는 것을 바라지 않는다. 그러나 내가 저지른 어떠한 죄가 저들 피부가 흰 자들로 하여금, (나에 대해, 또, 나의 국토에 대해) 이다지도 분노케 했는지 나로서는 아직도 그것을 알 수 없다……" 마지막으로 그는 사모아의 각 지방의 이름을 감상적으로 불렀다. "마노노여, 안녕, 투투일라여, 아아나여, 사파라이여……" 섬사람들은 이를 읽고 모두 눈물을 흘렸다.

스티븐슨이 이 섬에 정착하기 3년 전의 일이다.

신왕 타마세세에 대한 섬사람의 반감은 격렬했다. 민중의 희망은 마타파에게 쏠려 있었다. 반란이 연이어 일어나고, 마타파는 자기도 알지 못하는 사이에 자연 추대의 형식으로 반군의 수령이 되었다. 새 왕을 옹립하는 독일과 이에 대립하는 영미(그들은 딱히 마타파에게 호의를 가지고 있었던 것은 아니지만, 독일에 대한 대항 차원에서 사사건건 새 왕에 맞섰다)와의 알력도 점차 격화되었다. 1888년 가을경부터, 마타파는 공공연히 병사를 모집해서 산악 밀림지대에 항거의 거점을 마련했다. 독일 군함은 연안을 돌며 반군 부락에 대포를 쏘아댔다. 영국과 미국이 이에 항의했고, 세 나라의 관계는 상당히 위태로운 지경까지 이르렀다. 마타파는 때때로 왕의 군대를 격파해 물리누우에서 왕을 쫓아내고, 아피아 동쪽 라울리의 땅에 몰아넣었다. 타마세세 왕을 구원하기 위해 상륙한 독일 함선의 육상 부대는 팡갈리의 협곡에서 마타파군에게 참패했다. 다수의 독일 병사가 전사하고, 섬사람들은 기뻐했다기보다도 오히려 스스로 놀라고 말았다. 지금까지 반신반인半神半人처럼 보였던 백인이 그들의 갈색 영웅에 의해 쓰러졌으니 말이다. 타마세세 왕은 바다로 도망쳤고, 독일이 지지하는 정부는 완전히 무너졌다.

격분한 독일 영사는 군함을 동원해 섬 전체에 엄청난 폭력을 가하려 했다. 다시 영미, 특히 미국이 정면으로 이에 반대해, 각국은 각각 군함을 아피아로 급파해서 사태는 더욱 긴박해졌다. 1889년 3월, 아피아 만 안에는 미국 함정 두 척, 영국 함정 한 척이 독일 함정 세 척과 대치하고 있었다. 도시 뒤편의 숲속에서는 마타파가 이끄는 반군이 호시탐탐 기회를 노리고 있었다. 그야말로 일촉즉발의 순간, 하늘은 절묘한 극작가적 수완을 발휘하여 사람들을 놀라게 했다. 저 역사적 대참화, 1889년의 허리케인이 닥친 것이다. 상상을 초월하는 엄청난 폭풍우가 밤낮으로 계속된 후, 전날 저녁때까지 정박해 있던 여섯 척의 군함 중, 크게 파손되었지만 어쨌든 물 위에 떠 있던 것은, 겨우 한 척에 지나지 않았다. 더 이상 적군도 아군도 사라지고, 백인도 토착민도 하나가 되어 복구작업을 위해 분주하게 움직였다. 도시 배후의 밀림에 숨어 있던 반군까지도 시내와 해안으로 나와 시체를 거두고 부상자를 간호했다. 이제는 독일인도 그들을 잡으려 하지 않았다. 이 참화는 대립하고 있던 감정에 의외의 융화를 가져다주었다.

그해, 멀리 베를린에서 사모아에 관한 3국의 협정이 체결되었다. 그 결과, 사모아는 여전히 명목상의 왕을 두고, 영·미·독 세 나라 사람으로 구성된 정무위원회가 이를 보좌하는 형식이 되었다. 이 위원회 위에 서 있게 될 정무장관과 사모아 전체의 사법권을 쥘 재판소장, 이 두 명의 최고 관리는 유럽에서 파견하기로 했고, 이후 왕을 선출할 때에는 정무위원회의 동의가 반드시 필요하다고 규정했다.

같은 해(1889년)가 저물 무렵, 2년 전 독일 함선에 오른 후 소식을 알 수 없었던 전전 왕 라우페파가 불쑥 초췌한 몰골로 돌아왔다. 사모아에서 호주로, 호주에서 독일령 남서 아프리카로, 아프리카에서 독일 본국으로, 독일에서 다시 미크로네시아로 빙빙 돌며 감금 호송되어 온 것이다. 그러나 그가 돌아온 것은 꼭두각시 왕으로서 다시 세워지기 위해서였다.

만일 왕의 선출이 필요하다면, 순서로 보더라도 인물이나 인망으로 보더라도 당연히 마타파가 뽑혀야 했다. 그러나 그의 검에는 팡갈리 협곡에서의 독일 수병의 피가 묻어 있는 것이다. 독일인은 모두 마타파의 선출에는 절대 반대였다. 마타파 자신도 굳이 서두르려 하지 않았다. 언젠가는 차례가 돌아올 것이라고 낙관적으로 생각했고, 또 2년 전 눈물로 헤어진, 그리고 이제 초라한 모습으로 돌아온 늙은 선배에 대한 동정심도 있었다. 라우페파 쪽은 라우페파대로, 처음에는 실력상 일인자인 마타파에게 양보할 생각이었다. 원래 의지가 약했던 사람이 2년에 걸친 유랑생활 동안 겪은 끊임없는 불안과 공포 때문에 완전히 패기를 상실해 버렸기 때문이다.

이런 두 사람의 우정을 억지로 왜곡시켜 버린 것은 백인들의 책동과 열렬한 섬사람의 당파심이었다. 정무위원회의 지시로 두말없이 라우페파가 즉위하고서 한 달도 지나지 않아(아직 사이가 좋았던 두 사람이 매우 놀랍게도) 왕과 마타파 사이의 불화설이 돌기 시작했다. 두 사람은 서먹하게 생각했고, 그리고, 또한 실제로 기묘하고 안쓰러운 과정을 거치면서 두 사람 사이의 관계는 정말로 서먹서먹하게 변해갔다.

이 섬에 왔을 때부터, 스티븐슨은 이곳 백인들이 토착민을 대하는 방식에 화가 나서 참을 수 없었다. 사모아로서는 불행하게도, 그들 백인은 모두 ─ 정무장관부터 섬을 떠도는 행상인에 이르기까지 ─ 돈벌이를 위해 와 있는 것이다. 여기에는 영·미·독의 구분이 없었다. 그들 중 어느 누구 하나(극히 소수의 목사들을 빼고는) 이 섬과 섬사람들을 사랑하기 때문에 이곳에 머물고 있다고 말하는 사람은 없었다. 스티븐슨은 처음에는 어이가 없었고, 그러고는 화가 났다. 식민지의 상식에서 생각할 때, 어이없어하는 쪽이 말할 수 없이 우스운 것인지도 모르지만 그는 분개하여 멀리 〈런던 타임즈〉에 이 섬의 상태를 호소하는 기고문을 보냈다. 백인의 횡포, 후안무치, 토착민의 비참함 등등. 그러나 이 공개장은 냉소적인 반응만 얻었을 뿐이다. 대소설가의 놀라운 정치적 무지, 운운. '다우닝 가의 속물들'의 경멸자인 스티븐슨의 경우, (일찍이 대재상이었던 글래드스톤이 『보물섬』의 초판을 구하느라 고서점을 뒤지고 있다는 소리를 들었을 때에도, 그는 진실로 허영심의 자극을 받은 게 아니라 무엇인가 어처구니없다는 불쾌감이 들었다) 현실 정치에 대해 잘 모르는 것은 사실이었지만, 식민 정책도 토착민을 사랑하는 것부터 시작해야 한다는 자기의 생각이 틀렸다고는 도저히 생각할 수가 없었다. 이 섬에서의 백인의 생활과 정책에 대한 그의 비난은 아피아의 백인들(영국인을 포함해서)과 그와의 사이를 멀어지게 했다.

스티븐슨은 고향 스코틀랜드 고지인(하일랜더)의 씨족 제도에 애착을 가지고 있었다. 사모아의 족장 제도도 이와 비슷한 점이 있다. 그는 처음 마타파를 만났을 때 그 당당한 체구와 위엄 있는 풍모에서 참으로 족장다운 매력을 발견했다.

마타파는 아피아의 서쪽으로 7마일 떨어진 마리에에 살고 있다. 그는 형식상 왕은 아니었지만, 공인된 왕인 라우페파보다 더 많은 인망과 더 많은 부하와 더 많은 왕의 풍모를 가지고 있었다. 그는 백인들의 위원회가 옹립하는 현 정부에 대해 한 번도 반항적인 태도를 취한 적이 없다. 백인 관리가 스스로 납세를 소홀히 하고 있을 때에도 그만큼은 제대로 납부했으며, 부하의 범죄가 있으면 언제나 온순하게 재판소장의 소환에 응했다. 그럼에도 불구하고, 언제부터인지 그는 현 정부의 대적자로 간주되어 두려워하고, 꺼리고, 증오하는 대상이 되었다. 그가 몰래 탄약을 모으고 있다고 정부에 밀고하는 자도 생겼다. 왕의 개선改選을 요구하는 섬사람의 목소리가 정부를 위협하고 있었던 것은 사실이지만, 마타파 자신은 한 번도 그런 요구를 한 적이 없다. 그는 경건한 그리스도교인이었다. 독신으로서, 이제는 60세에 가깝지만, 20년 전부터 '주님이 이 세상을 사신 듯이' 살겠다고 선서하고(아내에 관하여 말하고 있는 것이다) 이를 실행해 왔다고 스스로 말했다. 밤마다 섬의 각 지역에서 온 이야기꾼을 등불 아래에 둥글게 앉히고 그들로부터 오래된 전설이나 고담시古譚詩 같은 것을 듣는 게 그의 유일한 즐거움이었다.

6

1891년 9월 ×일

요즘 섬 전체에 이상한 소문이 돌고 있다. '바이싱가노의 강물이 붉게 물들었다.' '아피아 만에서 잡힌 괴상한 물고기의 배에 불길한 문자가 적혀 있었다.' '머리가 없는 도마뱀이 추장회의를 하고 있는 벽을 달려갔다.' '밤마다, 아폴리마 물길의 상공에서, 구름 속으로부터 엄청난 함성이 들려온다. 우폴루 섬의 신들과, 사바이이 섬의 신들이 싸우고 있는 것이다……' 토착민들은 이를 두고, 다가올 전쟁의 전조라고 진지하게 생각하고 있다. 그들은 마타파가 언젠가는 일어서서 라우페파와 백인들의 정부를 쓰러뜨릴 것이라고 기대하고 있는 것이다. 무리도 아니다. 참으로 지금의 정부는 지독하다. 막대한(적어도 폴리네시아에서는) 급료를 받아 챙기면서도 무엇 하나 — 그야말로 완전히 무엇 하나 — 하는 일 없이 빈둥거리는 관리들뿐이다. 재판소장인 체달크란츠도 개인으로서는 고약한 남자는 아니지만 관리로서는 아주 무능하다. 정무장관인 폰 피르자흐로 말하자면 매사에 섬사람의 감정을 해치기만 하고 있다. 세금만 거두고 도로 하나 만들지 않는다. 부임 이래 토착민에게 관직을 준 일이 단 한 번도 없다. 아피아 시에 대해서도, 왕에 대해서도, 섬에 대해서도, 한 푼의 돈도 쓰지 않는다. 그들은 자신이 사모아에 있다는 것, 또 사모아인들이 있고 그들 역시 눈과 귀와 약간의 지능을 가지고 있다는 것을 망각하고 있다. 정무장관이 한 유일한 일, 그것은 자신을 위해 당당한 관저를 지을 것을 제안해 이미 이에 착수한 것이다. 게다가 라우페파 왕의 주거는 그 관저 바로 맞은편의, 섬에서도 중류 이하의, 초라한 건물(오두막?)이다.

지난달 정부의 인건비 내역을 보라.

재판소장(치프 저스티스)의 봉급 ················· 500달러

정무장관의 봉급 ····························· 415달러

경찰서장(스웨덴인)의 봉급 ·················· 140달러

재판소장 비서관의 봉급 ····················· 100달러

사모아 왕 라우페파의 봉급 ··················· 95달러

점 하나만 봐도 전체 표범을 미루어 알 수 있다. 이것이 신정부 치하의 사모아이다.

식민 정책에 대해서 아무것도 알지 못하는 문인 주제에, 아는 체하고, 무지한 토착민에게 싸구려 동정을 보내는 R·L·S 씨는 그야말로 돈키호테 같은 느낌이 든다. 이 말은 아피아의 한 영국인의 말이다. 저 기이한 의인의 광대한 인간애와 비견되는 영광을, 먼저, 감사해야겠다. 실제로 나는 정치에 대해서는 아무것도 모르고, 또 모르는 것을 긍지로 삼고 있다. 식민지, 혹은 반식민지에 대해서, 무엇이 상식이 되어 있는지조차도 모른다. 설사, 안다고 하더라도 나는 문학자이므로, 마음속으로부터 납득이 가지 않는 한 그런 상식을 행위의 기준으로 삼을 수는 없다.

참으로, 직접, 마음에 배어들며 느껴지는 것, 그것만이 나를, (혹은 예술가를) 행위로까지 움직이게 할 수 있는 것이다. 그런데 지금의 나로서는 '그 직접 느껴지는 것'이란 무엇인가 하면 그것은 '내가 어느덧 한 여행자의 호기심 어린 눈으로가 아니라, 한 거주자로서의 애착을 가지고 이 섬과 섬사람들을 사랑하기 시작했다'는 것이다.

아무튼, 눈앞에 닥쳐올 위험이 느껴지는 내란과 또 그것을 유발할 만한 백인의 압박을 어떡해서든 막지 않으면 안 된다. 게다가 이러한 일에 대한 나의 무력함! 나는, 아직 선거권조차 가지고 있지 않다. 아피아의 주요 인사들과 만나서 이야기해 보지만, 그들은 나를 진지하게 대하지 않는 것 같다. 꾹 참고 나의 이야기를 들어 주는 것도, 실은 문학자로서의 나의 명성에 대한 배려일 뿐이다. 내가 가고 난 다음에는, 틀림없이 혀를 쏙 내밀고 있을 것이 틀림없다.

나의 무력감이 아프도록 나를 물고 늘어진다. 이 어리석음과 부정과 탐욕들이 날로 심해져 가는 것을 보면서 거기에 대해 아무것도 할 수 없다니!

9월 ××일

마노노에서 또 새로운 사건이 일어났다. 정말이지 이처럼 소동만 일으키는 섬은 또 없다. 조그만 섬인데도 불구하고 전체 사모아 분쟁의 70퍼센트는 여기서 발생한다. 마노노의 마타파 측 청년들이 라우페파 측 사람의 집을 습격해서 불태운 것이다. 섬은 대혼란에 빠졌다. 마침 재판소장이 관비官費로 호화판 피지 여행을 하는 중이었으므로, 장관인 피르자흐가 홀로 직접 마노노로 상륙해서(이 남자는 기특하게도 용기만큼은 있어 보인다) 폭도들을 설득했다. 그리고 범인들에게 스스로 아피아까지 출두하라고 명령했다. 범인들은 남자답게 스스로 아피아까지 출두했다. 그들은 6개월의 금고형을 선고받고 곧장 감옥에 갇히게 되었다. 그들을 따라서 함께 온 다른 팔팔한 마노노

사람들은, 범인들이 시내를 지나 감옥으로 끌려가는 도중 큰 소리로 외쳤다. "조만간 꺼내줄게!" 실탄이 장전된 총을 짊어진 서른 명의 병사에게 둘러싸여 가고 있는 죄수들은 "그럴 필요 없어. 걱정 마" 하고 답했다. 그것으로 이야기는 끝난 셈이지만, 일반인들은 오래지 않아 구출 작전이 단행될 것으로 굳게 믿었다. 감옥에서는 엄중한 경계가 펼쳐졌다. 밤낮으로 걱정을 견딜 수 없게 된 수위장(젊은 스웨덴인)은 마침내, 난폭하기 짝이 없는 조치를 생각해냈다. 다이너마이트를 감옥 밑에 설치해서, 습격을 받았을 경우 폭도와 죄수를 한꺼번에 폭파해버리면 어떠냐는 것이었다. 그는 정무장관에게 이 이야기를 해서 동의를 얻어냈다. 그래서 정박 중인 미국 군함으로 가서 다이너마이트를 구하려 했다가 거절당하자, 겨우 난파선(전전 해의 허리케인으로 만 안에 가라앉아 있는 군함 두 척을 미국이 사모아 정부에 기증하기로 하여 그 인양 작업을 위해 지금 아피아에 와 있다)한테서 그것을 구한 모양이다. 이 사실이 일반에 알려지면서 지난 이삼 주 동안 수많은 유언비어가 돌고 있다. 너무나 큰 소동이 일어날 듯해 겁이 난 정부는 최근 갑자기 죄수들을 커터에 태워서 토켈라우스 섬으로 옮겨버렸다. 순순히 복역하고 있는 사람을 폭파하려 한다는 것은 물론 언어도단이지만, 마음대로 금고를 유배로 변경하는 것도 어처구니없는 이야기다. 이러한 비열과 비겁과 파렴치가 바로 야만에 임하는 문명의 모습이다. 백인들은 모두 이런 일에 찬성이라고 토착민들에게 생각하게 해서는 안 된다.

이 건에 대해서 질의서를 즉각 장관에게 보냈지만 아직 답변이 없다.

10월 ×일

장관으로부터의 답변, 이제야 겨우 왔다. 치졸한 오만과 교활한 회피. 요령부득이다. 곧바로 재질의서를 보냈다. 이런 옥신각신은 딱 질색이지만, 토착민들이 다이너마이트에 날아가는 것을 잠자코 보고만 있을 수는 없다.

섬사람들은 아직 조용하다. 이것이 언제까지 이어질지 나는 알 수 없다, 백인의 인기는 날로 추락하고 있는 것 같다. 온화한, 우리의 헨리 시멜레도 오늘, "해변(아피아)의 백인은 싫다. 공연히 삐기니까"라고 말했다. 한 건방진 백인 주정뱅이가 헨리를 향해 커다란 칼을 휘두르며 "네놈의 목을 베어버리겠다"고 위협했다고 한다. 이게 문명인이 할 짓인가? 사모아인은 일반적으로 겸손하고, (항상 우아하다고 할 수는 없다지만) 온화하고, (도벽을 빼고) 그들 자신의 명예관을 가지고 있으며, 그리고 적어도 다이너마이트 장관 정도로는 개화해 있다.

스크리브너 지誌에 연재 중인 『난파선』 제23장 집필 완료.

11월 ××일

동분서주, 완전히 정치꾼이 다 됐다. 희극? 비밀회, 밀봉서, 어두운 밤을 서둘러 가기. 이 섬의 숲속을 어두운 밤에 지나가면, 파리한 인광燐光이 지면에 점점이 깔려 있어 아름답다. 일종의 균류菌類가 빛을 내는 것이라고 한다.

장관에게 보낸 질의서가 서명자 중 하나에게 거절되었다.

그 집에 찾아가서 설득, 성공. 나의 신경도 얼마나 둔해지고, 완강해졌는지!

어제, 라우페파 왕을 방문했다. 낮고 비참한 집. 지방의 한 촌寒村에도 이 정도의 집은 얼마든지 있다. 바로 맞은편에, 거의 준공된 정무장관의 관저가 우뚝 솟아 있어, 왕은 매일 이 건물을 쳐다보지 않으면 안 된다. 그는 백인 관리들의 눈치를 보느라고 우리와 만나기를 그리 원하지 않는 것 같다. 빈곤한 회담. 그러나 이 노인의 사모아어 발음, 특히 그 중모음重母音의 발음은 아름답다. 매우.

11월 ××일

『난파선』마침내 완성. 『사모아 역사 각주』도 진행 중. 현대사를 쓰는 것의 어려움. 특히 등장인물 모두 자신의 지인일 때, 그 어려움은 갑절이 된다.

지난번 라우페아 왕 방문은 과연 큰 소란을 일으켰다. 새 포고가 나왔다. 어느 누구도 영사의 허가 없이는, 그리고 허용된 통역 없이는 왕과 회견하지 말 것, 이라는. 성스러운 꼭두각시.

장관으로부터 면담 신청이 왔다. 회유하자는 것일 테지. 거절했다.

이로써 나는 공공연히 독일 제국에 대한 적이 되어 버린 셈이다. 언제나 집으로 놀러 오던 독일 장교들도 출항하게 되었을 때 인사하러 올 수 없다는 뜻을 전해왔다.

정부가 시내의 백인들에게 인기가 없다는 것도 흥미롭다. 공연히 섬사람들의 감정을 자극해서 백인들의 생명과 재산을 위험에 빠뜨렸기 때문이다. 백인들은 토착민들보다도 세금을 내지 않는다.

인플루엔자 창궐. 거리의 댄스홀도 문을 닫았다. 와일렐레 농장에서는 70명의 인부가 한꺼번에 쓰러졌다고 한다.

12월 ××일

엊그제 오전, 코코아 씨앗 천오백 개, 이어서 오후에 칠백 개가 도착했다. 그저께 정오부터 어제저녁까지 전원이 출동하여 이것을 심는 것에 매달렸다. 모두가 진흙투성이가 되고, 베란다는 아일랜드의 이탄泥炭 늪처럼 되었다. 코코아는 우선 코코아나무의 잎으로 엮은 바구니에 심는다. 열 명의 토착민이 뒷숲의 오두막에서 이 바구니를 짠다. 네 명의 소년이 흙을 파서 상자에 담아 베란다로 옮긴다. 로이드와 벨(이소벨)과 내가 돌과 점토 덩어리를 체로 걸러내 흙을 바구니에 넣는다. 오스틴 소년과 하녀 파우마가 그 바구니를 파니한테 가져간다. 파니가 하나의 바구니에 하나의 씨앗을 파묻어 그것을 베란다에 늘어놓는다. 모두들 말할 수 없이 지쳤다. 오늘 아침에도 아직 그 피로가 풀리지 않았지만, 우편선이 오는 날도 가까우므로 서둘러 『사모아 역사 각주』 5장을 마무리한다. 이것은 예술 작품이 아니다. 그저, 단숨에 써내고 단숨에 읽혀야 하는 것. 그렇지 않으면 의미가 없다.

정무장관 사임 소문이 돈다. 믿을 것은 못 된다. 영사들과의 충돌이 이 소문을 낳은 것 같다.

1892년 1월 ×일

비. 폭풍 기미가 있다. 문을 닫고 램프를 켠다. 감기가 좀처럼 낫지 않는다. 류머티즘도 생겼다. 어떤 노인의 말이 생각난다. '온갖 이즘 중에서도 가장 악질은, 류머티즘이다.'

얼마 전부터 휴식을 취한다는 의미에서 증조부 무렵부터의 스티븐슨 집안의 역사를 쓰기 시작했다. 매우 즐겁다. 증조부, 조부, 그 세 아들(나의 아버지를 포함해서)이 차례로 묵묵히 안개 깊은 스코틀랜드의 바다에 등대 짓기를 계속한 그 고귀한 모습을 생각할 때, 새삼스럽게 나는 긍지로 뿌듯해진다. 제목은 무엇으로 할까? '스티븐슨 가의 사람들' '스코틀랜드인의 집' '엔지니어 일가' '북방의 등대' '가족사' '등대 기사의 집안'?

할아버지가 상상을 초월하는 역경과 싸워가며 벨록 암초 곳에 등대를 세웠을 때의 상세한 기록이 남아 있다. 그것을 읽으면서 왠지 내가(혹은 태어나기 전의 내가) 정말로 그런 경험을 한 것 같은 기분이 든다. 나는 내가 생각하고 있는 만큼의 내가 아니라, 지금으로부터 85년 전 북해의 풍파와 바다 안개에 시달리면서 썰물 때만 모습을 보이는 이 악마의 곳과 실제로 싸운 일이 있는 것 같다는 그런 생각이 든다. 바람의 격렬함. 물의 차가움. 거룻배의 흔들림. 바다새의 외침. 그런 것들까지 생생하게 느껴지는 것이다. 불쑥 가슴이 타는 듯한 느낌이 들었다. 돌무더기인 스코틀랜드의 산들, 히스 덤불. 호수. 아침저녁마다 들려온 에든버러 성의 나팔. 펜틀랜드, 버러헤드, 커크월, 라스 곳, 아아!

내가 지금 있는 곳은 남위 13도, 서경 171도, 스코틀랜드와
는 바로 지구의 반대편에 있다.

7

『등대 기사의 집안』의 자료를 만지작거리고 있는 중에, 어느
사이 스티븐슨은 1만 마일 저쪽 에든버러의 아름다운 거리를
떠올리고 있었다. 아침저녁 안개 속으로 떠오르는 언덕들과 그
위에 우뚝 솟은 고성부터 멀리 성 자일스 교회의 종탑까지 이
어지는 기구한 실루엣이 생생하게 눈앞에 떠올랐다.

어릴 때부터 기관지가 매우 약했던 소년 스티븐슨은 겨울이
면 새벽마다 심한 기침의 발작으로 잠을 잘 수가 없었다. 일어
나서 유모 카미의 도움으로 모포에 싸여 창가의 의자에 앉았
다. 카미도 소년과 나란히 걸터앉아, 기침이 가라앉을 때까지,
서로가 잠자코, 조용히 밖을 보고 있다. 유리창 너머에 보이는
해리엇 거리는 아직 밤인 채로, 여기저기 가로등이 부옇게 번
져 보인다. 이윽고 수레의 삐그덕 소리가 나고, 창 앞을 아슬아
슬하게, 시장으로 가는 야채 수레의 말이, 허연 입김을 토하며
토하며 지나간다…… 이것이 스티븐슨의 기억에 남은 최초의
이 도시의 인상이었다.
에든버러의 스티븐슨 집안은 대대로 등대 기사로서 알려져
있었다. 소설가의 증조부에 해당하는 토머스 스미스 스티븐슨

은 북영국 등대국의 최초의 기사장技師長이었고, 그의 아들 로버트도 그 직책을 이어받아 유명한 벨록 등대를 건설했다. 로버트의 세 아들, 앨런, 데이비드, 토머스도 각각 차례차례 이 직책을 이었다. 소설가의 아버지 토머스는 회전등, 총반사경을 완성한 인물로 당시 등대 광학의 태두였다. 그는 형제들과 협력해서 스켈리보어, 치큰스를 비롯한 몇 개의 등대를 건설하고, 많은 항만을 수리했다. 그는 유능한 실용 과학자, 충실한 대영국의 기술관, 경건한 스코틀랜드 교회 신도, 그리스도교의 키케로라 불리는 락탄티우스의 애독자였고, 또 골동품 수집과 해바라기의 애호가였다. 그의 자식이 기록한 바에 의하면, 토머스 스티븐슨은 항상 자신의 가치에 대해 매우 부정적인 생각을 가지고 있었으며 켈트족 특유의 우울증으로 끊임없이 죽음을 생각하고, 무상無常을 관조하고 있었다고 한다.

고귀한 고도古都와 그곳에 사는 종교적인 사람들(그의 가족까지 포함해서)을 로버트 루이스 스티븐슨은 지독하게 혐오했다. 프레스비테리언의 중심지인 이 도시가, 그에게는 온통 위선의 도시로 보였던 것이다. 18세기 후반, 이 도시에는 디콘 브로디라는 남자가 있었다. 낮에는 나무 세공을 하고 시의회 의원을 지내고 있었으나, 밤이 되면 도박꾼으로 변하고 흉악한 강도가 되어 날뛰었다. 한참 후에 발각되어 처형되었는데, 이 남자야말로 에든버러 상류층의 상징이라고 20세의 스티븐슨은 생각했다. 그는 잘 다니던 교회 대신에, 번화가의 술집을 드나들기 시작했다. 아들의 문학자 지망 선언(아버지는 처음 아들을 엔지니어로 키우려 생각하고 있었지만)을 어떻게든 인정할 수 있었던 아버지도 그 배교背教만큼은 용서가 되지 않았다. 아버지의 절망과 어머니의 눈물과 아들의 분격 속에서, 부자간의 충돌이 자주 반복되었다. 자신이 파멸의 늪에 빠졌다는 것을 깨닫지 못할 만큼 아직 어린애이고, 게다가 아버지의 구원의 말은 받아들이려 하지 않을 정도로 어른이 되어 있는 아들을 보고, 아버지는 절망했다. 이 절망은 너무나도 내성적인 그에게 기묘한 형태로 나타났다. 몇 번인가의 다툼 후, 그는 더는 아들을 책망하려 하지 않고 그저 자기 자신을 탓했다. 그는 홀로 꿇어앉아 울며 기도하고, 자신의 부족함 때문에 아들을 신 앞에 죄인으로 만들었다며 스스로를 심하게 책망하고 신에게 사과했다. 아들은 과학자인 아버지가 왜 이런 어리석은 짓을 하는 것인지 도무지 이해할 수 없었다.

게다가 그는 아버지와 다툰 뒤에는 언제나 '어째서 부모 앞에 서게 되면 이런 유치한 논쟁밖에는 할 수 없게 되는 것일까' 하고 자괴감을 느꼈다. 친구들하고 이야기할 때는 깔끔한 (적어도 성인의) 논쟁을 멋지게 해낼 수 있건만 도대체 어떻게 된 노릇일까? 가장 원시적인 교리문답, 유치한 기적 반박론, 가장 유치한 애들 속임수의 치졸한 예를 가지고 증명하지 않으면 안 되는 무신론. 자신의 사상이 이렇게 유치한 게 아니라고 생각하지만, 아버지와 마주하면 언제나 결국은 이런 식이 되고 만다. 아버지의 논법이 뛰어나서 이쪽이 진다는 것은 결코 아니다. 교의에 대한 치밀한 사색 같은 것을 해 본 일이 없는 아버지를 논파하기는 지극히 쉬운 일인데, 그 손쉬운 일을 하고 있는 동안 어느새 자신의 태도가 스스로도 정떨어질 정도로 유치하고 히스테릭한 심술 같은 것이 되어 논의의 내용 자체까지도 우스꽝스러운 것이 되고 마는 것이다. 아버지에 대한 응석이 아직도 자신에게 남아 있고(즉 자신은 아직 진짜 어른이 아니어서) 그것이 '아버지가 나를 아직도 아이로 보고 있다는 것'과 맞물려서 이러한 결과를 초래하는 것일까? 아니면 자신의 사상이 원래 시시껄렁한 미숙한 차용품이고, 그것이 아버지의 소박한 신앙과 맞서면서 그 말초적 장식 부분이 벗겨져 버릴 때 그 참모습을 드러내는 것일까? 이 무렵의 스티븐슨은, 아버지와 충돌한 뒤면 언제나 이 불쾌한 의문을 품지 않을 수 없었다.

스티븐슨이 파니와 결혼하겠다는 의사를 분명히 했을 때, 부자 사이는 또다시 험악해졌다. 토머스 스티븐슨 씨로서는 파니가 미국인이고 자식이 딸려 있으며 연상이라는 것보다도, 실제로는 어떻게 되었든 좌우간 그녀가 호적상으로는 현재 오스본 부인이라는 것이 가장 큰 걸림돌이었다. 망나니 같은 외아들은 나이 서른이 되어 비로소 자활, 그것도 파니와 그 아들까지 키울 결심을 하고 영국을 떠났다. 부자 사이에는 소식이 끊어졌다. 1년 후, 몇천 마일 떨어진 바다와 육지 저 멀리서 아들이 50센트짜리 점심조차 제대로 못 먹으며 병과 싸우고 있다는 말을 전해 들은 토머스 스티븐슨 씨는, 더는 참을 수 없어 구원의 손길을 뻗쳤다. 파니는 미국에서 아직 본 적이 없는 시아버지에게 자신의 사진을 보내면서 이렇게 적었다. '실물보다도 훨씬 잘 찍혔으므로, 결코 이대로라고 생각하지 말아 주세

요.'

스티븐슨은 아내와 의붓아들을 데리고 영국으로 돌아왔다. 의외로 토머스 스티븐슨 씨는 며느리에 대해 매우 만족했다. 원래 그는 아들의 재능은 분명히 인정하면서도, 어딘지 모르게 아들에게 통속적인 의미에서 안심이 되지 않는 구석이 있음을 느끼고 있었다. 이 불안감은 아들이 아무리 나이를 먹어도 결코 사라지지 않았다. 그러던 것이 이제, 파니를 통해 (처음에는 반대했던 결혼이었지만) 아들을 위한 실질적으로 든든한 버팀목을 얻은 기분이 들었다. 아름답고, 연약하고, 꽃 같은 정신을 지탱해 줄, 생동감 넘치는 강인한 기둥을.

오랜 불화 끝에 양친, 아내, 로이드와 함께 블레이머의 산장에서 지낸 1881년의 여름을, 스티븐슨은 지금도 좋은 추억으로 기분 좋게 떠올릴 수 있다. 그것은 애버딘 지방 특유의 북동풍이 연일 비와 우박을 동반하고 불어 대는 침울한 8월이었다. 스티븐슨의 몸은 여전히 좋지 않았다. 어느 날 에드먼드 고스가 찾아왔다. 스티븐슨보다 한 살 위인 이 박식하고 온후한 청년은 아버지 스티븐슨 씨하고도 죽이 잘 맞았다. 매일 고스는 아침 식사를 마치면 2층 병실로 올라간다. 스티븐슨은 침상 위에 일어나 기다리고 있다. 체스를 하는 것이다. '병자는 오전 중에는 말을 하면 안 된다'고 의사에게 금지당하고 있으므로 무언의 체스를 두는 것이다. 그러다가 피곤해지면 스티븐슨이 체스판 옆을 두드려 신호를 보낸다. 그러면 고스가 되었든, 파니가 되었든 그를 눕히고, 그리고 언제든 쓰고 싶을 때에 누운 채로 쓸 수 있도록 이불의 위치를 적당하게 정돈한다. 저녁 시간까지 스티븐슨은 혼자서 드러누운 채로 쉬다가는 쓰고, 쓰다가는 쉰다. 로이드 소년이 그렸던 어떤 지도에서 문득 생각이 떠오른 해적 모험담을 그는 계속해서 쓰고 있었다. 저녁 식사 때가 되면 스티븐슨은 아래층으로 내려온다. 오전 중의 금지가 풀렸으므로 이제는 수다스럽다. 밤이 되면, 그는 그날 써 놓은 것을 모두에게 읽어 준다. 밖에서는 비바람 소리가 거세고, 틈새로 들어온 바람에 촛불이 요란하게 흔들린다. 일동은 제각각의 자세로 열심히 듣는다. 읽기가 끝나면, 각자 여러 가지 주문과 비평을 쏟아낸다. 밤마다 흥미가 더해져, 아버지까지 '빌리 본즈의 상자 속 품목 만들기를 담당하겠다'고 말했다. 고스는 고스대로 또 다른 생각을 하면서 어두운 기분으로 이 행복한 듯한 단란을 바라보고 있었다. '이 화려한 준재俊才의 쇠약한 육체는 과연 언제까지 버텨 줄까? 지금 행복해 보이는 이 아버지는 외아들을 먼저 보내는 불행을 겪지 않을 수 있을까?' 하고.

그러나 토머스 스티븐슨 씨는 그 불행을 보지 않을 수 있었다. 아들이 마지막으로 영국을 떠나기 석 달 전에, 그는 에든버러에서 사망했다.

8

1892년 4월 ×일

뜻하지 않게 라우폐파 왕이 호위병을 대동하고 찾아왔다. 우리 집에서 점심. 노인, 오늘은 매우 다정다감하다. 어째서 나를 찾아오지 않는가? 같은 소리를 한다. 왕과의 회견에는 영사 측의 양해가 필요하다고 내가 말하자, 그런 건 상관없다며, 또 점심을 함께하고 싶으니 날짜를 지정하라고 한다. 이번 목요일에 회식을 하자고 약속했다.

왕이 돌아가고 나서 얼마 안 있어 순경 휘장 같은 것을 단 사나이가 찾아왔다. 아피아 시의 순경은 아니다. 이른바 반란자 측(마타파 측 사람을 아피아 정부의 관리는 그렇게 부른다) 사람이다. 마리에에서 죽 걸어왔다고 했다. 마타파의 편지를 가져온 것이다. 나도 지금은 사모아어를 읽을 수 있다. (말하는 것은 안 되지만) 그의 자중을 촉구하는 지난번의 나의 편지에 대한 답변 같은 것으로, 만나고 싶으니 다음 주 월요일에 마리에로 와 달라고 한다. 토착어 성서를 유일한 참고로 해서('내가 진실로 너희에게 말한다' 식의 편지이므로 상대방도 놀랐을 것이다) 알았다는 뜻을 떠듬떠듬 사모아어로 쓴다. 일주일 사이에, 왕과 그 대립자를 만나게 된 셈이다. 알선의 결실이 맺어졌으면 좋겠다.

4월 ×일

몸 상태가 그리 좋지 않다.

약속대로 물리누우의 초라한 왕궁으로 식사를 대접받으러 간다. 늘 그렇지만 바로 맞은편의 정무장관 관저가 눈에 매우 거슬린다. 오늘 라우페파가 한 이야기는 재미있었다. 5년 전에 비장한 마음가짐으로 독일군 진영에 몸을 던져 군함에 실려 낯선 땅으로 끌려갔을 때의 이야기다. 소박한 표현이 마음에 와닿았다.

"……낮에는 안 되지만, 밤에는 갑판에 올라가도 좋다고 했다. 긴 항해 후 한 항구에 닿았다. 상륙하니 끔찍하게 더운 곳이었는데, 발목을 두 명씩 쇠사슬로 묶인 죄수들이 일하고 있었다. 그곳에는 해변의 모래만큼이나 많은 흑인이 있었다…… 그리고, 또 상당히 오래도록 배를 탔고 독일도 가깝다는 말을 들었을 때, 신기한 해안을 보았다. 온통 새하얀 언덕이 햇빛에 빛나고 있었다. 세 시간이 지나자, 그것이 하늘로 사라져 버려서 더욱 놀랐다. 독일에 상륙하고 나서, 안에 기차라고 하는 것이 많이 들어 있는 유리 지붕의 거대한 건물 안을 걸었다. 그러고 나서, 집처럼 창문과 데크가 있는 마차를 타고 오백 개의 방이 있는 집에서 묵었다…… 독일을 떠나서 꽤 오래 항해하고 나서, 강처럼 좁은 바다를 배가 서서히 나아갔다. 성서 속에서 들은 홍해라고 가르쳐주어 기쁜 호기심으로 바라보았다. 그리고 바다 위를 석양빛이 눈부시게 붉게 물드는 시간에, 다른 군함에 옮겨 태워졌다……"

오래된, 아름다운 사모아어 발음으로, 천천히 들려준 이 이야기는 매우 흥미로웠다.

왕은 내가 마타파의 이름을 말하는 것을 두려워하는 것 같다. 이야기를 좋아하는 사람 좋은 노인이다. 그저 현재의 자신의 위치에 대한 자각이 없는 것이다. 모레, 부디 다시 한 번 찾아와 달라고 한다. 마타파와의 만남도 다가와 있고, 몸 상태도 좋지 않지만, 좌우간 승낙해 둔다. 이후, 통역은 목사 휘트미 씨에게 부탁하려 한다. 모레 그의 집에서 왕과 만나기로 했다.

4월 ×일

이른 아침 말을 타고 시내에 내려가, 8시경 휘트미 씨 집으로 갔다. 왕과의 약속 때문이다. 10시까지 기다렸지만 왕은 오지 않았다. 심부름꾼이 와서, 왕은 지금 정무장관과 이야기 중이어서 올 수 없다고 했다. 저녁 7시쯤에는 올 수 있다고 한다. 일단 집에 갔다가, 저녁에 다시 휘트미 씨 집으로 와서, 8시경까지 기다렸지만 끝내 오지 않았다. 헛수고도 이만저만이 아니다. 장관의 감시를 벗어나 몰래 오는 일조차 심약한 라우페파는 할 수 없는 것이다.

5월 ×일

오전 5시 반 출발, 파니, 벨, 동행. 통역 겸 노 저을 사람으로 요리사 타로로를 데리고 간다. 7시에 초호礁湖를 노 저어 나간다. 기분이 썩 좋지 않다. 마리에에 도착해서 마타파에게 대환영을 받았다. 다만 파니와 벨 둘 다 내 아내라고 생각했던 모양이다. 타로로는 통역으로서는 영 쓸모없다. 마타파가 엄청 장황하게 말했건만, 이 통역은 그저, '나는 매우 놀랐다'고밖에는 통역하지 못한다. 무슨 말을 하건 '놀랐다'로 일관한다. 내 말을 상대방에게 전하는 것도 같은 상황인 모양이다. 이야기가 진척되지 않는다.

카바 술을 마시고, 애로루트[arrowroot] 요리를 먹었다. 식사 후 마타파와 산책. 나의 빈약한 사모아어가 통하는 범위에서 대화했다. 부인네들을 위해 집 앞에서 무도회가 벌어졌다.

해가 저물어서 귀로에 오른다. 이 근처는 초호가 매우 얕아서 보트의 밑바닥이 이리저리 부딪친다. 달빛이 희미하다. 상당히 난바다로 나왔을 무렵, 사바이이에서 돌아오는 여러 척의 고래잡이 보트에 추월당했다. 등불을 밝힌, 12개의 노, 40인승 대형 보트. 어느 배나 모두 노를 저으면서 합창하고 있었다.

시간이 늦어서 집으로 돌아갈 수 없었다. 아피아의 호텔에 묵었다.

5월 ××일

아침, 빗속을 말을 타고 아피아로. 오늘의 통역 사례 테일러와 만나, 오후에 다시 마리에로 갔다. 오늘은 육로. 7마일 가는 동안 줄곧 억수 같은 비. 진흙탕길. 말의 목에까지 닿는 잡초. 돼지우리의 울타리도 여덟 군데 정도 뛰어넘었다. 마리에에 도착했을 때는 이미 해질녘이었다. 마리에 마을에는 상당히 훌륭한 민가가 꽤 있다. 높은 돔형의 이엉지붕을 이고, 바닥에 자잘한 돌을 깐, 사방의 벽을 터놓은 건물이다. 마타파의 집도 역시 훌륭했다. 집 안은 이미 어두웠고, 야자 껍데기 등불이 중앙에 켜져 있었다. 네 명의 하인이 나와, 마타파는 지금 예배당에 있다고 했다. 그쪽 방향에서 노래 소리가 흘러나왔다.

이윽고 주인이 나와, 우리가 젖은 옷을 갈아입고 나서 정식으로 인사를 나눴다. 카바 술이 나왔다. 죽 늘어앉은 여러 추장들을 향해, 마타파가 나를 소개한다. "아피아 정부의 반대를 무릅쓰고, 나(마타파)를 돕기 위해 빗속을 달려온 인물이므로, 경들은 이후 투시탈라와 가깝게 지내고, 어떠한 경우에도 이에 도움을 아끼지 말아야 한다"고 말했다.

저녁 식사, 정담, 환담, 카바 술, ― 한밤중까지 계속된다. 육체적으로 견디기 힘들어진 나를 위해 집 한 귀퉁이를 잡아 그곳에 침대가 만들어졌다. 50장의 최고급 매트를 깔아놓은 위에 혼자 잠을 잤다. 무장한 호위병과 그 말고도 몇 명의 야경이 밤새도록 집 주위를 지켰다. 일몰부터 해가 뜰 때까지 그들은 교대하지 않는다.

새벽 4시쯤 눈이 떠졌다. 가느다랗게, 부드럽게, 피리 소리가 바깥의 어둠 속에서 들려온다. 기분 좋은 음색이다. 온화하고, 달콤하고, 스러질 것 같은⋯⋯

나중에 들으니, 이 피리는 매일 아침 으레 이 시각에 불게 되어 있다고 한다. 집 안에서 잠든 자들이 좋은 꿈을 꾸게 하기 위해서. 이 얼마나 우아한 사치인가! 마타파의 아버지는 '작은 새들의 왕' 소리를 들을 만큼 새들의 목소리를 사랑했다고 하는데, 그 피가 그에게도 전해 내려오고 있는 것이다.

아침 식사 후, 테일러와 함께 말을 달려 귀로에 오른다. 승마화가 젖어서 신을 수 없으므로 맨발이다. 아침은 아름답게 개었지만, 길은 여전히 진흙탕이다. 풀 때문에 허리까지 젖는다. 테일러는 돼지우리 있는 곳에서 두 번이나 말 등에서 내동댕이쳐졌다. 검은 늪. 녹색의 맹그로브. 붉은 게, 게, 게. 거리로 들어서니, 파테(나무로 된 작은북)가 울리고, 화려한 옷을 입은 토착민 아가씨들이 교회로 들어간다. 오늘은 일요일이었다. 시내에서 식사를 하고 귀가.

열여섯 개의 울타리를 뛰어넘어 말을 타고 20마일(게다가 앞의 반은 폭우 속). 여섯 시간의 정론政論. 스퀼리보어에서, 비스킷 속의 벌레처럼 쪼그려 있던 지난날의 나하고는 얼마나 큰 차이인가!

마타파는 아름답고 멋진 노인이다. 우리는 간밤에 완벽한 감정의 일치를 보았다고 생각한다.

5월 ××일

비, 비, 비, 지난 우기雨期의 부족을 보충하기라도 하는 것처럼 계속 내린다. 코코아의 싹도 충분히 물기를 빨아들였겠지. 비가 지붕을 두들기는 소리가 그치자 급류의 물소리가 들려온다.

『사모아 역사 각주』 완성. 물론 문학은 아니지만 공정하고 명확한 기록임을 의심하지 않는다.

아피아에서는 백인들이 납세를 거부했다. 정부의 회계보고가 명확하지 않기 때문이다. 위원회도 그들을 소환할 수가 없다.

최근, 우리 집의 거한 라파엘레의 아내 파아우마가 도망쳤다. 낙심한 그는 친구들 이 사람 저 사람에게 의심의 눈길을 보내는 모양이지만, 이제는 단념하고 새로운 아내를 물색하기 시작했다.

『사모아 역사 각주』가 완결되어 드디어 『데이비드 밸포어』에 전념할 수가 있게 되었다. 『납치』의 속편이다. 몇 번인가 쓰기 시작하다가 도중에 포기하고는 했지만, 이번에야말로 끝까지 계속할 수 있을 것 같다. 『난파선』은 너무나 저조했고(물론 꽤 읽히고 있어서 신기하기는 하지만) 『데이비드 밸포어』야말로 『밸런트레이의 젊은 영주』 이래의 작품이 될 수 있을 것이다. 데이비 청년에 대한 작자의 애정은 남들에게는 좀처럼 이해가 되지 않을 것이다.

5월 ××일

재판소장 체달크란츠가 찾아왔다. 무슨 바람이 불었는지. 우리 측 사람들과 별스럽지 않은 세상 돌아가는 얘기를 하고 돌아갔다. 그는 최근 〈타임즈〉에 실린 나의 공개서한(거기서 그에 대해 매섭게 공격했다)을 읽었을 것이다. 어떤 요량으로 온 것일까?

6월 ×일

마타파의 대향연에 초대받았으므로 아침 일찍 출발. 동행자 — 어머니, 벨, 타우이로(우리 요리사의 어머니로서, 부근 부락의 추장 부인. 어머니와 나와 벨, 이 셋을 합친 것보다 한 바퀴 더 큰 엄청난 체구를 지니고 있다) 통역을 맡은 혼혈아 사레 테일러 외, 소년 두 명.

카누와 보트에 나누어 탔다. 도중에 보트 쪽이, 물 깊이가 얕은 초호 속에서 움직이지 않게 되어 버렸다. 어쩔 수 없다. 맨발로 뭍까지 걷는다. 약 1마일. 물이 빠진 초호를 걸어서 건넌다. 위로는 햇볕이 쨍쨍 내리쬐고, 아래는 뻘로 미끌미끌하다. 시드니에서 막 도착한 내 옷도, 이소벨의 하얗고 녹색 테두리가 있는 드레스도 엉망진창이 된다. 정오를 지나, 뻘투성이가 되어 간신히 마리에에 도착한다. 어머니 일행의 카누는 벌써 도착해 있었다. 이미 전투 무용은 끝나고 우리는 음식 헌납식의 도중부터(비록 꼬박 두 시간은 걸렸지만) 볼 수 있었을 뿐이다.

집 앞의 녹지 주변으로 야자수 잎과 황마黃麻로 둘러싸인 가건물들이 늘어서 있고, 커다란 직사각형의 삼 면에 토착민들이 부락별로 모여 있다. 참으로 가지각색의 복장이다. 타파를 입은 사람, 패치워크를 두른 사람, 가루를 뿌린 백단白檀을 머리에 붙인 사람, 보랏빛 꽃잎을 머리 한가득 장식한 사람……

중앙 공터에는 음식의 산이 점차로 그 크기를 더해 간다. (백인이 세워 놓은 꼭두각시가 아닌) 그들의 마음으로 우러르는 진정한 왕에게 바쳐진 크고 작은 추장들로부터의 헌상품이다. 관리와 인부가 열을 지어 노래를 부르며 선물을 차례차례 들고 들어온다. 그것들을 하나하나 높이 쳐들어 사람들에게 보이고, 접수자가 정중하게 의례적 과장을 곁들여 품명과 증정자를 호명한다. 이 관리는 건장한 체격의 사나이로서 온몸에 기름을 꼼꼼히 칠해 놓았는지 번들번들 빛나고 있다. 돼지 통구이를 머리 위로 휘두르면서, 폭포수처럼 땀을 흘리며 외치는 모습은 장관이다. 우리가 가져간 비스킷 깡통과 함께 "알리이 투시탈라 오 레 아리이 오 마로 테테레(이야기 작자 추장·대정부의 추장)"라고 소개되는 소리를 나는 들었다.

우리를 위해 특별히 마련된 자리 앞에 한 늙은 남자가 푸른 잎을 머리에 얹고 앉아 있다. 조금 어둡고 험상궂은 그 옆얼굴은 단테를 쏙 닮았다. 그는 이 섬 특유의 직업적 이야기꾼 중 한 명이자 게다가 최고 권위자로 이름은 포포라고 한다. 그의 곁에는 아들과 동료들이 앉아 있다. 우리의 오른편, 상당히 떨어진 곳에 마타파가 앉아 있고, 가끔 그의 입술이 움직이고, 손과 목의 구슬이 흔들리는 것이 보인다.

일동은 카바 술을 마셨다. 왕이 한 모금 마셨을 때, 참으로 놀랍게도 포포 부자가 엄청나게 기묘한 울부짖는 소리로 이를 축복했다. 이런 신기한 목소리는 아직 들어 본 적이 없다. 늑대가 짖는 소리 같았지만, '투이아투아 만세'라는 뜻이라고 한다. 이윽고 식사가 시작되었다. 마타파가 다 먹고 나자, 또다시 기괴한 울부짖음이 울렸다. 이 비공인 왕의 얼굴에, 순간 젊디젊은 긍지와 야심의 빛이 생동했다가 곧 다시 사라지는 것을 나는 보았다. 라우페파와 헤어진 이후 처음으로, 포포 부자가 마타파에게로 와서 투이아투아의 이름을 찬미했기 때문일 것이다.

이미 음식 반입은 끝났다. 선물은 차례로 주의 깊게 세어지고 장부에 기록되었다. 익살을 떠는 이야기꾼이 품목과 수량을 일일이 우스꽝스러운 말투로 호명해 청중을 웃게 한다. "타로 감자 6천 개" "구운 돼지 319마리" "큰바다거북 세 마리"……

그러고서, 아직 본 적이 없는 신기한 광경이 나타났다. 돌연 포포 부자가 일어서서 기다란 막대기를 들고, 음식물이 높이 쌓여 있는 마당으로 뛰어나가 기묘한 춤을 추기 시작했다. 아버지는 팔을 뻗어 막대기를 돌리면서 춤추고 아들은 땅에 쪼그리더니, 그대로 뭐라고 표현할 수 없는 모습으로 뛰어 다녔고, 이 춤이 그리는 원은 점점 커져 갔다. 그들이 뛰어넘은 것들은 그들의 소유가 되는 것이다. 중세의 단테가 홀연 수상하고 한심한 것으로 바뀌었다. 이런 옛날식(또는 지방적인) 의례는, 사모아인 사이에서도 웃음을 자아내게 했다. 내가 선물로 내놓은 비스킷도, 살아 있는 한 마리의 송아지도, 포포가 뛰어넘었다. 하지만 대부분의 음식물은 일단 자신의 것이 되었다는 게 선언된 뒤, 다시 마타파에게 바쳐졌다.

이번에는, 이야기 작가 추장 르 알리 투시탈라의 차례가 되었다. 그는 춤을 추지는 않았지만 다섯 마리의 살아 있는 닭, 기름을 담는 호리병박 네 개, 왕골멍석 네 장, 타로감자 백 개, 구운 통돼지 두 마리, 상어 한 마리, 그리고 큰바다거북 한 마리를 선물로 받았다. 이것은 '왕이 대추장에게 내리는 선물'이다. 이것들은 신호에 따라 라바라바를 기저귀처럼 짧게 입은 몇 명의 젊은이에 의해, 음식물 가운데서 운반되어 나간다. 그들이 음식물의 산 위에 몸을 굽혔구나 싶은 순간, 실수 없이 빠른 속도로 명령받은 물건과 수량을 집어 들고서 잽싸게 그것을 또 다른 장소에 깔끔하게 쌓아 올린다. 그 능숙함이라니! 보리밭을 뒤지는 새떼를 보는 것 같다.

돌연, 보랏빛 허리 헝겊을 두른 건장한 사나이들이 90명가량 나타나서 우리 앞에 섰다고 생각하는 순간, 그들의 손에서 각각 공중 높이 살아 있는 어린 닭이 힘껏 내던져졌다. 백 마리 가까운 닭이 날개를 퍼덕이며 떨어지면, 그것을 받아 들고 다시 하늘로 되던진다. 이것이 몇 번이고 되풀이된다. 소음, 환성, 닭들의 비명, 빙빙 돌려 휘두르는 우람한 구릿빛 팔, 팔, 팔, ……볼거리로서는 자못 재미있지만, 도대체 몇 마리의 닭이 죽은 것일까!

집 안에서 마타파와 용무 이야기를 마치고 나서 물가로 내려가니, 이미 선물받은 음식물들이 배에 실려 있었다. 타려고 하는데 스콜이 몰려와서 도로 집으로 돌아가 반시간쯤 쉰 다음 5시에 출발하여 다시 보트와 카누로 갈라서 탔다. 물 위로 밤이 내려앉아 해안가의 등불이 아름답다. 모두가 노래를 부른다. 작은 동산만큼 방대한 타우이로 부인의 목소리가 매우 아름다워서 놀랐다. 오는 도중에 또 스콜. 어머니도 벨도 타우이로도 나도 바다거북도 돼지도 타로감자도 전부 흠뻑 젖었다. 보트 바닥에 괸 미지근한 물에 젖으며 9시 가까이 되어서 겨우 아피아에 도착했다. 호텔에서 숙박.

6월 ××일

하인들이 뒷산 수풀 속에서 해골을 발견했다고 떠들어 대서 모두 데리고 가서 살펴보았다. 과연, 해골임은 분명한데 무척 시일이 지난 것이다. 이 섬의 성인치고는 아무래도 너무 작아 보인다. 숲의 한참 깊숙한, 어둑어둑하고 습한 곳이므로 지금까지 눈에 뜨이지 않은 것이겠지. 그 부근을 이리저리 뒤지는 가운데 또 다른 두개골(이번에는 머리만)이 발견되었다. 내 엄지손가락 두 개가 들어갈 정도의 탄환 구멍이 나 있다. 두 개의 두개골을 나란히 놓았을 때, 하인들은 약간 로맨틱한 설명을 발견했다. 이 불쌍한 용사는 전쟁터에서 적의 목을 베었지만 (사모아 전사 최고의 영예) 자신도 중상을 입어서 아군에게 그것을 보여줄 수가 없게 되어, 여기까지 기어왔지만 헛되게 적의 목을 그러안은 채 죽고 말았을 것이라고. (그렇다면, 15년 전의 라우페파와 타라보우의 싸움 때의 일일까?) 라파엘레 등이 곧바로 뼈를 묻기 시작했다.

저녁 6시경, 말을 타고 언덕을 내려가려 하고 있을 때, 앞쪽 숲 위에 커다란 구름이 보였다. 그것은 딱정벌레처럼 이마가 넓고 코가 긴 남자의 옆얼굴을 선명하게 드러내고 있었다. 얼굴 근육이 있는 곳은 절묘하게 분홍빛이고, 모자(커다란 카라마크 인의 모자), 수염, 눈썹은 푸른 기운이 도는 회색. 아이가 그린 듯한 이 그림과 색채의 선명함, 그 스케일의 크기(참으로 엄청나게 크다) 같은 것이 나를 멍하게 만들었다. 보고 있는 사이에 표정이 바뀌었다. 분명, 한 눈을 감고, 턱을 잡아당기는 모습이었다. 돌연 납빛 어깨가 앞으로 비어져 나오더니, 얼굴을 지워 버렸다.

나는 다른 구름을 보았다. 흑, 하고 나도 모르게 숨을 삼킬 정도로 장대한 밝은 구름의 거대한 기둥의 도열. 그들의 다리는 수평선으로부터 일어나고, 그 꼭대기는 천정 거리 30도 이내에 있었다. 그 숭고함이라니! 아래쪽은 빙하의 음영과도 같고, 위로 갈수록 짙은 인디고로부터 흐린 유백색에 이르기까지의 미묘한 색채 변화의 온갖 단계를 보여주고 있다. 배후의 하늘은 어느새 다가오는 밤을 위해 풍요하게 또 어둡게 만들어진 파랑 일색. 그 밑바닥을 움직이는 남자藍紫색의 요염할 정도로 깊음과 그늘짐. 언덕은 벌써 일몰의 그림자를 풍기고 있는데 거대한 구름의 정상은 작열하는 태양처럼 빛으로 타오르고, 불과 같고, 보석과 같은 가장 화사한 연한 밝기를 가지고, 세상을 밝히고 있다. 그것은 상상할 수 있는 어떤 높이보다도 높은 곳에 있다. 하계의 밤에서 바라보는 그 청정무구하게 화려한 장엄함은 경이로움 그 이상이다.

구름 가까이, 가느다란 상현달이 떠 있다. 달의 서쪽 끝 바로 위에 달과 거의 똑같은 밝기로 반짝이는 별을 보았다. 어둑어둑해지고 있는 하계의 숲에서는 높은 목소리로 울리는 새들의 저녁 합창.

8시경에 보았더니 달은 아까보다 상당히 밝게, 별은 이번에는 달 밑으로 돌아가 있었다. 밝기는 여전히 아까와 같은 정도.

7월 ××일

『데이비드 밸포어』드디어 쾌조의 진행.

큐라소 호 입항, 함장 깁슨 씨와 회식.

항간의 소문에 의하면, R. L. S.는 이 섬에서 추방될 것이라고. 영국 영사가 다우닝 가街에 훈령을 청했다고 한다. 내가 섬의 치안에 해가 된다고? 나 또한 위대한 정치적 거물이 된 게 아닌가.

8월 ××일

어제 또 마타파의 초대를 받아 마리에로 갔다. 통역은 헨리(시멜레). 회담 중 마타파가 나를 아피오가라고 불러, 헨리를 경악하게 만들었다. 지금까지 나는 스스가(각하에 해당할까?)로 불리고 있었는데, 아피오가는 왕족의 호칭이다. 마타파의 집에서 일박.

오늘 아침, 식사 후 로열 카바 의식을 보았다. 왕위를 상징하는 오래된 돌덩이에 카바 술을 붓는 것이다. 이 섬에서조차 반쯤 잊혀지고 있는 설형문자적인 전례典禮. 노인의 흰 수염을 모아서 만든 투구의 장식을 바람에 휘날리며, 짐승 치아로 만든 목걸이를 한 키 6피트 5인치의 근골이 울툭불툭 튀어나온 적동색 전사들의 정장 모습은 그야말로 압도적이다.

9월 ×일

아피아 시 부녀회 주최의 무도회에 참석. 파니, 벨, 로이드. 그리고 해거드(저 유명한 라이더 해거드의 동생. 쾌남아다)도 동행. 무도회 중간에 재판소장 체달크란츠 나타났다. 몇 달 전 영문을 알 수 없는 방문을 받은 이래의 첫 대면이다. 잠시 휴식 후, 그와 조를 이뤄 카드리유를 추었다. 신기하고도 가공할 만한 카드리유여! 해거드가 말하길, "달리는 말의 도약과도 비슷하다"고. 우리 두 사람의 공적公敵이 각각 덩치 크고 존경할 만한 부인을 끌어안고서 손을 잡고 발을 차며 날뛰었으니, 대법관도 대작가도 모두 엄청 위엄이 실추되었을 테지.

일주일 전 재판소장은 혼혈아 통역을 꼬드겨, 나에게 불리한 증거를 잡게 하려고 무던히 애를 쓰고 있었고, 나는 나대로 오늘 아침에도 이 남자를 맹렬히 공격한 일곱 번째 공개서한을 〈타임즈〉에 썼다.

우리는 지금 서로에게 미소를 지으면서, 달리는 말의 도약에 여념이 없다!

9월 ××일

『데이비드 밸포어』마침내 완성, 이와 동시에 작가도 녹초가 되고 말았다. 의사에게 진찰을 받으면 으레, 이 열대기후의 '온대인을 상하게 하는' 성질에 대한 설명을 듣게 된다. 도무지 신용이 가지 않는다. 지난 1년간, 골치 아픈 정치 소동 가운데 지속적으로 해온 노작勞作 같은 것은, 설마하니, 노르웨이 같은 곳에서는 할 수 없었을 테지, 좌우간 몸의 피로는 극에 달해 있다. 『데이비드 밸포어』에 대해서는, 대체로 만족.

어제 오후 시내에 심부름 보낸 알릭 소년이 밤늦게 붕대를 감고 눈을 반짝거리면서 돌아왔다. 말라이타 부락의 소년들과 결투를 벌여 서너 명을 다치게 했다고 한다. 오늘 아침 그는 온 집안의 영웅이 되어 있었다. 그는 외줄의 호궁胡弓을 만들어, 스스로 승리의 노래를 연주하고 춤도 추었다. 흥분해 있을 때의 그는 꽤 미소년이다. 뉴헤브리디스에서 막 왔을 때에는, 우리 집 음식이 맛있다면서 마구 과식을 해 배가 엄청나게 불룩해져서 괴로워한 적도 있었지만.

10월 ×일

아침부터 위통 극심. 아편 팅크* 15방울 복용, 지난 이삼일은 일을 하지 않았다. 내 정신은 소유자 미정의 상태에 있다.

지난날 나는 화려한 청년이었던 모양이다. 왜냐하면 그 무렵 친구들 누구나가 나의 작품보다도 나의 성격과 담론의 현란함을 평가하고 있었던 모양이니까. 그러나 사람은 언제까지나 에어리엘이나 퍼크**로만 있을 수는 없다. 『버지니버스 퓨에리스크』***의 사상도 문체도, 이제는 가장 싫어하는 것이 되고 말았다. 실제로 이에르에서의 객혈 이후, 모든 것의 바닥이 드러난 것처럼 느껴졌다. 나는 더 이상 무슨 일에도 희망을 갖지 않을 것이다. 죽은 개구리처럼. 나는 모든 일에, 차분한 절망을 가지고 들어가리라. 마치 바다에 갈 때면 내가 언제든지 익사할 것을 확신하고 가는 것과 마찬가지로. 그렇다고 해서 딱히 자포자기 상태는 아니다. 그러기는커녕, 나는 죽을 때까지 쾌활함을 잃지 않을 것이다. 이 확신에 찬 절망은 일종의 희열이기까지 하다. 그것은 의식하게 하고, 용감하게 하고, 즐겁게 하여 이후의 삶을 지탱해 주기에 족한 것, 즉 신념에 가까운 것이다. 쾌락도 필요 없다. 인스피레이션도 필요 없다. 의무

---

* 일본식 약품명. 원래 네덜란드어 tinctuur의 줄인 말.

** 에어리얼은 『템페스트』, 퍼크는 『한여름 밤의 꿈』의 등장인물.

*** virginibus puerisque. '소년, 소녀들을 위한'이라는 뜻의 라틴어로 스티븐슨의 첫 번째 에세이집의 제목이다.

감만으로 충분히 해나갈 자신이 있다. 개미의 마음가짐을 가지고, 매미의 노래를 계속해서 부를 자신이.

시장에 가두街頭에
나는 북을 둥둥 울린다
붉은 코트를 입고 내가 향하는 곳
머리 위의 리본은 펄럭펄럭 나부낀다.

새로운 전사戰士를 구해
나는 북을 둥둥 울린다
나의 반려에게 나는 약속한다
살려는 희망과, 죽을 용기를.

9

만 15세 이후 글쓰기는 그의 삶의 중심이었다. 자신은 작가가 되기 위해 태어났다는 신념이 언제, 또 어디에서 생긴 것인지는 스스로도 알 수 없었지만, 어쨌든 15, 6세 무렵이 되자, 이미 그 이외의 직업에 종사하고 있는 장래의 자신을 상상해 보는 일이 불가능할 정도가 되었다.

이 무렵부터 그는 외출할 때면 언제나 한 권의 노트를 옷 주머니에 넣고 다니며, 길에서 보는 것, 듣는 것, 생각난 것들 모두를 바로 그 자리에서 글로 바꾸어 보는 연습을 했다. 그 노트에는 또 그가 읽은 책들 중에서 '적절한 표현'이라고 여겨지는 것들이 모두 쓰여 있었다. 제가諸家의 스타일을 습득하는 훈련도 열심히 했다. 하나의 문장을 읽으면, 그와 똑같은 여러 가지 다른 작가의 — 혹은 해즐릿의, 혹은 러스킨의, 혹은 서 토머스 브라운의 — 문체로 여러 방식으로 고쳐 써 보았다. 이런 연습은 소년 시절 몇 년 동안 싫증 내는 일 없이 되풀이되었다. 소년기를 막 벗어났을 무렵, 아직 하나의 소설도 내기 전에 그는 체스의 명인이 체스에 대해 가지는 것과 같은 자신감을 표현술에서 가지고 있었다. 엔지니어의 피를 물려받은 그는 자기의 길에 대해서도 기술자로서의 긍지를 일찍부터 품고 있었다.

그는 거의 본능적으로 '나는 내가 생각하는 만큼 내가 아니라는 것'을 알고 있었다. 그리고 '머리는 틀리는 일이 있어도, 피는 틀리지 않는다는 것. 가령 얼핏 잘못된 것처럼 보일지라도 결국은 그것이 진정한 자아에 가장 충실하고 현명한 코스를 걷게 해 주고 있다는 것.' '우리 안에 있는 우리가 모르는 것은 우리 이상으로 현명하다는 것'을 알고 있었다. 그리하여 자신의 삶을 설계할 때에는 그 유일한 길, 우리보다 현명한 것이 이끌어 주는 그 유일한 길을 가장 충실히 근면하게 걷는 일에 전력을 다하고, 다른 일체는 버리고 돌아보지 않았다. 속된 세상의 조롱이나 매도라든지 부모의 비탄을 제쳐놓고, 그는 이 삶의 방식을 소년 시절부터 죽음의 순간에 이르기까지 이어갔다. '얄팍하고', '불성실하고', '호색한'이고, '자만심에 빠져 있고', '허영심 많은 이기주의자'이고, '역겨울 정도로 젠체하는' 그가 오직 이 글을 쓴다는 한 줄기 길에서만큼은 시종일관 수도승처럼 경건한 정진을 게을리하지 않았다. 그는 거의 하루도 글을 쓰지 않고는 보낸 적이 없었다. 그것은 이미 육체적인 습관의 일부였다. 20년 동안 끊임없이 그의 육체를 괴롭힌 폐결핵, 신경통, 위통도 이 습관을 바꾸게 할 수는 없었다. 폐렴과 좌골신경통과 풍안風眼이 동시에 일어났을 때, 그는 눈에 붕대를 하고, 절대안정의 자세로 누워서 속삭이는 목소리로 『다이너마이트 당원』을 구술해 아내에게 필사하게 했다.

그는 죽음과 너무도 가까운 곳에 살고 있었다. 기침이 나오는 입을 가리는 손수건에서 붉은색을 발견하지 않는 경우는 드물었다. 죽음에 대한 각오에 있어서만큼은 이 미숙하고 같잖은 청년도 대오각성한 고승과 비슷한 것을 가지고 있었다. 평생 그는 자신의 묘비명으로 쓸 시구를 주머니에 간직하고 있었다. '별 그림자 가득한 하늘 아래, 고요히 나를 잠들게 하라. 즐겁게 산 나, 즐겁게 이제는 죽음으로 가노라' 운운. 그는 자신의 죽음보다도 친구의 죽음을 오히려 두려워했다. 자신의 죽음에 대해서는 그는 익숙해졌다. 아니, 한 걸음 더 나아가 죽음과 희롱하고 죽음과 도박을 하는 것 같은 기분이었다. 죽음의 싸늘한 손이 그를 붙잡기 전에, 얼마나 많은 '공상과 언어의 직물'을 짜낼 수 있을까? 이것은 매우 호사스러운 도박같이 여겨졌다. 출발 시간이 촉박한 여행자 같은 기분에 쫓기며 그는 오로지 써나갔다. 그리고 실제로 몇 편의 아름다운 '공상과 언어와의 직물'을 남겼다. 「올랄라」 같은, 「목 돌아간 재닛」 같은, 『밸런트레이의 젊은 영주』 같은. "그래, 그 작품들은 아름답고 매력이 넘치지만, 요컨대 깊이가 없는 이야기야. 스티븐슨 같은 건 결국 통속작가란 말이야." 많은 사람들이 그렇게 말한다. 그러나 스티븐슨의 애독자는 결코 이에 답할 말에 궁하지 않다. "현명한 스티븐슨의 수호천사 지니어스(그의 인도에 따라 그가 작가로서의 그의 운명을 따랐지만)가 그의 수명이 짧음을 알고서, (누구에게나 40세 이전에 그 걸작을 쓰기가 아마도 불가능할 터인) 인간성 척결의 근대소설의 길을 버리게 하고, 그 대신에 더할 나위 없이 매력 넘치는 기괴한 이야기 구성과 그 교묘한 화법 연습으로(이것이라면 설령 일찍 죽더라도 적어도 몇 개인가의 좋고 아름다운 것은 남길 수 있을 것이다) 향하게 했던 것"이라고. "그리고 이것이야말로, 1년의 대부분이 겨울인 북극의 식물에도, 극히 짧은 봄과 여름 사이에 서둘러 꽃을 피우고 열매를 맺게 하는 저 자연의 교묘한 방식의 하나"라고. 사람은, 혹은 이렇게 말할 것이다. 러시아와 프랑스의 각각 가장 뛰어나고 가장 깊이 있는 단편 작가도 모두 스티븐슨과 같은 해, 혹은 더 젊은 나이에 죽지 않았느냐고 말이다. 그러나 그들은 스티븐슨이 그랬던 것처럼, 끊임없는 병고에 의한 단명의 예감에 항상 시달리지는 않았다.

소설이란 circumstance의 시라고, 그는 말했다. 사건보다도 그것에 의해 생기는 몇 개의 장면의 효과를 그는 기뻐했던 것이다. 로맨스 작가로 자처했던 그는 (스스로 의식하든 그렇지 않든 상관없이) 자신의 일생을 가지고 자신의 작품 중 가장 큰 로맨스를 만들려고 노력했다.(그리고 실제로 그것은 어느 정도 성공한 것으로 보인다) 따라서 그 주인공인 자기가 사는 분위기는 항상 그의 소설에서의 요구와 마찬가지로 시를 가진 것, 로

맨스적 효과가 풍부한 것이어야 했다. 분위기 묘사의 대가인 그는 실생활에서 자신이 행동하는 장면 장면이 언제나 그의 영묘한 묘사의 필치에 걸맞은 것이 아니면 참을 수 없었다. 옆 사람의 눈에 씁쓸하게 비쳤을 것이 틀림없는 그의 쓸데없는 허세(혹은 댄디즘)의 정체는 바로 여기에 있었다. 무엇 때문에 엉뚱하게 나귀 따위를 끌고서 남프랑스의 산중을 헤매야 했는 가? 무엇 때문에 집안 좋은 자식이 꼬깃꼬깃해진 넥타이를 매 고 기다간 리본이 달린 낡은 모자를 쓰고서 방랑자 기분을 낼 필요가 있었는가? 어째서 또 경박하고 우쭐거리는 투로 "인형 은 예쁜 장난감이지만 알맹이는 톱밥이거든" 따위의 여성론을 떠들지 않고는 속이 풀리지 않았는가. 20세의 스티븐슨은, 허 세덩어리, 불쾌감을 주는 무뢰한, 에든버러 상류인사들에게 배 척당하는 자였다. 엄격한 종교적 분위기 속에서 자라난 백면 서생인 병약한 도련님이 갑자기 자신의 순결을 부끄러워해서, 한밤에 아버지의 저택을 빠져나와 홍등가를 헤매다녔다. 비용 [Villon]을 본뜨고, 카사노바를 본뜬 이 경박한 청년도, 하지만 오직 한 줄기 길을 선택해서 거기에 자신의 허약한 몸과 길지 않을 목숨을 거는 것 외에는 구원이 없다는 것을 잘 알고 있었 다. 맛있는 술과 화려하게 치장한 여자들 사이에서도 그 길이 언제나 휘황하게, 야곱이 사막에서 꿈꾼 빛의 사다리처럼 높이 별로 가득한 하늘까지 가닿아 있는 것을 그는 보았다.

10

1892년 11월 ××일

우편선이 오는 날이라 벨과 로이드가 어제부터 시내에 가버린 뒤, 이오프는 다리가 아프기 시작했고, 파우마(거한의 아내는 다시 멀쩡한 얼굴로 남편에게 돌아왔다)는 어깨에 부스럼이 나고, 파니는 피부에 황반이 생기기 시작했다. 파우마의 것은 단독丹毒의 우려가 있어서 아마추어 요법으로는 소용이 없는 모양이다. 저녁 식사 후 말을 타고 의사에게 갔다. 으스름한 달밤. 무풍. 산 쪽에서 천둥소리. 숲속을 달려가니, 예의 버섯의 파란 등이 점점이 빛난다. 의사에게 내일 왕진을 부탁한 후, 9시까지 맥주를 마시며 독일 문학에 대해 이야기했다.

어제부터 새로운 작품을 구상하기 시작했다. 시대는 1812년경, 장소는 라머무어의 허미스톤 부근 및 에든버러. 제목은 미정. '블랙스필드'? '허미스톤의 위어'?

12월 ××일

증축 완성.

금년도의 year bill이 나왔다. 약 4천 파운드. 올해는 그럭저럭 수지를 맞출 수 있을지도 모르겠다.

밤, 포성이 들린다. 영국 함선 입항 중이라고 한다. 시내의 소문으로는 내가 조만간 체포 호송될 것 같다고 한다.

캐슬 사에서 「병 속의 악마」와 「팔레사의 해변」을 합쳐서 『섬의 밤 이야기』로 해서 내자고 제의해 왔다. 이 둘은 너무 맛이 달라서 이상하지 않을까? 「목소리의 섬」과 「방랑하는 여인」
을 더하면 어떨까 생각한다.

「방랑하는 여인」을 넣는 것은, 파니가 승복할 수 없다고 한
다.

1893년 1월 ×일

계속해서 미열이 사라지지 않는다. 위장병도 무척 심하다.

『데이비드 밸포어』의 교정쇄를 아직도 보내오지 않는다. 어
쩐 일일까? 이미 절반 이상은 되어 있어야 할 터인데.

날씨는 너무 안 좋다. 비, 물보라, 안개, 추위.

지불할 수 있을 것으로 생각했던 증축비, 반밖에 지불할 수
없다. 어째서 우리 집은 이렇게 돈이 많이 들까. 딱히 사치스러
운 생활을 하는 것은 아닌데도 말이다. 로이드하고 매일 밤 머
리를 맞대고 고민하지만, 한 구멍을 메우면 다른 데서 또 구멍
이 생긴다. 간신히 잘될 것 같은 달에는 으레 영국 군함이 입
항해서, 장교들을 위한 잔치를 치르지 않을 수 없게 된다. 하인
이 너무 많다고 하는 사람도 있다. 고용한 사람은 그리 대단한
숫자가 아니지만, 그들의 친척과 친구들이 우글우글하므로 정
확한 숫자는 알 수 없다. (그래도 백 명을 많이 넘지는 않을 것이
다.) 그러나 이것은 어쩔 수 없다. 나는 족장이다. 바일리마 부
락의 추장인 것이다. 대추장은 그런 자잘한 일에 이러쿵저러쿵
해서는 안 된다. 게다가 실제로, 토착민이 아무리 많아봐야 그
식비는 뻔하니까. 우리 집의 여자 하인들이 섬사람의 표준보다

약간 잘생겼다고 바일리마를 술탄의 후궁하고 비교한 바보가 있다. 그러니 돈이 들 거라고. 분명 비방하려는 목적으로 한 말임은 분명하지만 농담도 적당히 하는 게 좋다. 이 술탄은 정력이 왕성하기는커녕 간신히 목숨을 이어가고 있는 말라깽이다. 돈키호테하고 비교하기도 하고, 하룬 알 라시드로 만들기도 하고, 여러 가지 말을 하는 녀석들이다. 좀 있으면, 성 바울로가 되기도 하고, 칼리굴라가 되거나 할지도 모르겠다. 또, 생일에 백 명 이상의 손님을 부르는 것은 사치라고 말하는 사람도 있다. 나는 그렇게 많은 손님을 부른 기억이 없다. 저쪽에서 마음대로 오는 것이다. 나에게 (혹은 적어도 우리 집 식사에) 호의를 가지고 와 주는 이상, 이것도 어쩔 수 없는 일이 아닌가. 잔치 때 토착민까지도 부르니까 안 된다는 식의 말은 언어도단이다. 백인을 거절하고라도 그들을 초대하고 싶을 정도다. 그 모든 비용을 처음부터 계산에 넣고서, 그러고도 잘 해 나갈 생각이었다. 어쨌든 이런 섬에서 사치는 부리고 싶어도 할 수가 없으니까. 아무튼 나는 작년 한 해 동안 4천 파운드 이상을 써 버렸다. 그런데도 여전히 모자라는 것이다. 월터 스코트를 생각한다. 돌연 파산하고, 이어서 아내를 잃고, 끊임없이 빚쟁이들에게 시달려 기계적으로 태작駄作을 쓰지 않을 수 없었던 만년의 스코트를. 그에게는 무덤 말고는 쉴 곳이 없었다.

또다시 전쟁 소문. 정말 끊임이 없는 폴리네시아적인 분쟁이다. 불타오를 듯하면서도 타오르지 않고, 꺼질 듯하면서도 아직도 연기를 피우고 있다. 투투일라 서부에서 추장들 사이에 작은 충돌이 있었을 뿐이라고 하니 큰일은 아니겠지.

1월 ××일

인플루엔자 유행. 집안 식구 대부분이 걸렸다. 내 경우에는 쓸데없는 객혈까지 동반해서.

헨리(시멜레)가 참으로 일을 잘 해 준다. 원래 사모아인은 아무리 천한 사람들도 오물 나르기를 싫어하건만, 소추장인 헨리가 매일 밤 감연히 오물통을 들고 모기장을 헤치고 버리러 가고는 한다. 모두 거의 나아진 지금, 마지막으로 그에게 감염되었는지 열이 나고 있다. 요즈음 그를 장난삼아 데이비(밸포어)라고 부르기로 했다.

병중에, 또 새로운 작품을 시작했다. 벨에게 받아쓰게 했다. 영국에 포로로 잡힌 한 프랑스 귀족의 경험을 쓰는 것이다. 주인공의 이름은 안 드 상트 이브. 그것을 영어로 읽어서 『세인트 아이브스』로 제목을 지을까 생각한다. 롤랜드슨의 『문장법』과 1810년대의 프랑스 및 스코틀랜드의 풍속 관습, 특히 감옥 상태에 관한 참고서를 보내 달라고 벅스터와 콜빈에게 부탁했다. 『허미스톤의 위어』와 『세인트 아이브스』 양쪽 모두에 필요하니까. 도서관이 없다는 것, 서점과의 교섭에 시간이 걸린다는 것, 이 두 가지에는 정말 손을 들었다. 기자들한테 쫓겨 다니는 번거로움이 없다는 것은 좋지만.

정무장관도 재판소장도 사퇴설이 돌고 있지만, 아피아 정부의 무리한 정책은 여전히 변하지 않고 있다. 그들은 세금을 무리하게 거두기 위해 군대를 증강해서 마타파를 쫓아내려 하고 있는 모양이다. 성공을 하든 못하든, 백인의 인기 하락, 인심의 불안, 이 섬의 경제적 피폐는 가중되기만 할 것이다.

정치적인 일에 끼어드는 것은 귀찮은 일이다. 이 방면에서의 성공은 인격 훼손 이외의 어떠한 결과도 가져다주지 않을 것 같다는 생각마저 든다…… 나의 정치적 관심(이 섬에서의)이 줄어든 것은 아니다. 그저 오래 병으로 누워 객혈 같은 것을 하게 되면 자연히 창작에 할애하는 시간이 제한되므로, 여기에다 귀중한 시간을 빼앗는 정치 문제가 좀 귀찮아지게 되는 때가 있다. 그러나 불쌍한 마타파 생각을 하게 되면, 가만히 있을 수 없다는 생각이 든다. 정신적 지원밖에는 해 줄 수 없는 무력감! 하지만 너에게 정치적 권력이 있다면, 도대체 어떻게 해 줄 수 있다는 것인가? 마타파를 왕으로 만든다? 좋다. 그렇게 하면 사모아는 거뜬히 존속할 수 있을 거라고 생각하는가? 가련한 문학자여. 너는 정말로 그렇게 믿고 있는가? 아니면, 가까운 장래에 있을 사모아의 쇠망을 예상하면서도 그저 감상적인 동정을 마타파에게 쏟아붓고 있는 것에 지나지 않는가? 가장 백인적인 동정을.

콜빈으로부터의 편지 내용에, 내 서신이 언제나 늘 '자네의 블랙 앤드 초콜릿(흑인과 갈색인)'에 관한 것을 지나치게 많이 쓰고 있다고 적혀 있다. 흑인과 갈색인에 관한 관심이 나의 창작 시간을 너무 빼앗으면 곤란하다는 그의 기분을 이해하지 못하는 바는 아니다. 그러나 결국 그(그리고 영국에 있는 다른 친구들)에게는 내가 흑인과 갈색인에 대해 얼마나 친근감을 가지고 있는지 제대로 이해되지 못하는 것 같다. 이 일뿐 아니라 다른 일반 사항에 대해서도, 4년간이나 만나지 못하고 전혀 다른 환경에 놓여 있는 사이에 그들과 나 사이에 뛰어넘기 힘든 간극이 생긴 것은 아닐까? 이 생각은 두렵다. 친한 사람이 오랫동안 떨어져 있는 것은 좋지 않다. 울고 싶을 정도로 만나고 싶지만, 만나는 순간 의외로 양쪽 모두 속절없이 이 간극을 의식할 수밖에 없는 게 아닐까? 두렵기는 하지만, 이는 사실일지도 모른다. 사람은 변한다. 시시각각으로. 우리는 얼마나 괴물이란 말인가!

2월 ××일 시드니에서

스스로에게 휴가를 주어 5주의 예정으로 오클랜드에서 시드니로 놀러 왔는데, 동행한 이소벨은 치통, 파니는 감기, 나는 감기로 인한 늑막염. 무엇 때문에 온 것인지 알 수가 없다. 그래도 이 시에서는, 프레스비테리언 교회 총회와 예술 클럽에서 두 번의 강연을 했다. 사진을 찍히고, 메달리온을 만들고, 거리를 걷노라면, 사람들이 뒤돌아서서 나를 가리키고 내 이름을 속삭인다. 명성? 이상한 것이다. 지난날 자신이 그렇게 될까 봐 경멸하던 명사가 어느새 되어 버렸단 말인가? 우스꽝스러운 이야기다. 사모아에서라면, 토착민들의 눈에는 대저택에 사는 백인 추장이다. 아피아의 백인 떨거지들에게는, 정책상의 적이냐 아군이냐, 둘 중 하나다. 그 편이 훨씬 건전한 상태다. 이 온대 땅의 색 바랜 유령 같은 풍경에 비해 볼 때, 우리 바일리마의 숲은 얼마나 아름다운가! 나의 바람 부는 집은 얼마나 빛나는가!

이 땅에 은퇴해 있는, 뉴질랜드의 아버지 서 조지 그레이를 만났다. 정치인을 싫어하는 내가 그에게 면회를 요청한 것은 그가 인간이라는 것, 마오리족에게 가장 큰 인간애를 쏟은 인간이라는 것을 믿었기 때문이다. 만나 보니 과연 훌륭한 노인이었다. 그는 참으로 토착민을 그 미묘한 생활 감정에 이르기까지 잘 알고 있었다. 그는 진정으로 마오리인의 입장이 되어 그들을 생각해 주었다. 식민지 총독으로서는 아주 이례적인 일이다. 그는, 마오리인에게 영국인과 동등한 정치적인 권력을 부여했고, 토착민 대의원의 선출을 인정했다. 그 때문에 백인 이민자들의 반발을 사 총독직을 물러났던 것이다. 그러나 그의 이런 노력 덕분에 뉴질랜드는 지금 가장 이상적인 식민지가 된 것이다. 나는 그에게 사모아에서 내가 한 것, 하려고 애쓴 것, 그 정치적 자유에 대해 나의 힘이 미칠 수 없지만, 아무튼 토착민의 장래의 생활, 그 행복을 위해서 앞으로도 힘쓰려 하고 있다는 것 등을 이야기했다. 노인은 하나하나 공감을 표하고 격려해 주었다. "결코 절망할 일은 아니다. 나는 어떤 경우에도 절망이 무용하다는 것을 참으로 제대로 깨달을 때까지 오래 산 소수의 사람 중 하나다"라고 말했다. 나 자신도 그 말을 들으니 기운이 났다. 속악俗惡을 제대로 알고, 그러면서도 고귀한 것을 잃지 않는 인간은 귀하게 여겨야 한다.

나뭇잎 하나만 보아도, 사모아의 기름지고 풍성한 녹색과는 달리 이곳의 잎사귀는 전혀 생기가 없는, 퇴색해 가는 듯한 색으로 보인다. 늑막염이 낫는 대로, 어서 저 공중에 언제나 녹금緣金의 미립자가 빛나면서 떨고 있는 것 같은 휘황한 섬으로 돌아가고 싶다. 문명 세계의 대도시 속에서는 숨이 막힐 것 같다. 소음의 번거로움! 금속이 맞부딪치는 딱딱한 기계 소리의 짜증스러움!

4월 ×일

호주행 이래 계속된 나와 파니의 병도 겨우 나았다.

이 아침의 상쾌함. 하늘 색깔의 아름다움, 깊음, 새로움. 지금 거대한 침묵은 오직 태평양의 중얼거림에 의해 깨질 뿐.

작은 여행과 연이은 병을 앓고 있는 동안에 섬의 정치 상황은 매우 급박해게 돌아가고 있다. 정부 측의 마타파 혹은 반란자 측에 대한 도전적 태도가 점점 눈에 띈다. 토착민이 가지고 있는 무기를 모두 몰수하게 될 것이라고 한다. 이제는 정부 측의 무기 준비가 충실해진 것이 틀림없다. 1년 전에 비해 정세는 마타파에게 현저하게 불리하다. 관리들, 추장들을 만나 보아도, 전쟁을 피하려고 진지하게 생각하는 자가 없다는 데 놀라게 된다. 백인 관리들은 이를 이용해서 자신들의 지배권 확충을 생각할 뿐이고, 토착민 특히 그 청년들은 전쟁이라는 말만 들어도 벌써 흥분해 버린다. 마타파는 의외로 침착하다. 그는 형세의 불리함을 전혀 깨닫지 못하고 있다. 그도, 그의 부하들도 전쟁을 자신들의 의지를 떠난 하나의 자연 현상이라고 생각하고 있는 모양이다.

라우페파 왕은 그와 마타파 사이를 중재하고자 하는 나의 조정을 물리쳤다. 얼굴을 마주하고 있을 때에는 매우 상냥한 사람인데, 만나지 않고 있으면 금세 이런 식이 된다. 그 자신의 의지가 아님은 분명한데도.

폴리네시아식의 우유부단함이 전쟁을 쉽사리 일으키지 못하리라는 것을 유일한 믿음으로 삼고, 손을 놓고 방관하는 수밖에 없는 것일까? 권력을 가진다는 것은 좋은 일이다. 만약 그것이 그것을 남용하지 않는 이성 아래 있을 때에는.

로이드에게 도움을 받으면서『썰물』느리게 진행 중.

5월 ×일

『썰물』로 고심 중, 3주 동안 겨우 24쪽이라니. 그나마도 전체에 걸쳐 다시 한 번 손봐야 하는 것이다. (월터 스코트의 놀라운 속도를 생각하면 짜증이 난다.) 우선 이것은 작품으로서 보더라도 시시한 것이다. 예전에는 전날 써 놓은 것을 다시 읽어 보는 것이 즐거웠는데.

마타파 측 대표자가 정부와 교섭하기 위해 매일 아피아로 간다는 말을 듣고, 그들을 우리 집에 데려와 여기서 아피아로 오가게 했다. 매일 왕복 14마일은 힘든 일이니까. 다만 이 일 때문에, 나는 이제 공공연히 반란자 측의 일원으로 인정받게 되었다. 나에게 오는 서한은 일일이 재판소장의 검열을 받지 않으면 안 된다.

밤에 르낭의『그리스도교의 기원』을 읽었다. 훌륭하고 재미

있다.

5월 ××일

우편선이 오는 날인데, 겨우 15쪽 분량(『썰물』)밖에 못 보냈다. 벌써 이 일이 지겨워진다. 스티븐슨 가문의 역사라도 다시 계속할까? 아니면 『허미스톤의 위어』? 『썰물』에 대해서는 전혀 만족스럽지 않다. 문장에 대해 말하더라도, 언어의 베일이 너무 많다. 좀 더 알몸의 문장을 쓰고 싶다.

세리에게 새 집의 세금을 독촉받았다. 우체국에 가서, 『섬의 밤 이야기』 6부를 수령했다. 삽화를 보고 놀랐다. 삽화가는 남양을 본 적이 없는 것이다.

6월 ××일

소화불량과 지나친 흡연, 돈이 되지 않는 과로로 완전히 죽을 지경이다. 『썰물』101페이지까지 겨우 도달했다. 한 인물의 성격이 확실히 잡히지 않는다. 게다가 요즈음은 문장 때문에 애를 먹고 있으니 말이 안 된다. 한 문장에 반시간이 걸린다. 여러 가지 비슷한 문장을 마구 늘어놓아 보아도 좀처럼 마음에 드는 문장을 찾기 어렵다. 이런 바보 같은 고생은 아무것도 낳지 못한다. 한심한 증류蒸溜다.

오늘은 아침부터 서풍, 비, 물보라, 쌀쌀한 기온. 베란다에 서 있다가 문득 어떤 이상한(얼핏 보기에 근거가 없는) 감정이 나를 스쳐 지나갔다. 나는 말 그대로 비틀거렸다. 그러고 나서 마침내 설명을 찾았다. 나는 스코틀랜드적인 분위기와 스코틀랜드적인 정신과 육체의 상태를 발견했기 때문이라는 것을 깨달 았다. 평소의 사모아하고는 비슷하지도 않은 이 냉랭하고 축축한 납빛의 풍경이 나를 어느새 그렇게 바꿔 놓았던 것이다. 하일랜드의 오두막. 이탄泥炭 연기. 젖은 옷. 위스키. 송어가 뛰노는 소용돌이치는 시냇물. 지금 이곳에서 들리는 바이틀링거의 물소리까지 하일랜드의 급류 같다는 느낌이 든다. 나는 무엇을 위해 고향을 떠나 이런 곳까지 흘러온 것일까. 가슴 죄는 그리움으로 멀리서 그런 것들을 떠올리기 위해서인가? 문득 아무런 관계도 없는 묘한 의구심이 떠올랐다. 나는 지금까지 뭔가 좋은 것을 이 땅에 남겼을까? 그것은 의심스럽다. 어째서 또나는 그런 것을 알고 싶어 하는 것일까? 아주 잠깐의 시간이 지나면 나도, 영국도, 영어도, 내 자손의 뼈도, 모두 기억에서 사라지고 말 텐데. 게다가 ― 그럼에도 인간은 아주 잠시 동안이라도 사람들의 마음에 자신의 모습을 남겨 놓고 싶다고 생각한다. 하찮은 위로다……

이런 어두운 기분에 사로잡히는 것도 과로와 『썰물』로 괴로워하는 것의 결과다.

6월 ××일

『썰물』은 잠시 암초에 올려놓은 채 놔두기로 하고, 『엔지니어의 집안』의 조부의 장을 마쳤다.

『썰물』은 최악의 작품이 아닐까?

소설이라는 문학 형식 ― 적어도 나의 형식 ―이 싫어졌다.

의사에게 진찰을 받으니 휴식을 좀 취하라고 한다. 집필을 중단하고 가벼운 야외 운동만 하라고.

11

의사라는 것을 그는 신용하지 않았다. 의사는 그저 일시적인 고통을 진정시켜 줄 뿐이다. 의사는 환자의 육체의 고장(일반 인간의 보통의 생리 상태와 비교했을 때의 이상)을 발견하기는 하지만, 그 육체의 장애와 환자 자신의 정신생활과의 관련이라든지, 또 그 육체의 고장이 환자의 일생의 큰 계산에서 어느 정도 중요하게 보아야 하는지에 대해서는 아무것도 모른다. 의사의 말만 듣고 일생의 계획을 변경하거나 하는 것은 이 얼마나 타기할 만한 물질주의, 육체만능주의란 말인가! "무엇이 어떻게 되었건, 너의 제작을 시작하라. 설령 의사가 너에게 1년의, 혹은 1년의 여생조차 보증하지 않더라도 겁내지 말고 일에 달려들고, 그리하여 일주일에 해낼 수 있는 성과를 보라. 우리가 의의 있는 수고를 칭찬해야 하는 것은 완성된 성과에 대해서만이 아니다."

그러나 약간의 과로가 바로 몸에 영향을 줘서 쓰러지기도 하고 객혈을 하기도 하는 데에는 그도 할 말을 잃었다. 아무리 그가 의사의 말을 무시한다 하더라도, 이것만큼은 어떻게 할 수 없는 현실이다. (하지만 희한하게도, 그것이 그의 소설 창작을 방해한다는 실제적인 불편을 제외하고는, 그는 자기의 병약을 그다지 불행으로 느끼지 않는 것으로 보였다. 심지어는 객혈 속에서까지도 그는 스스로, R. L. S.적인 것을 발견하고, 약간의 만족(?)을 느꼈던 것이다. 그것이, 얼굴을 부어오르게 만드는 신장염이었더라면, 얼마나 그는 싫어했을 것인가.)

이렇게 젊은 나이에 자신의 수명이 짧으리라는 것을 각오하게 되었을 때, 당연히 하나의 안이한 장래의 길이 떠올랐다. 딜레탕트로 살 것. 뼈를 깎는 제작에서 물러서서, 뭔가 편한 생업을 하면서(그의 아버지는 상당한 부자였으니까) 지성과 교양은 모두 감상과 향수享受에 쓰는 것. 이 얼마나 아름답고 즐거운 삶인가! 사실 그는 감상가로서도 이류로 전락하지 않을 자신이 있었다. 그러나 결국, 어떤 빼도 박도 못할 것이, 그를 그 즐거운 길에서 벗어나게 만들고 말았다. 정말이지, 그가 아닌 어떤 것이. 그것이 그에게 깃들 때, 그는 그네로 한껏 밀려 올라간 아이처럼 황홀해져서 그 기운에 몸을 맡기는 수밖에 없었다. 그는 온몸에 전기를 띤 것 같은 상태가 되어, 오직 쓰고 또 썼다. 그것이 생명을 갉아 먹으리라는 걱정은 어딘가에 놓고 잊어버렸다. 양생養生을 한들 얼마나 오래 살 수 있을 것인가. 설혹 오래 산다고 한들 이 길로 살지 않는다면 무슨 소용이 있겠는가!

자, 그렇게 해서 여기까지 20년이 지났다. 의사가 그때까지는 살 수 있다고 말한 40세에서 벌써 3년이나 더 산 것이다.

스티븐슨은 그의 사촌형 밥에 대해 항상 생각한다. 세 살 연상의 이 사촌형은 20세 전후의 스티븐슨에게 사상적으로나 취미적으로나 직접적인 스승이었다. 현란한 재능과 세련된 취미와 해박한 지식을 겸비한 예측할 수 없는 재사였다. 그런데 그는 무엇을 했던가? 아무것도 하지 않았다. 그는 지금 파리에서 20년 전과 마찬가지로, 여전히 모든 것을 이해하고 그리고 아무 것도 하지 않는 그저 한 명의 딜레탕트다. 명성을 얻지 못했다는 것을 말하려는 것이 아니다. 그의 정신이 그곳에서 성장하지 않는다는 것을 말하는 것이다.

20년 전, 스티븐슨을 딜레탕티즘으로부터 구해 준 데이먼은 찬양받아야 했다.

어린 시절의 가장 친했던 놀이 도구였던 '1페니라면 무채색, 2펜스라면 유채색'의 종이연극(그것을 장난감 가게에서 사서 집에서 조립해 '알라딘'이나 '로빈 후드'나 '세 손가락 잭'을 스스로 연출하면서 놀았는데)의 영향일까, 스티븐슨의 창작은 언제나 하나하나의 정경을 떠올리는 것에서 시작된다. 처음, 하나의 정경이 떠오르고, 그 분위기에 어울리는 사건과 성격이 차례로 떠오른다. 차례로 몇십 개나 되는 종이연극의 무대 장면이, 그것을 이어주는 이야기를 동반하며 머릿속에 나타나, 눈앞에 생생하게 보이는 그것들 하나하나를 차례로 계속해서 묘사함으로써 그의 이야기는 참으로 즐겁게 완성된다. 허술하고 무성격한 R. L. S.의 통속 소설이라고 비평가가 말하는 것이다. 다른 제작 방법— 예컨대, 하나의 철학적 관념을 예증하고자 하는 목적 아래 전체의 구상을 세운다거나, 하나의 성격을 설명하기 위해, 사건을 만들어 낸다거나 하는 일 —은 그로서는 전혀 생각할 수도 없었다.

스티븐슨에게 거리에서 보는 하나의 정경은, 아직 어느 누구도 기록하지 않은 하나의 이야기를 말하는 것처럼 여겨졌다, 하나의 얼굴, 하나의 몸짓도, 마찬가지로 알려지지 않은 이야기의 발단으로 보였다. 한여름 밤의 꿈의 문구는 아니지만, 그들, 이름과 장소를 갖지 못한 것에게 명확한 표현을 부여하는 것이 시인—작가라면, 스티븐슨은 분명 타고난 이야기꾼임에 틀림없다. 하나의 풍경을 보고 그에 어울리는 사건을 머릿속에 짜내는 일은, 그에게는 어렸을 때부터 식욕만큼이나 강한 본능이었다. 코링턴의(외가의) 할아버지 집에 갈 때에는, 언제나 그 주변의 숲이나 강이나 물레방아에 어울릴 만한 이야기를 만들어 웨이벌리 노블스* 중의 인물들을 종횡무진으로 활약시키고는 했다. 가이 매너링이나 로브 로이나 앤드루 페어서비스 등을. 창백하고 가냘팠던 소년 시절의 이런 버릇이 아직까지도 가시지 않았다. 아니 오히려 가련한 대소설가 R. L. S. 씨는 이런 유치한 공상 이외에는 창작 충동을 모르는 것이다. 구름처럼 솟아오르는 공상적인 정경. 만화경 같은 영상의 난무. 그것을 본 대로 묘사한다. (그러므로 나머지는 기교의 문제다. 게다가 그 기교에는 충분한 자신이 있었다.) 이것이 그의 유일무이한, 더할 나위 없이 즐거운 제작 방식이었다. 여기에는 좋고 나쁨이 없다. 달리 방법을 몰랐으니까. "누가 뭐라 하든, 나는 내 방식을 고집해서 내 이야기를 쓸 뿐이다. 인생은 짧다. 인간은 어

---

* Waverley Novels. 월터 스코트가 1814년부터 1831년까지 쓴 일련의 모험 소설들을 가리키는 말. 19세기 전반 유럽에서 가장 널리 읽힌 시리즈이다

차피 Pulvis et Umbra*니까. 무엇 때문에 애써서, 바다의 굴이나 박쥐들의 마음에 들기 위해 재미도 없는 심각한 빌려다 놓은 작품을 쓸 수 있겠는가. 나는 나를 위해 쓴다. 설혹 한 명의 독자가 없어지더라도, 나라고 하는 최대의 애독자가 있는 한은 말이다. 사랑스러운 R. L. S.씨의 독단을 보라!'

실제로, 작품을 다 쓰고 나자마자 그는 작자이기를 그만두고 그의 작품의 애독자가 되었다. 누구보다도 열심인 애독자가. 그는 마치 그것이 다른 누군가(가장 좋아하는 작가)의 작품이기라도 한 것처럼, 그리고 그 작품의 플롯도 결말도 아무것도 알지 못하는 한 사람의 독자로서 마음속으로부터 즐겁게 독서에 빠져드는 것이다. 그런데 이번 『썰물』만큼은, 참을성 있게 계속 읽을 수 없었다. 재능의 고갈이었을까? 육체의 쇠약으로 인한 자신감 저하일까? 헐떡거리며 그는 거의 습관의 힘만으로, 터벅터벅 원고를 계속 써나갔다.

12

1893년 6월 24일

전쟁이 가까워졌다.

간밤에, 우리 집 앞을 라우페파 왕이 얼굴을 가린 채 말을 타

---

* Pulvis et umbra sumus. '우리는 단지 먼지와 그림자에 불과하다.' 호라티우스의 시에 나온 표현.

고, 무슨 용무 때문인지 허둥지둥 지나갔다. 요리사가 확실히 그것을 보았다고 한다.

한편 마타파는 마타파대로, 매일 아침 눈을 뜨면, 반드시, 간밤까지는 없었던 새로운 백인의 상자(탄약 상자를 뜻함)에 둘러싸여 있음을 발견한다고 한다. 어디에서 온 것인지, 그도 모르는 것이다.

무장한 병사의 행진, 여러 추장의 내왕, 점점 더 빈번해진다.

6월 27일

시내로 내려가 뉴스를 듣는다. 별별 소문이 난무한다. 지난밤 늦게 북소리가 울렸고 사람들은 무기를 들고 물리누우로 달려갔지만 아무 일도 없었다고 한다. 현재까지는 아피아 시에 별일은 없다. 시 참사관에게 물어보았지만 정보가 없다고 한다.

시내에서 서쪽 나루터까지 가서 마타파 마을의 동향을 살펴보려고 말을 탔다. 바임스까지 가니 길가의 집들에서 사람들이 복닥거리며 떠들어 대고 있었지만 무장은 하지 않았다. 강을 건넜다. 3백 야드 가서 또 강. 건너편 나무 그늘에 윈체스터총을 멘 일곱 명의 보초가 있다. 가까이 다가가도 움직이지도 않고 말을 걸지도 않는다. 눈으로 쫓을 뿐이다. 나는 말에게 물을 마시게 하고 나서 "타로파!" 하고 인사를 하고 그곳을 지나갔다. 보초장도 "타로파!" 하고 답했다. 여기서부터 앞쪽 마을에는 무장병이 잔뜩 몰려 있다. 중국인 상인이 사는 양옥이 한채 있다. 대문에는 중립 표시의 깃발이 펄럭인다. 베란다에는 사람들이 있고, 여자들이 잔뜩 서서 바깥을 내다보고 있다. 그 중에는 총을 가진 자도 있었다. 이 중국인뿐 아니라 섬에 사는 외국인들은 모두 자기 재산을 지키기에 급급해 있다. (재판소 장과 정무장관이 물리누우에서 티볼리 호텔로 피신했다고 한다.) 길에서 토착민병 한 무리가 총을 짊어지고 탄약통을 메고 활 기찬 모습으로 행진해 오는 것과 만났다. 바임스에 도착. 마을 의 광장에는 무장한 남자들이 가득하다. 회의실 안에도 사람들 이 가득하고, 그 출구 쪽에서 바깥을 향해 한 연설자가 떠들고 있다. 모두의 얼굴에 환희에 찬 흥분이 있다. 알고 지내는 늙은 추장한테 다가갔는데, 요전번에 만났을 때하고는 딴판으로 젊 고 활기차 보였다. 잠시 쉬면서 함께 스루이를 피운다. 돌아가 려고 밖으로 나왔을 때, 얼굴을 검게 칠하고 허리에 찬 헝겊 뒤 쪽을 말아올려 엉덩이의 문신을 드러낸 한 사나이가 쓱 나오 더니, 묘한 춤을 추며 작은 칼을 공중 높이 던지고 그것을 멋지 게 받아내는 모습을 보여주었다. 야만적이고 환상적이며 생기 넘치는 볼거리다. 이전에도 소년이 이런 짓을 하는 것을 본 적 이 있는데, 이것은 아마도 전쟁 때의 의례 같은 것인 모양이다.

집에 돌아오고 나서도, 그들의 긴장한 행복스러운 얼굴이 머릿속을 맴돌고 있다. 우리 안에 있는 옛 야만인이 깨어나서 종마처럼 흥분하는 것이다. 그러나 나는 소란을 모르는 체하고 가만히 있어야 한다. 이제 와서는 어떻게 할 도리가 없다. 내가 참견을 하지 않는 편이, 그들 가련한 사람들에게, 뭔가, 도움이 될지도 모르는 것이다. 고름이 곪아 터진 뒤의 수습에 대해서 우리가 다소간의 원조를 할 수 있을 것 같다는 예상이, 아직,

조금은 있을 것 같으니까 말이다.

무력한 문인이여! 나는 마음을 다잡고 세금을 내는 것 같은 심정으로 원고를 써 나간다. 머릿속에는 윈체스터총을 든 전사들의 모습이 어른거린다. 전쟁은 참으로 큰 entraînement(유혹)이다.

6월 30일

파니와 벨을 데리고 시내로 내려간다. 국제 클럽에서 점심식사. 식후 마리에 쪽으로 가 본다. 지난번과 달리 오늘은 아주 조용하다. 사람 없는 길, 사람 없는 집. 총도 보이지 않는다. 아피아로 돌아가서 공안위원회에 얼굴을 내민다. 저녁 식사 후 무도회에 잠깐 들렀다가 피곤해서 귀가. 무도회에서 들은 바에 의하면, '투시탈라가 이번 분쟁의 원인을 만들었으니까 그와 그의 가족은 당연히 처벌해야 한다'고, 레토누의 추장이 말했다고 한다.

밖으로 나가서 싸움에 끼어들려는 유치한 유혹을 이겨내야 한다. 우선 집을 지켜야 한다.

아피아의 백인들에게도 공황이 일어나고 있다. 유사시에는 군함으로 피난 가기로 되어 있다던가. 현재 독일 군함 두 척이 항구에 있다. 올란도 호도 곧 입항할 것이다.

7월 4일

지난 이삼일 정부 측 군대(토착민병)가 속속 아피아로 집결. 적동색의 전사를 가득 싣고 바람을 타고 입항하는 보트의 무리. 그 선수船首에서 공중제비를 하며 기운을 불어넣는 사나이. 전사들이 배 위에서 질러 대는 묘한 위협적인 함성. 북의 난타. 가락도 맞지 않는 나팔 소리.

아피아 시내에서는 붉은 손수건이 품절되어 버렸다. 머리에 두른 붉은 손수건이 바로 마리에토(라우페파)군의 제복인 것이다. 얼굴을 검게 칠한 붉은 머릿수건의 청년들로 시내가 시끌벅적하다. 유럽풍 양산을 든 소녀와 이상한 차림새의 전사들이 함께 걸어가는 모습이 실로 재미있다.

7월 8일

싸움이 마침내 시작되었다.

저녁 식사 후 심부름꾼이 와서, 부상자들이 미션하우스로 운반되어 와 있다고 알렸다. 파니, 로이드와 함께 등불을 들고 말을 탔다. 꽤 쌀쌀하지만 별이 많은 밤, 타눈가마노노에 등불을 놓아두고, 나머지는 별빛으로 내려간다.

아피아의 거리도, 나 자신도 묘한 흥분에 휩싸여 있다. 나의 흥분은 우울하고 잔인한 것이고, 다른 사람들의 흥분은 멍한, 혹은 분격하게 하는 그것이다.

임시로 차려 놓은 병원은 길고 텅 빈 건물인데, 중앙에 수술 대가 있고 열 명의 부상자가 모두 보호자에 둘러싸여 방 구석구석에 누워 있었다. 몸집이 작고 안경을 쓴 간호원 라주 양이 오늘은 매우 믿음직스럽게 보였다. 독일 군함의 간호 졸업생도 와 있었다.

의사는 아직 오지 않았다. 환자 하나가 싸늘해져 가고 있었다. 그는 참으로 훌륭한 사모아인으로, 색이 아주 새까만 아라비아풍의 독수리형 풍모를 하고 있었다. 일곱 명의 친척이 둘러싸고 그의 손발을 문지르고 있었다. 폐를 총알이 관통한 모양이었다. 독일 함정의 군의관을 급히 부르러 갔다.

나에게는 내 일이 있었다. 계속해서 들어올 것이 틀림없는 부상자를 수용하기 위해 공회당을 사용할 수 있게 해 달라고 목사인 클라크 씨 등이 말하므로, 시내를 뛰어다니며, (극히 최근 내가 공안위원으로 들어가게 되었으므로) 사람들을 불러모아 긴급 위원회를 열고 공회당을 제공하기로 결정했다. (한 명의 반대자가 있었다. 결국 설득했다.) 이 일에 대한 비용 각출도 가결.

한밤에 병원으로 돌아왔다. 의사가 와 있었다. 두 명의 환자가 죽어가고 있었다. 한 명은 복부를 맞은 사람. 얼굴을 일그러뜨리며, 그러나 침묵하는 애처로운 인사불성 상태.

방금 전 폐에 총을 맞은 추장은 한쪽 벽에 기대어 최후의 천사를 기다리는 듯이 보였다. 가족들이 그의 손발을 부축하고 있었다. 모두 말이 없다. 돌연 한 여자가 죽어가는 자의 무릎을 끌어안고 통곡했다. 통곡 소리가 5초는 지속되었을까. 다시금 애달픈 침묵.

2시 지나서 귀가. 거리의 소문을 종합해보면 싸움은 마타파에게 불리했던 모양이다.

7월 9일

마침내 싸움의 결과가 밝혀졌다.

어제 아피아에서 서쪽으로 진격을 시작한 라우페파군은 정오경 마타파군과 맞부딪쳤다. 다만, 우스꽝스럽게도 처음에는 전쟁은커녕, 양군의 장수가 서로 포옹하고 카바 술을 서로 마시고, 신나게 주고받은 모양이다. 그러다가 갑자기 부주의하게 발사된 한 방의 거짓 발포로 순식간에 난투로 변해 진짜 전쟁이 되었다. 저녁때가 되어 마타파군이 물러나고, 마리에 외곽의 석벽에 의지해 지난밤 내내 방어전을 폈지만, 오늘 아침이 되어 결국 무너졌다. 마타파는 마을을 불태우고 바닷길로 사바이이로 도망쳤다고 한다.

오랫동안 이 섬의 정신적인 왕이었던 마타파의 몰락에 대해 할 말을 잃었다. 1년 전이었더라면 그는, 라우페파도 백인 정부도 쉽게 쓸어버렸을 텐데. 마타파와 함께 나의 갈색 친구의 다수가 재해를 입었을 것이다. 나는 그들을 위해서 무엇을 했던가? 앞으로도 무엇을 할 수 있을 것인가? 경멸받아야 할 기상 관측자!

점심 식사 뒤 시내로. 병원에 가보니, 우르(폐에 총알을 맞은 추장 이름)는 신기하게도 아직 살아 있었다. 배에 총을 맞은 남자는 이미 죽어 있었다.

베어진 열한 개의 목이 물리누우로 운반되었다. 토착민들이 크게 놀라고 경악을 금치 못했던 것은, 그 목 중 하나는 소녀의 것이었다. 게다가, 사바이이의 어느 마을의 타우포우(마을을 대표하는 아름다운 처녀)의 목이었다. 남해의 기사라고 자임하는 사모아인들 사이에서 이것은 용서할 수 없는 폭행이었다. 이 목만큼은 최고급 비단에 싸여 정중한 사과문과 함께 바로 마리에로 돌려보냈다고 한다. 소녀는 아버지를 돕기 위해 탄약이라도 운반하다 총에 맞았을 것이 틀림없다. 아버지의 투구 장식으로 쓰려고 자기 머리카락을 자른 듯한데, 남자처럼 깎았기 때문에 목이 베인 것이라 한다. 그러나 이 얼마나 그녀의 아름다움에 어울리는 선택받은 최후란 말인가!

마타파의 조카 레아우페페만은 목과 몸통 양쪽이 운반되어 왔다. 물리누우의 대로에서 라우페파가 그것을 보고, 부하의 공로를 치하하는 연설을 했다.

두 번째로 병원에 들렀을 때, 간호사와 간호 졸업생은 하나도 없고 환자의 가족들뿐이었다. 환자도 돌보는 사람도 목침을 베고 낮잠을 자고 있었다. 경미한 부상을 입은 아름다운 청년이 있었다. 두 소녀가 그를 보살피고, 함께 좌우에서 그의 베개를 베고 있었다. 다른 한구석에는 아무도 보살피지 않는 한 명의 부상자가, 내버려진 채, 의연한 모습으로 누워 있었다. 앞의 미청년에 비해 훨씬 훌륭한 태도로 비쳤는데, 그의 용모는 아름답지는 않았다. 안면 구조의 극히 미세한 차이가 가져다주는 참으로 엄청난 차이!

7월 10일

오늘은 피곤해서 움직일 수가 없다.

더 많은 목이 물리누우로 운반되었다고 한다. 목 사냥의 풍습을 금지시키는 일은 쉬운 일이 아니다. "이 이외의 어떤 방법으로 용맹함을 증명할 수 있는가?" 또, "다윗이 골리앗을 쓰러뜨렸을 때 그는 거인의 목을 가지고 돌아오지 않았는가?"라고 그들은 말한다. 그러나 이번의, 소녀의 목을 따 온 것만큼은 전적으로 몸둘 바를 모르는 모양이다.

마타파는 무사히 사바이이에 맞아들여졌다는 설과 사바이이 상륙을 거절당했다는 설이 나돌고 있다. 어느 쪽이 진짜인지 아직 모른다. 사바이이로 맞아들여졌다면, 더 대규모의 전쟁이 계속되겠지.

7월 12일

확실한 보도는 들어오지 않고, 유언비어만 무성하다. 라우페파군은 마노노를 향해 출발했다.

7월 13일

마타파가 사바이이에서 쫓겨나 마노노로 돌아갔다는 확실한 보고가 있다.

7월 17일

최근 닻을 내린 카투바 호의 빅포드 함장을 방문했다. 그는 마타파 진압 명령을 받고 내일 새벽 마노노를 향해 출항할 것이라고 한다. 마타파를 위해, 함장이 할 수 있는 데까지 최대한 호의를 베풀어 달라고 부탁했다.

하지만 마타파가 쉽사리 항복할까? 그의 패거리는 무장해제에 순순히 응할까?

마노노로 격려의 서신을 보낼 수도 없다.

13

독일·영국·미국 3국에 대한 패잔 세력의 마타파로서는 그 귀추가 너무나 명확했다. 마노노 섬으로 급히 간 빅포드 함장은 세 시간의 기한을 주고 항복을 촉구했다. 마타파는 투항했고, 동시에 추격해 온 라우페파군에 의해 마노노는 불태워지고 약탈당했다. 마타파는 칭호를 박탈당하고 멀리 잴루잇 섬으로 유배되었으며, 그의 부하 추장 열세 명도 각각 다른 섬으로 추방되었다. 반란자 측 마을들에 과태료 6,600파운드. 물리누우 감옥에 투옥된 대소 추장 27명. 이것이 모든 일의 결과였다.

온 힘을 다해 애를 쓴 스티븐슨의 노력도 허사가 되었다. 유배자는 가족 동반이 허용되지 않았고, 또 어느 누구와도 서신 왕래가 금지되었다. 그들을 방문할 수 있는 것은 목사뿐이었다. 스티븐슨은 마타파에게 보낼 서신과 선물을 가톨릭 신부에게 부탁하려 했지만 거절당했다. 마타파는 모든 친한 사람, 친한 땅과 단절된 채, 북방의 낮은 산호섬에서, 소금기가 있는 물을 마시고 있다. (고산 계류가 풍부한 사모아의 사람들은 짠 물을 아주 질색한다.) 그는 어떤 죄를 저질렀는가. 사모아의 오랜 관습에 따라 당연히 요구해야 할 왕위를 양보해서 너무나 오래 참고 기다렸다는 것뿐이다. 그래서 적에게 틈을 주어 싸움에 휘말려 반역자의 이름이 붙여진 것이다. 마지막까지 아피아 정부에 충실하게 세금을 내고 있었던 것은 그였다. 목 베기 금지를 주장하는 소수의 백인의 이론을 이용해 가장 먼저 이를 부하에게 실행시킨 것은 그였다. 그는 백인까지 포함한 전 사모아 거주자 중에서(이렇게 스티븐슨은 주장한다) 가장 거짓말을 하지 않는 인간이다. 게다가, 이러한 남자를 불행에서 구하기 위해 스티븐슨은 무엇 하나 할 수 없었다. 마타파는 그를 그토록 신뢰했는데도 말이다. 문통文通의 수단이 끊어진 마타파는 아마도 스티븐슨에 대해서, 친절한 말만 하고 결국 무엇 하나 실제로는 해 주지 않는 백인(흔해빠진 백인)에 지나지 않았다고 실망하고 있는 것은 아닐까?

전사자 일족의 여자가 전사戰死의 자리에 가서 꽃멍석을 그곳에 펼친다. 나비라든지 다른 곤충이 와서 그곳에 앉는다. 한 번 쫓는다. 도망친다. 또 쫓는다. 도망친다. 그래도 세 번째로 그곳에 앉기 위해 오면, 그것은 그곳에서 죽은 자의 영혼으로 간주된다. 여자는 그 벌레를 공손히 잡아서 집으로 가져가 모시는 것이다. 이러한 상심의 풍경을 도처에서 볼 수 있었다. 한편, 투옥된 추장들이 매일 채찍질당하고 있다는 소문도 있었다. 이런 일을 보고 듣고 함에 따라, 스티븐슨은 스스로를 아무런 쓸모도 없는 문인이라고 자책했다. 오래도록 중단하고 있던 〈타임즈〉에 보내는 공개 서한도 다시 쓰기 시작했다. 육체의 쇠약과 창작의 지지부진에 더해, 자기에 대한, 세계에 대한, 뭐라 형언하기 힘든 분노가 그의 나날을 지배했다.

14

1893년 11월 ×일

짜증나는 비가 올 듯한 아침, 거대한 구름. 바다 위에 떨어진 그 거대한 남회색의 그림자. 아침 7시인데도 아직 등불을 켜고 있다.

벨은 키니네를 필요로 하고, 로이드는 배탈이 났고, 나는 산뜻하게 약간의 객혈.

뭔가 불쾌한 아침이다. 나를 에워싸고 있는 착잡하고 비참한 의식. 사물 그 자체에 내재하는 비극이 작용해서 구제 불능의 어둠으로까지 나를 물들인다.

삶이란 언제나 맥주와 볼링뿐인 것은 아니다. 그러나 나는 결국 사물의 궁극의 적정適正을 믿는다. 내가 어느 날 아침 지옥으로 떨어진다 하더라도, 나의 이 신념은 변하지 않을 것이다. 게다가, 그럼에도 불구하고, 여전히 이 생의 발걸음은 고통스럽다. 나는 내 행보의 오류를 인정하고 그 결과 앞에서 비참하고 엄숙하게 머리를 숙이지 않으면 안 된다…… 그건 그것대로 어쩔 수가 없다, Il faut cultiver son jardin[자신의 정원을 돌봐야 한다]이다. 가련한 인간들의 지혜의 마지막 표현이 이것이다. 나는 다시 나의 마음 내키지 않는 창작으로 되돌아간다. 『허미스톤의 위어』를 다시 꺼내들어, 다시 버거워하고 있다. 『세인트 아이브스』도 더디게 진행해 가고 있다.

나는 자신이 지금, 지적 생활을 하는 인간에게 으레 있는 하나의 전환기에 처해 있다는 것을 알고 있기 때문에 절망하지는 않는다. 하지만, 내가 나의 문학의 막다른 곳에 부딪혀 있다는 것은 사실이다. 『세인트 아이브스』에도 자신을 가질 수가 없다. 싸구려 소설이다.

젊었을 때 왜 착실하고 평범한 장사를 선택하지 않았을까 하고, 지금 문득 그런 기분이 든다. 그런 장사를 하고 있었더라면, 지금과 같은 슬럼프일 때에도, 훌륭하게 자신을 지탱해 나갈 수 있었으련만.

나의 기교는 나를 포기하고, 인스피레이션도, 그리고, 내가 오래도록 영웅적인 노력으로 습득한 스타일까지 상실하게 만든 것으로 생각된다. 스타일을 상실한 작가는 비참하다. 지금까지 무의식 가운데 작용하고 있던 불수의근을, 일일이 의지를 가지고 움직이지 않으면 안 되기 때문이다.

그러나, 한편으로 『난파선』이 잘 팔린다고 한다. 『카트리오나』(데이비드 밸포어의 제목을 바꾼 것) 쪽이 인기가 없어서, 저런 작품이 더 잘 팔린다는 것은 아이러니지만 좌우간 너무 절망하지 말고 두 번째 싹을 기다리기로 하자. 앞으로 내 건강이 회복되어 머리까지 좋아진다는 일은 결코 있을 수 없겠지만 말이다. 다만 문학이라는 것은 생각하기에 따라서는 다소 병적인 분비分泌임에 틀림없다. 에머슨의 말에 의하면 사람의 지혜는 그 사람이 가진 희망의 유무와 다소에 의해 계량할 수 있는 것이라니 나도 희망을 잃지 않기로 하자.

하지만 나는 아무래도 예술가로서 나 자신을 대단한 사람이라고 생각할 수 없다. 한계가 너무나 명확한 것이다. 나는 자신을 그저 옛날풍의 장인 정도로 생각해 왔다. 그런데 이제, 그 기술이 쇠퇴해 버린 게 아닐까? 이제 나는 아무짝에도 쓸모없는 귀찮은 존재다. 원인은 오직 두 가지. 20년간의 각고와 질병이다. 이 둘이 우유에서 유정乳精인 크림을 깡그리 짜내 버린 것이다……

소리 높이, 숲 저쪽으로부터, 비가 다가오고 있다. 어느새 지붕을 두들기는 맹렬한 소리. 축축한 대지의 냄새. 상쾌하게, 뭔가 하일랜드적인 느낌이다. 창밖을 내다보니, 소나기의 수정 막대기가 만물 위에 격렬한 물보라를 두들겨 대고 있다. 바람. 바람이 기분 좋은 청량감을 가져다준다. 비는 금방 지나가 버렸지만, 아직 주변을 강타하고 있는 소리만큼은 맹렬하게 들려온다. 비 한 방울이 일본식 주렴을 뚫고 내 얼굴로 튀었다. 창문 앞으로 지붕으로부터, 아직도 빗물이 시냇물처럼 떨어지고 있다. 기분 상쾌하다! 그것은 내 마음속에 있는 무엇인가에 대한 응답인 것 같다. 무엇에? 확실하지 않다. 늪지대의 비에 대한 오래된 기억?

나는 베란다에 나가서 빗소리를 듣는다. 뭔가 수다를 떨고 싶어진다. 무엇을? 뭔가, 이런 격정적인 것을. 내 성격에 맞지 않는 것을. 세계는 하나의 오류라는 것에 대해서, 등. 무슨 오류? 딱히 자세한 것은 없다. 내가 작품을 잘 쓸 수 없으니까. 그리고 또, 크고 작은, 너무나 많은 쓸데없는 일들이 귀에 들어오니까. 하지만, 그, 쓸데없는 무거운 짐 중에서도, 끊임없이 수입을 벌어야 한다는 영원한 무거운 짐하고 비교할 만한 것은 없다. 기분 좋게 뒹굴거리면서 한 2년 동안 창작에서 떨어져 있을 수 있는 장소가 있었으면! 설령 그것이 정신병원이라 하더라도, 나는 가지 않을까?

11월 ××일

내 생일 축하가 설사 때문에 일주일 미뤄져 오늘 있었다. 열 다섯 마리 새끼돼지의 찜. 백 파운드의 소고기. 같은 양의 돼지고기, 과일, 레모네이드의 냄새, 커피의 향기. 클라레트 누가. 위층과 아래층 모두 꽃, 꽃, 꽃. 60마리의 말을 맬 장소를 급히 마련했다. 손님은 150명 정도 왔을까. 3시경부터 와서 7시쯤 돌아갔다. 쓰나미의 내습 같았다. 대추장 세우마누가 자신의 칭호 중 하나를 나에게 선물로 주었다.

11월 ××일

아피아에 내려가 시내에서 마차를 빌려 파니, 벨, 로이드와 함께 당당하게 감옥으로 갔다. 마타파의 부하인 죄수들에게 카바 술과 담배를 선물하기 위해서.

도금을 한 철창에 에워싸인 가운데, 우리는 정치범들과 형무소장 울름브란트씨와 함께 카바 술을 마셨다. 추장 중 한 사람이 카바를 마실 때, 먼저 팔을 뻗어 술잔의 술을 서서히 땅에 부으며 기도하듯이 이렇게 말했다. "신도 이 연회에 함께하시기를. 이 모임의 아름다움이여!" 다만 우리가 선물한 것은, 스피트 아바(카바)라고 불리는 하등품이었지만.

요즈음, 하인들이 좀 게을러져서(그렇다고 해도 일반 사모아인과 비해 볼 때 결코 나태하다고는 할 수 없을 것이다. "사모아인은 일반적으로 뛰지 않는다. 바일리마의 하인들만은 예외지만"이라고 말한 어느 백인의 말에 나는 긍지를 느낀다.) 타로로의 통역으로 그들에게 잔소리를 했다. 가장 게으름을 부린 남자의 급료를 반으로 깎겠다는 취지를 전달했다. 그 남자는 얌전하게 고개를 끄덕이며 쑥스러운 웃음을 지었다. 처음 이곳에 왔을 무렵, 하인의 급료를 6실링 삭감했더니, 그 남자는 바로 일을 그만두었다. 그러나 이제는, 그들은 나를 추장으로 간주하는 모양이다. 급료를 깎인 것은 티아라는 노인으로, 사모아 요리(하인들을 위한)를 하는 요리사인데 실로 완벽하다고 할 수 있을 정도로 멋진 풍모의 소유주다. 옛날 남해에 무명武名을 떨친 사모아 전사의 전형이라고 생각할 정도의 체구와 용모다. 그런데, 이자가 도무지 어떻게 해볼 수 없는 사기꾼일 줄이야!

12월 ×일

날씨 쾌청하고, 엄청나게 덥다. 감옥의 추장들에게 초대되어, 오후에 타는 듯한 4마일 반을 말을 타고 옥중 잔치에 간다. 지난번 답례의 의미일까? 그들은 자신들의 우라(새빨간 씨앗을 많이 끈에 꿴 목 장식)를 벗어서 내 목에 걸어 주면서 "우리의 유일한 친구"라고 나를 부른다. 옥중에서 하는 것치고는 매우 자유롭고 성대한 잔치였다. 타파(꽃돗자리) 13장, 부채 30개, 돼지 5마리, 산더미 같은 생선, 타로감자의 그보다 더 큰 산을 선물로 받았다. 도저히 가져갈 수 없다며 거절하자, 그들은 "아니, 꼭 이것들을 신고서 라우페파 왕의 집 앞으로 해서 돌아가 주십시오. 틀림없이 왕이 질투를 할 테니까요"란다. 내 목에 걸어 준 우라도, 원래 라우페파가 탐내던 것이라고 한다. 왕에 대한 과시가 수인囚人 추장들의 목적 중 하나인 것이다. 선물의 산더미를 수레에 싣고, 빨간 목 장식을 하고, 말을 타고서, 서커스의 행렬이라도 되는 것처럼, 나는 아피아 거리 군중의 경탄 속에 유유히 돌아왔다. 왕의 집 앞도 지나쳤지만, 과연 그가 질투를 했을까.

12월 ×일

난항 중이던 『썰물』드디어 끝났다. 악작惡作?

요즈음 계속해서 몽테뉴 제2권을 읽고 있다. 옛날 20세 이전에, 문체 습득을 목적으로 이 책을 읽은 적이 있으니까, 정말 어처구니가 없다. 그 무렵, 이 책의 무엇을 내가 알았을까?

이런 위대한 책을 읽은 후에는 어떤 작가도 어린애로 보여 읽을 엄두가 나지 않는다. 그건 사실이다. 그러나, 그래도 나는, 소설이 뭇 책 중에서 최고(또는 최강)의 것임을 의심하지 않는다. 독자에게 올라타서 그 영혼을 빼앗고, 그 피가 되고 살이 되어 완전히 흡수되는 것은 소설밖에는 없다. 다른 책에서는 무엇인지 제대로 연소되지 않고 남는 것이 있게 마련이다. 내가 지금 슬럼프에 빠져 있는 것은 하나의 사실, 내가 이 길에 한없는 긍지를 느끼는 것과는 다른 일이다.

토착민과 백인 모두로부터의 불신과 연이은 분쟁에 대한 책임을 지고 결국 정무장관 폰 피르자흐가 사직했다. 재판소장도 곧 그만둘 것이다. 현재는 그의 법정이 이미 닫혀 있지만, 그의 호주머니만은 아직 봉급을 받기 위해 열려 있다. 그의 후임은 이이다 씨로 내정된 듯하다. 좌우간 새 정무장관이 오기 전까지는, 예전처럼 영국 미국 독일 영사의 삼두정치다.

아아나 방면에 폭동이 일어날 것 같은 형세다.

15

마타파가 잴루잇으로 유배된 뒤로도, 토착민의 봉기는 끊이지 않았다.

1893년이 저물 무렵, 지난날의 사모아 왕 타마세세의 유아遺兒가 투푸아족을 이끌고 반란을 일으켰다. 소小타마세세는 왕과 모든 백인의 섬 밖 추방(혹은 섬멸)을 표방하고 일어났지만, 결국 라우페파 왕 휘하의 사바이이 세력의 공격으로 아아나에서 궤멸했다. 반군에 대한 처벌은 총 50정 몰수, 미납 세금 징수, 20마일 도로 공사 등이 부과되었을 뿐이다. 이전 마타파의 경우의 엄벌에 비해 볼 때 너무 불공평하다. 아버지 마타세세가 예전에, 독일인에 의해 옹립된 로봇이었던 관계로, 소타마세세에게는 일부 독일인의 지지가 있었기 때문이다. 스티븐슨은 또 무익한 항의를 여기저기를 통해 시도해 보았다. 소타마세세에게 엄벌을 내리라는 것은 물론 아니다. 마타파의 감형을 요구한 것이다. 사람들은 어느새 스티븐슨이 마타파의 이름을 입 밖에 내기만 하면 웃게 되었다. 그래도 그는 정색을 하고,

본국의 신문과 잡지에 사모아 사정을 거듭거듭 호소했다.

이번 소동에서도 역시 목 사냥이 활발하게 벌어졌다. 목 사냥 반대론자인 스티븐슨은 즉각 목을 벤 자에 대한 처벌을 요구했다. 이 난리가 시작되기 직전에, 신임 재판소장인 이이다 씨가 의회를 통해 목 사냥 금지령을 내렸으므로 당연한 일이었다. 그러나 이 처벌은 실제로는 시행되지 않았다. 스티븐슨은 격분했다. 섬의 종교인들이 의외로 목 사냥에 무관심한 데 대해서도 그는 분개했다. 현재 사바이이족은 어디까지나 목 사냥을 고집하고 있지만, 투아마상가족은 목 대신에 귀를 자르는 것만으로 만족하고 있다. 왕년의 마타파는 부하들에게 거의 절대로 목을 베지 않게 했다. 노력만 하면 이 악습은 근절할 수 있다고 그는 생각했다.

체달크란츠의 실정을 이어받아, 이번 재판소장은 조금씩 백인과 토착민들 사이에서 정부의 신용을 회복해 가고 있는 것으로 보였다. 그러나 소규모 폭동이라든지, 토착민 사이의 분쟁이라든지, 백인을 향한 협박은 1894년 내내 그친 적이 없었다.

16

1894년 2월 ×일

어젯밤에 평소처럼 별채에서 혼자 일을 하고 있는데, 라파엘레가 등불과 함께 파니로부터의 종이쪽지를 가지고 왔다. 우리 집 숲속에 폭도들이 많이 모여 있는 것 같으니까, 서둘러 와 달라고 적혀 있었다. 맨발에 권총을 가지고 라파엘레와 함께 내려갔다. 도중에 파니가 올라오는 것과 만났다. 함께 집으로 들어가 으스스한 하룻밤을 새웠다. 타눈가마노노 쪽에서 밤새도록 북소리와 함성이 들려왔다. 저 멀리 시내에서는 달빛(달이 늦게 떴다) 아래서 광란을 벌이고 있는 모양이다. 우리의 숲에도 분명 토착민들이 숨어 있는 모양인데, 이상하게도 소란스럽지 않다. 잠잠하게 있는 게 오히려 더 으스스하다. 달이 떠오르기 전, 정박 중인 독일 군함의 서치라이트가 창백하고 넓은 광선을 어두운 밤하늘 여기저기에 비추는 모습이 아름다웠다. 침대에 누웠지만, 목 류머티즘이 일어나서 좀처럼 잠을 이루지 못했다. 아홉 번째로 잠이 들려 하는데, 괴상한 신음 소리가 아래층 남자 방에서 들려왔다. 목덜미를 움켜쥐고, 권총을 들고, 남자 하인 방으로 갔다. 모두들 아직 자지 않고서 스위피(골패 도박)를 하고 있다. 멍청이 미시폴로가 져서 과장되게 신음 소리를 냈던 것이다.

오늘 아침 8시, 북소리와 더불어 순찰병으로 보이는 토착민들 한 떼가 왼쪽 숲에서 나타났다. 그러더니 바에아 산으로 이어지는 오른쪽 숲으로부터도 소수의 병력이 왔다. 그들은 함께 집으로 들어왔다. 기껏해야 50명가량이다. 비스킷하고 카바 술을 대접해 주었더니, 얌전하게 아피아 가도 쪽으로 행진해 갔다.

우스꽝스러운 위협이다. 그래도 영사를 비롯한 사람들은 간밤에 내내 잠을 제대로 이루지 못했을 것이다.

어제 시내에 갔을 때, 처음 보는 토착민에게서 푸른 봉투에 담긴 공식 서한을 받았다. 협박장이다. 백인은 왕 측의 사람들과 관계하지 말 것. 그들의 선물을 받지 말 것…… 내가 마타파를 배반했다고 생각하고 있는 것일까?

3월 ×일

『세인트 아이브스』를 진행 중인데, 6개월 전에 주문한 참고서가 드디어 도착. 1814년 당시의 죄수가 이처럼 희한한 제복을 입고, 일주일에 두 번씩 수염을 깎고 있었다니! 완전히 다시 써야 하게 생겼다.

메레디스 씨로부터 정중한 편지를 받았다. 영광이다. 『비첨의 생애』는 지금도 여전히 남해에서의 나의 애독서의 하나다.

매일 오스틴 소년을 위해 역사 강의를 하고 있는 것 말고도, 최근 일요학교의 선생 노릇도 하고 있다. 부탁을 받아서 재미삼아 하고 있지만, 지금부터 과자와 경품을 걸어 아이들을 낚고 있는 형편이니 언제까지 계속될지 알 수 없다.

박스터와 콜빈의 기획으로 나의 전집을 내겠다고, 차토 앤드 윈더스 사에서 연락이 왔다. 월터 스코트의 48권짜리 웨이벌리 노블스와 같은 붉은색 장정으로 전 20권, 1천 부 한정판으로 하고, 나의 머리글자를 워터마크 처리한 특별한 용지를 사용한다고 한다. 생전에 이처럼 사치스러운 호사를 누릴 정도의 작가인지 어떤지는 약간 의문이지만, 친구들의 호의는 참으로 고맙다. 하지만 목차를 한번 훑어보니, 젊었을 때 진땀 흘린 에세이만큼은 아무래도 빼 달라고 해야겠다.

　나의 지금의 인기(?)가 언제까지 지속될지 나는 모른다. 나는 아직도 대중을 믿을 수가 없다. 그들의 비판은 현명한 것인가, 어리석은 것인가? 혼돈 속에서 일리아드와 아이네이스를 선택한 그들은 현명하다고 하지 않으면 안 될 것이다. 그런데 현실의 그들이 과연 현명하다고 말할 수 있을까? 정직하게 말해 나는 그들을 신뢰하지 않는다. 하지만, 그렇다면 나는 도대체 누구를 위해 쓰는가? 역시 그들을 위해서, 그들에게 읽어 달라고 하기 위해 쓰는 것이다. 그중 우수한 소수를 위해서, 따위의 말은 분명 거짓말이다. 소수의 비평가한테만 칭찬을 받고 대신 대중이 돌아보지 않게 된다면 나는 분명히 불행할 것이다. 나는 그들을 경멸하고, 그러면서도 전적으로 그들에게 의지하고 있다. 제멋대로인 자식과 무지하고 너그러운 그 아버지?

　로버트 퍼거슨. 로버트 번즈. 로버트 루이스 스티븐슨. 퍼거슨은 앞으로 다가올 위대한 것을 예고했고, 번즈는 그 위대한 것을 성취했고, 나는 그저 그 누룩을 핥았을 뿐이다. 스코틀랜드의 세 명의 로버트 중, 위대한 번즈는 제쳐 놓고, 퍼거슨과 나는 너무나 닮았다. 청년 시절의 한 시기에 나는 (비용[Villon]의 시와 함께) 퍼거슨의 시에 심취해 있었다. 그는 나와 같은 도시에 태어나 나처럼 병약했고, 몸이 허물어졌고, 사람들에게 미움받고, 괴로워했고, 끝내는, (이것만큼은 다르지만)

정신병원에서 죽어갔다. 그리고 그의 아름다운 시도 이제는 거의 사람들에게 잊혀버렸는데, 그보다도 훨씬 재능이 못한 R. L. S. 쪽은 좌우간 아직도 살아남아서, 호화로운 전집까지 출판되려 하고 있다. 이 대비가 마음을 아프게 하는 것이다.

5월 ×일

아침, 위통이 심해 아편팅크 복용. 그 때문에 목이 마르고 손발이 저리는 느낌이 자꾸만 든다. 부분적인 착란과 전체적인 치매.

최근 아피아의 주간 어용 신문이 마구 나를 공격하기 시작했다. 그것도 매우 너저분하게. 요즈음의 나는 이젠 정부의 적이 아닐 터이고, 실제로 새 장관인 슈미트 씨와 이번 재판소장하고도 상당히 잘 지내고 있으므로, 신문을 부추기고 있는 것은 영사를 비롯한 무리일 것이다. 그들의 월권행위를 내가 종종 공격하고 있기 때문이다. 오늘의 기사 같은 것은, 정말 치졸하다. 처음에는 화가 났지만, 요즘은 오히려 영광으로 생각하고 있을 정도다.

'보라. 이것이 나의 위치다. 나는 숲속에 사는 평범한 사람인데, 어째서 그들은 나 하나를 눈엣가시로 여기는가! 그들이 매주 되풀이해서 나에게는 세력이 없다고 선전하지 않으면 안 될 정도로, 나는 세력을 가지고 있는 셈이다.'

공격은 시내에서만 오는 게 아니다. 바다 건너 저 멀리서도 온다. 이런 외딴 섬에 있어도 비평가들의 목소리는 들려온다. 온갖 소리를 하는 자들이 이다지도 많다니! 게다가 칭찬하는 자나 헐뜯는 자나 모두 오해 위에 서 있기 때문에 어떻게도 할 수가 없다. 칭찬이든 폄하든 상관없이 내 작품을 완전한 이해해 주는 사람은 헨리 제임스 정도다. (게다가 그는 소설가지 비평가가 아니다.) 뛰어난 개인이 어떤 분위기 속에 놓이게 되면 개인으로서는 상상도 할 수 없는 집단적 편견을 가지기에 이른다는 사실이, 이와 같이, 미친 무리에서 멀리 떨어진 자리에 있다 보면 참으로 뼈저리게 느껴지는 것 같다. 이곳 생활이 가져다준 이익의 하나는 유럽 문명을 외부에서 편견에 사로잡히지 않은 눈으로 보는 법을 배웠다는 점이다. 고스는 이렇게 말했다고 한다. "차링 크로스 주위 3마일 이내의 땅에서만 문학은 존재할 수 있다. 사모아는 몸에 좋은 곳인지는 모르지만, 창작에는 적합하지 않은 곳인 것 같다"고. 어떤 종류의 문학에 관해서는 맞는 말인지도 모른다. 하지만 이 얼마나 편협한 문학관인가!

오늘 우편선으로 도착한 잡지들의 평론을 훑어보건대, 나의 작품에 대한 비난은 대체로 두 가지 입장에서 이루어지는 것 같다. 즉 성격적인 혹은 심리적인 작품을 최고로 여기는 사람들과 극단적으로 사실성을 추구하는 사람들이다.

성격적 혹은 심리적 소설이라고 부풀려 말하는 작품이 있다. 얼마나 번거로운가, 하고 나는 생각한다. 무엇 때문에 이처럼 구질구질하게 성격 설명이라든지 심리 설명을 하는가. 성격이나 심리는 겉으로 나타나는 행동에 의해서만 묘사되어야 하는 게 아닐까? 적어도 소양이 있는 작가라면 그렇게 할 터이다. 흘수吃水가 얕은 배는 흔들린다. 빙산도 수면 아래 숨겨진 부분이 훨씬 큰 법이다. 무대 뒤까지 훤히 보이는 무대 같은, 비계를 철거하지 않은 건물 같은, 그런 작품은 딱 질색이다. 정교한 기계일수록, 얼핏 보면 단순해 보이는 것이 아닐까.

그런데 또 한편으로, 졸라 선생의 번잡한 사실주의가 서구 문단에 넘쳐난다고 들었다. 눈에 보이는 사물을 자잘한 것을 몽땅 열거해 놓고, 이렇게 해서 자연의 진실을 그대로 묘사해 냈다고 할 수 있을까. 그 허무맹랑함을 비웃어야 한다. 문학이란 선택이다. 작가의 눈이란, 선택하는 눈이다. 절대적으로 현실을 묘사해야 한다고? 누군가는 온전한 현실을 포착해야 한다. 현실은 가죽. 작품은 신발. 신발은 가죽으로 만들지만 그렇다고 단순한 가죽은 아닌 것이다.

'줄거리가 없는 소설'이라는 이상한 것에 대해서 생각해 보았지만 잘 이해할 수가 없다. 문단에서 너무나 오래도록 멀리 있었기 때문에 나는 이미 젊은 사람들의 말을 이해할 수 없게 된 것일까. 나 개인으로서는 작품의 '줄거리' 내지는 '이야기' 란 척추동물의 척추 같은 것으로밖에는 생각할 수 없다. '소설 중의 사건'에 대한 멸시라는 것은, 아이가 무리하게 어른스럽게 보이려고 할 때 보이는 하나의 의태擬態가 아닐까? 클라리사 해로우와 로빈슨 크루소를 비교해 보라. '그야, 전자는 예술 품이고, 후자는 통속 중에서도 통속, 유치한 옛날이야기가 아닌가' 하고 누구나 말할 것이 틀림없다. 그렇다. 확실히, 그것은 진실이다. 나도 이 의견을 절대로 지지한다. 다만, 이런 말을 한 장본인이 과연 클라리사 해로우를 한 번이라도 통독한 적이 있는지 궁금하다. 또한 로빈슨 크루소를 다섯 번 이상 읽은 적이 없는지 어떤지, 그것이 약간 의심스럽다는 것뿐이다.

이는 매우 어려운 문제다. 다만 말할 수 있는 것은 진실성과 흥미로움을 함께 완전히 갖춘 것이 진정한 서사시라는 것이다. 이를 모차르트의 음악에서 들어 보라.

로빈슨 크루소 하면, 당연히 나의 『보물섬』이 문제가 된다. 그 작품의 가치에 대해서는 잠시 접어두기로 하고, 그 작품에 내가 혼신의 힘을 쏟았다는 사실을 대부분의 사람이 믿어 주지 않는 것은 희한하다. 나중에 『납치』와 『밸런트레이의 젊은 영주』를 썼을 때와 똑같은 진지함으로 나는 그 책을 썼다. 재미있는 것은, 그 책을 쓰는 내내 나는 그것이 소년을 위한 책이라는 것을 아예 잊어버리고 있었던 것 같았다. 나는 지금도 나의 최초의 장편소설이라 할 수 있는 그 소년들의 읽을거리가 싫지 않다. 세상은 알아주지 않는 거다, 내가 소년이라는 것을. 그런데 내 안의 소년을 인정하는 사람들은, 이번에는 내가 동시에 성인이라는 것을 이해해 주지 않는 것이다.

성인, 어린이라는 것에 대해서 또 한 가지. 영국의 형편없는 소설과 프랑스의 잘 만들어진 소설에 대해서.(프랑스인들은 어떻게 저처럼 소설을 잘 쓰는 것일까) 마담 보바리는 의심할 여지 없이 걸작이다. 올리버 트위스트는 얼마나 아이 취향의 가정소설인가! 그럼에도 불구하고, 나는 생각한다. 성인의 소설을 쓴 플로베르보다도 어린아이의 이야기를 남긴 디킨스 쪽이 성인인 게 아닐까. 다만 이런 생각에도 위험은 있다. 이러한 의미의 성인은 결국 아무것도 쓰지 않는 게 되는 게 아닐까? 윌리엄 셰익스피어 씨가 성장해서 채텀 백작Earl of Chatham이 되고, 채텀 경이 성장해서 이름도 없는 한 시민이 된다.*

같은 말을 가지고 각각 마음 내키는 대로 다른 사물을 가리키기도 하고, 같은 사항을 각각 그럴싸한 말로 표현하면서, 사람들은 질리지도 않고 논쟁을 되풀이하고 있다. 문명에서 떨어져 있으니, 이런 바보스러움이 한층 확실히 보인다. 심리학도 인식론도 아직 밀려오지 않은 이 외딴 섬의 투시탈라[이야기꾼]로서는 리얼리즘이 어떻고 로맨티시즘이 어떻고 하는 것은 결국 기교상의 문제로밖에는 생각할 수 없다. 독자를 끌어들이는, 그 끌어들이는 방식의 차이다. 독자를 납득시키는 것이 리얼리즘. 독자를 매혹시키는 것이 로맨티시즘.

7월 ×일

지난달 이래의 악성 감기도 겨우 나았고, 지난 이삼일 연이어서 정박 중인 큐라소 호에 놀러 가고 있다. 오늘 아침은 일찍 시내로 내려가, 로이드와 함께 정무장관 에밀 슈미트 씨 집

---

* 윌리엄 피트(1707~1778)는 수상을 역임한 영국의 정치가이고 그의 아들 William Pitt the Younger는 역대 최연소인 24세의 나이에 수상에 오른 정치가이다. 대영제국의 기초를 놓는 시기에 둘 다 큰 활약을 했다. 아버지 윌리엄 피트는 오랫동안 작위를 거부해 '위대한 평민the Great Commoner'이란 별명을 얻었고 나중에 채텀 백작이 되었다.

의 아침 식사에 초대받았다. 그러고서 나란히 큐라소 호에 갔고, 점심도 선상에서 먹었다. 밤에는 푼크 박사 집에서 비어 아벤트,* 로이드는 일찍 돌아가고, 나는 호텔에 묵을 요량으로 늦게까지 즐겁게 이야기를 나누었다. 그런데 돌아오는 길에 매우 묘한 경험을 했다. 재미있으므로 기록해 두겠다.

맥주 다음에 마신 버건디가 상당히 효과가 있었던지, 푼크씨의 집을 나설 무렵에는 꽤 취기가 올라 있었다. 호텔에 갈 생각으로 40~50보 걸을 때까지는 '취했어. 정신차려야지' 하고 스스로 경계하는 기분도 다소 있었으나 어느새 그런 마음이 풀어졌고, 결국에는 무엇이 어떻게 된 것인지 전혀 알 수 없게 되어 버렸다. 정신이 들고 보니, 나는 곰팡이 냄새가 나는 어두운 지면에 쓰러져 있었다. 흙내 나는 바람이 살랑살랑 얼굴에 불고 있었다. 그때, 어렴풋이 깨어 나고 있던 나의 의식에, 멀리서부터 점차로 커지면서 다가오는 불덩이처럼 절컥하고 달라붙은 것은 — 지금 생각해 보면 전적으로 희한한데, 나는 땅바닥에 쓰러져 있는 동안, 줄곧 자신이 에든버러의 거리에 있는 것으로 느끼고 있었던 것 같다 — '여긴 아피아란 말이야. 에든버러가 아니라구' 하는 생각이었다. 이 생각이 얼핏 스치자, 잠시 정신이 들려 했다가 잠시 후 다시 의식이 몽롱해지기 시작했다. 멍한 의식 중에 묘한 광경이 떠올랐다. 한길에서 갑

---

* 독일어로 'Bier abend'는 '저녁부터 열리는 맥주 파티'를 뜻한다. 일본에서는 저녁부터 열리는 행사의 명칭으로 자주 쓰이므로 '맥주를 곁들인 저녁'이라는 의미일 것이다.

자기 복통을 느낀 내가 서둘러 옆에 있던 큰 건물의 문을 지나 화장실을 빌리려 하자, 마당을 쓸고 있던 노인인 문지기가 "무슨 일로 오셨습니까?" 하고 날카롭게 따진다. "아니, 잠깐, 화장실 좀" "아, 그럼 좋습니다"라고 말하고는 수상쩍다는 듯이 다시 한 번 내 쪽을 바라보고 나서 다시 비질을 시작한다. '고얀 작자로군, 뭐가, 그럼 좋습니다야.' ……그것은 분명 오래전, 어딘가에서 ― 그것은 에든버러가 아니다. 아마 캘리포니아의 한 거리에서 ― 실제로 내가 경험한 것인데…… 퍼뜩 정신이 든다. 내가 쓰러져 있는 코앞에는 높고 검은 담이 딱 버티고 서 있다. 한밤중의 아피아 거리는 어디든 다 캄캄하지만, 이 높은 담벼락은 이곳으로부터 20야드가량 가면 끊어져 있고, 그 너머는 어쩐지 엷은 노란 빛이 흐르고 있는 것 같다. 나는 비틀비틀 일어나면서 그래도 곁에 떨어져 있던 헬멧 모자를 줍고서 그 퀴퀴하고 싫은 냄새가 나는 벽― 과거의 이상한 장면을 떠올리게 한 것은 이 냄새인지도 모른다 ―을 따라서 빛이 비치는 쪽으로 걸어갔다. 벽은 얼마 지나지 않아 끊어지고, 저쪽을 바라보니 저 멀리 가로등이 하나 매우 조그맣게, 망원경으로 본 것처럼 똑똑하게 보인다. 그곳은 조금 넓은 길이었는데, 길 한쪽으로는 지금의 담장이 계속 이어지고, 그 위로 삐죽이 나온 나무 덤불이 밑으로부터 희미한 광선을 받으면서 살랑살랑 바람에 울고 있다. 아무런 단서도 없이 나는 그 거리를 조금 지나서 왼쪽으로 돌면 해리엇 거리(내가 소년기를 지낸 에든버러의)의 우리 집에 돌아갈 수 있을 거라고 생각했다. 다시 아피아라는 것을 잊고, 고향의 거리에 있다고 생각하고 있었던 것 같다. 잠시 빛을 향해 나아가는 동안 퍼뜩, 그러나 이번에는 확실히 정신이 돌아왔다. 그래. 아피아야, 여기는. — 그러자, 흐릿한 빛에 비춰진 한길의 흰 먼지라든지, 내 구두의 얼룩도 선명히 눈에 들어왔다. 이곳은 아피아 시이고, 나는 지금 푼크 씨의 집에서 호텔까지 걸어가는 중이고…… 거기에서 비로소 완전히 나는 의식을 되찾은 것이다.

대뇌 조직의 어딘가에 틈이라도 생긴 것 같은 기분이 든다. 단지 취한 것만으로 쓰러진 게 아닌 것 같은 기분이 든다.

어쩌면, 이따위 이상한 일을 자세하게 적어 놓으려는 것 자체가 이미 약간 병적인 것인지도 모르겠다.

8월 ×일

의사에게 집필을 금지당했다. 전혀 손을 놓을 수는 없지만, 요즈음은 매일 아침 두세 시간은 밭에서 보내기로 하고 있다. 이것은 지금의 나와 아주 잘 맞는 것 같다. 코코아 재배로 하루 10파운드를 벌 수 있다면, 문학 같은 것은 남에게 주어 버려도 좋을 텐데.

우리 밭에서 나는 것 — 양배추, 토마토, 아스파라거스, 완두, 오렌지, 파인애플, 구스베리, 콜라비, 바버딘, 등

『세인트 아이브스』도 그리 나쁘지는 않아 보이지만 역시 난항이다. 현재 올름의 힌두스탄 역사를 읽고 있는데 아주 재미있다. 18세기풍의 충실한 비서정적 기술記述.

이삼일 전 갑자기 정박 중인 군함에 출동 명령이 내려져 연안을 회항해서 아투아 반란군을 포격하게 된 모양이다. 엊그제

오전 중, 로투아누우에서에서 들려온 포성이 우리를 겁먹게 했다. 오늘도 멀리 은은한 포성이 들려온다.

8월 ×일

와일렐레 농장에서 야외 승마 경기가 있었다. 몸 상태가 좋아서 참가했다. 14마일 남짓 말을 타고 돈다. 유쾌하기 그지없다. 야만적인 본능에 대한 호소. 옛날의 기쁨의 재현. 열일곱살로 돌아간 것 같다. '산다는 것은 욕망을 느끼는 일이다.' 초원을 달리면서, 말 위에서 의기양양하게 나는 생각했다. '청춘 시절 여자의 육체에 대해 느꼈던 그 건전한 유혹을 모든 사물에서 느끼는 일이다'라고.

그런데 낮 동안의 유쾌함에 비해서 밤의 피로와 육체적 고통은 너무도 끔찍했다. 오랜만에 가진 즐거웠던 하루 뒤의 일인 만큼, 이 반동은 내 마음을 아주 어둡게 했다.

예전에, 나는 자신이 한 일에 대해 후회한 적이 없었다. 하지 않은 일에 대해서만 늘 후회를 느꼈다. 내가 선택하지 않은 직업, 내가 감행하지 않은 (그러나 분명, 할 기회가 있었던) 모험. 내가 맞부닥치지 않은 온갖 경험 — 이런 것들을 생각하는 일이 욕심 많은 나를 안달나게 했던 것이다. 그런데 요즈음은 어느새, 그러한 행위에 대한 순수한 욕구가 점점 사라지고 있다. 오늘 낮에 느낀 그늘이라고는 없는 기쁨도 이제 다시는 찾아오지 않는 것이 아닐까. 밤에 침실로 물러난 다음 피로에 의한 끈질긴 기침이 천식 발작처럼 심하게 일어나고, 또 관절의 통증이 쿡쿡 엄습해 왔을 때도, 싫더라도 그렇게 생각하지 않을 수 없다.

　나는 너무 오래 산 게 아닐까? 이전에도 한 번 죽음을 생각한 일이 있다. 파니를 따라 캘리포니아까지 건너왔을 때, 극도의 빈곤과 극도의 쇠약 속에 친구나 육친과의 교류도 모두 끊어진 채 샌프란시스코의 빈민가 하숙집에서 신음하고 있을 때의 일이다. 그때 나는 자주 죽음을 생각했다. 그러나 나는 그때까지, 아직 내 삶의 기념비라 할 만한 작품을 쓰지 못했다. 그것을 쓰지 않고는 아무래도 죽을 수 없다. 그것은 나를 격려해 준 귀한 친구들(나는 육친보다도 우선 친구들을 생각했다)에 대한 망은忘恩이기도 했다. 그래서 나는 끼니도 걸러야 하는 나날 가운데서도 이를 악물고 『파빌리온 온 더 링크스』를 썼던 것이다. 그런데, 지금은 어떤가. 이미 나는 내가 할 수 있는 일을 다한 게 아닐까. 그것이 기념비로서 훌륭한 것이든 아니든 간에, 나는 좌우간 쓸 수 있는 것을 다 쓴 게 아닐까. 무리하게 — 이 집요한 기침과 천식과 관절의 통증과 객혈과 피로 속에서 — 생을 연장할 이유가 어디에 있는가. 병이 행위에 대한 희구를 끊어 버린 이래로, 인생이란 나에게 문학이 전부였다. 문학을 창조하는 일. 그것은 기쁨도 아니고 고통도 아니며, 그것은, 딱히 뭐라 말할 수 없는 것이다. 따라서, 나의 생활은 행복하지도 불행하지도 않았다. 나는 누에였다. 누에가 자신의 행복, 불행에 상관없이 고치를 만들지 않을 수 없는 것처럼, 나는 말이란 실을 가지고 이야기의 고치를 자아 놓은 것뿐이다. 자, 가련한 병든 누에는 마침내 그 고치를 완성했다. 그의 생존에는 이제 더 이상 아무런 목적도 없지 않은가. "아니, 있어" 하고 친구 중 한 명이 말했다. "변신하는 거야. 나방이 되어서, 고치를 깨뜨리고, 날아오르는 거야." 이것은 꽤 괜찮은 비유다. 그러나 문제는, 나의 정신과 육체에 고치를 깨뜨릴 만한 힘이 남아 있느냐, 없느냐이다.

17

1894년 9월 ×일

어제 요리사인 클로로가 "장인이 다른 추장들과 함께 내일 뭔가 의논 드리러 오신답니다"고 말했다. 그의 장인인 포에 노인은 마타파 측의 정치범으로, 우리를 카바 연회에 초대해 준 추장 중 한 명이다. 그들은 지난달 말 마침내 석방되었다. 포에가 감옥에 있을 때 나도 그를 상당히 돌봐 주었다. 의사를 옥중으로 보내주기도 하고, 병 때문이라며 가출옥의 절차를 밟아주기도 하고, 다시 감옥에 들어간 뒤에는 보석금을 지불해 주기도 했다.

오늘 아침, 포에가 다른 여덟 명의 추장과 같이 왔다. 그들은 끽연실에 들어가 사모아식으로 쭈그려 빙 둘러앉았다. 그들의 대표자가 이야기를 시작했다.

"우리가 감옥에 있을 때 투시탈라는 엄청난 동정을 우리에게 해 주셨다. 이제야 우리도 겨우 조건 없이 석방되었는데, 어떻게 해서든 투시탈라의 후의에 사의를 표하고 싶어 출옥 직후 모두 모여서 의논했다. 그런데 우리보다 먼저 출옥한 다른 추장들 중에는 그 석방 조건으로 지금까지도 정부의 도로 공사에 동원된 자들이 상당히 있다. 그것을 보고 우리도 투시탈라 가문을 위해 도로를 만들어 그것을 마음으로부터의 선물로 하자고 의논이 모아졌으니 부디 이 선물을 받아 주시기 바란다"고. 공도公道와 우리 집을 연결하는 도로를 만들겠다는 것이다.

토착민을 잘 아는 사람이라면 누구라도 이런 종류의 이야기에 그리 기대를 걸지 않겠지만, 아무튼 나는 이 제의에 매우 감격했다. 하지만 실제로 이것은, 나 자신이 도구와 식사와 급여(이것은 그들이 필요 없다고 하겠지만, 결국은 노인과 병약자에 대한 위로라는 형태로 주지 않을 수 없을 것이다)를 위해 적지 않은 돈을 쓰지 않을 수 없게 되는 것이다.

그러나 그들은 한층 더 이 계획의 설명을 계속했다. 그들 추장들은 이제부터 그들의 부락으로 돌아가 자기 부족 중에서 일할 수 있는 자들을 모아 올 것이다. 청년 중 일부는 아피아 시에 보트를 가지고 와서 살면서 해안도로를 통해 일하는 자들에게 식량을 공급하는 역할을 맡을 것이다. 도구만큼은 바일리마에서 편의를 제공하지만, 결코 선물은 받지 않을 것……등. 이는 놀라운 비사모아적인 노동이다. 만약에 이것이 실제로 이루어진다면 아마도 이 섬에서는 전대미문의 일일 것이다.

나는 그들에게 뜨거운 감사의 말을 건넸다. 나는 그들의 대표자(이 남자를 나는 개인적으로 잘 모른다)와 마주 앉아 있었다. 그의 얼굴은 첫인사 때는 아주 지극히 사무적이었으나, 투시탈라가 그들이 감옥에 있을 때 유일한 친구였다고 말하는 대목이 되자 갑자기 불타는 듯한 순수한 감정을 드러내는 듯했다. 자화자찬은 아닌 것으로 생각한다. 폴리네시아인의 가면― 정말이지 이것은 백인으로서는 끝내 풀리지 않는 태평양의 수수께끼지만 ―이 이다지도 완전하게 벗어 던져진 것을 나는 본 적이 없다.

9월 ×일

쾌청. 아침 일찍 그들이 왔다. 늠름하고, 얼굴도 준수한 청년들만 늘어서 있다. 그들은 즉시 우리 새 도로 공사에 착수했다. 포에 노인은 매우 기분이 좋은 듯한 얼굴. 이 계획으로 다시 젊어진 것처럼 보인다. 자주 농담을 하고, 바일리마 가족의 친구라는 것을 청년들에게 과시하기라도 하듯 여기저기 돌아다니고 있다.

그들의 충동이 도로가 완성될 때까지 계속될지 여부는 나에게 조금도 문제가 아니다. 그들이 그것을 계획했다는 것. 그리고 사모아에서 일찍이 들어 본 적도 없는 일을 자진해서 시작했다는 것. ― 이것만으로 충분하다. 시도라고 생각하라. 이것은 도로 공사 ― 사모아인이 가장 싫어하는 것. 이 땅에서는 세금 징수 다음으로 반란의 원인이 되는 것. 돈으로도, 형벌로도 쉽게 그들을 끌어들일 수 없는 도로 공사인 것이다.

이 일로 나는 자신이 사모아에서 적어도 뭔가 하나의 일을 성취했다고 스스로를 칭찬해도 괜찮을 것 같다. 나는 기쁘다. 정말로 어린아이처럼 기쁘다.

18

10월에 접어들어 도로는 완성되었다. 사모아인치고는 놀라운 근면과 속도였다. 이런 경우에 일어나기 쉬운 부족 간의 분쟁도 거의 일어나지 않았다.

스티븐슨은 공사 완성 기념 연회를 화려하게 벌여야겠다고 생각했다. 그는 백인과 토착민을 불문하고 섬의 주요 인사에게 빠짐없이 초대장을 보냈다. 그런데 놀랍게도 연회 날이 가까워질수록 백인 및 백인과 친했던 토착민들 일부에게서 받은 답장은 모두가 거절의 편지였다. 어린아이처럼 순수한 스티븐슨의 연회를 그들은 모두 정치적인 기회로 즉, 그가 반도叛徒를 규합해서 정부에 대한 새로운 적대감을 만들어 내려 하고 있다고 생각한 것이다. 그와 가장 친한 몇몇 사람들도 이유는 밝히지 않고 참석할 수 없다고 전해 왔다. 연회는 거의 토착민들만 오게 되었다. 그럼에도 참석자는 엄청나게 많았다.

당일 스티븐슨은 사모아어로 감사의 연설을 했다. 며칠 전, 영문 원고를 어떤 목사에게 보내 토착민의 언어로 번역해 달라고 부탁한 것이었다.

그는 먼저 여덟 명의 추장들에게 깊은 감사를 표시한 뒤, 이어서 모인 사람들에게 이 아름다운 제의가 있었던 사정과 경과를 설명했다. 자신이 처음에는 이 제의를 거절할까 생각했던 일. 그것은 이 나라가 가난하고 기아의 위협에 시달리고 있으며, 또 현재 그들 추장들의 집이나 마을이 오랫동안 주인의 부재로 인해 정리를 필요로 하고 있었다는 것을 자신이 잘 알고 있기 때문이라는 것. 그러나 결국 이를 받아들인 것은 이 공사가 주는 교훈이 천 그루의 빵나무보다도 유효하다고 생각했기 때문에, 그리고 이런 아름다운 호의를 받는 것이 어느 무엇보다도 기뻤기 때문이라는 것.

"추장님들, 여러분들이 일하는 모습을 보면서 나의 마음은 따뜻해지는 듯한 기분이 들었습니다. 그것은 감사의 마음 때문만이 아니라 어떤 희망 때문이기도 합니다. 나는 거기에서 사모아를 위해 좋은 것을 가져오리라는 약속을 읽었던 것입니다. 즉 내가 말씀드리고 싶은 것은 외적外敵을 대하는 용감한 전사로서의 여러분의 시대는 이미 끝났다는 것입니다. 이제 사모아를 지키는 길은 오직 하나. 그것은 길을 만들고, 과수원을 만들고, 나무를 심고, 그런 것들을 스스로의 손으로 잘 하는 것, 한마디로 말하면 자신의 국토의 부의 근원을 스스로의 손으로 개발하는 것입니다. 이것을 만약에 여러분이 하지 않는다면, 피부색이 다른 인간들이 하고 말겠지요.

스스로가 가진 것을 가지고 여러분은 무엇을 하고 있습니까? 사바이이에서? 우폴루에서? 투투일라에서? 여러분은 그것을 돼지들의 유린에 맡겨 놓고 있지 않습니까. 돼지들이 집을 불태우고, 과수를 망치고, 제멋대로 방자하게 굴고 있지 않습니까. 그들은 심지 않았는데 베고, 심지 않았는데 거두고 있는 것입니다. 그러나 신은 여러분을 위해서 사모아의 땅에 그것을 뿌리신 것입니다. 풍요로운 땅과 아름다운 태양과 충분한 비를 여러분에게 주신 것입니다. 되풀이해서 말하지만, 여러분이 그것을 유지하고 그것을 개발하지 않으면 결국 다른 자들에게 빼앗기고 말 겁니다. 여러분과 여러분의 자손은 모두 바깥의 어둠 속에 내동댕이쳐지고, 그저 우는 것밖에는 아무것도 할 수 없게 될 겁니다. 나는 적당히 말하고 있는 것이 아닙니다. 나는, 이 눈으로 그러한 실례를 보아 왔습니다."

스티븐슨은, 자신이 본 아일랜드나 스코틀랜드 고원 지대, 혹은 하와이 원주민들의 현재 비참한 상황에 대해 이야기했다. 그리고 이들의 전철을 밟지 않기 위해 지금이야말로 노력을 아끼지 않아야 할 때라고 말했다.

"나는 사모아와 사모아인을 사랑합니다. 나는 진심으로 이 섬을 사랑하고, 살아 있는 동안은 삶의 터전으로, 죽으면 묘지로 삼겠다고 굳게 결심하고 있습니다. 그러므로 내가 하는 말을 말뿐인 경고라고 생각하면 안 됩니다.

바야흐로 여러분 위에 크나큰 위기가 닥쳐오고 있습니다. 지금 내가 이야기한 여러 민족과 같은 운명을 선택할지, 아니면 이를 극복해서 여러분의 후손이 이 조상이 전해 준 땅에서 여러분의 기억을 기릴 수 있게 될 것인지, 그 최후의 위기가 다가오고 있습니다. 조약에 의한 토지위원회와 재판소장은 곧 임기를 마칠 겁니다. 그렇게 되면 토지는 여러분에게 반환되고 여러분이 그것을 어떻게 사용하든 자유가 되는 것입니다. 간악한 백인들의 손이 뻗쳐오는 것은 그때입니다. 토지 측량기를 손에 든 자들이 여러분의 마을에 들이닥칠 것이 틀림없습니다. 여러분의 시련의 불이 시작될 것입니다. 여러분이 과연 금일 것인지? 납 덩어리일 것인지?

진정한 사모아인이라면 이를 극복하지 않으면 안 됩니다.

어떻게? 얼굴을 검게 칠하고 싸우는 것에 의해서가 아닙니다. 집에 불을 지르는 것에 의해서가 아닙니다. 돼지를 죽이고, 상처 입은 적의 목을 자르는 것에 의해서가 아닙니다. 그런 짓은 여러분을 한층 비참하게 만들 뿐입니다. 진실로 사모아를 구하려는 사람은 도로를 내고, 과수를 심고, 수확을 풍성히 하는, 즉 신이 주신 풍부한 자원을 개발하는 사람이어야 합니다. 이런 것이 진정한 용사이고 진짜 전사인 것입니다. 추장들이여, 여러분들은 투시탈라를 위해 일해 주었습니다. 투시탈라는 마음속 깊이 감사를 드립니다. 그리고 모든 사모아인이 여러분을 본받았으면 합니다. 즉, 이 섬의 모든 추장, 모든 섬 주민이 빠지지 않고 도로 개척에, 농장의 경영에, 자녀 교육에, 자원의 개발에 온 힘을 쏟는다면 — 그것도 투시탈라를 향한 사랑 때문이 아니고 여러분의 동포, 자녀, 그리고 아직 태어나지 않은 후손을 위해 그러한 노력을 기울인다면 얼마나 좋을까 생각하는 것입니다."

감사의 말이라기보다는 경고 내지 설득에 가까운 이 연설은 대성공이었다. 스티븐슨이 걱정한 것만큼 난해하지 않고, 그들 대부분이 완전히 이해한 것 같다는 것이 그를 기쁘게 했다. 그는 소년처럼 좋아하며, 갈색의 친구들 사이를 신명 나게 돌아다녔다.

새 도로 옆에는, 다음과 같은 토착어로 적힌 표지판이 세워졌다.

'감사의 도로'

우리가 옥중에서 신음하던 나날에 보여준 투시탈라의 따뜻한 마음에 보답하기 위해 우리는 이제 이 길을 선물한다. 우리가 만든 이 길은 언제까지나 진흙탕이 되지 않고 영구히 무너지지 않을 것이다.

19

1894년 10월 ×일

내가 아직도 마타파의 이름을 거론하는 것을 들으면 사람들(백인)은 묘한 얼굴을 한다. 마치, 작년의 연극 소문이라도 들었을 때처럼. 어떤 사람은 싱글싱글 웃기 시작한다. 비열한 웃음이다. 뭐가 어떻게 되었든, 마타파 사건을 우스꽝스러운 것으로 치부해서는 안 된다고 생각한다. 한 작가의 분주함만으로는 아무것도 안 된다. (소설가는 사실을 말하고 있을 때에도, 이야기를 만들어서 하는 게 아닌가라고 여기는 모양이다.) 누군가 실질적인 지위를 가진 인물이 도와주지 않으면 안 된다.

전혀 면식이 없는 인물이지만, 영국 하원에서 사모아 문제에 대해서 질문한 J. F. 호건 씨 앞으로 편지를 띄웠다. 신문에 의하면, 그는 세 번에 걸쳐 사모아의 내분에 대해 질문했으므로 상당히 이 문제에 관해 관심을 가지고 있는 것으로 보이며, 질문의 내용을 보더라도 꽤 이쪽 사정을 잘 알고 있는 것 같다.

이 의원에게 보낸 서한에서, 나는 되풀이해서 마타파의 처형이 너무 가혹한 이유를 설명했다. 특히 최근 반란을 일으킨 소小 타마세세의 경우와 비교하여 그것이 너무나 편파적인 이유를. 아무런 죄상을 지적할 수 없는 마타파(그는 말하자면 상대방이 싸움을 걸어와서 대응한 것에 지나지 않으니까)는 천 해리 떨어진 고도에 유배된 반면, 한편으로 섬 안의 백인 섬멸을 표방하면서 반란을 일으킨 소마타세세는 소총 50정을 몰수하는 것으로 끝났다. 이런 말도 안 되는 이야기가 가능할까. 지금 잴루잇 섬에 있는 마타파에게는 가톨릭 신부 이외에는 아무도 가는 게 허용되지 않는다. 편지도 보낼 수 없다. 최근 그의 외동딸이 감연히 금령을 어기고 잴루잇으로 건너갔는데, 발견되면 다시 끌려올 것이다.

천 해리 이내에 있는 그를 구하기 위해, 수만 해리 저쪽 나라의 여론을 움직여야 한다니, 묘한 이야기다.

만약 마타파가 사모아에 돌아올 수 있게 된다면, 그는 아마 승직僧職으로 들어갈 것이다. 그는 그 방면의 교육을 받았고, 또 그런 인품이기도 하니까. 사모아까지는 바라지 않더라도 하다못해 피지 섬 정도까지 올 수 있다면, 그렇게 해서 고향의 그것과 다르지 않은 식사와 음료가 주어지고, 욕심 같아서는 가끔 우리와 만날 수가 있다면 얼마나 고마운 일일까.

10월 ×일

『세인트 아이브스』도 거의 완성에 이르렀는데, 갑자기 『허미스톤의 위어』를 계속 쓰고 싶어져서 다시 집어 들었다. 재작년,

집필 시작부터 몇 번을 집어 들었다가 몇 번이나 펜을 던졌던가. 이번에야말로 어떻게든 마무리될 것 같다. 자신감이라기보다도 왠지 그런 생각이 든다.

10월 ××일

이 세상에서 해를 지내면 지낼수록, 나는 한층 어떻게 해야 할지 모르는 아이 같다는 느낌이 깊어진다. 나는 익숙해질 수가 없다. 이 세상에 — 보는 일에, 듣는 일에, 이러한 생식의 형식에, 이러한 성장의 과정에, 고상하게 얌전을 뺀 생의 표면과 저속하고 광기 어린 그 밑바닥과의 대비에 — 이런 것들은 아무리 나이를 먹어도 나는 익숙해지지 않는다. 나는 나이를 먹으면 먹을수록 점점 벌거벗겨지고, 어리석어지는 기분이 든다. "크면 알게 될 거야." 어렸을 때 곧잘 들었던 말이지만 그것은 말짱 거짓말이었다. 나는 모든 일을 점점 알 수 없게 될 뿐이었다…… 이것은 확실히, 불안한 일이다. 그러나 또 한편으로는, 이 때문에 생에 대하여 자신이 호기심을 잃지 않고 있는 것도 사실이다. 정말이지 세상에는 "나한테는 말이야, 이 인생은 벌써 몇 번째의 경험이거든. 더 이상 인생에서 배울 거라고는 아무것도 없다고"라는 표정을 짓는 노인이 참으로 많다. 도대체 어떤 노인이 이 인생을 두 번째로 살고 있다는 것일까? 아무리 나이를 먹었어도 그의 앞으로의 삶은 그에게 처음 경험하는 것이 틀림없지 않은가. 세상을 다 깨달은 듯한 얼굴을 한 노인들을 나는(나 자신은 이른바 노인은 아니지만, 나이를 죽음과의 거리로 재는 계산법에 따르면 결코 젊지는 않을 것이다) 경

멸하고 혐오한다. 그 호기심이라고는 없는 눈빛을, 특히, "요즈
음의 젊은이들은" 따위의 우쭐거리는 말투를(단순히 이 행성
위에 태어난 게 불과 20~30년 빨랐다는 이유만으로 자신의 의견
에 대한 존중을 상대방에게 강요하려 드는 그런 말투) 혐오한다.
Quod curiositate cognoverunt superbia amiserunt. '그들
이 놀라움으로 인정한 것을, 오만으로 잃게 된다.' 병으로 인한
고통이 나에게 그다지 호기심의 마멸을 가져다주지 않은 것을
나는 기뻐한다.

11월 ×일

오후의 땡볕 아래 나는 홀로 아피아 거리를 걷고 있었다. 길
에서는 한들한들 하얀 열기가 솟아오르고 있었다. 눈부셨다.
거리의 끝까지 바라봐도 사람 하나 보이지 않았다. 길 오른쪽
으로는 고구마밭이 녹색의 완만한 기복을 보이며 북쪽으로 줄
곧 이어지고, 그 끝에는 타오르는 짙은 남색의 태평양이 운모雲
母 가루 같은 잔주름을 지으면서 둥글고 크게 부풀어 오르고
있었다. 푸른 불꽃이 일렁이는 큰 바다 벌판이 유리색 하늘과
이어지는 언저리는 금가루와 어우러진 수증기에 바림해져 하
얗게 뿌예 보였다. 길 왼쪽으로는 거대한 양치류의 협곡을 사
이에 두고, 번들거리는 풍요한 녹색의 범람 위에 타파 산의 꼭
대기인지, 높이 솟은 제비꽃 색깔의 능선이 눈부신 아지랑이
속에서 내려다보고 있다. 고요했다. 고구마 잎 쏠리는 소리밖
에는 아무것도 들리지 않았다. 나는 자신의 짧은 그림자를 보
며 걷고 있었다. 꽤 오래도록 걸었다. 문득 묘한 일이 일어났

다. 내가, 나에게 물은 것이다. 나는 누구냐고. 이름 따위는 부호에 지나지 않는다. 도대체, 너는 누구냐? 이 열대의 하얀 길에 말라빠진 그림자를 떨구며, 터벅터벅걸어가는 너는? 물처럼 지상에 왔다가, 이윽고 바람처럼 사라질 너, 이름 없는 자는?

배우의 영혼이 몸을 빠져나와 구경꾼의 자리에 걸터앉아서, 무대 위의 자신을 바라보는 꼴이었다. 영혼이, 그 껍데기에게 묻고 있다. 너는 누구냐고. 그리고 집요하게 이리저리 훑어보고 있다. 나는 오싹했다. 나는 현기증을 느껴 비틀거렸고, 위태위태하게 부근의 토착민의 집에 당도해서 쉬게 해 달라고 청했다.

이런 허탈의 순간은, 나의 습관에는 없다. 어렸을 무렵 한때 나를 괴롭힌 적이 있는 영원의 수수께끼 '나의 의식'에 대한 의문이 오랜 잠복기를 거쳐 이런 발작으로 다시 엄습해 올 줄이야.

생명력의 쇠퇴일까? 그러나 요즈음에는 두세 달 전에 비해 몸 상태도 훨씬 좋아졌다. 기분의 기복이 꽤 있다고는 해도, 정신의 활기도 어지간히 회복되어 있는 것이다. 풍경 같은 것을 바라보더라도, 요즈음은 강렬한 그 색채에 처음으로 남해를 보았을 때 같은 매력을(누구나 삼사 년 열대에서 살다 보면, 그것을 상실하게 마련이다) 다시금 느낄 정도다. 삶의 힘이 쇠약해져 있을 리는 없다. 다만 요즈음 다소 쉽게 흥분하는 것은 사실이고, 그럴 때면 수년간 아예 망각하고 있던 모습의 어떤 정경 등이, 불에 쬐면 드러나는 그림처럼 갑자기 생생하게, 그 색과 냄새와 그림자까지 선명하게 머릿속에 되살아나는 일이 있다.
왠지 조금 기분 오싹할 정도로.

11월 ×일

정신의 심상치 않은 고양과 이상한 침울이 번갈아 가며 찾아온다. 게다가 심할 때는 하루에도 여러 번 되풀이해서.

어제 오후, 스콜이 지나간 다음의 저녁에 언덕 위를 말을 타고 달리고 있을 때 갑자기 어떤 황홀한 것이 마음을 스쳐 지나가는 것 같았다. 순간, 내려다보고 있는 눈 아래의 숲, 골짜기, 암석에서 아래로 크게 경사져 바다로 이어지는 풍경이 비가 그친 뒤의 지는 햇빛 속에서 무럭무럭 선명해지면서 떠올랐다. 아주 먼 곳의 지붕, 창문, 나무들까지 동판화 같은 윤곽을 띠고 하나하나 확실하게 보였다. 시각만이 아니다. 모든 감각기관이 일시에 긴장하면서, 어떤 초절대적인 것이 정신에 깃들어 있음을, 나는 느꼈다. 어떤 복잡한 논리의 왜곡도, 어떤 미묘한 심리의 그림자도, 나는 놓치는 일이 없을 것 같았다. 나는 거의 행복하기까지 했다.

어젯밤, 나의 『허미스톤의 위어』는 아주 순조롭게 진행되었다.

그런데, 오늘 아침 그 지독한 반동이 찾아왔다. 속이 울렁거리고 답답하게 느껴졌고 기분이 개운치 않았다. 책상에 앉아 어젯밤에 이어 네다섯 장 더 썼을 때, 내 펜은 멈추었다. 일이 잘 풀리지 않아 턱을 받치고 있을 때, 문득 한 비참한 사나이의 환상이 머릿속을 스쳤다. 그 사나이는 지독한 폐병에 시달리고, 기고만장하고, 말할 수 없이 콧대가 세고, 같잖게 허세를 부리고, 재능도 없으면서 예술가로 자처하고, 약한 몸을 혹사시키며, 스타일만 있고 내용이 없는 엉터리 작품을 써 대고, 실생활에서는 그 유치한 거드름 때문에 매사에 남들의 비웃음을 사고, 가정에서는 연상의 마누라에게 쉴 새 없이 압박을 받다가 결국은 남해 끝에서, 울고 싶을 정도로 북쪽 고향을 그리워하면서, 비참하게 죽어간다.

언뜻 한순간, 섬광처럼 이런 한 사나이의 일생의 모습이 떠올랐다. 나는 헉 소리가 날 정도로 명치를 강하게 얻어맞은 기분이었다. 의자 위에 쓰러졌다. 식은땀을 흘리고 있었다.

잠시 후 나는 회복되었다. 이것은 무엇인가 몸 상태가 안 좋은 탓이다. 이런 바보스러운 생각이 떠오르다니.

그러나, 자신의 일생에 대한 평가에 언뜻 드리운 그림자는 좀처럼 지워 버릴 수 있을 것 같지도 않다.

Ne suis-je pas un faux accord

Dans la divine symphonie?

신이 연주하는 교향악 속에서

나는 조현調絃이 잘못된 현絃이 아닐까?

밤 8시, 완전히 활기를 되찾았다. 지금까지 쓴 『허미스톤의 위어』를 다시 읽어 본다. 나쁘지 않다. 나쁘지 않기는커녕!

오늘 아침에는 내가 어떻게 되었던 모양이다. 내가 형편없는 문학자라고? 사상이 얄팍하다느니 철학이 없다느니 말하고 싶은 녀석은 마음대로 지껄여라. 결국, 문학은 기술技術이다. 개념을 가지고 나를 경멸하는 작자도 실제로 내 작품을 읽어 보면, 두말 않고 매료될 것이 틀림없다. 나는 나의 작품의 애독자다. 쓰고 있을 때에는 지겹기 짝이 없고, 이따위 것이 무슨 가치가 있단 말인가, 하는 생각이 들어도, 이튿날 다시 읽어 보면, 나는 으레 나의 작품에 빠져든다. 양복업자가 옷을 만드는 기술에 자신을 가지는 것처럼, 나는 사물을 그리는 기술에 자신을 가져도 좋은 것이다. 네가 쓰는 것인데, 그런 보잘것없는 게 나올 턱이 없는 것이다. 안심해라! R. L. S.!

11월 ××일

진정한 예술은(설령 루소의 그것처럼은 아니더라도 어떤 형태로든) 자기 고백이 아니어서는 안 된다는 논의를 잡지에서 읽은 적이 있다. 별별 소리를 하는 사람들이 세상에는 있는 법이다. 자신의 애인 자랑, 제 자식 자랑, (또 하나, 간밤에 꾼 꿈 이야기) ― 당사자에게는 재미있겠지만, 남에게는 이것처럼 시시하고 하품 나는 게 또 있을까?

추기追記 ― 일단 책상에 앉은 뒤 곰곰이 생각한 끝에, 위의 생각을 약간 정정하지 않으면 안 되게 되었다. 자기 고백을 쓸 수 없다는 것은 인간으로서의 치명적 결함일지도 모른다는 생각이 들었다. (그것이 동시에 작가로서의 결함이 될지의 여부는 나에게는 매우 어려운 문제다. 어떤 사람들에게는 지극히 간단하고 자명한 문제인 것 같지만.) 간단히 말해, 내가 『데이비드 카퍼필드』를 쓸 수 있을지 생각해 보았다. 쓸 수 없다. 왜? 나는 저 위대하면서도 범용한 대작가만큼 자신의 과거의 생활에 자신을 가질 수 없으니까. 단순명료한 저 대작가보다 훨씬 심각한 고뇌를 뛰어넘어 왔다고는 생각하면서도, 나는 내 과거에 (라는 것은, 현재에, 라고도 할 수 있을걸. 정신 차려! R. L. S.) 자신이 없다. 유소년 시절의 종교적인 분위기, 그것은 얼마든지 쓸 수 있고, 또 쓰기도 했다. 청년 시절의 방탕한 생활과 아버지와의 충돌. 이것도 쓰려면 얼마든지 쓸 수 있다. 오히려 비평가 여러분을 크게 기쁘게 할 정도로 진지하게. 결혼의 사정. 이것도 쓰지 못할 것은 없다고 치자. (노년에 가까워져 이미 여자가 아니게 된 아내를 앞에 두고 그것을 쓰기란 매우 어려운 일임에는 틀림없지만) 그러나, 파니와의 결혼을 마음속으로 결심하면서도, 동시에 내가 다른 여자들에게 무슨 말을 했고 무엇을 했는지를 쓰는 것은? 물론, 쓰면 일부 비평가는 기뻐할지 모른다. 매우 진지한 걸작이 나타났다느니 어떠느니 하면서. 그러나, 나는 쓸 수 없다. 나로서는 유감스럽지만 당시의 생활과 행위를 긍정할 수 없기 때문이다. 긍정할 수 없는 것은 너의 윤리관이 도무지 예술가답지 않고 얄팍하기 때문이라는 시각이 있다는 것도 알고 있다. 인간의 복잡성을 밑바닥까지 확인하고자 하는 견해도, 일단 이해 못할 바는 아니다. (적어도 타인의 경우라면.) 하지만 결국, 완전하게는 모르겠다. (나는, 단순하고 활달한 것을 사랑한다. 햄릿보다는 돈키호테를, 돈키호테보다는 다르타냥을.) 얄팍하건 어떻건, 나의 윤리관은(내 경우, 윤리관은 미적 감각과 같다) 그것을 긍정할 수 없다. 그렇다면 당시 왜 그런 행동을 했는가? 모르겠다. 전혀 모르겠다. 옛날에는 곧잘, "변명은 신만이 아신다"고 시치미를 뗐지만, 이제는 벌거벗고, 양손을 짚고서, 온몸에 땀을 흘리며 "모르겠습니다" 하고 말한다.

도대체, 나는 파니를 사랑했던가? 무서운 질문이다. 끔찍한 일이다. 이것도 모르겠다. 어쨌든 알고 있는 것은, 내가 그녀와 결혼해서 지금에 이르렀다는 것뿐이다. (애초에 사랑이란 게 무엇일까? 이것부터 알고 있는가? 정의定義를 요구하는 것이 아니다. 자기의 경험에서 바로 꺼낼 수 있는 답을 가지고 있느냐는 것이다. 오, 만천하의 독자 여러분! 여러분은 알고 계십니까. 많은 소설 속에서 수많은 애인들을 묘사한 로버트 루이스 스티븐슨 씨는, 웬걸, 나이 40이 되어서도 아직 사랑이 무엇인지 이해하지 못한다는 것을. 하지만 놀랄 일은 아니다. 시험 삼아 고래의 온갖 대작가를 붙잡아 와서, 얼굴을 맞대고 이 지극히 단순한 질문을 던져 보라. 사랑이란 무엇이냐고. 그리고, 그들의 심정적 경험의 정리함 속에서 그 직접적인 답을 찾아보라. 밀턴도 스코트도 스위프트도 몰리에르도 라블레도, 심지어 셰익스피어 그 사람조차도, 의외로 놀랄 만큼 비상식 내지는 미숙함을 드러낼 게 틀림없으니까.)

그런데 문제는 요컨대 작품과 작가의 생활과의 간극이다. 작품에 비해 슬프게도 생활이(인간이) 너무 낮다. 나는 내 작품의 우려내고 남은 찌꺼기? 수프의 찌꺼기 같은. 이제 와서 생각한다. 나는, 이야기를 쓰는 것밖에는 지금까지 생각한 적이 없었다. 그 하나의 목적을 위해서 통일된 생활을 아름답다고 스스로 느끼기까지 했다. 물론 작품을 쓰는 것이 동시에 인간 수련이 되지 않았다고는 하지 않겠다. 분명히, 되었다. 그러나, 그 이상으로 인간적인 완성에 이바지하는 바가 많은 길은 없었을까? (다른 세계 — 행위의 세계는 병약한 자신에게 닫혀 있었으니까, 따위의 소리를 하는 것은, 비겁한 변명일 것이다. 평생 병상에 누워 있더라도 여전히 수련의 길은 있다. 물론, 그런 병자의 성취는 지나치게 치우친 것이 되기 십상이지만.) 나는 너무나 이야기의 길(그 기교적 방면)로만 지나치게 몰두해 있지는 않았을까? 막연한 자기 완성만을 지향하면서 생활에 하나의 실제적 초점을 갖지 않은 자(헨리 소로를 보라)의 위험을 충분히 고려하고서 하는 말이다. 지난날 말할 수 없이 싫었던, 이제부터도 좋아질 수 없을(왜냐하면, 지금 남해의 내 빈약한 서고에 그의 작품이 한 권도 꽂혀 있지 않기 때문인데) 저 바이마르의 재상[괴테]을 문득 떠올린다. 그 남자는 적어도 수프의 찌꺼기는 아니다. 아니, 반대로 작품이 그의 찌꺼기인 것이다. 아! 내 경우는 문학자로서의 명성이, 부당하게도 나의 인간적 완성(혹은 미숙)을 지나치게 추월한 것이다. 두려워해야 할 위험이다.

여기까지 생각하고 나니 묘한 불안감이 든다. 지금의 생각을 철저히 관철하려면, 나의 지금까지의 작품 모두를 폐기해야 하는 것이 아닐까. 이것은 절망적인 불안이다. 이제까지의 내 생활의 절대적 폭군인 '창작'보다도 권위 있는 것이 나타난다는 것은.

그러나 한편으로, 학습하며 습관이 된, 저 문자를 이어 나간다는 일의 영묘로운 희열, 마음에 드는 장면을 묘사하는 즐거움이 나를 버릴 것이라고는 꿈에도 생각할 수 없다. 집필은 언제까지나 내 생활의 중심일 것이고, 또, 그렇게 되어도 지장이 없는 것이다. 그렇지만 — 아니, 두려워할 필요는 없다. 나에게는 용기가 있을 것이다. 나는 내게 일어난 변화를 두려워하지 말고 맞이하지 않으면 안 된다. 번데기가 나방이 되어 날아다니기 위해서는 지금까지 자신이 자아 놓은 아름다운 고치를 무참하게 깨뜨리지 않으면 안 되는 것이다.

11월 ××일

우편선이 오는 날, 에든버러판 전집의 제1권 도착. 장정, 종이 상태 등 대체로 만족.

서한, 잡지 등을 죽 읽은 후, 유럽에 있는 사람들과의 사고의 거리가 점점 더 벌어지고 있다는 것을 느낀다. 내가 지나치게 통속(비문학적)적이 되었거나, 아니면 원래 그들이 너무나 편협한 생각에 빠져 있거나 둘 중 하나다. 지난날 나는 법률 따위를 공부하는 녀석들을 비웃었다.(그런 주제에 나 자신 변호사 자격을 가지고 있으니, 우습지만) 법률이란 어떤 영역권 안에 있을 때에만 권위를 가지는 것. 그 복잡한 메커니즘에 통달해 있음을 자랑스럽게 여긴다고 해도 그것이 보편적인 인간적 가치를 갖는 것은 아니라고 생각했기 때문이다. 그런데, 지금 나는, 문학권에 대해서도 그렇게 말하고자 한다. 영국의 문학, 프랑스의 문학, 독일의 문학, 기껏해야 넓게는 서양 내지는 백인종의 문학. 그들은 이런 영역권을 설정하고, 자기의 기호를 신성한 규칙인 양 모시고, 다른 세계에는 통용될 것 같지도 않은 그 특수한 좁은 약속하에서만 우월을 자랑하고 있는 듯이 보인다.

이것은 백인종의 세계 밖에 있는 자가 아니면 알 수가 없다. 물론 이것은 문학에 국한된 것이 아니다. 인간이나 생활 등을 평가할 때에도, 서구 문명은 어떤 특수한 표준을 만들어 놓고 그것을 절대적 보편적인 것으로 믿고 있다. 그렇게 한정된 평가 방법밖에 모르는 작자에게 태평양 토착민의 인격과 미덕이라든지 그 생활의 장점 같은 것은 도저히 이해될 리가 없는 것이다.

11월 ××일

남해의 섬과 섬을 오가는 백인 행상인들 중에는 아주 드물게(물론, 대부분은 제 잇속만 차리는 간사한 상인들뿐이지만) 다음 두 가지 유형의 인간을 발견할 수 있다. 그 하나는, 돈을 좀 모아서 고향에 돌아가 여생을 안락하게 지내자는 생각(이것이 보통 남양 행상인의 목적이다)을 전혀 갖지 않고, 오직 남해의 풍광, 생활, 기후, 항해를 사랑하고, 남해를 사랑해서, 오직 남해를 떠나고 싶지 않기 때문에 지금의 장사를 그만두지 않는 인간. 두 번째는, 남해와 방랑을 사랑한다는 점에서는 마찬가지이지만, 이들은 줄곧 삐딱하고 격렬한 방식으로 문명사회를 의도적으로 백안시하고, 말하자면 산 채로 뼈를 남해의 비바람에 드러내고 있기라도 한 듯한 허무적인 인간.

오늘 시내의 술집에서 이 두 번째 유형의 인간 하나와 만났다. 40세 전후의 사나이인데, 내 옆의 탁자에서 혼자 술을 마시고 있었다. (다리를 꼬고 앉아 무릎을 흔들면서.) 차림새는 지저분하지만 얼굴은 날카롭고 지적이다. 눈이 붉게 흐려져 있는 것은 분명 술 때문이겠지만, 거친 피부에 입술만 유독 붉은 게 조금 기분이 나빴다. 한 시간도 채 안 되는 대화였지만 이 사나이가 영국의 일류 대학을 나온 것만은 확실하게 알았다. 이런 항구도시에서는 보기 드물게 완벽한 영어였다. 잡화 행상인이라 했고, 통가에서 왔는데 다음 배로 토켈라우스로 건너갈 것이라고 했다.(그는 물론, 내가 누구인지 모른다) 장사 얘기는 전혀 하지 않는다. 이 섬 저 섬에 백인이 옮겨 온 악성 질병 이야기를 조금 했다. 그리고 자신에게는 아무것도 없다는 것. 아내도, 자식도, 집도, 건강도, 희망도. 무엇이 그를 이런 생활에 빠뜨렸느냐는 나의 어리석은 질문에 대해서는, 뭐 이렇다 할 만한, 소설 같은 원인 따위는 없습니다. 더군다나 이런 생활이라고 하시지만, 지금의 생활만 해도 그다지 특별한 것도 아니잖습니까? 인간이라는 형태를 하고 태어났다는 한층 특수한 사정에 비하면 말이지요, 하고 웃으면서 가벼운 헛기침을 했다.

이는 저항하기 어려운 니힐리즘이다. 집에 돌아와 잠자리에 든 뒤에도, 이 사나이의 지극히 공손한, 그러나 구원은 없다는 듯한 말투가 귓가에 계속 맴돌았다. Strange are the ways of men.

이곳에 자리 잡기 전, 스쿠너로 섬들을 돌아다니는 동안에도, 나는 참으로 다양한 인간을 만났다.

백인은 고사하고 토착민도 드문 마르케서스의 뒤쪽 해안에, 오직 한 사람(바다와 하늘과 야자수 사이에 덩그렇게 오직 한 사람) 한 권의 번즈와 한 권의 셰익스피어를 벗 삼아 살고 있는 (그리고 조금의 후회도 없이 그 땅에 뼈를 묻으려 하고 있는) 미국인도 있었다. 그는 배를 만드는 목공이었는데, 젊었을 때 남태평양에 대해서 쓴 책을 읽고 열대 바다에 대한 동경을 참지 못하고 결국 고국을 떠나 이 섬에 와 그대로 눌러앉아 버린 것이었다. 내가 그 해안에 들렀을 때 그는 선물로 시를 지어 주었다.

어떤 스코틀랜드 사람은, 태평양의 섬들 중에서 가장 신비로운 이스터 섬(그곳에는 지금은 사라져 버린 선주先住 민족이 남겨 놓은 괴이하고 거대한 석상이 온 섬을 뒤덮고 있다)에 잠시 살면서 사체 운반인으로 일한 뒤, 다시 섬에서 섬으로의 방랑을 계속했다. 어느 날 아침, 배 위에서 수염을 깎고 있는데, 그의 뒤에서 선장이 소리를 질렀다. "이봐! 왜 그러는 거야. 자네 귀를 잘라내 버려잖아!" 정신을 차리고 보니 그는 자신의 귀를 잘라냈는데, 그것을 모르고 있었던 것이다. 그는 그 자리에서 결심을 하고, 나병癩病 섬 몰로카이로 이주했는데,* 그곳에서 아무 불평도 후회도 없는 여생을 보냈다. 그 저주받은 섬을 내가 찾아갔을 때, 그 사내는 아주 쾌활한 모습으로 과거의 그의 모험담을 들려주었다.

---

* 몰로카이는 하와이 제도의 한 섬이다. 서구 문명권에 살던 사람들이 고립된 태평양 제도로 진출했을 때 사람들과 함께 천연두, 콜레라, 홍역, 백일해, 나병 등이 들어왔다. 섬 주민들은 새로운 질병에 대한 면역력이 없었기 때문에 높은 감염율과 사망률을 보였다. 열대 플랜테이션을 운영하던 농장주들은 원주민의 노동력에 미칠 영향을 우려하여 그러한 병의 확산을 막기 위한 조처를 취하도록 정부에 압력을 가했고 몰로카이 섬은 1866년부터 1969년까지 나병 환자의 집단 거주지가 되었다.

아페마마의 독재자 템비노크는 지금 어떻게 지내고 있을까. 왕관 대신에 헬멧 모자를 쓰고, 스커트같이 생긴 짧은 킬트를 입고, 유럽식의 각반을 감은, 이 남해의 구스타프 아돌프는 매우 진귀한 것을 좋아해서, 적도 바로 아래의 그의 창고에는 스토브가 잔뜩 쌓여 있었다. 그는 백인을 세 가지로 분류했다. '나를 조금 속인 자' '나를 상당히 속인 자' '나를 너무나 지독하게 속인 자'. 나의 범선이 그의 섬을 떠날 때, 호걸스럽고 소박한 이 독재자는, 거의 눈물을 글썽이면서 '그를 조금도 속이지 않은' 나를 위해, 이별의 노래를 불렀다. 그는 그 섬의 유일한 음유시인이기도 했으니까.

하와이의 칼라카우아 왕은 어떻게 지내고 있을까? 총명하지만 항상 슬픈 표정의 칼라카우아. 태평양 인종 중에서 나와 대등하게 막스 뮐러를 논할 수 있는 유일한 인물. 한때는 폴리네시아의 대통합을 꿈꾸던 그도 이제는 자기 나라의 쇠망을 눈앞에 보면서 조용히 체념한 채 허버트 스펜서라도 읽고 있을 것이다.

깊은 밤, 잠들지 못한 채 아득한 파도 소리에 귀 기울이고 있노라면, 새파란 물결과 상쾌한 무역풍 사이로 자신이 봐왔던 온갖 인간의 모습들이 차례차례로 끝없이 떠오른다.

참으로 인간이란, 꿈이 그로부터 만들어지는 물질임에 틀림없다. 그렇다고는 해도, 그 하고 많은 꿈들은 어떻게 그리도 다양하고, 또 어떻게 그리 가련하면서도 우스꽝스러운가!

11월 ××일

『허미스톤의 위어』제8장 완료.

이 작업도 드디어 궤도에 올라섰음을 느낀다. 겨우 대상을 확실히 파악하게 되었다는 뜻이다. 쓰면서도 스스로 무엇인가 묵직하고 두툼한 것을 느끼고 있다. 『지킬 박사와 하이드 씨』나 『유괴』의 경우도 엄청 빨리 쓸 수는 있었지만, 한참 쓰고 있는 동안에는 확신은 없었다. 어쩌면 훌륭한 작품이 될 수 있을지도 모르지만, 어쩌면 아주 독선적이고 부끄러운 졸작일지도 모르겠다는 두려움이 있었다. 펜이 나 아닌 것에 쫓기고 있는 형국이었기 때문이다. 이번에는 다르다. 마찬가지로, 즐겁게 빨리 진행되기는 하지만, 이번에는 분명히 나 자신이 모든 작중 인물의 고삐를 단단히 쥐고 있는 것이다. 작품의 완성도도 스스로 잘 알 수 있을 것 같다. 흥분한 자화자찬에서가 아니라, 차분한 계량에 의해서. 이것은 최소한 『카트리오나』보다 높게 평가받을 것이다. 아직 완성되지는 않았지만 이것은 분명하다. 섬의 속담에 이런 게 있다. '상어인지 가다랑어인지는 꼬리만 봐도 안다'고.

12월 1일

먼동은 아직 트지 않았다.

나는 언덕에 서 있었다.

밤새 내리던 비는 이제 그쳤지만, 바람은 여전히 강하다. 바로 발밑으로 펼쳐진 커다란 경사면 너머, 납빛 바다를 스치면서 서쪽으로 도망치는 구름의 빠른 속도. 구름의 틈새로 때때로 새벽에 가까운 둔탁한 흰색이 바다와 들판 위로 흘러간다. 천지는 아직 색채도 갖지 못했다. 북유럽의 초겨울을 닮은 쌀쌀한 느낌이다.

습기를 머금은 격렬한 바람이 거세게 불어온다. 대왕야자나무 줄기에 몸을 의지해 간신히 나는 서 있었다. 왠지 모를 불안과 기대 같은 것이 마음 한구석에 용솟음쳐 나오는 것을 느끼면서.

지난밤에도 나는 한참을 베란다에 나와서, 거센 바람과 거기에 뒤섞인 빗방울에 몸을 맡기고 있었다. 오늘 아침에도 이렇게 강한 바람을 맞으며 서 있다. 뭔가 격렬한 것, 흉포한 것, 폭풍 같은 것에 부딪쳐 가고 싶은 것이다. 그렇게 함으로써, 자신을 하나의 제한 속에 가둬 놓고 있는 껍데기를 깨부수고 싶은 것이다. 이 얼마나 통쾌한 일인가! 4대大*의 거센 의지를 거슬러 구름과 물과 언덕 사이에 우뚝 솟은 채 홀로 눈뜨고 있음은! 나는 점차로 영웅적인 기분에 젖었다. 'O! Moments big as years'라든지, 'I die, I faint, I fail'이라든지, 두서없는 문구를 나는 외쳤다. 목소리는 바람에 잘게 찢겨 날아갔다. 밝음이 점차 들로 언덕으로 바다로 합류해 간다. 무엇인가 일어날 것이 틀림없다. 생활의 찌꺼기와 협잡물을 쓸어내 줄 무엇인가가 일어날 것이 틀림없다는 기쁨의 예감에, 나의 마음은 부풀어 올랐다.

---

* 만물 생성의 근원이 되는 네 가지. 땅地, 물水, 불火, 바람風.

한 시간이나 그러고 있었을까.

이윽고 눈앞의 세계가 한순간에 모습을 바꾸었다. 무채색의
세계가 순식간에 넘쳐흐르는 색채로 빛나기 시작했다. 이곳에
서는 보이지 않는 동쪽의 바위 너머로부터 해가 솟은 것이다.
이 얼마나 마법 같은가! 지금까지의 회색의 세계는, 바야흐로
젖은 듯 반짝이는 사프란색, 유황색, 장미색, 정자丁子색, 붉은
색, 터키옥색, 오렌지색, 군청색, 제비꽃색 — 모든 것이 공단貢
緞의 광택을 띤 그것들의 눈부신 색채로 물들여졌다. 금빛 꽃
가루를 흩날리는 아침 하늘, 숲, 바위, 절벽, 잔디밭, 야자수 아
래의 마을, 붉은 코코아 껍질 산 등의 아름다움.

한순간의 기적을 눈앞에 보면서, 나는 지금이야말로 내 속
에 있는 밤이 멀리멀리 도망쳐 가는 것에 쾌감을 느끼고 있었
다.

기쁜 마음으로 나는 집 안으로 돌아왔다.

20

12월 3일 아침, 스티븐슨은 여느 때와 마찬가지로 세 시간
동안, 『허미스톤의 위어』를 구술해 이소벨에게 받아적게 했다.
오후에 편지 몇 통을 쓰고서, 저녁 무렵이 되어 부엌에 나와 저
녁 준비를 하고 있는 아내 곁에서 우스갯소리를 하면서 샐러
드를 섞기도 했다. 그러고서 포도주를 가지러 지하에 내려갔

다. 병을 들고 아내 곁에까지 돌아왔을 때, 갑자기 그는 병을 손에서 떨어뜨리며, "머리가! 머리가!" 하면서 그 자리에서 정신을 잃고 쓰러졌다.

곧바로 침실로 옮겨지고, 세 명의 의사가 불려왔지만 그는 두 번 다시 의식을 회복하지 못했다.

'폐 마비를 동반한 뇌일혈' 이것이 의사의 진단이었다.

이튿날 아침, 바일리마는 토착민 조문객들이 보내온 야생의 꽃·꽃·꽃으로 파묻혔다.

로이드는 자발적으로 돕겠다고 나선 이백 명의 토착민을 지휘해서 새벽부터 바에아 산 정상으로 가는 길을 닦았다. 그 산 꼭대기야말로 스티븐슨이 생전에 자신의 뼈를 묻을 곳으로 지정해 두었던 곳이었다.

바람이 잦아든 오후 2시, 관이 나왔다. 건장한 사모아 청년들이 릴레이로, 울창한 숲속의 새로운 길을 따라 산꼭대기를 향해 운반되었다.

4시, 60명의 사모아인과 19명의 유럽인 앞에서 스티븐슨의 몸은 땅에 묻혔다.

해발 1,300피트, 시트론과 판다누스로 둘러싸인 산정상의 빈터다.

고인이 생전에 가족과 하인들을 위해 만든 기도문의 하나가 그대로 바쳐졌다. 숨이 막힐 정도로 강한 시트론 향이 물씬 풍기는 뜨거운 공기 속에서, 회중會衆은 조용히 고개를 숙였다. 무덤 앞을 꽉 메운 새하얀 백합 꽃잎 위에 천상의 벨벳 같

은 광택을 띤 커다란 나비가 날개짓을 멈추고, 숨 쉬고 있었
다……

늙은 추장 한 명이 적동색 주름투성이의 얼굴에 눈물을 보
이면서 — 생의 환희에 취한 남국인南國人의, 그래서 죽음에 대
한 절망적인 슬픔으로 — 낮게 중얼거렸다.
"토파(잠드소서)! 투시탈라."   (1941. 1)

나카지마 아츠시 연보

1909년 5월 5일 도쿄시 요츠야구四谷區 요츠야단스초四谷箪笥町 59번지에서 아버지 나카지마 타비토와 어머니 치요의 장남으로 출생. 태어난 곳은 어머니의 친가 오카자키岡崎 집안. 아버지 타비토는 유학자 나카지마 부잔中島撫山의 여섯째 아들로, 부모로부터 받은 한학 교육의 영향으로 중학교 한학 교사가 되었고, 아츠시가 태어난 34세 당시에는 치바현의 중학교에 근무하고 있었음. 아츠시의 부모는 1908년에 결혼.

1910년(1세) 2월 부모의 이혼으로(정식 신고는 1914년 2월) 아버지와 헤어져 잠시 어머니에 의해 양육됨. 어머니 치요는 도쿄여자사범학교(현 오차노미즈여자대학 도쿄여자고등사범학교) 출신의 두뇌가 명석하고 재기가 넘치는 전직 초등학교 교사로 가정적인 현모양처 유형은 아니었던 것으로 전해지고 그것이 이혼의 이유로 추정됨.

1911년(2세) 6월 24일 친할아버지 나카지마 부잔 별세(향년 83세). 나카지마 집안은 원래 에도 시대 여러 다이묘에게 가마를 납품하는 니혼바시日本橋의 호상豪商이었는데 부잔은 부친과 사별 후 사설 학원

연공당演孔堂과 행혼교사幸魂敎舍를 개원해 한학을 가르쳤음. 어렸을 때 할아버지가 사망했지만 역시 한학자였던 백부들과 집에 있던 수많은 한적漢籍들을 통해 아츠시도 유학과 한문의 영향을 크게 받음. 심한 근시가 된 것도 눈이 나빠지는 것을 근심한 가족들이 독서를 금지시켰는데 어두운 데 숨어서 한적들을 읽어서 눈이 더 나빠졌다고 나중에 친구들에게 밝힘. 8월에 아버지의 고향인 사이타마현에서 할머니와 큰어머니 등에 의해 5세까지 양육됨.

1914년(5세) 아버지가 2월, 실과여학교에서 재봉교사로 일하던 콘야 카츠紺家カツ와 재혼.

1915년(6세) 3월에 아버지가 있는 나라奈良현으로 이주. 이후 부친의 근무지를 따라 당시 일본의 식민지였던 조선의 경성을 비롯해 각지를 전전하며 유소년 시절을 보내게 됨.

1916년(7세) 4월, 나라현 고리야마 남자 심상소학교尋常小學校에 입학. 학년 말에 우수상을 수상. 이 좋은 성적은 초등학교 재학 기간 내내 유지됨.

1918년(9세) 7월, 아버지의 전근으로 3학년 1학기 수료와 동시에 시즈오카静岡현으로 이주하여 현립 하마마츠 서西심상소학교로 전학. 몸이 약했지만 친구들한테 '신동'이라는 말을 들을 정도로 대답이 명쾌하고 특히 국어와 작문에 특출났다고 함. 4학년 때 담임 교사로부터 태양계와 지구가 언젠가는 사라질 운명이라는 말에 충격을 받아 이후 생의 허무와 형이상학적 불안에 대한 사색이 훗날 나카지마 아츠시 문학의 주제 형성에 큰 영향을 끼치게 됨.

1920년(11세) 9월, 아버지의 전근으로 조선 경성京城으로 이사하여 5학년 2학기부터 경성부 용산 공립 심상소학교로 전학.

1922년(13세) 4월, 조선 경성부 공립 경성중학교에 입학. 동급생으로 유아사 카츠에湯淺克衞(소설가), 오야마 마사노부小山政憲(영문학자)가 있었음. 영문학 책들을 도서관에서 빌려 읽고 사서오경을 중학교 때 이미 독파하는 등 수많은 책들을 읽고 집에 놀러온 친구에게 『츠레즈레구사徒然草』나 『십팔사략十八史略』이 재미있다고 권하기도 하고 학교 잡지에 한시나 작문, 보들레르의 번역시 등을 싣기도 함.

1923년(14세) 3월, 이복 여동생 스미코 태어남. 출산 5일 후 계모 카츠 사망.

1924년(15세) 4월 – 아버지가 이이오 코우飯尾コウ와 재혼. 친어머니가 젖먹이 때 아버지와 이혼하고 이후 두 명의 계모, 이복동생들과 함께 유소년 시절을 보낸 '어머니의 부재' 체험은 가족 내에서 불가피한 불화를 겪게 해 아버지가 두 번째 계모를 맞아들였을 때는 반항적인 태도로 인해 아버지로부터 구타를 당하기도 함.

1925년(16세) 10월, 아버지가 관동청립關東廳立 대련大連중학에 근무하게 되면서 아츠시는 숙모 시즈(경성여학교에서 근무)의 집으로 이사. 이해 초여름, 만주로 수학여행.

1926년(17세) 1월, 세쌍둥이 이복동생(케이, 토시, 무츠코) 태어남. 그러나 같은 해 8월에 케이, 10월에 토시가 잇달아 사망. 4월, 경성중학교 4학년을 마친 후, 아츠시는 도쿄로 옮겨 제일고등학교 문과 갑류甲類에 입학. 원래 중학교 과정은 5년이었으나 한 학년을 월반해 4년 만에 졸업했고 그러고도 제일고등학교 입학시험에서 전체 3등으로 합격함. 5년 동안의 식민지 조선에서의 생활은 「순사가 있는 풍경巡査の居る風景」이나 「호랑이 사냥虎狩」 등의 습작과 폭넓은 사회 지식의 기반이 되어 작품 세계에도 영향을 주게 됨.

1927년(18세) 4월, 봄에 이즈伊豆 시모다로 여행했고 이 경험은 탐미적인 습작 「시모다의 여인下田の女」의 소재가 됨. 기숙사 옆방의 히가미 히데히로永上英廣(독문학자, 도쿄대 명예교수)와 친해짐. 8월, 대련大連으로 귀향 중 늑막염에 걸려 만철滿鐵병원에 입원하여 1년간 휴학. 그사이 벳푸의 만철 요양소로 옮겼고, 그 뒤 치바현 호타保田로 옮겨

요양 생활. 11월, 『교우회잡지』에 투고한 「시모다의 여인下田の女」이 게재됨.

1928년(19세) 4월, 기숙사를 나와 백부 타스쿠翔의 지인인 변호사 오카모토 다케나오의 저택에 기거하며 그 집의 아들 다케오를 통해 다나카 세이지로田中西二郎(번역가)와 알게 됨. 11월, 『교우회잡지』에 「어떤 생활ある生活」「싸움喧嘩」이 게재됨.

1929년 (20세) 4월, 문예부 위원이 되어 『교우회잡지』 편집에 참여. 그해 여름 오카모토 저택을 떠나 시바의 아파트로 이사. 6월, 『교우회잡지』에 「고사리·대나무·노인蕨·竹·老人」, 「순사가 있는 풍경巡査の居る風景」을 「단편 두 편」이라는 제목으로 발표. 가을, 히가미 히데히로, 요시다 세이이치吉田精一(국문학자), 쿠기모토 히사하루釘本久春(국어학, 국문학자) 등과 함께 계간 동인지 『심포시온』(이듬해 여름까지 4권 발행) 창간.

1930년(21세) 1월, 『교우회잡지』에 「D 시의 칠월 서경(1)D市七月叙景(一)」을 발표. 3월, 제일고등학교 졸업, 9일 세쌍둥이 중 한 명인 여동생 무츠코睦子가 대련에서 병사(향년 4세). 4월, 도쿄제국대학 국문학과에 입학. 6월 13일, 백부인 나카지마 탄中島端(「두남 선생斗南先生」의 모델)이 다섯 번째 백부의 자택에서 별세(향년 78세). 그해, 혼고本郷구의 제1산요칸三陽館으로 이사. 이 무렵부터 여름방학을 중심으로 나가이 가후永井荷風와 다니자키 준이치로谷崎潤一郎의 전 작품을 읽음.

1931년(22세) 3월, 마작장에서 일하던 하시모토 타카橋本鷹를 처음 만남. 아버지 타비토가 나카지마 가문의 가독家督 상속자가 됨. 10월, 대련에서 중학교를 퇴직한 아버지가 도쿄로 돌아와서 세 들어 사는 집에서 부모님과 함께 살게 됨. 이해부터 이듬해 봄까지 졸업논문 준비로 우에다 빈上田 敏, 모리 오가이, 마사오카 시키 전집을 읽음.

1932년(23세) 봄, 하시모토 타카와의 혼담이 확정됨. 8월, 여순旅順에 관동청 관리로 있던 숙부 나카지마 히다키中島比多吉를 방문하고 남만

주·중국 북부를 여행. 이때의 경험은 미완의 장편 초고 「북방행北方行」, 습작 「풀장 가에서」의 소재가 됨. 가을, 아사히신문사 입사시험을 보았으나 2차 신체검사에서 불합격. 11월에 졸업논문 〈탐미파의 연구〉를 완성하여 제출. 이해 「요양소에서療養所にて」라는 단편을 썼으나 미완으로 끝남.

1933년 (24세)　1월, 조부 부잔撫山의 저서 『연공당시문演孔堂詩文』(사가 판, 1931년 간행)과 백부 두남의 유고시문집 『두남존고斗南存藁』(분큐 도쇼텐, 1932년 10월 간행)를 도쿄제국대학 부속도서관에 기증. 3월, 도쿄제국대학 문학부 국문학과 졸업. 4월, 동 대학 대학원에 진학. 연구 주제는 〈모리 오가이 연구〉. 같은 달, 조부의 문하생이 이사로 있던 사립 요코하마 고등여학교(현 요코하마 학원고등학교)에 국어와 영어 교사로(나중에는 여기에 역사와 지리가 더해짐) 부임해, 요코하마에 단신으로 이사. 그가 가르친 제자 중에는 나중에 일본의 쇼와 시대를 대표하는 배우가 된 하라 세츠코原節子도 있었음. 부모님은 세타가야世田谷로 이사. 4월 28일, 장남 타케시桓가 하시모토 타카의 고향인 아이치현에서 태어남. 6월, 3년 전 세상을 떠난 숙부 나카지마 탄을 소재로 한 「두남 선생斗南先生」 탈고. 이 무렵부터 「북방행北方行」 집필 시작. 가을에는 문예연구회 창립에 참여. 8월, 사와무라 토라지로澤村寅次郎 교수 명의의 초벌 번역으로 D. H. 로렌스의 『아들과 연인』을 기무라 유키오木村行雄 등과 함께 분담 번역(간행되지는 않음). 11월, 아내와 자녀가 상경하여 스기나미구 호리노우치에 살게 함.

1934년(25세)　3월, 대학원 중퇴. 7월, 잡지 『중앙공론中央公論』의 현상 모집에 응모한 「호랑이 사냥虎狩」이 선외選外 가작에 들어감. 아츠시는 이 결과를 '실패'로 받아들였고 응모한 것을 후회함. 9월, 심한 천식 발작으로 한때 생명이 위독해짐.

1935년 (26세)　4월, 니기모토 히사하루를 통해 경성중학 1년 후배인 미요시 시로三好四郎(농경학자)를 알게 됨. 6월, 요코하마에 임대한 집에서 아내와 자녀와 함께 살게 됨. 이해에 라틴어, 그리스어를 독학하고 동료들과 함께 파스칼의 『팡세』 강독회를 가짐. 데이비드 가넷,

『열자』, 『장자』 등을 읽음.

1936년(27세) 3월, 오가사와라小笠原 여행. 「투시탈라의 죽음ツシタラの死」(빛과 바람과 꿈)의 배경지 힌트가 됨. 4월, 의붓어머니 코우 사망. 이 무렵 피아노, 바이올린 등 다양한 연주회(시몬 골드베르크, 자크 티보 등)를 들으러 다님. 6월, 아츠시를 세상에 알리려는 니기모토 히사하루, 미요시 시로의 주선으로 후카다 큐야深田久弥(소설가)를 소개받아 가마쿠라鎌倉의 후카다 집을 방문. 이후 매주 토요일 그의 집을 방문해 작품평을 듣게 됨. 같은 달, 제1회 수양회에서 전교생을 대상으로 '중국 이야기'를 강연. 8월, 미요시 시로와 함께 중국(상해, 항주, 소주 등)을 여행. 이해에 아나톨 프랑스, 라프카디오 헌, 카프카, 올더스 헉슬리, 괴테 등을 읽음.

1937년(28세) 1월, 장녀 마사코正子가 조산助産으로 태어나 이틀 뒤 요절. 11월부터 12월에 걸쳐 「와카가 아닌 노래和歌でない歌」 등을 포함한 와카 500수를 창작. 이해, 친구들의 출정이 계속되는 가운데 화초 원예에 열중.

1939년(30세) 7월, 올더스 헉슬리의 「스피노자의 벌레」를 번역. 이해부터 천식 발작이 더욱 심해지고 그사이 한시 등을 지음. 요코하마에서는 통원 치료를 받음.

1940년(31세) 1월 31일, 차남 노보루格 출생. 이 무렵부터 아시리아나 고대 이집트의 역사를 공부하고 플라톤의 거의 모든 저서를 읽음. 6월 11일, 친하게 지냈던 백부 나카지마 쇼冰 사망(향년 79세). 여름 무렵, 로버트 루이스 스티븐슨의 작품과 전기를 읽음. 이해에도 천식 발작이 점점 심해져 연말 무렵부터 주 1, 2회 근무가 됨.

1941년(32세) 3월, 요양과 문학에 전념하기 위해 요코하마 고교를 휴직. 학교의 요청으로 아버지 나카지마 타비토가 대리로 근무함. 6월, 쿠기모토 히사하루가 주선한 남양청 취직 건이 정식으로 확정됨. 애초에는 '공무원이 되는 것은 그다지 내키지 않는다'고 했지만 남국의

기후가 천식에 좋으리라는 것과 '생계를 위한' 것이기도 해 사시사철 여름인 팔라우로 가기로 결심함. 직책은 국어 교과서 편수編修 서기. 이에 따라 요코하마 고등여학교는 사직. 처 타카와 자녀들은 세타가야 구의 농가로 이사. 부임 전, 후카다 큐야에게 「투시탈라의 죽음」(훗날 「빛과 바람과 꿈光と風と夢」), 「고담古譚」 등의 원고를 맡기고, 할아버지 부잔 사후 30주년 제사를 위해 사이타마현 구키의 나카지마 가문으로 향함. 7월, 팔라우 도착. 식민지용 국어 교과서 작성 준비 및 조사에 종사하다가 아메바 이질에 감염. 8월 하순부터 9월 초까지 뎅기열에 감염. 9월부터 11월까지 인근 섬을 돌아다니며 공립학교를 방문하는 1차 장기 출장. 11월~12월 2차 장기 출장. 이 기간 중 11월 19일 '고등학교 고등과 교원 무시험 검정 합격' 교원면허증(국어)이 나옴. 12월 8일 미일 개전 라디오 방송 청취. 천식이 쾌유되기를 기대했지만 비가 많은 팔라우에서 천식이 오히려 악화되었고, 현지 주민의 열악해지는 식량 사정 속에서 새로운 교과서를 만드는 일의 무의미함을 깨닫고, 천식 발작으로 격무에 적합하지 않다며 '내지 근무'를 희망하는 신고서를 31일에 제출.

1942년(33세) 1월부터 2월까지 히지카타 히사카츠土方久功(조각가, 민속학자)와 함께 제3회 팔라우 본섬 일주 장기 출장 여행. 2월, 「고담古譚」이라는 제목으로 「산월기山月記」와 「문자화文字禍」 2편이 『문학계文學界』에 게재되어 '일본의 아나톨 프랑스', '아쿠타가와 류노스케의 재림'이라는 평을 들음. 3월, 도쿄 출장 허가가 나와 히지카타 히사카츠와 함께 귀국. 아내와 아이들이 기다리는 세타가야에 있는 아버지 타비토의 집으로 돌아와 요양하지만, 기후의 급격한 변화로 심한 천식과 기관지 카타르가 발생하여 병원 치료를 받음. 5월, 『문학계』에 「빛과 바람과 꿈」을 발표해 제15회 아쿠타가와상 후보에 오름. 이 작품은 심사위원인 가와바타 야스나리와 무로 사이세이室生犀星 등으로부터 높게 평가받았지만 일부 선고위원의 지지를 얻지 못해 낙선. 하지만 이 작품을 통해 치쿠마쇼보의 후루타 아키라古田晁, 중앙공론사의 스기모리 히사히데杉森久英 등이 찾아와 작품집 출판을 권유받음. 같은 달 「오정출세悟淨出世」를 완성하고 「제자弟子」를 집필. 이달, 건강을 위

해 요코하마로 돌아가 살기 위해 지인에게 집을 구해 달라고 의뢰함. 7월 7일 첫 창작집 『빛과 바람과 꿈光と風と夢』이 치쿠마쇼보에서 출간됨. 8월, 남양청에 사직서 제출(남양청으로부터 정식으로 사령辞令이 내려온 것은 9월 7일). 전업 작가 생활 시작. 9월, 두 번째 창작집 원고를 출판사(오늘의 문제사)에 전달. 10월, 「이릉李陵」, 「명인전名人伝」을 집필. 11월 15일 두 번째 창작집 『남도담南島譚』이 오늘의 문제사에서 출간됨. 같은 시기, 심장 쇠약이 심해져 세타가야의 병원에 입원. 12월 4일, 지병인 기관지 천식으로 오전 6시에 사망. 향년 33세. 6일 오후 2시 장례식을 치르고 다마多摩 묘지에 안장. 「명인전」이 『문고文庫』에 게재됨.

1943년 1월, 유고 에세이 「판다누스 아래서章魚の木の下で」가 『신창작』에 게재됨. 2월, 유작 「제자弟子」가 『중앙공론』에 게재됨. 7월, 후카다 큐야深田久弥가 제목을 붙인 유작 「이릉李陵」이 『문학계』에 게재됨.

1944년 8월, 상해 태평출판공사太平出版公司에서 단행본 『이릉李陵』 간행.

1949년 『나카지마 아츠시 전집中島敦全集』(치쿠마쇼보筑摩書房)이 제3회 마이니치출판문화상을 수상.

옮긴이 | 김유동

1936년생. 연세대 의예과를 수료했고 한글학회, 잡지사 등을 거쳐 조선일보, 경향신문 부국장과 문화일보 편집위원을 지냈다. 저서로 『편집자도 헷갈리는 우리말』이 있고 『마태 수난곡』『사카구치 안고 선집』『메이지라는 시대』『모차르트의 편지』『다자이 오사무 선집』『고전과의 대화』『유희』『주신구라』『잃어버린 도시』『빈 필-음과 향의 비밀』『투명인간의 고백』 등을 우리말로 옮겼다.

나카지마 아츠시 소설 전집

초판 1쇄 발행 2024년 5월 25일

지은이 나카지마 아츠시
옮긴이 김유동

펴낸곳 서커스출판상회
주소 경기도 파주시 광인사길 68 202-1호(문발동)
전화번호 031-946-1666
전자우편 rigolo@hanmail.net
출판등록 2015년 1월 2일(제2015-000002호)

ISBN 979-11-87295-82-2 03830